डॉ. रामशंकर मिश्र

जन्म : 13 अगस्त,1933; बघराजी, जबलपुर (मध्य प्रदेश)।

शिक्षा : एम.ए., पीएच.डी.।

प्रकाशित कृतियाँ : *गोरखगाथा, राजशेखर* (उपन्यास); *अक्षर पुरुष निराला, अगस्त्य, गांधार धैवत, प्रियदर्शी अशोक* (प्रबन्ध काव्य); *शब्द देवता आदिशंकराचार्य* (महाकाव्य); *दर्पण देखे माँज के* (परसाई : जीवन और चिन्तन), *युग की पीड़ा का सामना* (परसाई : साहित्य समीक्षा), *त्रासदी का सौन्दर्यशास्त्र और परसाई,* नई कविता : *संस्कार और शिल्प* (आलोचना); *तिरूक्कुरल* (काव्यानुवाद); *कचारगढ़* (पुरातात्विक सर्वेक्षण)।

प्रकाश्य : *मणिमेखला* (उपन्यास); *ठाकुर जगमोहन सिंह : व्यक्तित्व एवं कृतित्व* (शोध-प्रबन्ध); *छायावादोत्तर प्रगीत और नई कविता, जमीन तलाशती कविता और उजाले के अनुप्रास* (आलोचना); *गोंडी लोकगीत, लोकनृत्य और लोकनाट्य, गोंडी जनजाति की सांस्कृतिक विरासत और राजवंश* (लोक-संस्कृति)।

प्रबंध काव्य : *महासेतु, महायात्रा, जँहँ जँहँ डोलूँ सोई परिकरम, न्याय मुद्रा, वसुन्धरा, यक्षप्रश्न, नाट्रयाचार्य, एक शास्ता और, सारिपुत्र, जनपद-जनपद, तुंगभ्रदा, गांगेय, कालचक्र, राजघाट, रवीन्द्रनाथ, यीशुगाथा, मेकलसुता, उत्तरवर्ती, सौन्दर्य निकेतन, दीक्षाभूमि, कोणार्क, अर्थवाणी, मधुवन तुम कत रहत हरे, आदिकवि वाल्मीकि, कालजयी आर्यभट्ट, विकास पर्व, शैली भी एथिस्ट हो गया, वड्र्सवर्थ था भाष्य प्रकृति का, सिद्धान्त सूर्य, समय साक्षी उमर खय्याम, स्वर गन्धर्व तानसेन।*

महाकाव्य : देववानी।

भाषान्तर काव्यानुवाद : *ऐंगुरूनुरू, पुरनानूरू* (तमिल संगम साहित्य); *अहनानुरू।*

जीवनी : सेतुवन्धु डॉ. सुन्दरम।

निधन : 13 जनवरी, 2018

गोरखगाथा

डॉ. रामशंकर मिश्र

राजकमल पेपरबैक्स

राजकमल पेपरबैक्स में
पहला संस्करण : 2020
दूसरा संस्करण : 2021

राजकमल पेपरबैक्स : उत्कृष्ट साहित्य के जनसुलभ संस्करण

राजकमल प्रकाशन प्रा. लि.
1-बी, नेताजी सुभाष मार्ग, दरियागंज
नई दिल्ली-110 002
द्वारा प्रकाशित

शाखाएँ : अशोक राजपथ, साइंस कॉलेज के सामने, पटना-800 006
पहली मंजिल, दरबारी बिल्डिंग, महात्मा गांधी मार्ग, प्रयागराज-211 001
36-ए, शेक्सपियर सरणी, कोलकाता-700 017

वेबसाइट : www.rajkamalprakashan.com
ई-मेल : info@rajkamalprakashan.com

बी.के. ऑफसेट
नवीन शाहदरा, दिल्ली-110 032
द्वारा मुद्रित

मूल्य : ₹299

GORAKHGATHA
Novel by Dr. Ram Shankar Mishra

ISBN : 978-93-89598-55-1

सबद हमारा षरतर षांडा, रहणि हमारी साची।
लेषै लिषी न कागद माडी, सो पत्री हम बाची॥

गोरखबानी—सबदी, 264

भूमिका

भारतीय समाज, धर्म, संस्कृति और दर्शन के लिए मध्यकाल संक्रान्ति का युग था। भोग, योग और वैराग्य, समानान्तर रेखाओं में संचालित होकर समाज को प्रभावित कर रहे थे। इन्हें लोक स्वीकृतियाँ भी मिल रही थीं और मतों की विभिन्नताओं के कारण अनेक क्षेत्रों में लोकमत इनके विरुद्ध भी था। समाज का एक भाग भोगवादी धर्म और जीवन दर्शन को स्वीकार कर रहा था तो दूसरा भाग योग विद्याओं के प्रति आस्थावान था।

भारतीय धर्म साधना और दार्शनिक चिन्तन, वैदिक ऋचाओं की परिभाषाओं से उद्भूत हुआ था। पुरुष और प्रकृति के आदि रूप की परिकल्पना सामने आई और इस परिकल्पना के आधार पर अनेक दार्शनिक सिद्धान्त व्याख्यायित हुए।

वैदिक चिन्तनधारा के समानान्तर, बौद्ध और जैन दार्शनिक चिन्तन भी उद्भूत हुआ और भारतीय समाज में इसे भी स्वीकृति प्राप्त हुई। सृष्टि के महासत्य और महारूप को समझने के लिए प्रज्ञामूलक दार्शनिक दृष्टि, वैदिक साधना से उद्भूत थी और श्रौत दर्शन की उन्नायिका थी। किन्तु प्रज्ञामूलक दार्शनिक दृष्टि का विरोध भी हुआ और तर्कमूलक दार्शनिक चिन्तन का विकास हुआ। यह चिन्तन, व्रात्य साधना पर आधारित था। चार्वाक, बौद्ध और जैन दर्शन नित्यवादी थे। अलौकिकता के प्रति इन चिन्तकों की निष्ठा नहीं थी। सम्पूर्ण मध्यकालीन चिन्तन इन्हीं बिन्दुओं में केन्द्रित था।

वैदिक साधना भी बहुरेखीय थी। निगम दर्शन में कर्म, उपासना और ज्ञान भक्ति पर केन्द्रित था और आगम दर्शन में योग और तंत्र की प्रधानता थी। योगियों और तांत्रिकों का उद्देश्य भी योग-साधना तथा तंत्र-साधना के द्वारा कर्म, ज्ञान और आनन्द को पूर्णता प्रदान करना था। आगम दर्शन से ही नैरात्मवादी चार्वाक दर्शन और वज्रयानी बौद्ध चिन्तन (सहजयान) का प्रादुर्भाव हुआ था।

आगम और निगम दर्शन के आधार पर अनेक सम्प्रदाय बने। भारतीय दार्शनिक चिन्तन में शिव को आदि पुरुष और आदि देवता माना जाता है। यह आदिम पुरुष ही रहा होगा। शैव दर्शन के भी अनेक रूप विकसित हुए थे। शैव, शाक्त, त्रिक्दर्शन, वीर शैव, पाशुपत, लकुबीश, कालमुख, कापालिक आदि दर्शनों और सम्प्रदायों का जन्म आदिम देवता शिव के दार्शनिक चिन्तन से ही हुआ। योगिनी कौल साधना के प्रणेता मत्स्येन्द्रनाथ भी शैव ही थे। नाथपंथ भी इसी शिवदर्शन से जन्मा और कापालिक साधकों ने रहस्यमयता से दार्शनिक चिन्तन को आकंठ भर दिया।

वाममार्गी चिन्तनधारा ने शैवों को भी प्रभावित किया और वज्रयानी साधकों को भी। कापालिक शैव होकर भी वाममार्गी थे और वज्रयानी बौद्ध नैरात्मवादी होकर भी वाममार्गी थे। थे दोनों ही भोगवादी।

संक्रान्ति काल में जीवन-दृष्टि भी प्रभावित होती है। अस्थिरता अनेक विसंगतियों की जन्मदात्री होती है। मध्यकालीन सामाजिक, राजनैतिक, धार्मिक और सांस्कृतिक संक्रान्ति ने नैराश्य भी ग्रहण कर लिया था। जीवन-दृष्टि, भोगवाद में आत्मतुष्टि का अनुभव कर रही थी। परिणामत: समाज के अनेक भागों में भोगवाद को प्रतिष्ठा भी मिली। रहस्यों के प्रति आसक्ति की सीमा तक आकर्षण बढ़ गया था। योगिनी कौल साधक, शाक्त, पाशुपत—सम्प्रदायवादी और कापालिक साधना तो स्वेच्छाचार और अभिचार पर आधारित थी। वज्रयानी साधक भी यही अतिरेक कर रहे थे। मनोवैज्ञानिक सत्य तो यह है कि वैचारिक संक्रान्ति से अस्थिरता का जन्म होता है, अस्थिरता में उद्देश्यहीनता समाविष्ट रहती है, नैराश्य भाव उत्पन्न हो जाता है, निराशा, रहस्यात्मकता और अतिरंजना को स्वीकृति प्रदान करती है और रहस्यों की इस आसक्ति से भोगवाद का जन्म होता है।

मध्यकालीन भारतीय समाज में भोगवाद प्रतिष्ठित हो गया था। उच्चवर्ग भोगवादी था और निम्नवर्ग भोग्य हो गया था। वर्तमान में भी कमोबेश यही स्थिति है। इस भोगात्मक साधना का विरोध, सामाजिक नवादर्शों की प्रस्थापना के लिए अनिवार्य था। महायोगी समाजद्रष्टा गोरक्षनाथ ने भोगवादी जीवन दर्शन और वामाचार का उग्रतर विरोध किया। वे योगमार्गी थे। उपदिष्ट योगमार्ग की प्रस्थापना कर, केवल अन्तस्साधना करने पर उनका विश्वास नहीं था। उन्होंने अन्तस्साधना से बहिर्साधना का मार्ग भी प्रशस्त किया था।

गोरक्षनाथ ने जीवन में योग और कर्म, दोनों की साधना की। सामाजिक परिवर्तन के लिए वे स्वयं उदाहरण बने और समाज के परिदृश्य में व्याप्त भोगवादी चित्त-वृत्ति, चिन्तन और विचारधारा तथा

जीवनचर्या को समूल उखाड़ फेंकने का उपक्रम किया। वर्ण-भेद को अनावश्यक ठहराया, वर्ग-भेद पर प्रहार किया, अस्पृश्यता से समाज को मुक्त करने का प्रयत्न किया और अपनी रचनाधर्मिता तथा कर्मशीलता से व्यक्ति और समाज के निष्कलुष उत्थान की परिकल्पना को साकार करने में स्वयं को समर्पित कर दिया।

गोरक्षनाथ का व्यक्तित्व मध्याह्न सूर्य-सा चिलचिलाती योग-कर्म की धूप से तपा हुआ था। उनका व्यक्तित्व न कभी प्रतिहत हुआ और न कभी टूटा। वे अतिरेक और बलात् अधिकार वृत्ति के लिए भी प्रचंड हस्तक्षेप थे। चाहे राजसत्ता का आक्रमण हो, चाहे धार्मिक विचारवाद का, उन्होंने मानसिक रूप से सशस्त्र विरोध किया। व्यावहारिक रूप से योगी-सेना का गठन किया, जन-योग-पीठों की स्थापना की। वर्णवादी सामाजिक संरचना के विरुद्ध वे निरन्तर संघर्ष करते रहे। ब्राह्मणवादी जड़ परम्पराओं का उग्र विरोध किया और कर्मवादी योग साधना की ओर व्यक्ति और समाज को उन्मुख किया। वे प्रखर सूर्य थे जिसकी व्याख्या धूप है और जिसका भाष्य भोगवाद से विरक्ति है। ऐसे प्रखर सूर्य और ऐसी तेजस्वी धूप को औपन्यासिकता का रूप देना अत्यन्त जटिल कार्य है।

इस यात्रीय उपन्यास अपितु औपन्यासिक गाथा में गोरक्षनाथ के तेजस्वी, बेलाग, प्रखर और तत्त्व चिन्तक व्यक्तित्व की परिधि में घटनाओं और परिकल्पनाओं को पिरोकर औपन्यासिक विधान तैयार किया गया है। अनेक पात्रों की उद्‌भावना की गई है, तर्कसंगत घटना-संयोजन किया गया है और उनके समाजद्रष्टा व्यक्तित्व को गरिमापूर्ण और प्रखर बनाए रखने का पूरी ईमानदारी से प्रयत्न किया गया है। गोरक्षनाथ का चरित्र अतिप्राचीन होने के कारण, उनकी कृतियों के अतिरिक्त अन्य कोई प्राच्य, पुरातात्त्विक साक्ष्य उपलब्ध नहीं है। जनश्रुतियाँ अनेक हैं और जनश्रुतियों पर ही आधारित अनेक कृतियाँ भी। इन कृतियों में चमत्कारों और मंत्राचारों की अतिरंजना है। अतिरंजनाओं की अधिकता भी ऐसी है कि सम्पूर्ण कथानक असत्य और प्रमाणहीन अवैज्ञानिक प्रतीत होने लगता है। अतिरंजनाओं को, ऐतिहासिक प्रामाणिकता के रूप में स्वीकार नहीं किया जा सकता। अतिरंजना को स्वीकृति देने का अर्थ भौतिक सत्य की वैज्ञानिकता से दूर हो जाना होता। अत: इस यात्रीय औपन्यासिक कृति में गोरक्षनाथ को पूर्ण मानवी रूप में ही देखा गया है और वैसा ही प्रस्तुत भी किया गया है।

मध्यकालीन युग में ब्राह्मणवाद और वर्णव्यवस्था का इतना कठोर रूप था कि उस व्यवस्था को तोड़ना अत्यन्त जटिल कार्य था। वाममार्गियों

ने अपने चमत्कारों से रहस्यमयता उत्पन्न की और ब्राह्मणवाद तथा जड़ वर्णवादी परम्परा के सम्पोषकों में अदृष्ट भय भी उत्पन्न कर दिया। इस भय के कारण उच्चवर्ण में वाममार्गियों का प्रतिरोध करने का साहस न रहा और दूसरी ओर निम्नवर्ण का इन वाममार्गियों के प्रति आकर्षण भी बढ़ा। उच्चवर्ण के जो भद्रजन इन वाममार्गियों के अनुयायी हुए, वे दार्शनिक चिन्तन अथवा तंत्र साधना के कारण कम, भय के कारण और शुभ-अशुभ की धारणा के कारण अधिक हुए। निम्नवर्ण तो अस्पृश्य था ही। उसमें समानता की भावना उत्पन्न हुई और वे अनुयायी हुए। इनकी संख्या सर्वाधिक थी। अनेक वयनजीवी जातियाँ, जनजातियाँ और शूद्रवर्णी जातियों के जन, इन वाममार्गियों के अनुयायी हो गए। यह वास्तव में उच्च भोक्ता वर्ग के विरुद्ध निम्न भोग्य वर्ग का विद्रोह था किन्तु यह विद्रोह प्रथम चरण तक ही सीमित हो गया था। इसका कारण वाममार्गियों का स्वेच्छाचार तथा उनकी काम-लिप्सा थी। वे नारियों को वामा अथवा योगिनी कहकर सम्बोधित अवश्य करते थे किन्तु वास्तविकता तो यह है कि नारी, उनके लिए भोग्या थी। उच्चवर्ग को उनके विरोध का अस्त्र मिल गया था और निम्नवर्ग भी वामाचारियों के इस अभिचार और स्वेच्छाचार को अधिक समय तक नहीं सह सकता था। अत: उनके ही युग में, उनका विरोध आरम्भ हो गया था।

गोरक्षनाथ तो समाजद्रष्टा भी थे। सामाजिक उच्चादर्शों की प्रस्थापना की परिकल्पना को मूर्त रूप प्रदान करना उनका उद्‌देश्य था। उन्होंने कापालिक, वज्रयानियों का घोर विरोध किया। उन्होंने अपने गुरु मत्स्येन्द्रनाथ का भी उग्रतम विरोध किया। वे उनकी योगिनी-कौल साधना से असहमत थे। मत्स्येन्द्रनाथ में भटकाव आ गया था। गोरक्ष, मत्स्येन्द्रनाथ को नाथपंथ में वापस लाए।

गोरक्षनाथ का हृदय सहज था किन्तु उनका मस्तिष्क एकदम कठोर था, वज्र जैसा। उन्होंने कहीं अनादर्शों के साथ समझौते नहीं किए। उनका व्यक्तित्व फक्कड़ फकीर जैसा था किन्तु था अनुशासनबद्ध। वे शक्ति का प्रतिरोध शक्ति से करने के भी पक्षपाती थे। कहीं उनका हृदय, कलकल निनादिनी सरिता बन जाता था और कहीं अभेद्य हिमवान। किन्तु उनके चरित्र की धवलता पर कहीं धुन्ध की छाया नहीं पड़ी।

इस औपन्यासिक कृति में गोरक्षनाथ के चरित्र की परिधि में जितने पात्र परिकल्पित कर संयोजित किए गए हैं, वे सब स्वतंत्र होते हुए भी केन्द्रीय पात्र गोरक्षनाथ के वृत्त में ही घूमते परिलक्षित हैं। कर्मवाद की प्रतिष्ठा के लिए सिद्धा और विमला जैसी पात्र-योजना ही सार्थक थी।

इसी प्रकार अन्य सहायक पात्रों की परिकल्पना कर गोरक्षनाथ के अडिग और अकम्पित व्यक्तित्व के तेज को अक्षुण्ण रखने का प्रयत्न कृति में है।

मत्स्येन्द्रनाथ की योगिनी कौल साधना के प्रसंग में जिन पात्रों की परिकल्पना और संयोजन किया गया है, उनसे रागात्मक वृत्ति के पूर्ण विकास को उच्चतम स्थिति में ले जाने में सहायता मिली है। ये प्रसंग शृंगारिक हो गए हैं। चरित्र और प्रसंग की माँग भी यही थी।

गोरक्षनाथ ने नारी की अस्मिता और उसके सम्मान को सदा श्रेय माना और वे इस सृष्टिधर्मी प्रकृति के समक्ष हमेशा नतमस्तक होते रहे। समाज में नारी के सम्मान को अक्षुण्ण बनाए रखने और आदर्शों से, किन्हीं सामाजिक कारणों से पथ-भूली नारियों को सामाजिक सम्मान प्रदान करने के लिए वे स्वयं प्रयत्नशील रहे और अपने सहायक पात्रों को भी यही उपक्रम करने की प्रेरणा देते रहे। इस कृति में ऐसे प्रसंग हैं, जहाँ वे नारी को सामाजिक प्रतिष्ठा प्रदान करते परिलक्षित हैं।

गोरक्षनाथ हठयोगी थे। योग और कर्म, दोनों में उनका हठयोग, अन्याय के प्रति तेजस्वी हस्तक्षेप बनकर उपस्थित होता रहा है। धार्मिक आचारों की विसंगतियों पर, वज्रयानी बौद्ध साधकों की अभिचार प्रणाली पर और कापालिकों की रहस्यमयी असंगत साधनाओं पर वे तीव्र प्रहार तो करते ही रहे हैं, इसके साथ ही पीड़ितों और शोषितों को, दुख और शोषण से मुक्ति दिलाने के लिए जनान्दोलनों को भी अपने सकारात्मक प्रतिरोध और हस्तक्षेप का अस्त्र बनाते रहे हैं। उनका चिन्तन, गतिशील समाजधर्मिता से सशस्त्र रहता था। उन्होंने अपनी रचनाओं में सभी प्रकार की विसंगतियों पर तीक्ष्ण प्रहार किए। वे आन्दोलनकारी हठयोगी थे। जनान्दोलन, उनके विद्रोह का मुखर माध्यम था।

गोरक्षनाथ एक समर्थ रचनाधर्मी थे। उन्होंने हिन्दी और संस्कृत, दोनों भाषाओं में साहित्य की रचना की। वे यात्रिक थे। पूर्ण यायावर। आर्यावर्त और दक्षिणात्य में भ्रमण करते रहे। पूर्वीय और पश्चिमीय अंचलों की जनभाषा से परिचय प्राप्त किया। सधुक्कड़ी और ऊबड़-खाबड़ अनगढ़ भाषा का प्रयोग किया। जनभाषा होने के कारण गोरक्षनाथ की यह मिश्रित और सधुक्कड़ी भाषा लोक स्वीकृत हुई थी। कई विद्वानों ने इनकी भाषा को संध्या भाषा भी कहा है। गोरक्षनाथ के शब्दों में अनुशासन और फक्कड़पन, दोनों हैं। गोरक्षनाथ आचार्य तो थे ही, काव्य संस्कारों से भी सम्पन्न थे। उनकी काव्याभिव्यंजनाओं में अभिधा, प्रतीक, व्यंग्य, रूप विधान और संवादात्मकता के भी दर्शन होते हैं। राग-रागिनी और

छन्दशास्त्र की निपुणता के कारण उनकी सबदियों और पदों में गेय तत्त्व हैं। संगीतशास्त्री होने के कारण उनकी काव्याभिव्यंजनाओं में गीतात्मकता सहज ही समन्वित हो गई थी। पदों में विशेषोक्तियाँ और उलटबाँसियाँ तो हैं ही, रसों का परिपाक और रसों की विविधता भी उपलब्ध है। वे रसायनविज्ञ भी थे। कबीर के फक्कड़पन का उत्स, गोरक्षनाथ में ही है।

ऐसे विविधकोणी व्यक्तित्व के महातेज को औपन्यासिका में बुनना अत्यन्त जटिल कार्य था। किन्तु गोरक्षनाथ पर जितना भी समीक्षात्मक साहित्य लिखा गया है, उससे इस व्यक्तित्व के चरित्र को औपन्यासिक स्वरूप प्रदान करने में अत्यन्त महत्त्वपूर्ण सहायता प्राप्त हुई है। इस कृति की रचना के समय जिन सुधी समीक्षकों और लेखकों की कृतियों ने मुझे दिशा-संकेत दिए, उनकी सूची तो लम्बी है किन्तु मैं विशेष रूप से आचार्य हजारीप्रसाद द्विवेदी (नाथ सम्प्रदाय), आचार्य रामचन्द्र शुक्ल (हिन्दी साहित्य का इतिहास), डॉ. राजबली पांडेय (हिन्दी साहित्य का वृहत इतिहास), श्री अक्षय कुमार बनर्जी (गोरख दर्शन), डॉ. पीताम्बर दत्त बड़थ्वाल (गोरख बानी), डॉ. रांगेय राघव (गोरखनाथ और उनका युग), डॉ. नागेन्द्रनाथ उपाध्याय (गोरखनाथ), डॉ. दिवाकर पांडेय (गोरक्षनाथ और उनकी परम्परा का साहित्य), महामहोपाध्याय डॉ. गोपीनाथ कविराज (तंत्र और आगम शास्त्रों का दिग्दर्शन), महापंडित राहुल सांकृत्यायन (दर्शन-दिग्दर्शन), आचार्य बलदेव उपाध्याय (भारतीय दर्शन की रूपदेखा), डॉ. धर्मवीर भारती (सिद्ध साहित्य), सिद्धेश्वर शास्त्री चित्राव (प्राचीन चरित्र कोष), डॉ. अनुज प्रताप सिंह (गोरक्षनाथ और नाथ सिद्ध), श्री विजयेन्द्र कुमार माथुर (ऐतिहासिक स्थानावली) तथा अन्य विद्वानों के प्रति अत्यन्त विनम्रतापूर्वक आभार व्यक्त करता हूँ।

आचार्य हजारीप्रसाद द्विवेदी कृत 'बाणभट्ट की आत्मकथा', यशपाल कृत 'दिव्या' तथा डॉ. विश्वम्भरनाथ उपाध्याय कृत 'जाग मच्छन्दर गोरख आया' ने मुझे औपन्यासिक विधान तैयार करने की दिशा दी। इनके प्रति मैं अपना विनम्र आभार प्रकट करता हूँ।

पुरातत्त्वविद् डॉ. आर.के. शर्मा एवं मार्क्स दर्शन के निष्णात विद्वान श्री महेन्द्र बाजपेयी का मैं विशेष आभारी हूँ, जिन्होंने मेरी दृष्टि को दिशा प्रदान की।

अन्त में, मैं साहित्य के अध्येताओं एवं समीक्षकों से इतना ही निवेदन करना चाहता हूँ कि भारतीय दर्शन के एक जटिल चरित्र को मैंने औपन्यासिक सहजता प्रदान करने का प्रयत्न किया है। मैंने योग दर्शन को

भी यथार्थवादी दृष्टि से देखा है और महायोगी गोरक्षनाथ को मानवीयता के उच्चतम बिन्दु पर ले जाकर उपन्यास का तंत्र विधान तैयार किया है। चरित्र के प्रति पूरा न्याय करने का भरसक प्रयत्न इस कृति में है। इतिहास और युग के प्रति भी मैं उत्तरदायी रहा हूँ।

मैं पुन: समस्त जाने-अनजाने विद्वानों, समीक्षकों और लेखकों के प्रति आभारी हूँ। इस आत्मकथात्मक उपन्यास के लेखन के लिए मुझे संस्कृति मंत्रालय, भारत सरकार से सीनियर फेलोशिप प्रदान की गई थी। मैं संस्कृति मंत्रालय, भारत सरकार के प्रति आभार प्रकट करता हूँ।

—डॉ. रामशंकर मिश्र

गोरखगाथा

पूर्वायण

सबदहिं ताला सबदहिं कूँची, सबदहिं सबद जगाया।
सबदहिं सबद सूँ परचा हूआ, सबदहिं सबद समाया॥

गोरखबानी—सबदी, 21

प्रथम आधार

"अवधूत—जिसके प्रत्येक वाक्य में वेद निवास करते हैं, पद-पद में तीर्थ बसते हैं, प्रत्येक दृष्टि में कैवल्य विराजमान है, जिसके एक हाथ में त्याग और दूसरे में भोग है और फिर भी जो त्याग और भोग से अलिप्त है।" ऐसे अवधूतों की ही थी एक सदी—दसवीं शताब्दी।

हिमाद्रि उत्तरांचल से दक्षिण के सप्तशृंग पर्वत की कंदराओं तक में अवधूतों की साधना-स्थलियाँ थीं। मेखला धारण किए हुए योगी को देखकर ऐसा प्रतीत होता था जैसे कालचक्र, एक विरक्त की देह में लिपटा हुआ हो, लगता था जैसे समय के एक-एक धागे सन्धिबद्ध होकर उस मेखला में बुन गए हों। क्षण-प्रति-क्षण, पल-विपल, दिवस-मास और वर्ष सब कुछ उस मेखला में पिरोए से लगते थे।

आज योगियों की यह जमात न जाने कहाँ से आकर इस गोदावरी के तीर पर पड़ाव डाले है। योगियों का रूप भी विचित्र है। शरीर में एक लँगोटी लिपटी है। योगियों के कंठ में रुद्राक्ष की मालाएँ लटक रही हैं। हाथ में झोला-अधारी, खप्पर, कर्ण, मुद्रा और बाघंबर। कर्णों में मोटे-मोटे कुंडल, कोई हाथीदाँत के, कोई मिट्टी के और कोई हरिण-साँभर के सींग के। सब-के-सब कनफटे—जोगी-जोगड़े। योगियों की उस जमात से मैं कुछ दूर खड़ा था। लेकिन सब दिख रहा था। दूर से एक स्वर सुनाई देता था आ-दे-श और समवेत स्वरों में गूँजता रहता था शब्द, 'अलख निरंजन'।

'अलख निरंजन' का उद्घोष करते हुए जब ये योगी शृंगी बजाते, तब उनकी साधनावस्था को देखकर ऐसा प्रतीत होता था जैसे वे अपने ही उच्छ्वास-प्रश्वास-तंत्र के समक्ष नतमस्तक हो रहे हैं। उनके शृंगी-निनाद में भी अलक्ष्य आकर्षण था। गोदावरी की कल-कल प्रवाहित जलधारा, तट से ही दूर तक फैला अनुभवसिद्ध पर्वत, रक्ताभ नील उत्फुल्ल कमलों से अलंकृत दक्षिणात्य सरोवर, माटी के शरीर से सार्थक आकार ग्रहण कर आश्रयदाता घर-द्वार और वनांचल की संकीर्ण-विस्तीर्ण गलियाँ, सब-की-सब शृंगी-निनाद से अभिमंत्रित-सी प्रतीत होती थीं। मैं सोचने लगा। ध्वनि कितनी शाश्वत है। ध्वनि में आकर्षण भी कितना अपूर्व होता है। शब्द-ध्वनि भी मानस-तंत्र और शरीर-तंत्र को बाँधती है और स्वर-ध्वनि भी। किन्तु दोनों में

कितना भेद है और कितना अन्तर। शृंगी से उच्चरित ध्वन्यार्थों को मैं तब समझ ही नहीं पाया था। शृंगी का निनाद तब मुझे असाध्य प्रतीत होता था, अग्राह्य भी लगता था। तब मेरी आयु भी कम थी। मैं बारह वर्ष का था।

आज मैं अपने जीवन के महाफलक को देखकर स्वयं ही विस्मित हूँ। यात्रा के न जाने कितने पाथेय और न जाने कितने प्रस्थान-बिन्दु अंकित हैं इसमें। आज मैं महायोगी हूँ। आज मैंने उपदिष्ट योगमार्ग से हठयोग को सिद्ध कर लिया है! मैंने प्राण-निरोध की साधना की। सूर्य और चन्द्र का योग अपने अन्तर में स्थापित किया और हठसिद्धि प्राप्त की। कितनी कठोर और दुस्सह साधना की मैंने इस हठसिद्धि को पाने के लिए। इड़ा और पिंगला नाड़ियों को रोककर सुषुम्ना मार्ग से प्राणवायु संचरित करने की क्रिया, कितनी योगसाध्य और कठिन थी, यह आज मैं समझ रहा हूँ। किन्तु भोग से अलिप्त रहकर मैंने अखंड योग-साधना की, और आज मैं महायोगी हूँ। आज मैं योगमार्ग का प्रचारक गोरक्षनाथ कहलाता हूँ, शिवावतार हूँ। आज मैंने महाकाल को मेखला बनाकर कटिबन्ध कर लिया है। शृंगी, गूदरी, सेली, खप्पर, कर्ण, बाघंबर, मुद्रा, सब कुछ तो है मेरे पास। आज यही मेरी साधना-सम्पदा है। मेरे हाथ में सधी हुई रुद्राक्ष की माला के मनके, अँगुलियों की गति पाकर, बूटते जा रहे हैं, बीते हुए वर्षों की तरह। मैंने इतनी लम्बी यात्रा सम्पन्न की है किन्तु बीते हुए वर्षों ने मेरा साथ नहीं छोड़ा। ये मेरे साथ-साथ चलते हुए इतनी दूर आ गए हैं और आज भी मेरे साथ हैं। मैं योगी हूँ तो मनुष्य भी तो हूँ। मेरे शरीर में पंचभूत समाहित है। स्नायु में स्पन्दन है। नाड़ियों में जीवन प्रवाहित है। मस्तक में ज्ञान है, विज्ञान है, तो भी मानवीय संवेदनाओं का अनुभवजन्य विश्लेषण करने की क्षमता भी है। तन के भीतर ही कहीं मन है और हृदय भी। मेरे बीते हुए वर्ष कभी-कभी मेरे सामने प्रत्यक्ष सत्य बनकर खड़े हो जाते हैं और मैं अपने जीवन के उतार-चढ़ाव को देखने लगता हूँ। ऐसे समय कभी मुझे सुख की अनुभूति होती है, और कभी दुख की। साधना के इस रंगमंच पर मैंने भोग और योग को सिद्धहस्त पात्रों के रूप में अभिनय करते देखा है और त्याग एवं वैराग्य में इनकी परिणति होते भी देखी है।

आज न जाने क्यों, मेरा भूतकाल फिर मेरे प्रत्यक्ष खड़ा हो गया है। मेरा वर्तमान, भूतकाल की ओर प्रत्यागमन कर तत्कालीन वर्तमान बन गया है। स्मृतियों का विस्मरण सम्भव नहीं होता, ऐसा आज प्रतीत हो रहा है। मैं अनुभव कर रहा हूँ, मेरे ऋतुओं के संघर्ष को सहेजे हुए श्वेत-रुक्ष केश, श्यामल हो गए हैं। हठयोग के तांडव से मेरे तन पर उभरी हुई झुर्रियाँ अदृश्य हो गई हैं। मैं अपने नेत्रों के सरोवर में बचपन की नाव खे रहा हूँ। गोदावरी के तट पर बसा यह 'बड़व' ग्राम, मेरा गाँव है। और नदी के तट पर से दूर तक परिलक्षित यह 'चन्द्रगिरि' पर्वत मेरा अपना है। गाँव में कच्ची मिट्टी के बने छोटे-छोटे घर और स्नेहिल गलियाँ।

वटवृक्षों की सघन छाया। गली-गली में उमंग से कूदते-फलाँगते गायों के बछड़े और वात्सल्य भावों से ओतप्रोत संध्या समय घर लौटती रँभाती गायें, छोटे-छोटे बच्चों की किलकारियाँ और मेरे समवयस्क लड़के-लड़कियों की उछलकूद, सब कितनी सुहावनी है, चित्ताकर्षक है। आज मैं अपने तत्कालीन वर्तमान में हूँ और मैं बारह वर्ष का हूँ। सघन वटवृक्षों की अवलि, बड़व नाम को सार्थक कर रही है। वटवृक्षों की अधिकता ने 'बटव' को ही यह अपभ्रंश नाम दिया होगा। 'चन्द्रगिरि' पर्वत के अंचल में बसा हुआ 'बटव' ग्राम ही 'बड़व' है। यही मेरी पोषण भूमि है। आज मैं अपने व्यक्तित्व से दूर खड़े होकर अपने 'व्यक्ति' का ही साक्षात्कार कर रहा हूँ।

मैं स्वयं को 'अविवर्णाश्रमी' मानता हूँ। मेरे धर्मपिता सुराज और धर्ममाता सरस्वती ने अपना सम्पूर्ण स्नेह और ममत्व उड़ेलकर मेरा पालन-पोषण किया था। वे दोनों सहजशील के धारणकर्ता थे। आर्यभावी श्रेष्ठ ब्राह्मण। पिता सदाचारनिष्ठ और माता धर्मपरायण। दोनों ने सत्य का वरण किया था। मन, वचन और कर्म से उन्होंने सत्य का पालन किया और कर्तव्य की वन्दना की। वे शैव थे और यज्ञकर्म में ही उनका समय व्यतीत होता था।

उनके दैनन्दिन जीवन में कितने ही प्रसंग ऐसे आए, जब सत्य के पालन में उन्हें अनेक कष्ट सहने पड़े। किन्तु वे विचलित नहीं हुए और सत्य के मार्ग से विमुख भी कभी नहीं हुए। सत्य का परिपालन कष्टकर तो होता ही है। सत्य कभी श्रेय होता है और कभी अश्रेय हो जाता है। प्रिय और अप्रिय की तुला पर सत्य तुलता रहता है। मेरे जन्म की कथा भी तो एक अप्रिय सत्य ही है, जो मैंने बचपन में अपनी धर्ममाता से सुनी थी।

मैंने माँ से जब यह कहानी सुनी थी, तब मुझे वह असत्य और जनश्रुति-सी लगी थी। तब मैं कितनी अगाध करुणा से विगलित हो गया था। लगता था पाँवों के नीचे से धरा अदृश्य हो गई है। सिर के ऊपर से निरभ्र आकाश ने अपना संरक्षण उठा लिया है। वृक्ष, लताएँ, फूल-पत्ती और दूर्वा रुग्ण प्रतीत होने लगे थे। लगता था सदानीरा सरिता का प्रवाह अगति के कठोर बन्धन में बँधकर ठहर गया है। चन्द्रगिरि पर्वत की हरीतिमा सूखकर पीत परिलक्षित होने लगी थी। मुझे अपने अनाथ होने का बोध हो रहा था। किन्तु माँ के स्नेहिल स्पर्श ने मेरे बिखरते हुए धैर्य को स्थिर होने की शक्ति प्रदान की। माँ ने मेरे अधीर मस्तष्क को सहलाते हुए कहा—

"कन्हर, सत्य का स्वरूप एक और परिभाषा भी एक ही होती है। सत्य की श्रेयता-अश्रेयता और प्रियता-अप्रियता तो व्यक्ति की मानसिकता पर आश्रित रहती है। सत्य तो प्रत्यक्ष देवता है और इस महारूप को स्वीकार करने में भेद कैसा?

बीज अपने आप में तो सम्पूर्ण नहीं होता, उत्पादक भी नहीं। मिट्टी का शरीर उसे उत्पादक शक्ति प्रदान करता है और माटी की रसना ही उसे वाणी प्रदान करती है। पोषणकर्ता पवन और ऊर्जा प्रदायिनी धूप ही तो बीज की व्याख्याएँ करती है। वही बीज तब वृक्ष बन जाता है। बीज का महाभाष्य ही तो वृक्ष है। तुम अनाथ कहाँ हो कन्हरदेव, क्या मैं तुम्हारे लिए धरा नहीं हूँ? बोलो मौन क्यों हो?"

कन्हरदेव ने अपना समस्त बाल्यपन मातृत्व के समक्ष विनम्र भाव से समर्पित करते हुए कहा—"नहीं! माँ तुम ही मेरी माँ हो, जन्मदात्री भी हो और पालनकर्त्री भी। मेरी दृष्टि में जन्म का प्रसंग उतना अर्थपूर्ण नहीं है जितना कि लालन-पालन और पोषण का प्रसंग। मेरे व्यक्तित्व के निर्माण की एक-एक सन्धि में तुम्हारा ही आशीष स्पन्दित है माँ!"

सरस्वती ने पुत्र कन्हरदेव को अपने हृदय से आबद्ध कर लिया। ममता के मेघनयन डबडबा आए। स्नेह की अश्रुधारा प्रवाहित हो उठी और कन्हरदेव के मस्तक को भिगोने लगी। कन्हर ने अनुभव किया कि स्नेह की गोदावरी उसके अन्तर में प्रवाहित हो रही है। वह दुविधा से मुक्त हो गया, संशय का कुहासा छँट गया। वह सोचने लगा, प्रत्यक्ष-असत्य तो नहीं है। वह ही सत्य है और वह ही ग्रहणीय।

मैं प्रस्तुत में माँ की ममता के अप्रस्तुत आनन्द की अनुभूति कर ही रहा था तभी मैंने अनुभव किया कि माँ की अँगुलियाँ किंचित् श्लथ हो रही हैं। मैंने माँ के आँचल से अपना सिर उठाकर ऊपर माँ के मुख की ओर देखा। वह दूर नदी के तीर पर ठहरे हुए जोगी-जोगड़ों की जमात को देख रही थी। कोई स्वस्तिक आसन जमाए था और कोई उत्तानकूर्मासन, कोई कुक्कुटासन लगाए अपनी ग्रीवा को दोनों भुजाओं से बाँधकर कच्छप-सा सीधा हो रहा था और कोई जोगड़ा, अपने दोनों हस्तों से पृथ्वी का आश्रय ग्रहण कर मणिबन्धों के ऊपर अपने शरीर के अगल-बगल के भागों को स्थिर कर, स्थापित करने का प्रयत्न कर रहा था। एक मयूर की भाँति उस साधक का सम्पूर्ण शरीर, पृथ्वी पर थमे हुए उसके दोनों हाथों के तलुओं पर सन्तुलित था। कोई सिद्धासन में निमग्न था तो कोई बद्धपद्मासन में। इन योगियों की मुद्राएँ भी विचित्र थीं। कोई महामुद्रा साधे, कंठ में जालन्धर-बन्ध लगाकर वायु को सुषुम्ना नाड़ी में धारण कर रहा था और कोई खेचरी मुद्रा में ध्यानावस्थित था।

योगियों के इस अभूतपूर्व करतब को मेरी माँ कौतूहल से ताक रही थी। न जाने कौन-सा अज्ञात भय उसके अन्तर में जागृत हो गया। वह भयाक्रान्त होकर मुझे बलपूर्वक घसीटती हुई ग्राम की ओर चल पड़ी। वह द्रुत गति से चलती जा रही थी। मैं भी पालित पशु की भाँति उसके पीछे-पीछे चल रहा था। वह अपने दाहिने हस्त से मुझे जकड़े हुए थी। उसकी हथेलियों का बन्ध उस समय

तक शिथिल नहीं हुआ, जब तक कि घर नहीं आ गया। गृह के समक्ष प्रांगण में प्रवेश कर ही उसने आश्वस्ति का अनुभव किया और फिर वह मुझे भाँति-भाँति के निर्देश देने लगी।

"देख! कन्हर, अब भविष्य में कभी एकाकी गोदावरी के तीर पर मत जाना। देख पुत्र! इस गोदावरी के तीर पर जब-तब जोगियों, कापालिकों, अघोरियों और वज्रयानियों का जमावड़ा होता रहता है। ये तंत्र-मंत्र का प्रयोग करते हैं। लोकाकर्षण के लिए ये न जाने कौन-कौन से चमत्कार प्रदर्शित करते रहते हैं। जादू-टोना करते हैं, ध्यान-धारणा करते हैं और बच्चों को साथ ले जाते हैं। तू इन योगी-योगियों के जमावड़े को देखने मत जाया कर। न जाने क्यों मैं इन योगियों को देखकर, किसी अज्ञात भय से आक्रान्त हो उठती हूँ।"

"अच्छा माँ, मैं नहीं जाऊँगा भविष्य में इन योगी-कापालिकों को देखने।" मैंने माँ को धैर्य बँधाने और आश्वस्त करने के लिए इतना कह तो दिया। किन्तु आज मैं अनुभव कर रहा हूँ, तब मैं माँ के दिए हुए परामर्श से सहमत न था। न जाने क्यों, मैं कौतूहलों के प्रति आकृष्ट होता था। मेरे मन में चमत्कारों के प्रति आकर्षण था, जो बना रहा।

मैंने बचपन में माँ से न जाने कितनी कहानियाँ सुनी थीं। वह धर्मपरायणा थी और शिव की उपासिका थी। उसकी सारी कथाएँ, शिव-केन्द्रित ही हुआ करती थीं। वह कल्पना की उड़ान भी भरपूर भर लेती थी। कहानियों का गढ़ना भी उसे बहुत आता था। कथानक को सरलतम बनाते हुए वह मुझे सृष्टिकर्ता और सृष्टि के निमित्त रूप का ज्ञान दिया करती थी। वह मुझे 'नाथ' शब्द की व्युत्पत्ति का रहस्य भी बतलाती थी। ऋग्वेद और अथर्ववेद की ऋचाओं के रहस्य को उसने अपनी कहानियों में समाहित कर लिया था। वह शिव को अलक्ष्य मानती थी। कहा करती थी—"कि शिव तो सर्वनिरपेक्ष परम तत्त्व है। वह प्रत्यक्ष लौकिक जगत के भेद-विभेद से निर्लिप्त है। वह स्वयं प्रकाश है, स्वयं शुद्ध चेतना है और स्वयं ही आनन्द स्वरूप है।"

माँ, इतनी सहज रीति से परम तत्त्व की गूढ़ता को अनावृत्त करती कि उसका एक-एक निर्देश मेरी समझ में आ जाता था। कहानियाँ कहना, उसका प्रतिदिन का क्रम था और मेरा भी श्रवण का क्रम कभी भंग नहीं हुआ।

अपनी मातुश्री के व्यक्तित्व से मैं अत्यधिक प्रभावित था। उसके द्वारा कही हुई कथाओं के निष्कर्ष-निर्देश तो मैं हृदयंगम कर लेता था किन्तु ज्ञान के रहस्यों को उजागर करने की क्षमता तब मुझमें नहीं थी। किन्तु इतना अवश्य है कि कभी-कभी मैं माँ के विरोधाभास से अस्थिर हो उठता था।

विरोधाभास भी ऐसा कि मैं तब उसके रहस्य को समझ ही नहीं पाया था। मेरे माता-पिता ने दूर-दूरान्त भ्रमण किया था। ज्योतिष्पीठ से लेकर कन्यातीर्थ तक और

कामरूप से लेकर द्वारका पीठ तक की यात्राएँ उन्होंने की थीं। मार्ग में दुर्गम पर्वत भी मिले। अनन्तगिरि, विन्ध्याचल, मलय, कुमारीगिरि और हिमवान जैसे महान पर्वत भी उनकी यायावरी को बाधित नहीं कर पाए। जितना भ्रमण किया, उतने अनुभवों से भी वे सम्पन्न हो गए थे। शैव थे, शिव-तीर्थों की यात्रा करते हुए उन्हें आर्यावर्त, दक्षिणावर्त तथा अन्य देशांचलों की सामाजिक और सांस्कृतिक परिस्थितियों का स्वानुभूत ज्ञान प्राप्त था। मेरी माँ शिव के स्वरूप का इतना सजीव चित्र उपस्थित करती थी कि मैं आश्चर्यचकित होकर उनकी ओर निहारने लगता था। एक दिन योगियों के कुंडल पहनने की परम्परा के सम्बन्ध में चर्चा करते हुए उसने यह सत्य उद्घाटित किया था कि रत्नागिरि, सालसेटी और पोरी की गुफाओं में जो शिव की मूर्तियाँ प्रतिष्ठित हैं, उनके कर्णों में बड़े-बड़े कुंडल सुशोभित हैं। कनफटे योगी भी कुंडल धारण करते हैं, माँ ने बतलाया था।

मैं विस्मित होकर माँ को निहारता रहता और उसके ज्ञान से अभिभूत होता रहता था। योगियों के प्रति उसके मन में श्रद्धाभाव था। मैंने अनेक बार अपने ही गृह में देखा है, नाथपंथियों और कनफटे योगियों को आते। जब भी कोई योगी तन में भस्म लपेटे, हाथ में किंगरी, सिर पर जटा-जूट, कटिबन्ध में मेखला, शृंगी, बाघंबर और खप्पर लिये द्वार पर खड़ा भिक्षा...भिक्षा...कहता भिक्षा देने का आह्वान करता, तब मेरी माँ स्वादिष्ट भोज्य पदार्थों से अलंकृत थाल लेकर योगी के सम्मुख खड़ी हो जाती और अत्यन्त श्रद्धापूर्वक भिक्षा देती। योगी भिक्षा प्राप्त कर आदेश—आ-दे-श उच्चरित करता हुआ विदा ले लेता। ऐसा प्राय: होता रहता था।

माँ के इस औदार्यपूर्ण भिक्षादान और मुझे योगी के निकट न जाने का निर्देश अपितु वर्जना, इन दोनों उपक्रमों में मुझे विरोधाभास प्रतीत होता था। एक दिन उचित अवसर पाकर मैंने माँ से पूछ ही लिया—"तुम कनफटे योगियों को भिक्षा देती हो न माँ!"

"हाँ पुत्र! योगी साधक होता है। वह अतीन्द्रिय साधना करता है। उसका मार्ग ही योग-मार्ग है। वह स्वयं को अभिव्यक्त भी करता है और अपने अन्तर्चेतन को परिभाषित भी। यह प्रकृति जो प्रत्यक्ष द्रष्टव्य है, इसके अन्तर में शिवत्व भी है और शक्ति की प्रतीक ऊर्जा भी। वास्तव में शिव और शक्ति परस्पर सन्निबद्ध हैं, चिरंतन रूप में आलिंगित हैं। शिव और शक्ति की यह अभिन्नता प्रत्येक प्राणी के अन्तर में समाहित रहती है तथा शिव और शक्ति तत्त्व प्रत्येक काया में विद्यमान रहता है। योगी और साधक इस सत्य से भिज्ञ होते हैं। वे अपने तन से तंत्र और मन से मंत्र की साधना करते हैं। कर्मेन्द्रियों और ज्ञानेन्द्रियों को अपने नियंत्रण में ले लेते हैं। तन-मन और बुद्धि की सीमाओं से ऊपर उठकर स्वयं को शिव और शक्ति तत्त्व में विलीन कर लेते हैं। यह साधना, अत्यन्त कठोर साधना है, नाथ-योग है। किन्तु काया की तो कुछ आवश्यकताएँ और अपेक्षाएँ होती ही हैं। भिक्षा, पेट

की ज्वाला की याचना ही तो है। मैं इसी याचना का सम्मान करती हूँ और योगी को भिक्षा देती हूँ।"

मेरे एक छोटे से प्रश्न ने माँ को व्याख्या करने के लिए कितना उत्प्रेरित कर दिया था, मैं इस तथ्य को समझ रहा था। मैं यह भी समझ रहा था कि मेरे प्रश्न का उत्तर इतना विस्तीर्ण बनाने के लिए माँ को यत्न करना पड़ा होगा। किन्तु आज तो मैंने यह निश्चय कर ही लिया था कि एक दिन मैं अपने प्रश्न का निर्वस्त्र उत्तर लेकर ही रहूँगा।

इतना लम्बा सम्भाषण करने के उपरान्त भी माँ ने यह अनुमान कर ही लिया था कि मैं उसके उत्तर से सन्तुष्ट नहीं हूँ। और मैंने भी अनुभव किया था कि कोई अकथनीय विवशता उसे बाँधे हुए है। वह घर-गिरस्ती का कार्य निष्पादित करने कक्ष में भीतर चली गई और मैं गायों की आहार-व्यवस्था में संलग्न हो गया।

मेरा दैनन्दिन जीवन, नियम-क्रम से बँधा हुआ था। प्रात:काल से लेकर सायंकाल तक की कार्यावली और कार्यविधियाँ निर्धारित थीं। मेरे पिता वेदपाठी थे। अलस्सबेरे उठ जाते और आँगन में खड़े होकर निरभ्र आकाश में झिलमिलाते ग्रहों-उपग्रहों-नक्षत्रों और तारकों को अन्वेषणात्मक दृष्टि से निहारते रहते। न जाने किस खगोलशास्त्र की गणना वे अपनी अँगुलियों में करते रहते थे, मैं नहीं जानता। मैं तो अपनी शैया पर लेटे-लेटे प्रतिदिन इस दृश्य का अवलोकन किया करता था। चन्द्रगिरि पर्वत के पूर्वांचल पर जब धुँधली-सी प्रकाश-रेखा खिंचने लगती, तब उनकी तन्द्रा भंग होती और वे कलश, अधोवस्त्रादि लेकर गोदावरी के तट की दिशा में चल पड़ते। जाते-जाते वे मुझे तत्काल शैया त्यागने का निर्देश भी देते। मैं आलस्यग्रस्त होता, तब भी पितृश्री का निर्देश पाकर उठ बैठता। शैया त्यागने के पूर्व नतमस्तक होकर धरित्री का स्पर्श करता, प्रणत होता, माँ के चरणों की धूल अपने मस्तक पर रंजित करता और कलश-अधोवस्त्रादि लेकर गौतमी गंगा—गोदावरी के तट की ओर चल पड़ता। मेरी पालित शुक-सारिका, ऋचा-पाठ करने लगतीं। आरोह और अवरोह का सन्तुलन स्थापित करते हुए इन पोषित पक्षियों के स्वरों में अद्‌भुत और अपार्थिव आनन्द समाया रहता था। मेरे पिता को वेदों की ऋचाएँ कंठस्थ थीं। वे एकान्त ध्यान के समय अथवा अन्य कार्यों के निष्पादन के अवसर पर उच्च-मध्यम स्वरों में ऋचाओं का पाठ करते रहते थे। सामगान, प्रतिगुंजित होता रहता था। और दिन-प्रतिदिन के इस क्रम ने शुक-सारिका को भी ऋचापाठी बना दिया था। मेरा गृह, गोदावरी के तट के बहुत समीप था। मैं जब सरिता के अमृत-जल में डुबकियाँ लगाता होता, तब भी इन प्रज्ञाशील पक्षियों का ऋचा-पाठ मुझे सुनाई पड़ता। मैं जल से भी सद्य: स्नात हो जाता और स्वरों से भी।

पिता, प्रकृति के उपासक थे। मैंने उन्हें पंचभूत-वन्दना करते हुए देखा है। आवास पहुँचकर वे अग्नि की पूजा करते, वायु को जल अर्पित करते, सरिता की जल-पूजा तो वे तट पर ही कर लेते थे। आकाश और पृथ्वी की उपासना भी वे बड़े मनोयोग से किया करते थे। इन पंचभूतों को जब वे जल अर्पित कर स्तवन करते, तब ऐसा प्रतीत होता था जैसे वे अपना सम्पूर्ण स्वत्व समर्पित कर फलित साधना ही अर्पित कर रहे हैं। गोशाला की गायें भी उनसे पूजित थीं और वृक्ष तथा पक्षीगण भी।

ग्राम में एक वेद-पाठशाला थी। बिलकुल गुरुकुल के सदृश। मैं घर लौटकर पितृश्री के साथ ही पंचभूत, वृक्ष, पक्षी आदि की अर्चना-वन्दना करता, माँ के द्वारा दिया गया स्वादिष्ट धान्य ग्रहण करता और काष्ठ-पट्टिका लेकर वेदाभ्यास के लिए पाठशाला चला जाता। मेरे पिता ही वैदिक शिक्षा प्रदान किया करते थे। ग्राम के सभी वेदाभ्यासी बच्चे मेरे सहपाठी थे। एक घटी, दो घटी, तीन-चार घटियाँ व्यतीत हो जातीं। मेरे पिता तन्मय होकर वैदिक ऋचाओं का पाठ करते, विद्यार्थियों से पुनरावृत्ति कराते और ऋचाओं में निहित गूढ़ार्थों की व्याख्याएँ करते थे। तब वेदाध्ययन में न किसी जाति का प्रतिबन्ध था और न लिंगभेद का। छात्राओं को भी समान रूप से वेदाध्ययन कराने के कारण कुछ वेदपाठी, उनका विरोध भी करते थे। किन्तु वे उद्‌भट विद्वान थे। किसी भी वेदपाठी में प्रत्यक्ष रूप से उनका विरोध करने का साहस नहीं था। मैं अनुभव कर रहा था कि ज्ञान और प्रतिभा का भार और आतंक कितना गुरुतर होता है। इसके समक्ष महत्तर विरोध भी नतमस्तक हो जाते हैं।

मैं अपने बाल्यकाल में ही पिता के शिवत्व तथा माँ के प्रकृति-तत्त्व से इतना अभिभूत था कि मुझे प्रत्येक पुरुष में शिव-रूप और प्रत्येक नारी में शक्ति-रूप के ही दर्शन होते थे। इस दृष्टि से मैं अपने सहपाठियों से कुछ भिन्न भी था। मेरा रूप सुदर्शन था। गौर वर्ण तो मेरा था ही। ललाट भी उन्नत था। मेरी छोटी-छोटी बाहुओं को भी अजानबाहु कहा जाता था। माँ, मुझे देखकर आनन्दित तो होती ही थी, पिता भी प्रमुदित हो जाते थे। मैं संयमी आरम्भ से ही था। स्वत्व से निश्चिन्त रहता और परत्व की ओर विशेष रूप से केन्द्रित होता था। माँ न जाने क्यों मेरे नेत्रों को मानसरोवर और नीलकमल की संज्ञाओं से अभिषिक्त करती रहती थी। वह कहती थी कि मेरे लोचनों में अगम गहराई है। मैं तो तब कम आयु का था। माँ के इन सम्बोधनों और संज्ञाओं का अर्थ ही नहीं समझ पाता था। इतना अवश्य मैंने अनुभव किया था कि जब भी वह इन संज्ञाओं से मुझे सम्बोधित करती, किसी अज्ञात असह्य वेदना से वह त्रस्त-सी परिलक्षित होने लगती थी। न जाने किस भवितव्यता की आहट पाकर वह अनमनी हो जाती थी। फिर सुस्थिर होकर वह मेरे संरक्षण के प्रति सचेत होने लगती थी।

मेरे सहपाठी मुझे मान-सम्मान देते थे। कितने ही सहपाठी थे मेरे। शिववर्मा, देवदत्त, भैरव, सत्यवर्द्धन, ज्ञानदेव, वैरागी और नरसिंह तो मेरे वेदाभ्यास के

सहज्ञानार्थी भी थे। ये सब मेरे व्यक्तित्व से प्रभावित थे। मेरी सहपाठिनी—नन्दिनी, महादेवी, जया, गांधारी, ईश्वरी, अजिता, यमुना और नलिनी का मेरे प्रति सम्मान-भाव तो था ही। मुझे लगता है कुछ आकर्षण-भाव भी उनमें था। मेरे प्रति उनका आकर्षण तब भी रहस्य था और आज भी है। प्रकृति को निर्विकार रूप में देखना, मेरा धर्म हो गया था। और न जाने क्यों भौतिक सौन्दर्य के प्रति मेरे मन में कोई आकर्षण नहीं था। आकर्षण था भी तो मिट्टी के प्रति, आकर्षण था भी तो वायु के प्रति, अनल, जल और गगन के प्रति। मैं अपने सहपाठियों को देखता, उनमें स्वत्व की भावना प्रबल थी। रूप-रंग और रस के प्रति आकर्षण था। मेरी सहपाठिनी भी आकर्षण- प्रिया थीं। रूप-रंग के प्रति उनका आकर्षण, मोह की सीमा तक था। मेरी तटस्थता और वीतरागता से वे खिन्न हो जाती थीं। मुझे लगता था तटस्थता भी तो एक प्रकार की योग-साधना, ध्यान योग ही तो है। समय बीतता चला जाता। भूमि का संस्पर्श और स्नेह पाकर बीज अपने नेत्र खोलते चले गए। बाँहें फैलाकर बढ़ते हुए पौधों में समष्टि को समेटने की शक्ति आती चली गई। संरक्षण देने का सामर्थ्य आता चला गया। आम्रवृक्षों में मंजरियाँ आती गईं और बिखरती रहीं, फल का रूप भी धारण करती रहीं। किन्तु मैं जहाँ था, वहीं खड़ा रहा। तटस्थ भाव से ही सृष्टि के इस विकास को देखता और अपने अन्तर में आधिभौतिक आनन्द का अनुभव करता था। किन्तु मेरा आनन्द सीमाबद्ध था, बहिअर्भिव्यक्त न होने का जैसे उसने संकल्प कर लिया था। आज मुझे प्रतीत हो रहा है कि तब मेरे मन में, मस्तिष्क में 'आनन्द' के स्वरूप और 'सौन्दर्य' की परिभाषा को लेकर ही द्वंद्व था। और इसी द्वंद्व ने मुझे सत्य के अन्वेषण की प्रेरणा भी दी थी और एक प्रकार की तटस्थता भी।

गुरुकुल से शिक्षणावकाश होने के उपरान्त एक दिन सभी सहपाठियों एवं सहपाठिनियों ने यह निश्चय किया कि आज 'तूलिका उत्सव' का आयोजन किया जाए। मध्याह्न में भोजन के उपरान्त सभी सहभागी अपने-अपने गृहों से 'पंचवटी' के निकट एक विशाल प्रांगण में एकत्रित हो गए। सभी के हाथों में बड़ी-बड़ी तालपत्रियाँ थीं और तूलिकाएँ भी। कुछ सहभागी काष्ठ पट्टिकाएँ भी अपने साथ लाए थे। रंग-निर्माण की समस्या सबके समक्ष थी। यह भी तो पूर्वनिश्चित नहीं था कि कौन सहभागी, कौन-सा और कैसा चित्र बनाएगा और उसे आकृतियों में रंग भरने के लिए किन-किन रंगों की आवश्यकता होगी। ऐसे तूलिकोत्सव तो अनेक बार आयोजित हो चुके थे, इसलिए रंग-निर्माण की समस्या—कोई बड़ी समस्या नहीं थी।

रंगों के निर्माण की प्रक्रिया से सभी सहभागी विज्ञ थे। सभी सहभागियों ने प्रांगण में बैठकर कला-कर्म करने हेतु अपने-अपने स्थान निर्धारित कर लिये और

चित्र-निर्माण सामग्री लेकर बैठ गए। सभी के पास एक-एक लघु शिला-पट्ट भी था और घर्षण के लिए एक-एक चिकना पत्थर भी।

कलाकर्मियों ने अपनी सामग्री व्यवस्थित रख दी। आकृतियाँ बनाने का स्वयं ही निश्चय कर लिया और रंगों के निर्माण के लिए अयस्कों के सन्धान में चल पड़े। गौमती गंगा निकट ही थी और तट से ही लगा हुआ चन्द्रगिरि पर्वत। खनिज-सम्पदा प्रचुर थी। बूढ़े-बूढ़े वृक्षों की अनुभवसिद्ध छाल, किलकारियाँ भरती हुई कोमल-कोमल पत्तियाँ और यौवनवती एवं प्रौढ़ा, शाल, सीसम, करौंदे एवं मधूक वृक्ष की पत्र-पत्रिकाएँ, सभी कुछ तो उपलब्ध था यहाँ। करौंदों का शरीर तो अनेक रंगी और बहुरसी था। धवल रंग भी उसके अन्तर में था, जो शाखाओं और प्रशाखाओं में निर्बाध गति से प्रवाहित हो रहा था।

कलाकर्मियों ने खनिज बटोर लिया। रक्तवर्णी, हरितरंगी, श्यामल और पीतरंगी पत्तियाँ भी साथ ले लीं। विविध प्रकार की श्याम, पीत, श्वेत और रक्तिमवर्णी मिट्टियाँ भी एकत्रित कर लीं और अपने कला-साधना स्थल की ओर चल पड़े। कलाधर्मिणी ग्राम-कन्याएँ इस दृष्टि से बहुत सम्पन्न थीं। उनके अंचलों में न जाने कितने प्रकार के अयस्क संचित थे और न जाने कितने रंग, अभिव्यक्त होने का पूर्व राग सहेजे हुए इन कच्चे-कच्चे अयस्कों में समाहित थे।

अब सभी रंगकर्मियों के समक्ष शिलापट्टिकाएँ थीं। काँसे-पीतल के छोटे-छोटे कलशों में गोदावरी का रचनाधर्मी निर्मल जल भरा हुआ था। प्रत्येक रंगकर्मी के पास कई छोटी-छोटी मृत्तिका की कटोरियाँ रखी थीं। और अब रंग-निर्माण का कार्य आरम्भ हो गया। कोई रंगकर्मी शिलापट्ट पर पत्तियाँ पीस रहा था, कोई सूखी-सूखी छालों से घर्षण-क्रिया द्वारा शिलापट्ट पर जल सिंचित करते हुए रंग उतार रहा था, कोई अभ्रक पीस रहा था तो कोई लौह अयस्क। पीत मृत्तिका और छुई मृत्तिका भी अलग-अलग कलशियों में घोलकर रखी जा रही थीं। एकाध घटी में ही सारे रंग निर्मित हो गए। और अब रंगकर्मियों के समक्ष तालपत्र फैले हुए थे। तूलिकाएँ सभी रंगकर्मियों के हाथों में सधी थीं। मैंने भी अपने एकत्रित अयस्कों, वृक्ष-पत्रों एवं विविधरंगी मृत्तिकाओं से रंगों का निर्माण कर लिया था। अपने-अपने रंग-फलक को चित्राकृतियों से अलंकृत करने के लिए सभी रंगकर्मी संलग्न हो गए। मैंने भी एक क्षण गोदावरी के अजस्र प्रवाह की ओर देख, चन्द्रगिरि का विराटत्व अपने नेत्रों में भर लिया, चमकते हुए सूर्य से ऊर्जा और निरभ्र आकाश में चिलचिलाती तेजस्वी शून्यता, अपनी सृजन-वृत्ति में समेट ली और सामने फैले हुए तालपत्र पर चित्रांकन करने लगा। चित्रांकन करते हुए मैं अपने आप में तन्मय हो रहा था।

मेरे उत्तर पार्श्व में, रंगकर्मी आकृतियाँ रेखांकित करने और रंग भरने में संलग्न थे और दक्षिण पार्श्व में रंगकर्मिणियाँ। सभी निमग्न थे और सभी विभोर। अपना

चित्रांकन करते हुए मुझे अतीव एकान्त का अनुभव हो रहा था, द्वैत था ही नहीं। सभी रंगकर्मियों ने अपने-अपने रंग-फलक अलंकृत कर लिये। दो घटी व्यतीत होते-होते रंगकर्म पूर्ण हो गया और फिर सभी अपने-अपने रंग-फलक लेकर एक साथ, एक समूह में बैठ गए।

मैं सभी रंगकर्मियों के मध्य में बैठा था। प्रत्येक रंगकर्मी अपने-अपने चित्र प्रदर्शित कर रहे थे। सभी उन चित्रों का अवलोकन कर रहे थे। मैं भी देख रहा था। दस-बारह चित्र थे। और सब अपने आप में मौलिक तथा जीवन्त।

मैं माटी और वनस्पति के इस महत स्वरूप का अनुभव करने में निमग्न था। तभी नन्दिनी ने अपना रंगफलक मेरे समक्ष फैलाते हुए मेरे ध्यान को भंग कर दिया। नन्दिनी के चित्र को देखकर मैं लज्जा और संकोच का अनुभव करने लगा। उसने अपने चित्र-फलक पर मेरी ही आकृति रेखांकित की थी। बहुत ही चटकीला रंग भरा था मेरे शरीर में। मेरे पास ही उसने स्वयं को रेखांकित कर दिया था। वासन्ती रंगों से अपने वस्त्रों को अलंकृत किए हुए। उसके परिधान में बहुरंगी आकर्षण था। वह मेरी ग्रीवा में अपने हाथ डाले, मुझसे लगभग आलिंगनबद्ध थी। मैं नन्दिनी से ऐसे चित्र-निर्माण की कल्पना भी नहीं कर सकता था। एक क्षण के लिए मैं अस्थिर हुआ किन्तु दूसरे ही क्षण स्थिर और संयमित हो गया था। अब मुझमें तटस्थता और स्थित-प्रज्ञता आ गई थी।

इसके उपरान्त मैंने नलिनी, अजिता और गांधारी के चित्र देखे। सभी चित्रों में मेरा ही रूप अंकित था। नलिनी, अजिता और गांधारी ने अपने इन्द्रधनुषी रूपाकर्षण में निबद्ध करते हुए मेरे व्यक्तित्व को अपने-अपने स्वत्व की सीमा तक पहुँचा दिया था। मैं तटस्थ भाव से इन सभी चित्र-फलकों का अवलोकन कर रहा था। उस समय मैं पूर्णत: निष्कलुष था, अविकारी एवं रागमुक्त।

मैंने तब भी अनुभव किया था कि मेरी तटस्थता ने नन्दिनी, नलिनी, अजिता और गांधारी को कितना दुख पहुँचाया था, उनके नेत्रों से करुणा और वेदना बाँध तोड़कर प्रवाहित हो चली थी। उन्होंने तब पराजय का अनुभव किया था। लेकिन सत्य कहूँ मैं तब विजय की भावना से उत्फुल्ल भी नहीं हुआ था। नन्दिनी और गांधारी कुछ क्षणों के उपरान्त ही सुस्थिर हो गई थीं। और अव्यक्त रूप से उन्होंने कुछ संकल्प कर लिया था। संकल्प की दृढ़ता उनके नेत्रों तथा उनकी मुखाकृतियों पर स्पष्ट लिखी हुई दिख रही थी।

अब कलाकृति के प्रदर्शन का मेरा क्रम था। सभी रंगकर्मी उत्सुकता और जिज्ञासा से मेरे रंग-फलक की ओर निहार रहे थे। रंगकर्मियों के विविधरंगी कलाचित्रों को देखकर और उनकी वर्ण्य वस्तु का अवलोकन करने के उपरान्त, मुझे अपनी कृति प्रदर्शित करने में यत्किंचित् संकोच का अनुभव हो रहा था। गांधारी और नन्दिनी की दृष्टियों से मेरा यह संकोच-भाव छिप नहीं पाया। उन दोनों ने त्वरित

गति से मेरे चित्र-फलक को उलट दिया। सब रंगकर्मी मेरे उस चित्र को देखकर परिहास करने लगे।

मेरा चित्र : एक महायोगी, मेरे चित्र-फलक पर अंकित था। मेरे ही गृह का चित्र। द्वार पर खड़ा योगी। हाथ में भिक्षा-पात्र। हरिण के सींग से निर्मित मुद्रा, जो कर्णों में कुंडल बनकर सुशोभित थी। सिर में लम्बे-लम्बे जटा-जूट, हाथ में किंगरी, शरीर में भस्म, कटिबन्ध में मेखला और साथ में शृंगी। गले में रुद्राक्ष की माला और हाथों के मध्य में सधा हुआ कमंडल। योगी भिक्षा पात्र फैलाए मेरे घर के द्वार पर खड़ा है और मेरी माँ अत्यन्त श्रद्धाभाव से उसे भिक्षा-दान कर रही है। मेरे इस चित्र में मिट्टी, अयस्क और वृक्ष-छाल के वीतरागी रंग ही भरे हुए थे। योगी की आकृति का रेखांकन करते समय ही मुझे प्रतीत हो रहा था कि चित्र की पूर्णता में शिवत्व समाहित है और इस योगी की आकृति से ही अपर, परम, शून्य, निरंजन तथा परमात्म का स्फुरण विकसित हो रहा है। योगी के व्यक्तित्व में मैं महाकाश, महानिल, महातेज, महावारि और महापृथ्वी के दर्शन कर रहा था। माँ की आस्था और उसके विश्वत्व स्वरूप से मैं तब अभिभूत हो गया था। इस चित्र का अंकन कर मुझे अतीव आन्तरिक आनन्द का अनुभव हुआ था और मैं यह भी आभास पा रहा था कि मेरी अन्तरात्मा अलौकिक आनन्द के प्रकाश से प्रकाशित हो उठी है जिसमें निर्विकार, निष्फलत्व, सद्बोध, समता और विश्रान्ति का आभामंडल प्रदीप्त है।

अपने इस वीतरागी चित्र के निर्माण के समय मैं रति, प्रीति, लीला, आतुरता और अभिलाषा से बहुत दूर चला गया था। इस चित्र को देखकर नन्दिनी और गांधारी को उत्फुल्लता नहीं हुई, मैं स्पष्टत: इसका अनुभव कर रहा था। उनके मन में जो उन्मेष, वासना, वीप्सा, चिन्ता और चेष्टा थी, वह इस वीतरागी चित्र को देखकर तिरोहित हो गई थी। किन्तु मैं अपने अन्तर में अनिर्वचनीय आनन्द का अनुभव कर रहा था।

सूर्य गोदावरी के विस्तार में डूबने लगा था। गौतमी गंगा की अपार जलराशि में सूर्य अपनी किरणों की स्वर्णराशि बिखेरने लगा था। पंचवटी के वटवृक्षों पर दूर-दूरान्त से उड़ते हुए पक्षी बसेरा लेने बैठने लगे थे। पक्षियों का संवाद-परिसंवाद छिड़ने लगा था। आकाश-गमन, खेतों-खलिहानों में विचरण, बूढ़े और नवयौवन वृक्षों के साथ हुआ कालचिन्तन—विवाद, बन्ध और वंचन, सब कुछ उनकी चर्चा में था। किन्तु उन सभी पक्षियों को अपने-अपने नीड़ भी दिखलाई दे रहे थे। नीड़ का आकर्षण भी तो कम नहीं होता।

और इधर हम सभी रंगकर्मी अपने-अपने गृहों की ओर लौटने लगे। डूबते हुए सूर्य से साक्षात्कार करते हुए। कुछ रंगकर्मी कला-चिन्तन कर रहे थे और कुछ चैतन्य-चिन्तन। विमर्ष, हर्ष और निस्पृहता का विश्लेषण होता जा रहा था। मैं भी इस डूबते हुए प्रकाश के निर्विकार, सद्बोध और विश्रान्ति पर एकालाप करता चल रहा

था। नन्दिनी और गांधारी मेरे साथ-साथ चल रही थीं। अब भी उनका मन आशा, तृष्णा और कांक्षा में डूबा हुआ था। उनके अन्तर में एक प्रकार का द्वंद्व चल रहा था और मैं उनके इस द्वंद्व का साक्षात्कार कर रहा था। वे अपने अन्त:करण में धर्म और बुद्धि पर चिन्तन करते हुए विवेक को जीवन के व्यावहारिक यथार्थ के परिप्रेक्ष्य में देख रही थीं और मैं विवेक से आगे चलकर वैराग्य की सीमा का स्पर्श कर रहा था। तभी गृह आ गया। वे भी अपने-अपने घर चली गईं। आवास भी तो एक सत्य है, इसे कैसे अस्वीकार किया जा सकता था।

द्वितीय आधार

आँगन में ही माँ खड़ी मेरे आने की प्रतीक्षा कर रही थी। मैं अपना चित्र-फलक प्रांगण की भित्ति में एक खूँटी में टाँगकर देहली लाँघकर भीतर चला गया। मैंने माँ से कुछ कहा नहीं। और आज उसने भी मुझसे कोई प्रश्न नहीं किया। यह पहला अवसर था, जब माँ ने मुझसे कोई प्रश्न-प्रतिप्रश्न नहीं किया। नहीं तो, मैं संध्या समय खेल-कूद कर जब वापस आता, वह ढेर सारे प्रश्न किया करती थी। 'कौन-सा खेल खेलते रहे। साथ में और कौन-कौन से सहपाठी थे। भीमा जुलाहे के पुत्र रमैया को भी अपने साथ ले लिया करो। समनू गड़रिया का लड़का भी तो तुम्हारे संग खेलने योग्य हो गया है, उसे भी साथ ले लिया करो।'

ग्राम में अनेक वन्यजीवी परिवार थे, कई घर आदिवासियों तथा अन्य जनजातियों के भी बसे थे। तीन-चार परिवार तो जीविकोपार्जन के उद्देश्य से यहाँ आए थे और फिर यहीं स्थायी रूप से निवास करने लगे थे। ताँती, कपाली और बलाही वन्यजीवी परिवार भी इस ग्राम के स्थायी निवासी हो गए थे।

माँ तो समानधर्मी थी। वर्णव्यवस्था के प्रति उसका दृष्टिकोण जड़वादी नहीं था। उसके मन में हरिजन, भूमिजन, वन्यजीवी जातियों तथा उच्चवर्ण के लिए समान स्नेह भाव था और समान व्यवहार भी। उसकी इसी उदारता और विराटता के प्रति मैं नतमस्तक था। पूरे ग्राम में वह एक अपवाद थी।

आज मैं अनमना था। भीतर कक्ष से ही बाहर झाँककर मैंने देखा, माँ भित्ति पर टँगा हुआ मेरा चित्र ध्यानपूर्वक देख रही है। मैं स्पष्ट रूप से समझ रहा था कि उसके मुख पर अन्यमनस्कता उभर आई है। वह बहुत देर तक उस चित्र-फलक को देखती रही और फिर भित्ति का ही आश्रय लेकर श्लथ-सी बैठ गई। उसकी दाहिनी हथेली कपोलों का अवलम्ब बनी हुई थी। उसकी निर्निमेष दृष्टि अब भी

मेरे चित्र की ओर ही केन्द्रित थी। मैं उसके जीवन-क्रम से पूर्णत: भिज्ञ था। जब कभी वह किसी गहरी चिन्ता में डूबी होती, तब इसी प्रकार भित्ति का आश्रय लेकर बैठ जाती थी और बहुत देर तक बैठी रहती थी। उसके मुख पर भावों का उतार-चढ़ाव और आन्तरिक आन्दोलन स्पष्ट परिलक्षित होता था। किन्तु ऐसे अवसर कम ही आते थे। मैंने उसे स्वकेन्द्रित आत्मचिन्तन करते और अन्यमनस्क होते कभी नहीं देखा था। सदा ही परदुख और परकरुणा, उसकी अन्यमनस्कता का कारण रहा है। किन्तु आज वह अन्य दिवसों की अपेक्षा अधिक उदास थी। माँ के मुख पर उभरी हुई इस गहन उदासी और श्लथ स्थिति को देखकर मैं अपराधबोध से ग्रस्त हो रहा था।

माँ की इस अवस्था ने मुझे अस्थिर बना दिया था। एक अर्थ में मैं उसका मानस-पुत्र भी था और वह मेरी मानस-माँ। उसके उल्लास, दुख, करुणा और सहानुभूति-सहभाव की परिणति मैं स्वयं में पाता था तथा उसकी मानस-भूमि पर ही मेरी मानस-यात्रा सम्पन्न होती थी। यह कोई प्रथम अवसर नहीं था। चित्र-फलक निर्माण की कला की दीक्षा भी तो मुझे और ग्राम के बालक-बालिकाओं को उसी ने दी थी। मेरा गृह तो चित्र-वीथिका ही था। गृह की भित्तियाँ ही कला-वीथियाँ थीं और यहाँ पर हम सभी के द्वारा निर्मित न जाने कितने विविधरंगी और विविधधर्मी चित्र सुशोभित थे। इन चित्रों में जीवन्तता थी। जीवन का उल्लास, करुणा, सहकार, समानधर्मिता और संघर्ष सभी कुछ तो अंकित था इन चित्रों में। जीवन के सारे प्रसंग इस कला-वीथिका में अलंकृत थे।

किन्तु मैं समझ नहीं पा रहा था कि आज मेरे इस योगी-विरागी चित्र ने उसे अन्यमनस्क क्यों बना दिया। तब इसका उत्तर मेरे पास नहीं था। माँ के मुख पर उभरी हुई इस श्रावणी निराशा को मैं सह नहीं सका और अपने कक्ष से निकलकर माँ के निकट आकर खड़ा हो गया। एकदम समीप, और मेरा हाथ स्वयमेव उसके सिर पर रख गया। मेरे हाथ का स्पर्श पाकर उसकी तन्द्रा भंग हुई। उसने पहले तो एक क्षण के लिए निर्निमेष दृष्टि से मेरी ओर देखा और फिर मुझे खींचकर अपने हृदयस्थल से आबद्ध कर लिया। तब उसकी ममतामयी अँगुलियों में मेरे अस्तित्व को संरक्षित कर लेने की आश्वस्ति थी।

माँ कुछ क्षणों में ही सुस्थिर हो गई। वह मेरा आश्रय लेकर उठी और फिर अपने गार्हस्थियक कार्यों में संलग्न हो गई। संध्या होते ही धुँधलका घिरने लगा था। गोधूलि की वेला बीत गई थी। द्वार पर देखा; पिंगला, नीलाम्बरा, जाह्नवी, माहेश्वरी आदि सभी गायें खड़ी हैं और गोशाला का द्वार खुलने की प्रतीक्षा कर रही हैं। मैंने द्वार खोल दिया, गायें गोशाला में आ गईं। नलिनी और उत्ताला में न जाने क्या विवाद छिड़ा था। वे द्वार के बाहर ही खड़ी थीं। एक-दूसरे से हौले-हौले सींग लड़ातीं, अपने मुख पास-पास लातीं, कुछ संवाद करतीं और फिर असहमत होकर

दूर खड़ी हो जातीं। मैं दूर खड़ा हुआ उनकी यह 'चर्चरी' देख रहा था। वे सम्भवत: माँ के हस्तक्षेप की प्रतीक्षा कर रही थीं। माँ की न्यायप्रियता से वे आश्वस्त थीं। माँ भी उनके दिन-प्रतिदिन के संवाद-विवाद से परिचित थीं। वह द्वार पर पहुँची। नलिनी और उत्ताला से न जाने क्या कहा। उनके सींगों का स्पर्श कर कुछ संकेत दिया और वे दोनों सुसंस्कृता बनी गोशाला में चली गईं। पितृश्री के सहयोग से उनके दाना-पानी का प्रबन्ध हुआ। अन्न-जल में अपार शक्ति होती है। वह कभी प्रश्न बनकर संवाद-परिसंवाद और विवाद को जन्म देती है और कभी आश्वस्ति बनकर जीवन की गति को तीव्रता प्रदान करती है।

सांध्य आरती सम्पन्न हुई, मृत्तिका से निर्मित शिव और शक्ति की प्रतिमाओं की। रात्रि अपने पाँव फैलाने लगी। शयन का समय था। पर्यंक बिछे और माँ श्लथ-सी लेट गई। मैं माँ के पास ही सोया करता था। लेटते ही मैं माँ के उदर पर अपनी हथेली रख लेता था। सम्पूर्ण संरक्षण का अनुभव होता था मुझे तब। आज भी मैंने वही किया। माँ नित्य की भाँति आज भी मुझे कहानी सुनाने लगी। किन्तु आज न तो परी की कथा थी और न किसी देवता के प्रसंग का गल्प। आज की कहानी—कहानी तो नहीं अपितु तीर्थ-कथा अथवा तीर्थ-वार्ता थी। माँ कह रही थी और मैं सुन रहा था। सुनता जा रहा था और मध्ययुगीन वास्तुकला से परिचित हो रहा था।

"कन्हर! यह तब की बात है जब मैं तुम्हारे पितृश्री के साथ एकाम्रकानन गई थी। तुम बहुत छोटे थे, दो वर्ष के रहे होगे। तब मैं पदयात्रा भी बहुत कर लेती थी। अनन्त गिरि के दुर्गम पार्वतीय मार्ग को पार करते हुए चलते-चलते न जाने कितने मास व्यतीत हुए तब हम एकाम्रकानन पहुँचे थे। यह केसरी नरेशों की राजधानी थी और उस नगरी के वासियों से यह ज्ञात हुआ था कि केसरी नरेश ययाति केसरी ने इस सुन्दर नगर को बसाया था और इसे राजधानी भी घोषित किया था। उत्कलवासियों के मन में इस तीर्थ नगरी के प्रति अपार श्रद्धा थी। सम्पूर्ण नगर, मन्दिरों से अलंकृत था। कोई पाँच-सात सौ मन्दिर इस नगर को सुशोभित कर रहे थे। केसरी नरेश शैव थे। महादेवता शिव और पार्वती के उपासक थे। केसरी वंशीय ललाटेन्दुकेशरी ने लिंगराज मन्दिर का निर्माण कराया था। यह चार-पाँच सहस्र पूर्व की बात है। लिंगराज मन्दिर में आर्य और द्रविड़ वास्तुकला का अत्यन्त सुन्दर समन्वय हुआ है। मन्दिर में अत्यन्त कलात्मक मंडप, शिखर और गोपुर हैं। मन्दिर के चारों ओर प्रदक्षिणा-पथ है। गर्भ-गृह है, मन्दिर के ऊपर गोल आमलक है। कलश और ध्वजदंड स्थापित हैं। मंडल के सन्तुलन के लिए स्तम्भ हैं और स्तम्भों में शिव और शक्ति की मूर्तियाँ उत्कीर्ण हैं। यह कला की चरम परिणति और उत्कर्ष का प्रतीक है।"

माँ, लिंगराज मन्दिर के निर्माण की कहानी और उसकी कलात्मकता को ऐसे चित्रित कर रही थी जैसे उसने स्वयं वास्तुशिल्पियों को एक-एक पत्थर रखते हुए और मन्दिर को बनते हुए देखा हो। उसने पूजा-अर्चना की पूरी कहानी बतलाई। मैं अनुभव कर रहा था कि जब वह लिंगराज मन्दिर की कला का कथन कर रही थी, तब उसकी अँगुलियों में भी कलात्मक संचेतना संचरित होने लगी थी। वह मेरे मस्तक को सहलाते हुए यह यात्रा-वृत्तान्त सुनाती जा रही थी और उसकी अँगुलियों में निरन्तर चढ़ते-उतरते आरोह-अवरोह का मैं अनुभव कर रहा था। रात्रि गहरी होती जा रही थी। माँ के वाक्य भी बीच-बीच में रुक-रुक जाते थे। कुछ देर बाद वह सो गई और मैं भी प्रगाढ़ निद्रा में खो गया। यात्रा-वृत्तान्त अधूरा रह गया था।

अलस्सबेरे जब नींद टूटी, तब मैंने देखा कि पितृश्री आँगन में खड़े हुए आकाश का अवलोकन कर रहे हैं। उषाकाल होते ही वे गोदावरी की ओर चले गए। मैं भी गया। स्नान किया। पिता ने सूर्य का स्मरण किया और प्रणत हुए। मैं उनका अनुगमन करता रहा। पंचभूत और वृक्ष की उपासना सम्पन्न हुई। फिर वेदाभ्यास के लिए पाठशाला गमन। यही क्रम चलता रहा नित्य की तरह।

एक दिन जब मैं पाठशाला से गृह लौट रहा था, तब मैंने देखा एक व्यक्ति रंगीन रेशमी वस्त्र धारण किए हुए ढोल बजा-बजाकर कुछ घोषणा कर रहा है। उसके आसपास ग्रामवासियों का समूह एकत्रित हो गया है। मैंने निकट जाकर सुना, वह सायंकाल मंचित होने वाले 'वेणीसंहार' नाटक की घोषणा कर रहा है। मैं इस घोषणा को सुनकर आनन्दित हो गया। गृह पहुँचकर मैंने माँ को सायंकाल मंचित होने वाले नाटक की सूचना दी। और माँ के पूछने पर यह भी बतला दिया कि 'वेणीसंहार' नाटक का मंचन होने वाला है।

साहित्य और कला के प्रति माँ के मन में विशेष अनुराग था। मैंने उसे काव्य अथवा नाटक की रचना करते तो कभी नहीं देखा किन्तु कला की साधना करते अवश्य देखा है। वह कला-मर्मज्ञ और कला-सर्जिका भी। मैंने ताड़पत्रों और भोजपत्रों पर चित्रांकन करते उसे देखा था। किन्तु सर्वाधिक प्रिय कला उसके लिए मृत्तिका-कला थी। वह न जाने कितने प्रकार की मिट्टी एकत्रित करती और उसमें अन्य अयस्क, पिसा हुआ पुआल और पिसी हुई दूर्वा आदि सम्मिलित कर प्रतिमा-निर्माण के लिए मिट्टी तैयार करती और फिर दत्तचित्त होकर उस मिट्टी में रूपाकार उभारती। एक प्रतिमा के निर्माण में उसे अनेक दिन लग जाते थे किन्तु उसका धैर्य विचलित नहीं होता था। जब प्रतिमा निर्माण का कार्य पूर्ण हो जाता, तब वह आश्वस्ति का अनुभव करती थी। मैं कई वर्षों से उसका यह क्रम देखता चला आ रहा था। गृह का एक बड़ा कक्ष अनेक मूर्तियों से भरा हुआ था। उसकी मूर्ति निर्माण की कला में, जीवन्तता, अभिव्यक्त होने की क्षमता सँजोये रखती थी और उसकी कलाभिरुचि के दर्शन कराती थी।

'वेणीसंहार' नाटक के अभिनीत होने का समाचार सुनकर वह आनन्दित हुई और उसने 'वेणीसंहार' नाटक के रचयिता तथा नाट्यवस्तु के सम्बन्ध में बतलाना आरम्भ कर दिया।

"कन्हर! वेणीसंहार नाटक के रचयिता भट्ट नारायण हैं। महाभारत के द्रौपदी के केश खींचने के प्रसंग को इस नाटक की नाट्यवस्तु बनाया गया है। दु:शासन दुष्ट था। द्यूत क्रीड़ा में युधिष्ठिर, द्रौपदी को भी हार जाते हैं और भरी राजसभा में दु:शासन, द्रौपदी के केश खींचकर लाता है। द्रौपदी इसी अवसर पर कौरवों के अन्त की प्रतिज्ञा करती है।" मैं सोच रहा था, माँ कितनी बहुपठित है। मेरे गृह में एक छोटा-सा ग्रन्थालय भी था। इस ग्रन्थालय में कुमारदास कृत जानकीहरण महाकाव्य, भारवि द्वारा रचित किरातार्जुनीयम्, भवभूति द्वारा प्रणीत मालती माधव, महावीरचरितम् और उत्तररामचरितम्, बाणभट्ट कृत हर्षचरित और कादम्बरी, माघ द्वारा लिखित शिशुपालवध, दंडी का दशकुमार चरित, सुबन्धु द्वारा प्रणीत वासवदत्ता और ऋग्वेद, यजुर्वेद, सामवेद और अथर्ववेद एवं महाभारत आदि ग्रन्थ उपलब्ध थे। इसके अतिरिक्त और भी अनेक ग्रन्थ थे। माँ इन ग्रन्थों का निरन्तर पठन करती रहती थी। मैंने सदा ही उसे सद्ग्रन्थों का सत्संग करते देखा है। 'वेणीसंहार' नाटक को देखने की तीव्र अभिलाषा मेरे मन में थी।

साँझ हुई। गोधूलि से सम्पूर्ण ग्रामपथ रंजित होने लगा। अन्धकार, अपने तन का विस्तार करने लगा और ग्राम के मध्य स्थित प्रांगण से ढोल और नगाड़े की ध्वनि सुनाई पड़ने लगी। यह उच्च ध्वनि, दर्शकों के लिए आमंत्रण थी।

मैं मातुश्री और पितृश्री के साथ नाट्यस्थल चल पड़ा। घर-घर से ग्रामवासी नाटक देखने के लिए निकल पड़े थे। भारी भीड़ दिख रही थी। ऐसा प्रतीत हो रहा था कि जैसे ग्राम का सम्पूर्ण जनसमुदाय नाट्यावलोकन के लिए जा रहा हो।

प्रांगण के निकट पहुँचे। दर्शकों की भीड़ थी। खुले रंगमंच पर 'वेणीसंहार' का मंचन होना था। चौड़े चबूतरे के एक ओर वाद्ययंत्रों को सुव्यवस्थित सहेजे वादक बैठे थे। तभी वादक ने नगाड़े का उच्च नाद किया। सूत्रधार रंगमंच पर उपस्थित हुआ और नाट्यारम्भ की सूचना दी। नट-नटी का संवाद-परिसंवाद चला। इसके उपरान्त कौरवों की राजसभा में द्यूतक्रीड़ा। युधिष्ठिर की निरन्तर होती पराजय और अन्तत: द्रौपदी को भी द्यूत-दाँव पर युधिष्ठिर का लगा देना। फिर पराजय। अभी तक तो जितने दृश्य प्रदर्शित हुए थे, दर्शकों का मनोरंजन कर रहे थे।

इसके उपरान्त ही वह मार्मिक दृश्य आ गया जिसकी प्रतीक्षा में सभी दर्शकगण थे। कौरवों की राजसभा का दृश्य था। महाव्रती भीष्म और धृतराष्ट्र उच्च आसन पर बैठे थे। पराजित युधिष्ठिर, अर्जुन, भीम, नकुल और सहदेव एक ओर निराश बैठे हुए दिख रहे थे और दूसरी ओर विजयोन्मत्त दुर्योधन, दु:शासन और अन्य कौरव। तभी नगाड़े का उच्च नाद हुआ और दुर्योधन के निर्देश पर दु:शासन द्रौपदी के केश

खींचकर लाने लगा। सम्पूर्ण प्रेक्षा-प्रांगण स्तब्ध था। कुछ प्रेक्षक तो इस दृश्य को देखकर आनन्द का अनुभव कर रहे थे और कुछ इस अन्याय को देखकर स्तब्ध थे। द्रौपदी भरी राजसभा में भीष्म और धृतराष्ट्र को तीक्ष्ण उपालम्भ दे रही थी। किन्तु सभी निश्चेष्ट थे। भीष्म के न्याय का शव वचनबद्धता की अर्थी पर विवशता का कफन ओढ़े पड़ा था। धृतराष्ट्र के अन्धे नेत्रों के समक्ष राज्य-मर्यादा निर्वस्त्र हो रही थी और वे नि:शब्द थे। महाप्रतापी अर्जुन की प्रत्यंचा पर भी परिवार-धर्म की जड़ता और विमूढ़ता का हिमपात हो गया था। धृतराष्ट्र-पुत्र विजयोल्लास से मदमत्त थे किन्तु भीम इस महा अन्याय को देखकर क्रोधाग्नि में धधक रहा था।

प्रेक्षक स्तब्ध थे और दु:शासन द्रौपदी के केश खींचकर उसे राजसभा में ला रहा था। द्रौपदी, भीष्म, धृतराष्ट्र, कर्ण सभी के समक्ष प्रश्नों की बौछार कर रही थी। आर्तनाद कर रही थी, एक नारी की मर्यादा की रक्षा के लिए। किन्तु पूरी राजसभा निरुत्तर थी। वह न्याय की भिक्षा माँग रही थी और सभी महान्यायवादी निरुत्तर थे। उनके पास द्रौपदी के अग्नि-प्रश्नों का कोई उत्तर ही नहीं था।

तभी मैंने देखा। मेरी माँ अचानक रंगमंच के समक्ष तनकर खड़ी हो गई और वह उच्च स्वरों में रंगमंच में भरी राजसभा को सम्बोधित कर चिल्लाने लगी—"यह अन्याय है। धर्मराज युधिष्ठिर ने स्वयं को द्यूतक्रीड़ा में हारकर द्रौपदी को दाँव पर लगाया था। धर्म का द्रौपदी को दाँव पर लगाना अधर्म था। इसलिए द्रौपदी हारी हुई नहीं है।" प्रेक्षकों ने मेरी माँ के इस तर्क का उच्च स्वरों से समर्थन भी किया किन्तु माँ, प्रेक्षकों के नाट्यावलोकन में अधिक व्यवधान उपस्थित न करते हुए अपने स्थान पर बैठ गई। तभी रंगमंच पर द्रौपदी का सिंहनाद गुंजित हुआ—"आज से मेरी यह वेणी खुली रहेगी। मैं वेणी का श्रृंगार अब तभी करूँगी, जब कौरवों का अन्त हो जाएगा।" भीम ने भी इसी समय दु:शासन के रक्तप्राशन की प्रतिज्ञा की। अभिनय कुछ समय तक और चलता रहा और फिर नगाड़े के उच्चनाद के साथ ही नाटक समाप्त हो गया।

सभी प्रेक्षक अपने-अपने गृहों की ओर लौटने लगे। मैं भी माता-पिता के साथ अपने घर की ओर चल पड़ा। मार्ग में पुरवासी पात्रों की अभिनय कुशलता की चर्चा कर रहे थे। प्रबुद्ध जन मेरी माँ के साहस और प्रज्ञाशीलता की सराहना करते जा रहे थे।

मैं माँ के प्रतिरोधी अडिग व्यक्तित्व से परिचित था और उसके इस रूप से परिचित होना, मेरा प्रथम अवसर भी नहीं था। अनेक बार ऐसे प्रसंग उपस्थित हुए थे जब माँ ने अन्याय का प्रतिरोध किया था। वह कहा करती थी कि अन्याय करना जितना अश्रेय है, उतना ही अश्रेय अन्याय को सहना भी है।

घर आ गया। रात्रि अधिक गहरी हो गई थी। आकाश में चन्द्रमा की द्युति मलिन थी। एकाध-दो बादल के टुकड़े उसकी धवलिमा को मलिन कर रहे थे। बादल के उन समूहों को सम्बोधित करते हुए चन्द्रमा प्रश्न-प्रतिप्रश्न करता जा रहा था। सारे

ग्रह और नक्षत्र स्तब्ध थे। चन्द्रमा का प्रश्न तारों की भरी सभा में अनुत्तरित था। मैं माँ के निकट ही पर्यंक पर लेट गया। अपनी हथेली माँ के उदर पर रख ली। माँ की अँगुलियाँ भी मेरे मस्तक को सलहाने लगीं। आज माँ चुप थी। उसने कोई कहानी नहीं सुनाई। मैं भी आज कुछ और सुनने की स्थिति में नहीं था। जाने कब निद्रा आ गई और मैं प्रगाढ़ निद्रा में खो गया।

उषाकाल से पुन: दैनन्दिन कर्म आरम्भ हो गया। आज गोदावरी से लौटकर मैंने देखा माँ कुछ अनमनी-सी है। अस्थिर भी किन्तु उसके मुख पर कुछ अलौकिक दृढ़ता भी उभरी हुई परिलक्षित हो रही है। मैं पितृश्री के साथ अध्ययनशाला चला गया। वहाँ वैदिक ऋचाओं की पुनरावृत्ति करता रहा। निरन्तर प्रत्यास्मरण कर उन ऋचाओं को कंठस्थ करता रहा।

अवकाश होते ही गृह आया। माँ अपने कला-भवन में चित्र-रचना में संलग्न थी। भोज-पत्रों से उसने एक विशाल चित्र-फलक निर्मित कर लिया था। रंग कलशियों में तरह-तरह के रंग भरे हुए थे। मैं देख रहा था रंगों की तरलता में न जाने कितने पात्र तैर रहे हैं। किसी रंग-कटोरी में युधिष्ठिर तैरते हुए दिख रहे थे और किसी कलश में भीष्म का प्रतिबिम्ब दिख रहा था। अर्जुन, भीम, नकुल, सहदेव, दु:शासन, धृतराष्ट्र, विकर्ण, विदुर, द्रौपदी, दुर्योधन आदि सभी पात्र उन रंग कलशियों में भरे तरल रंगों में प्रतिबिम्बित थे। न्याय, तूलिका के रेशों में चिपका हुआ था। तूलिका, चित्र-फलक पर चल रही थी और तूलिका का अग्र तीक्ष्ण रेशों वाला अंश प्रतिरोध उगल रहा था। माँ चित्रांकन में संलग्न थी। पूरा दिन बीत गया।

एक-एक कर सात दिन व्यतीत हो गए। माँ गार्हस्थ्यिक कार्यों का निष्पादन करने के उपरान्त अपने रंगकर्म में जुट जाती थी। इन दिनों वह कम बात करती और किसी परिसंवाद में सहभागी भी नहीं बनती थी। उसे देखकर ऐसा प्रतीत होता था जैसे उसके मस्तक पर कोई गुरुतर भार रखा हुआ है। दिन बीतते चले जाते थे और एक-एक बीतते दिवसों में मैं अनुभव करता था कि उसका भार घटता जा रहा है। आठवें दिन वह भारमुक्त दिखी। उसकी कृति पूर्ण हो गई थी। चित्र-फलक पूर्णता से भर गया था।

आज उसने स्नेह से बात की। माँ ने कहा—"कन्हर! आज मेरी कला-साधना पूर्ण हुई। मैं चित्र-रचना की प्रक्रिया में सात दिनों तक तीव्र आत्म-संघर्ष करती रही हूँ। कितनी वेदना थी मेरे अन्तर में। कितना द्वंद्व किया है मैंने राज-व्यवस्था से। मुझे तत्त्वदर्शी और पूर्णतावादी तत्त्वज्ञ धर्मराज युधिष्ठिर का व्यक्तित्व निस्तेज भूमि पर लुढ़कता हुआ दिखा है। ध्येयनिष्ठ, राजनीति एवं रणनीति शास्त्रज्ञ भीष्म का ध्येयवाद मुझे मर्यादा के श्मशान में समर्पण की चिता पर लेटा हुआ दिखा है।

जन्मान्ध धृतराष्ट्र का निस्तेज, परावलम्बित्व-प्रधान व्यक्तित्व, संशय से कलंकित परिलक्षित हुआ है। मैं क्या कहूँ, उस राजसभा में कोई आत्मजयी नहीं था, कोई अजातशत्रु नहीं था और कोई समाजवेत्ता भी नहीं था। सारे व्यक्तित्व ऊर्जाविहीन थे। मेरे आक्रोश के आघात से कोई नहीं बच पाया। सच कहती हूँ पुत्र! इन सात दिनों में मैंने सात कल्प जैसा दारुण मानसिक संताप सहा है, दुर्धर्ष आत्मसंघर्ष किया है।"

माँ अपनी कृति की रचना-प्रक्रिया का आख्यान करते हुए तनतना उठी थी। क्रोध से उसका मुख आरक्त हो उठा था। उसके मुख पर आत्मजयी और न्यायनिष्ठता का भाव था।

मैं भित्ति पर फैला हुआ चित्र-फलक देख रहा था। अवनत राजतंत्र और बिखरा हुआ सामाजिक न्याय मुझे दिख रहा था, उस रंग-फलक में। पितामह भीष्म के आसन का एक सिरा टूटा हुआ था और दूसरा सिरा द्रौपदी की अँगुलियों से निकली ज्वाला से जल रहा था। उनका मुकुट भूमि पर पड़ा था और वह अग्निताप से पिघल रहा था। पिघला हुआ स्वर्ण दूर तक एक अग्निरेखा खींचता बह रहा था। धृतराष्ट्र के नेत्रों के कोटरों में गहरे-गहरे काले-काले कूप निर्मित हो गए थे और उन कूपों से धुआँ निकल रहा था। अर्जुन का गांडीव टुकड़े-टुकड़े होकर भूमि पर पड़ा था और प्रत्येक टुकड़े में द्रौपदी की जलती हुई अँगुलियाँ चिपकी हुई थीं। कर्ण असहाय मस्तक को हस्त का आश्रय दिए हुए भूमि पर बैठा हुआ था और उसके अपराजेय कवच और कुंडल दूर एक वृक्ष पर पराजित होकर टँगे हुए थे। चित्र में शेष सभी पात्र सिर से तो अपने मूल रूप में थे किन्तु अधोभाग किसी का सियार का था, किसी का उलूक का और किसी का श्वान का बना हुआ था। आपस्तम्ब सूत्र के अधजले पृष्ठ पूरी राजसभा में बिखरे हुए थे। सभा के मध्य में खड़ी द्रौपदी—अस्मिता की अविजित प्रतीक-सी दिख रही थी। उसके शरीर से अग्नि पिघल-पिघलकर प्रवाहित हो रही थी।

माँ ने अपने इस चित्र-फलक पर रंगों की ऐसी जीवन्त संयोजना की थी कि प्रत्येक रंग अर्थोच्चारण कर रहा था, प्रतिरोध का उद्घोष कर रहा था। तब मुझे माँ के यथार्थबोध और न्यायनिष्ठता पर गर्व का अनुभव हुआ था। उसके मन में सामाजिक न्याय की एक आदर्श परिकल्पना थी। पुरुष और नारी की अस्मिता के सम्बन्ध में उसके मन में द्वैत-भाव नहीं था। न जाने क्यों इस चित्र ने मुझे अत्यधिक प्रभावित किया था। इस चित्र में मुझे आदर्श और यथार्थ के संकेत मिल रहे थे और मैं उन संकेतों का परिचय सीमित नहीं रखना चाहता था।

मैं द्वार पर खड़ा था। नन्दिनी और गांधारी मेरे गृह की ओर चली आ रही थीं। उनकी आकांक्षा मुझसे मिलने और मेरा साहचर्य पाने की थी। वे आँगन पार कर द्वार पर आ गईं। मैंने अभिवादन किया और माँ ने द्वार पर आकर अपना स्नेह-प्रदर्शन

कर उन्हें भीतर आने का आग्रह किया। वे दोनों भीतर आ गईं। मैं तो अस्थिर था, उन्हें माँ के द्वारा निर्मित नवीन चित्रांकन दिखलाने के लिए।

नन्दिनी और गांधारी के समक्ष मैंने माँ के द्वारा निर्मित नई रंग-कृति की चर्चा की। वे दोनों उस कृति का अवलोकन कराने का आग्रह करने लगीं। माँ ने प्रतिरोध नहीं किया और मैं उन दोनों को साथ लेकर कला-कक्ष में आ गया। नन्दिनी और गांधारी उस चित्र को देख रही थीं और मैं उनके मुख पर चढ़ते-उतरते भावों का अवलोकन कर रहा था।

"अस्मिता में कितनी ऊर्जा होती है। कितना ताप होता है अखंड व्यक्तित्व में। ऊपर से सहज-सरल प्रवाहमयी व्यक्तित्व सहेजने वाली सरिता भी अपने अन्तर में कितने उग्र आन्दोलन समेटे रहती है। जीवन और सामाजिक न्याय के इस गहरे महानद के हृदय से उभरा हुआ यह द्वीप, यथार्थ-स्तम्भ ही तो है। समय के तीव्र वेग से निरन्तर संघर्ष करता हुआ व्यक्तित्व का एक छोटा-सा द्वीप अपनी अस्मिता की विजय का महोत्सव ही तो मनाता रहता है। सामाजिक न्याय की स्थापना के लिए संघर्ष का नैरंतर्य अनिवार्य होता है। प्रतिरोधों का अर्थ और ध्येय, जीवन के वास्तविक उद्‌देश्यों की प्राप्ति के मार्ग में प्रतिगामी ही बना रहता है। द्वीप इस प्रतिगामिता को तोड़ता रहता है, तोड़ता रहता है और अपने व्यक्तित्व को बचा लेता है, उसकी अस्मिता का संरक्षण भी हो जाता है।" गांधारी इतना कहते-कहते रुक गई और चित्र में बिखरे हुए यथार्थ को समेटने लगी।

तभी नन्दिनी बोली—"न्याय तो सामाजिक आदर्शों का चरम उत्कर्ष है। न्याय की स्थापना के लिए और प्रतिगामी सामाजिक अनादर्शों से संघर्ष कर अपने व्यक्तित्व का संरक्षण करने के लिए यह अनिवार्य हो जाता है कि यथार्थ का सहयात्री बना जाए। यथार्थ, एक शाश्वत सत्य है और संघर्ष, आत्मसंघर्ष तथा जनसंघर्ष, उस सत्य के ही प्रतिबिम्ब हैं। प्रतिबिम्बों में जीकर ही कोई सत्य तक पहुँच सकता है। आदर्श, फलदायी वृक्षों का रोपण करते हैं, बड़े होकर यही वृक्ष अपनी सफल जीवन-यात्रा का उत्सव मनाते हैं। वे स्वत्व की एकतांत्रिकता से मुक्त हो जाते हैं, विराट बन जाते हैं। यह विराटता ही तो वृक्ष का धर्म है। किन्तु शूलपाणि झाड़ियाँ, रोपी नहीं जातीं, अपने आप उग आती हैं। परम्पराएँ भी जड़ होकर बीजगणित के साध्यों-सी स्थिर हो जाती हैं। फिर चाहे राजतंत्र हो और चाहे राजतंत्रीय जनतंत्र, सभी तंत्रों में पुरातनप्रियता आ जाती है। यह पुरातनप्रियता ही अश्रेय परम्पराओं को जन्म देती है। सभी प्रतीक इन्हीं परम्पराओं में बँध जाते हैं। फिर चाहे न्याय कितना ही आर्तनाद करे, ये प्रतीक वधिर हो जाते हैं। अन्धे हो जाते हैं। नारी और पुरुष का विभेद खड़ा हो जाता है और मर्यादाओं की सीमा-रेखा खिंच जाती है। ऐसे समय क्या किया जाए। न्याय सदा याचक तो नहीं बना रह सकता। शव बन गए प्रतीकों के समक्ष भिक्षापात्र तो नहीं फैलाए रख सकता। वह प्रतिरोध न करे, तो क्या करे।

यथार्थ की आँखें भी तो सहस्त्रों होती हैं।" इतना कहकर नन्दिनी चुप हो गई। उसने गांधारी को चलने का मिर्देश दिया। वे दोनों कला कक्ष से बाहर आ गईं और मैं भी उनके साथ आ गया।

वे दोनों चली गईं किन्तु अपना व्यक्तित्व मेरे पास छोड़ गईं। तब उनका व्यक्तित्व मुझे वैदिक ऋचाओं-सा प्रतीत हुआ था।

नन्दिनी और गांधारी के चले जाने के उपरान्त माँ ने मुझसे कहा, "कन्हर! चित्र में तूने जीवन का कौन-सा स्वरूप देखा?"

"यथार्थ का, वास्तविक सामाजिक सत्य का और अनादर्शों से संघर्ष करती अस्मिता का," मैंने कहा।

"फिर जीवन का सत्य शून्य है या सृष्टि, संघर्ष है या पलायन, द्वंद्व है या वैराग्य। माँ ने प्रतिप्रश्न किया। और फिर आगे कहा—पत्तियों की अर्चना-वन्दना करने से क्या लाभ! वृक्ष का मूल, उसके विकास का उद्‌भव होता है। मूल की पूजा करो, पत्तियाँ अपने आप आदर्शों की हरीतिमा से रंजित हो जाएँगी। सुसंस्कारों का जितना निर्मल जल वृक्ष देवता को अर्पित करोगे, वृक्ष उतना ही समृद्ध होगा, पल्लवित, पुष्पित और फलित होगा। मिट्टी की आत्मा का रस और वृक्ष की सृष्टि विस्तार की परिकल्पना सहेजे हुए जब कोई फल किसी वृक्ष की डाल पर पकता है, तब वह जन-जन की प्यास और क्षुधा को शान्त करता है। यह पके हुए फल का धर्म है और वृक्ष का यथार्थ भी। कला की यात्रा करते समय इस यथार्थ को आत्मसात् करना आवश्यक होता है। तभी सामाजिक आदर्श की परिकल्पना सजीव रूप धारण कर पाती है।"

मैं माँ के इस सम्भाषण को सुनकर हतप्रभ हो गया था। वैसे मैं कई दिनों से यह अनुभव कर रहा था कि माँ मेरे वानप्रस्थी चित्र को देखकर कुछ उदास-सी हो गई थी। वह गार्हस्थ्यिक कार्यों का निष्पादन करते समय भी मेरे उस चित्र पर एक उड़ती हुई दृष्टि अवश्य डाल देती थी। कुछ कहना चाहती भी थी, किन्तु सम्भवत: कहने का प्रसंग तब उसे नहीं मिला था।

आज जब नन्दिनी और गांधारी, माँ के बनाए हुए चित्र को देखकर अपनी जैसी निर्भीक प्रतिक्रिया व्यक्त कर रही थीं, उसे सुनकर माँ को लगा होगा कि आज ही उचित प्रसंग मिल गया है और इसी अवसर पर मेरे वानप्रस्थी चित्र पर वह अपनी प्रतिक्रिया व्यक्त कर दे। माँ की प्रतिक्रिया, मेरे लिए मात्र प्रतिक्रिया नहीं थी, वह जीवन का दिशा-निर्देश था।

माँ का व्यक्तित्व, मेरे समक्ष एक जलते हुए प्रश्नचिह्न जैसा था। सोचता था—कितना विरोधाभास है उसमें। वह शिव और शक्ति की उपासिका है, वह तांत्रिकों, वज्रयानियों, कापालिकों और योगी-योगियों को मुक्त हस्त से भिक्षादान करती है, वह स्वयं दया और करुणा की प्रतिमूर्ति है। फिर उसके मन में वैराग्य-पंथ के प्रति

लगाव क्यों नहीं है? मेरे चित्र को देखकर वह आनन्दित क्यों नहीं हुई? उसने ऐसा चित्र निर्माण करने से मुझे क्यों रोक दिया, और क्यों वर्जना की? वह परम्परा का पालन भी करती है और परम्परा का विरोध भी तथा विरोध भी क्रान्ति की सीमा तक। उसका व्यक्तित्व भावना-प्रधान भी था और अतियथार्थवादी भी। यह सब कुछ मेरी समझ के परे था। मन में उठे हुए प्रश्नों का सन्धान करने का मैं बहुत प्रयास करता, किन्तु असफल रहता। उसका विरोधाभासी व्यक्तित्व तब भी मेरे समक्ष अनुत्तरित प्रश्न था, और इतना समय बीत जाने के उपरान्त, आज भी वैसा ही है।

माँ मेरे चित्र के प्रसंग में और आगे कुछ न कह वहाँ से चली गई और अपने दैनन्दिन कार्यों के सम्पादन में संलग्न हो गई।

आज मैं पंचवटी की ओर नहीं गया। कई संगी-साथी वहाँ चलने और खेलने-कूदने का आग्रह करते रहे किन्तु मैं गया नहीं। मैं अनुभव कर रहा था कि मैं अन्तर्द्वंद्व से ग्रस्त हूँ, आक्रान्त हूँ। साँझ हो गई। द्वार पर पिंगला, नीलाम्बरा, जाह्नवी और माहेश्वरी आकर खड़ी हो गईं। नलिनी और उत्ताला भी आ गईं। मैं अन्यमनस्क-सा द्वार के पास ही एक चबूतरे पर बैठा था। गायें रँभाने लगीं। मेरी अन्यमनस्कता और तन्द्रा भंग हुई। मैंने द्वार खोल दिया। गायें गोशाला की ओर जाने लगीं। आज नलिनी और उत्ताला ने भी अपनी हठधर्मिता का प्रदर्शन नहीं किया। वे भी दोनों परस्पर संवाद-प्रतिसंवाद करतीं गोशाला में चली गईं। यह अप्रत्याशित था। वे माँ के निर्देश के बिना भीतर प्रवेश ही नहीं करती थीं। आज वे भी सुसंस्कृता हो गई थीं। सम्भवत: मेरी अन्यमनस्कता की वे सहभागी नहीं बनना चाहती थीं। ठीक भी तो है अन्तर्द्वंद्व से कोई परिसंवाद भी तो नहीं हो सकता।

और आज माँ के मुख पर किसी रहस्य के कथन के मैं निर्णायक प्रतिबिम्ब देख रहा था। रात्रि घिरने लगी। अन्धकार, अपने काले-कलूटे वस्त्र धारण कर दिखने लगा। आकाश में तारागण टिमटिमाने लगे। चमकीले ग्रह और नक्षत्र भी परिलक्षित होने लगे। माँ ने कक्षों में दीप प्रज्वलित कर लिए। भोजन के उपरान्त शयन के लिए अपने पर्यंक पर आ गए। माँ थकी-हारी लेट गई और मैं भी बिना कोई प्रश्न-प्रतिप्रश्न किए माँ के दाहिने पार्श्व में लेट गया। मेरा एक हाथ माँ के उदर पर धरा हुआ था और दूसरा माँ के मस्तक पर। बहुत देर तक सन्नाटा छाया रहा। माँ भी मौन थी और मैं भी। तभी मैंने अनुभव किया कि उसकी अँगुलियाँ, मेरी केशराशि को सहला रही हैं। उन अँगुलियों का स्पर्श पाकर मैं अभिभूत हो गया।

माँ ने मेरे मस्तक को सहलाते हुए कहा—"मेरा चित्र तुझे कैसा लगा! तूने अपनी प्रतिक्रिया ही व्यक्त नहीं की।"

"चित्र तो अत्यन्त मार्मिक है। सामाजिक अनादर्श अनावृत्त होकर रंगों में बिखर गया है। अस्मिता अपने संरक्षण के प्रति कितनी सचेष्ट हो जाती है। प्रतिरोध के समक्ष वह उग्र रूप धारण कर लेती है। पुरुष और नारी की अस्मिता के संरक्षण

में द्वैत-भाव कैसा! जड़वादी मान्यताओं, मर्यादाओं और प्रतिज्ञाओं का प्रतिरोध अवश्यम्भावी है। अस्मिता के संरक्षण के अवसर पर यदि मर्यादाएँ और प्रतिज्ञाएँ पंगु और विकलांग हो जाएँ, तो यह कैसे श्रेय हो सकता है। अस्मिता के गर्भगृह से ही तो अग्निनद जन्म लेते हैं। और फिर इस अग्निनद के ताप से कोई नहीं बच सकता। न सिंहासन, न राजमुकुट, न गांडीव और न गदा। राज-परम्परा भी झुलसने लगती है और राजतंत्र धू-धूकर जलने लगता है।" मैं बोलता ही जा रहा था किन्तु माँ ने रोक दिया। और कहा, "तू सत्य बोल रहा है। तेरा एक-एक शब्द अक्षर प्रमाण जैसा है। तूने चित्र की आत्मा को पढ़ लिया और आत्मसात् कर लिया है, मैं यह जान गई। लेकिन तू द्वंद्व और भीड़ से क्यों भागने की चेष्टा कर रहा है!" उसने मुझसे प्रश्न किया।

अब मैं कठिनाई में पड़ गया था। ऐसे अनुसन्धानात्मक प्रश्न की कल्पना मैंने नहीं की थी। मैं माँ के इस प्रश्न का तब सटीक उत्तर नहीं दे पाया था। उसने मुझे निरुत्तर पाकर कहा था—"भीड़ सत्य है और उस भीड़ में भी तो एकान्त का अन्वेषण किया जा सकता है। मैं जानती हूँ, तुम कहोगे कि भीड़ में एकान्त का व्यक्तित्व उभरता नहीं है, वह उसमें खो जाता है। किन्तु पुत्र! यह सत्य नहीं है। आत्मशक्ति की दृढ़ता पर यह अवलम्बित रहता है। आत्मतेज प्रखर होता है तो वह भीड़ में भी अलग से दिखलाई देता है। एकान्त प्रतिहत नहीं होता। एकान्त से ही भीड़ का विकास करना सीखो।" इतना कहते-कहते उसकी आँखें मुँदने लगी थीं। मैं आज दिन-भर से अनमना तो था ही। उसके बाद आज के गम्भीर वाद-संवाद और प्रतिवाद। मैं मानसिक रूप से भी श्लथ था। जाने कब मैं प्रगाढ़ निद्रा में खो गया।

उषाकाल होते ही दैनन्दिन जीवन का वही क्रम चल पड़ा। कार्यक्रमों में बँधा-बँधा दिन बीतने लगा। अपराह्न मैं पंचवटी की ओर चला गया। सभी संगी-साथी एकत्रित थे। नन्दिनी और गांधारी भी उपस्थित थीं। आज उनका शृंगार-सौन्दर्य, अन्य दिवसों की अपेक्षा भिन्न था। नन्दिनी ने पीतवर्णी ऊर्ध्व और अधोवस्त्र धारण किए थे और अपनी वेणी में मयूर पंख लगाए हुए थी। गांधारी श्वेत वस्त्र पहने थी और उसकी वेणी में मधुकामिनी के पुष्प सुसज्जित थे। मुझे आता हुआ देखकर वे दोनों आनन्दित हो उठीं। मैं उनके निकट पहुँचा तो उन्होंने मेरा अभिवादन किया और मेरा हाथ खींचकर क्रीड़ास्थल की ओर चल पड़ीं।

आज खेलने के लिए जो खेल निर्धारित किया गया था, वह भी अपूर्व था। खेल का नामकरण था 'अन्धा राजा'। मैंने गांधारी से प्रश्न किया—"किस प्रतीक को ध्यान में रखकर तुमने इस खेल का चयन किया है?" वह अत्यन्त व्युत्पन्न मति सम्पन्न थी। उसने तत्काल उत्तर दिया—"यह धृतराष्ट्र है। इसका राजतंत्र पंगु है,

विकलांग। यह चक्षुविहीन है, न श्रेय देख सकता है और न अश्रेय। यह बुद्धिहीन है, न परम्परा को समझ सकता है और न राज्य मर्यादा को। इसका न्यायतंत्र अन्धा है, यह उपहास का पात्र है।"

गांधारी के विश्लेषण से मैंने स्पष्ट रूप से समझ लिया था कि आज का खेल दोनों घटनाओं का संयोग है। पूर्व दिवस अभिनीत 'वेणीसंहार' नाटक की दृश्यावली और माँ के द्वारा निर्मित चित्र 'वेणीसंहार' दोनों एकत्रित हो गए हैं। एक सहयोगी को धृतराष्ट्र बनाकर बैठा दिया गया। सभी गोलाकार में खड़े हो गए। धृतराष्ट्र की आँखों पर मोटी पट्टी बाँध दी गई थी जिससे उसे कुछ दिखलाई न दे। गांधारी के निर्देश पर खेल आरम्भ हो गया। एक-एक कर लड़के उसके सिर पर चपत मारते थे, और गांधारी चपत मारने वाले को पहचानने का आह्वान करती थी। न पहचान पाने पर फिर चपत पड़ती थी। फिर पहचानने का आह्वान होता था। यह क्रम पूरी घटी भर चलता रहा और धृतराष्ट्र किसी को पहचान नहीं पाया। सूर्य चन्द्रगिरि के उच्च शिखर पर प्रस्थान बिन्दु पर खड़ा हो गया। 'अन्धा राजा' खेल की समाप्ति की घोषणा गांधारी ने की। सब अपने-अपने गृह की ओर दौड़ते-कूदते भाग चले। मैं भी चल पड़ा।

नन्दिनी और गांधारी मेरे साथ चल रही थीं। उनके घर भी मेरे गृह के निकट ही थे। नन्दिनी ने अपनी वेणी से मयूर पंख निकालकर मेरे लम्बे-लम्बे केशों में खोंस दिया और गांधारी अपनी वेणी से मधुकामिनी की पुष्पमाला निकालकर मेरे हाथ में थमाकर भाग गई। अपने-अपने गृहों में जाते हुए वे मुझे चिढ़ाती भी गईं। मेरा घर आ गया। मैंने अपने सिर से मयूर पंख निकाला और उसे अपने चित्र में बने योगी के कमंडल के पास चिपका दिया। पुष्पमाला भी योगी के रुद्राक्ष से लटका दी। घर के कार्यों में संलग्न माँ ने चलते-चलते मेरे इस उपक्रम को देखा किन्तु वह कुछ बोली नहीं।

साँझ घिरी, अँधेरा बढ़ा, रात्रि हो गई। कक्षों में दीप जल गए। पिता वेद की ऋचाएँ गुनगुना रहे थे। उनका मद्धिम स्वर सुनाई पड़ रहा था।

विश्राम का समय हो गया था। मैं माँ के साथ लेट गया। अँगुलियों ने माँ के उदर का संरक्षण ग्रहण किया और मैं माँ से कहानी सुनाने का आग्रह करने लगा। माँ आज कुछ गम्भीर-सी थी। उसके मुखमंडल में दृढ़ता का भाव था। लगता था जैसे वह किसी रहस्य को प्रकट कर देने के लिए दृढ़ संकल्पित है।

माँ कहानी सुनाने का मेरा आग्रह टाल न सकी। उसने कहना आरम्भ किया—"पुत्र! यह कहानी बड़ी विचित्र है। यह कहानी तो क्या, एक घटना है और इस घटना का निकष भी करुणापूरित है। आज से दस-ग्यारह वर्ष पूर्व की बात है। ग्राम में एक दम्पती तीर्थयात्रा करते हुए आकर ठहरा था। ग्राम के बाहर गोदावरी से लगी पंचवटी की छाँह में वे आकर ठहर गए थे। मैं स्नान करने गोदावरी गई थी। मैंने देखा उस स्त्री की गोद में एक छोटा-सा शिशु था। वह रो रहा था। मैं

जिज्ञासावश उनके पास चली गई। उस तीर्थयात्रिका से बच्चे के रोने का कारण पूछा। वह करुण हो उठी। उसके नेत्रों से अश्रु प्रवाहित होने लगे। उसने रिक्त पात्र मुझे दिखलाते हुए कहा कि पय नहीं है। यह क्षुधाग्रस्त है। पय के लिए रो रहा है। मैं उलटे पाँव घर लौट आई। नलिनी का दूध दुहा और एक पात्र में भरकर उस तीर्थयात्रिका को देने पहुँची। बच्चा तब भी रो रहा था। दूध से भरा पात्र पाकर माँ जैसे धन्य हो गई थी। उसने बच्चे को दूध पिलाया। दुग्ध-पान कर बालक किलकारी भरने लगा। तीर्थयात्रिका ने कृतज्ञता ज्ञापित की।

"बच्चे को विहँसता-खेलता देखकर उसकी माँ निश्चिन्त-सी प्रतीत होने लगी थी। वातावरण सामान्य हो गया था। मेरे मन में उनका परिचय पाने की जिज्ञासा थी। मैंने अपनी जिज्ञासा प्रकट की और उस तीर्थयात्रिका ने अपना परिचय देना आरम्भ कर दिया। उसने बतलाया—माई, हम तीर्थयात्रा पर निकले हैं। उजालिकपुर के निवासी हैं। हमारे परिवार में मैं, मेरे पति और यह पुत्र, बस तीन ही हैं। और कोई नहीं। बहुत दिनों से इच्छा थी कि एकाम्रकानन पहुँचकर भगवान लिंगराज के दर्शन करें। हम धर्मनिष्ठ ब्राह्मण हैं। शिव और शक्ति के उपासक हैं। उत्तरांचल के तीर्थ स्थलों के दर्शन करते हुए यहाँ आ पहुँचे हैं। उजालिकपुर से प्रस्थान करते समय हमने यह निश्चय कर लिया था कि एकाम्रकानन पहुँचने के पूर्व वाराणसी और उज्जयिनी में शिवलिंगों के दर्शन करेंगे। वाराणसी पहुँचे। वरुणा और असि नदियों के मध्य में यह नगर बसा हुआ है। अथर्ववेद में वरणावती नदी का उल्लेख है। इन्हीं नदियों का पूर्व नाम वरणावती रहा होगा। वरुणा और असि नदियों के मध्य में बसे होने के कारण इस नगर का नामकरण वाराणसी हुआ है। पद्मपुराण में तो नासी और वरणासि नामोल्लेख हैं। वाराणसी को काशी भी कहा जाता है। वास्तव में अति प्राचीन काल में काशी जनपद प्रसिद्ध था। पुरुरवा के वंशज राजा काश ने इसे बसाया था। इसलिए इसे काशी भी कहा जाता है। उस समय काशी, कोशल और मगध जनपदों की बड़ी प्रसिद्धि थी। पतित पावनी गंगा यहाँ पश्चिमप्रवाहिनी है।

इसी महानगरी में विश्वेश्वर ज्योतिर्लिंग स्थापित है। यहाँ ही महादेवता शिव, पुरुष और प्रकृति के रूप में सगुण हुए थे। यहाँ ही गंगा के तट पर भगवान विष्णु के कर्णालंकार से एक मणि निकलकर गिर पड़ी थी, इसलिए यह स्थान मणिकर्णिका तीर्थ बन गया। यहाँ ही विष्णु और प्रकृति के संयोग से ब्रह्मा की उत्पत्ति हुई थी। यहीं मुक्तिदायिनी पंचकोशी को ब्रह्मा ने सृष्टि में स्थिर किया था। अविमुक्त लिंग स्थापित होने के कारण इस तीर्थ की अप्रतिम महिमा है। भगवान शिव यहाँ स्वयं ही निवास कर रहे हैं। निर्गुण और सगुण, पुरुष और स्त्री तथा पुरुष और प्रकृति की सृष्टि और विकास की परिकल्पनाएँ, इस महातीर्थ से जुड़ी हुई हैं।

इसके अतिरिक्त जैन तीर्थंकर पार्श्वनाथ की जन्मस्थली भी यहीं पर थी। बुद्ध ने इस महाभूमि की अनेक बार यात्राएँ की थीं। जातकों में इस नगरी का नामकरण—

सुदर्शन, ब्रह्मवर्द्धन, पुष्पवती, सुरुद्रन, मोलिनी तथा रम्मनगर उल्लिखित है। यहाँ पर अनेक संघाराम थे, जहाँ भिक्षु निवास करते थे। इस महान धर्मभूमि को पाकर तो हम धन्य हो गए थे। आगे फिर हम तीर्थ पर चल पड़े। मार्ग में पर्वतों और नदियों को पार करते हुए हम उज्जयिनी आ गए। महाकाल के दर्शन किए। यहाँ पर मन्दिर की भूमि स्फटिक मणि से जड़ित है। मन्दिर के स्तम्भों में भी चमकीली मणियाँ सुशोभित हैं। इसके कपाट-द्वार सब स्वर्णमय दिखलाई देते हैं। यहीं शिवालय है और यहीं यह रत्नमय लिंग स्थापित है। शिवलिंग की पूजा के समय प्रतिमा को चिता-भस्म से स्नान कराया जाता है। शिव तो स्वयं ही महाभूत थे। वे क्षिप्रा के तट पर अवस्थित हैं।

महाकाल के दर्शन कर ओंकार तीर्थ आ गए। यहाँ नर्मदा के तट पर परमेश संज्ञक ज्योतिर्लिंग स्थापित है। विन्ध्याचल के तप से प्रसन्न होकर शिव वहाँ स्थिर रूप से निवास कर रहे हैं। इन ज्योतिर्तीर्थों की यात्रा करते हुए आज हम आपके ग्राम में आ पहुँचे हैं। एक दिवस विश्राम करने के उपरान्त लिंगराज तीर्थ के लिए प्रस्थान करेंगे।

पंचवटी में वटवृक्ष के नीचे इन तीर्थयात्रियों ने संरक्षण के लिए एक पाल तान लिया था। इनका ठौर गोदावरी के तीर पर ही था। पास में गोबर का एक ढेर था जहाँ से सूखे उपले निकालकर इन्होंने अग्नि प्रज्वलित कर ली थी।

"मैंने उन तीर्थयात्रियों का परिचय पा लिया और वापस घर लौट आई।" माँ ने बतलाया और आगे फिर कहा—"घर लौटकर मैं कामकाज में जुट गई। साँझ घिरने लगी। मैंने देखा नदी के तट पर कुछ ग्रामवासी एकत्रित हैं। मैं भी कौतूहलवश वहाँ चली गई। वहाँ पहुँचकर देखा, कुछ साहसी जन नदी के जल में तैर रहे हैं। पंचवटी में उन तीर्थयात्रियों का तम्बू सूना पड़ा है। गोबर के ढेर के ऊपर पड़ा हुआ वही बालक जोर-जोर से रो रहा है। मैंने झटपट उस बालक को अपनी गोद में ले लिया। मेरे आँचल की ममता पाकर बच्चा चुप हो गया। ग्रामीण जन निराश हो गए थे। एक कैवर्त ने बतलाया कि जल भरते समय स्त्री का पाँव फिसल गया था और वह गहरे जल में डूबने लगी थी तभी उसका पति, उसे बचाने के लिए कूद पड़ा। किन्तु व्यर्थ। दोनों गोदावरी के तीव्र प्रवाह में बह गए। उनकी जल समाधि हो गई। मैं उस बालक को ले आई।"

"फिर वह बालक कहाँ गया माँ?" मैंने प्रश्न किया।

"वह तुम ही तो हो पुत्र!" माँ ने कहा और वह मेरी ओर देखने लगी।

अपने जन्म और प्राप्ति के इस रहस्योद्घाटन से मैं तनिक भी विचलित अथवा अस्थिर नहीं हुआ। मेरी यह स्थितिप्रज्ञता, माँ के मन में कौतूहल भी उत्पन्न कर रही थी और उसे चिन्तातुर भी बना रही थी।

मेरी माँ इस घटना का वर्णन करते हुए निकष के समय तो अत्यन्त द्रवित

हो उठी थी। उसकी आँखों से अश्रु टपकने लगे थे। किन्तु मुझे लगा था—मेरा पुनर्जन्म हुआ है। माँ की ममता से मैं विलग ही नहीं हुआ। मैं अनुभव कर रहा था, माँ बार-बार मेरे मस्तक का चुम्बन कर रही थी। उसने मुझे और निकट ले लिया। मुझे संरक्षण प्राप्त हो रहा था। अब भी मेरा मानस स्थिर और शान्त था। माँ की ममता की शीतलता पाकर मैं न जाने कब गहरी निद्रा में खो गया, मुझे स्मरण नहीं।

तृतीय आधार

माँ, अब तक जिसे रहस्य मानती रही है, पिता ने उसे रहस्य की श्रेणी में कभी नहीं रखा। यही कारण है कि रहस्य के उद्घाटन और मेरे उस रहस्य से भिज्ञ हो जाने के बाद भी वे सामान्य थे। ऐसा नहीं कि उन्होंने मुझे अंगीकार नहीं किया था। मुझे अपार स्नेह उनसे मिला था। किन्तु वे यथार्थ पर कोई आवरण नहीं डालते थे। बहुत चिन्तनशील थे और एक अर्थ में स्थितप्रज्ञ थे। सुख और दुख को समान रूप से अंगीकार करते थे।

मैं अनुभव कर रहा था, माँ अभी तक अस्थिर थी। वह प्रश्नवाचक दृष्टि से मेरी ओर देख लेती थी और फिर अपने कामकाज में जुट जाती थी। पूरे दिन मुझे यही प्रतीति होती रही है। आज संध्या समय भी उसने न पक्षियों से वार्ता की और न नलिनी तथा उत्ताला को कोई निर्देश दिए।

वह शयन कक्ष में आकर बिस्तर पर लेट गई। मैं माँ के पास ही बैठ गया। अभी रात भी गहरी नहीं हुई थी और मुझे नींद भी नहीं आ रही थी। मेरे बिना कुछ कहे ही माँ ने कहा—"कन्हर, मैं कल से बहुत अस्थिर हूँ किन्तु तुझ पर तो कोई प्रभाव पड़ा ही नहीं।"

"माध्यम के परिवर्तन से मूल तो नहीं बदल जाता, साधन, साध्य को कब प्रभावित करते हैं? मातृरूप तो इतना विराट और इतना व्यापक है कि उसे किसी एक व्यक्ति-चेतना में सीमित नहीं किया जा सकता माँ!" मैंने उत्तर दिया।

"तुम्हारे इस उत्तर से मैं आश्वस्त हूँ मेरे पुत्र। तुमने ममता को आत्यंतिक भाव के रूप में स्वीकार किया है। यहाँ ही सारे तर्क मौन हो जाते हैं और यहाँ पर व्यक्ति संशय के पार निकल जाता है। तुम तर्क, संशय, भेद-विभेद और परम्परागत धारणाओं के जाल से मुक्त हो। यह महत सत्य है जिसे तुमने पा लिया है।" माँ कहती चली गई। उसकी आँखें आनन्द के अश्रुओं से नम हो गई थीं।

अब वह संशयमुक्त थी। कल जब वह मुझे पाने की घटना के परिच्छेद उलट रही थी, तब उसका मन भारी था किन्तु आज वह निश्चिन्त भाव से आगे के अध्याय का वर्णन कर रही थी। माँ ने बताया—"तुम्हें पंचवटी से लेकर मैं घर आ गई। तुम्हारे माता-पिता की जल-समाधि हो जाने की घटना ने मुझे दारुण पीड़ा से ग्रस्त कर दिया था किन्तु तुम्हारी किलकारी ने मेरे चित्त को कुछ हलका कर दिया। तुम तो अबोध थे। शोक और क्लेश से मुक्त। तर्क और विचार से भी मुक्त। मेरी गोद में किलकारियाँ भर रहे थे और मेरे मुख में अपनी माँ का प्रतिबिम्ब देख रहे थे। प्रतिबिम्ब भी तो मन का ही आभास देते हैं। मैं तुझे पाकर आनन्दित थी। मुझे अब स्वयं में मातृत्व का अनुभव हो रहा था। मेरी आँखों में वात्सल्य ने जन्म ले लिया था और मेरे आँचल में ममता ने। मुझे अमूल्य निधि मिल गई थी। मेरे विचार में तब तेरा भविष्य-चिन्तन आ गया था। घर में गायें तो कई थीं किन्तु मैंने तुझे पिंगला और नीलाम्बरा का दुग्ध पान कराने का निश्चय कर लिया था। नलिनी और उत्ताला का दूध तुझे न देने का निश्चय किया था। वे थोड़ा उग्र थीं।

यही सब विचार तब मेरे मस्तिष्क में चल रहे थे। तुम्हारे पिता भी कितने आनन्दित थे तब। तुम्हें गोद में लेकर निरभ्र आकाश में धवलिमा बिखेरते हुए चन्द्रमा को नीचे आने का आमंत्रण देने लगे थे। वेदों की ऋचाओं को भी गुनगुनाते हुए अपने स्वरों के सरगम में बाँधे हुए थे। इतना आनन्दित मैंने उन्हें पहले कभी नहीं देखा। उस दिन रात्रि भी त्वरित गति से निद्रा का आमंत्रण देती आ गई थी। हम सो गए थे।

प्रात:काल तुम्हारे पिता भी उस दिन कुछ जल्दी उठ गए। पता नहीं रात्रि में उन्हें निद्रा आई थी या नहीं। अत्यधिक आनन्द में ऐसा हो जाता है। आनन्द जागृत ही रहना चाहता है।

गोदावरी से उस दिन वे शीघ्र लौट आए। आँगन में खड़े होकर सूर्य को जल अर्पित कर रहे थे। ऋचा की पदावलियाँ और अर्द्धालियाँ प्रतिगुंजित हो रही थीं।

तभी द्वार पर आ-दे-श, आ-दे-श का स्वर सुनाई पड़ा। मैंने समझ लिया कि कोई योगी द्वार पर खड़ा है। मैं तुझे गोद में लिये, एक हाथ में दान-सामग्री लेकर भिक्षादान के लिए द्वार पर आ गई। उस दिन, उस योगी को मैं एक वर्ष बाद द्वार पर खड़ा देख रही थी। यह योगी वर्ष में एक बार आता था और उसका प्रतिवर्ष आना मैं अनेक वर्षों से देख रही थी।

जब मैं योगी को भिक्षादान दे रही थी, तब मैंने देखा, वह योगी तुम्हें निर्निमेष दृष्टि से देख रहा है। मैं भिक्षादान कर चुकी, किन्तु उसकी तन्द्रा भंग न हुई। वह तुझे टकटकी लगाए देखता ही जा रहा था। तेरी किलकारी से जब उसका ध्यान भंग हुआ, तब उसने मुझे सम्बोधित करते हुए कहा—"माँ! यह अलौकिक बालक है। यह भविष्य में सहज का साधक होगा। यह अखंड जीवन जिएगा। सदा नित्य रहेगा। मैं इसका दीक्षागुरु बनना चाहता हूँ, माँ!"

योगी इतना कहकर सहज हो गया किन्तु मैं असहज हो गई। मुझे प्रतीत हुआ कि कहीं यह योगी मेरी गोद से तुझे खींच न ले। मैं त्वरित गति से तुझे लेकर घर के भीतर भाग आई। सोच रही थी कि मैं तो मध्य भूमि पर जी रही हूँ और यह योगी अतिवाद में। इस घटना के बाद तो मेरा संरक्षण-भाव और प्रबल हो गया। मैं तेरे पोषण और संरक्षण के प्रति अत्यधिक सतर्क और सचेष्ट हो गई।

तब से मैं तुझे छिपाती ही रही हूँ। मैं शिव और शक्ति की उपासिका हूँ। मैं यह भी जानती हूँ कि पुरुष और प्रकृति पर ही जीवन के सारे नियम-परिनियम आधारित हैं। एक योगी और दार्शनिक भी उस शाश्वत शक्ति को पहचानना चाहता है तथा एक वैज्ञानिक भी प्रकृति की उस अगम्य शक्ति को पाने के लिए प्रयोग एवं विश्लेषण करता रहता है। इस सृष्टि में पंचभूत का क्षय नहीं होता, उसका विग्रह और रूपान्तरण होता है। प्रकृति का महाभूतत्व तो शाश्वत है, पार्थिवता ही मात्र क्षण-भंगुर है। ये योगी इसी शाश्वत अपार्थिव रूप का अन्वेषण करते हुए योग साधना करते रहते हैं और इसीलिए इन योगी-योगियों के प्रति मेरे मन में श्रद्धा का भाव है। किन्तु मैं तुझे खोकर अपनी श्रद्धा का उत्कर्ष नहीं देखना चाहती। तू तो मेरे आँचल का, मेरे मातृत्व का और मेरे स्वत्व का एक भाष्य है। मैं तुझसे विलग होकर जी नहीं सकती। यह योगी तुझे मुझसे छीनना चाहता है, तुझे साथ ले जाना चाहता है, तेरा दीक्षा-गुरु बनना चाहता है, तुझे योगविद्या से दीक्षित करना चाहता है। यह मुझे स्वीकार नहीं। मैं मात्र इसी योगी से भयभीत थी और तुझे छिपाए फिरती रही। योगी-योगियों के जमावड़े को देखकर मुझे लगता था जैसे यही योगी, योगियों की जमात लेकर आ गया है, तुझे बरबस ले जाने के लिए। मैं तुझे योगी-योगियों के निकट जाने से इसीलिए रोकती रही हूँ, वर्जना करती रही हूँ।" माँ ने विस्तार से अपना मर्म प्रकट किया और चुप हो गई।

मैं माँ का कथन अत्यन्त मनोयोग से सुन रहा था और साधना की एकान्विकता पर विचार करने लगा था। तभी माँ ने मेरे विचारतंत्र को भंग करते हुए कहा—"पुत्र, मैं तुझे जीवन के कोलाहल में, भीड़ में बढ़ता हुआ देखना चाहती हूँ, एकान्त में नहीं।" माँ फिर मौन हो गई।

अब मेरी समझ में आ गया था कि माँ के व्यक्तित्व में इतना विरोधाभास क्यों है! वह घर आए योगी का सम्मान तो करती है किन्तु जोगी-जोगियों की जमातों से भयभीत क्यों रहती है! अपने स्वत्व के संरक्षण के प्रति पूर्ण सतर्क रहने के कारण ही कि उसका स्वत्व खो न जाए कहीं!

माँ ने आगे योगी के सम्बन्ध में बतलाया कि दूसरे दिन उसे ग्रामवासियों से ज्ञात हुआ था कि 'कल जो योगी भिक्षाटन के लिए मेरे द्वार पर आए थे, वे महायोगी मत्स्येन्द्रनाथ थे।'

माँ के व्यक्तित्व की सम्पूर्ण पाठालोचना, मेरे समक्ष स्पष्ट हो गई थी। मुझे

उसका व्यक्तित्व अब और गरिमामय प्रतीत होने लगा था। मैं माँ के द्वारा निर्दिष्ट एकान्त और भीड़ के तत्त्वदर्शन पर विचार करता रहा। योगी और सिद्ध तो एकान्त में जीने का प्रशिक्षण लेते रहते हैं, और केवल एकान्त को आत्मसात् करते हैं। भीड़ से उनका कोई सरोकार नहीं है, ऐसा वे मानकर चलते हैं और एक सांसारिक केवल भीड़ के कोलाहल और उसके गुरुत्वाकर्षण में बँधा रहता है। अतीव भोगवादी होने के कारण वह भीड़ में केवल आकर्षण का सन्धान करता है। ये दोनों प्रवृत्तियाँ अतिवादी हैं। यही विचार मेरे मस्तिष्क में चलता रहा और जाने कब मुझे नींद आ गई।

प्रात:काल से अपराह्न तक दैनिक क्रम चलता रहा। अब सब कुछ सामान्य और सहज हो गया था। मैं गोदावरी के तट की ओर चला गया। ग्राम के लड़के और लड़कियाँ अभी पंचवटी में नहीं पहुँचे थे। मैं गोदावरी के तट पर बैठ गया। गोदावरी अपनी अगम गहराइयाँ लिये हुए तीव्रगति से प्रवाहित हो रही थी। गति के नैरंतर्य में कितना आकर्षण और गुरुत्वाकर्षण होता है। नदी की चंचल लहरों में भरी हुई गति का मैं निरीक्षण कर रहा था। गति के बिना न लहर का अनुमान किया जा सकता है और न लहरों के बिना गति का आभास हो सकता है। यह विचार मेरे मन में बार-बार उठ रहा था। लहर और गति में कितनी समरसता और कितना एकात्म-बोध है? यह भी तो एक नदी की योग साधना ही है। संयोग से ही तो योग का जन्म होता है। मैं ध्यानमग्न था। तभी मुझे आभास हुआ, कोई मेरे स्कन्धों को झकझोर रहा है। मेरा ध्यान भंग हो गया। देखा, नन्दिनी मेरे पास है। बहुत निकट।

"आज तुम एकाकी यहाँ आई हो, गांधारी कहाँ है?" मैंने प्रश्न किया।

"क्यों, तुम्हारे अन्तर के अद्वैत से मिलने के लिए मुझे द्वैत की आवश्यकता ही क्या है?" नन्दिनी ने प्रतिप्रश्न किया।

"मैंने तो वैसे ही पूछ लिया। तुम दोनों सदा संग रहती हो। नदी के तट पर, पंचवटी में, घर में, सरोवर में, वीथिका और कानन में। मैंने तुम्हें अकेले जाते-आते कभी देखा नहीं। इसलिए यह प्रश्न कर रहा हूँ।" मैंने थोड़े विस्तार से कारण समझाया।

"मैं तुम्हारे एकान्त में साहचर्य के पौधे रोपने आई हूँ।" कहती हुई नन्दिनी मेरे गले से लिपट गई।

नन्दिनी बहिर्मुखी थी। आनन्द और उल्लास में जीती रहती थी। सहज-सरल भी थी किन्तु चंचल भी। मेरे मन में उसके प्रति आकर्षण तो था किन्तु था वह संयम की सीमा तक।

मैं सोच रहा था नन्दिनी कितने स्नेह के साथ मेरे मन में साहचर्य का सामीप्य जगाना चाहती है किन्तु मेरा मन तो मरुभूमि जैसा था। वह रेत में पौधे रोप रही थी, इस आशा से कि सम्भवत: पौधे पल्लवित हो जाएँगे। मैं अव्यक्त ही बना रहा।

मैंने अपने अन्तर की मरुभूमि को बाहर निकलने ही नहीं दिया। वह अपना स्नेह उड़ेलती रही और मेरे मन का मरुस्थल भीगता तो रहा किन्तु था वह उर्वरा शक्ति से रहित—बिलकुल संयोग शून्य।

नन्दिनी मुझे खींचती हुई पंचवटी की ओर ले गई। वहाँ लड़के-लड़कियाँ एकत्रित थे। देवदत्त, भैरव, ज्ञानदेव, वैरागी और नरसिंह वटवृक्ष के नीचे बैठे मेरी प्रतीक्षा कर रहे थे। जया, ईश्वरी, अजिता और नलिनी, नन्दिनी के आगमन की प्रतीक्षा कर रही थीं। आज गांधारी पंचवटी में कहीं दिख नहीं रही थी। उसके न आने का कारण भी ज्ञात नहीं हो पाया। मुझे और नन्दिनी को साथ-साथ आता देखकर सभी आनन्दित हो उठे।

देवदत्त और नलिनी ने आज 'वासवदत्ता' नाट्यरूपक को अभिनीत करने का परामर्श दिया। सभी ने एकमत से इस प्रस्ताव को स्वीकार कर लिया। फिर क्या था—नलिनी, वासवदत्ता बन गई, भैरव वासवदत्ता का पिता, अवन्ती का राजा प्रद्योत बन गया, दक्षिण कोशल के दक्षिण में स्थित वत्स राज्य के राजा शतानोक परन्तप के पुत्र उदयन के अभिनय का भार वैरागी ने वहन करने का निश्चय किया। अजिता, सागरिका बन गई। जया, मागन्धी बनी और कुछ ही देर में वहाँ कलिंग युद्ध का दृश्य उपस्थित हो गया। मुझे पिंडोल भारद्वाज बना दिया गया। युद्ध आरम्भ हो गया। अभिनेताओं ने पुष्पशर तैयार किए थे, उनका भरपूर प्रयोग हुआ और कलिंग पर उदयन की विजय हुई। पूरा रूपक अस्त-व्यस्त और बेतरतीब अभिनीत हो रहा था। कोलाहल और हुड़दंग का दृश्य था।

सबसे अधिक मनोरंजक दृश्य तो अब उपस्थित हुआ, जब मेरा अभिनय आरम्भ हो गया। मैं पिंडोल भारद्वाज का अभिनय कर रहा था। उदयन का अभिनय कर रहे वैरागी ने मदिरा से उन्मत्त होकर मेरे शरीर में काटने वाली चींटियों का एक छत्ता बाँध दिया। पहले तो मैं यह समझ रहा था कि यह कृत्रिम छत्ता है, वास्तविक नहीं किन्तु कुछ ही क्षणों बाद मैंने अनुभव किया कि वह कृत्रिम छत्ता नहीं है। सचमुच चींटियों का ही छत्ता है। चींटियाँ मेरे वस्त्रों के भीतर प्रवेश कर गई थीं और काट रही थीं। उनके दंशन से मैं अत्यन्त व्याकुल हो रहा था। किन्तु मैंने निश्चय कर लिया था कि मैं अभिनय तो करूँगा ही। और मैंने सफल अभिनय भी किया। सभी अभिनेता हँस-हँसकर लोट-पोट हो गए और मैं चींटियों के वास्तविक दंशन से अत्यन्त पीड़ित होकर भूमि पर गिर पड़ा। आगे के अभिनय के लिए जब मैं कुछ देर तक न उठा, तब देवदत्त, नरसिंह, जया, ईश्वरी और नलिनी को शंका हुई। वे मेरे पास आ गए। पास आकर देखा कि चींटियों का वह छत्ता कृत्रिम नहीं था, वह तो जीवित चींटियों का भीटा था, जो मेरे शरीर पर बँधा हुआ था।

अब तो सभी लड़के-लड़कियाँ वैरागी को पीटने के लिए दौड़ पड़े। वैरागी ग्राम की ओर भागता जा रहा था और सभी उसके पीछे दौड़ रहे थे। पंचवटी

में केवल मैं और नन्दिनी। मैं चींटियों के दंशन से कराह रहा था। नन्दिनी ने चींटियों का वह छत्ता अलग किया। मेरे वस्त्र उतारकर उन्हें चींटियों से मुक्त किया। मेरे तन पर चींटियों के दंशन के चिह्न उभर आए थे। पीड़ा भी बहुत हो रही थी। नन्दिनी ने मुझे उठाया और साथ लेकर घर की ओर चली। मार्ग में वह मुझे सांत्वना देती जा रही थी और वैरागी के प्रति तीव्र रोष प्रकट कर रही थी। प्रतिशोध लेने का भी निश्चय कर रही थी। किन्तु मैंने उसे कुछ भी करने से रोक दिया।

नन्दिनी मुझे अपने संग लेकर गृह की ओर चली जा रही थी। उसके तन का स्पर्श मेरे शरीर में हो रहे चींटियों के दंशन की पीड़ा को कम कर रहा था। मैं सोच रहा था—प्रकृति में कितनी सांत्वना-प्रदायिनी शक्ति निहित रहती है।

गृह आ गया। माँ द्वार पर ही खड़ी थी। सम्भवत: मेरी प्रतीक्षा कर रही थी। नन्दिनी मुझे अपनी देह का आश्रय दिए घर में प्रवेश कर रही थी। माँ ने मुझे ऐसी अवस्था में देखा तो विचलित हो गई। नन्दिनी ने सम्पूर्ण घटना से माँ को अवगत करा दिया। माँ ने चन्दन-लेप तैयार किया। मेरे शरीर पर लगाया। मुझे शीतलता का अनुभव हुआ। दंशन की पीड़ा से मैं मुक्त हो गया। नन्दिनी के प्रति मैं कृतज्ञता ज्ञापित करने लगा। नन्दिनी को मेरा कृतज्ञता-ज्ञापन अनुचित-सा लग रहा था। वह कुछ बोली नहीं। किन्तु उसके मुख से स्पष्ट प्रतीत हो रहा था कि दंशन की पीड़ा मैंने अकेले नहीं भोगी थी। वह सहभोक्ता थी। उसके सौहार्द के पाँवों में महावर लगा था और अ-द्वैत के नूपुर अलंकृत थे। नन्दिनी अपने घर चली गई।

ऐसे कई दिवस व्यतीत होते चले गए। जीवन का क्रम घर के नियमों-परिनियमों में बँधा चलता रहा। ग्राम में दूर-दूर से तीर्थयात्री आते, ठहरते और फिर लिंगराज के दर्शनार्थ चले जाते। एकाम्रकानन जाने का मार्ग, मेरे इसी ग्राम से होकर जाता था। कितने ही साधक, साधु-संन्यासी, जोगी-जोगड़े, कापालिक और वज्रयानी, इसी ग्राम से होकर दक्षिण की यात्रा करते थे। इन्हीं साधकों में, एक वे महायोगी मत्स्येन्द्रनाथ भी आते थे। प्रतिवर्ष उनके इस ग्राम में आने तथा मेरे गृह-द्वार पर भिक्षा माँगने के कारण मैं उन्हें पहचानने लगा था। अन्य योगियों के भिक्षाटन के अवसर पर तो मैं माँ के साथ रह सकता था किन्तु जब महायोगी मत्स्येन्द्रनाथ मेरे गृह-द्वार पर भिक्षा के लिए आते थे, तब मेरी माँ मुझे बाहर नहीं निकलने देती थी। इस योगी के प्रसंग में उसके मन में उत्पन्न हुआ भय, स्थायी भाव बन गया था।

ग्राम में एक जुलाहा परिवार रहता था। यह परिवार उत्तरांचल से आकर कई वर्षों से यहाँ स्थायी रूप से बस रहा था। उनके परिवार में तीन-चार दिनों पूर्व एक वृद्ध की मृत्यु हो गई थी। वे किसी रोग से पीड़ित थे, फिर उनकी आयु भी बहुत अधिक थी। ग्राम के बाहर श्मशान था, वहाँ उस मृत देह को चिताग्नि दी गई थी। यह श्मशान घाट भी गोदावरी के तट पर था।

गोदावरी के तट पर एक दिन मैंने कुछ जोगी-जोगड़ों की जमात देखी। सब नंग-धड़ंग थे। कोई लेटा हुआ था और कोई एक पाँव ऊपर उठाए खड़ा था। फिर मेरी दृष्टि कुछ अन्य योगियों की ओर गई। एक-दो योगी उस ठंडी चिता की राख एकत्रित कर पास रखे खप्परों में डाल रहे थे। मैं कौतूहलवश उन्हें देखता रहा। राख बटोरकर वे दोनों जोगड़े अपनी जमात में आ गए। मैं जिज्ञासावश अपने सहपाठी देवदत्त के साथ नदी के तट पर आ गया और उन योगी-योगियों के कार्यकलाप देखने लगा।

मैंने देखा—वह चिता की राख जिन खप्परों में रखी थी, वे मनुष्यों की खोपड़ियाँ हैं। सभी जोगी उन खोपड़ियों से राख निकालकर, उसे जल में गीली कर अपने शरीर में लेपन कर रहे हैं। चिता-भस्म का शरीर में लेपन करने के उपरान्त वे उस राख को खाने लगे। मिट्टी के घटों से मदिरा निकाल-निकालकर पीने लगे। कुछ जोगी भिक्षाटन कर भोज्य पदार्थ लाये थे। वे जोगड़े उन मानव-खोपड़ियों में ही भोज्य पदार्थ रखकर भोजन करने लगे। वे भोजन करते जाते थे और मदिरा का पान भी करते जा रहे थे। मदिरा से भरा हुआ घट खाली हो गया था और सभी जोगड़े उन्मत्त होकर नाचने लगे थे। वे उच्च स्वरों में मंत्रोच्चारण करते हुए नृत्य कर रहे थे। नृत्य करते हुए वे समवेत स्वरों में हुंकार भरते थे। उनकी हुंकार भयाक्रान्त कर रही थी। हम दोनों भयभीत हो गए और वहाँ से भाग खड़े हुए।

घर पहुँचकर मैंने माँ से उन जोगी-जोगड़ों के विकृत अतिचारों की बात कही। ऐसे योगी तो इसके पूर्व मैंने देखे नहीं थे, चिता की राख खाने वाले और मदिरा का पान करने वाले। माँ ने बतलाया था कि ये कापालिक हैं। ये भी शैव हैं। कालामुख और कापालिक, शैव सम्प्रदाय के ही हैं किन्तु उनकी साधना में अनेक विकृतियाँ आ गई हैं। शैवों का यह पूरा सम्प्रदाय ही विकृत हो गया है। विकृति को सामाजिक मान्यता कैसे मिल सकती है? अनादर्श कितना ही चमत्कार प्रदर्शित करे, वह समादृत नहीं होता।

जीवन का क्रम इसी तरह चलता रहा। कितनी ही घटनाओं के संयोजन और विग्रहण होते किन्तु जीवन के क्रम में कोई व्यवधान उपस्थित नहीं होता था।

एक दिन दक्षिणात्य देश के कुछ तीर्थयात्री आए। तब साँझ हो गई थी। उन्होंने हमारे गृह में ही रात्रि-विश्राम की याचना की। माँ तो सहृदया थी। उसने उन सभी तीर्थयात्रियों के लिए अपने घर के ही सबसे बड़े कक्ष में आवास-विश्राम का प्रबन्ध कर दिया। रात्रि में उनके भोजन की व्यवस्था की। भोजन के उपरान्त वह तीर्थयात्रिकाओं के साथ चर्चा करने लगी। उनसे बातचीत करते हुए उसे ज्ञात हुआ कि वे वैद्यनाथ धाम, त्र्यम्बकेश्वर और लिंगेश्वर के दर्शन करते हुए यहाँ पहुँचे हैं और केदारेश्वर

के दर्शनार्थ केदारनाथ जाएँगे। माँ के मन में केदारेश्वर के दर्शन की अभिलाषा थी। उसने शयन करते समय पितृश्री से केदारेश्वर के दर्शन की अभिलाषा प्रकट की। पिता ने अपनी सहमति दे दी। तीर्थयात्रियों का संग-साथ था ही। उनके मन में कोई दुविधा उत्पन्न न हुई। दूसरे दिन तीर्थयात्रियों ने विश्राम किया। माँ, तीर्थयात्रा की तैयारी में संलग्न हो गई। उसने नन्दिनी और गांधारी को अपने निश्चय से अवगत कराया और गायों की, घर की देखभाल करते रहने का निर्देश दोनों को दिया और उनका आश्वासन पाकर निश्चिन्त हो गई। वे दोनों माँ की विश्वासपात्र भी थीं और अनुगत भी।

केदारनाथ की यात्रा के लिए प्रस्थान करने की घड़ी आ गई। माता-पिता, इस यात्रा के लिए प्रस्थान का उपक्रम करते हुए प्रसन्न थे और मैं भी आनन्दित था। किन्तु नन्दिनी और गांधारी उदास थीं। उनके मुख पर उभरती हुई मलिनता को मैं स्पष्ट रूप से देख रहा था। थोड़ा-सा सामान सहेजा गया। सारे तीर्थयात्री बाहर आ गए। माता-पिता ने अपने शिवालय को प्रणाम किया। कलाकक्ष की देहली पर अपनी श्रद्धा अर्पित की। गायों और शुक-सारिका को स्नेह किया। घर में फूलों से लदी मधुकामिनी के दो पुष्प, गृह के द्वार को अर्पित किए और तीर्थयात्रियों के साथ द्वार से आगे चल पड़ी। तीर्थयात्री अग्रिम पंक्ति में चल रहे थे। उनके पीछे पितृश्री थे, फिर मैं चल रहा था और मेरे पीछे माँ थी। माँ के संग-संग नन्दिनी और गांधारी चल रही थीं। माँ उन दोनों को कुछ निर्देश देती चल रही थी। माँ आश्वस्त भी होती जा रही थी। मैं पीछे मुड़कर नन्दिनी और गांधारी को देख लेता था, वे भी उदास दृष्टि से मुझे देख लेती थीं। ग्राम का संकीर्ण पथ पार कर सभी सीमान्त पर आ गए।

माँ ने, नन्दिनी और गांधारी को अपना असीम स्नेह प्रदान किया। उन्होंने भी माँ को श्रद्धानत प्रणाम अर्पित किया। फिर वे मेरे पास आ गईं। पहले तो नेत्रों से ही दोनों ने मेरे मस्तक को चन्दन रंजित किया, फिर मेरे निकट आकर गांधारी ने कहा—"शीघ्र लौटना," और नन्दिनी ने अत्यन्त निकटस्थ होकर कहा—"वैराग्य का चोला उतार आना।" इतना कहते-कहते वह खिलखिला पड़ी। माँ भी मुस्कुराने लगी। सभी ने विदा की आज्ञा ली। तीर्थ के लिए पदयात्रा आरम्भ हो गई। पार्वतीय मार्ग आरम्भ हो रहा था। मैंने पीछे मुड़कर देखा—नन्दिनी और गांधारी निर्निमेष दृष्टि से हमारी ओर देख रही थीं। हम चलते जा रहे थे। वृक्ष और लताओं ने दृश्यावरोध उपस्थित कर दिया। नन्दिनी और गांधारी दृष्टि से ओझल हो गई थीं।

मार्ग तो दुर्गम था किन्तु मेरे माता-पिता का जाना-बूझा था। वे कई बार इस मार्ग से होकर उत्तरांचल और पश्चिमांचल की यात्रा कर चुके थे। वे मार्ग के गिरि-गह्वरों से परिचित थे और पाथेय-स्थलों से भी। आज की यात्रा जिन तीर्थयात्रियों के संग आरम्भ हुई थी, वे राष्ट्रकूट वंश की राजधानी मानपुर के निवासी थे। वे संस्कृत से भी भिज्ञ थे और महाराष्ट्री प्राकृत तो उनकी मातृभाषा ही थी। हम भी इन

दोनों ही भाषाओं का अपनी बोलचाल में प्रयोग करते थे। अत: पारस्परिक संवाद में कोई व्यवधान नहीं था। एक वृद्ध तीर्थयात्री ने अपने नगर के गौरवशाली इतिहास की चर्चा करते हुए बतलाया था कि चालुक्य राज्य के एक शक्तिशाली सामन्त दन्तिदुर्ग ने राष्ट्रकूट महाराज्य की स्थापना की थी और मानपुर को ही अपनी प्रथम राजधानी का गौरव प्रदान किया था। यह सामन्त पूर्व में एलिजपुर का निवासी था किन्तु बहुत समय तक वह एलिजपुर में स्वयं की राज्यलिप्सा को सीमित न रख सका। शक्ति तो उसके पास अपार थी, रण-कौशल भी था और उसने अपने उस छोटे से एलिजपुर राज्य का विस्तार आरम्भ कर दिया था। वह तब चालुक्यों को ही अपना अधिपति स्वीकार करता था। अत्यधिक महत्त्वाकांक्षी होने के कारण उसके मन में राज्य विस्तार की इच्छा जागृत हो गई। वह बहुत पराक्रमी था। एक बार तो वह अरबों को पराजित कर चुका था। उस समय अधिपति विक्रमादित्य द्वितीय की ओर से युद्ध के मैदान में वह, अवनिजनाश्रय पुलकेशी के साथ भी था और उसने अपनी रणनीति का ऐसा अद्भुत प्रदर्शन किया था कि समर भूमि ने उसके मस्तक पर विजय-तिलक रंजित किया। उसने विक्रमादित्य के साथ पल्लवों से भी भयंकर युद्ध किया था और इस युद्ध में भी विजयश्री उसे ही मिली थी। आठवीं सदी के मध्यकाल में ही विक्रमादित्य की मृत्यु हो गई और इस महापराक्रमी दन्तिदुर्ग ने पल्लवों पर आक्रमण कर दिया। इसके रण-कौशल के समक्ष पल्लव नतमस्तक हो गए, पराजित हो गए। वह विजयी हुआ। राज्य-विस्तार की लालसा निरन्तर अभिवृद्ध होती चली गई। उसे विजयश्री मिलती चली जा रही थी। पल्लवों को पराजित करने के उपरान्त उसने नन्दीपुरी के गुर्जर राज्य पर विजय प्राप्त की और उसे अपने राज्य में मिला लिया। उसके साम्राज्य का विस्तार होता चला जा रहा था। उसने मालवा को भी अपने अधिकार में ले लिया। उज्जयिनी में हिरण्यगर्भ दानोत्सव का आयोजन किया और आठवीं शताब्दी के उत्तरकाल में ही वह चालुक्य अधिपति कीर्तिवर्मा को पराजित कर सम्पूर्ण महाराष्ट्र का अधिपति बन बैठा। और इसी काल में उसकी मृत्यु भी हो गई।

वह वृद्ध तीर्थयात्री राष्ट्रकूट राज्य की स्थापना और उसके विस्तार का वर्णन ऐसे कर रहा था जैसे इतिहास का एक-एक पृष्ठ उसके समक्ष बिखरा हुआ हो और वह प्रत्येक पृष्ठ उठा-उठाकर पढ़ता जा रहा हो। युद्ध की विभीषिका का वर्णन करते समय उसकी आँखों से करुणा भी प्रवाहित होने लगती थी। राज्यलिप्सा का कैसा भीषण तांडव हुआ था। जनपदों का कैसा विनाश हुआ था। कृषक अपने पके खेतों की वन्दना कर रहे थे और तलवारें उन कृषकों के रक्त से राज्यलिप्सा का शृंगार कर रही थीं। पका-पका धान्य, अन्नपूर्णा भी नहीं बन पाया था। खेतों की मृत्यु हो रही थी, धान्य के शव उन्मत्त सैनिकों के पाँवों तले रौंदे हुए पड़े थे। मिट्टी कराह रही थी। ग्राम उजड़ रहे थे। अस्तित्व, आर्तनाद करता हुआ कहीं पहाड़ियों की

ओट में आश्रय के लिए भाग रहा था और कहीं कंदराओं में अपने को संरक्षित पा रहा था। ग्रामवासी अपने घर-द्वार सब छोड़कर युद्ध के समय भाग जाते थे। समर के शान्त होने पर फिर विनाश के मरघटों में अपना जीवन बसाने लगते थे। किन्तु क्या कहा जाए, तब का जीवन ही ऐसा था।

आठवीं शताब्दी के मध्यकाल से आरम्भ हुआ यह युद्धोन्माद उत्तर वर्षों तक चलता रहा। राष्ट्रकूट अधिपति कृष्ण द्वितीय ने चालुक्य राज्य के अस्तित्व को समाप्त कर दिया, मैसूर के गंगराजा को भी पराजित किया। उसके पुत्र गोविन्द ने वेंगी के चालुक्य अधिपति विष्णुवर्धन चतुर्थ पर विजय प्राप्त की और पूर्वी चालुक्य राज्य को राष्ट्रकूट साम्राज्य में विलीन कर लिया। दक्षिण कोंकण का राजा राहप्प भी उससे पराजित हुआ था। कृष्ण अधिपति की राज्य-पिपासा ने महाराष्ट्र को भी अपने अधिकार में ले लिया था। निरन्तर युद्ध की विभीषिका में आक्रान्त रहने के कारण भाषा और संस्कृति का विकास भी अवरुद्ध-सा था। कृष्ण ने गुर्जर प्रतिहारों पर भी आक्रमण किया किन्तु उसे विजयश्री नहीं मिल पाई। विजयश्री तो अस्थिर रहती है, वह किसी एक के मस्तक का चन्दन-तिलक बनकर नहीं रह सकती। कृष्ण भी प्रतिहार राजा भोज से पराजित हुआ। किन्तु यह तब की बात है।

हमारा ग्राम, मानपुर राष्ट्रकूट राज्य की प्रथम राजधानी था किन्तु अधिपतियों ने उसके अस्तित्व और उसकी गरिमा को भी आघात पहुँचाया। राष्ट्रकूट अधिपति गोविन्द तृतीय ने हमारे ग्राम के भाग्य को उलट दिया और भीमा नदी की एक सहायक नदी कगना के दक्षिणी तट पर बसे हुए मण्यखेट नाम के एक छोटे से ग्राम के मस्तक पर नई राजधानी का तिलक लगा दिया।

मैं तो वृद्ध हूँ। सत्तर-अस्सी वर्ष तो मेरे नेत्रों के समक्ष ही व्यतीत हुए हैं। मैंने अपनी इसी दसवीं सदी के उत्तरकाल में परमार नरेश सियक को इस नई राजधानी को लूटते हुए देखा है। ऐश्वर्य अमर तो नहीं होता, और न ही भोगवाद चिरजीवी रहता है। प्रतिद्वंद्विता, ऐश्वर्य और भोगवाद की प्रकृति होती है और इसकी प्रगति क्षयवादी होती है। क्षयवाद में ही इसका विकास, चरमोत्कर्ष पाता है। आज तो मेरा ग्राम, मानपुर, उपेक्षित है। न यहाँ राजधानी का वैभव है और न विजयोल्लास, न सिंहनाद युद्ध का। एक शान्त और निरीह-सा दिखने लगा है मेरा ग्राम और हम इसी ग्राम के निवासी हैं। निरीहता की गठरी सिर पर लादे हुए यात्रा कर रहे हैं।

मैं सोच रहा था कि अपनी मिट्टी से कितना लगाव होता है। पूरा इतिहास मिट्टी के कण-कण से जुड़ा रहता है। कण-कण के गुरुत्वाकर्षण की परिधि में यह वृद्ध भी है और सारे तीर्थयात्री भी।

हम पर्वतीय जनपथ की संकीर्णता और उसके उतार-चढ़ावों को मापते चले जा रहे थे। पार्वतीय पदयात्रा भी कितनी दुर्गम किन्तु कितनी सुखद होती है, इसका निरन्तर अनुभव होता जा रहा था। मार्ग में चलते-चलते, जब श्लथ हो जाते तब

किसी वृक्ष की छाया का आश्रय ग्रहण कर लेते और फिर चल देते। क्षुधा आक्रान्त करती तो फल तोड़ लेते और क्षुधा को शान्त कर लेते थे। चलते-चलते दिन व्यतीत होने लगा। सूर्य अस्त होने के लिए तीव्र गति से पश्चिमांचल की ओर बढ़ने लगा और तीर्थयात्रियों के पदों में भी त्वरा शक्ति आ गई। तीर्थयात्री अन्धकार घिरने के पूर्व किसी ग्राम में पहुँचना चाहते थे तभी कुछ दूर कुछ झोंपड़ियाँ परिलक्षित हुईं। हम सब कुछ और तीव्र गति से चले। ग्राम आ गया। वन्य ग्राम था।

ग्राम, पर्वत की तलहटी पर बसा हुआ था। पचीस-तीस झोंपड़ियाँ ही इस ग्राम में थीं। अधिकांश ग्रामवासी शंबर और कुलिक वर्ण के थे। एक-दो परिवार जुलाहों के और दो-तीन परिवार लुहारों के थे। घर घास-फूस से निर्मित थे। जिस समय हम उस ग्राम में पहुँचे, उस समय मद्धिम-मद्धिम अँधेरा होने लगा था। एक ग्रामवासी, ग्राम के सीमान्त में ही मिल गया। उस ग्रामवासी से रात्रि विश्राम के लिए आश्रय प्रदान करने का आग्रह किया गया। उसने बतलाया कि ग्राम में एक विश्राम-स्थल है। वहाँ कुछ अन्य तीर्थयात्री ठहरे हुए हैं। पर्याप्त स्थान है। वहाँ रात्रि विश्राम करना उचित होगा।

सभी तीर्थयात्री उस विश्राम-स्थल की ओर चल पड़े। समनू जुलाहे ने मार्गदर्शन किया। कुछ दूर चलने के उपरान्त ही वह विश्राम-स्थल आ गया। उस स्थल पर पहुँचकर हमने देखा, वहाँ कुछ तीर्थयात्री विश्राम कर रहे हैं। हम लोग पाँच थे और वे सात। उनके साथ दो स्त्रियाँ भी थीं। उनके परिधानों को देखकर ऐसा प्रतीत होता था कि जैसे वे आवर्त के निवासी हों। चर्चा करने पर ज्ञात हुआ कि वे भी तीर्थयात्रा पर निकले हैं। वे भृगुकच्छ से चलकर यहाँ आए हैं। यहाँ पहले भरु नाम का राजा राज्य करता था और उसका राज्य भरु राष्ट्र कहलाता था और उसी राज्य की राजधानी भृगुकच्छ है। इसे भरुकच्छ के नाम से भी नामांकित किया जाता है। ये उत्तरांचल की यात्रा पर निकले थे।

रात्रि हो गई थी। यहाँ सभी यात्री विश्राम कर रहे थे। कुछ देर बाद वहाँ गाँव के वृद्धजन एकत्रित होने लगे। धीरे-धीरे आठ-दस भद्रजन विश्राम-स्थल में दिखने लगे। तीर्थयात्रियों के मन में भिन्न-भिन्न प्रकार की शंकाएँ उत्पन्न होने लगीं और परस्पर गोपनीय विचार-विमर्श करने लगे। हम भी समझ नहीं पा रहे थे कि ये वृद्धजन अकस्मात् क्यों एकत्रित हो रहे हैं। सभी तीर्थयात्री कुशंकाओं से ग्रस्त थे। वृद्धजन तीर्थयात्रियों से कुछ दूर एक चबूतरे पर बैठ गए। एक प्रौढ़ व्यक्ति चबूतरे के नीचे खड़ा हुआ था। अब तीर्थयात्री कुछ आश्वस्ति का अनुभव कर रहे थे। वे समझ गए थे कि ये सब यहाँ पर किसी ग्राम्य-समस्या पर विचार करने के लिए एकत्रित हैं। यह इस ग्राम की ग्रामसभा थी। सर्वाधिक वृद्ध सज्जन सभा के मध्य में बैठे थे और शेष ग्राम सभासद उनके आसपास ही अपने-अपने आसन ग्रहण कर बैठ गए थे। ये वृद्ध सज्जन सम्भवत: ग्राम प्रमुख थे।

ग्राम प्रमुख ने सभी सभासदों को सम्बोधित करते हुए कहा—"अनंगा लुहार, इस ग्राम का वासी है। इस ग्राम की अपनी सामाजिक, आर्थिक, धार्मिक और सांस्कृतिक मर्यादाएँ हैं। ग्रामवासी शिव के उपासक हैं, शक्ति के भी उपासक हैं और कुछ वैष्णव हैं। वैष्णव, विष्णु के सभी अवतारों की आराधना करते हैं। यहाँ शैवों और वैष्णवों को अपनी-अपनी धार्मिक मान्यताओं के पालन-अनुपालन की स्वतंत्रता है। किन्तु अनंगा लुहार न शैव है, न वैष्णव। यह अनीश्वरवादी है और इसने बौद्ध धर्म स्वीकार कर लिया है। ऐसी स्थिति में अनंगा लुहार का, समाज से बहिष्कृत किया जाना अनिवार्य हो गया है। लुहार समाज को यह निर्देश देना भी अब आवश्यक प्रतीत होता है कि वह इसे जाति से बहिष्कृत कर दे। अनंगा लुहार का यह कृत्य, ग्राम की सामाजिक मान्यताओं के विरुद्ध है। अनंगा इसे स्वीकार करता है अथवा नहीं। वह सभासदों के समक्ष अपनी याचना प्रस्तुत करे।"

इतना कहकर ग्राम-प्रमुख मौन हो गए और सभी सभासदों की दृष्टि अनंगा लुहार की ओर केन्द्रित हो गई। सामाजिक और जातीय बहिष्कार के प्रस्ताव को सुनकर भी वह विचलित नहीं हुआ। उसने बौद्ध धर्म को अपने हृदय से स्वीकार किया था और वह भी पूर्ण प्रतिबद्धता के साथ। इतने कठोर प्रस्ताव को सुनकर भी वह उत्तेजित नहीं हुआ और उसने अत्यन्त विनम्रतापूर्वक अपना पक्ष प्रस्तुत करते हुए कहा कि—"यह सत्य है कि मैंने बौद्ध धर्म स्वीकार कर लिया है। मैं कुछ दिनों पूर्व अपनी उत्तरांचल की यात्रा करते हुए साँची पहुँच गया था। वहाँ बौद्ध धर्म की महायान शाखा के एक भिक्षु ने बुद्धदेव के चार आर्य सत्यों से मुझे परिचित कराया और आष्टांगिक मार्ग का ज्ञान दिया। मैं बौद्ध धर्म के आष्टांगिक मार्ग—सम्यक् दृष्टि, सम्यक् संकल्प, सम्यक् वचन, सम्यक् कर्मान्त, सम्यक् आजीव, सम्यक् व्यायाम, सम्यक् स्मृति और सम्यक् समाधि के मर्म से परिचित भी हुआ। ध्यान और समाधि की अवस्थाओं ने मेरे मन को प्रभावित किया। यह धर्म कर्मकांड से मुक्त है, इसमें यज्ञों में होने वाली हिंसा का भी निषेध है, इसमें वर्णभेद को कोई स्थान नहीं दिया गया, सब समान हैं, इस धर्म में कर्म की प्रधानता और भाग्यवाद का निषेध है। वर्णभेद के निषेध और कर्म की प्रधानता के कारण मुझे ऐसा प्रतीत हुआ कि मुझे इस समानतावादी और कर्मवादी धर्म को ही स्वीकार करना चाहिए और मैंने उसे अंगीकार कर लिया। अब मैं बौद्ध धर्म के इसी व्यवहारशास्त्र के प्रति प्रतिबद्ध हूँ।" इतना कहकर अनंगा लुहार मौन हो गया।

ग्राम्य सभासद अनंगा के इस तर्क से सहमत नहीं हुए और उनमें से एक सभासद ने उच्च वाणी में कहा—"बुद्ध नास्तिक थे। बुद्ध, आत्मा के अस्तित्व को अस्वीकार करते थे जबकि आत्मा का अलग अस्तित्व है और वह शाश्वत तथा अमर्त्य है। बुद्ध, निर्वाण को ही अन्तिम विनाश स्वीकार करते थे। वे नास्तिक थे।

उनके धर्म और दर्शन को मानने वाला भी नास्तिक ही है। और ऐसे नास्तिक को समाज से बहिष्कृत होना ही पड़ेगा।"

अनंगा लुहार के तर्क को मान्यता न दी गई। उसे समाज से बहिष्कृत कर दिया गया। लुहार जाति का प्रधान भी एक सभासद था। उसने अनंगा को जाति से बहिष्कृत करने की भी घोषणा कर दी।

सभी तीर्थयात्री ग्राम्य समाज द्वारा किए जा रहे उस न्याय और दंड के विधान को देख-सुन रहे थे। सभी उस न्याय और उस दंड विधान से असहमत थे किन्तु प्रवासी होने के कारण किसी ने भी कुछ कहना उचित नहीं समझा।

अनंगा लुहार ने विवश होकर दंड स्वीकार कर लिया। वह इस तथ्य से भिज्ञ था कि सामाजिक स्वरूप अत्यन्त जटिल है। सामाजिकता के निर्वाह के अभाव में जीना दुखद हो जाएगा। उसे ग्राम के कूप से जल नहीं मिल सकेगा, कोई उससे बात नहीं करेगा। उसे किसी का साहचर्य नहीं मिल सकेगा। सामाजिक उत्सवों में भी उसका प्रवेश निषिद्ध रहेगा। वह परित्यक्त जीवन बिताने के लिए विवश होगा। यह सब विचार करते हुए वह करुण हो उठा। उसने प्राय: रुदन करते हुए दंड में शिथिलता प्रदान करने का निवेदन किया।

सभासदों में कुछ वृद्ध दयालु थे। उनमें से एक सभासद ने सभी की सहमति प्राप्त कर कहा कि वह चार मास तक बहिष्कृत जीवन व्यतीत करेगा। यज्ञ कर प्रायश्चित् करेगा। अनंगा लुहार को तो समाज में रहना ही था। उसने इस संशोधन को स्वीकार कर लिया। सभासदों के समक्ष नतमस्तक हुआ और बिना कुछ बोले अपने गृह की ओर चल पड़ा। सभा, व्यक्ति के स्वातंत्र्य को जड़वाद की तुला में तौलते हुए 'न्याय' की घोषणा कर समाप्त हो गई। सभी सभासद अपने-अपने गृह चले गए। इस प्रसंग पर तीर्थयात्रियों में बहुत देर तक चर्चा होती रही। अधिक रात्रि बीत चुकी थी। सब विश्राम करने लगे।

प्रात:काल होते ही सभी तीर्थयात्री अपने प्रस्थान के उपक्रम में संलग्न हो गए। भृगुकच्छ निवासी यात्री भी केदारेश्वर के दर्शनार्थ जा रहे थे। हमारा भी गंतव्य वही था। सभी तीर्थयात्री यात्रा पर चल पड़े। पदयात्रा थी। अनेक दिवसों की यात्रा करते हुए हम तापी-पयोष्णी के संगम स्थल पर पहुँच गए। इन दोनों सरिताओं का सम्मिलन अत्यन्त मनोरम था। पयोष्णी अधिक गहरी न थी। तीर्थयात्री पयोष्णी को पार कर दूसरे तट पर आ गए। तभी भृगुकच्छ से आए एक यात्री ने तापी और पयोष्णी के सम्बन्ध में जानकारी दी कि ये दोनों अतिप्राचीन सरिताएँ हैं। महाभारत काल में तो तापी को ताप्ती और पयोष्णी कहा जाता था। तापी का उद्गम स्थल ऋक्ष पर्वत है। इनका जल सदा ही उष्ण रहता है। तीर्थयात्रियों ने इन सरिताओं के उष्ण जल में स्नान किया। उपासना-वंदना की। विश्राम किया। फिर यात्रा पर निकल पड़े।

मार्ग में अनेक ग्राम मिले और अनेक छोटे-छोटे नगर-उपनगर। रात्रि होती तो किसी ग्राम में विश्राम के लिए आश्रय ग्रहण कर लेते। ग्रामवासी भोजन का प्रबन्ध कर देते थे और सभी तीर्थयात्री पुन: यात्रा पर अग्रसर हो जाते थे। इस प्रकार यात्रा करते हुए अनेक दिवस व्यतीत हो गए। दुर्गम पर्वतीय मार्ग पर चलते हुए अनेक अनुभव हो रहे थे। हरे-भरे वृक्षों की व्यष्टि में समष्टि का भी बोध होता था और नित्यता का भी। वृक्षों की पवित्रता, निरंजनता का भी आभास देती थी। मुझे तो वृक्ष भी शाश्वत प्रतीत होते थे। मैं वृक्षों की इस नित्यता और निरंजनता को अपने हृदय में उतारता जा रहा था। पार्वतीय पथ अभी आरोह में था। कुछ और दूर चलने के उपरान्त पर्वत का अवरोह आरम्भ हो गया। अब पर्वत का स्वर सम पर था और हम सभी तीर्थयात्री नर्मदा के तट पर थे।

घाट पर दृष्टि गई। एक नाविक तट पर बैठा हुआ, कुछ वनोपज सहेज रहा था। तीर्थयात्रियों ने नदी पार उतारने का आग्रह किया। वह तत्पर हो गया। एक बड़ी सूखी डाली से निर्मित नाव थी। एक-एक कर सभी तीर्थयात्री नर्मदा के दूसरे तट पर आ गए। नाविक को धन्यवाद ज्ञापन किया। उसे पारिश्रमिक देना चाहा किन्तु उसने स्वीकार नहीं किया। उसने कुछ कहा। उसकी भाषा को हम समझ नहीं पाए। उसके परिधान और स्कन्ध में धरे हुए धनुष और बाणों से यह समझने में देर न लगी कि यह भील है। नर्मदा के उस दूसरे तट पर आकर हमने महाराष्ट्र की भूमि को प्रणाम किया। वैसे अभी भी हम जिस भूमि पर खड़े थे, वह राष्ट्रकूट राज्य का एक भूभाग न होकर परमारों की भूमि थी।

यहाँ से ही एक मार्ग आनर्त की ओर जाता था और दूसरा मार्ग उज्जयिनी की ओर। हमारा मार्ग उज्जयिनी की दिशा का था। सभी तीर्थयात्री इसी दिशा में चल पड़े। कई दिवसों की यात्रा कर धारा नगरी पहुँच गए। इसी नगरी को धारा या धारापुरी भी कहा जाता था। यह यात्रा दुर्गम तो नहीं थी किन्तु नर्मदा तट से लेकर आगे दूर तक जो मार्ग शूलपाण के हृदयस्थल से होकर जाता था, वहाँ पर भीलों के आक्रमण का भय बना रहता था। ये जनजाति और अन्त्यज कहलाने वाले भील अनार्य माने जाते थे। ये जंगलों में रहते थे। धनुष-बाण लिये रहते थे। जंगलों में वन्य प्राणियों को अपने बाणों से मार डालते थे और कुछ प्राणियों का मांस भी भक्षण करते थे। ये शब्दवेधी बाण-संचालन में अत्यन्त दक्ष रहते थे। साथ चल रहे आनर्तवासी तीर्थयात्रियों से ज्ञात हुआ कि ये तीर्थयात्रियों को भी लूटने लगे थे। ये द्रविड़ परिवार की किसी भाषा का प्रयोग करते थे जिसे दूसरे अंचल से आए तीर्थयात्री समझ ही नहीं पाते थे। इनके कुछ गुप्त संकेत भी रहते थे, जिनके माध्यम से अपने कबीले को आहूत कर सकते थे। सभी तीर्थयात्री भयाक्रान्त रहकर अपनी इस दूरी को शीघ्र पूर्ण करने की दिशा में सचेष्ट रहे और अन्तत: उस पार्वतीय क्षेत्र से सकुशल निकलकर धारापुरी

आ पहुँचे। धारापुरी के निवासियों से पता चला कि यहाँ परमारों की सैनिक छावनी है और सैनिकों के लिए एक प्रशिक्षण केन्द्र भी स्थापित है। एक दिवस विश्राम करने के उपरान्त यहाँ से उज्जयिनी की ओर चल पड़े। मार्ग सुगम था और भूमि उर्वरा थी। मार्ग में पाथेय सहज था। चलते-चलते हम सभी तीर्थयात्री उज्जयिनी पहुँच गए।

उज्जयिनी में अनेक अतिथिशालाएँ और धर्मशालाएँ थीं। प्राचीनकाल में इस नगरी को अवन्ती भी कहा जाता था, ऐसा यहाँ के निवासियों ने बतलाया। यहाँ कई निवासी आज भी इस नगरी को अवन्ती भी सम्बोधित करते पाए गए हैं। इस नगरी की स्थापना के प्रसंग में संस्कृत भाषा के एक आचार्य ने कहा कि इस नगरी को विश्वामित्र ऋषि के एक पुत्र उज्जयन ने बसाया था। इसलिए इस नगरी का नामकरण उनके नाम पर ही है। यहाँ पर महाकालेश्वर की सिद्धपीठ है। यह शिवोपासना का सिद्धस्थल है। आर्यावर्त एवं दक्षिणावर्त के सभी शिवोपासक इस तीर्थ की यात्रा करने आते हैं। क्षिप्रा नदी के तट पर स्थापित यह सिद्धस्थल अनन्तकाल से साधना का केन्द्र रहा है। यहाँ तांत्रिकों की एक अन्य पीठ स्थापित है जिसे भैरव पीठ कहा जाता है।

तीर्थयात्रियों ने क्षिप्रा में स्नान कर महाकालेश्वर के दर्शन किए। यहाँ दो-तीन दिवस विश्राम का निश्चय किया गया। उज्जयिनी के निवासी, तीर्थयात्रियों के साथ चर्चा करने के उद्देश्य से प्राय: आया करते थे। उन्हीं के द्वारा महाकालेश्वर की उत्पत्ति तथा प्रस्थापना के प्रसंग में अनेक मिथ सुनने को मिले थे। मैं तो इस नगरी के सांस्कृतिक उत्कर्ष से बहुत अधिक प्रभावित था। रात्रि हुई। एक काव्यपाठी हमारी अतिथिशाला में आए। वे बाणभट्ट द्वारा लिखित 'कादम्बरी' का पाठ करने लगे। किसी गद्य काव्य का रचना-पाठ तो मैंने पहली बार सुना था। वे काव्यपाठी भी उस गद्य काव्य की ऐसी काव्यात्मक प्रस्तुति कर रहे थे कि उनकी वाणी से कादम्बरी को प्रत्येक पंक्ति में निहित अलंकार सजीव होकर प्रस्तुत हो रहा था। दो-तीन घटी तक इस गद्य काव्य का पाठ होता रहा और सभी तीर्थयात्री उस सरस कृति के आनन्द से अभिभूत होते रहे।

इसके उपरान्त तो तीनों दिन नाटकों का मंचन सम्पन्न हुआ। भवभूति कृत मालती माधव, भारवि कृत किरातार्जुनीयम् और हर्ष रचित रत्नावली की अत्यन्त कलात्मक नाट्य-प्रस्तुतियाँ सम्पन्न हुईं। तीर्थयात्रियों में आगे यात्रा करने का उत्साह भी द्विगुणित हो गया।

प्रात:काल से ही यात्रा आरम्भ हो गई। मार्ग में अनेक नगर, महानगर मिले। अनेक तीर्थ मिले और अनेक दर्शनीय स्थल मिले। कई मास की यात्रा करने के उपरान्त हम

सभी तीर्थयात्री हरद्वार पहुँच गए। हरद्वार को यहाँ के निवासी हरिद्वार भी नामोल्लेख करते थे। यह नगर शिवालिक पर्वत श्रेणियों के अंचल में अवस्थित है। भागीरथी, यहाँ की समतल भूमि पर पार्वतीय क्षेत्र से निकलकर आती है। प्राचीनकाल में इस नगरी का नाम मायापुरी भी था। भागीरथी गंगा के उत्तरी अंचल में बद्रीनाथ और केदारनाथ बसे हुए हैं। इस नगरी से कुछ दूरी पर ऋषिकेश स्थित है। यहाँ से बद्रीनाथ और केदारनाथ जाने का मार्ग है। सम्पूर्ण मार्ग पार्वतीय उपत्यकाओं के मध्य से जाता है। अत्यन्त दुर्गम पथ है।

तीर्थयात्री अपने अन्तर में भक्तिभाव सँजोये इस दुर्गम यात्रा पर चल पड़े। मैं माता-पिता के संग-संग चल रहा था। हिमालय की विराटता और गगनचुम्बी पर्वत- श्रेणियों को देखकर जहाँ मेरे मन में अलौकिक आनन्द की उद्‌भावना हो रही थी, वहाँ ही पातालगामी गिरि-गह्वरों की ओर दृष्टिपात करने से मन में भय भी उत्पन्न हो रहा था। उत्तरांचल की गिरिमाला शुभ्र, धवल और पारदर्शी प्रतीत हो रही थी। मैं चलता जा रहा था और श्वेत शिखरों को नीलाकाश से संवाद करते भी देख रहा था। संकीर्ण, किन्तु प्रस्तरों के वक्षस्थल पर अभिनय करते पथ, अपनी अलौकिक हरीतिमा से पथगमनार्थियों का अभिनन्दन करती वृक्ष-लताएँ, वर्तमान एवं भविष्य का शुभचिन्तन करते और यमन राग छेड़ते आरोही-अवरोही पथ के मोड़-घुमाव, वनकानन में पक्षियों के कलरव की गूँजती हुई जैजैवन्ती, सब कुछ अत्यन्त मोहक था। नदियाँ सदानीरा होकर पत्थरों पर अपनी कल-कल ध्वनियों से उद्‌भव और विकास का इतिहास लिखती जा रही थीं और साधक झरने पर्वत के वक्षस्थल से दार्शनिक चिन्तन उलीच रहे थे। पर्वत, निरन्तर आरोह की धुन बजा रहा था। पैदल-पाँव धीरे-धीरे आरोह की स्वर-ऊर्जा ग्रहण करते जा रहे थे। दिन-भर चलते रहे, तब कहीं पाथेय मिला। ठहरे। रात्रि व्यतीत की और सूर्य का स्वागत करते हुए फिर यात्रा आरम्भ कर दी। इसी तरह पूरा मास व्यतीत हो गया और हम स्वरों के उस धरातल पर पहुँच गए जहाँ पर्वत का आरोह ही सम हो गया था।

बद्री विशाल में यमुना के सौन्दर्य से अभिभूत हुए। केदारनाथ पहुँचे। अलकनन्दा की जन्मस्थली। आगे ही ज्योतिर्लिंग केदारेश्वर स्थापित है। यहीं मन्दाकिनी का कल-कल निनाद केदारेश्वर की अर्चना-वन्दना करता रहता है। सभी तीर्थयात्री, केदारेश्वर के दर्शनार्थ चल पड़े। माँ ने केदारेश्वर को अपनी श्रद्धा अर्पित की और पितृश्री ने वेदोच्चार करते हुए पूजा-अर्चना की।

मैं मन्दिर के वास्तुशिल्प का अवलोकन कर रहा था। मन्दिर-निर्माण में दक्षिणी वास्तुशिल्प का प्रयोग हुआ था। मन्दिर का अग्र अंश दक्षिणी वास्तुशिल्प से कुछ भिन्न था। मैं इस वास्तुशिल्प के विषय में विचार कर ही रहा था कि माँ ने मेरी जिज्ञासा का अनुमान लगा लिया।

माँ, मुझे वास्तुशिल्प के प्रयोगशील रूपों का निदर्शन करते हुए समझाने लगी—कन्हर, इस मन्दिर में नेपाली वास्तुकला का भी प्रयोग किया गया है। यह मन्दिर का प्रथम खंड है, इसके ऊपर शिखर निर्मित किया गया है और यहाँ ही केदारेश्वर की प्रतिमा स्थापित है। इस मन्दिर का द्वितीय खंड 'सभामंडप' है। इस सभामंडप में अनेक शिलालेख अंकित हैं। मन्दिर की चारों दिशाओं में चतुष्स्तम्भ स्थापित हैं। स्तम्भों की भित्तियों को स्थूल बनाया गया है जिससे सन्तुलन स्थापित रहे। गर्भगृह है और गर्भगृह के बाह्य द्वार पर अनेक शक्ति-प्रतिमाएँ उत्कीर्ण हैं। मन्दिर के समीप ही आद्य शंकराचार्य की समाधि स्थापित है। आद्य शंकराचार्य, मलय पर्वत के अंचल में बसे हुए केरल प्रक्षेत्र के निवासी थे। वे नम्बूदरी ब्राह्मण वंश के एक महान धर्माचार्य और तत्त्वज्ञ थे।

तीर्थयात्रियों का संकल्प पूर्ण हुआ। दो-तीन दिवस प्रवास कर सभी तीर्थयात्री अब अपने-अपने गृहों की ओर लौटने का उपक्रम करने लगे।

मेरी माँ और पितृश्री बड़व लौटने के लिए अधीर होने लगे। माँ की आँखों के समक्ष उनके कलाकक्ष की मूर्तियाँ एक-एक कर उपस्थित होने लगीं। उन्हें प्रतीत होने लगा कि जाह्नवी, पिंगला, नीलाम्बरा और माहेश्वरी उन्हें पुकार रही हैं। उन्हें यह भी आभास होने लगा कि नलिनी और उत्ताला में तीव्र मतभेद उत्पन्न हो गए हैं। दोनों में निष्कर्षहीन संवाद छिड़ा हुआ है। घर की देहरी प्रतीक्षारत है। उन्होंने शीघ्र घर लौटने का मन बना लिया। सब घरों की ओर चल पड़े। मेरी स्थिति माँ से भिन्न थी। मार्ग में चलते हुए मैं पाठशाला और अपने सहपाठियों के कार्यकलापों के विषय में सोचता जा रहा था।

पर्वत के संकीर्ण प्रस्तर मार्ग पर चलते हुए मुझे झरनों और नदियों की कल-कल ध्वनियों में, नन्दिनी और गांधारी के शब्द प्रतिगुंजित से प्रतीते होते थे। पद के आघात से जब कोई प्रस्तर खंड नीचे की ओर लुढ़कता हुआ नाद करता, तब मुझे उस नाद में गांधारी के कहे हुए निर्देश—'शीघ्र लौटना' की प्रतिध्वनि सुनाई देती और डाली से टूटकर जब कोई पत्र मेरे स्कन्धों का स्पर्श करता, तब मुझे अपना वैराग्य-चित्र स्मरण हो आता था और जब वायु के वेग से वृक्ष डालियों से मर्मर ध्वनि प्रतिगुंजित होती, तब मुझे नन्दिनी की वाक्यावलि—'वैराग्य का चोला उतार आना' की अनुगूँज सुनाई पड़ती थी। हम चलते चले जा रहे थे अपने गृहों की दिशा में। चलते-चलते रात्रि होने लगी और हम सब घास-पात से निर्मित एक झोंपड़ी में आश्रय-विश्राम के उद्देश्य से ठहर गए।

रात्रि प्रगाढ़ हो गई थी। अचानक आकाश में मेघ गर्जना होने लगी। पवन का वेग भी चक्रवात की भाँति तीव्रतम हो गया। घास-पात की वह झोंपड़ी उस पवन-प्रवाह में कहाँ चली गई, ज्ञात नहीं। सभी तीर्थयात्री अपने-अपने संरक्षण के लिए यत्र-तत्र भागने लगे। हिमपात भी आरम्भ हो गया। मैं अपने माता-पिता के साथ

एक वृक्ष की ओट में भयाक्रान्त बैठा रहा। बैठे-बैठे ही रात व्यतीत हो गई। हमारे साथ चल रहे तीर्थयात्री आसपास कहीं परिलक्षित नहीं हुए। हमने अनुमान लगा लिया कि वे आगे चले गए होंगे।

अब वहाँ कोई आश्रय-स्थल था ही नहीं। आसपास वृक्ष, पर्वत, पथ, सरिता, सब हिमाच्छादित दिख रहे थे। हम भीषण कष्ट और पीड़ा का अनुभव कर रहे थे किन्तु किसी तरह प्राण रक्षा तो करनी ही थी। हमने यात्रा आरम्भ कर दी। पथ अत्यन्त कष्टकर हो गया था। तीव्र हिमपात हो ही रहा था। तभी कुछ आगे भृगुकच्छ से आए अपने सहयात्रियों को देखा। वे हमारी प्रतीक्षा कर रहे थे। हम पहुँचे। फिर यात्रा आरम्भ हुई। हिमपात और भी अधिक तीव्रगति से होने लगा था। हम सब चलते जा रहे थे। हिमाच्छादित एक शिखर के गर्भ से ही यह संकीर्ण मार्ग आगे जाता था। अचानक हिम शिखर फिसल पड़ा। यात्री आत्मरक्षा के लिए भागने लगे। एक विशाल हिमशिला हमारे ऊपर ही गिर पड़ी। हिमखंड को गिरता हुआ देखकर मेरी माँ ने ढकेलकर मुझे दूर कर दिया और मेरी माँ और पितृश्री उस विशाल हिमखंड के नीचे समा गए। मेरी आँखों के समक्ष ही मेरे माता-पिता की हिम समाधि बन गई। मैं रुदन करने लगा। आर्तनाद कर रहा था किन्तु हिमखंड स्थिर बना रहा।

सभी तीर्थयात्री किंकर्तव्यविमूढ़ थे। हिमखंड को तोड़ने का प्रयास करने लगे। प्रयास चलता रहा। मैं गहरे अवसाद में डूब गया। एक यात्री ने कहा—कि अब सारे प्रयत्न निष्फल हैं। तभी एक शिलाखंड और गिरा। सब भयभीत होकर भागने लगे। वे मुझे भी खींचकर अपने साथ ले गए। मैं अपनी पृथ्वी और अपने आकाश से दूर चला जा रहा था, तीर्थयात्रियों के द्वारा मुझे दी जा रही सांत्वना ही मेरे पास थी, और सब निःशेष था।

मैं चलता जा रहा था। सन्तुलन और सम्बोधि के पृष्ठ उलटते हुए। माँ साथ नहीं थी, किन्तु उसका संरक्षण और उसकी सम्बोधियाँ तो मेरे संग थीं। माता-पिता का वियोग असह्य था। और यह असह्य वेदना, मेरे नेत्रों में उष्ण झरना बनकर समा रही थी। मैं मौन चल रहा था किन्तु मेरे नेत्रों से प्रवाहित झरने संवाद करते जा रहे थे। कितने निकट के सहयात्री होते हैं ये नेत्र।

अब मेरी आँखें सूख गई थीं। वेदना के साथ नेत्रों का संवाद समाप्त हो गया था। अब मात्र अनुभूतियाँ मेरे साथ थीं और वे भी दुख और गहरे विषाद की आत्मजाएँ। माँ का ममत्व, सम्बोधि और कर्मवादिता तो आत्मसात् थी ही। अब मैं वर्तमान को देख रहा था। मैं चलता जा रहा था और भूतकाल से दूर होता जा रहा था।

कई दिवसों की यात्रा के उपरान्त मैं अपने गृह-ग्राम बड़व की सीमा पर पहुँच गया। आज न जाने क्यों मैंने अपने ग्राम की कोई प्रार्थना नहीं की। गहरे विषाद से प्रार्थना की कोई रेखा फूटती भी नहीं है।

वही गोदावरी का तट और वे ही पंचवटी के वटवृक्ष। नदी की धारा भी निःशब्द और वटवृक्ष भी मौन। कहीं कोई हलचल नहीं। मेरा दीक्षागुरु गृहमार्ग की मूक साधना में डूबा हुआ। घर पहुँचा। आँगन के स्वागत से मैं विमुख। देहली तो प्रतीक्षा कर रही थी ममतामयी माँ की और कर्मवादी पिता की। मेरा दुख तो अन्तर में ही आर्तनाद कर रहा था।

आज जाह्नवी, पिंगला, नीलाम्बरा और माहेश्वरी सभी मौन थीं। नलिनी और उत्ताला के नेत्रों से आँसू प्रवाहित हो रहे थे। मैं प्रश्न बनकर खड़ा था—गोशाला और कलाकक्ष के सम्मुख। कला की भित्ति पर टँगे माँ के द्वारा निर्मित कलाचित्र 'वेणीसंहार' को देखा तो देखता ही रहा। मुझे वर्तमान और भविष्य के प्रतिबिंब दिख रहे थे। उस चित्र में। यथार्थ के अतिवाद को रंगों ने सम बना दिया था। और यह सम भी तत्त्वदर्शी था। मुझे जड़वाद, जड़ीभूत परम्परा और व्यवस्था को तोड़ने की शक्ति प्राप्त हो रही थी। मेरे अन्तर का विषाद नए चिन्तन की ऊष्मा पाकर सूख रहा था। मैं हृदय से बाहर आ गया था और अपने ही बनाए 'वैराग्य चित्र' को देख रहा था। मेरी सम्पूर्ण ज्ञानेन्द्रियाँ मस्तिष्क में केन्द्रित हो रही थीं। मुझे सम्भवतः अपने विषाद का निकष मिल रहा था।

तभी नन्दिनी और गांधारी आ गईं। माता-पिता की 'हिम समाधि' की घटना ने उन्हें द्रवित कर दिया। वे करुण हो उठी थीं।

धीरे-धीरे सम्पूर्ण ग्रामवासी इस दारुण और अविश्वसनीय दुर्घटना से परिचित हो गए। पूरे गाँव के नर-नारी, बाल-वृद्ध सब मुझे सांत्वना देने और धैर्य बँधाने के उद्देश्य से एकत्रित हो गए थे। धीरे-धीरे सभी ग्रामवासी चले गए। गांधारी, अपनी माँ के साथ ही घर चली गई। अब मेरे निकट केवल नन्दिनी थी। आज नन्दिनी, मेरे हृदय में नहीं, मेरे मस्तिष्क में उतर रही थी। मैं उसके व्यक्तित्व में 'प्रकृति' का महासत्य प्रतिबिम्बित होता देख रहा था। आज वह अपने रागात्मक तटों से दूर खड़ी थी। बहुत देर तक खड़ी रही मेरी सहचरी बनकर। निकट थी और मुझे प्रतीत हो रहा था कि जैसे उसका हृदय, उसका आत्मबोध, उसका स्वत्व और उसका समर्पण-भाव मेरे मस्तिष्क में उतरता जा रहा है। अब मैं अपने वैयक्तिक विषाद से बहुत दूर खड़ा था।

रात्रि गहरी होने लगी। मेरे मस्तिष्क-तंत्र में अपनी अँगुलियों से नादात्मक ध्वनियाँ झंकृत करती हुई वह अपने गृह चली गई। मैं एकाकी रह गया। नहीं, मैं अकेला नहीं था, नन्दिनी का व्यक्तित्व मेरे एकान्त को भर रहा था। मैं माँ के कला-कक्ष में भूमि पर ही जाकर लेट गया। भविष्य-चिन्तन का क्रम आरम्भ हो गया और फिर न जाने कब तक चलता रहा, मुझे स्मरण नहीं।

प्रातःकाल, अलख निरंजन-अलख निरंजन, आदेश, आ-दे-श की ध्वनि सुनाई पड़ी, तब मेरी निद्रा भंग हुई। मैं घर में उपलब्ध धान्य लेकर भिक्षादान के लिए द्वार

पर आ गया। देखा, ये तो वही अवधूत, वही महायोगी मत्स्येन्द्रनाथ थे, जो वर्ष में एक-दो बार भिक्षाटन करते मेरे द्वार पर आते थे और माँ श्रद्धापूर्वक उन्हें भिक्षा देती थी किन्तु मुझे उस योगी के समक्ष जाने से रोक देती थी। आज मैं उसी महायोगी के समक्ष भिक्षादान के लिए खड़ा था।

महायोगी मत्स्येन्द्रनाथ भी मुझे अपने सामने खड़ा देखकर आश्चर्यचकित हो गए। वे चमत्कृत भी हुए थे, उनके मुख पर उभरी हुई अलौकिक आभा को देखकर मैं स्वयं अनुभव कर रहा था। मैंने भिक्षा देने के लिए अपना पात्र आगे बढ़ाया, उन्होंने वर्जना की।

महायोगी ने आदेश-आदेश का उच्चारण किया और कहा—"आज मैं अन्न का दान लेने के लिए उपस्थित नहीं हुआ। आज मैं अनादि शिवत्व ही दान में ग्रहण करूँगा। आज मैं योग को व्यवस्था का रूप प्रदान करने वाले व्यक्तित्व को ही दान में ग्रहण करूँगा। मैं तुम्हारा दीक्षागुरु बनने का गौरव पाना चाहता हूँ। तू दिव्य है और आज तू मुझे स्वयं को दान में दे दे।" मत्स्येन्द्रनाथ ने इतना कह अपना पात्र आगे बढ़ा दिया। मैंने देखा, उस पात्र में रुद्राक्ष की माला रखी थी। महायोगी ने वह रुद्राक्ष की माला मेरे कंठ में डाल दी। मंत्रोच्चारण किया। अलख निरंजन और आदेश की तीन बार पुनरावृत्ति कराई और मुझे चलने का आदेश दिया। मैं शुक- सारिका के पिंजरे के पास गया और मैंने उसका द्वार खोल दिया। पक्षी द्वार से बाहर निकलकर आकाश में उड़ गए। गोशाला का द्वार खोल दिया। जाह्नवी, पिंगला, नीलाम्बरा, माहेश्वरी, सिंहसिंहा, नलिनी और उत्ताला सब मुक्त हो गईं। गायें मेरे पास आकर खड़ी हो गईं। तभी नन्दिनी और गांधारी भी आ गईं। मेरे कंठ में रुद्राक्ष की माला और सामने खड़े महायोगी को देखकर उन्होंने अनुमान कर लिया कि मैंने रुद्राक्ष को स्वीकार कर लिया है। महायोगी चल पड़े। उनके मुख से अ-ल-ख-नि-रं-ज-न और आ-दे-श का मंत्रोच्चारण निस्सृत होता जा रहा था। उनका अनुगमन करते मैं चल रहा था। मेरे पीछे नन्दिनी और गांधारी चल रही थीं और उनके पीछे गायें।

गोदावरी का तट। महाविदा की वेला उपस्थित थी। सांसारिकता से विदा का अवसर। नन्दिनी और गांधारी ने मेरे निकट आकर एक क्षण निर्निमेष दृष्टि से मेरी ओर देखा और फिर मेरे कंठ में पड़ी रुद्राक्ष की माला को अपने-अपने नेत्रों से स्पर्श किया। गायें अपने-अपने मुखों से मेरे मस्तक का स्पर्श कर आगे बढ़ने लगीं। महायोगी ने गायों के द्वारा मेरे प्रति प्रदर्शित किए गए अपूर्व प्रेम और मेरी अपार श्रद्धा को देखकर मेरा योगी नामकरण किया, गोरक्षनाथ।

महायोगी मत्स्येन्द्रनाथ अब मेरे दीक्षा गुरु थे। वे इस महाभूखंड की अनन्त यात्रा पर चल पड़े। मैं भी उनका अनुगमन करता चल पड़ा। नन्दिनी और गांधारी मुझे देख रही थीं जाते हुए और मुझे उन दोनों में माँ का प्रतिबिम्ब परिलक्षित हो

रहा था। मैं उन दोनों में शक्ति के प्रत्यक्ष दर्शन कर रहा था। उनमें शिवत्व और प्रकृतित्व का अनुभव कर रहा था, प्रकृति और पुरुष की आलिंगित अवस्था से परिचित हो रहा था। शिव की माया से संस्कारित और प्रकाशित संसार की सत्यता को सिद्ध करने अनन्त यात्रा पर चल पड़ा मैं, गोरक्षनाथ।

उत्तरायण

जहाँ गोरष तहाँ ग्यांन गरीबी दुन्द वाद नहीं कोई।
निसप्रेही निरदावै षेलै गोरष कहीयै सोई॥

गोरखबानी—सबदी, 195

चतुर्थ आधार

'अलख निरंजन' का उद्घोष करते हुए महायोगी मत्स्येन्द्रनाथ, गोदावरी पार दक्षिणावर्त की यात्रा पर चल पड़े। मैंने तट पर ही अपने ग्राम बड़व और अपने गणितज्ञ पर्वत चन्द्रगिरि को श्रद्धानत होकर प्रणाम किया और गुरु मत्स्येन्द्रनाथ के साथ जीवन की भविष्य-यात्रा पर चल पड़ा। गोदावरी का सम्पूर्ण शरीर-तंत्र मेरा परिचित था। वक्षस्थल से चलकर उसे पार करना तो कठिन था, इसलिए उसके अधोभाग से ही पार करने का निश्चय किया। यहाँ अधिक गहराई नहीं थी। कंठ तक जल में डूबे और गोदावरी पार हो गए। दूसरे तट पर पहुँचकर मैंने गोदावरी का जल, अंजुलि में भरकर अपने नेत्रों से लगाया और फिर उस अर्घ्य को गोदावरी की विराटता को ही समर्पित कर दिया। और फिर अनन्त यात्रा आरम्भ हो गई।

कई दिवस चलते रहे। रात्रि होती तो किसी ठौर, किसी आश्रम में विश्राम कर लेते। जो प्राप्त होता, उससे पेट की उपासना कर लेते और सूर्य की यात्रा के साथ ही हम भी यात्रा आरम्भ करते तथा सूर्य के विश्राम करते हम भी किसी आश्रय में विराम कर लेते। इस तरह यात्रा करते हुए न जाने कितने दिवस व्यतीत हो गए। दक्षिणावर्त की यात्रा करते समय मुझे अपनी प्रेरणा-प्रदायिनी सरिता गोदावरी के महारूप का स्मरण हो आता था। गौतमी, वशिष्ठा, कौशिकी, आश्रेयी, भारद्वाजी, वृद्ध गौतमी और तुल्या जैसी पवित्र सरिताओं ने इस महासरिता की विराटता में अपने अस्तित्वों को समाहित कर दिया था। अनेक लघुओं के सम्मिलन से ही तो विराटता का स्वरूप निर्मित होता है और लघुतम भी तब महत्तम बन जाता है। गोदावरी की इस विराटता ने मेरे अन्तर की लघुता को विराट बनाने का अवसर प्रदान किया है।

कई मास चलते रहे। महायोगी मत्स्येन्द्रनाथ राह चलते हुए अपने योग और साधना से भी परिचित कराते जाते थे। उन्होंने अपनी योग-साधना और ज्ञान-धारणा के प्रसंग में प्रकाश डालते हुए बतलाया था—"वत्स! मैं तो कौलमार्गी हूँ। कौलज्ञान की साधना करता हूँ। 'कुल' शब्द अनेकार्थी है। कुल को ज्ञान-क्रम भी कहा जा सकता है और जातिबोध का परिज्ञानकर्ता शब्द-प्रमाण भी। सृष्टि में 'नाद' भी है और 'बिन्दु' भी। नादरूपा सृष्टि की परम्परा गुरु-केन्द्रित है और बिन्दुरूप सृष्टि जन्म से सम्बद्ध रहती है। नादरूपा सृष्टि से अलौकिकता का परिज्ञान होता है और

यह महाज्ञान ही योग-साधना का निकष है। गुरु के बिना इस महाज्ञान की प्राप्ति असम्भव है।"

ऐसा कहते हुए गुरु मत्स्येन्द्रनाथ मेरे मानस-तंत्र का आध्यात्मिक निर्माण ही कर रहे थे। मैं तो महायोग के परिज्ञान और योग साधना के लिए समर्पित हो चुका था। अत: महायोगी की वाणी मेरे हृदय में आध्यात्मिकता का संचार कर रही थी।

"महायोगी! आप तो योग विद्या से निष्णात हैं। आप सिद्ध हैं। सृष्टि का रूप तो प्रत्यक्ष सत्य है और योग आध्यात्मिक साधन। साध्य तो सृष्टि ही है गुरुदेव। फिर कौलज्ञान से सृष्टि का परिज्ञान कैसे सम्भव है?" मैंने प्रश्न किया।

"वत्स! तेरा प्रश्न समीचीन है। सृष्टि के सत्य से तादात्म्य स्थापित करने के लिए स्वयं को सृष्टि के सत्य में लीन कर देना ही तो योग है और कौलज्ञान यही परिज्ञान प्रदान करता है। 'कौल' का मूल 'कुल' है और कुल में दो वर्णों का संयोग है। यह संयोग ही वर्णों के संयोग को नया रूप और नया अर्थ प्रदान करता है। 'कु' वर्ण पृथ्वी की अर्थवत्ता को परिभाषित करता है और 'ल' का अर्थ आत्मसात् होना अथवा लीन हो जाना है। हमारा शरीर भी तो पृथ्वी-रूप ही है। तन की साधना तंत्रों से की जाती है और लीन होने की प्रक्रिया का सम्बन्ध मन, अन्तर्मन से है। मंत्रयोग से स्वयं को आत्मसात् किया जा सकता है। तंत्रयोग से मूलाधार को जागृत किया जाता है और मूलाधार में पृथ्वी-तत्त्व निहित है।" महायोगी मत्स्येन्द्रनाथ ने मेरी जिज्ञासा को शान्त करने के उद्देश्य से कहा।

मैं गुरुदेव द्वारा प्रदत्त तत्त्वज्ञान पूर्णत: समझ नहीं पा रहा था। अभी तो मेरी प्रारम्भिक दीक्षा ही सम्पन्न हुई थी। विधिवत दीक्षा शेष थी।

गुरु मत्स्येन्द्रनाथ ने मेरी जिज्ञासा वृत्ति को परख लिया था और उन्होंने मुझे योग साधना के पूर्ण परिज्ञान से दीक्षित करने का संकल्प भी व्यक्त किया था।

मार्ग के नदी-पहाड़ों, ग्रामों और नगरों की सीमाओं का परिचय प्राप्त करते हुए हम 'कनकगिरि' की ओर चले जा रहे थे। मार्ग में अनेक अंचलों की संस्कृति, भाषा और धार्मिक मान्यताओं का भी ज्ञान प्राप्त होता जा रहा था। स्थानीयता का प्रभाव भाषा और परिधानों पर विशेष रूप से पड़ा था। संस्कृति की व्यावहारिकता में आता जा रहा परिवर्तन स्वाभाविक था। दक्षिणावर्त के ग्रामों और नगरों के जनजीवन में राज्यसत्ता को लेकर आक्रोश भी था और आन्दोलन का दबा-दबा भाव भी। चालुक्यों और राष्ट्रकूट अधिपतियों में युद्ध होते रहते थे। कभी यहाँ चालुक्यों का राज्यशासन था किन्तु आज राष्ट्रकूट राज्य-शासन है। जनजीवन में युद्ध की विभीषिका के प्रति आक्रोश जागृत प्रतीत हो रहा था। चोलवंश का शासन अब भी सुदूर दक्षिण में स्थापित था। हम यह अनुभव कर रहे थे कि सामान्य जनजीवन, युद्ध का नहीं, शान्ति का पक्षधर था और यह पक्षधरता सामाजिक उत्कर्ष के लिए थी।

राज्यसत्ता और राज्य-संघर्ष की इस संक्रान्ति भूमि की यात्रा करते हुए हम परतियाल ग्राम में आकर ठहर गए। यह ग्राम कृष्णा नदी की घाटी पर बसा हुआ था। ग्राम में एक शिवालय बना था। दक्षिणी वास्तुकला के आधार पर मन्दिर के निकट ही एक अतिथि मंडप बना था। उसमें प्रवासियों के लिए ठहरने का समुचित प्रबन्ध था। एक योगी को ग्राम में आया हुआ देखकर ग्रामवासी अतिथि मंडप में एकत्रित होने लगे।

उन ग्रामवासियों से गुरुदेव चर्चा करने लगे। मैं एक कोने में बैठा हुआ संवाद-परिसंवाद सुन रहा था।

"इस ग्राम के निवासी किन-किन वर्णों के हैं।" गुरुदेव ने पूछा।

"ग्राम में सभी वन्यजीवी जातियों के जन निवास करते हैं। साले, तोगट, देवांग और नेयिगे परिवार ही यहाँ हैं।"

"क्या उच्चवर्ण के जन यहाँ निवास नहीं करते?"

"नहीं! गुरुदेव यह वन्यजीवियों की बस्ती है। हम पर्वत के कंदमूल फल और अयस्कों पर आश्रित हैं। यहाँ घाटी में हीरक के अयस्क हैं। हम उत्खनन कर अशिल्पित हीरकों को निकालते हैं। राज्यकर्मी वे अशिल्पित हीरक ले जाते हैं और विनिमय में कुछ धान्य दे जाते हैं। हम श्रमजीवी हैं और यही हमारी आजीविका है।" एक ग्रामवासी ने कहा।

ग्रामवासी जब अपने उत्खनन कार्य और उससे प्राप्य पारिश्रमिक और प्रतिदान की बात कर रहा था, तब उसके मुख पर असन्तोष की रेखाएँ खिंची हुई स्पष्ट दिख रही थीं। मैंने ग्रामवासी को सम्बोधित करते हुए कहा—"उचित प्रतिदान और यथोचित पारिश्रमिक प्राप्त करना तो आप ग्रामवासियों का अधिकार है। राज्य का कर्तव्य है कि वह श्रमिकों को समुचित पारिश्रमिक प्रदान करे। यदि राज्य अथवा राज्याधिकारी अपने कर्तव्य का पालन कर न्याय नहीं करते तो उनके विरुद्ध संघर्ष ही एक मार्ग है। न्याय, भिक्षा से, अनुनय-विनय से नहीं मिलता। उसे पाने के लिए जनसंघर्ष अनिवार्य है और न्यायपूर्ण अधिकारों की प्राप्ति के लिए किया जाने वाला जनसंघर्ष भी तो न्यायिक कर्तव्य पालन है।"

साले, तोगट और देवांग जातियों के वन्यजीवी मेरा कथन ध्यानपूर्वक सुन रहे थे और सहमति भी प्रकट कर रहे थे। किन्तु महायोगी मत्स्येन्द्रनाथ, मेरे इस कथन को सुनकर स्तब्ध हो गए। वे कहने लगे—"संघर्ष तो अशान्ति का मार्ग है वत्स! आत्मयोग से न्याय पाने की अपेक्षा करनी चाहिए।"

महायोगी के इस वाक्य का न मैं प्रत्यक्ष अर्थ समझ पा रहा था और न गूढ़ार्थ। मैं मौन हो गया था। रात्रि हुई तो महायोगी वज्रासन में अवस्थित हो गए।

प्रात:काल फिर आगे की यात्रा आरम्भ हो गई। गत रात्रि में जो संवाद हुआ था और मेरे कथन के उपरान्त गुरुदेव ने 'न्याय' पाने का जो मार्ग निर्दिष्ट किया

था, मैं उस वाक्य के निहितार्थ को समझने का प्रयास करता चल रहा था। मार्ग में दुर्गमता खड़ी हो जाती, तब भी मैं गुरुदेव के वाक्य के निहितार्थ का परीक्षण करता और सुगम समतल मार्ग में भी। किन्तु मैं निकष तक नहीं पहुँच पा रहा था। मेरी आयु की अपरिपक्वता ही सम्भवत: सबसे बड़ी बाधा थी।

चलते-चलते कृष्णा नदी के तट पर पहुँचे। अगम अगाध जल भरा हुआ था। कैवर्त ने अपनी नाव में बैठाकर नदी पार करा दी। कई मास व्यतीत हो गए। 'कनकगिरि' जाने कितनी दूर था। कनकगिरि पहुँचने के लिए मैं आतुर था। महायोगी मत्स्येन्द्रनाथ इस गिरिमाला में ही मुझे पूर्ण दीक्षा प्रदान करने के लिए संकल्पित थे। मैं यात्रा में तनिक भी शैथिल्य का अनुभव नहीं कर रहा था।

एक लम्बे अन्तराल के उपरान्त तुंगभद्र नगर आ गया। यह नगर तुंगभद्रा नदी के तट पर बसा हुआ है। एक मन्दिर में डेरा डाल लिया। मन्दिर में पूजा-अर्चना के लिए नगरवासी आ-जा रहे थे। एक नगरवासी से तुंगभद्र नगर का परिचय जानना चाहा।

नगरवासी ने मेरी जिज्ञासा को शान्त करते हुए बतलाया कि तुंगभद्रा नदी के तट पर बसे होने के कारण इस नगर का नामकरण तुंगभद्र हुआ है। तुंगभद्रा नदी का उद्गम दो पर्वतमालाओं के वक्षस्थल से हुआ है। ये दो पर्वत तुंग और भद्र हैं। दोनों श्रृंगगिरि के आत्मज हैं। श्रृंगगिरि को श्रृंगेरी अथवा वराह पर्वत के नाम से भी जाना जाता है। तुंग और भद्र पर्वत के जलस्रोतों से तुंगभद्रा का उद्गम हुआ है। तुंगभद्रा अत्यन्त प्राचीन नदी है और महाभारत काल में तो इस नदी को तुंगवेणा और तुंगवेणी नामों से उल्लेख किया जाता था। किन्तु वर्तमान में इसका नामकरण तुंगभद्रा ही है। इस नगर के सम्बन्ध में अनेक जनश्रुतियाँ प्रचलित हैं। यह भी जनश्रुति है कि राजा राम ने वनवास के समय कुछ काल तक यहाँ निवास किया था। जनश्रुतियों से ऐतिहासिक प्रामाणिकता तो नहीं किन्तु प्राचीनता का बोध अवश्य होता है।

तुंगभद्र में दो-चार दिवस ठहरकर आगे की यात्रा करने का निश्चय गुरुदेव ने कर लिया था। कई मासों की निरन्तर यात्रा करते हुए विश्राम की आवश्यकता भी प्रतीत होने लगी थी। गुरु मत्स्येन्द्रनाथ योग साधना में संलग्न रहते थे। यह नगर कला और संस्कृति की दृष्टि से अत्यन्त सम्पन्न प्रतीत होता था। मन्दिर में पूजा-अर्चना के लिए बाल-वृद्ध और नर-नारियों की भीड़ लगी रहती थी।

गुरु मत्स्येन्द्र का शरीर-सौष्ठव अत्यन्त आकर्षक था। गौर वर्ण। बलिष्ठ भुजाएँ, विराट मस्तक, सम्मोहन मंत्र से जागृत नेत्र और मेघमालाओं-सी सिर में अलंकृत घुंघराली केशराशि। पूरा व्यक्तित्व सम्मोहक था।

गुरुदेव जब साधना में निमग्न होते तब ऐसा प्रतीत होता जैसे विराट आकाश, देह धारण कर पृथ्वी पर बैठा साधना कर रहा है। पूजा-अर्चना करने के लिए षोडशी कामिनियाँ भी आती थीं। गुरुदेव मानसिक रूप से 'कभी साधनात्मक भोग और कभी भोगात्मक साधना' में सन्तुलन स्थापित करने का प्रयास करने लगते।

किन्तु यह साधनात्मक संक्रान्ति कुछ ही क्षण विद्यमान रहती और वे तुरन्त पद्मासन लगाकर साधना में लीन हो जाते। गुरुदेव की साधना के इस स्वरूप ने मेरे मन में अनेक प्रश्नों को जन्म दे दिया था।

तुंगभद्र राजनीतिक दृष्टि से युद्ध की विभीषिका से अभिशप्त था। कृष्णा नदी की सीमा तक राष्ट्रकूट, दक्षिण में चोल, कृष्णा के पूर्वांचल पर पल्लव और सुदूर दक्षिण में पाण्ड्य राज्य थे। इन राज्यों के अधिपति, राज्य-विस्तार की लिप्सा से ग्रस्त होकर परस्पर युद्ध करते रहते थे। तुंगभद्र नगर सैनिक छावनी जैसा था। युद्ध की विभीषिका से चोल राज्य का जनजीवन आक्रान्त था। कभी भी युद्ध की रणभेरी बजने लगती और नगरवासी सम्भावित विनाश की आशंका में अपने संरक्षण का उद्योग करने लगते थे। यह कार्य नगरवासियों के व्यावहारिक जीवन का क्रम बन गया था। यहाँ पर प्रवास करते चार दिवस व्यतीत हो गए और पंचम दिवस हम 'कनकगिरि' की दिशा में चल पड़े।

मास-दो मास चलते रहे। गंगापुर पहुँचे। यहाँ दत्तात्रेय सम्प्रदाय का आश्रम था। ठहरे फिर चल पड़े। गब्बुर में विश्वेश्वर और वेंकटेश्वर के दर्शन किए। फिर यात्रा आरम्भ की। और कई दिवस यात्रा करते हुए कावेरी के तट पर आ गए। कावेरी का विराट रूप अन्तर्मन को प्रमुदित करने लगा। इस पवित्र सरिता का उद्गम भी तो ब्रह्मगिरि से हुआ है। हरिद्रा के रंग-सी सदानीरा यह सरिता, दक्षिणापथ में पूजित है। इस ताम्रपर्णी सुगंधिना के विस्तार और अगम रूप को देखकर मैं मुग्ध हो गया। कावेरी को अपना नमन अर्पित किया और 'कनकगिरि' की ओर चल पड़े।

"वत्स! अब आगे ही वह सिद्धपर्वत 'कनकगिरि' है। यहाँ ही शैवागम का परिज्ञान प्राप्त होता है। यही आदिनाथ, तुम्हारा दीक्षा-स्थल है। भूत, वर्तमान और भविष्य में आदिनाथ चिरंतन है। यहाँ ही साक्षात्कार करोगे तुम उस अनादि, अनन्त परम शिव का।" गुरुदेव ने कहा।

मैं गुरु मत्स्येन्द्रनाथ के पदों का अनुगमन करता हुआ चल रहा था। सोच रहा था कि अब विधिवत् दीक्षा का समय सन्निकट है। तभी सामने पर्वत का आरोह आरम्भ हो गया। गुरुदेव अलख निरंजन-अलख निरंजन का उद्घोष करते जा रहे थे और पर्वत पर चढ़ते जा रहे थे। मैं भी अलख निरंजन-अलख निरंजन का उद्घोष करता हुआ घाटी चढ़ने लगा। पहाड़ पर चढ़ते हुए पूरा दिन व्यतीत हो गया। अब हम 'कनकगिरि' के शिखर पर पहुँच गए थे।

'कनकगिरि' के शिखर पर पहुँचकर गुरुदेव मत्स्येन्द्रनाथ सिद्धि-सम्पन्न से हो गए। वे घोर निनाद करते हुए अलख निरंजन का उद्घोष करने लगे। बहुत देर बाद उनकी तन्द्रा भंग हुई। सिद्धपीठ में ठहर गए। वहाँ योगियों की एक जमात ठहरी हुई

थी। गुरुदेव को देखते ही वे सब अलख निरंजन का उद्घोष करने लगे। बहुत देर तक सिद्ध-नृत्य और सिद्ध-घोष चलता रहा। गुरु मत्स्येन्द्रनाथ ने 'अलख निरंजन' का उद्घोष किया और एक वृक्ष के नीचे बैठ गए। कुछ समय तक तो मंत्र-साधना करते रहे। इसके उपरान्त उन्होंने आकाश की ओर देखा। निर्निमेष दृष्टि से देखते रहे फिर मुझे सम्बोधित करते हुए कहा—

"वत्स! तुम्हारे योगाभिषेक का समय उपस्थित हो गया है। तुम पद्मासन ग्रहण कर मेरे समक्ष बैठ जाओ। अब मैं तुम्हें मंत्राभिषिक्त करूँगा।"

गुरुदेव का आदेश पाकर मैं उनके समक्ष पद्मासन लगाकर बैठ गया। नेत्र बन्द कर लिए। ध्यानावस्थित हो गया।

गुरुदेव ने अपना दाहिना हस्त मेरे मस्तक पर रखा और मंत्रोच्चारण करने लगे—

"जीवेन च जगत सृष्टं स जीवस्तत्त्वनायक:।
स जीव: पुद्गलो हंस: स शिवो व्यापक: पर:॥
स मनस्तूच्यते भद्रे व्यापक: स चराचरे।
आत्मानमात्मना ज्ञात्वा भुक्तिमुक्तिप्रदायक:॥
प्रथमस्तु गुरुर्ह्यात्मा आत्मानं बन्धयेत् पुन:।
बन्धस्तु मोचयेद्दृयात्मा वै कायरूपिण:॥
आत्मनश्चापरो देवि येन ज्ञात: स योगिराट्।
स शिव: प्रोच्यते साक्षात् स मुक्तो मोचयेत् पर:॥"

(कौ. ज्ञा.नि. 17/33-37)

महायोगी ने तीन आवृत्ति में इस मंत्र का उच्च स्वरों में उद्घोष किया। मेरी स्मरण-प्रत्यास्मरण और स्तम्भन शक्ति चमत्कारिक थी। गुरुदेव ने इस मंत्र की आवृत्ति करने का आदेश दिया। मैंने प्रथम बार में ही इस मंत्र की शुद्ध आवृत्ति कर दी। फिर दो बार पुनरावृत्ति की। अब उनका हस्त नीचे आ गया था। उन्होंने त्रिशूलास्त्र से मेरे दोनों कर्ण चीरकर हरिण के सींग से बने कुंडल पहना दिए। कर्णों को चीरते समय मुझे अतीव पीड़ा का अनुभव तो हुआ किन्तु मैंने उस पीड़ा को व्यक्त नहीं होने दिया। मेरी कटि में मेखला डाल दी। सृगी, सेली, मुद्रा, खप्पर, गूदरी, अधारी और झोली प्रदान की। गेरे कंठ में जो रुद्राक्ष की माला महायोगी ने बड़व से प्रस्थान करते समय डाल दी थी, उसमें बत्तीस मनके थे। गुरुदेव ने मेरे कंठ से वह माला उतार ली और एक सौ आठ मनकों की रुद्राक्ष की माला मेरे गले में पहना दी। वे रुद्राक्ष एकमुखी थे। मैं इन उपकरणों को ग्रहण कर अलौकिक आनन्द का अनुभव कर रहा था।

एक योगी के इन आभूषणों से विभूषित कर महायोगी ने मुझे सम्बोधित करते हुए कहा—"बालयोगी गोरक्ष! अब तू सिद्ध हो गया। आदिनाथ ही मुक्ति और भुक्ति

का उद्भावक है। आज से तू आत्मा को ही गुरु मान। 'आत्मा ही गुरु है, आत्मा ही आत्मा को बाँधता है, आत्मा ही आत्मा को मुक्त करता है।' 'आत्मा ही आत्मा का चिरंतन सत्य है, सर्वेश्वर है।' अब तू योगिराट् है। और तू स्वयं ही आदिनाथ है। अब तू योग साधना द्वारा निर्विकल्प आनन्द का अनुभव कर। जा, तू सिद्ध हुआ गोरक्षनाथ, अ-ल-ख-नि-रं-ज-न।"

गुरुदेव इतना कह समाधि में चले गए। मैं भी साधना में निमग्न हो गया। अन्य योगियों के द्वारा जब अलख निरंजन का तीव्र उद्घोष होने लगा, तब मेरी और गुरुदेव की तन्द्रा भंग हुई।

सभी योगी गुरुदेव को घेरकर चारों ओर बैठ गए। गुरु मत्स्येन्द्रनाथ, मैं और बैठे हुए समस्त योगियों ने अलख निरंजन का समवेत उद्घोष किया। योगियों ने योग विद्या के प्रसंग में ज्ञान प्रदान करने का निवेदन किया। गुरुदेव ने आ-दे-श शब्द का उच्चारण किया और कहने लगे—

"योगी को विभूति-स्नान, परिज्ञान प्रदाता होता है। विभूति मृत्तिका है। मृत्तिका का हृदय विराट होता है। मान-अपमान के बोध से अलिप्त होती है, यह मृत्तिका। योगी की प्रकृति भी धरित्री के अनुरूप ही होना अभीष्ट है। अग्नि का संयोग पदार्थ की गुरुता का भस्म में रूपान्तरण कर देता है। अग्नि की ज्वाला और ऊर्जा, ज्ञान की ही प्रतीक है। अग्नि में रूप विपर्यय करने की महान शक्ति होती है। इसी प्रकार योगी का ज्ञानाग्नि में तपना, अपने स्वत्व को भस्मसात् करना और योग ध्यान से आनन्द की अनुभूति करना ही श्रेयस्कर होता है।"

योगी गुरुदेव के निष्कर्षों को आत्मसात् कर रहे थे। कुछ समय तक योग-ध्यान की चर्चा और चलती रही। विश्राम का समय हो गया था। संध्या हुई। योग साधना से निवृत्त होकर सभी योगी एक अलाव के चारों ओर लेट गए और निद्राग्रस्त हो गए।

प्रात:काल गुरुदेव ने 'कनकगिरि' से प्रस्थान करने का आदेश दिया। योगियों की जो जमात वहाँ पूर्व में आकर ठहरी थी, उन्होंने भी गुरु मत्स्येन्द्रनाथ के साथ यात्रा पर चलने की प्रार्थना की। गुरुदेव ने आ-दे-श कहकर प्रस्ताव को सहमति प्रदान की और कनकगिरि से उत्कल की यात्रा आरम्भ हो गई। जटाजूटधारी योगियों की जमात में मैं अकेला ही एक बालयोगी था।

अनेक दिवसों की यात्रा के उपरान्त हमारी जमात रामेश्वरम् पहुँची। सागर तट पर यहाँ एक विशाल शिवपीठ थी। मन्दिर भी अत्यन्त विशाल था। समुद्र में स्नान किया। अपार जलराशि थी यहाँ। सागर की लहरें ऊँची उत्ताल रूप धारण कर हहराती हुई आतीं और तट को प्रणाम अर्पित कर शान्ति का अनुभव करती थीं। मैंने पूर्व में सागर के दर्शन नहीं किए थे। यह एकदम नया अनुभव था। सागर की विराटता मेरे अन्तर में समाई जा रही थी और मैं अपने अन्तर में हो रहे प्रकृतिगत परिवर्तनों का अनुभव कर रहा था।

यात्रा फिर आरम्भ हुई और अब हमारी जमात की यात्रा-दिशा, सिद्धपुरा की ओर थी। मार्ग में नदियों और पर्वतों को पार करते हुए हमारी जमात सिद्धपुरा पहुँच गई। जमात ग्राम के सीमान्त पर ही ठहर गई। जमात के सभी योगी क्षुधाग्रस्त थे। गुरुदेव ने सभी योगियों को भिक्षाटन का निर्देश दिया। उन्होंने मुझे भी भिक्षाटन का आदेश दिया और कहा—"वत्स! मैं क्षुधा से आक्रान्त हूँ। तू ग्राम में जाकर भोजन ला।" मैंने आ-दे-श शब्दोच्चारण किया और अपना खप्पर लेकर भिक्षाटन के लिए चल पड़ा। ग्राम में पहुँचकर मैं एक गृह के द्वार पर अलख निरंजन-अलख निरंजन का उद्घोष करने लगा। घर में अधिक संख्या में ग्रामवासी थे। मैंने अनुमान लगाया कि सम्भवत: किसी विशिष्ट अवसर पर इस घर में महाभोज का आयोजन सम्पन्न हो रहा है। मैंने अलख निरंजन का उद्घोष तीव्र नादात्मक स्वरों में किया था। गृहस्वामिनी त्वरित गति से द्वार पर आई और मुझे हस्त में भिक्षापात्र लिये देखा। वह घर के भीतर चली गई। थोड़ी ही देर में एक थाल में अधिक मात्रा में व्यंजन लेकर भिक्षादान के लिए लौट आई। मैंने पात्र आगे बढ़ा दिया। भिक्षापात्र व्यंजनों से भर गया।

मैं विविध प्रकार के व्यंजन लेकर गुरुदेव के पास पहुँचा। वे प्रतीक्षा कर रहे थे। व्यंजन से भरा खप्पर उनके समक्ष प्रस्तुत कर दिया। उन्होंने वे स्वादिष्ट व्यंजन ग्रहण किए। उन्होंने कहा—"वत्स! व्यंजन बहुत स्वादिष्ट हैं।" दही से निर्मित उड़द की दाल के बड़े गुरुदेव को बहुत भा गए थे। उन्होंने वे बड़े और माँग लाने का निर्देश दिया। मैं पुन: गृहस्वामिनी के पास गया, तो इस बार उसने अनिच्छा से कुछ बड़े मेरे खप्पर में डाल दिए। गुरुदेव ने वे बड़े भी ग्रहण कर लिए और फिर और बड़े लाने का निर्देश दिया। मैं पुन: गृहस्वामिनी के द्वार खड़ा होकर अलख निरंजन का उद्घोष करने लगा। गृहस्वामिनी इस बार क्रोधित होकर द्वार पर आई। मैंने पुन: बड़े देने की याचना की। अब तो वह गृहस्वामिनी क्रोध से आरक्त हो उठी।

"बालयोगी! तुम तीसरी बार भिक्षा के लिए आए हो। तुम और तुम्हारे गुरु, दोनों ही जिह्वालोलुप प्रतीत हो रहे हैं। योगी तो परपीड़ा को दूर करने के उद्देश्य से योग साधना करता है। तुम और तुम्हारे गुरु, दोनों ही ढोंगी हैं। तुम तो अपनी उदर की ज्वाला को शान्त करने में अपने कर्तव्य की इतिश्री समझ बैठे हो। मैं अब तुम्हें भिक्षादान नहीं दूँगी। तुम जाओ इस द्वार से।" गृहस्वामिनी ने अत्यन्त कटु होकर तिरस्कार करते हुए कहा।

"माता! मैं तो बालयोगी हूँ। अपने गुरुदेव की इच्छा के पालनार्थ आपके द्वार पर बार-बार उपस्थित हो रहा हूँ। गुरुदेव के आदेश का पालन मेरा कर्तव्य और उनकी इच्छा की पूर्ति मेरा धर्म है।" मैंने उत्तर दिया और भिक्षादान की प्रार्थना की।

किन्तु वह गृहस्वामिनी अब भिक्षादान न देने के अपने निश्चय पर अटल बनी रही। फिर उसने कुछ विचार किया और वह एक बड़ा लेकर मेरे समक्ष उपस्थित हो गई। मैंने भिक्षा पात्र आगे बढ़ा दिया। वह स्थिर खड़ी रही।

"माता! मेरे गुरुदेव की इच्छा की पूर्ति करें। मैं इसके प्रतिदान में आपकी इच्छानुसार जो अभीष्ट होगा, उसकी पूर्ति करूँगा।" मैंने दृढ़तापूर्वक अपना संकल्प व्यक्त किया।

"तुम तो स्वयं भिखारी हो। भिक्षाटन कर जीवन-यापन करते हो। तुम्हारे पास तो देने के लिए खप्पर और रुद्राक्ष है। तुम क्या दे सकोगे?" गृहस्वामिनी ने अत्यन्त तीक्ष्ण शब्दों में कहा।

"माता! आप आदेश तो करें। फिर देखें कि आपका अभीष्ट पूर्ण होता है अथवा नहीं।" मैंने पुन: संकल्पित उत्तर दिया।

"तो बालयोगी! अपना एक नेत्र, एक बड़े के बदले में मुझे दे दो।" गृहस्वामिनी बोली और परिहासपूर्ण मुद्रा में मेरा उपहास करने लगी।

मेरे पास त्रिशूल था। मैंने गुरु मत्स्येन्द्रनाथ और आदिनाथ का ध्यान किया। तीक्ष्य त्रिशूल अपने दाहिने हस्त में नेत्र निकालने के लिए साध लिया। और दूसरे क्षण जैसे ही त्रिशूल, नेत्र निकालने के लिए उठाया, वैसे ही उस गृहस्वामिनी ने मेरा हस्त थाम लिया और त्रिशूल खींचकर एक ओर फेंक दिया। मैंने अनुभव किया। उसके नेत्र करुण हो उठे हैं। वह ममतामयी हो गई है। वह धन्य-धन्य शब्दों का उच्चारण कर रही थी। मुझे माँ के प्रत्यक्ष उपस्थित होने का बोध हो रहा था।

"बालयोगी! पुत्र!! तुम जिस महायोगी के शिष्य हो, मैं उस महायोगी, साधक के दर्शन कर स्वयं को धन्य करना चाहती हूँ।" गृहस्वामिनी ने कहा और एक थाल में व्यंजन अलंकृत कर वह गुरुदेव के दर्शनार्थ चल पड़ी। अब मैं उस ममतामयी माँ का अनुगमन कर रहा था।

गुरुदेव के पास पहुँचकर उसने उन्हें प्रणाम किया और सारी कथा कह सुनाई। "तुम परीक्षा में सफल हुए गोरक्ष।" गुरुदेव ने कहा। गृहस्वामिनी को उन्होंने साधुवाद दिया।

गुरुदेव का आशीर्वाद प्राप्त कर वह गृहस्वामिनी अपने गृह चली गई। मुझे भी अब ज्ञात हो गया था कि गुरुदेव मेरे 'समर्पण भाव' की परीक्षा ले रहे थे। आज मेरे गुरु अधिक आनन्दित प्रतीत हो रहे थे। उन्होंने मुझे कौलज्ञान की सम्पूर्णता से परिचित कराने के उद्‌देश्य से कहा—"वत्स!

"देदीप्यमानस्तत्वस्य कर्ता साक्षात् स्वयं शिव:
संरक्षन्तो विश्वमेव धीरा: सिद्धमताश्रया:"
(सि.सि.प.)

शिव तो स्वयं आदिनाथ हैं। आदिनाथ ही तंत्रों के जन्मदाता हैं। शैवोपासक शाक्तमार्गी भी तंत्रानुसारी हैं। वैदिक, वैष्णव, शैव और शाक्त, ये चार प्रधान आचार निर्दिष्ट हैं। इसी प्रकार वामाचार, दक्षिणाचार, सिद्धान्ताचार एवं कौलाचार

का प्रतिपादन शाक्तों के द्वारा किया गया है। कौल मार्ग को ही अवधूत मार्ग कहा जाता है। तांत्रिकगण बहिरंग उपासन करते हुए सिद्धि प्राप्त करते हैं। यह उपासना कुंडलिनी को जागृत करती है। कौल और कापालिक मार्ग की उद्भावना भी यहीं से हुई है। मैं 'योगिनी कौल' का साधक हूँ। कापालिकों की साधना, हिंसा को भी ग्राह्य मानती रही है। वे साधना करते समय मनुष्यों की बलि भी करते थे। हिंसा-प्रधान साधना पर मेरी आस्था नहीं है। मैं सृष्टि के सिसृक्षा रूप का साधक हूँ। शिव और शक्ति आलिंगित हैं, पुरुष और प्रकृति आलिंगित हैं। शिव का धर्म शक्ति और शक्ति का धर्म शिव है। शक्ति द्वारा ही सृष्टि की अभिव्यक्ति होती है। अतएव मैं योगिनी कौल की साधना को ही प्रधानता देता हूँ। श्रीसुन्दरी साधना से ही भोगात्मक योग और योगात्मक भोग का परिज्ञान प्राप्त किया जा सकता है। अत: भोग और योग के सम्मिलन से ही आनन्द की चरमस्थिति तक पहुँचा जाता है। प्रकृति की साधना में, स्वयं को प्रकृति सत्य में समाहित कर देना होता है। कापालिक वाममार्गी होते हैं। नाथ सिद्ध तो परमशक्ति की साधना करता है और उसका प्रत्यक्ष अनुभव भी करता है। वह उस परम सत्य के तद्रूप हो जाता है। नाथ सिद्ध, मायाजेता भी है, निरंजन भी है और महारक्षक भी है।

सिद्धपुरा में एक प्राचीन बौद्ध मठ था और अशोक का एक शिलालेख भी। यह मठ भी हम जहाँ ठहरे हुए थे, उसके निकट ही था। वहाँ कुछ संन्यासी थे। मैंने गुरुदेव से उन संन्यासियों के सम्बन्ध में भिज्ञ होने की जिज्ञासा प्रकट की। उनका स्वरूप और वेशभूषा भी हम योगियों से भिन्न थी।

गुरुदेव ने बतलाया कि "ये संन्यासी बौद्ध भिक्खु हैं। यहाँ मठ भी है और बौद्धों का विहार भी। ये अशैव हैं। नास्तिक हैं। बौद्धों में सहजयानी सिद्ध भी होते हैं और वज्रयानी भी। वज्रयानी सिद्ध वज्रीकरण का प्रयोग करते हैं। सहज के पालन का निर्देश देते हैं तथा वाह्याचार के विरोधी होते हैं। इनमें भी तांत्रिक साधना है। ये पदार्थवादी होकर रूप स्कन्ध, वेदना स्कन्ध, संज्ञा स्कन्ध, संस्कार स्कन्ध और विज्ञान स्कन्ध की सन्निबद्धता मनुष्य के शरीर में स्वीकार करते हैं। शून्य की साधना कर जीवन के अभावों से मुक्ति का लक्ष्य निर्धारित करते हैं। बौद्ध तांत्रिक मानते हैं कि कामनाओं का दमन नहीं, उपभोग होना चाहिए और इसीलिए वज्रयानी, नारी की आवश्यकता प्रतिपादित करते हैं। मैं भी तो योगिनी कौलज्ञान का प्रतिपादन करता हूँ। योगिनी ही तो प्रकृति है, शक्ति है।"

बौद्ध भिक्षुओं के प्रसंग में इतनी चर्चा कर गुरुदेव मौन हो गए। गुरुदेव के इस कथन और योग साधना के इस कौलज्ञान ने मेरे मन में अनेक प्रश्नों को जन्म दे दिया किन्तु मैं मौन रहा। गुरुदेव का ज्ञान तो प्रश्नातीत था।

सिद्धपुरा से कई मासों की यात्रा कर हम एक प्राचीन ग्राम तिलिवल्ली आ गए। यहाँ एक मन्दिर में ठहर गए। योगियों की जमात का ग्रामवासियों ने सम्मान

भी किया। भिक्षाटन कर उदरोपासना की। रात्रि में गुरुदेव अपनी साधना में लीन हो गए। बहुत देर बाद जब उनकी साधना परिपूर्ण हुई तब उन्होंने मुझे सम्बोधित करते हुए कहा—

"वत्स! पुरुष और प्रकृति ही महासत्य है। प्रकृति में सत्व, रज: और तम: गुण सन्निविष्ट हैं। इन त्रिगुणों की साम्यावस्था का नाम प्रकृति है। साधना में इन्हीं गुणों का अन्वेषण और उत्कर्ष होता है। मैंने समझ लिया है कि इन गुणों की प्रधानता के सम्बन्ध में तेरे मन में अनेक प्रश्न हैं। मैं प्रकृति के रज: और तम: रूप को आत्मसात् करने के लिए कौल साधना कर रहा हूँ। किन्तु तेरे प्रश्नों का सम्बन्ध बुद्धि और ज्ञान से है और यह प्रकृति का सत्व रूप है। तू सिद्ध हो गया है और तुझे प्रकृति सिद्ध हो गई है। तू अब एकाकी रहकर भी साधना करने में सक्षम है। तेरी आत्मा, तेरा पथ प्रदर्शन करेगी। सत्व तो ज्ञान का हेतु है। जा गोरक्ष, तू अपने सत्व-गुणोत्कर्ष से शिवतत्त्व, विद्यातत्त्व और आत्मतत्त्व का परिज्ञान कर। जा, गोरक्ष, तू अब आगे एकाकी जा, एकाकी रह।"

इतना कह गुरु मत्स्येन्द्रनाथ उत्कल-अंचल की ओर चल दिए। योगियों की जमात उनका अनुगमन कर चली। मैं गुरुदेव को दूर तक जाता देखता रहा। घाटी आ गई। मार्ग में वृक्षावली उपस्थित हो गई। योगियों की जमात भी घाटी की ओट में दृष्टि के परे हो गई।

अब मैं एकाकी हो गया था। भूखंड की यह अनन्त यात्रा और मैं अकेला यात्री। न जाने क्यों मुझे अपने ग्राम बड़व का स्मरण हो आया। एकाकी था सम्भवत: इसीलिए ही। कई मासों की यात्रा करते हुए तुंगभद्र, ब्रह्मगिरि आदि स्थानों की यात्रा करते हुए तथा अनेक स्थानों में रमते-रमाते सात वर्ष व्यतीत कर एक दिन मैं बड़व ग्राम में गोदावरी के तट पर आ गया। गोदावरी पार की। गोदावरी का जल अंजुलि में भरकर अपने नेत्रों से स्पर्श किया और अर्घ्य को गोदावरी की विराटता को समर्पित किया। चन्द्रगिरि को भी श्रद्धानत होकर अ-ल-ख-नि-रं-ज-न का उद्घोष किया और पंचवटी में एक सघन वटवृक्ष के नीचे बैठकर विश्राम करने लगा। उस समय मध्याह्न काल था। भिक्षाटन की अनिवार्यता का अनुभव हुआ और मैं अपने ग्राम बड़व में भिक्षाटन के लिए चल पड़ा।

ग्राम-गलियाँ मेरी अपरिचिता नहीं थीं। एक-एक घर मेरा जाना-बूझा था। प्रथमत: मैं अपने घर के द्वार पर पहुँचा। द्वार पर खड़े होकर मैंने अ-ल-ख-नि-रं-ज-न का उद्घोष किया। मैं तो यह सोच रहा था कि गृह में तो कोई होगा नहीं। आँगन, देहरी और कक्ष तो भिक्षादान करने से रहे। किन्तु मैं यह देखकर चकित हो गया कि दो छोटी-छोटी बालिकाएँ, दानपात्र में भिक्षान्न लेकर आईं। उन्होंने मुझे प्रणाम अर्पित

किया और दोनों ने मुझे नख से शिख तक देखा। वे दोनों चिल्ला-चिल्लाकर कहने लगीं—"भगिनी कोई बालयोगी भिक्षाटन के लिए द्वार पर खड़ा है।" मेरा कौतूहल और बढ़ गया। सोच रहा था यह भगिनी का सम्बोधन किसके लिए है। भगिनी ने कक्ष के भीतर से ही बालिकाओं को भिक्षा देकर विदा करने का निर्देश दिया। किन्तु तब तक एक बालिका दौड़कर अपनी भगिनी को खींचकर ले आई।

'अरे नन्दिनी तू!' मैं इतना ही कहकर अवाक् होकर उस सोलह-सत्रह वर्ष की अपूर्व सुन्दर कामिनी को निर्निमेष दृष्टि से देखने लगा और देखता ही रहा। तन्द्रा भंग होने पर मुझे बोध हुआ कि मैंने नन्दिनी को अप्रकट रूप से 'कामिनी' की संज्ञा दे दी है। मुझे अपनी भूल का अनुभव हुआ और मैंने तत्काल 'कामिनी' को 'कन्या' शब्द और रूप में रूपान्तरित कर लिया।

नन्दिनी अब भी हतप्रभ थी। वह निर्निमेष दृष्टि से मेरी ओर देख रही थी। मैंने उसका ध्यान भंग करने के उद्देश्य से अ-ल-ख-नि-रं-ज-न का उद्घोष किया। इस वैराग्यमयी कठोर ध्वनि से उसका ध्यान भंग हो गया। उसने प्रकट स्वरों में कहा—

"कन्हरदेव तुम! नहीं, नहीं बालयोगी गोरक्षनाथ आप!" इतना ही कहा उसने और वह बिना क्षण-भर की देर किए भागकर कक्ष के भीतर चली गई। मैं सोच रहा था कि वह भिक्षा दान के लिए कुछ धान्य, खाद्यान्न अथवा सामग्री लेने गई होगी।

किन्तु आश्चर्य! वह अपने हाथों में एक बड़ा चित्र-फलक लिये कक्ष से बाहर चली आ रही थी। वह मेरे निकट आ गई और बोली—

"गोरक्ष! यह चित्र-फलक ही मेरा भिक्षादान है। इसे स्वीकार कीजिए बालयोगी।"

मेरा विस्मय कम नहीं हुआ था। मैंने भिक्षापात्र एक ओर रख दिया और दोनों हाथ फैलाकर उस चित्र-फलक का भिक्षादान ग्रहण कर लिया।

अब चित्र-फलक मेरे हाथों में सधा था और मैं उस कलाकृति को देख रहा था। सात वर्षों के अन्तराल के कितने प्रतीक और कितने प्रतिबिम्ब थे उस चित्रकृति में। वह अपने समय में और किन्हीं अर्थों में समय के आगे चल रही थी।

"निसर्ग और प्रतीक की एक विस्तृत परम्परा अभिव्यक्त है इस चित्र में।" नन्दिनी ने कहा।

मैं चित्र देखने लगा—चित्र-फलक पर एक वर्गाकार वृत्त खिंचा था, पूर्व, पश्चिम, उत्तर और दक्षिण दिशाओं को बाँधता हुआ। इसके मध्य में एक और वर्ग अंकित था जिसके कोण उत्तर, दक्षिण, पूर्व और पश्चिम दिशाओं के केन्द्रों में स्थित थे। वर्गों के मध्य में एक गोलार्द्ध बना था। गोलार्द्ध में पर्वत, नदी, खेत और माटी प्रमुख थी। उत्तरार्द्ध को स्पर्श करने वाले वर्ग में बीज, पौधा, वृक्ष और फल क्रमशः विकास अंकित कर रहे थे। पूर्वार्द्ध को स्पर्श करने वाले वर्ग में एक

छोटे बालक का चित्र था, बालक रो रहा था क्षुधाक्रान्त होकर, तीसरे दक्षिणार्द्ध वर्ग में एक गाय अपने एक स्तन से बछड़े को दूध पिला रही थी और दूसरे स्तन से बालक दुग्धपान कर रहा था। पश्चिमात्य वर्ग में अग्निकुंड से निकलती हुई ज्वालाएँ थीं। एक दिशा में खड़ी हुई गाय अपने मुख में घास का एक गुच्छ रखे थी और उसके पास बालक और बछड़ा निश्चिन्त होकर बैठे थे और एक संन्यासी कमंडल लिये ज्वाला के ताप से भयभीत भागता दिख रहा था। चारों त्रिभुजों में से ईशान त्रिकोण में जलती हुई अग्नि, आग्नेय त्रिकोण में विशाल सागर और मेघ, नैऋत्य त्रिकोण में विराट नीलाकाश और वायव्य त्रिकोण में पवन के अस्तित्व का बोध कराते वृक्ष और लताएँ।

मैं बहुत देर तक इस महाफलक को देखता रहा। चित्रकृति में जीवन का सम्पूर्ण संघर्ष, परम्परा का विकास और पंचमहाभूत सभी कुछ तो अंकित था। मुझे प्रतीत हो रहा था कि जैसे मेरा अतीत इस चित्र में अंकित है। लेकिन मैं अपने अतीत से अलग हो चुका था। मेरा वर्तमान तो इससे निरपेक्ष था। नन्दिनी मेरे मुख के निर्विकार भाव का सूक्ष्म अवलोकन कर रही थी। चित्रकृति में नन्दिनी मुझे प्रत्येक आकृति और अर्थ-सन्धि में अंकित दिख रही थी। वह फलक के केन्द्रीय गोलार्द्ध में ममता की जन्म-प्रदायिनी मृत्तिका, साहस का प्रतीक पर्वत और खेतों की धर्मिणी बनी ऊर्जस्वित परम्परा की सप्राण आकृति प्रतीत हो रही थी। बीज से लेकर वृक्ष तक के विकास में, उसकी जीवन के प्रति विकासवादी मानसभूमि, बछड़े और बच्चे को एक साथ दुग्धपान कराती गाय के चित्र में वह मुझे अपार ममतामयी माता के रूप में परिलक्षित हो रही थी।

नन्दिनी, मुझे चित्र की सूक्ष्मता को पढ़ते हुए देख रही थी। मैं अनुभव कर रहा था कि वह अवलोकन प्रक्रिया में भी मेरे साथ-साथ चल रही है। मैं अन्तिम चित्र-रूप में आकर एक क्षण के लिए ठहर गया। नन्दिनी, मेरी दृष्टि को ठहरा हुआ देख रही थी। उसने मेरे दृष्टि ठहराव को लक्ष्य करते हुए कहा—

"ठहर क्यों गए बालयोगी? इस चित्रांश की भी तो यात्रा पूर्ण कीजिए।"

"यह तो प्रश्नों की यात्रा है नन्दिनी! मैंने प्रश्नों की नहीं, उत्तरों की यात्रा का संकल्प लिया है, समस्या की नहीं, समाधान की यात्रा का व्रत लिया है।" मैंने उत्तर दिया।

"उत्तरों की यात्रा भी तो जीवन के महाप्रश्न की ही यात्रा है गोरक्ष!" नन्दिनी बोली।

"मैं जीवन के इस महाप्रश्न का उत्तर अपने अन्तर में खोज रहा हूँ नन्दिनी!" मैंने कहा।

"क्या यह महासत्य के साक्षात्कार से पलायन नहीं है गोरक्ष!" नन्दिनी ने प्रतिप्रश्न किया।

इसका उत्तर मेरे पास अभी नहीं था किन्तु इतना निश्चित था कि मैं तब भी उपदिष्ट योग-साधना को ही इस महाप्रश्न का उत्तर मानता था।

"आप वर्तमान से भूतकाल की यात्रा कर रहे हैं बालयोगी और मैं वर्तमान से भविष्य की। आपका वर्तमान ठहरा हुआ है और मेरा वर्तमान अग्रमुखी है। मैंने भी वर्तमान को इतिहास बनाने का संकल्प लिया है और मैं जीवन-भर उसे चित्र-फलक पर उतारती रहूँगी। आपका और मेरा उपदिष्ट मार्ग अलग-अलग है। मैं आपके लिए बन्धन नहीं हूँ। आप अन्तर्यात्रा कीजिए और मैं बहिर्यात्रा करती रहूँगी।" इतना कह नन्दिनी मुझे प्रणाम अर्पित करने के लिए नतमस्तक होने लगी।

"नहीं मात!" मैंने कहा और नन्दिनी के युग्म हाथों को पकड़ लिया। मुझे प्रतीत हो रहा था जैसे मैं माँ का संरक्षण पा रहा हूँ। माँ के निकट हूँ, बिलकुल निकट।

मैंने नन्दिनी के द्वारा प्राप्त उस चित्र-फलक को अपने उसी वैराग्य-चित्र के पार्श्व में टाँग दिया।

"नन्दिनी! मैंने तुम्हारी सर्जनात्मक ऊर्जा की भिक्षा स्वीकार कर ली।" इतना कहते हुए मैंने उस सृजनमयी प्रकृति माँ को श्रद्धापूर्वक प्रणाम अर्पित किया। मेरे मुख से अ-ल-ख-नि-रं-ज-न का शब्दघोष निस्सृत होने लगा। मैं बिना और कुछ कहे द्वार पार कर अपनी अनन्त यात्रा पर चल पड़ा। नन्दिनी मुझे उस समय तक निर्निमेष दृष्टि से देखती रही, जब तक कि मैं उसकी दृष्टि से ओझल नहीं हो गया।

अब मेरे पाँव चन्द्रगिरि की घाटी को नाप रहे थे और मैं शुद्ध सौन्दर्यात्मक चेतना के स्फुरण के सम्बन्ध में विचार करता हुआ चल रहा था। मैं स्वयं ही निष्कर्ष निकालता आगे बढ़ता जा रहा था। शुद्ध सौन्दर्यात्मक चेतना तो प्रकृति के रस जगत् में ही आत्मसात् रहती है और उसकी उद्‌भावना भी वहीं से होती है। प्रकृति के सृजन और विनाश से उसका अविभाज्य सम्बन्ध है। सृजन में भी सौन्दर्यात्मक चेतना है और पर्यवसान में भी। प्राणियों की जीवन्तता और प्राणवानता में भी तो सौन्दर्य चेतना है। प्राणियों की सुखात्मक और दुखात्मक अनुभूतियों में भी तो सौन्दर्य चेतना का प्रवाह है। इस प्रवाह को ही मुझे अन्तर में धारण करना है और इसका अन्वेषण ही मुझे अन्तस् में करना है। किन्तु बहिर्सत्य भी तो शुद्ध सौन्दर्य का प्रतिरूप है। यदि अन्तर्प्रतिरूप मेरा प्रश्न है तो बहिर्प्रतिरूप भी तो प्रश्न है। यही विचार-विमर्श करता मैं आगे बढ़ता जा रहा था। इस महाप्रश्न के अनेक मुख मेरे सामने थे। अनेक मुद्राएँ मेरे समक्ष थीं। और उन मुखों-प्रतिमुखों, सन्धियों और प्रतिसन्धियों से साक्षात्कार करते हुए मेरे पाँव आगे बढ़ते जा रहे थे, आगे बढ़ते जा रहे थे अनन्त यात्रा पर। अनन्त लक्ष्य की ओर।

पंचम आधार

बाल्यावस्था से ही नदियाँ और पहाड़ मेरी प्रेरणा के स्रोत रहे हैं। नदियों से मुझे निरन्तरता और चिरन्तनता का सन्देश मिलता रहा है। पहाड़ों को देखकर मुझे अखंड नैष्ठिक विश्वास की अनुभूति होती रही है। मुझे सदा ऐसा प्रतीत होता रहा है जैसे ये सरिताएँ और ये पर्वत मेरे सहयात्री हैं और मैं अपनी यात्रा में एकाकी नहीं रहा हूँ। संवाद करता चल रहा हूँ प्रकृति के उन्हीं प्रतिरूपों से। संवाद-परिसंवाद करते न जाने कितने दिवस व्यतीत हो गए और मैं एलागिरि पहुँच गया। बहुत प्राचीन स्थान प्रतीत हो रहा था यह। एलागिरि पर्वत के नीचे घाटी पर ही इल्वलपुर ग्राम बसा हुआ है। कई नामकरण हैं इस ग्राम और इस पर्वत के। इलापुर, एलउर और इलौरा भी नामकरण हैं इसके।

एलागिरि पर्वत, इल्वलपुर की समृद्धि और प्रसिद्धि का कारण था। ग्राम में एक शिवालय था और उसके निकट ही यात्रियों के आवास के लिए एक कक्ष था, उस कक्ष में ही ठहर गया। योग साधना में संलग्न हुआ। सत्य की अनुभूति और आनन्द की प्राप्ति के लिए अपने ही अन्तर में लौटने लगा। अपने भीतर मुझे चेतना, पूर्णरूपेण प्रकाशित, निर्बन्ध और सार्वभौम होती प्रतीत हो रही थी। मैं अनुभव कर रहा था कि यह स्थिति मेरी अतिमानसिक और अतीन्द्रिय है। बहुत देर तक ध्यान-मग्न रहा। एक हरिण शावक कहीं से आकर मेरी गोद में बैठ गया, तब मेरा ध्यान भंग हुआ। मैंने उसे स्नेह दिया। मेरा स्नेह पाकर वह मेरे कुंडलों से क्रीड़ा करने लगा। उस शावक को गोद से उतारकर कक्ष के बाहर आकर मैंने देखा—एक ग्रामवासी खड़ा है। हरिण शावक उसका पालित था और वह उस शावक का सन्धान करते हुए यहाँ आ गया था। शावक अपने पालनकर्ता को देखकर दौड़ता हुआ उसके पास पहुँच गया। ग्रामवासी ने मेरा अभिवादन किया। बैठने का संकेत किया। वह कक्ष के बाहर ही एक चबूतरे पर बैठ गया और एलागिरि में पहाड़ों को काट-काटकर बनाए गए मन्दिरों और शिल्पित मूर्तियों को देखने लगा। वह ब्राह्मण वर्ण का था और शैव था। शिव की पूर्जा-अर्चना किया करता था। मैंने उससे एलागिरि पर्वत पर बनी गुफाओं और मूर्तियों के सम्बन्ध में ज्ञान प्राप्त करने के उद्देश्य से पूछा—"विप्र! एलागिरि की गुफाओं का निर्माण कब हुआ है?"

ग्रामवासी मेरी जिज्ञासा को शान्त करने लगा। उसने बतलाया कि "एलागिरि पर्वत अत्यन्त प्राचीन है। जैन धर्मावलम्बियों ने इसका नामकरण एलउर कर दिया था। आज तो इसे एलागिरि ही कहा जाता है।"

उसने आगे जानकारी दी कि एलागिरि में अनेक शैलकृत गुफा मन्दिरों का निर्माण किया गया है। यहाँ बौद्ध धर्म, जैन धर्म और हिन्दुओं के शैव और वैष्णव धर्म से सम्बन्धित मूर्तियाँ, प्रस्तरों को तराशकर निर्मित की गई हैं।

"बौद्ध मूर्तियों का निर्माण और स्थापना काल क्या है, विप्र?" मैंने प्रश्न किया।

"इस पहाड़ी में विशाल शिलाखंड हैं। पहाड़ी की विशाल शिलाओं को काट-तराशकर मूर्तिकारों ने बुद्ध की प्रतिमाओं का निर्माण किया है। यहाँ जनश्रुति प्रचलित है कि आज से पाँच-छह सौ वर्ष पूर्व छठवीं शताब्दी से लेकर आठवीं शताब्दी के पूर्वार्द्ध तक बुद्ध प्रतिमाओं का निर्माण होता रहा है। इन बौद्ध गुफाओं में विश्वकर्मा गुफा मन्दिर अत्यन्त भव्य है। एक विशाल चैत्य के रूप में इस मन्दिर का निर्माण शिल्पियों ने किया था।" विप्र ने जानकारी दी।

मेरे मन में इन प्रतिमाओं के अवलोकन की आकांक्षा थी। वैसे मैं हठयोगी था, उपदिष्ट योगमार्ग का अनुसन्धानित्सु था। किन्तु मेरा विरोध धार्मिक विश्वासों, दार्शनिक चिन्तनों और धर्म के सात्त्विक स्वरूप से नहीं था। मैं तो धार्मिक जड़ता का विरोधी था। बौद्ध धर्म के वज्रयानी तांत्रिकों की तंत्र साधना से मेरा विरोध था, दार्शनिक मतभेद था। अत: शिल्पित मूर्तियों का अवलोकन, मेरे लिए कला का दर्शन और शिल्प का अभिज्ञान प्राप्त करना ही था। मैंने उस ग्रामवासी से उन गुफाओं के दर्शन कराने का प्रस्ताव रखा। ग्रामीण ने सहमति दी और मैं उसके साथ बौद्ध गुफाओं को देखने चल पड़ा। उसने मुझे एक-एक कर बारह गुफाओं का भ्रमण कराया। इन गुफाओं को देखते हुए मुझे ऐसा प्रतीत हो रहा था कि विश्वकर्मा गुफा मन्दिर सर्वोत्कृष्ट है। यह अत्यन्त भव्य और विराट है। यहाँ जो विशाल चैत्य निर्मित किया गया है, उसके स्तम्भों में तक्षण कला और शिल्प का अद्‌भुत रूपांकन है। स्तम्भों में बौनों की मूर्तियाँ उत्कीर्णित हैं। इन बौनों के शरीर का अधोभाग तो सामान्य है किन्तु ऊर्ध्व भाग अत्यन्त स्थूल और अनुपातहीन है। इन्हीं गुफाओं में से एक 'तिनथाल' है। इन गुफाओं में से कुछ गुफाओं में बौद्धविहार का रूप दिया गया था। कुछ बौद्ध भिक्षु यहाँ पर दिखलाई पड़े। हमें देखकर वे कह उठे—

"बुद्धम् शणम् गच्छामि।
धम्मं शरणम् गच्छामि।
संघं शरणम् गच्छामि।"

इतना कह वे बौद्ध भिक्षु मेरी ओर जिज्ञासा से देखने लगे। उनकी दृष्टि मेरे कर्ण-कुंडलों पर अटकी हुई थी। रुद्राक्ष की माला भी उन्हें विस्मित कर रही थी। मैं तो शिल्प के सौन्दर्य का ही निरूपण कर रहा था। मैं शिवत्व का दर्शन निर्गुण रूप में ही करता रहा हूँ किन्तु सृष्टि में सम्पन्न होने वाले कलाधर्म का मैं विरोधी नहीं रहा। प्रतिमाओं के प्रति उपास्य-भाव तो मुझमें था ही नहीं। अत्यधिक बुद्धिवादी होने के कारण शिल्प में भी विज्ञान और अभिज्ञान का अन्वेषण करते रहने की व्यावहारिक बुद्धि मुझमें थी। और इसी दृष्टि से मैं उन शिल्पित गुफाओं तथा मूर्तियों

का अवलोकन कर रहा था। इन मूर्तियों को देखते हुए शिल्पकारों के 'श्रम और प्राप्य' का विचार भी मेरे मन को आन्दोलित करने लगा था।

ग्रामवासी मुझे हिन्दुओं के गुफा मन्दिरों की ओर ले गया। उस ग्रामवासी की शालीनता मुझे प्रभावित कर रही थी, कुछ अपनत्व भी जाग्रत-सा प्रतीत हो रहा था। मैंने उसके नाम से परिचित होने की इच्छा व्यक्त की। उसने अपना नाम ज्ञानभद्र बतलाया और मौन होकर मुझे हिन्दू मन्दिरों की गुफाओं के समक्ष खड़ा कर दिया। हिन्दुओं के सत्रह गुफा मन्दिर यहाँ मैंने देखे। इन मन्दिरों के नामकरण रावण की खाई, दशावतार, देवबाड़ा, रामेश्वर, लम्बेश्वर, धुमार-लेण, नीलकंठ आदि हैं। इन मन्दिरों में सबसे महत्त्वपूर्ण मन्दिर कैलाश मन्दिर है। ज्ञानभद्र ने मुझे बतलाया कि गोवर्धनधारी कृष्ण, गरुड़ाधिष्ठित विष्णु, शेषशायी नारायण, पृथ्वी को धारण किए हुए वराह, बलि और याचक वामन तथा नृसिंह आदि देवताओं की प्रतिमाएँ हैं।

कैलास मन्दिर के शिल्प-सौन्दर्य तथा वास्तुकला को देखकर मैं चकित रह गया। सम्पूर्ण मन्दिर, गिरिपार्श्व में विशाल शिलाखंडों तथा प्रस्तरों को तराशकर बनाया गया है। विशाल स्थूलकाय स्तम्भ, विशाल वीथियाँ तथा अत्यन्त विस्तीर्ण प्रांगण है यहाँ। छतों में भी वास्तुकला और मूर्तिकला समृद्ध परिलक्षित है। मानव आकृतियाँ और विभिन्न पशुओं-प्राणियों की रूपाकृतियाँ, यहाँ उत्कीर्ण हैं। वास्तुशिल्प की सूक्ष्म सौन्दर्य चेतना का आभास इन रूपाकृतियों से हो रहा था। मैं सोच रहा था कि इन गुफाओं के निर्माण में अनेक शताब्दियाँ लग गई होंगी और शिल्पकारों की अनेक पीढ़ियों ने अपनी कला की अभिव्यंजना की होगी। ज्ञानभद्र ने ही जानकारी दी कि आठवीं शताब्दी में राष्ट्रकूट अधिपति क्षन्तिदुर्ग ने दशावतार मन्दिर का निर्माण कराया था।

अब ज्ञानभद्र मुझे जैन मन्दिरों की ओर ले चला। जैनों की गुफाओं के पास पहुँचकर ज्ञानभद्र ने बतलाया कि राष्ट्रकूट राज्य जब कुछ काल के लिए क्षीण हो गया था तब इस अंचल में जैन अधिपति का प्रभाव और शासन स्थापित हुआ था। यहाँ पाँच गुफाएँ हैं। इन्द्रसभा नामक भवन है। समाधिस्थ पार्श्वनाथ की मूर्ति है और उस पर शेषनाग की फणि-छाया है। मूर्तिकला की दृष्टि से ये गुफाएँ भी महत्त्वपूर्ण प्रतीत हो रही थीं।

इस कलाभूमि को देखकर मैं वास्तव में अभिभूत हो गया था। मुझमें बचपन से ही कला संस्कार थे। मैंने अनेक मूर्तियों और अनेक चित्रकृतियों की रचना की थी। मेरी कला-दृष्टि तीक्ष्ण थी और कला की सूक्ष्मतम सन्धियों का सन्धान कर अनुभूति-स्रोतों का संस्पर्श करने का सामर्थ्य मुझे बचपन में ही मिल गया था। ये कला संस्कार, मेरे सहयात्री हो गए थे। योग साधना द्वारा चिरन्तन शिवत्व की प्राप्ति में ये कला-संस्कार किंचित् भी बाधक नहीं थे। मुझे सभी ओर 'सत्व' का रूप ही परिलक्षित होता था।

ज्ञानभद्र के साथ मैं शिवालय को वापस चल पड़ा। चलते-चलते मैंने वैष्णव साधु-सन्तों और जैन मुनियों को भी यहाँ देखा था। यह स्थल मुझे धर्म-संगम-सा प्रतीत हो रहा था। एलागिरि पर्वत से नीचे उतरते हुए मुझे एक नारी, बौद्ध गुफाओं की ओर जाती दिखलाई दी। मेरा मार्ग भी उसी ओर से था। मैंने ज्ञानभद्र से जिज्ञासा प्रकट की कि क्या इन बौद्ध गुफाओं में नारियाँ भी आती-जाती हैं।

ज्ञानभद्र ने कहा—"यह जो साधिका बौद्ध गुफाओं की ओर चली आ रही है, यह बौद्धभिक्षुणी सिद्धा है। यह भिक्षुणी ग्राम में एक अलग बौद्ध विहार में निवास करती है। यह भिक्षुणी विगत दो वर्षों से इस ग्राम में है। प्रतिदिन इसी समय यह भगवान बुद्ध के दर्शनार्थ आती है और फिर अपने विहार में लौट जाती है। यह भिक्षुणी एकाकी है और स्वयं ही एक छोटा-सा विहार इस भिक्षुणी ने ग्राम में निर्मित कर लिया है। यह भिक्षुणी समाजोत्थान और जन-शिक्षा के लिए समर्पित है। ग्राम में सिद्धा भिक्षुणी का अत्यधिक सम्मान है।"

सिद्धा भिक्षुणी बिलकुल निकट आ गई। सामने ही दिखी। मैंने उसे पहचान लिया और प्रकट होकर अकस्मात् बोल उठा—

"अरे गांधारी तुम! इस वेश में और यहाँ!" गांधारी ने अपना पूर्व नाम उच्चरित होते ही अपनी दृष्टि मुझ पर केन्द्रित कर दी। एक क्षण स्तब्ध-सी मेरी ओर देखती रही। उसे अपने नेत्रों पर विश्वास ही नहीं हो रहा था। फिर स्थिर और संयत होकर वह कहने लगी—

"कन्हरदेव! मुझे तो विश्वास ही नहीं हो रहा है कि तुम सत्यत: कन्हर ही हो। तुम्हारा यह रूप, यह भेष देखकर मैं तो समझ रही थी कि कोई बाल-संन्यासी है। तुम्हारे चले जाने के बाद मेरा और नन्दिनी का मन लगा नहीं। कर्म और योग के सम्बन्ध में अनेक मासों तक वैचारिक चिन्तन चलता रहा। इस बीच गाँव में एक बौद्ध भिक्षु श्रमणाचार्य आए। वे कई दिवसों तक निवृत्तिमार्ग की शिक्षा देते रहे। अपने चिन्तन और बुद्धिवाद से कर्म की महत्ता प्रतिपादित करते रहे। वे आत्मा को सनातन और निष्पाप नहीं मानते थे। वे यह प्रतिपादित करते थे कि आत्मा नित्य नहीं है, आत्मा पूर्वचेतन नहीं है, अतएव आत्मा ब्रह्मस्वरूप भी नहीं है। इसे स्वीकार करने से मनुष्य के मन में मिथ्या अहंकार उत्पन्न हो जाता है और अहंकार, कर्मनिष्ठता में गतिरोध उत्पन्न करता है। मैंने आचार्य द्वारा प्रतिपादित महादुख में अपने वैयक्तिक दुख को विसर्जित कर दिया और उनसे बौद्ध धर्म की दीक्षा ले ली। कन्हरदेव! अब मैं गांधारी नहीं हूँ सिद्धा हूँ, भिक्षुणी सिद्धा! नन्दिनी ने कला-सृजन, समाजसेवा और जनशिक्षा का विकल्प चुन लिया है। वह सामाजिक उत्थान के कार्यों में संलग्न है। वह यहाँ आई थी दो दिन पूर्व। अभी अजन्ता गई है। कुछ चित्रांकन करने। लौट आएगी तो अब यहाँ रहने का आग्रह करूँगी। उसने कोई धर्म स्वीकार नहीं किया। कहती है—सृजन धर्म और मानव धर्म ही सर्वोपरि है, किसी धर्म के बन्धन

में बँधने की क्या आवश्यकता। मैं भी इस ग्राम में जन-संगठन और जन-शिक्षा के कार्य निष्पादित करती रहती हूँ। सम्भव हो सका तो दोनों की कर्मभूमि यही होगी।"

इतना कह सिद्धा वहाँ से भगवान बुद्ध के दर्शनार्थ चलने लगी किन्तु मुझे वहीं ठहरने का निर्देश भी देती गई। वह गुफा से शीघ्र वापस आ गई और मुझे तथा ज्ञानभद्र को साथ लेकर ग्राम की ओर चलने लगी।

मार्ग में ही वह शिवालय था, जहाँ मैं ठहरा था। उसने मुझसे विहार में चलने का आग्रह किया। मैंने कोई उत्तर नहीं दिया। उसने मेरी नकारात्मकता को पढ़ लिया। उसने मुझसे कहा कि अच्छा मैं ही आ जाया करूँगी तुम्हारे पास। दो-तीन दिवसों में नन्दिनी भी आ जाएगी। तुम्हारा साक्षात्कार हो जाएगा। वैसे तुम भागने में दक्ष हो, चले जाने का उपक्रम न करना। जाते-जाते उसने फिर कहा—"कन्हरदेव! अब तो तुम योगी हो। तुमने नए नामकरण से परिचित तो कराया नहीं। मैं तो अब गांधारी नहीं, सिद्धा हूँ और तुम—?"

"गोरक्षनाथ!" मैंने कहा। वह 'बुद्धं शरणम् गच्छामि' कहती हुई चलने लगी। मैंने भी अलख निरंजन का उद्घोष किया और शिवालय आ गया।

कक्ष में एक चटाई बिछी थी। मैं विश्राम करने लगा। एकाकी था। योगाभ्यास किया। संध्याकाल था और भिक्षाटन के लिए ग्राम में जाना समीचीन नहीं प्रतीत हुआ। पेट की ज्वाला को जल पी-पीकर शान्त करने की चेष्टा करने लगा। अलख निरंजन का उद्घोष, ज्वाला की ऊष्मा पाकर कुछ और उच्च तथा तीव्र हो रहा था।

तभी द्वार पर सिद्धा खड़ी दिखी। उसके हाथ में एक थाली रखी थी। भोज्य पदार्थ और फल लेकर आई थी। मैं बाहर पहुँच गया। सिद्धा ने वह थाली मुझे दे दी और चली गई। कुछ बोली नहीं।

यही क्रम चलता रहा। तीन दिवस व्यतीत हो गए। चौथे दिन मैंने द्वार पर देखा। नन्दिनी और सिद्धा द्वार पर खड़ी हैं। मैं बाहर आ गया। दोनों बाहर चबूतरे पर बैठ गईं। मैं भी वहीं बैठ गया। कुछ देर तक तो संवादहीनता बनी रही। फिर नन्दिनी ने समय की यति को तोड़ते हुए कहा—

"गोरक्ष! तुम्हें स्मरण है, बड़व में मैंने तुम्हें एक चित्रकृति भिक्षा में भेंट की थी। तुमने उस समय चित्र को देखकर कहा था—यह तो प्रश्नों की यात्रा है, नन्दिनी! मैंने प्रश्नों की नहीं, उत्तरों की यात्रा का संकल्प लिया है।"

"हाँ, मुझे स्मरण है। तुमने उस समय मुझसे यह भी कहा था—उत्तरों की यात्रा भी तो जीवन के महाप्रश्न की ही यात्रा है।" मैंने उत्तर दिया।

"तुमने जीवन के इस महाप्रश्न का उत्तर अपने अन्तर में खोजने की बात कही थी और मैंने यह भी कहा था कि तुम्हारा यह उपक्रम क्या जीवन के महासत्य के

साक्षात्कार से पलायन नहीं है।"—नन्दिनी ने कहा और वह प्रश्नाकुल होकर मेरी ओर देखने लगी।

"अभी इस महाप्रश्न के उत्तर के सन्धान में प्रथम चरण में ही हूँ। किन्तु इतना निश्चित है नन्दिनी कि इस महाप्रश्न को मैं अनुत्तरित नहीं रहने दूँगा।" मैंने दृढ़ संकल्प पूर्वक व्यक्त किया।

एक क्षण के लिए मौन गहरा हो गया। तभी सिद्धा ने मौन भंग करने के उद्देश्य से कहा था—अब हम तीनों अलग-अलग मार्ग पर खड़े हैं। तीनों का अन्तिम लक्ष्य चिरानन्द अथवा अलौकिक आनन्द की अनुभूति करना है। किन्तु मार्ग परस्पर विरोधी हैं।

"और तीनों विरोधी दिशाएँ एक केन्द्र से आरम्भ होने के पश्चात् फिर मिल नहीं सकतीं।" नन्दिनी ने उत्तर दिया।

"किन्तु तीनों के मार्ग 'सत्व' पर आधारित हैं। नन्दिनी के लिए सृजन ही धर्म है, सिद्धा के लिए कर्म और महादुख में आनन्द की अनुभूति का उपक्रम धर्म है और मेरे लिए उपदिष्ट योगमार्ग। नन्दिनी, तुम्हारे रचना धर्म के प्रति मेरे हृदय में अगाध आस्था है। तुम्हारे कलाधर्म में सत्व है, पवित्रता है। मैं जीवन की पावनता का उपासक हूँ, साधक हूँ। तुम 'सत्व' धर्म की प्रतीक हो, प्रतिमूर्ति हो। अब तुम नन्दिनी नहीं, विमला हो। पवित्रता की ही मूर्ति। निष्कलुष प्रकृति, मातृस्वरूपा, कला जननी!" मैंने कहा था।

"मैं सम्पूर्ण 'सत्व' और पवित्रता के साथ तुम्हारे साथ ही महाप्रश्न के उत्तर का सन्धान करना चाहती हूँ गोरक्ष! क्या तुम मुझे सहयात्री बना सकोगे? मैंने तुम्हारा दिया हुआ नामकरण 'विमला' आत्मीकृत कर लिया है।" नन्दिनी बोली।

"नहीं, विमला। अभी यात्रा दुर्गम है और अभी वह समय भी उपस्थित नहीं हुआ है। जीवन के इस महाप्रश्न से जब मेरी उत्तरप्रेक्षी निकटता स्थापित हो जाएगी, मैं तुम्हें अवश्य सहयात्री बना लूँगा। तब तक प्रतीक्षा करनी होगी विमला!" मैं इतना कहकर चुप हो गया।

सिद्धा और विमला, दोनों ही दृढ़ संकल्पित थीं, यह मैंने अनुभव कर लिया था और दोनों के मार्ग 'सत्व' धर्म का पालन करते हुए जीवन के महासत्य के सन्धान में दिशाबद्ध थे, यह सन्तोष की बात थी।

सिद्धा और विमला ने "हम प्रतीक्षा करेंगे गोरक्ष" कहा और चली गईं।

वे दोनों चली तो गईं लेकिन मेरे निकट अपना मातृरूपा व्यक्तित्व छोड़ गईं। मैं अपने कक्ष में आ गया। रात्रि, चिन्तन करते हुए व्यतीत की और अलस्सबेरे एलागिरि-इल्वलपुर से अपनी आगे की यात्रा पर चल पड़ा।

"क्यों रे जयसेन! क्या बात है?" सिद्धा ने जयसेन से आगमन का कारण जानने के उद्देश्य से कहा।

"माँ! घर में सामन्त का दूत आया है। वह राजा की पताका लिये है। उसके साथ पाँच राज्यकर्मी हैं। वे मेरे गृह में प्रवेश कर धान्य निकाल रहे हैं। मैंने अपने खेतों के उत्पादन का छठवाँ अंश कर में दे दिया है किन्तु वे कहते हैं कि सामन्त की आज्ञा है कि उसे तीन-चौथाई धान्य कर में देना है। वे हमारी अनुनय-विनय को ठुकराकर गृह में प्रवेश कर गए हैं। हमें प्रताड़ित भी किया है माँ! सम्पूर्ण धान्य ले जा रहे हैं। माँ, आप शीघ्र चलकर उनके इस अवैधानिक कार्य का प्रतिवाद करें। उन्हें यह कर्म करने से रोक दें माँ!" जयसेन ने कहा और विलाप करने लगा।

सिद्धा, सामन्त के दूत द्वारा किए जा रहे इस अवैधानिक कार्य का वृत्तान्त सुनकर आक्रोश से तमतमा उठी। उसने विमला से कहा—"आ विमला, मेरे साथ चल। इस अन्याय का प्रतिरोध तो करना ही होगा।"

सिद्धा और विमला, दोनों जयसेन के साथ उसके घर पहुँचीं। वहाँ उन्होंने देखा जयसेन की पत्नी, माँ और दोनों बच्चे द्वार पर खड़े जोर-जोर से रो रहे हैं। छोटे बच्चे, सामन्त-दूत को देखकर इतने अधिक भयभीत हो गए हैं कि वे माँ से चिपटकर आर्तनाद कर रहे हैं। सिद्धा ने वहाँ पहुँचकर सामन्त-दूत को यह अवैधानिक कार्य करने से रोका। सामन्त-दूत ने सिद्धा को अपने सम्मुख खड़े देखा तो भयभीत-सा हो गया।

"जयसेन ने अपने खेतों के उत्पादन का षष्ठांश सामन्त को कर के रूप में दे दिया है। राजा और सामन्त द्वारा निर्धारित कराधान का नियम भी यही है। फिर जयसेन से तीन-चौथाई कर का निर्धारण और उसका अवगाहन क्यों किया जा रहा है? क्या राजा अथवा सामन्त द्वारा इतने कराधान-अवगाहन का आदेश दिया गया है?" सिद्धा ने दृढ़तापूर्वक सामन्त-दूत से प्रश्न किया।

"देवि! जयसेन ने राजा और सामन्त द्वारा निर्धारित कराधान तो दे दिया है किन्तु उपसामन्त के आदेशानुसार यह अधिक उत्पाद-कर लिया जा रहा है।" सामन्त दूत ने उत्तर दिया।

"किन्तु उपसामन्त तो सामन्त अथवा राजा द्वारा निर्धारित कराधान के नियमों का पालन करने के लिए बाध्य है। फिर यह अन्याय कैसा?" सिद्धा बोली।

सामान्त-दूत निरुत्तर रह गया। वास्तव में उपसामन्त लोभवश सामन्त द्वारा निर्धारित कराधान नियमों का उल्लंघन कर रहा था।

"अच्छा सामन्त-दूत! यह अवैधानिक कार्य तत्काल रोक दें और जो धान्य बाहर निकाला जा रहा है, उसे सामन्त कर्मियों को गृह में ही यथास्थान रखने का निर्देश दें। मैं स्वयं इस सम्बन्ध में उपसामन्त से चर्चा करूँगी। तब तक इस

कार्य को स्थगित कर दें।" सिद्धा ने आदेशात्मक ढंग से सामन्त-दूत से कहा। वह और विमला, दोनों जयसेन का बाहर निकाला गया धान्य कक्ष के भीतर कोठार में भरने लगीं।

सामन्त-दूत ने सिद्धा की दृढ़ता का आकलन तो कर ही लिया था। उसने कर्मियों को कोठार में धान्य भर देने का निर्देश दिया। सामन्तकर्मी वह धान्य वापस कोठार में भरने लगे। जब सम्पूर्ण धान्य कोठार में पहुँच गया, तब सामन्त-दूत ने सिद्धा को प्रणाम अर्पित किया और कर्मियों को अपने साथ लेकर वहाँ से चला गया।

सिद्धा और विमला ने जयसेन के परिवार को सांत्वना दी। वे तो कृतकृत्य हो गए। अत्यन्त विनम्रतापूर्वक उन्होंने आभार व्यक्त किया।

"जयसेन, अन्याय करना तो पाप है ही, अन्याय का सहना उससे बड़ा पाप और अधर्म है। अन्याय और अधर्म का प्रतिवाद करने की शक्ति अर्जित करो।" सिद्धा इतना कहकर विमला के साथ अपने विहार आ गई।

विमला कला-साधिका थी। मानवतावाद, उसकी रक्तशिराओं में और उसके मस्तिष्क तंत्र में भरपूर भरा था। वह अनुभूति प्रवण थी। इस अन्यायपूर्ण घटना और परिवार की मानवीयता की करुणा ने उसके कलाधर्मी हृदय को द्रवित कर दिया था। कला चेतना उसके अन्तर में जागृत हो गई थी और सृजन की शक्ति उसकी अँगुलियों में उतरने लगी थी। दिन के आवश्यक कार्य-निष्पादन के उपरान्त वह चित्र-फलक लेकर कक्ष के एक कोने में बैठ गई। रंग और तूलिका को अपने निकट रखा। फलक को फैलाकर व्यवस्थित किया और कूँची साधकर रंग कर्म में संलग्न हो गई।

सिद्धा, विमला की रचना प्रक्रिया से परिचित थी। उसने विमला से इस बीच कुछ नहीं कहा। विमला ध्यानमग्न होकर आकृतियों को सार्थकता प्रदान करती रही। तीन घटी के उपरान्त वह एकदम उठ बैठी और विहार के बाहर अस्थिर-सी घूमती रही। उसका मुख तमतमाया हुआ था। उसका ताम्रवर्णी रूप बहुत आकर्षक लग रहा था।

अब विमला, विहार में आ गई। कक्ष के भीतर वह फिर उसी कोने में बैठ अपने रंगकर्म में संलग्न हो गई। संध्या हो गई। उसने अपने चित्र-फलक पर आवरण डाल दिया और रंगकर्म स्थगित कर दिया।

सिद्धा ने भोजन की व्यवस्था की। दोनों ने भोजन ग्रहण किया। कुछ और रात्रि हुई। सिद्धा 'धम्मपिटक' का पठन करने लगी। देर रात्रि दोनों निद्रा की गोद में संरक्षित हो गईं।

प्रात:काल विमला दैनन्दिन कार्यों से निवृत्त होकर पुन: अपने रंगकर्म में संलग्न हो गई। कल से आज प्रात: तक उसने सिद्धा से कोई विशेष बात भी नहीं की। प्राय: संवादहीनता-सी रही।

मध्याह्न में सिद्धा भगवान बुद्ध के दर्शनार्थ गुफा मन्दिर चली गई। वहाँ से वापस लौटकर विहार आई। द्वार पर विमला खड़ी उसकी प्रतीक्षा कर रही थी।

उसके द्वार पर पहुँचते ही उसने कहा—"सिद्धा, मेरा रंगकर्म पूर्ण हो गया। मैंने सम्भाव्यों की परिकल्पना भी चित्र में अंकित कर दी है।" सिद्धा विमला के इस कथन को पूर्णत: समझ न सकी। उसमें उससे कथन को और अधिक स्पष्ट करने को कहा। किन्तु वह कुछ बोली नहीं। सिद्धा का हाथ पकड़कर चित्र-फलक के पास ले गई और उस चित्र-फलक पर पड़े हुए आवरण को हटा दिया।

अब सिद्धा उस चित्रकृति का साक्षात्कार कर रही थी—"एक घर। घर के समक्ष सामन्त-दूत। सामन्तकर्मी घर से धान्य निकालकर सामन्त-दूत के निकट ढेर लगा रहे थे। धान्य का ढेर। किनारे पर सामन्त-दूत से दया की भिक्षा माँगती दो स्त्रियाँ और रोते दो बच्चे। जयसेन और सिद्धा दूसरे कोने में एक महल की आकृति की हवेली प्रांगण में खड़ा एक सामन्त। राज्यकर्मी और उनके हाथों में थमीं लाठियाँ। सामन्त का सिद्धा की ओर उठा हुआ हाथ और सामन्तकर्मियों का उस दिशा की ओर गमन, जहाँ सिद्धा खड़ी थी।" प्रत्येक आकृति को उसके व्यक्तित्व के अनुरूप ही रंगों से अलंकृत किया गया था।

इस चित्रकृति को देखकर सिद्धा की समझ में आ गया था कि उसने 'सम्भाव्यों की परिकल्पना' के चित्रण का कथन क्यों किया था। अब उसे उसका कथन प्रासंगिक प्रतीत हो रहा था।

"विमला! मैं तुम्हारे सम्भाव्यों की परिकल्पना के चित्रण से सहमत होते हुए भी भयभीत नहीं हूँ। तुम जानती हो विमला! भगवान बुद्ध ने सम्यक् कर्मान्त और सम्यक् आजीव का उपदेश दिया है। अप्राप्य को बरबस प्राप्त करना एक प्रकार से स्वभोग की कामना की पूर्ति और एक तरह का हिंसात्मक कर्म है। मैं पवित्र मन और हृदय से जनजीवन को दुख से मुक्त करने का कर्म कर रही हूँ। मैं अपने संकल्पों को पराजित होता नहीं देख सकती। अधर्म के सामने मेरा संकल्प पहाड़ बनकर खड़ा रहेगा। वह प्रतिहत नहीं होगा। तुम्हारे चित्र में अंकित सम्भाव्यों की भयावहता, मेरे संकल्पों से मुझे विचलित नहीं कर सकती विमला। जयसेन का दुख मेरा अपना दुख और जनसामान्य का दुख है। तुम्हारे चित्रांकित संकेतों से मैं जनाधिकार के संरक्षण के लिए संघर्ष करने, तत्पर रहने की प्रेरणा पा रही हूँ। कितनी कर्तव्योन्मुखता है तुम्हारी कलाभिव्यक्ति में। मैं तुम्हारे हृदय में धधकती हुई अग्नि को प्रणाम करती हूँ विमला।" सिद्धा ने कहा और विमला की पीठ थपथपाकर उसे साधुवाद दिया। विमला के अन्तर्मन में सिद्धा का यही प्रतिरूप प्रतिष्ठित था और वह उसमें सत्य सिद्ध हुई। विमला सह सोचकर आनन्दित हुई।

षष्ठ आधार

लिलिवल्ली से महायोगी मत्स्येन्द्रनाथ के नेतृत्व में योगियों की आगे की यात्रा आरम्भ हुई। मार्ग में अनेक राज्यांचल मिले। वेंगी, कलिंग और गंग राज्यांचलों से होकर योगियों की यह जमात उड्डियान पीठ आ गई। वेंगी, कलिंग और गंग की यात्रा करते समय योगियों की यह जमात अनेक ग्रामों और नगरों में ठहरी थी। ग्रामों और नगरों में वैष्णव सन्तों की जमातें भी मिलीं और पशुपति चिह्नधारी शैव भी मिले। पशुपति शैवों की जमात गंधार, कपिशा वंक्षु के अंचल से वेंगी देशांचल आई थी। त्रिक्दर्शनी शैव भी मिले थे, कापालिक और कालमुखी भी थे। ये साधु मदिरापान, कपाल पात्र में भोजन, भस्म लेपन, श्मशान-शयन के निन्दक थे और ध्यान, ज्ञान और योग के महत्त्व का प्रतिपादन करते थे। कुछ तांत्रिकों की जमातें भी मिली थीं।

कलिंग से उड्डियानपीठ की यात्रा करते समय मत्स्येन्द्रनाथ बौद्ध धर्मावलम्बी वज्रयानियों के सम्पर्क में भी आए। वज्रयानी, तंत्रों का प्रयोग करते थे। ये नारी को बाना सम्बोधित करते थे और स्वयं को वज्र। वज्रयानी पंच-मकार का निर्बाध सेवन करते हुए साधना करते रहते थे। पंच-मकार में मद्य, मत्स्य, मांस, मुद्रा और मैथुन का प्रयोग होता था। इनकी साधना में गुह्यता और रहस्यात्मकता की प्रधानता थी। तांत्रिक चमत्कार थे। मत्स्येन्द्रनाथ इन वज्रयानियों के तंत्र-योग से अत्यधिक प्रभावित हुए।

मत्स्येन्द्रनाथ स्वयं रजस् और तमस् गुणों को सिद्ध करते हुए कौल परिज्ञान का उन्मेष करना अपना लक्ष्य मानते थे। वज्रयानियों के पंच-मकार के प्रति उनका आकर्षण भी बढ़ गया और उन्होंने नारी (प्रकृति) को अपनी साधना की केन्द्रीय परिधि में स्थापित कर लिया।

वज्रयानियों के साथ एक भिक्षुणी भी थी। उस भिक्षुणी का नाम चित्रपर्णा था। यह चित्रपर्णा ही वज्रयानी तांत्रिक वज्रानन्द की वामा थी। वज्रानन्द चित्रपर्णा को कभी वामा और कभी पद्मा सम्बोधित किया करता था। जिस समय वज्रानन्द के वामाचार का समय होता था, उस समय वह निर्बाध गति से मद्य और मांस का सेवन करता, भिक्षुणी चित्रपर्णा भी वज्रानन्द के साथ मद्य और मांस का सेवन करती और फिर दोनों युग्मबद्ध होकर मैथुन में निमग्न हो जाते। यह वामाचार बहुत देर तक चलता रहता। अन्य वज्रयानी भी वज्रानन्द के इस वामाचार का अवलोकन कर उत्तेजित हो जाते और वामाओं के अन्वेषण के लिए यत्र-तत्र भागने लगते थे।

कौलसाधक मत्स्येन्द्रनाथ ने कौलसाधना का लक्ष्य यहाँ ही निर्धारित किया और उन्होंने 'वामा' को 'प्रकृति' के रूप में रूपान्तरित कर अपनी साधना को आरम्भ

करने का निश्चय कर लिया था। किन्तु अब तक कोई 'प्रकृति' उनके सम्पर्क में नहीं आई थी।

इन तांत्रिक संस्कारों को आकर्षण का केन्द्र मानकर मत्स्येन्द्रनाथ उड्डियान पीठ पहुँच गए थे। उड्डियान पीठ पहुँचकर वे जगन्नाथपुरी आ गए। समुद्र के तट पर ही मत्स्येन्द्रनाथ ने डेरा डाल दिया। तट पर ही मछुआरों की एक बस्ती थी। मत्स्येन्द्रनाथ ने उसी बस्ती में घास-फूस की एक झोंपड़ी बनवा ली और उस झोंपड़ी में अपने निवास का प्रबन्ध कर लिया। योगियों की जमात के लिए भी वहाँ से दूर एक बड़ी कुटीर का निर्माण कराया गया। योगियों की जमात उस बड़ी कुटीर में ठहर गई।

मत्स्येन्द्रनाथ ने अब तक यह निष्कर्ष ग्रहण कर लिया था कि परम शिव निर्गुण हैं और निरंजन हैं। वे सगुण और सिसृक्षा रूप से भी अलंकृत हैं। शिव का धर्म शक्ति है और शक्ति शिव से आलिंगित रहती है। शिव से शक्ति विलग नहीं हो सकती। धर्म और धर्मी तो अविभाज्य हैं। शिव और शक्ति अर्थात् पुरुष और प्रकृति के इस महायोग की साधना उन्होंने आरम्भ कर दी। अभी वे शिव को इदं रूप में ही धारण किए हुए थे। इस भावानुभूति में उन्होंने अपने अन्तर में पूर्णहन्ता भाव की भी अनुभूति की थी। वे शिवत्व का अनुभव करते हुए इदं की साधनावस्था तक भी पहुँच गए थे किन्तु प्रकृति के सान्निध्य के बिना उनकी साधना पूर्णता के पूर्व ही भंग हो रही थी।

मत्स्येन्द्रनाथ अपनी कुटीर में ही पद्मासन जमाए साधना कर रहे थे। ध्यानमग्न थे। तभी महासागर से तट का अभिवादन करने आई एक उत्ताल तरंग के हहराने की ध्वनि हुई। मत्स्येन्द्र का ध्यान भंग हुआ और उन्होंने देखा उस विशाल लहर ने एक नाव को तट पर ला दिया है। उस नाव से एक अधेड़ पुरुष तट पर उतरकर खड़ा हो गया और उसने झुककर नाव का सिरा पकड़ लिया। नाव के स्थिर होने पर एक नारी उस नाव से नीचे उतरी। नाव बहने न पाए, इसलिए तट के ऊपर पड़े एक विशाल पत्थर से रज्जु के द्वारा बाँधकर नाव को पूर्ण स्थिर कर दिया। वह नारी तट पर रखी एक बड़ी टोकनी उठा लाई और उसमें नाव में रखी मछलियों को भरने लगी। उनके इस उपक्रम को देखकर ऐसा प्रतीत हो रहा था जैसे वे मत्स्याखेट के लिए सागर में गए थे। मत्स्यों को टोकनी में रखने के उपरान्त मछुआरे ने अपनी पतवार स्कन्ध पर रख ली और उस नारी ने मत्स्यों से भरी टोकनी अपने सिर पर रख ली और अपने गृह की ओर चल पड़े।

"प्रणाम साधु!" सतानन्द मछुआरे ने कहा और नतमस्तक होकर आपाद, भूमि पर योगी के चरणों के पास लेट गया।

"मंगलमय हो तुम्हारा जीवन वत्स!" योगी मत्स्येन्द्र ने सतानन्द को आशीर्वाद दिया।

सतानन्द के साथ जो नारी मूर्ति थी, वह उसकी आत्मजा थी। सतानन्द ने अपनी पुत्री को योगी मत्स्येन्द्र का अभिवादन करने का निर्देश दिया। मछुआरे की पुत्री ने मत्स्यों से भरी हुई टोकनी एक किनारे रख दी और वह अभिवादन अर्पित करने योगी मत्स्येन्द्र के निकट आ गई।

मछुआरे की कन्या के सौन्दर्य को देखकर योगी मत्स्येन्द्र अभिभूत हो गए। गौरवर्णी, सुमुखी, हरिण्यनेत्री और नव यौवना। अक्षत देह, अक्षत रूप और अक्षत सौन्दर्य। वे निर्निमेष दृष्टि से सम्मोहन विद्या का प्रयोग करते हुए उसे देखते रहे और ध्यानमग्न हो गए।

उस कैवर्त कन्या ने योगी मत्स्येन्द्र के चरणों में नतमस्तक होकर प्रणाम किया। योगी मत्स्येन्द्र का शरीर भी योगाग्नि से तपा ताम्रवर्णी था। कैवर्त कन्या भी योगी के उस अप्रतिम रूप और सुगठित देहयष्टि को देखकर मुग्ध हो गई।

"योगसिद्धा हो रूपसी।" योगी मत्स्येन्द्र ने आशीष दिया।

सतानन्द और उस रूपसी को मत्स्येन्द्रनाथ ने बैठने का आदेश दिया। सतानन्द धर्माचारी था। वह साधु-सन्तों और योगी-योगियों की सेवा-शुश्रूषा करने के लिए तत्पर रहता था। मत्स्येन्द्रनाथ बहुत देर तक सतानन्द से चर्चा करते रहे। चर्चा करते हुए उन्हें ज्ञात हुआ कि परिवार में इन दो के अतिरिक्त और कोई नहीं है। सतानन्द के मन में साधु-संन्यासियों के प्रति श्रद्धा तो थी ही, मत्स्येन्द्रनाथ के व्यक्तित्व ने भी उसे अत्यधिक प्रभावित किया था। उसने मत्स्येन्द्रनाथ की सेवा-शुश्रूषा करने का निर्देश अपनी पुत्री को दिया।

"योगी महाराज! मैं मधु के द्वारा आपके भोजन की व्यवस्था शीघ्र करता हूँ। आपकी सेवा करना तो मेरा धर्म और कर्तव्य है।" सतानन्द ने कहा और अपनी पुत्री मधु को साथ लेकर अपनी झोंपड़ी की ओर चला गया।

कैवर्त कन्या मत्स्येन्द्रनाथ के पास से तो चली गई किन्तु अपने रूप का आकर्षण छोड़ गई। दो घटी व्यतीत होते-होते वह एक थाल में खाद्य सामग्री लेकर आ गई। मत्स्येन्द्रनाथ ने कुटीर से बाहर आकर उस रूपसी के सौन्दर्य का पान किया और उसे साथ लेकर कुटीर के भीतर आ गए।

मत्स्येन्द्रनाथ के साथ जो योगियों की जमात दूर एक कुटीर में ठहरी थी, वह भी भिक्षाटन के लिए कुटीर से बाहर निकल रही थी। एक-एक योगी अपना भिक्षापात्र लिये ग्राम की ओर जाते परिलक्षित हो रहे थे।

यहाँ कैवर्त कन्या का साहचर्य पाकर मत्स्येन्द्रनाथ आत्मविभोर हो गए थे। कैवर्त पुत्री ने थाल योगी के समक्ष रख दिया।

"स्वीकार कीजिए योगीराज!" मधु ने कहा। मधु ने ये शब्द इतने आग्रह से

उच्चरित किए थे कि मत्स्येन्द्रनाथ और कुछ बोलने की स्थिति में थे ही नहीं। उन्होंने सन्तुष्टि के साथ भोजन ग्रहण किया। भोजन करते समय भी वे उस रूपसी की ओर सम्मोहक दृष्टि से देखते जा रहे थे।

मत्स्येन्द्र के भोजन करने के उपरान्त कैवर्त पुत्री थाल को धोने समुद्र तट पर चली गई और फिर कुटीर के भीतर प्रवेश कर योगी से वापस जाने की आज्ञा चाही। मत्स्येन्द्रनाथ ने बैठने का संकेत किया। मधु योगी के सामने ही एक चटाई पर बैठ गई। योगी मत्स्येन्द्र अब उसके रूप-सौन्दर्य को निहार रहे थे और अन्तर में भीगते जा रहे थे। मधु भी नवयौवना थी। अक्षत सौन्दर्यवती। योगी की सम्मोहक दृष्टि ने उसे भी बाँध लिया था। वह योगी मत्स्येन्द्र की बलिष्ठ भुजाओं में मत्स्यों के किल्लोल का अनुभव कर रही थी। योगी का तेजस्वी उन्नत ललाट और मदमत्त सम्मोहक नेत्रों को देखकर उसे ऐसी अनुभूति हो रही थी जैसे वे सम्मोहक नेत्र उसके अक्षत यौवन के रस का आनन्द ले रहे हैं और वह उन नेत्रों में समाई जा रही है। योगी का चौड़ा वक्षस्थल तो उसे अपनी देह का आधार-स्थल जैसा प्रतीत हो रहा था। वह मंत्रबिद्ध-सी प्रतीत हो रही थी।

योगी मत्स्येन्द्र भी मधु के सौन्दर्य को आत्मसात् कर रहे थे। स्वर्ण जल से सद्य: स्नात कैवर्त सुन्दरी की देहयष्टि। राग-द्वीप, रंग-जल से नहाए हुए नेत्र और पुष्पित लतिकाओं-सी सौन्दर्यवली बाँहें। सम्पूर्ण देहयष्टि सुवासित। राग के आवेश में असन्तुलित होती कामना। योगी मत्स्येन्द्र इस रूप-सौन्दर्य पर आसक्त हो गए और उन्होंने कैवर्त रूपसी को अपनी ओर खींच लिया। कैवर्त सुन्दरी भी मोहासक्त थी। उसके मन में भी यौवन की अनुभूति जागृत थी। उसने कोई प्रतिवाद नहीं किया। वह एक लता की भाँति योगी के वक्षस्थल से लिपट गई। योगी मत्स्येन्द्र को परम आनन्द की अनुभूति हो रही थी और कैवर्त कन्या का मुख भी राग-जल से नहाए हुए नवकमल-सा विकसित अपनी देह-दीप्ति बिखेर रहा था।

कुछ काल तक आत्म-विभोरता की यही स्थिति बनी रही। योगी फिर संयत हुए और उस कैवर्त सुन्दरी का सिर अपनी गोद में ले लिया। वह भी निढाल होकर लेटी हुई अपनी निर्निमेष दृष्टि से योगी के नेत्रों में लबालब भरे राग-जल को उलीचने लगी। योगी मत्स्येन्द्र उसकी अलकावलियों में अपनी अँगुलियाँ डाले योग-गणित के साध्य हल कर रहे थे।

"कैवर्त सुन्दरी, तुम्हारा नाम क्या है?"

"तुम जो भी कहो योगी!"

"तुम्हारे पिता ने तो तुम्हें नाम दिया ही होगा?"

"हाँ योगी! मेरा नाम मधुमिता है और मेरे बाबा मुझे 'मधु' ही सम्बोधित करते हैं।"

"तुम्हारा नाम कितना सार्थक है मधुमिता। कितना आकर्षक है तुम्हारा रूप-सौन्दर्य और कितनी शिल्पित है तुम्हारी देहयष्टि रूपसी।" मत्स्येन्द्रनाथ ने कहा और

उसके मस्तक पर अपने उत्तप्त ओष्ठ्य रख दिए। मधुमिता योगी के शरीर की ऊष्मा पाकर पिघली जा रही थी और उसे अलौकिक आनन्द की अनुभूति हो रही थी।

"मधुमिता! तुम मेरी कौल साधना की सार्थकता हो। तुम मेरी प्रकृति हो। मैं तुमसे सिद्धिलाभ प्राप्त करना चाहता हूँ। तुम सिद्धिभोग के लिए सहमत हो?" मत्स्येन्द्रनाथ ने कहा।

मधुमिता ने राग के आवेग में ही अपनी सहमति दी। मत्स्येन्द्रनाथ को साधना का आधार मिल गया था। वे मद्य का सेवन करते हुए आनन्द के सातवें उल्लास तक पहुँचना चाहते थे और मधुमिता के यौवन-सान्निध्य से निर्विकल्पक ब्रह्मानन्द की अनुभूति करना चाहते थे।

"मेरी बहिरंग साधना की तुम माध्यम हो मधुमिता। पुरुष और प्रकृति का एकाकार हो जाना ही बहिरंग साधना की सिद्धि का प्रथम चरण है।" योगी मत्स्येन्द्र ने मधुमिता के कपोलों को सहलाते हुए कहा।

"अब मेरे घर लौटने का समय हो गया है योगी! बाबा प्रतीक्षा कर रहे होंगे।" मधुमिता मत्स्येन्द्रनाथ के आलिंगन से मुक्त होकर अपने गृह की ओर चलने के लिए उद्यत हो गई।

"अब कब आओगी मधुमिता! मैं तो योगी हूँ। बहिरंग की साधना करते हुए अन्तरंग साधना तक पहुँचना चाहता हूँ। तुम तो आओगी न मधुमिता।" मत्स्येन्द्रनाथ ने मधुमिता से साग्रह आने का आमंत्रण दिया। मधुमिता पुन: आने की स्वीकृति देकर चली गई।

मधुमिता के जाने के उपरान्त मत्स्येन्द्रनाथ अब अपने कुटीर में एकाकी हो गए। कुछ समय तक मधुमिता के चले जाने के कारण अस्थिर रहे किन्तु शीघ्र ही संयत भी हो गए।

अब मत्स्येन्द्रनाथ अपने साथ आए योगियों की जमात की ओर गए। कुटीर पर पहुँचते ही योगियों ने प्रणाम किया। मत्स्येन्द्रनाथ ने योगियों को कौलज्ञान से अवगत कराया। साधना की विधि का परिचय दिया और कहा कि वे " 'प्रकृति' की साधना करें। जागृत और निद्रावस्था में, आहार-विहार में, दुख और शोक में, अभाव और पूर्णता में तथा अभक्ष्य-भक्षण में कोई भेद न करें। इन्द्रिय भोग में संकोच और संशय का धारण करने से कौल साधना में व्यवधान उत्पन्न होता है।" इतना कह सभी योगियों को पद्मासन में अवस्थित होकर 'प्रकृति' का ज्ञान और ध्यान करने का निर्देश दिया।

बहुत देर तक योगी इस साधना में संलग्न रहे। जब उनकी साधना की परिसमाप्ति हुई तब मत्स्येन्द्रनाथ ने उन योगियों को आदेश दिया—"अब अपनी आत्मा को ही अपना पथ प्रदर्शक और गुरु मानकर सृष्टि में विचरण करो। एक स्थान पर रहते हुए साधना सम्भव नहीं।"

योगियों को निर्देश देने के उपरान्त मत्स्येन्द्रनाथ अपने कुटीर में आ गए। रात्रि गहरी हुई तो मधुमिता के सान्निध्य की आकुलता भी बढ़ी। किन्तु मधुमिता तो कुटी में थी नहीं। उसका व्यक्तित्व वहाँ था और उसकी देह की यौवन सिद्ध सुगन्ध का अनुभव मत्स्येन्द्र अपने शरीर में पा रहे थे। वे मधुमिता के ध्यान में निमग्न होकर निद्राग्रस्त हो गए।

प्रात:काल योगियों की कुटीर सूनी दिखी। वह जमात मत्स्येन्द्रनाथ का निर्देश पाकर अन्यत्र चली गई थी। अब गुरु मत्स्येन्द्रनाथ एकाकी अपने कुटीर में मधुमिता के आने की प्रतीक्षा कर रहे थे।

"जोगी! मैं आ गई! प्रणाम अर्पित है।" मधुमिता यह कहती हुई मत्स्येन्द्रनाथ के निकट आ गई। मत्स्येन्द्रनाथ तो मधुमिता की प्रतीक्षा कर ही रहे थे। मधुमिता को अपने निकट पाकर वे आनन्दित हो उठे। उनके शरीर तंत्र में निर्विकल्पक ब्रह्मानन्द का प्रवाह दौड़ने लगा। वे मधुमिता के रूप-सौन्दर्य का पान करने लगे। मधुमिता की यौवन भरी देहयष्टि का एक-एक स्थल, एक-एक सन्धि उन्हें 'ब्रह्मरन्ध्र के सहस्रार पद्‌म के मूल में स्थित योनि नामक त्रिकोणचक्र और वहाँ ही अवस्थित चन्द्रमा' परिलक्षित हो रहा था। उन्होंने मधुमिता को अपने आलिंगन में ले लिया। राग-अनुराग की मंद-मंद पवन से लहराती हुई लतिका-सी मधुमिता मत्स्येन्द्रनाथ के वक्षस्थल से लिपट गई।

मधुमिता को आलिंगन में लेकर मत्स्येन्द्रनाथ ने वज्रांगासन में बैठकर वज्रोली मुद्रा साध ली और कुंडलिनी को उद्‌बुद्ध करने लगे। उनकी अँगुलियाँ मधुमिता की देहयष्टि पर अनेक कौलाचार करती जा रही थीं और यह सब अनायास हो रहा था। वे मधुमिता की देहयष्टि में सम्पूर्ण सृष्टि के विराट रूप का अनुभव कर रहे थे। उन्हें प्रतीत हो रहा था कि 'शक्ति', महाकुंडलिनी रूप में मधुमिता की देहसृष्टि में परिव्याप्त है। यह ही वह स्थल है जहाँ 'कुंडलिनी और प्राणशक्ति को लेकर जीव मातृकुक्षि में प्रवेश करता है।' मत्स्येन्द्रनाथ मधुमिता की पीष्ठ में स्थित मेरुदंड का स्पर्श कर रहे थे और वहाँ से एक सरल रेखा में स्थित पायु और उपस्थ में स्थित त्रिकोण चक्र में अवस्थित स्वयंभूजिंग तक पहुँचने का साधनात्मक योग निष्पादित कर रहे थे। इस अग्निचक्र के निकट ही उन्हें निर्विकल्पक ब्रह्मानन्द की अनुभूति हो रही थी। मत्स्येन्द्रनाथ आनन्द की इस चरम स्थिति में पहुँचकर तल्लीन हो गए थे।

तभी कुटीर के बाहर अ-ल-ख-नि-रं-ज-न का नाद हुआ। मत्स्येन्द्रनाथ की साधना मुद्रा भंग हो गई। मधुमिता श्लथ-सी अलग बैठ गई और मत्स्येन्द्रनाथ आ-दे-श, आ-दे-श उच्चरित करते हुए कुटीर के बाहर आ गए।

कुटीर के द्वार पर एक कापालिक योगी खड़े थे। मत्स्येन्द्रनाथ ने आ-दे-श का उच्चारण कर योगी की अभ्यर्थना की। प्रत्युत्तर में कापालिक योगी ने भी आ-दे-श

शब्दोच्चारण किया। मत्स्येन्द्रनाथ, कापालिक योगी को कुटीर में ले आए। आसन ग्रहण करने का आग्रह किया और परिचय प्राप्त करने की आकांक्षा व्यक्त की।

"मैं आदिनाथ का शिष्य जालन्धरनाथ हूँ योगी! कांचनपुरी से देशांचलों का भ्रमण करते हुए यहाँ आया हूँ। नगर में मुझे ज्ञात हुआ कि एक योगी समुद्र तट पर एक कुटीर में निवास कर साधना कर रहा है। मेरे मन में योगी का साक्षात्कार करने की इच्छा जाग्रत हुई और यहाँ चला आया।" जालन्धरनाथ ने अपना परिचय देते हुए कहा।

"मैं मत्स्येन्द्रनाथ हूँ योगीराज! आदिनाथ का आदि शिष्य। आप तो मेरे गुरुभ्रातृ हैं योगीराज! मेरा प्रणाम स्वीकार करें।" मत्स्येन्द्रनाथ ने कहा और 'आ-दे-श, आ-दे-श' कहते हुए हाथ जोड़ लिये।

मत्स्येन्द्रनाथ और जालन्धरनाथ, दोनों ही आदिनाथ के शिष्य थे। दोनों गुरुभ्रातृ थे। किन्तु दोनों की साधना-प्रणालियाँ भिन्न-भिन्न थीं। जालन्धरनाथ को जालन्धर पाद भी कहा जाता था। जालन्धरनाथ के ही एक प्रिय शिष्य कानफानाथ अर्थात् कृष्णपाद थे। कानफानाथ अपने गुरु जालन्धरनाथ के साथ ही भ्रमण कर रहे थे और मत्स्येन्द्रनाथ से मिलने आते समय वे पुरी नगरी में भिक्षाटन के लिए चले गए थे। मत्स्येन्द्रनाथ, वज्रयानी तांत्रिकों के प्रभाव में आकर कौलज्ञानी तांत्रिक हो गए थे और जालन्धरनाथ श्रीपर्वत में साधना करते समय बौद्ध कापालिकों के सम्पर्क में आए। सौदामिनी नामक कापालिक साधिका से उनकी भेंट हुई और वे शैव मत के कापालिक साधक हो गए। श्रीपर्वत में अत्यन्त सिद्ध तांत्रिक साधनापीठ थी। यहाँ पर शैव, शाक्त और बौद्ध साधकों का जमघट लगा रहता था। सभी धर्मावलम्बी साधक यहाँ तंत्र-साधना कर सिद्धि प्राप्त करते थे।

जालन्धरनाथ पुरुष को वज्रधर और नारी को कपाल वनिता मानकर कापालिक साधना करते थे। 'नारी' के साध्य होने के कारण ही यह साधना कापालिक साधना कहलाती थी।

मत्स्येन्द्रनाथ और जालन्धरनाथ की साधनाओं के केन्द्र में 'नारी' तो थी ही, किन्तु जालन्धरनाथ 'अक्षय निरंजन-निरालम्ब' शून्य के उपासक थे। किन्तु मत्स्येन्द्रनाथ की अवधारणा शून्य में विलीनीकरण की नहीं परिज्ञान अथवा कौलज्ञान की थी।

ऐसे दो योगियों का सम्मिलन हुआ था उस कुटीर में। तांत्रिक तो दोनों ही थे। दोनों ही शिव और जीव की अभिन्नता पर आस्था रखते थे।

"गुरुभ्रातृ! आप शिव स्वरूप कूटस्थ आत्मा की अनुभूति अपनी कापालिक साधना में कर रहे हैं, आप अभी आनन्द की किस स्थिति में हैं?" मत्स्येन्द्रनाथ ने प्रश्न किया।

"मैं विस्मानन्द की अनुभूति करने की स्थिति में पहुँच चुका हूँ भ्रातृ! पूर्व की दो अवस्थाएँ—प्रथमानन्द और परमानन्द की स्थितियों को तो मैं पूर्व में ही प्राप्त

कर चुका हूँ। किन्तु श्रेष्ठतम आनन्द—सहजानन्द की अनुभूति करना अभी शेष है। मैं साधना में संलग्न हूँ। इस महासुख की अनुभूति करना चाहता हूँ।" जालन्धरनाथ ने कहा।

"सत्य है भ्रातृ! निर्विकल्पक ब्रह्मानन्द की प्राप्ति में इन्द्रियबोध लुप्त हो जाता है। व्यक्ति का स्वत्व और आत्मभाव भी समाप्त हो जाता है। मैं भी इसी आनन्द की चरम स्थिति तक पहुँचने के लिए साधना कर रहा हूँ।" मत्स्येन्द्रनाथ ने कहा।

इस संवाद-परिसंवाद के उपरान्त जालन्धरनाथ वहाँ से चलने के लिए खड़े हो गए। अचानक उनकी दृष्टि कोने में सहमी-सी बैठी मधुमिता पर पड़ी। वे तो कापालिक साधक थे। मधुमिता के गौर रूप-सौन्दर्य और तराशी हुई यौवनपूरित देहयष्टि को देखकर कुछ क्षणों तक उस अप्रितम सौन्दर्य का पान करते रहे और फिर अ-ल-ख-नि-रं-ज-न, आदेश आदि शब्दों का उद्घोष करते हुए कुटीर के बाहर चले गए। कुछ दूर जाने के बाद वे दृष्टि के परे हो गए किन्तु अभी भी दूर से आती अलख निरंजन की ध्वनि सुनाई पड़ रही थी। धीरे-धीरे उस ध्वनि का सुनाई पड़ना भी बन्द हो गया।

कापालिक जालन्धरनाथ के जाने के बाद मत्स्येन्द्रनाथ अपने कुटीर में लौट आए। मधुमिता पर-पुरुष के आगमन तथा उनके संवादों-परिसंवादों से भयग्रस्त-सी थी और वह अब भी कोने में सहमी बैठी थी। मत्स्येन्द्रनाथ ने बड़े स्नेह से मधुमिता को उठाया और अपने आलिंगन में ले लिया। कुछ काल तक तो वह सहमी रही फिर योगी के वक्षस्थल की ऊष्मा और उसकी श्वास-प्रश्वास से प्रवाहित होने वाली रागात्मक ज्वालाओं से तपने लगी। उसे अपूर्व आनन्द की अनुभूति हो रही थी। मधुमिता इस अपूर्व आनन्द को प्राप्त करते हुए बेसुध हो गई और योगी मत्स्येन्द्रनाथ वज्रोली मुद्रा का अभ्यास करते रहे।

इस राग-मद्य का पान करते हुए मत्स्येन्द्रनाथ, तरुण उल्लास, यौवन उल्लास, प्रौढ़ उल्लास, तदन्तोल्लास और उन्मनी उल्लास की स्थिति पर पहुँच चुके थे। अब मधुमिता की संज्ञा लौटने लगी थी। मत्स्येन्द्रनाथ ने मधुमिता को फिर आलिंगित कर शरीर का अन्तराल भी मिटा दिया और वे अनवस्था उल्लास के चरमोत्कर्ष पर पहुँच गए। चरम सुख और चरम आनन्द की यह स्थिति कुछ क्षणों तक बनी रही। फिर आलिंगन शिथिल हुआ और साधना से श्लथ मधुमिता एक ओर लुढ़क गई। योगी उसके अनावृत्त रूप और देह सौन्दर्य को निहारते रहे। जाने कितनी देर तक यही स्थिति बनी रही।

अब मधुमिता सचेत हो गई थी। संध्या का आगमन, उसकी प्रस्थान-वेला थी। उसने खड़े होकर अपने वस्त्र व्यवस्थित किए और योगी मत्स्येन्द्रनाथ के मस्तक का स्पर्श कर वहाँ से अपने घर की ओर चल पड़ी।

योगी मत्स्येन्द्रनाथ यहाँ कई मास ठहरे और मधुमिता के साहचर्य से अपनी साधना के प्रयोग करते रहे। प्रतिदिन यौवन उल्लास से लेकर—उन्मनी उल्लास तक की शरीर-यात्रा करते और बहिरंग साधना से अन्तरंग साधना की स्थिति में पहुँचते रहे।

एक दिन नागनाथ अपने योगियों की बड़ी जमात लेकर जगन्नाथपुरी तीर्थयात्रा करते पहुँचे। योगियों की यह जमात, बल प्रयोग से पुरी के जनजीवन को आक्रान्त कर रही थी। भिक्षाटन भी साधिकार माँगते थे और उनका आचार सामाजिक आदर्शों के अनुकूल न था। जब नागनाथ को यह पता चला कि योगी मत्स्येन्द्रनाथ समुद्र तट पर एक कुटीर में साधना कर रहे हैं, तब वे एकाकी गुरुभ्रातृ मत्स्येन्द्रनाथ के पास पहुँचे। उनका साक्षात्कार करने के उपरान्त नागनाथ अपनी जमात को लेकर अन्यत्र चले गए।

पुरी वासी तो नागनाथ की योगी जमात की शिकायत करने मत्स्येन्द्रनाथ के पास आए थे। किन्तु यहाँ आकर उन्हें ज्ञात हो गया था कि नागनाथ, मत्स्येन्द्रनाथ की यहाँ उपस्थिति के कारण नगरी छोड़कर अन्यत्र चले गए हैं, नगरवासियों ने आश्वस्ति का अनुभव किया। नागनाथ, योगी मत्स्येन्द्र की तंत्रशक्ति और तांत्रिक प्रयोगों से पूर्व परिचित थे। अत: उन्होंने नगर में और रुकना उचित नहीं समझा। वे पुरी नगरी छोड़कर अपनी जमात के साथ अन्यत्र चले गए।

इस बीच पुरी नगरी में योगियों की बड़ी धमाचौकड़ी रही। उनके तांत्रिक प्रयोगों के सम्बन्ध में नगरवासी भिन्न-भिन्न प्रकार की चर्चाएँ करते थे। कोई कहता कि मैंने एक योगी को आकाश में उड़ते हुए देखा है। कोई कहता कि एक योगी के पास तो सर्पास्त्र था, वह जब सर्पास्त्र छोड़ता था, तब अगणित नाग फन फैलाए हुए दौड़ने लगते थे। कोई कहता कि एक योगी को तो स्पर्शास्त्र सिद्ध था, वह जिसे जहाँ चाहता था, वहीं चिपकाकर स्थिर बना देता था। एक नगरवासी ने तो यह भी कहा कि एक योगी को तो कामिनी अस्त्र और मोहनास्त्र सिद्ध था। वह इन अस्त्रों का प्रयोग कर अत्यन्त रूपवती कामिनियों को क्षण-भर में उपस्थित कर देता था। तात्पर्य यह कि तरह-तरह की असम्भाव्य और अतार्किक चमत्कार करने की दक्षता होने की चर्चा नगर में बहुश्रुत थी। योगियों, कापालिकों और वज्रयानियों की तांत्रिक साधनाओं की असामान्यता के कारण इस प्रकार के मिथ और काल्पनिक धारणाओं का जन्म हो गया था और नगरवासी इन चमत्कारों में सत्यता की प्रतिच्छायाएँ खोजने लगते थे। किन्तु मिथ तो मिथ ही रहता है, वह सत्य से परे होता है। योगियों की जमात जब नगरी से अन्यत्र चली गई तब इन चर्चाओं में विराम लग गया और ये केवल जनश्रुतियाँ ही बनकर रह गईं।

मधुमिता पढ़ी-लिखी तो थी नहीं। कैवर्त कन्या होने के कारण उसे शिक्षा-दीक्षा का अवसर प्राप्त होना भी सम्भव नहीं था और इस दिशा की ओर उसने कभी विचार नहीं किया था और नारी होने के कारण शिक्षा-दीक्षा प्राप्त करने की कल्पना भी उसने नहीं की थी। योगियों के चमत्कारों पर उसका कोई विश्वास नहीं था। उसके पिता जब भी समुद्र में मछलियाँ पकड़ने के लिए जाते, तब समुद्र में नाव खेने के पूर्व समुद्र देवता की पूजा किया करते थे किन्तु उसने समुद्र देवता की कभी पूजा-अर्चना नहीं की। वह प्रत्यक्ष को सत्य मानती थी और प्रत्यक्ष की ही अर्चना-वन्दना करने को श्रेय मानती थी। वह जब भी अपने पिता के साथ समुद्र में मछलियाँ पकड़ने जाती, तब नौका में आरूढ़ होने के पूर्व नाव की पूजा अवश्य करती थी। नौका को वह कर्म देवता अथवा कर्मणा की देवी मानती थी। उसके पिता ने कभी इसका प्रतिवाद भी नहीं किया था।

आज योगी मत्स्येन्द्रनाथ के साहचर्य में रहते हुए उसे तीन माह होने को आए थे। कभी-कभी उसके मन में योगी की साधना-प्रक्रिया को लेकर संशय अवश्य होता था किन्तु वह अपने मन में उभरे संशय को टाल जाती थी। वह सोचने लगती थी कि कई योगी गृहस्थ भी तो रहते हैं। योगी मत्स्येन्द्रनाथ के सम्बन्ध में उसके मन में यही परिकल्पना थी। योगी का अभी परिवार बसा नहीं था। वे एकाकी थे। वह उनके साथ परिवार बसाने की परिकल्पना लिये योगी के कुटीर में जाती थी और विगत तीन मासों से उसका यही क्रम चलता रहा है। उसने अपने परिकल्पित और निर्धारित भविष्य-चिन्तन से योगी को कभी भिज्ञ तो नहीं कराया था किन्तु योगी के साथ उसके सान्निध्य का प्रत्येक्ष क्षण इसी परिकल्पना में व्यतीत होता था। वह जब भी योगी की बाँहों में स्वयं को समर्पित करती, तब उसके नेत्रों के समक्ष, उसका बसा-बसाया पारिवारिक भविष्य हँसता-खेलता दिखलाई देता था। वह इसी परिकल्पना को सहेजे हुए योगी की बाँहों का आश्रय पाकर बेसुध हो जाती थी।

नागनाथ के कुटीर से जाने के उपरान्त योगी मत्स्येन्द्रनाथ, मधुमिता के आगमन की प्रतीक्षा कर रहे थे। वे मधुमिता का सान्निध्य पाने के लिए अस्थिर भी हो रहे थे। मधुमिता भी अपने गृह में अब अधिक न रहकर, योगी के पास शीघ्र पहुँचने के लिए अधीर रहती थी। वह पिता के साथ समुद्र में दूर तक जाती और मछलियाँ पकड़ती। दोपहर को लौट आती थी। अब वह मछलियों को पकड़ने का काम भी इतनी तीव्र गति से करने लगी थी कि उसकी नाव दो-तीन घटी में ही भर जाती थी। उसके पिता, पुत्री की कार्यदक्षता को देख-देखकर आनन्दित हो उठते थे।

आज भी वह मछलियों का आखेट कर शीघ्र समुद्र तट पर आ गई। उसने पिता को मछलियों से भरी हुई टोकनी थमा दी और स्वयं त्वरागति से भागकर योगी के कुटीर में पहुँच गई। अब अभिवादन अथवा प्रणाम करने की औपचारिकता समाप्त

हो गई थी। वह सीधे योगी की गोद में जा बैठी और योगी ने भी उसे कसकर आलिंगनबद्ध कर लिया। योगी की बाँहों के इस कसाव में वह अपूर्व आनन्द का अनुभव कर रही थी।

योगी के लिए मधुमिता नित्या थी। नित्य रति की प्रतिमूर्ति। मधुमिता को अपने आलिंगन में आबद्ध किए हुए योगी मत्स्येन्द्रनाथ ने कौलाचार आरम्भ कर दिया। आज वे शरीर की तांत्रिक यात्रा करते हुए कुंडलिनी के ऊपर अवस्थित मूलाधार चक्र, स्वाधिष्ठान चक्र, मणिपूर चक्र, आज्ञाचक्र को सिद्ध करते हुए सहस्त्रार चक्र तक पहुँचना चाहते थे। उन्होंने कुंडलिनी-जागृति की साधना प्रारम्भ कर दी। योगी, मधुमिता की सौन्दर्य-सलिला से अपने ओष्ठयों के कलश भर-भरकर पी रहे थे और रूप-मद से छकते हुए साधना में तल्लीन हो रहे थे।

किन्तु मधुमिता आज योगी के आलिंगन में बँधकर अपूर्व आनन्द की अनुभूति तो कर रही थी, पर बेसुध नहीं थी। अपनी संज्ञाशून्यता की स्थिति को सचेष्ट संरक्षित किए हुए थी। आज योगी अपनी कौलसाधना द्वारा परम शिव के चैतन्य से साक्षात्कार करना चाहते थे। किन्तु मधुमिता के उल्लास में क्षण-प्रतिक्षण उपस्थित होती यतियाँ, उनकी साधना को भंग कर देती थीं। वे बहुत देर तक मधुमिता को यौवनोल्लास के चरमोत्कर्ष तक पहुँचाने के लिए साधनात्मक प्रयत्न करते रहे। किन्तु सब व्यर्थ। आज उपचार साथ नहीं दे रहे थे। वे क्षण-क्षण उपस्थित होती यतियों से उत्यक्त हो गए। उनकी आलिंगबद्धता शिथिल हो गई और वे प्रथमोल्लास में उतरकर मधुमिता की सौन्दर्य-माधुरी का पान करने लगे। रूप का आकर्षण अब भी योगी मत्स्येन्द्रनाथ को बाँध रहा था।

योगी का आलिंगन शिथिल होते ही मधुमिता सामान्य होकर उनकी गोद से अलग हो गई और उनके निकट ही बैठ गई। आज योगी के मुख पर साधना की अपूर्णता के कारण खिन्नता का भाव स्पष्ट रूप से उभरा हुआ प्रतीत हो रहा था। किन्तु मधुमिता के मुख पर एक प्रकार की निर्णयात्मक चमक-सी थी। उसके नेत्रों में उत्तरप्रेक्षता और मुख पर प्रश्नाकुलता स्पष्ट परिलक्षित हो रही थी। कुछ समय तक मौन अपना परिधान बिछाए पड़ा रहा।

"योगी! मैंने आपके सान्निध्य में अपूर्व सुख और आनन्द की अनुभूति की है। मैंने पूर्णरूप से आपको, स्वयं को समर्पित कर दिया है। मैं इस समर्पण का सकारात्मक प्रतिदान चाहती हूँ। आप प्रतिदान तो देंगे न योगी!" मधुमिता ने मौन का परिधान उठाते हुए कहा।

"कैसा प्रतिदान, मधुमिता?" योगी ने अस्थिर होकर मधुमिता से प्रश्न किया।

"मैं अपढ़ हूँ योगी। किन्तु सामाजिक दायित्वों का ज्ञान मुझे है। मैं स्वयं को समर्पित कर सामाजिक संरक्षण की सहभागिता का प्रतिदान चाहती हूँ। आपने मुझे स्वीकार किया है। मेरे माध्यम से मेरी सामाजिक परम्परा को भी अपनी स्वीकृति दी

है। मैं आपसे इस सामाजिक दायित्व को वहन करने का वचन चाहती हूँ।" मधुमिता ने योगी के समक्ष सामाजिक दायित्व का बोध कराते हुए कहा और योगी से उत्तर पाने की आकांक्षा लिए तीक्ष्ण दृष्टि से उनकी ओर निहारने लगी।

"एक योगी के लिए इस तरह के विषय अप्रासंगिक होते हैं। यौगिक क्रियाएँ और योग साधना भी प्रश्नातीत होती है मधुमिता!" योगी मत्स्येन्द्रनाथ का उत्तर था।

"किन्तु सामाजिक मर्यादा और जीवन की परम्परा तो अप्रासंगिक नहीं होती। नारी अपना स्वत्व समर्पित करते समय सामाजिक मर्यादाओं के संरक्षण की आकांक्षा रखती है। वह केवल दैहिक भोग के लिए स्वयं को समर्पित नहीं करती। मैंने भी मात्र दैहिक सुख के लिए अपने आपको समर्पित नहीं किया। मैं अपने इस समर्पण को सामाजिक अनुबन्ध का रूप देना चाहती हूँ। आपने मुझे स्वीकार किया है। अत: मेरे समर्पण को सामाजिक मर्यादा तो आपको देनी ही होगी।" मधुमिता ने अत्यन्त दृढ़ता और संकल्पित होकर कहा।

अब योगी मत्स्येन्द्रनाथ अस्थिर हो उठे। उनका रुद्राक्ष, उन्हें कंठ से उतरता-सा प्रतीत होने लगा। उन्हें कुछ ऐसा आभास हो रहा था जैसे मधुमिता, उनके कर्णों से कुंडल उतार रही है। उन्हें आसन से उठाकर उनका बाघंबर लपेट रही है और उनके खप्पर में सामाजिक संस्कार और वंश परम्परा का भिक्षादान कर रही है। वे किंकर्तव्यविमूढ़ से लगने लगे। मधुमिता के इस संकल्पित प्रश्न का कोई उत्तर उनके पास नहीं था। कुछ क्षण सन्नाटा रहा। योगी किंचित् संयत हुए और उन्होंने कहा—

"मैं तो भोग में योग का अन्वेषण कर रहा हूँ। भोगात्मक योग साधन मेरा लक्ष्य है। तांत्रिक साधना में सामाजिक परम्पराओं को स्वीकृति प्रदान करने का प्रश्न ही नहीं है, मधुमिता!"

"लेकिन मैं तो भोगात्मक योग की, माध्यम और सहभागी नहीं बन सकती योगी। भोग मेरा लक्ष्य नहीं, सामाजिक स्थिरता प्राप्त करने का उपक्रम है। मुझे आपके तंत्र योग और तंत्र साधना से कुछ लेना-देना नहीं है। मेरा सम्बन्ध सामाजिक सरोकारों से है। मैं आपसे निर्णयात्मक उत्तर चाहती हूँ, रहस्यों में आवृत्त प्रश्न और उत्तर की अपेक्षा नहीं करती। आप मेरे समर्पण को सामाजिक मर्यादा की स्थिरता प्रदान करेंगे अथवा नहीं—" मधुमिता ने निर्णायक प्रश्न किया और वह योगी मत्स्येन्द्रनाथ की ओर निष्कर्ष-प्रश्न बनकर देखने लगी।

"यह सम्भव नहीं है मधुमिता!" योगी ने लगभग पराजित होकर कहा।

योगी का उत्तर सुनकर मधुमिता तत्काल उठ खड़ी हुई और बिना अभिवादन किए और बिना कुछ बोले क्रोध से तमतमाई हुई वहाँ से चलने लगी। योगी ने उसका हस्त पकड़कर उसे रोकने का प्रयास किया किन्तु मधुमिता—'योगी, भोग को सामाजिक मर्यादा और जीवन की परम्परा का रूप देना सीखो। जीवन की साधना करो मत्स्येन्द्र', कहती हुई चली गई।

सूर्य समुद्र में अस्त होता दिख रहा था। संध्या की झीनी श्यामल चादर भी बिछने लगी थी। रात्रि ने अपने पाँव पसार लिये थे। निरभ्र आकाश में सन्नाटा बोलने लगा था। मधुमिता आई नहीं। जागते-जागते मत्स्येन्द्रनाथ ने रात्रि व्यतीत की।

प्रात:काल हुआ मधुमिता नहीं आई। योगी ने अपना बाघंबर लपेटा, शृंगी, सेली, गूदरी सहेज ली और वहाँ से चल पड़े। कुटी सूनी हो गई। वे जाते-जाते कभी मछुआरों की बस्ती की ओर देखते और कभी समुद्र की ओर।

अपनी अलक्ष्य यात्रा पर चलते हुए योगी मत्स्येन्द्रनाथ ने देखा—मधुमिता अपने पिता के साथ नाव में बैठ रही है। वह समुद्र में जा रही है मछलियों के आखेट के लिए। कर्म-पूजा के लिए, जीवन की परम्परा की खोज के लिए। यही उसका लक्ष्य था।

सप्तम आधार

एलागिरि से अपनी योगस्थ यात्रा करते समय मैं एकाकी नहीं था। मेरे साथ कर्म, संघर्ष और योग के त्रिप्रश्न, महाप्रश्न बनकर यात्रा कर रहे थे। सिद्धा के कर्मवादी और विमला के कलावादी व्यक्तित्व ने मेरे योग मार्ग में नई विचार-सन्धियों का योग कर दिया था। मैं अन्तर्साधना का उपक्रम तो कर रहा था किन्तु मेरी अन्तर्साधना, अब जीवन के संघर्ष और जनजीवन की मंगलमय शुभता से जुड़ने लगी थी। ग्राम, नदी और पर्वत, सब-के-सब मेरी बौद्धिक धारणाओं तथा जीवन के महासत्य की तर्कपूर्ण व्याख्याएँ ही प्रस्तुत करते जा रहे थे।

सप्तपुत्र पर्वत की कंदराओं में योगाभ्यास करते हुए मुझे प्रत्येक सन्धि में जीवन और आत्मा की चेतना प्रकाशित परिलक्षित होती थी। वृक्षों, लताओं, स्रोतों और वनपथों को मैं, निर्बन्ध प्रकृति की सार्वकालिक व्यापकता के स्वरूप के साथ विकास करते देख रहा था। इन प्रज्ञा-सन्धियों के संकेत पाकर मैंने अपने चिन्तन तथा सिद्धान्तों को सार्वभौमिक तथा सार्वकालिक बनाने का निश्चय कर लिया था। मेरे योग दर्शन की इसी तर्कपूर्ण व्याख्या के साथ वे संकेत भी मेरे साथ यात्रा करते जा रहे थे। अब मैंने पारमार्थिक समाधि की अवस्था में पहुँचकर, जीवन के सत्य की प्रत्यक्षानुभूति करते हुए, अप्रत्यक्ष की सिद्धि को प्राप्त करने की वैचारिकता भी स्थिर कर ली थी। योग-विज्ञान के माध्यम से जन-शिक्षा, जन-जागरण का लक्ष्य भी मैंने निर्धारित कर लिया था। अब मेरा उपदिष्ट योगमार्ग, जन-योग था और इसी माध्यम से मैं सम्पूर्ण जन-चेतना को अन्धकार से बाहर, प्रकाश में लाना चाहता था।

तापी और पयोष्णी के संगम से कुछ दूर बसे एक छोटे से ग्राम में मैंने विश्राम

करने का निश्चय किया और ग्राम के बाहर एक वटवृक्ष की छाया तले आकर ठहर गया। इल्वलपुर से यहाँ तक यात्रा करते समय मुझे मार्ग में अनेक ग्राम और नगर मिले थे किन्तु वहाँ रात्रि विश्राम करने के अतिरिक्त अधिक काल तक ठहरने का मन ही नहीं हुआ था। जब भी ये ग्राम और नगर यात्रा में मिलते, मैं ग्रामों और नगरों के बाहर ही किसी वृक्ष का आश्रय ग्रहण कर रात्रि व्यतीत करता और प्रात:काल होते ही अपनी आगे की यात्रा प्रारम्भ कर देता था। किन्तु तापी और पयोष्णी के संगम के निकट बसे इस ग्राम ने न जाने क्यों मुझे दो-तीन दिवस यहाँ ठहरने की प्रेरणा दी और मैं ग्राम के बाहर एक आम्रवाटिका में ठहर गया।

तब संध्या का शुभागमन हो रहा था। क्षितिज की वेदपीठ पर स्वर्ण ऋचाओं का पाठ करता सूर्य अपनी स्वर्णिम किरणें बिखेर रहा था। किरणें वट-पत्रों पर चढ़ती-उतरती सांध्य राग का आरोह-अवरोह साध रही थीं। किरणों की पीताभा से तापी और पयोष्णी का शरीर स्वर्ण से अलंकृत हो रहा था। ऐसे क्षणों में मातृ-स्वरूपा विमला की कलाधर्मिता और उसके सृजनशील व्यक्तित्व का मुझे स्मरण हो रहा था। सिद्धा का कर्मवादी व्यक्तित्व, किरणों के आरोह-अवरोह की छन्दताल पर पहाड़ी राग-सा उभरता प्रतीत हो रहा था। मैं जीवन के प्रति अगाध आस्था से भर उठा।

ग्रामवासी और ग्राम वधुएँ अपने खेतों से कटे हुए धान्य के बोझे सिर पर लादे चली आ रही थीं। वे निकट आ गईं और आम्रवाटिका में मुझे डेरा डाले हुए देखकर रुक गईं। उन सभी ने नतमस्तक होकर मुझे प्रणाम अर्पित किया। मुझे ऐसा प्रतीत हुआ जैसे साधु-संन्यासियों के प्रति उनके मन में आदर और निष्ठा का भाव है। फिर मैं तो अन्य साधु-संन्यासियों की तरह न था। ताम्रवर्णी परिधान और कर्ण-कुंडल उनकी दृष्टि को अधिक आकृष्ट कर रहे थे। इसके अतिरिक्त शृंगी, खप्पर तथा रुद्राक्ष की अनेक मनकों की माला आदि सब उन सबके लिए आकर्षण के उपकरण थे। कुछ ग्रामवासी और ग्रामवधुएँ तो मेरा अभिवादन कर अपने धान्य के बोझे उठाकर ग्राम की ओर चली गईं किन्तु एक ग्रामवासी और उसके साथ उसकी भगिनी तथा पत्नी मेरे पास ही ठहर गईं। उन्होंने मुझसे घर चलकर विश्राम करने का आग्रह किया। उन्होंने इतने अनुनय-विनय से मेरी अभ्यर्थना और अपने गृह ले जाने की प्रार्थना की कि मैं उनके आग्रह को टाल न सका और उन ग्रामवासियों के साथ ग्राम की ओर चल पड़ा। कुछ दूर चलने के बाद ही उस ग्रामवासी का गृह आ गया। मुझे साथ लेकर वे अब अपने आँगन में आ गए थे। घास-फूस से निर्मित गृह था। उसमें अलग-अलग कक्ष थे। एक गोशाला भी थी। मुझे एक अलग कक्ष में गृहस्वामी आदरपूर्वक ले गए। काष्ठ निर्मित एक तख्त रखा था। वहाँ मेरे ठहरने का प्रबन्ध कर दिया गया।

तब तक रात्रि प्रगाढ़ होने लगी थी। गृहस्वामिनी गायों को दुहने का उपक्रम करने लगी। मैं अपने कक्ष में बैठा हुआ गाय के स्तन से दुग्ध की धारा के निकलने

और मृत्तिका-पात्र में उसके गिरने की ध्वनि सुन रहा था। इस सृजनशीला ध्वनि में मैं 'अंश' और 'मूल' की अलग-अलग सत्ता का बोध पा रहा था। 'अंश' और 'मूल' दोनों ही पंच महाभूत के ही रूप थे। भौतिक दशाओं की परिवर्तनशीलता के कारण ही पंचभूतों के स्वरूपों में परिवर्तनशीलता अपने आप आ जाती है। यह वास्तव में भौतिक सत्य ही तो है। अग्नि, चेतना और ऊर्जा प्राणिमात्र के शरीर में धारित रहती है इसके कारण ही धावन, भ्रमण, प्रसारण, आकुंचन एवं निरोधन की शारीरिक क्रियाएँ होती रहती हैं। शरीर के भीतर एक प्राणवान आकाश भी तो उपस्थित है। राग, द्वेष, भय, लज्जा और मोह, ये आकाश के ही तात्त्विक रूप हैं। महाभूतों से निर्मित इस स्थूल शरीर में पाँच स्थूल भूत तथा पचीस गुण निहित हैं। वास्तव में अंश, पूर्ण से ही उद्‌भूत होता है और अंश तो पूर्ण की ही आत्माभिव्यक्तियाँ हैं। मूल और अंश की इन आत्माभिव्यक्तियों का परिज्ञान प्राप्त करना मेरी योग साधना का लक्ष्य है। मैं दुग्ध दोहन की उस सृजनशील ध्वनि में मूल और अंश की अप्रकट ध्वनियाँ सुन रहा था और मुझे अलौकिक आनन्द का परिज्ञान हो रहा था। थोड़ी देर बाद वह ध्वनि अश्रुत हो गई।

"साधु बाबा! यह दुग्ध ग्रहण कीजिए।" गृहस्वामिनी ने कहा और दुग्ध से भरा हुआ मृत्तिका-कलश मेरे समक्ष रख दिया। गृहस्वामिनी को अपने समक्ष उपस्थित देख मुझे ऐसा प्रतीत हो रहा था जैसे ममता और मातृत्व की कोई प्रतिमूर्ति मेरे समक्ष उपस्थित हो।

"साधुवाद माँ," मेरे मुख से यह शब्द निकला और मैंने अपने हाथ बढ़ाकर उस कलश को उठा लिया। उष्ण दुग्ध था। सद्य दुहा हुआ। मैंने उस कलश को अपने ओष्ठ्यों से लगाया और एक बार में ही पूरा दुग्ध पान कर गया। ममता की वह प्रतिमूर्ति मेरे समक्ष खड़ी हुई मेरे दुग्ध-पान का अवलोकन कर रही थी। उसके मुख पर अपार सुख, सन्तोष और शान्ति के भाव उभरे हुए थे। परमार्थ में कितना सुख और कितनी शान्ति होती है। ममता का अन्तर कितना विराट और दिव्य होता है। यही परिज्ञान मुझे क्षण-प्रतिक्षण प्राप्त हो रहा था। ममता का आश्रय पाकर मैं भी विवेक, वैराग्य, शान्ति, सन्तोष और क्षमा का परिज्ञान प्राप्त करते हुए बुद्धि के उच्च मनस् तल का स्पर्श कर रहा था।

गृहस्वामिनी वह मृत्तिका-कलश लेकर अन्य कक्ष में चली गई। कुछ कालोपरान्त भोज्य सामग्री लेकर उपस्थित हो गई। मैंने भोजन किया। लम्बी यात्रा करने के कारण श्लथ तो था ही। बाघंबर बिछा लिया और लेट गया। लेटते ही सिद्धा और विमला, प्रश्नचिह्न-सी मेरे चित्त के समक्ष फिर खड़ी हो गईं। यह चित्त भी कहाँ-कहाँ ले जाता है। मति, धृति, स्मृति, त्याग और स्वीकार, कितने दृश्य हैं चित्त की अभिव्यक्ति के। प्राचीन संस्कारों को ही तो अभिव्यक्त करता है यह चित्त। स्मृतियों का तो बड़ा सघन जंगल होता है। मैं इस जंगल में पथ नहीं

भूलना चाहता। सीधे चैतन्य के मार्ग पर ही चलूँगा और चैतन्य के विमर्श, शीलन, धैर्य, चिन्तन तथा निस्पृहत्व के दृश्य-रूपों को धारण करूँगा। इस प्रक्रिया से ही मुझे उच्च नैतिक, आध्यात्मिक तथा सौन्दर्यात्मक चेतना का दृश्य बोध होगा। मैं न जाने कब तक यही चिन्तन करता रहा और अपना ही आत्मविश्लेषण करता रहा। सिद्धा और विमला का कर्मवादी मातृत्वपूरित व्यक्तित्व अब भी मेरे सामने खड़ा था। उनके कर्मवाद को नेत्र बन्द कर मैंने प्रणाम अर्पित किया और निद्रा की सघनता में खो गया।

प्रात:काल होते ही आँगन में चिड़ियों का कलरव और घर की मुंडेर पर बैठे हुए पक्षियों का सरगम आरम्भ हो गया। मैं कक्ष से निकलकर पयोष्णी नदी की ओर चला गया। स्नान कर पलाश के वृक्ष के नीचे सिद्धासन लगाकर ध्यानावस्थित हो गया। इड़ा और पिंगला को साधने लगा। इड़ा और पिंगला को साधते हुए मैं पूरक, रेचक और कुम्भक, तीनों स्थितियों का श्वासाभ्यास कर रहा था। रेचक श्वास से मैं वायुकम्पन में 'हं' की ध्वनि का आभास पाने लगा था और पूरक श्वास-तंत्र से मुझे 'स:' ध्वनि का नाद सुनाई पड़ रहा था। 'सोऽहं' ध्वनियों के संयोग से मुझे चरम आध्यात्मिक आनन्द की अनुभूति हो रही थी।

"अरे मनसुख! तुम इस घाट में क्यों आ गए। यह तो ब्राह्मणों के स्नान-ध्यान का घाट है। तुम चमरउआ घाट में जाओ। इस घाट को अपवित्र कर दिया।" एक व्यक्ति की जोर से चिल्लाने की आवाज सुनाई दी। मेरा ध्यान भंग हो गया। मैं घाट की ओर देखने लगा। मैंने एक विप्र को वहाँ खड़ा पाया। वे अत्यन्त क्रोधित होकर एक शूद्र को डाँट-फटकार रहे थे।

मैं उठकर विप्र के निकट चला गया। विप्र से चर्चा करते हुए मुझे ज्ञात हुआ वे ब्राह्मण वर्ण के हैं। वैष्णव हैं। मैंने उनके क्रोधित होने का कारण जानना चाहा। वे कहने लगे—

"आप तो योगी-संन्यासी हैं। आपको वर्णभेद और वर्ण-व्यवस्था से क्या लेना-देना? यह शूद्र है। नदी में अलग-अलग घाट हैं और शूद्रों के उपयोग के लिए बिलकुल अलग, यहाँ से कुछ दूर एक घाट है। यह शूद्र इस घाट पर आ गया। अच्छा हुआ कि इसने घाट के नीचे उतरकर जल का स्पर्श नहीं किया अन्यथा घाट और जल दोनों ही अपवित्र हो जाते।"

"नदी तो वर्ण-निरपेक्ष है विप्रवर! फिर इस शूद्र के स्पर्श से नदी अपवित्र कैसे हो जाएगी?" मैंने कहा।

"आपके लिए तो सब धर्म-कर्म बराबर हैं योगी! शूद्र के स्पर्श से घाट तो अपवित्र होगा ही, जल भी अपवित्र हो जाएगा।" विप्र ने प्रतिवाद किया।

मैं वर्णभेद की इस विकृति और मानव के अमानवीय स्वरूप को देखकर क्रोध से तमतमा उठा। मुझे एक युक्ति सूझी। मैंने विप्र से कहा कि आप एक कलश में जल भर लाइए। विप्र शीघ्र जल भर ले आए। अब मैंने उस जल का स्पर्श किया और उनसे प्रश्न किया—

"विप्र! कृपया इस जल की ओर देखिए! क्या यह जल मेरे स्पर्श से संन्यासी हो गया है? क्या इस जल ने आपके स्पर्श से वैष्णव धर्म का त्याग कर दिया है?"

"आप तो योगी हैं। ये गणित-अगणित और उलटबाँसियाँ आपको ही शोभा देती हैं।" विप्र ने प्रतिवाद किया और फिर वे मनसुख की ओर क्रोधित होकर देखने लगे।

मैंने उस कलश को उठाकर मनसुख के हाथों में थमा दिया। उसे घसीटकर नदी के घाट पर ले गया और कलश का जल नदी में डलवा दिया। फिर विप्र को घाट पर ले गया और अंजलि में जल भरकर उन्हें दिया। उन्होंने क्रोधित हो उस जल को नदी में डाल दिया।

"विप्र! क्या नदी शूद्र वर्ण की हो गई? क्या नदी का जल शूद्र बन गया?" मैंने कुछ उच्च स्वरों में विप्र से कहा। विप्र, मेरी ओर अत्यन्त क्रोध से देखने लगे और फिर अपने पाँव पटकते हुए नदी के तट से ग्राम की ओर चले गए।

मनसुख अभी भयग्रस्त था। वह भय से लगभग काँप-सा रहा था। मैंने उसे धैर्य बँधाया। वह अत्यन्त कृतज्ञता-भरी दृष्टि से मेरी ओर देखने लगा। मैंने उसे घर जाने का निर्देश दिया। उसने चलते-चलते कहा—"साधु महाराज! आप तो एक-दो दिवसों में यहाँ से प्रस्थान कर लेंगे। किन्तु ये विप्र आपके चले जाने पर मुझे कई प्रकार से शारीरिक और मानसिक यंत्रणाएँ देंगे। मेरी रक्षा कीजिए प्रभु।" मनसुख यह वाक्य कहकर चला तो गया किन्तु मुझे इस अस्पृश्यता के विरुद्ध कुछ कर्म करने की प्रेरणा भी दे गया। मैं डेरे पर आ गया।

अभी तो सूर्य क्षितिज से कुछ थोड़ा ही ऊपर चढ़ा था। गृहस्वामी और गृहस्वामिनी खेत की ओर चले गए। गृहस्वामी की भगिनी मेरी सेवा-टहल में थी। दस-बारह वर्ष की बालिका थी किन्तु थी कार्यकुशल और अतिथि-सेवा में दक्ष। उसका नाम भी बहुत कलात्मक था सौभागिनी। यह अपभ्रंश नामकरण था किन्तु उस बालिका का व्यक्तित्व, अपभ्रंश न होकर तत्सम था।

वह एक कलश में दुग्ध ले आई और एक अन्य पात्र में गुड़ भी रखकर लाई थी। उसने अत्यन्त सम्मानपूर्वक दूध पीने और गुड़ खाने का आग्रह किया। मैंने गुड़ का अर्धांश उस बालिका को प्रदान किया और दोनों गुड़ खाने लगे। बच्ची बड़ी मीठी-मीठी बातें करती जा रही थी। मैं स्वयं मातृत्व भाव से भर रहा था। उससे बातें करते हुए अपना सम्पूर्ण वात्सल्य प्रेम, उस बालिका को समर्पित कर रहा था।

जलपान करने के उपरान्त मैं चिन्तन में डूब गया। अब तक मैंने अनेक ग्रन्थों का अध्ययन कर लिया था और यौगिक विधियों की दक्षता भी प्राप्त कर ली थी।

मैं जब-तब 'सबदी' कह देता था। आज उस विप्र ने शूद्र मनसुख को मानसिक रूप से प्रताड़ित किया था। अरे विप्र शरीर तो मन्दिर है। विप्र का तन भी मन्दिर है और शूद्र का तन भी मन्दिर है। मन्दिर का वर्ण कैसा, इस मन्दिर की जाति कैसी? मैं क्षुब्ध था। कह उठा—

"मनवां जोगी काया मढ़ी, पंचतत्त्व ले कंथा गढ़ी।
षिमा षड़ासण अघारी, सुमति पावड़ी डंड बिचारी।"

मैं उच्च स्वरों में इस सबदी को कह रहा था। वह बालिका कुछ समझ नहीं पा रही थी। वह आश्चर्यचकित होकर मेरी ओर देखती जा रही थी और मैं अपनी धुन में गाता जा रहा था।

वर्ण भेद की इस घटना ने मेरी अन्तरात्मा को आघात पहुँचाया था। मैंने इस ग्राम में 'जनयोग' को व्यावहारिक रूप देने का निश्चय कर लिया।

संध्या समय मैंने ग्रामवासियों को आमंत्रित किया। मैं जिस परिवार में ठहरा था, वह लोहार जाति का परिवार था। वर्णव्यवस्था प्रधान इस समाज में लोहार जाति को 'शूद्र' माना जाता था और शूद्रों की दशा दयनीय थी। ग्राम में लोहार जाति के परिवारों के साथ, उच्चवर्ण के ग्रामवासियों का समानतावादी व्यवहार नहीं था। गृहस्वामी सुखीराम, उच्चवर्ण के व्यवहार से सन्तुष्ट तो नहीं था, किन्तु वह विवश था।

घर के बाहर एक चबूतरे पर बैठकर मैंने अलख निरंजन का उद्घोष किया। उच्च स्वरों में सबदियों का अनुगायन करने लगा। शृंगी भी बजाता जा रहा था। मेरा तंत्री-नाद और सबदियों का उच्च स्वर ग्रामवासियों को आकर्षित कर रहा था। धीरे-धीरे ग्रामवासी एकत्र होने लगे। चबूतरा बहुत विशाल था। इसमें अनेक ग्रामवासी सुविधापूर्वक आसीन हो सकते थे।

ग्रामवासी आए। आकर चबूतरे पर आसीन होने लगे। ब्राह्मण, क्षत्रिय, द्विज (वैश्य) और शूद्र, सभी वर्णों के ग्रामवासी थे। कुम्भकार, स्वर्णकार, ताम्बूलिक, चर्मकार और कल्लपाल आदि सभी वर्णों के ग्रामीण जन उपस्थित हो गए थे। धर्म पालन का वैभिन्य भी यहाँ परिलक्षित था। कुछ वैष्णव थे तो कुछ शैव। अधिकांश ऐसे ग्रामीण जन भी थे जो उदार थे। वैष्णव मन्दिरों में जाकर पूजा-अर्चना करते थे और शिव मन्दिर में भी आराधना करते थे। तात्पर्य यह है कि उनमें धार्मिक कट्टरता नहीं थी।

मैंने तो जाति-भेद और अस्पृश्यता के निवारण का संकल्प ले लिया था। मैं देख रहा था, उच्चवर्ण और शूद्र वर्ण के ग्राम्य जन अलग-अलग बैठे थे। भेद प्रत्यक्ष था। मैंने सभी ग्रामवासियों को सम्बोधित करते हुए सबदी का गायन आरम्भ कर दिया। शृंगी की धुन का योग भी सबदियों के शब्दों को देता जा रहा था—

"हबकि न बोलिबा, ठबकि न चलिबा, धीरे धरिबा पाँव
गरब न करिबा, सहजै रहिबा, भणत गोरष रावं॥
पंथ बिन चलिबा, अगनि बिन जलिबा, अनल तृषा जहरिया
ससंवेद श्री गोरष कहिया, बूझिल्यौ पंडित पढ़िया॥
धाये न पाइबा, भूखे न मरिबा, अहनिसि लेबा ब्रह्म अननि का भेवं।
हठ न करिबा, पड्या न रहिबा, यूं बोल्या गोरष देवं॥
सुणि गुणवंता, सुणि बुधिवंता, अनंत सिधां की वांणी।
सीस नवावत सतगुर मिलिया, जागत रैंणि विहांणी॥"

मैं सबदियों की आवृत्तियाँ करता जा रहा था और धीरे-धीरे सभी ग्राम्य जन उन सबदियों की पुनरावृत्तियाँ करने लगे थे। बहुत देर तक यह क्रम चलता रहा। फिर मैंने सबदी गायन का यह क्रम भंग किया और ग्राम्यजनों को सम्बोधित करने लगा—

"ग्राम्यजन! आज समाज के वर्तमान को देखने का समय है। समाज अलग-अलग टुकड़ों में विभाजित हो गया है। ब्राह्मण, क्षत्रिय, वैश्य और शूद्र में हमारे सामाजिक सम्बन्ध सीमित हो गए हैं। इस भेद को जन्म भी हमने ही दिया है। वर्णाश्रम धर्म हमारे पूर्वकाल में जितना प्रासंगिक था, उतना आज नहीं है। सामाजिक विकास के लिए तब श्रम के विभाजन की अनिवार्यता रही होगी किन्तु वर्तमान में वर्णाश्रम धर्म की अनिवार्यता समाप्त हो रही है। वर्णाश्रम धर्म की परिकल्पनाओं में प्रत्येक शताब्दी में परिवर्तन भी होते रहे हैं।

"यह सत्य है कि पूर्वकाल में हमारे सामाजिक संगठन में ब्राह्मणों का सर्वोपरि स्थान था, वे शीर्षस्थ सामाजिक समुदाय के रूप में प्रतिष्ठित थे। किन्तु यह ब्राह्मण वंश में जन्म लेने के कारण नहीं अपितु उनके बौद्धिक ज्ञान, उनके आदर्शवाद, उनके ज्ञान-सम्पादन और उनके सन्तुलित जीवन-व्यापार के कारण शीर्षस्थता प्राप्त हुई थी। वे धर्मशास्त्रों के ज्ञाता होते थे और धार्मिक उच्चादर्शों का ज्ञान जनसाधारण को पहुँचाया करते थे।

"परवर्तीकाल में ब्राह्मण समुदाय का यह स्वरूप अक्षुण्ण न रहा। राजाश्रय ग्रहण कर वे सुविधाभोगी भी हो गए और अपने वर्ण को उच्च मानने लगे। क्षेत्रीय आधार पर ब्राह्मणों की अनेक उपजातियाँ बनती चली गईं। कोई स्वयं को सारस्वत कहता था, कोई कान्यकुब्ज, कोई उत्कल, कोई मैथिल और कोई गौड़। ये उपभेद, क्षेत्रीयता के कारण निर्मित हुए थे। कान्यकुब्ज क्षेत्र में निवास करने वाले ब्राह्मण कान्यकुब्ज हो गए। सरयू नदी के उत्तरी क्षेत्र के निवासी ब्राह्मण सरुवारी अथवा सरयूपारीण; मिथिला क्षेत्र के ब्राह्मण मैथिल तथा शाकद्वीप से यहाँ आर्यावर्त में आए ब्राह्मण शाकद्वीपी हो गए।

“राजाश्रयों में सुविधा प्राप्त करने अथवा राजाओं के द्वारा अनुदानित भूमि का एकाधिकार प्राप्त होने के कारण उनकी प्रवृत्ति सामन्तवादी हो गई और वे स्वयं को अभिजात वर्ग में भी शीर्षस्थ मानने लगे। पूर्ववर्ती काल में इन ब्राह्मणों का बौद्धिक आतंक इतना था कि वे राजसभाओं में उच्च पदों पर आसीन होते रहे हैं। उन्होंने ज्ञान को उदारतापूर्वक जनसाधारण तक नहीं पहुँचाया। उस पर एकाधिकार जमाए रखा और आगे चलकर ब्राह्मण वंश में जन्म लेने वाला जड़भरत भी अभिजात वर्ग का प्रतिनिधि बना रहा। वही क्रम आज भी बना हुआ है।

“इसी तरह क्षत्रियों का भी समाज गठित हुआ। वास्तव में सामाजिक सुरक्षा और राष्ट्र की सुरक्षा का दायित्व, युद्ध-विद्या में कुशल जनों पर था। वे अन्य राष्ट्रों के आक्रमण से अपने राष्ट्र की सुरक्षा करते थे। क्षत्रिय, राजपुत्र का ही पर्याय है। क्षत्रियों के भी सूर्यवंशी, चन्द्रवंशी, प्रतिहार, चाहमान आदि अनेक प्रभेद हो गए। किन्तु युद्धकौशल के कारण इन्हें राष्ट्रों और समाजों की सुरक्षा का दायित्व दिया गया था। परवर्ती काल में क्षत्रिय वंश में जन्म लेने वाला पंगु भी अपने जाति वैशिष्ट्य के कारण युद्धक ही कहलाया। यह वर्ग अपने शक्ति और युद्ध-कौशल के कारण राष्ट्रों का अधिपति बन जाता था। आज भी इस प्रकार के उदाहरण आर्यावर्त में दृष्टिगत हैं।

“कृषि, पशुपालन तथा अन्य औद्योगिक कार्यों के निष्पादन का दायित्व वैश्यों पर था। वे ज्ञानार्जन के अधिकारी नहीं थे। वाणिज्य व्यापार की कुशलता और धनोपार्जन की आकांक्षा ने इनमें भी ऊँच-नीच का विभेद उत्पन्न कर दिया था। वाणिज्य पर आधारित नागर अर्थतंत्र एक विशेष रूप में विकसित भी हुआ।

“समाज में शूद्रों की स्थिति पूर्वकाल में भी दयनीय और वर्तमान में भी दयनीय है। द्विजों की सेवा का भार शूद्रों पर लाद दिया गया था। पूर्व में तो शूद्रों को कृषि कर्म का अधिकार दे दिया गया था कि ब्राह्मण, क्षत्रिय और वैश्यों की भूअर्जन की विस्तारवादी प्रवृत्ति और नीति ने शूद्रों को नाममात्र का भूमिधारी रहने दिया। वे लगभग भूमिहीन हो गए। औद्योगिक शिल्प के माध्यम से जीविकोपार्जन करने लगे। ये अस्पृश्य थे और प्राय: सभी प्रकार की सुविधाओं एवं सामाजिक अधिकारों से वंचित थे। यह वर्ण, उच्चवर्ण और उच्चवर्ग के शोषण से मुक्त नहीं हो पाया। उसका उत्पीड़न बढ़ता ही गया। आज भी यही वर्ण सर्वाधिक शोषित और उत्पीड़ित है।

“ग्राम्यजनो! आज यह वर्णाश्रम व्यवस्था तथा सामाजिक स्तरीकरण का भेद पूर्णत: अप्रासंगिक हो गया है। वर्णाश्रम व्यवस्था की जड़ता ने अनेक सामाजिक विसंगतियों को जन्म दे दिया है। मनुष्य की कोई जाति नहीं होती। ब्राह्मण के रक्त, मज्जा और नाड़ीतंत्र में ब्राह्मणत्व लिखा नहीं होता। इसी तरह क्षत्रिय, वैश्य और शूद्र के शरीर के भीतर जातिभेद की कोई वर्णमाला अंकित नहीं होती। फिर स्पृश्य और अस्पृश्य का भेद कैसा? कोई भी सामाजिक कर्म अस्पृश्य नहीं होता। नदी, पहाड़, खेत, खलिहान आदि सब में एक ही तत्त्व है और वह है महाभूत। वर्णाश्रम

व्यवस्था से व्युत्पन्न प्रत्येक वर्ण के प्रत्येक मनुष्य में भी एक ही तत्त्व है और वह है महाभूत। महाभूत के इन पंचतत्त्वों में विभेद कैसा? पंचभूतों की समरसता और उनका एकीकरण, प्राणिमात्र का जन्मदाता होता है। पंचभूत विभिन्न हैं किन्तु इनके सामरस्य से महाभूत अस्तित्व में आता है। ब्राह्मण, क्षत्रिय, वैश्य और शूद्र में वही महाभूत विद्यमान है। विभिन्नता में एकता के स्वरूप का परिकल्प होना अभीष्ट है। जाति वैभिन्य में मानव के निष्कलुष अस्तित्व और व्यक्तित्व का अन्वेषण ही शीर्षस्थ समाज-धर्म है। कोई स्पृश्य नहीं होता न कोई अस्पृश्य है। सभी की आत्मा एक ही ज्योति से ज्योतित है। जन-कल्याण और जन-एकता ही सर्वश्रेष्ठ सामाजिक कार्य है और यही जनयोग है।

"आज मैं इस ग्राम में 'जनयोग पीठ' की स्थापना और उसका संगठन करना चाहता हूँ। यदि सभी ग्राम्यजन मेरे प्रस्ताव से सहमत हों, तो मैं इस अनुष्ठान को मूर्त रूप दूँ।"

मैं लम्बा सम्भाषण करने के उपरान्त सहमति की अपेक्षा के साथ ग्रामवासियों की ओर देखने लगा।

मेरे प्रस्ताव को सर्वसहमति प्राप्त हुई और मैंने उस ग्राम में 'जनयोग पीठ' की स्थापना कर दी। पीठ के पंच पदाधिकारी भी सबकी सहमति से नियुक्त कर दिए गए। ग्राम का सर्वाधिक वयोवृद्ध ग्रामवासी उस पीठ का प्रधान था और एक ब्राह्मण, एक क्षत्रिय, एक वैश्य और एक शूद्र वर्णों के प्रतिनिधि सभासद थे।

अस्पृश्यता-निवारण और वर्णभेद की विसंगति को दूर करने की दिशा में पीठ ने कार्य सम्पादित करना आरम्भ भी कर दिया। कुछ दिवस उस ग्राम में ठहरकर मैंने देखा कि पीठ के पदाधिकारियों के निर्देशों का प्रभाव ग्रामीण समाज पर अनुकूल पड़ रहा है। अब किसी भी वर्ण का ग्रामवासी किसी भी घाट पर स्नान कर रहा था। अब ब्राह्मण घाट, चमरौआ घाट, धोबी घाट आदि के भेद मिट गए थे। आरम्भ में परम्परागत संस्कार व्यवधान अवश्य उत्पन्न करते रहे किन्तु मैं देख रहा था, उनकी जड़ता शिथिल हो रही थी और वे संस्कार उदारवाद तथा समरसतावाद की ओर उन्मुख होते जा रहे थे।

आज रात्रि में मैंने सिद्धासन में बैठकर योग साधना की और 'जनयोग पीठ' की सफलता की कामना की। देर रात्रि निद्रा आ गई।

प्रात:काल मैंने बाघंबर लपेटा, खप्पर सँभाला, शृंगी उठा ली और झोला स्कन्ध में टाँगकर गृहस्वामी और ग्रामवासियों से विदा ली। ग्राम की सीमा को लाँघकर मैंने अपनी दारुकवन की यात्रा आरम्भ कर दी। मार्ग में न जाने कितने वन और नदियाँ मिलीं। कई मास पदयात्रा करता रहा। विराट सौन्दर्य को सहेजे हुए सदानीरा महासरिता

नर्मदा के दर्शन हुए। राष्ट्रकूट और परमार अधिपति के राष्ट्रों की विभाजन-रेखा, यही नर्मदा थी। आगे चला तो शूलपाणि झाड़ियों की दुर्गमता से साक्षात्कार करना पड़ा। पहाड़ों की छोटी-बड़ी शृंखलाओं का क्रम अनवरत चलता जा रहा था। ऊँची-ऊँची अपनी विशाल वक्षस्थलियाँ उघारे हुए ये पहाड़ियाँ, मन को अपनी सौन्दर्य माधुरी से सिक्त कर रही थीं। दूर तक इन वीरान, अनुर्वर झाड़ियों का साम्राज्य फैला हुआ परिलक्षित था। यह स्थान मुझे माया के आकर्षक मोह-जाल-सा भ्रमित करने वाला प्रतीत हो रहा था। मार्ग, शूलपाणि झाड़ियों में कभी दृष्ट होते थे और फिर अदृष्ट हो जाते थे। दिशा-भ्रम उत्पन्न हो रहा था। मैंने नर्मदा को दिशा-प्रदायिनी शक्ति के रूप में अनुभव किया और नदी की प्रवाह-रेखा के किनारे-किनारे यात्रा करने का निश्चय किया। मेरी धारणा थी कि नर्मदा के तटों पर कहीं-न-कहीं नगर और ग्राम तो होंगे ही। इस जलरेखा का सहयात्री बनकर मैं अपने निर्दिष्ट यात्रा-बिन्दु तक अवश्य पहुँच जाऊँगा। इस अवधारणा को स्थिर कर मैंने नर्मदा को पार कर उसके तट से प्रवाह-दिशा की ओर यात्रा आरम्भ कर दी।

यह मार्ग दुर्गम था। विशाल शिलाएँ तहदार जमी हुईं और भीमकाय प्रस्तर, पहाड़ों को स्वरूप देते निर्जनता को और भयावह बना रहे थे। नर्मदा का रूप भी अप्रतिम था और परिवर्तनशील भी था। कहीं वह पद्मासन लगाकर झील बनी हुई योग साधना करती प्रतीत होती और कहीं सिद्धासन में बैठी हुई प्रस्तर खंडों को अपना उद्‌बोधन देती दिखलाई देती थी। कहीं अत्यन्त संकुल हो जाती थी और कहीं अत्यन्त विराट।

इस पाषाणपुरी की यात्रा करते हुए कई दिवस व्यतीत हो गए। मार्ग में छोटी-छोटी बस्तियाँ मिलीं। इन बस्तियों में किरात, भिल्ल, कोल और पुलिन्द जनजातियाँ निवास करती थीं। इस जाति के लोग स्वभावत: उग्र प्रकृति के प्रतीत हुए। प्राचीनकाल में शकों, यवनों, पह्लवों, पारसीकों और हूणों के सम्पर्क में आने के बाद इन जनजातियों का सांगठनिक रूप विकसित हो गया था। इन जनजातियों के लोग पहाड़ी क्षेत्रों में ही रहते थे। इनका जीवन पर्वत-सम्पदा पर ही आश्रित था। ये लोग पशु-पक्षियों की बलि भी अपने धार्मिक अनुष्ठानों में करते थे। पशु-पक्षी उनके भोजन के उपादान भी थे और धार्मिक अनुष्ठानों में हिंसा के प्रयोग-साध्य भी।

मैं यात्रा करते-करते श्लथ हो गया था। मार्ग में एक पर्वतीय ग्राम में विश्राम करने का निश्चय किया और शबरों, किरातों तथा भिल्लों की एक बस्ती में ठहर गया। एक भिल्ल की झोंपड़ी में डेरा डाल दिया। मैंने देखा भिल्ल परिवार अर्द्धनग्न अवस्था में रह रहा था। मर्यादा को ढाँकने का प्रयास मात्र किया गया था। शरीर का शेष भाग निर्वस्त्र था। उस झोंपड़ी में दीवारों में कई स्थानों पर खूटियाँ गड़ी थीं और धनुष टँगे हुए थे। कुछ तरकश भी टँगे थे और उनमें बाण भरे हुए दिखे। बाणों के फलक लौह-त्रिकोण से सज्जित थे। मैंने अनुमान लगा लिया था कि इस

जाति के जन अभी पाषाण युग से निकलकर आखेट युग में ही हैं। आर्यावर्त में हो रहे सामाजिक और सांस्कृतिक विकास से वे पूर्णत: अनभिज्ञ हैं। भिल्ल की यह झोंपड़ी जहाँ बनी थी, वहाँ से कुछ दूरी पर अनेक झोंपड़ियाँ दिख रही थीं। किन्तु थीं वे सब अलग-अलग।

जंगल में जो फल मैंने चलते-चलते एकत्रित कर रख लिए थे, उनका ही आहार ग्रहण किया। रात्रि गहरी होने लगी थी। मैं बाघंबर भूमि पर ही बिछाकर लेट गया। कुछ समय के उपरान्त मुझे उस वन समुदाय द्वारा बजाए गए वाद्यों की ध्वनि सुनाई पड़ने लगी। मैं उत्सुकतावश उस ध्वनि-संकेत पर चल पड़ा और वहाँ पहुँच गया। वहाँ भिल्लों और किरातों का जनसमुदाय एकत्रित था। ढोल बजाए जा रहे थे और मोटे-स्थूल बाँस का बना एक अन्य वाद्य था, जिसे एक भील अपने मुख से लगाए कुछ उच्च स्वर निकाल रहा था। जनजाति के दस-बारह नर-नारी और बाल-वृद्ध वहाँ खड़े थे। पास में मञ्जु-रज्जु से बँधा हुआ एक हृष्ट-पुष्ट हरिण खड़ा था। उन भिल्लों और किरातों की भाषा तो मैं पूर्णत: समझ नहीं पा रहा था किन्तु उनके क्रियाकलापों और एक भिल्ल के हाथों में सधे खड्ग से मैंने अनुमान लगा लिया था कि यह हरिण यहाँ बलि देने के लिए लाया गया है।

मैंने उन भीलों को पशुबलि देने से रोकना चाहा किन्तु वे असहमत थे। वे मेरी भाषा नहीं समझ रहे थे और मैं भी उनकी भाषा से अनभिज्ञ तो था ही। तभी उस हरिण को एक विशाल शिलाखंड से बाँध दिया गया। वे कुछ मंत्रोच्चार करने लगे और विभिन्न प्रकार की भयावह तथा रहस्यात्मक ध्वनियों का उच्चारण करने लगे। एक भील अपने हाथ में खड्ग साधकर उसकी बलि देने के लिए तत्पर हो गया। वह हरिण अत्यन्त कातर-करुण चीत्कार कर रहा था और सभी भील-किरात संवेदना-शून्य से खड़े हरिण की बलि की प्रतीक्षा कर रहे थे।

उस हरिण की करुणा ने मेरी अन्तरात्मा को द्रवित कर दिया था। मैंने संकेत में उनसे कहा कि "यदि बलि देना ही चाहते हैं तो मेरी बलि दे दें और उस हरिण को जीवन-दान दें।" वे मेरी सांकेतिक भाषा को थोड़ा समझकर मौन हुए और मेरी ओर देखने लगे। मैंने अपना सिर उस बलि-प्रस्तर खंड पर रख दिया और खड्गधारी भिल्ल से खड्ग चलाने का संकेत किया। वे आश्चर्यचकित होकर मेरी ओर देखने लगे। कुछ भिल्ल पशुबलि में आए इस व्यवधान से क्रोधित भी हो रहे थे। तभी एक वयोवृद्ध भिल्ल ने मुझे उठाया। मेरे गेरुए वस्त्रों को बार-बार पकड़कर अपनी भाषा में कुछ कहता जा रहा था और उपस्थित जन समुदाय को भी कुछ निर्देश देता जा रहा था।

उस वृद्ध भील के निर्देश का अनुकूल प्रभाव पड़ा। ढोल का बजाना रोक दिया गया। भील के हाथों में सधा हुआ खड्ग झुक गया और उस वृद्ध ने रज्जु में बँधे हुए उस हरिण को मुक्त कर दिया। बन्धन से मुक्त होकर वह हरिण कूदता-फलाँगता

जंगल की ओर भाग गया। मैं अनुभव कर रहा था कि जीवन में कितनी प्राणवन्तता निहित रहती है। मृत्यु के अन्धकार से जीवन के प्रकाश में आया हुआ क्षण, कितना उल्लसित और उज्ज्वल हो जाता है, यह मैं हरिण के उछलते-कूदते और पहाड़ की ओर निर्बन्ध भागते उपक्रम में देख रहा था।

भिल्लों के इस समाज ने सम्भवत: मुझे एक संन्यासी समझकर मेरी बलि नहीं दी। सब झोंपड़ीवासी अपने-अपने बसेरों की ओर लौट गए। मैं भी अपने पड़ाव पर वापस आ गया और निश्चिन्त होकर बाघंबर पर लेट गया। श्लथ तो था ही। नींद भी गहरी आई।

प्रात:काल, सूर्य की यात्रा आरम्भ होते ही मैंने भी अपनी यात्रा प्रारम्भ कर दी। कई मास चलता रहा और विमलेश्वर आ गया। नर्मदा और सागर का मिलन-स्थल। सागर की नर्मदा की दिव्य विराटता को देखकर मेरा मन भी विराट हो चला। समुद्र में स्नान किया। तरंगों के साथ जलराशि में कुछ दूर तक जाता और फिर एक बड़ी लहर मुझे तट पर लाकर लुढ़का देती थी। कुछ श्रद्धालु सागर-पूजा करते हुए नारिकेल अर्पित कर रहे थे किन्तु सागर उन नारिकेलों को लहरों के द्वारा वापस तट पर पहुँचा देता था। मैं सोच रहा था सागर कितना अपरिग्रही और आत्मजयी है। वह किसी के समर्पण को स्वीकार नहीं करता। उसके लिए सारे उपहार, सारे आकर्षण निर्मूल्य हैं। सागर की इस विराटता और भव्यता को मैंने प्रणाम अर्पित किया और वहाँ से दार्शाह नगरी की ओर चल पड़ा। मार्ग में अनेक ग्राम और नगर मिले। आंचलिक संस्कृतियों से साक्षात्कार हुआ और आनर्त देशांचल में ही बसी हुई दार्शाह नगरी पहुँच गया। यह नगरी समुद्र तट से बहुत दूर नहीं है। प्रागैतिहासिक नगरी है। अनेक मन्दिर हैं, अनेक शिवालय हैं। अनेक धार्मिक स्थल ऐसे भी थे जहाँ अतिथिशालाएँ और धर्मशालाएँ बनी थीं। ठहरने का प्रबन्ध था।

मैं इस नगरी में पहुँचकर एक शिवालय में ठहर गया। यहाँ कुछ दिवस ठहरने का विचार किया। यहाँ से दारुकवन बहुत दूर भी न था। अत: कई मासों की यात्रा के शैथिल्य से मुक्त होना चाहता था यहाँ विश्राम करके।

नगरी समृद्ध थी। ब्राह्मण, क्षत्रिय और वाणिज्यिक वर्ण का समाज भरपूर था। शूद्रों की बस्ती दार्शाह नगरी से कुछ दूरी पर बसी हुई थी। मैं भिक्षाटन करता और एकान्त में अपना योगाभ्यास किया करता था। नगरी में अनेक साधु-संन्यासी थे किन्तु मेरे जैसा अवधूत और कनफटा उनमें से कोई न था। इस दृष्टि से मैं जनसाधारण के लिए आकर्षण और कौतूहल, दोनों का ही केन्द्र था।

जब मैं भिक्षाटन के लिए दार्शाह नगरी के भवनों और अट्टालिकाओं के समक्ष खड़ा होकर 'अलख निरंजन-अलख निरंजन' का उद्घोष करता तब गृहस्वामिनियाँ

थाल में खाद्यान्न सजाकर लातीं और मेरे खप्पर में डाल देती थीं। एक ही गृह में भिक्षाटन करने से मुझे पर्याप्त खाद्यान्न प्राप्त हो जाता था और मैं अपने डेरे पर लौट आता था। मैंने जिस शिवालय की धर्मशाला में आश्रय लिया था, वहाँ से नगरी वासी खेतों, उपवनों की ओर आते-जाते थे। वे आते-जाते मुझे देखते और धीरे-धीरे वहाँ ठहरने भी लगे थे। उनके मन में मेरे योग विधान को जानने की आकांक्षा भी जागृत हुई। और एक दिन तो अधिक संख्या में नर-नारी मेरे कक्ष के निकट एकत्रित हो गए।

मैं अपने योगाभ्यास का उपक्रम कर ही रहा था कि मुझे नर-नारियों का वह समुदाय दृष्टिगोचर हुआ। मैं बाहर एक चबूतरे पर बाघंबर बिछाकर बैठ गया। उस जनसमुदाय ने 'उद्बोधन' की आकांक्षा प्रकट की और मैं बोलने लगा—

"अलख निरंजन-अलख निरंजन भद्र जन! वेदाचार और पौराणिक कथानकों को सत्य मानकर आज भी यह स्वीकार किया जा रहा है कि ब्रह्मा, विष्णु, रुद्र, इन्द्र तथा अन्य सभी देवताओं का अस्तित्व अलग-अलग है। इसके कारण ही अनेक धार्मिक-भेदों और उपभेदों का जन्म हुआ है। इसी प्रकार अनिल, अनल, जल, गगन और पृथ्वी भी अपने अलग-अलग अस्तित्व में सृष्टिकर्त्री नहीं हैं। पंचभूतों का सम्मिलन सृष्टि का जन्मदाता है। तुम्हारे अन्तर में भी न पंचभूतों की अलग सत्ता है और न चिरन्तन सत्य की। योग ही रूप है और रूप ही सृष्टि का व्यापार। आपकी आत्मा, स्वयं ही चिरन्तन सत्य है। आपके अन्तर में निहित शून्य ही सत्य है और शून्य के बाहर भी शून्य की ही सत्ता है और वही सत्य है। यह शून्य परिभाषा से परे होता है। हम शुद्ध चित्त से अपने अन्तर में निहित शून्य सत्य का साक्षात्कार कर सकते हैं। जब हम शुद्ध चित्त से योग साधना करते हैं तब हमें अपना अन्तर 'चिर उदय' से प्रकाशित प्रतीत होता है। दिव्य व्यक्तित्व का आत्मचेतन स्वरूप ही वह प्रकाश है जहाँ शक्ति का उदय होता है। शक्ति का जितना अधिक विभाजन किया जाता है, वह उतनी अधिक भास्वर होती चली जाती है।

हमारी यह देह 'महा साकार पिंड' है। इस आदि पिंड से महागगन, महागगन से महानिल, महानिल से महातेजस्, महातेजस् से महासलिल और महासलिल से महापृथ्वी का विकास हुआ है। इस आदि पिंड में ही भौतिक जगत की स्थूलता समाहित है और इसी से भौतिक जगत को आकार-रूप प्राप्त होता है। इन भौतिक तत्त्वों में आकाश सूक्ष्म है और द्रष्टव्य नहीं है। किन्तु आकाश का सबसे बड़ा गुण और धर्म 'शब्दत्व' का है। ध्वनि का विकास आकाश के इसी शब्दत्व से होता है। यहाँ ही परा, पश्यन्ती, मध्या और वैखरी ध्वनियाँ होती हैं। यहाँ ही ध्वनियों की सूक्ष्मता से 'महानाद' का उद्भव होता है। इसी तरह वायु का धर्म संचार, स्पर्श, स्थूल तत्त्वों का शोषण तथा वैद्युत तरंगोत्पादन आदि होता है और इस रूप की सूक्ष्मतम स्थिति को ही महावायु कहा जाता है। तात्पर्य यह है कि जितने पंचमहाभूत हैं, सभी चेतन हैं और सर्वव्यापी है। शरीर के शून्य में शून्य के बाहर पदार्थ की शून्यता में यही

चेतन है। इस महाचेतन का साक्षात्कार ही चिरन्तन सत्य का साक्षात्कार करना है और यह ध्यानावस्थित होकर योग साधना से प्राप्त हो सकता है। अत: अपने अन्तर को देखो। अपने हृदय और अपनी आत्मा का अवलोकन करो। इस अवलोकन में ही आनन्द है, जीवन का परम आनन्द।" इतना कहकर मैंने अलख-निरंजन का उद्घोष किया। नर-नारियों का जनसमुदाय अलख निरंजन का समवेत उद्घोष करने लगा। सम्पूर्ण शिवालय इस उद्घोष से गुंजित हो उठा।

आनन्द का अपूर्व सौन्दर्य, नर-नारियों के मुख पर परिलक्षित था। नगरवासी अपने-अपने गृह चले गए। मैं भी साधना में निमग्न हो गया। साधना समाप्त कर बाघंबर बिछा लिया। शयन का उपक्रम करने लगा।

बाघंबर पर लेटे-लेटे मैं अपनी अब तक की यात्रा का आकलन कर रहा था। तभी मेरे मानस पटल पर एलागिरि का चित्र फिर उपस्थित हो गया। सिद्धा का वह विहार और विमला का फैला हुआ रंगफलक। उनकी कर्मभूमि और उनका कर्मवादी व्यक्तित्व। सिद्धा ने धार्मिक आचार की एक राह का चयन तो कर लिया है किन्तु विमला ने कोई धर्म अंगीकृत नहीं किया। उसके लिए रचना ही जीवन का सबसे महान धर्म है और जीवन ही उसका धार्मिक आचार। उसने जीवन के संघर्षों और द्वंद्वों को स्वीकार किया है और वह जीवन तथा मानवीयता की शुभता की यात्रा कर रही है। वह भी अपने अन्तर को ही रंगों की भाषा दे रही है। उसकी रंगों की यह कलात्मक भाषा, विश्वत्व रूप ग्रहण करे—यही कामना क़रते हुए न जाने कब मुझे नींद आ गई।

प्रात:काल ध्यान-साधना करने के उपरान्त भिक्षाटन के लिए निकला। नगरी में गया। एक भवन के समक्ष अलख निरंजन का उद्घोष किया। बाहर ही खड़े-खड़े मैं देख रहा था कि एक व्यक्ति को गृहस्वामी प्रताड़ित कर रहा है। मुझसे देखा न गया। मैंने गृहस्वामी को अपने निकट बुलाया। गृहस्वामी उस दीन-हीन व्यक्ति को घसीटता हुआ मेरे पास लाकर उसे भूमि पर डाल दिया। गृहस्वामी ने जानकारी दी कि यह व्यक्ति मेरा ऋणग्रस्त दास है। इस व्यक्ति ने ऋण लिया है और ऋण चुकने तक इस गृह में दास-कार्य करने का अनुबन्ध किया है। अब यह दास-कार्य करने से इनकार कर रहा है, अनुबन्ध को भंग कर रहा है।

"कितना ऋण है भद्रजन?" मैंने पूछा।

"पचास मुद्राएँ।"

"क्या पचास मुद्राओं के ऋण के बदले यह तुम्हारा क्रीत दास हो गया भद्र!"

"हाँ साधु महाराज! यह वर्तमान सामाजिक व्यवस्था का विधान है! यह व्यवस्था भी आज की नहीं, पूर्वकाल से प्रचलित है। आपको ज्ञात होगा महाराज! मनुस्मृति में भी दासों का प्रावधान है और विज्ञानेश्वर ने तो गृहजात, क्रीत, लवध, दायादुपागत, अनाकालभृत, आहित, ऋणदास, युद्धप्राप्त दास, पणेजित्, उपागत, प्रव्रज्यावसित,

कृत, भक्तदास, वडवाहृत तथा आत्म विक्रेता आदि का वर्गीकरण किया है। यह शास्त्रसम्मत है और यह व्यक्ति मेरा ऋणदास है। जब तक ऋण की मुद्रा वापस नहीं हो जाती, तब तक यह ऋण दास रहेगा।" गृहस्वामी ने पूर्ण उत्तेजना के साथ अपने अधिकार का उल्लेख किया।

तब तक गृहस्वामिनी भिक्षा लेकर आ गई। उनकी भिक्षा स्वीकार करने का मन नहीं हुआ। मैं बिना भिक्षा लिये ही उस द्वार से आगे बढ़ चला। गृहस्वामिनी अपना आक्रोश प्रकट करती हुई घर के भीतर चली गई और गृहस्वामी उस ऋणदास को घसीटता हुआ गृह के भीतर ले गया। उस दीन-हीन व्यक्ति के नेत्रों की करुणा मेरी आत्मा में उतर गई।

उस दिन मैंने खाद्यान्न की भिक्षा नहीं ली। घर-घर घूमता रहा और मुद्रिकाओं की भिक्षा ग्रहण करता रहा। संध्या होते-होते मेरे खप्पर में पचास मुद्राएँ एकत्रित हो गई थीं। मैंने फिर उसी गृहस्वामी के द्वार पर खड़े होकर अलख निरंजन का उद्घोष किया। गृहस्वामी क्रोध से कुछ तमतमाया हुआ बाहर आया।

"अब क्या चाहते हैं साधु महात्मन?" गृहस्वामी ने प्रश्न किया।

"आपके ऋणदास की मुक्ति!" मैंने कहा।

"किन्तु ऋण की वापसी के बिना यह सम्भव नहीं है महात्मन!"

"उस ऋणदास की ऋणमुक्ति के लिए ये पचास मुद्राएँ स्वीकार कीजिए और उसे मुक्त कर दीजिए।" मैंने कहा और खप्पर में भरी हुई सारी मुद्राएँ गृहस्वामी के समक्ष उड़ेल दीं। गृहस्वामी हतप्रभ था। मैं उस ऋणदास को साथ लेकर शिवालय आ गया और उसे 'अपने गृह' प्रस्थान का निर्देश दिया। उसके नेत्रों में कृतज्ञता का भाव था और मुख पर अपूर्व आनन्द की छवि।

मैंने शिवालय में रात्रि व्यतीत की और प्रात:काल दारुकवन की ओर प्रस्थान कर दिया।

अष्टम आधार

"समय का भी क्या विधान है। कितने अन्तराल के उपरान्त गोरक्षनाथ से इस एलागिरि में साक्षात्कार हुआ था। और यह आकस्मिक था। नहीं तो बड़व से चलने के उपरान्त यह विचार कर ही लिया था कि इस विशाल आर्यावर्त में अब गोरक्ष से कभी भेंट न हो सकेगी। गोरक्ष में कोई परिवर्तन भी तो नहीं हुआ। वही अप्रतिम बलिष्ठ देहयष्टि और गौर शरीर। हाँ, नेत्रों में भरी हुई झील अवश्य कुछ और गहरी

हो गई है। आयु और समय ने उनके नेत्रों में और गहराई भर दी है। मेरे लिए यही सन्तोष क्या कम है कि वे सृष्टि को नश्वर और मत्र्स्य नहीं मानते। उनके मन में 'द्वंद्व' नहीं है किन्तु 'संघर्ष' तो है। मैं उनके योग-साधन में व्यवधान नहीं बनना चाहती, बनूँगी भी नहीं। वे अपनी अन्तर्यात्रा सम्पन्न करते रहें और मैं अपनी रंगयात्रा में जीवन के द्वंद्व और संघर्षों को उतारती रहूँ। उनकी अन्तर्यात्रा को बहिर्मुखता के द्वंद्व और संघर्ष के दर्पण दिखा सकूँ। मेरे लिए इतना ही शुभ है।" विमला विचार करती जा रही थी।

"अरे विमला, तू तो न जाने कहाँ खोई हुई है? तेरे द्वंद्व-चिन्तन में कहीं विराम है अथवा नहीं।" सिद्धा ने विमला का ध्यान भंग कर दिया।

"मैं गोरक्ष के विषय में ही सोच रही थी सिद्धा।" विमला ने उत्तर दिया।

"अच्छा तो तू द्वंद्व-चिन्तन से यात्रा करती हुई गोरक्ष-चिन्तन तक पहुँच गई। तभी तो मैं सोच रही थी कि तेरे मस्तक पर, महासागर क्यों आकर बैठ गया है। तेरे नेत्रों में सागर की तरंगें क्यों आन्दोलित हैं? अरे, गोरक्ष अब एक भौतिक व्यक्तित्व नहीं रहा, एक विचार हो गया है, एक दर्शन।" सिद्धा ने सांत्वना दी।

"तू ठीक ही कह रही है सिद्धा! गोरक्ष अब एक दर्शन हो गया है। अब वह सार्वकालिक और सार्वदेशिक हो गया है। समय की विराटता में विस्तार पा गया है किन्तु सार्वजनीनता भी तो उसकी अनिवार्यता है सिद्धा।" विमला ने प्रतिउत्तर दिया। और फिर आगे कहा—"तेरे कर्मयोग ने उसे अवश्य मार्गदर्शन दिया होगा। वह दार्शनिक है तो संवेदनशील भी तो है। उसकी संवेदना मिट्टी से जुड़े बिना नहीं रह सकती सिद्धा। वह बहिरंग के द्वंद्व और संघर्ष के प्रति संवेदनशील होकर ही अपनी अन्तरंग यात्रा करेगा, ऐसी आश्वस्ति मुझे तो है सिद्धा।" विमला ने कहा।

"मेरी भी यही धारणा और यही विश्वास है विमला।" सिद्धा, विमला का हाथ पकड़कर उठाते हुए बोली—"तुझे तो द्वंद्व और संघर्ष की यात्रा करनी है। तू कहाँ गोरक्ष-चिन्तन के चक्रव्यूह में फँस गई पगली। चल कुछ कर्म कर। द्वंद्वों और संघर्षों को अपनी रंगयात्रा में जोड़।" सिद्धा यह कहते हुए खिलखिला उठी।

विमला भी हँसने लगी। दोनों दैनन्दिन कार्यों के निष्पादन में संलग्न हो गईं। अपराह्न सिद्धा बौद्ध मन्दिर गई। बुद्धदेव के दर्शन किए। उपासना की। 'धम्मं शरणम् गच्छामि' का उच्चारण बार-बार करती रही और प्रत्येक आवृत्ति में कर्मवाद के भाष्यों का पठन करती रही। विहार लौटी तो वहाँ उपसामन्त और उनके राज्यकर्मियों को खड़ा पाया। वे हाथों में लाठियाँ थामे हुए थे। सम्भवत: आतंकित करने आए थे।

"भिक्षुणी! आप राजकाज में व्यवधान उपस्थित कर रही हैं। कराधान का निर्धारण करना मेरा अधिकार है और मैंने सामन्त द्वारा प्रदत्त उसी अधिकार का उपयोग करते हुए जयसेन पर कराधान का निर्धारण किया है। आपको मेरे द्वारा निर्धारित नीतियों के क्रियान्वयन में हस्तक्षेप करने का कोई अधिकार नहीं है। फिर आप तो भिक्षुणी

हैं। राजकीय कार्य और प्रजा के सम्बन्ध में निर्धारित राजकीय नीतियों से आपका क्या प्रयोजन?" उपसामान्त ने कड़कते स्वरों में सिद्धा से कहा।

"उपसामन्त! राजा तो प्रजा-पालक होता है। वह प्रजा के लिए पितृतुल्य भी है और मातृतुल्य भी। आप तो राजा के ही प्रतिनिधि हैं। आपका दायित्व प्रजा के सुख-दुख, न्याय-अन्याय और कर्म-अकर्म को देखना है। सामन्त के द्वारा, राजा द्वारा निर्धारित नीतियों के अनुसार कराधान की सीमा निर्धारित की जाती है। आप निर्धारित कराधान सीमा का उल्लंघन कर रहे हैं। जयसेन से अधिक कर अवगाहन का निर्देश आपने कर्मियों को दिया। आपके कर्मियों ने जयसेन और उसके परिवार-जन को प्रताड़ित किया और जबरदस्ती गृह में प्रवेश कर धान्य निकालकर ले जा रहे थे। मैं वहाँ पहुँची और आपके कर्मियों को अन्याय करने से रोका।"

"यह अन्याय कैसा? इसे आप अन्याय की संज्ञा दे रही हैं। मैं निर्धारित कराधान सामन्त को देता हूँ और सामन्त राजा को कर देता है। मैं अपने क्षेत्र में कर निर्धारण के लिए स्वतंत्र हूँ। आप मेरी नीतियों के क्रियान्वयन में गतिरोध उत्पन्न न करें। अन्यथा..."

"अन्यथा क्या? आप बल-प्रयोग की धमकी दे रहे हैं उपसामन्त। मैं अन्याय होता देख नहीं सकती और देखकर उसकी मौन सहभागी नहीं बन सकती। आपको नीतिसम्मत कर-निर्धारित करना होगा अन्यथा जन-आन्दोलन का सामना करना पड़ेगा।" सिद्धा ने अत्यन्त दृढ़तापूर्वक अपना निर्णय दिया।

उपसामन्त क्रोध से लाल हो उठा। 'जनान्दोलन की धमकी दे रही है भिक्षुणी।' कहते हुए उसने कर्मियों को निर्देश दिया कि वे विहार को नष्ट कर दें। सामन्त-कर्मी तो तत्पर थे ही। उन्होंने विहार में बनी कुटीर को उखाड़कर फेंक दिया। विमला किसी तरह अपने चित्रांकन, कुटीर से उठाकर ले आई और सिद्धा के पास खड़ी हो गई। विहार में था ही क्या? कुछ खाद्यान्न और दो-तीन चटाइयाँ तथा मृत्तिका निर्मित कुछ पात्र। कर्मियों ने खाद्यान्न बिखरा दिया और अपनी लाठियों के प्रहार से मृत्तिका निर्मित बर्तनों को फोड़ डाला। विमला आक्रोश से काँप रही थी किन्तु सिद्धा ने उसे प्रतिरोध करने से रोक दिया।

राज्यकर्मी, उपसामन्त के निर्देशों का पालन करते रहे। सिद्धा शान्त भाव से यह विध्वंस देख रही थी किन्तु बल-प्रयोग के प्रतिरोध की मानसिकता में नहीं थी। वह अब भी स्थिर और शान्त थी तथा अपने जनान्दोलन के विचार को मूर्त रूप देने की योजना पर विचार कर रही थी। जिस समय सामन्तकर्मी यह विध्वंस लीला कर रहे थे, उस समय ग्राम के अनेक जन उपस्थित हो गए थे। वे प्रतिरोध करने के लिए तत्पर थे और बल प्रयोग का उत्तर बल प्रयोग से ही देना चाहते थे। किन्तु सिद्धा ने दृढ़तापूर्वक उन्हें ऐसा करने से रोक दिया था और ग्राम्य जन आक्रोश में तमतमाए विवश खड़े थे। सिद्धा के निर्देशों की अवहेलना करने का साहस उनमें नहीं था।

विहार में विनाशलीला का समापन होते ही उपसामन्त कर्मियों के साथ अपने प्रासाद की ओर चला गया। विहार के उजड़ जाने के बाद सिद्धा और विमला, उसी शिवालय में आ गईं जहाँ एक दिन गोरक्षनाथ ठहरे थे। विमला अपने हाथों में रंगफलक सहेजे थी और सिद्धा के पास तो सहेजने के लिए कुछ शेष था ही नहीं।

अब भी सिद्धा उसी तरह शान्त और अविचलित थी।

संध्या समय सिद्धा ने जयसेन के माध्यम से ग्रामवासियों को एकत्रित होने का निर्देश प्रेषित किया। सूर्य पश्चिमी क्षितिज पर खड़ा गौतम बुद्ध को नमस्कार कर रहा था। दिवसावसान का अन्तिम अभिवादन। और ग्रामवासी नर-नारी, आबाल-वृद्ध यहाँ सिद्धा को अपना सम्मान प्रदर्शित करते हुए प्रांगण में बैठते जा रहे थे। कुछ ही देर में प्रांगण जनसमुदाय से भर गया। वहाँ सूर्यास्त हुआ और यहाँ सिद्धा ने जनान्दोलन के चन्द्रोदय को मूर्त रूप देना आरम्भ कर दिया।

"भन्ते! आपको मैंने यहाँ एक विशेष सामाजिक प्रयोजन के लिए आमंत्रित किया है। मेरा विहार, उपसामन्त ने अपने कर्मियों से नष्ट करवा दिया, मुझे इसकी कोई पीड़ा नहीं है। मैं तो भिक्षुणी हूँ। मेरा न कोई स्थायी निवास है और न ही कोई स्थायी विहार। मेरे लिए तो सम्पूर्ण आर्यावर्त ही विहार है। भिक्षु तो सरिता के बहते हुए जल की तरह होता है। आज यहाँ है कल अन्यत्र। किन्तु आपको तो यहाँ ही निवास करना है। आप पर अधिपति, सामन्त और उपसामन्त का शासन है। आपको इसी शासन के अधीन जीना है। शासक का कर्तव्य, प्रजा के सुख-दुख का ध्यान रखना और प्रजा का हित-चिन्तन करना होता है। प्रजा के समक्ष न्यायादर्श प्रस्तुत करना होता है, अन्याय करना नहीं। उपसामन्त, अधिपति अथवा सामन्त द्वारा निर्धारित नीतियों का पालन करने के लिए बाध्य होता है। उपसामन्त, आप सभी से निर्धारित कर से अधिक उगाह रहा है। जयसेन के साथ भी ऐसा ही हुआ है। वह अधिक कर उगाह रहा था। जयसेन निर्धारित कर दे चुका था। फिर यह अधिक कराधान क्यों। अन्याय का प्रतिरोध करने पर मेरा विहार उजाड़ दिया गया। आगे भी बलप्रयोग की धमकी दी गई। मैं एकाकी बलप्रयोग का प्रतिरोध नहीं कर सकती। जयसेन भी अकेले अन्याय से नहीं लड़ सकता। अन्याय का प्रतिरोध करने के लिए न्याय को संगठित होना होगा, जनान्दोलन खड़ा करना होगा। तभी अन्याय के इस दुर्ग को ध्वस्त किया जा सकता है। जनसंघर्ष को सामाजिक न्याय प्राप्त करने का सशक्त माध्यम बनाना होगा। अन्याय शक्तिशाली होता है, वह अनेक-मुखी होता है और उसकी बहुमुखता को दृष्टि में रखकर जनान्दोलन की योजनाएँ निर्धारित करनी पड़ेंगी। दृढ़ निश्चय से जनसंघर्ष को गति देनी होगी। अन्याय, जनशक्ति का प्रतिरोध सह नहीं सकता। वह टूट जाएगा, बिखर जाएगा। न्याय उगता हुआ दिखेगा।

जनसंघर्ष के क्षितिज पर उदित न्याय का सूर्य तब सभी को प्रकाश देगा, सभी को सुख-शान्ति की धूप प्रदान करेगा। एक जयसेन को नहीं, ग्राम के सभी जयसेन इस धूप से उर्वरा शक्ति संचित कर सुख और शान्ति के भागीदार होंगे।

मैं भिक्षुणी हूँ। आप जनान्दोलन और जनसंघर्ष के लिए सहमत और तत्पर हैं? मैं जनान्दोलन आरम्भ करने का आह्वान करती हूँ।"

"जनसंघर्ष के लिए हम सब तत्पर हैं।" ग्रामवासियों का समवेत स्वर गूँज उठा।

सिद्धा ने उसी समय 'जन न्याय पीठ' की स्थापना की। आन्दोलन की रूपरेखा का परिचय दिया और ग्रामीण जनों को दूसरे दिन से ही जनान्दोलन आरम्भ करने का दायित्व भी सौंप दिया।

"मैं और मेरी भगिनी विमला कल से सम्पन्न होने वाले जनान्दोलन का नेतृत्व करेंगी। जन-देवता की जय।" 'संघं शरणम् गच्छामि' का उद्घोष करते हुए सिद्धा ने जनसभा को सार्थक पूर्णता प्रदान की। ग्रामवासियों के मन में अपूर्व उत्साह था। वे विचार-विनिमय करते हुए अपने-अपने गृह की ओर जाने लगे। जाते-जाते भगिनी सिद्धा के प्रति अपना सम्मान भाव भी प्रदर्शित करते जा रहे थे।

दूसरे दिन प्रात:काल से ही शिवालय के समक्ष प्रांगण में ग्रामीण नर-नारी, बाल-वृद्ध एकत्रित होने लगे। लगता था जैसे इल्वलपुर सम्पूर्ण रूप से यहाँ उपस्थित है। सिद्धा और विमला ने 'जन-न्याय पीठ' द्वारा संचालित होने वाले जनान्दोलन का नेतृत्व सँभाला और पूरा जनसमुदाय, उपसामन्त के प्रासाद की ओर चल पड़ा। मार्ग में जनमेदिनी न्याय की माँग करते हुए नारे भी लगाती जा रही थी।

कुछ ही दूर उपसामन्त का प्रासाद था। जनसमुदाय, सिद्धा और विमला के नेतृत्व में प्रासाद के समक्ष पहुँच गया। सिद्धा अन्याय के विरुद्ध नारे लगाती जा रही थी और सम्पूर्ण जनसमुदाय गगनभेदी स्वरों में सिद्धा की उद्घोषणा की पुनरावृत्ति कर रहा था।

प्रासाद के समक्ष विशाल जनसमुदाय देखकर उपसामन्त क्रोधाग्नि से धधकता हुआ प्रासाद के द्वार पर आकर खड़ा हो गया। उसने बल-प्रयोग की धमकी भी दी। शक्ति के प्रदर्शन के लिए उपसामन्त के लाठीधारी कर्मी भी प्रदर्शन स्थल पर आ गए। किन्तु जैसे ही उपसामन्त की दृष्टि भिक्षुणी सिद्धा पर पड़ी, वैसे ही उसकी क्रोधाग्नि पर पानी पड़ गया और वह पराजित-सा भिक्षुणी सिद्धा के चरणों पर गिर पड़ा।

सिद्धा ने उचित कराधान निर्धारित करने का प्रश्न उठाया। उपसामन्त ने स्वीकार कर लिया। सिद्धा ने अतिरिक्त अवगाहित कराधान की वापसी की शर्त रखी, उपसामन्त ने स्वीकार कर ली। सिद्धा ने भविष्य में अतिरिक्त कराधान निर्धारित न करने और सामाजिक न्याय का पालन करने का प्रस्ताव रखा, उपसामन्त ने स्वीकार कर लिया। जनान्दोलन के समक्ष नतमस्तक होने के अतिरिक्त उपसामन्त के पास अन्य कोई विकल्प था ही नहीं। ग्रामीण समुदाय आश्वस्त होकर लौट गया।

घटी-दो घटी उपरान्त उपसामन्त का खाद्यान्न भंडारगृह खुल गया और अतिरिक्त कराधान के रूप में जो धान्य जबरदस्ती वसूल किया गया था, उसकी वापसी भी आरम्भ हो गई। रात्रि देर तक यह प्रत्यावर्तन चलता रहा।

जनान्दोलन का नेतृत्व करने के उपरान्त सिद्धा और विमला शिवालय वापस आ गई थीं। दोनों बहुत देर तक इस न्यायिक प्रसंग और सामाजिक न्याय की प्राप्ति के लिए प्रष्ठापित 'जन-न्याय पीठ' के सम्बन्ध में चर्चा करती रहीं।

ग्रामीण जनों ने सिद्धा के पास आकर साधुवाद दिया और न्याय-प्राप्ति के लिए जनान्दोलन की नवीन भूमिका प्रस्तुत करने के लिए आभार भी प्रकट किया। सिद्धा ने जनान्दोलन के नैरंतर्य को गतिमान बनाए रखने के लिए पदाधिकारियों का मनोनयन कर दिया। अतिरिक्त कराधान की वापसी की तथ्यता से सिद्धा परिचित हुई। उसने प्रत्येक अन्याय के विरुद्ध न्यायिक जनसंघर्ष को गतिशील बनाए रखने का निर्देश दिया और उन ग्रामवासियों से विदा लेकर कक्ष में आ गई। ग्रामवासियों को क्या पता था कि न्यायप्रिया भिक्षुणी सिद्धा एलागिरि को प्रस्थान-प्रणाम अर्पित कर रही है। ग्रामीण अपने-अपने घर चले गए।

कक्ष में प्रवेश करते ही सिद्धा ने देखा कि विमला अपने रंगकर्म में संलग्न है। वह कुछ बोली नहीं। चित्रांकन की पूर्णता की प्रतीक्षा करती रही। कुछ कालोपरान्त विमला उठी और उसने अपना सद्यःप्रणीत चित्र, सिद्धा के हाथों में थमा दिया। सिद्धा ने देखा—सिद्धा एक तुला हाथों में लिये है। तुला के एक पलड़े पर उपसामन्त बैठा है और दूसरे पलड़े पर एक श्वेत कबूतर। जिस पलड़े पर कपोत बैठा है, वह पलड़ा भारी होकर नीचे झुक गया है और जिस पलड़े पर उपसामन्त बैठा है, वह हलका होकर ऊपर टँग गया है। ग्रामीण जन खड़े हर्षोल्लास कर रहे हैं और एक वयोवृद्ध ग्राम्यजन आकाश में कपोत उड़ा रहा है।

सिद्धा चित्र को देखती जा रही थी। तभी विमला ने कहा—"अन्याय कितना भारहीन होता है सिद्धा, न्याय का एक तृण भी उससे भारी होता है।"

सिद्धा विमला के इन वाक्यों को सुनकर और कुछ तो बोली नहीं, इतना अवश्य कहा—"न्याय सत्यत: भारी होता है विमला! न्याय और संघर्ष की अलग-अलग रेखाएँ हैं किन्तु हैं दोनों ही समानान्तर।"

"ठीक वैसे ही जैसे तुम और मैं। अलग-अलग रेखाएँ हैं हम। अलग-अलग चिन्तन-पथ हैं हमारे। किन्तु हम समानान्तर चल रहे हैं।" विमला ने परिहास करते हुए उत्तर दिया।

अब दोनों भूमि पर बिछी हुई अलग-अलग चटाइयों पर लेट गईं। कुछ देर तो मौन रहा फिर सिद्धा ने कहा—

"विमला! अब एलागिरि से प्रस्थान का समय उपस्थित हो गया है। कर्म योग की वर्णमाला के प्रथम अक्षर को लिखने और उसे उपयुक्त रूप प्रदान करने में हमें

सफलता मिल गई है। वर्णमाला अधूरी नहीं रहेगी। जन-न्याय पीठ आगे के वर्ण लिखेगी। वर्णों को शब्द और वाक्य के रूप देगी।"

"अच्छा सिद्धा! अब तू आगे किसी अन्य अंचल में चलकर वर्णमाला पूरी करेगी।" विमला ने परिहास किया। फिर मौन छा गया। निद्रा दोनों की पलकों में ठहर गई थी।

प्रात:काल एलागिरि से प्रस्थान का उपक्रम आरम्भ हो गया। सिद्धा बौद्ध मन्दिर गई। पूजा-अर्चना की और लौट आई। एक-एक चटाई लपेटी। विमला ने अपने रंगफलक लपेटकर सहेज लिये। रंग सहेजकर रख लिये। तूलिका सँभालकर रख ली और पोटली तैयार हो गई। सिद्धा और विमला ने एलागिरि को प्रणाम अर्पित किया और वहाँ से मरुप्रदेश की यात्रा आरम्भ कर दी।

मरुक्षेत्र में बसा हुआ विराट, यहाँ से निकट तो था नहीं, कई मासों की यात्रा की।

सिद्धा दृढ़ निश्चय थी। दुर्गमता और असाध्यता को सुगम और साध्य बना लेने की अपूर्व क्षमता उसमें थी। यात्रा करते समय समस्त विपरीतताओं को अपने अनुकूल बना लेती थी। अत: इस अनजाने स्थल की यात्रा आरम्भ करते समय उसके मन में कोई संशय नहीं था। सिद्धा के मन में विराट जाने की इच्छा भी इसीलिए जागृत हुई थी कि जिन बौद्ध भिक्षु विज्ञानानन्द ने उसे बौद्ध धर्म से दीक्षित किया था, उनका विहार विराट में ही था। बड़व में विज्ञानानन्द आए थे। सिद्धा तभी उनके सम्पर्क में आई थी और बौद्ध दर्शन के शून्यवाद ने उसे प्रभावित किया था। उसे यह धर्म भी विज्ञान पर आधारित प्रतीत हुआ था और उसने बौद्ध धर्म की दीक्षा ले ली थी, भिक्षुणी बन गई थी। भिक्षु विज्ञानानन्द तो बड़व में ठहरे नहीं, वे वहाँ से श्रावस्ती चले गए थे और भिक्षुणी सिद्धा भी तभी से बड़व से दूर हो गई थी। आज यात्रा आरम्भ करते समय उसके मन में विराट जाने का विचार आया और उसने विमला के साथ विराट की यात्रा आरम्भ कर दी।

मार्ग में सतपुत्र की उच्च श्रेणियाँ मिलीं। उनकी दुर्गमता को सहज बनाने में सिद्धा और विमला का दृढ़ निश्चय सहायक हुआ। अनेक नदियाँ मिलीं, उनकी गुरुता और विराटता ने दोनों के संकल्पों को और अधिक दृढ़ बनाया। अनेक ग्राम और नगर मिले, वहाँ की लोक-संस्कृति ने सिद्धा और विमला को देश और काल को समझने के अवसर प्रदान किए। कहीं नर्मदा की प्रवाह-दिशा से गन्तव्य-संकेत प्राप्त किए और कहीं ग्राम्य समाज से विराट का मार्ग स्थिर किया। भृगुकच्छ और आनर्त क्षेत्रों का परिभ्रमण करते हुए वे दोनों विराट पहुँच गईं। मरुक्षेत्र में बसा हुआ यह नगर अत्यन्त प्राचीन था। महाभारत काल में तो यह विराट ही मत्स्य जनपद की राजधानी था। तब इसे विराटपुर और विराटनगर भी कहा जाता था। भिक्खु

विज्ञानानन्द के विहार का पता लगाने में कोई कठिनाई नहीं हुई। नगरवासियों ने विहार की स्थिति से अवगत करा दिया था।

सिद्धा और विमला, दोनों विहार पहुँच गईं। वहाँ ज्ञात हुआ कि भिक्खु विज्ञानानन्द प्रवास पर हैं। दो-तीन भिक्खु, विहार में थे। दो भिक्षुणियाँ भी वहाँ थीं। वहाँ निवास करने वाले भिक्षुओं में से एक भिक्षु सौमित्र ने भिक्षुणी सिद्धा को पहचान लिया। जिस समय भिक्षु विज्ञानानन्द ने बड़व में सिद्धा को बौद्ध धर्म से दीक्षित किया था, उस समय भिक्षु सौमित्र वहाँ उपस्थित थे। तब से आज तक कई वर्ष व्यतीत हो गए थे। भिक्षु सौमित्र ने अपने विहार के भिक्षुओं और भिक्षुणियों से सिद्धा का परिचय कराया। भिक्षुणियाँ तो सिद्धा और विमला को विहार में पाकर अत्यधिक प्रसन्न हुईं। सिद्धा और विमला के ठहरने का प्रबन्ध भिक्षुणियों के कक्ष में ही कर दिया गया। कक्ष बहुत बड़ा था। सभागार जैसा था। सिद्धा के निर्देश पर विमला ने कक्ष के एक कोने में अपने रंगफलक सँभालकर रख दिए। कक्ष में चटाइयाँ बिछी हुई थीं।

कुछ देर तक सिद्धा और विमला ने वहाँ विश्राम किया और फिर विहार में भ्रमण के लिए निकल पड़ीं। विहार एक छोटी पहाड़ी पर स्थित था। बड़े-बड़े प्रस्तर खंड थे और लम्बी-लम्बी शिलाएँ वहाँ थीं। वृक्षावली भी थी। विहार में हरिणों का एक समूह भी दिखा। शुक-सारिकाएँ भी थीं और सब स्वच्छन्द थे, बन्धनमुक्त। सिद्धा और विमला को विहार का प्राकृतिक वातावरण मनोरम प्रतीत हो रहा था। सिद्धा और विमला को श्वेत-श्याम प्रस्तर खंडों पर बैठना और चढ़ना-उतरना भला लग रहा था। जब वे एक प्रस्तर खंड से नीचे उतर रही थीं, तब सिद्धा ने प्रस्तर खंड पर देखा पालि भाषा में कोई लेख उत्कीर्ण है। चट्टान पर उत्कीर्ण अशोककालीन शिलालेख था और निकट ही एक और अभिलेख एक शिलापट्ट पर उत्कीर्ण था। सिद्धा और विमला संस्कृत भाषा से परिचित तो थीं किन्तु पालि भाषा का ज्ञान उन्हें नहीं था। एक बौद्ध भिक्षु से दोनों पालि भाषा में उत्कीर्ण उन अभिलेखों से परिचित हुईं। भिक्षु सौमित्र ने यह भी बतलाया कि इस विराट को पूर्व काल में उपप्लव्य भी कहा जाता था। किन्तु महाभारत काल में अधिपति विराटराज के नाम पर ही विराट अथवा विराटनगर कहा जाने लगा। यह अत्यन्त प्राचीन नगरी है।

सिद्धा और विमला, दिन-भर विराट में भ्रमण करती रहती थीं। सिद्धा भिक्षुणी तो थी किन्तु वह प्रात:काल और सायंकाल कक्ष में स्थापित बुद्ध की प्रतिमा के समक्ष नतमस्तक होकर पूजा-अर्चना कर लेती थी किन्तु बुद्धत्व की प्राप्ति के लिए उसने साधना का मार्ग नहीं अपनाया था। उसे तो सामाजिक परिष्कार की चिन्ता अधिक थी।

तब विराट का राज्यांचल अभिशप्त था। पूर्व में इस अंचल में गुर्जर प्रतिहार अधिपतियों का शासन था। उनकी शक्ति क्षीण होने लगी थी। तब सम्पूर्ण सौराष्ट्र और राजपुत्र अंचल में शाकम्भरी के चौहान अधिपति हो गए थे। ये पूर्व प्रतिहार अधिपतियों को अपना अधिपति मानते थे किन्तु परवर्ती काल में शाकम्भरी के चौहान

अधिपति ने स्वयं को प्रतिहार राजा के आधिपत्य से मुक्त कर लिया था और वह स्वयं अधिपति हो गया था। इसी समय गौड़ राज्य पर भी आक्रमण हुए थे। गुहिल राजपुत्र का प्रभाव भी इसी समय बढ़ने लगा था। गुहिल वंश के अधिपति भर्तृपट्ट ने स्वयं को महाराजाधिराज घोषित कर दिया था। उसके उत्तराधिकारी अधिपति अल्लट ने प्रतिहार अधिपति देवपाल को एक युद्ध में पराजित कर अपना राज्य विस्तार किया। देवपाल युद्ध में मारा गया था। आज भी यह अंचल, अधिपतियों के शक्ति-प्रदर्शन की क्रीड़ास्थली है। आर्यावर्त की पश्चिमी सीमा पार कर यवनों के आक्रमण भी आरम्भ हो गए थे और सम्पूर्ण क्षेत्र भय और अत्याचारों से आक्रान्त था।

सिद्धा और विमला ने विराट का नगर-भ्रमण करते हुए यह देख लिया था कि विराटवासी अत्यन्त दुखी और पीड़ित हैं। सिद्धा, नगरवासियों की समस्याओं को समझने का प्रयास कर रही थी। नगर के विभिन्न क्षेत्रों का भ्रमण करते हुए उसने यह अनुभव किया था कि नगर में अनेक दास-दासियाँ, अत्यन्त दयनीय अवस्था में अपना जीवन व्यतीत कर रही हैं। दासियों की स्थिति तो अत्यन्त करुणाजनक थी। उसने उन दासियों की मुक्ति का विस्तार स्थिर कर लिया। योजना निर्धारित भी कर ली।

विमला तो रचनाधर्मी थी और उसकी जीवन-दृष्टि वर्तमानवादी थी। अत्यधिक संवेदनशील होने के कारण दासियों के कारुणिक जीवन को देखकर वह द्रवित हो गई थी। उसके हृदय और मस्तिष्क में अनेक चित्राकृतियाँ जन्म ले रही थीं और वे तूलिका से चित्रफलक पर उतरने की प्रतीक्षा में थीं।

एक दिवस सिद्धा नगर में भिक्षाटन के लिए निकली। एक विशाल भवन के समक्ष खड़े होकर उसने 'भिक्षाम् देहि—बुद्धं शरणम् गच्छामि' कहा। एक अत्यन्त निरीह नारी कुछ धान्य लिये द्वार पर आई। उसके परिधान तार-तार हो रहे थे। आयु भी उस नारी की अधिक नहीं थी। वह मलिन और दमित नवयौवना थी। वह भिक्षापात्र लेकर सिद्धा के समक्ष खड़ी हो गई और भिक्षुणी द्वारा भिक्षापात्र आगे बढ़ाने की प्रतीक्षा करने लगी।

"तुम कौन हो, गृहस्वामिनी हो क्या?" सिद्धा ने उस नारी से प्रश्न किया।

"नहीं भद्रे! मैं गृहस्वामिनी नहीं हूँ। उपहार-दासी हूँ।"

"मैं दासी के हाथ से भिक्षा ग्रहण नहीं करती। गृहस्वामिनी स्वयं आकर यदि भिक्षादान करेंगी, तब ही मैं उसे स्वीकार करूँगी, अन्यथा बिना भिक्षा लिये ही द्वार से चली जाऊँगी।" सिद्धा ने कहा।

सिद्धा वास्तविक स्थिति से परिचित होना चाहती थी। वह यह आकलन भी कर लेना चाहती थी कि यहाँ एक ही दासी है अथवा और भी दासियाँ हैं।

दासी, अपनी गृहस्वामिनी को भिक्षुणी सिद्धा के कथन से अवगत कराने गृह में भीतर चली गई और फिर गृहस्वामिनी स्वयं भिक्षादान करने तीन दासियों के साथ द्वार पर उपस्थित हुई।

गृहस्वामिनी ने भिक्षुणी सिद्धा को अपना प्रणाम अर्पित किया और भिक्षादान का उपक्रम किया। सिद्धा ने भिक्षा तो स्वीकार कर ली किन्तु कुछ समय तक वहाँ उनसे चर्चा करने की अनुमति भी चाही। गृहस्वामिनी को एक भिक्षुणी से संवाद-परिसंवाद करने में क्या आपत्ति हो सकती थी। गृहस्वामिनी भिक्षुणी को साथ लेकर गृह के भीतर आ गई और एक विशाल अलंकृत सभागार में ले गई। सभागार में राजसी ठाट-बाट था। गृहस्वामिनी ने एक सुन्दर आसन्दी पर बैठने का आग्रह भिक्षुणी सिद्धा से किया और भिक्षुणी सिद्धा भी आश्वस्त होकर बैठ गई। गृहस्वामिनी भी एक अलग आसन्दी में आसीन हो गई। कुछ क्षण तो मौन बना रहा फिर सिद्धा ने गृहस्वामिनी से प्रश्न किया—

"आप किस वर्ण की कुलवधू हैं?"

"क्षत्रिय।"

"आपके पति का व्यवसाय क्या है?"

"कृषि कार्य। हमारे पास हजारों बिस्वा भूमि है। हमारे दास-दासियाँ, कृषि कार्य सम्पादित करते हैं।"

"आपके यहाँ कितने दास और कितनी दासियाँ हैं?"

"दस दास और दस दासियाँ हैं।"

"ये दासियाँ आपके पास कैसे आईं?"

"इन दासियों में से पाँच उपहार दासियाँ हैं और शेष पाँच क्रीत दासियाँ हैं।"

"ये उपहार दासियाँ आपको कैसे प्राप्त हुईं? कृपा कर विस्तार से प्रकाश डालिए।"

"उपहार दासियाँ, हमें उपहारस्वरूप प्राप्त हुई हैं। मेरे पीहर की पाँच दासियाँ हैं। मेरे परिणय के अवसर पर मेरे माता-पिता ने ये दासियाँ हमें उपहार में दी थीं। अन्य पाँच दासियाँ, हमारे निकट सम्बन्धियों के द्वारा उपहार में दी गई हैं। मेरे पिता अर्बुद के उपसामन्त हैं। उन्होंने गुहिल अधिपति के साथ मिलकर परमारों के साथ युद्ध किया था और उन्हें युद्धबन्दियों के रूप में दासियाँ प्राप्त हुई थीं। अनेक दास-दासियाँ थीं और उनमें से ही दस दास और पाँच दासियाँ उपहार के रूप में हमें दी गई हैं। ये जीवनपर्यन्त हमारे गृह में ही रहेंगी और हमारी सेवा में संलग्न रहेंगी।"

"और इन दासियों के परिवार?" सिद्धा ने प्रश्न किया।

"अब इनके परिवार कहाँ? ये तो एकाकी हैं। कभी रहे भी होंगे। किन्तु अब इनका अपने परिवारों से सम्बन्ध कैसा? अब तो ये दासियाँ, हमारे अधीनस्थ हैं। हमारी सेवा करना ही अब इनका कर्तव्य और धर्म है।" गृहस्वामिनी ने उत्तर दिया।

"शेष पाँच दासियाँ आपको कहाँ से मिलीं?" सिद्धा ने प्रश्न किया।

"शेष पाँच क्रीत दासियाँ हैं। ये क्रय कर लाई हुई हैं। हम तो सम्पत्तिवान हैं। अपार धन-सम्पत्ति है हमारे पास। हम वैभवशाली होकर विलासपूर्ण जीवन-यापन

करते हैं। मेरे पति को जब कोई रूपसी दृष्टि में चढ़ जाती है, तब वे मुद्रा-सम्पत्ति देकर उस रूपसी को क्रय कर गृह ले आते हैं। क्रीत दासियों का मूल्य बहुत अधिक होता है। ऐसी स्थिति में बहुत धनाढ्य जन ही इन नवयौवनाओं का क्रय कर पाते हैं।" गृहस्वामिनी ने उत्तर दिया।

"दासियों के विक्रेताओं को ये नवयौवनाएँ कैसे प्राप्त होती हैं?" सिद्धा ने जिज्ञासा प्रकट की।

"युद्ध में पराजित प्रजा के परिवारों से ये तरुणियाँ जबरदस्ती छीन ली जाती हैं और उनका ऊँचे मूल्य में विक्रय किया जाता है। यह कार्य सैनिकों के द्वारा सम्पन्न होता है। समाज में कुछ अपहरणकर्ता भी हैं। अपहरण कर तरुणियों का विक्रय करना इनका व्यापार है। ये अपहरणकर्ता प्रलोभन देकर तरुणियों को अपनी ओर आकृष्ट करते हैं और उन्हें लेकर दूर के नगरों में चले जाते हैं। वहाँ उन तरुणियों को कोई जानता-पहचानता तो है नहीं। पूर्ण अपरिचय का वातावरण रहता है। ये तरुणियाँ यहाँ विलासियों के द्वारा ऊँचे मूल्यों में क्रय कर ली जाती हैं। कुछ अपहरणकर्ता तो जबरदस्ती अथवा चौर्यकर्म द्वारा तरुणियों को हस्तगत कर लेते हैं और फिर उनका ऊँचे मूल्यों में व्यापार करते हैं।" गृहस्वामिनी ने बतलाया।

"आप अपने पति के लिए क्रीत दासी हैं अथवा उपहार दासी?" सिद्धा ने तीक्ष्ण प्रश्न किया।

"आप अपनी मर्यादा का उल्लंघन कर इस तरह का अप्रासंगिक और मर्यादाविहीन प्रश्न कर रही हैं भद्रे! मैं अपने पति की परिणीता हूँ। अग्नि को साक्षी बनाकर मेरा परिणय सम्पन्न हुआ है। मैं अपने पति की न क्रीत दासी हूँ और न ही उपहार दासी।" गृहस्वामिनी ने कुछ कठोर शब्दों में कहा।

"नारी के क्रय-विक्रय को क्या आप मर्यादा की सीमा के भीतर मानती हैं? क्या इससे समाज की मर्यादा भंग नहीं होती? नारी क्या केवल विलास की वस्तु है? क्या मात्र भोग्या है? नारी की मर्यादा की रक्षा करने और समाज में उसे पुरुषों के अनुरूप समान अधिकार दिलाने का दायित्व आपका भी है और मुझ जैसी भिक्षुणी का भी। फिर इस मर्यादाविहीन असामाजिक कृत्य को आपका प्रश्रय क्यों देवि! आपकी सहभगिता क्यों गृहदेवी!" सिद्धा ने अत्यन्त दृढ़ होकर यह प्रश्न किया और बिना उत्तर की प्रतीक्षा किए, गृहस्वामिनी द्वारा प्रदत्त भिक्षान्न को कक्ष में ही उड़ेलकर तेजी से कक्ष के बाहर चली गई। वह द्वार पार कर ही रही थी कि उसने देखा गृहस्वामी द्वार पर खड़े हैं। वे अत्यन्त लोलुप दृष्टि से सिद्धा को देख रहे थे। सिद्धा स्वयं नवयौवना भिक्षुणी थी। उसकी भरी-पूरी गौरवर्णा देहयष्टि में एक रूप-लोलुप के लिए कामोत्तेजक स्थल तो थे किन्तु इस रूप-लोलुप को यह पता नहीं था कि सिद्धा भिक्षुणी की सम्पूर्ण देहयष्टि संयम, साधना और आत्मानुशासन की ऐसी अभेद्य शिला है जिसे भेदना असम्भव है। सिद्धा निर्विकार दृष्टि से गृहस्वामी

के नेत्रों में अपने संयम की धूल उड़ाती द्वार से बाहर निकल पड़ी और बुद्धं शरणम् गच्छामि का उद्घोष करती हुई विहार लौट आई।

विहार पहुँची तो देखा कि विमला उसकी प्रतीक्षा कर रही है। सिद्धा बिना कुछ कहे कक्ष के भीतर आ गई और मौन धारण कर बुद्धदेव की प्रतिमा के समक्ष बैठ गई। बहुत देर तक नेत्र बन्द किए बैठी रही। फिर उठी और आकर चटाई पर लेट गई। विमला जानती थी कि सिद्धा अकारण मौन नहीं होती। वह अपने मौन में मुट्ठी भर आन्दोलन सहेजे रहती है। कुछ देर सन्नाटा छाया रहा। किन्तु विमला चुप न रह सकी। वह सिद्धा की स्थितप्रज्ञता को भंग करना चाहती थी।

"भिक्षुणी सिद्धा! क्या फिर वर्णमाला का कोई नया अक्षर मिल गया।" विमला ने परिहास में सिद्धा का मौन भंग करने के उद्देश्य से कहा।

"हाँ विमला! वर्णमाला का नया अक्षर तो क्या पूरा शब्द, पूरा वाक्य ही मिल गया है।" सिद्धा ने कहा।

और फिर शब्द को सार्थक अर्थ तथा सन्दर्भ भी देने का दृढ़ संकल्प उसने व्यक्त किया। फिर विमला को उसने पूरी घटना आद्योपान्त सुना दी। इस घटना-प्रसंग को सुनकर विमला की आँखों में चमक आ गई। दोनों ने दासी मुक्ति के लिए अभियान आरम्भ करने की योजना तैयार कर ली। योजना का प्रारूप निर्धारित होने के उपरान्त दोनों उठीं और भोजन के प्रबन्ध में जुट गईं।

संध्या समय सिद्धा और विमला दोनों विहार में भ्रमण करने निकल पड़ीं। वे 'दासी मुक्ति' की योजना के प्रसंग में चर्चा करती जा रही थीं। आज प्रत्येक प्रस्तर-खंड में वे संकल्पों की दृढ़ता का अनुभव कर रही थीं और प्रत्येक शिला-दर्पण पर उन्हें जीवन का प्रतिबिम्ब दिखलाई दे रहा था। आज सिद्धा सम्यक् समाधि की अवस्था में नहीं, सम्यक् संकल्प की स्थिति में पहुँचना चाहती थी। उसे प्रत्येक शिला उत्कीर्णित प्रतीत होने लगी थी और वह उन शिलालेखों को पढ़ रही थी। कहीं लिखा था—'दुख आर्य सत्य है, कहीं लिखा था—दुख समुदय आर्य सत्य है, कहीं लिखा था—दुख निरोध आर्य सत्य है और कहीं लिखा था—दुख-निरोध-गामिनी-प्रतिपद आर्य सत्य है।' वह इन आर्य सत्यों का पठन करती जा रही थी और सम्यक् संकल्प तथा सम्यक् दृष्टि को अमिताभ की ओजस्विता प्रदान करती जा रही थी। वह समाज के आचार शास्त्र का स्वस्थ, सुन्दर और पवित्र भाष्य लिखना चाहती थी। सिद्धा यही सोचती विहार में भ्रमण कर रही थी। विमला एक प्रस्तर खंड पर बैठी एक मृगशावक को दुलार रही थी। तभी आश्रम में निवास करने वाली दोनों भिक्षुणियाँ भी उनके पास आ गईं। चित्रपर्णा और अनुबन्धिता भिक्षुणियों के आ जाने से 'दासी समस्या' पर हो रही चर्चा को फिर गति मिलने लगी। इन दोनों भिक्षुणियों ने सिद्धा को अवगत कराया कि नगर में अनेक सम्पन्न परिवार हैं और इन परिवारों में अनेक दासियाँ, दरिद्रता, दैहिक शोषण, आर्थिक विपन्नता तथा परिवारविहीनता

का नारकीय जीवन व्यतीत कर रही हैं। समाज में दासियों को वस्तुओं की श्रेणी में ही रखा जाता है। वे सम्पन्न परिवारों की स्वेच्छाचारिता से आक्रान्त हैं। जीवन-भर दारिद्र्य भोगने के अतिरिक्त इनके पास और कोई विकल्प ही नहीं है। सिद्धा ने उन सम्पन्न परिवारों की जानकारी प्राप्त कर ली, जहाँ पर दासियाँ निवास करती थीं। कुछ समय तक नगर की अन्य सामाजिक स्थितियों तथा विसंगतियों के सम्बन्ध में चर्चा होती रही फिर सभी विहार भवन में लौट आईं।

रात्रि में विश्राम करते समय भी सिद्धा दासियों की मुक्ति के लिए आन्दोलन आरम्भ करने के सम्बन्ध में ही विचार करती रही। उसने यह निश्चय कर लिया कि आगामी प्रात:काल से ही वह इस अभियान को मूर्त रूप देने में जुट जाएगी। उसने यह संकल्प भी कर लिया था कि इस दासी मुक्ति आन्दोलन को वह तब तक गतिशील बनाए रखेगी, जब तक कि दासियों की दासता से मुक्ति नहीं हो जाती।

प्रात:काल उसने स्नान-ध्यान कर बुद्धदेव की प्रतिमा को प्रणाम अर्पित किया और फिर विमला के साथ नगर-परिभ्रमण के लिए निकल पड़ी। वह कई दिवसों तक नगर में घूम-घूमकर दासियों की संख्या, उनके उत्पीड़न की स्थिति एवं आन्दोलन को मूर्त रूप प्रदान करने की सम्भावनाओं का आकलन करती रही। उसने यह आकलन भी कर लिया कि उसे इस आन्दोलन को संगठित करने के लिए किन-किन परिवारों की नारियों का सकारात्मक सहयोग प्राप्त हो सकता है। जब उसका आकलन पूर्ण हो गया, तब वह कुछ आश्वस्त हुई। उसने विमला से इस प्रसंग में परामर्श किया। विमला, व्यावहारिक बुद्धि सम्पन्न थी। संगठन को मूर्त रूप देने के लिए उसने विहार में 'महिला सम्मेलन' आयोजित करने का परामर्श दिया। सिद्धा ने विचार किया और विमला के इस परामर्श से वह सहमत हो गई। पाँच-दस दिनों तक वे नगर में घूम-घूमकर वातावरण का निर्माण करती रहीं और एक दिवस, नगर की महिलाओं की जागृति के लिए जनशिक्षा का कार्यक्रम निर्धारित कर सम्मेलन के आयोजन की सूचना नगर के समस्त परिवारों को प्रेषित कर दी। सिद्धा और विमला ने उन परिवारों को विशेष रूप से आमंत्रित किया था, जहाँ दासियाँ अपना बन्धक का जीवन व्यतीत कर रही थीं।

फिर नियत दिवस, विहार में 'महिला सम्मेलन' का आयोजन हुआ। सिद्धा और विमला ने विहार में महिलाओं के बैठने तथा उनके स्वागत-सम्मान का पूर्ण प्रबन्ध कर रखा था। विहार में नारियों का आगमन आरम्भ हो गया। सम्पन्न परिवारों की नारियाँ, अपनी दासियों के साथ विहार में आने लगीं। सिद्धा और विमला ने आकलन कर लिया कि दासियों की संख्या पर्याप्त है। निम्न वर्ण की नारियों की संख्या बहुत अधिक थी।

सिद्धा और विमला ने परस्पर विचार-विमर्श किया और यह निश्चय किया कि आज आयोजित महिला सम्मेलन में केवल जागृति और जनशिक्षा पर ही उद्‌बोधन दिया जाए। दोनों ने यह नीति इसलिए भी निर्धारित की क्योंकि उस सम्मेलन में उच्च वर्ण की नारियाँ अपनी दासियों के साथ उपस्थित थीं। आज दासियों की मुक्ति के सम्बन्ध में कुछ चर्चा करना उचित नहीं होगा। ऐसा करने से दासियों का उत्पीड़न बढ़ने और उन पर अत्यधिक कठोर प्रतिबन्ध होने की सम्भावनाएँ भी अधिक हो सकती हैं। अत: आज के सम्मेलन में जनशिक्षा पर चर्चा करना ही समीचीन रहेगा। ऐसा विचार कर सिद्धा और विमला ने नीतियाँ निर्धारित कीं।

सम्मेलन आरम्भ हुआ। विमला और सिद्धा ने नारियों के बैठने की स्थिति को देखकर सहज ही अनुमान लगा लिया था कि दासियाँ अलग बैठी हैं। निम्न और शूद्र वर्ण की महिलाएँ अलग अवस्थित हैं और उच्च वर्ण की सम्पन्न नारियाँ अलग आसीन हैं।

सिद्धा ने विमला को निर्देश दिया कि वह इस सम्मेलन को सम्बोधित करे। विमला खड़ी हो गई और उसने सम्मेलन में अपना उद्‌बोधन आरम्भ कर दिया—

"भगिनियो! हमारा वर्तमान अभिशप्त है। आज वह संक्रान्ति काल में ऐसे स्थल पर खड़ा हुआ है, जहाँ जातीय संकुलता ने सामाजिक समानता के आदर्शों और सिद्धान्तों के समक्ष असमानता, निर्धनता, विलासप्रियता और सामाजिक अनुदारता के प्रश्नचिह्न खड़े कर दिए हैं। समाज में सामासिकता की प्रक्रिया मंद हो रही है और प्रत्येक वर्ण अपने प्रतिरक्षात्मक सुदृढ़ दुर्ग निर्मित कर रहा है। सामाजिक व्यवस्था जड़बद्ध हो गई है और आगे भी अधिक कठोर जड़बद्धता प्राप्त करती जा रही है। वह युग व्यतीत हो गया, जब वर्णाश्रम के सामाजिक स्वरूप की आवश्यकता थी। श्रम-शक्ति के उचित उपयोग की दृष्टि से श्रम का विभाजन किया गया था, मनुष्य का नहीं। किन्तु वर्तमान में, मानवीयता ही विभाजित हो गई है। मानवीय संवेदनाएँ मृत हो रही हैं और मनुष्यता, जातीय जड़वाद के कुरूप शिलाखंड के नीचे दमित कराह रही है। आज हमारे धर्मशास्त्रों के आदर्श प्रतिहत हो रहे हैं। उच्च वर्ण, अध्यात्म प्रेरित आदर्शवाद की ओर उन्मुख है और वह यह विस्मरण कर चुका है कि मनुष्य जीवन की सत्यता और जीवन का यथार्थ भी तो एक अध्यात्म है। ब्राह्मण, यजन-याजन, कर्मकांड, वेद-उपनिषदों का पठन-पाठन जैसे धार्मिक कार्यों के निष्पादन में ही अपनी निष्ठा केन्द्रित किए हुए है और सामाजिक चेतना, जीवन्तता से दूर होती जा रही है। क्षत्रियों की सम्पूर्ण शक्ति, खड्ग और अस्त्रों-शस्त्रों की तीक्ष्ण धार पर तुल रही है। खड्ग की एक पिपासु धार के कारण ही राज्यांचलों में युद्ध की निरन्तरता बनी हुई है। समरांगण रक्तरंजित हैं और ममता, सौभाग्य तथा सामाजिक आदर्श आर्तनाद कर रहा है। वैश्य वर्ण मनुष्यता का व्यापार कर रहा है। शूद्र वर्ण, उच्चवर्ण के पूजा-पाठ में जुटा है। बृहद्धर्मपुराण तथा देवल

आदि स्मृतिकारों ने शूद्रों की यही नियति स्थिर कर दी है। उच्चवर्ण, विशेषाधिकारों से अलंकृत है और निम्नवर्ण अपने ही अधिकारों से वंचित।

"नारी-शक्ति महान शक्ति है। नारी आदर्शों की संरक्षिता हो सकती है। उसमें विधायिका शक्ति भी है और कारयित्री प्रतिभा भी। समाज के इस जड़वाद की शिला को तोड़ने का उपक्रम आप सबको अपने-अपने सामाजिक स्तर पर करना होगा। मैं चाहती हूँ कि आप जागृत हों, अपने अन्तर की ममता का साक्षात्कार करें। नारियों में समानता लाने का उपक्रम करें, समानतावादी समाज की स्थापना का प्रयास करें।"

इतना कहकर विमला बैठ गई। सिद्धा ने नारियों को सम्बोधित करते हुए नारी-नारी में समानतावादी दृष्टिकोण अपनाने की बात कही और सामाजिक परिवर्तन में सभी की सहभागिता की आकांक्षा व्यक्त की। सम्मेलन समाप्त हो गया। सभी नारियाँ अपने-अपने निकेत वापस चली गईं। जाते-जाते निम्न वर्ण की नारियों ने समानतावादी आचारशास्त्र के प्रति अपनी आस्था व्यक्त की। निम्न वर्ण को सांगठनिक रूप देने का संकेत सिद्धा को प्राप्त हो गया था।

सम्मेलन के सम्बन्ध में नगर में अनेक प्रकार की चर्चाएँ आरम्भ हो गईं। उच्च और सम्पन्न परिवारों से विरोध के स्वर निकल रहे थे किन्तु निम्न वर्ण की नारियों में इस सम्मेलन के प्रति अनुकूल प्रतिक्रिया थी। अब तो निम्न वर्ण की नारियों का विहार में आना-जाना आरम्भ हो गया था। सिद्धा और विमला ने पहले तो उन्हें 'समान अधिकार और समान कर्तव्य' के व्यावहारिक समाज-दर्शन से परिचित कराया और उनमें जब प्रतिबद्धता तथा अन्याय के विरुद्ध संघर्ष करने की मानसिकता स्थिर हो गई तब उन्होंने उस मानसिकता को संगठन का रूप दे दिया। उच्चवर्ण और अभिजात कुल की नारियों का विहार में आना-जाना बन्द हो गया था। सिद्धा और विमला को यह भी ज्ञात हो गया था कि उच्च वर्ण के परिवारों की नारियों को सम्मेलन में सहभागी होने के कारण परिवार प्रमुख द्वारा अनेक उपालम्भ भी दिए गए थे और कुछ को तो प्रताड़ित भी किया गया था। दासियों को तो अनेक प्रकार की शारीरिक और मानसिक यंत्रणाएँ भी दी गई थीं। सिद्धा और विमला यह सब जानकर व्यथित भी हुई थीं।

एक दिवस सिद्धा ने निम्न वर्ण की सभी नारियों को विहार में आमंत्रित किया। नारी समुदाय को सांगठनिक रूप देकर 'जन-न्याय पीठ' की स्थापना की और दूसरे ही दिन से दासी-मुक्ति-आन्दोलन आरम्भ कर दिया। सिद्धा के साथ विमला तो थी ही। विहार के भिक्षु और भिक्षुणियों को भी सिद्धा ने साथ में ले लिया और 'जन न्याय पीठ' संगठन का एक विशाल नारी समुदाय लेकर नगर की ओर चल पड़ी। सम्पूर्ण विराट नगर के लिए यह आकस्मिक और विस्मयकारी था।

नारी समुदाय के आगे सिद्धा और विमला थीं। उनके पीछे भिक्षु और भिक्षुणियाँ और उनके पीछे विशाल नारी समुदाय। सिद्धा, आन्दोलन कारयित्रियों का नेतृत्व

करते हुए उसी अति सम्पन्न क्षत्रिय परिवार के विशाल भवन के समक्ष पहुँचकर खड़ी हो गई। गृहस्वामी तो शीघ्र गृह से निकलकर कहीं अन्यत्र चले गए किन्तु गृहस्वामिनी द्वार पर आकर खड़ी हो गई। उस समय सम्पूर्ण नारी समुदाय 'दासी मुक्ति' का गगनभेदी आह्वान गुंजित कर रहा था। गृहस्वामिनी ने दासियों पर अपने अधिकार की बात कही किन्तु सिद्धा ने उस अधिकार को अस्वीकृत कर दिया। विवश होकर गृहस्वामिनी ने दासियों को गृह से निकल जाने का आदेश दिया। एक-एक कर सभी दासियाँ गृह से बाहर आकर नारी समुदाय में सम्मिलित हो गईं। एक गृह से दासियों को मुक्त कराकर नारी समुदाय, दूसरे भवन के समक्ष खड़ा हुआ और दासियों को गृहस्वामी के बन्दीगृह से मुक्त कराया। प्रात:काल से आरम्भ हुआ यह अभियान, सायंकाल तक चलता रहा और दसियों घरों की दासियों को आन्दोलन कारयित्रियों ने मुक्त करा लिया। इस अभियान में एक सहस्त्र दासियाँ मुक्त हो गईं। नगर दासियों के लिए इस तरह के आन्दोलन को देखने का प्रथम अवसर था और अति सम्पन्न परिवारों की संख्या भी दस-बारह ही थी। इन सम्पन्नों में इतना सामर्थ्य नहीं था कि वे इस विशाल नारी समुदाय का प्रतिरोध कर सकते। वे लोक-लज्जा से भी भयभीत थे।

नगर के सामान्य जन इस अभियान की मुक्त कंठ से प्रशंसा कर रहे थे।

संध्या होते-होते सिद्धा समस्त मुक्त दासियों को लेकर, नारी समुदाय के साथ विहार आ गई। निम्नवर्ण की महिलाओं ने सभी दासियों के लिए रात्रि भोजन का प्रबन्ध किया। पन्द्रह-बीस नारियों का एक दल रात्रि में सुरक्षा की दृष्टि से रुक गया। शेष नारियाँ अपने-अपने गृह चली गईं।

दासी-मुक्ति अभियान के इस संघर्षशील आन्दोलन में इतनी तेजस्विता थी कि इसका प्रतिरोध करने का नैतिक साहस सम्पन्नों में भी नहीं था। थोड़ा प्रतिरोध हुआ भी किन्तु वह नगण्य और महत्त्वहीन ही रहा।

मुक्त नारियों के मुख पर नए जीवन की आभा उभरने लगी थी। उन्हें नया भविष्य दिखने लगा था किन्तु सिद्धा और विमला तो वर्तमान में थीं। उन्हें मुक्त नारियों के पुनर्वास और सुरक्षा की चिन्ता थी। उपायों का सन्धान करते हुए उनकी रात्रि व्यतीत हो रही थी।

दार्शातनगरी से दारुकवन की दूरी बहुत अधिक न थी। एक ही दिवस में इस दूरी को नाप लेना सम्भव न था। मैं अपना बाघंबर लपेटे दारुकवन की ओर चला जा रहा था। मार्ग में एक ग्राम मिला। यात्रा करते समय, ऊपर सूर्य अपनी प्रखर धूप से नहला रहा था और मार्ग की अरुधूल अंगार धधका रही थी। पाँव में लपेटे गए हरित पत्रों ने मरुभूमि के ताप से कुछ तो रक्षा की किन्तु कंठ सूख रहा था। जल

ग्रहण कर शरीर को कुछ शीतल सान्त्वना प्रदान करने के उद्देश्य से इस ग्राम में ठहर गया।

ग्राम में प्रवेश करते ही एक घर मिल गया। 'अलख निरंजन' का उद्घोष करते हुए द्वार पर खड़ा हो गया। गृहस्वामी हाथ में हथौड़ी लिये हुए बाहर आया। उसने आदरपूर्वक आसन ग्रहण करने की प्रार्थना की और मैं द्वार पर ही बैठ गया। वह भीतर गया और एक पात्र में जल ले आया। जल ग्रहण करने से तन को शीतलता प्राप्त हुई। सोचा, थोड़ा विश्राम कर लूँ फिर यात्रा आरम्भ करूँ। उस ग्रामीण से चर्चा करने लगा। चर्चा करते हुए मुझे ज्ञात हुआ कि वह एक शिल्पकार है। वास्तुशिल्पी। यहाँ प्रस्तर से मूर्तियों के तराशने का कर्म करता है और अपनी आजीविका चलाता है। उसी ग्रामीण से यह पता चला कि जोधपुर में ओसिया के समीप महावीर मन्दिर है और उस मन्दिर का जीर्णोद्धार कराया जा रहा है। वह कुछ काल पूर्व तक उसी मन्दिर के जीर्णोद्धार में संलग्न रहा और अब यहाँ ग्राम में वापस लौटकर मूर्तियाँ बनाने का कार्य कर रहा है। यहाँ आसपास अनेक मन्दिरों के निर्माण कराने की योजनाएँ अधिपति और सार्गत की हैं और उनके लिए वह मूर्तियों का निर्माण कर रहा है।

सूर्य ढल रहा था। ग्राम्य जन ने रात्रि विश्राम का परामर्श दिया। मैंने भी विचार किया कि अब आगे न जाने कितनी दूर पर ग्राम होगा। मैं वहीं ठहर गया। शिल्पकार ने बरामदे में मेरे ठहरने का प्रबन्ध कर दिया था। रात्रि में उसने भोजनादि की व्यवस्था भी कर दी। रात्रि हुई। ग्राम में सन्नाटा छाने लगा। मैंने बाघंबर बिछाकर योग साधना की और लेट गया। श्लथ तो था ही, नींद आ गई।

अचानक ग्राम में कोलाहल होने लगा। दौड़ते हुए अश्वों की टाप भी सुनाई पड़ने लगी। रात्रि के सन्नाटे में अश्वों की टाप और उनके हिनहिनाने की ध्वनियों से सन्नाटा भंग हो रहा था। मैं उठकर बैठ गया। शिल्पकार भी भयग्रस्त था। वह मेरे पास आकर भय से काँपता हुआ बैठ गया। फिर कुछ समय के उपरान्त पुरुषों की चीत्कार और नारी कंठ से निस्सृत विलाप के करुण स्वर सुनाई पड़ने लगे। अन्धकार में कहीं कुछ परिलक्षित न था। अश्वों की टाप भी धीरे-धीरे मंद पड़ती जा रही थी और पुरुषों की चीत्कार भी अश्रुत होने लगी थी। कुछ काल व्यतीत होते ही अश्वारोहियों का स्वर मंद हो गया और फिर लुप्त हो गया। नारी कंठ की आर्त ध्वनि पहले तो अत्यन्त करुण और उच्च थी। फिर मंद हुई और फिर अश्रुत हो गई।

ग्राम में फिर सन्नाटा छा गया। मेरी कुछ समझ में नहीं आ रहा था। घटना से भिज्ञ होने की आकांक्षा से मैंने शिल्पकार से प्रश्न किए किन्तु वह स्वयं मूर्तिवत् जड़ हो गया था। कुछ बोला नहीं। वह अब भी भय से आक्रान्त था, काँप रहा था। मैंने उसे सांत्वना दी। धैर्य बँधाया और कक्ष में जाकर विश्राम करने का परामर्श दिया। वह बिना कुछ कहे वहाँ से धीरे-धीरे अपने कक्ष में चला गया।

शिल्पकार के चले जाने के उपरान्त मैं भी बाघंबर पर लेट गया। रात्रि व्यतीत की।

प्रात:काल प्रस्थान का समय था। उठा, बाघंबर लपेटा, शृंगी सँभाली और चलने को उद्यत हुआ। तभी शिल्पकार बाहर आ गया। प्रणाम अर्पित कर एक किनारे खड़ा हो गया। मैंने रात्रि में हुई घटना की उससे जानकारी चाही। अब तक वह मानसिक रूप से कुछ स्थिर हो चुका था। उसने बतलाया कि "ग्राम में उदय सिंह रहता है। वह अत्यन्त शक्तिशाली है। सम्पूर्ण क्षेत्र में उसकी प्रतिष्ठा है। सिन्ध देश के यवन सम्पूर्ण क्षेत्र में विचरण करते रहते हैं। आतंक उत्पन्न कर अनेक प्रकार के अत्याचार करते हैं। ग्राम की सुन्दर नारियों का अपहरण कर ले जाते हैं। लूटपाट करते हैं। ऐसा यदा-कदा यहाँ होता ही रहता है। उदय सिंह ही उनका प्रतिरोध करता है। ये यवन किसी तरह उदय सिंह को मार डालना चाहते हैं जिससे कि उनके अत्याचारों का कोई प्रतिरोध न कर सके। उदय सिंह की अपनी पचास लड़ाकों की एक सैन्य टुकड़ी है और उसकी टुकड़ी का प्रत्येक सदस्य दस-दस म्लेच्छों के बराबर है। ये म्लेच्छ धोखे से रात्रि के सन्नाटे का लाभ उठाते हुए उदय सिंह को खोजने और उसे पकड़ने यहाँ आते हैं। कई दिवसों से यह क्रम चल रहा है। आज भी वे म्लेच्छ इसी उद्देश्य से यहाँ आए थे। वे ग्रामवासियों को आतंकित और प्रताड़ित कर उसका पता-ठिकाना जानना चाहते हैं किन्तु कोई बतलाता नहीं। वे प्राण भले ले लें किन्तु कोई भी ग्रामवासी उसका पता-ठिकाना म्लेच्छों को नहीं बतलाएगा। वह हमारा रक्षक है। इस पूरे अंचल का रक्षक है।"

"शक्ति का सामना शक्ति से ही करो वत्स! अत्याचार चलते-चलते पंगु हो जाता है और पंगु न हो तो उसे पंगु बना देना ही धर्म है।" मैंने उस शिल्पकार से कहा और दारुकवन की यात्रा पर चल पड़ा।

मैं मरुभूमि के दुर्गम रेतीले मार्ग पर चलता जा रहा था और म्लेच्छों के अत्याचारों के विरुद्ध संघर्ष करने का संकल्प भी मेरे साथ-साथ चल रहा था। सोच रहा था कि इस मरुप्रदेश ने अपनी आँखों से कितने युद्ध देखे हैं। शाकम्भरी के चौहानों और प्रतिहारों के युद्ध और उनकी जय-पराजय का यह मरुप्रदेश मूक साक्षी रहा है। धौलपुर के राजा चण्ड महासेन ने तो जैसे म्लेच्छों को राजाश्रय ही दे दिया था। न जाने कितने म्लेच्छ, उसके राज्य में सरदार नियुक्त थे। संघर्ष चलता ही रहा। वर्ष पर वर्ष बीतते चले गए किन्तु संघर्ष थमा नहीं। आज भी मेवाड़ के गुहिल और प्रतिहारों के मध्य, राज्यलिप्सा अपनी चौसर बिछाए पड़ी है। सिन्धु देश में मुहम्मद बिन कासिम का आधिपत्य स्थापित हो गया है और ये म्लेच्छ आज भी महत्त्वाकांक्षी हैं। तलवार की नोक पर तो क्रूरता क्रीड़ा करती रहती है। तलवारें उस समय तक प्यासी रहती हैं, जब तक मानवता के रक्त से वे नहा नहीं लेतीं और फिर भी उनकी प्यास बुझती नहीं। युद्धभूमि भले रक्त से स्नान करती रहे, वर्तमान का सौभाग्य भले अश्वों की टापों के नीचे कुचलकर दमित होता रहे, सिन्दूर लुटता रहे, मातृत्व अपाहित और असहाय होता रहे किन्तु इन यवनों के देहतंत्र में तो संवेदना का एक

तार भी नहीं है, इन्हें इन सबसे क्या! क्रूरता तो बधिर होती है। उसे मानवता का आर्तनाद सुनाई भी कैसे दे। इनके मार्ग में प्रतिरोध के पहाड़ खड़े करने होंगे और इनके अत्याचारों, इनकी क्रूरताओं और इनकी राज्य-लिप्साओं को महासागर में विसर्जित करना होगा। यही विचार और संकल्प, मेरे साथ-साथ चल रहा था। मैं एकाकी नहीं था, संकल्पों की विशाल सशस्त्र सेना मेरे साथ चल रही थी।

सूर्य तप रहा था। नीचे पृथ्वी जल रही थी। यह मरुस्थली तो नहीं थी, सौराष्ट्र का ही एक अंचल था किन्तु यहाँ की रेतीली मिट्टी की तपन का स्पर्श कर मरुस्थल के असह्य ताप का अनुभव हो रहा था। कुछ और चला तो दारुकवन आ गया। यहाँ एक पहाड़ी पर शिव मन्दिर है। शैवों के लिए यह अत्यन्त सिद्ध स्थान माना जाता है। मेरे मन में यहाँ आने की बड़ी इच्छा थी। यही सोचकर यहाँ आ पहुँचा। पहाड़ी पर गया। शिव मन्दिर पहुँचा और वहाँ शैवों की एक जमात के निकट ही बैठ गया। श्लथ था। विश्राम करता रहा।

सांध्य दर्शन के लिए शिव मन्दिर गया और फिर वापस आकर उसी जमात के पास बाघंबर बिछाकर लेट गया। ये सभी शैव थे किन्तु त्रिशूलधारी पाशुपत थे। पाशुपत शैव दर्शन और नाथ दर्शन में बहुत-सी बातों में समानता थी। तांत्रिकों के प्रभाव में आकर बहुत से पाशुपत, तंत्र-साधना करने लगे थे। मैं तो उपदिष्ट योगमार्गी था और अन्तर्साधना करते हुए चिरन्तन सत्य और आनन्द की अनुभूति, योगाभ्यास के माध्यम से पाता था। न देह में भस्म लपेटता था, न आत्मा को पशु मानता था और न धूनी रमाता था। पाशुपतों के भी दो उपमार्ग माने गए हैं। एक, श्रुत पाशुपत और दूसरा, अश्रुत पाशुपत अथवा लकुलीश। ध्यान धारण और योग की साम्यता, मेरे योग दर्शन से थी। इन पाशुपत शैवों ने धूनी जला ली और अर्द्धनिद्रावस्था में ये विविध प्रकार की मुद्राएँ धारण करने लगे। कुछ पाशुपत अट्टहास करने लगे और कुछ हुडुक्कार की ध्वनि उच्चरित करने लगे। कुछ पाशुपतों ने शिव नृत्य करना आरम्भ कर दिया। मैं अपने बाघंबर पर लेटा हुआ इनकी तांडवी मुद्राएँ देखता रहा। फिर निद्रा आ गई।

प्रात:काल पाशुपतों की जमात निद्राग्रस्त थी। मैं उठा और विराट की यात्रा आरम्भ कर दी। विराट, मरुभूमि के दुर्गम रेतीले अंचल में स्थित है, ऐसा एक पाशुपत ने बतलाया था। फिर भी मैंने वहाँ से प्रस्थान कर दिया।

विराट पहुँचने में कई मास लग गए। अर्बुदावली की पर्वत श्रेणियों में भटकता रहा। पुष्कर और कामवन आदि स्थानों की यात्रा करता, कभी मत्स्य जनपद में भटक गया तो कभी मांडव्यपुर क्षेत्र में। मरुप्रदेश के रेतीले अंचल में भटकता रहा और फिर मैं विराट पहुँचा। यात्रा करते हुए जो चार मास व्यतीत हुए, उस काल में जिन-जिन क्षेत्रों में गया, वहाँ म्लेच्छों के द्वारा किए जा रहे छिटपुट आक्रमणों तथा उनके द्वारा किए जा रहे अत्याचारों से मरुक्षेत्र की सम्पूर्ण जनचेतना संत्रस्त

थी। आर्यावर्त तो म्लेच्छों के लिए आकर्षण का केन्द्र बन गया है। और फिर इस आर्यावर्त में राजकीय सत्ताओं का पारस्परिक बिखराव और संघर्ष। विस्तारवादियों और यवनों-अरबों के लिए आगमन की अनुकूलता तो यहाँ की राजनीतिक परिस्थितियाँ बनाए हुए थी। अभी तो म्लेच्छों के छिटपुट ही आक्रमण हो रहे थे किन्तु किसी विशाल सशस्त्र आक्रमण की सम्भावनाओं को अस्वीकार कैसे किया जा सकता था। मेरे मन में इस तरह के विचार निरन्तर आते रहे और मैं उनके सम्भावित आक्रमणों के प्रतिरोध के लिए जनशक्ति को संगठित करने के विषय में भी निरन्तर विचार करता जा रहा था। मैंने तब जनशक्ति को संगठित करने का विचार भी स्थिर कर लिया था।

विराट आने पर नगरवासियों से ज्ञात हुआ कि नगर से थोड़ी ही दूरी पर एक सिद्धपीठ स्थापित है। सिद्धपीठ में डेरा जमाने का निश्चय किया और एक टेकड़ी पर स्थापित सिद्धपीठ पहुँच गया। सिद्धपीठ में कई कुटीरें बनी दिखीं। कुछ तांत्रिक भी वहाँ दिखे। वहाँ एक कुटीर में ठहर गया। मैंने अनुमान लगा लिया था कि सिद्धों-कापालिकों और नाथपंथियों के आवास के लिए यहाँ सिद्धपीठ में कुटीरों का निर्माण किया गया है। वहाँ निवास करने वाले सिद्धों से समागम हुआ। इन सिद्धों से समागम करते हुए उन योगियों से भी भेंट हुई जो कनकगिरि से सिद्धपुरा तक की यात्रा में मेरे साथ गुरुदेव मत्स्येन्द्रनाथ के संग यात्रा कर रहे थे। उन सिद्धों ने भी मुझे पहचान लिया। हम सब गुरु मत्स्येन्द्रनाथ के शिष्य थे, अत: गुरुभ्रातृ थे। मैंने विचार किया कि जन-शक्ति को संगठित करने में मुझे इन गुरुभ्राताओं का सहयोग लेना पड़ेगा। तब मुझे लक्ष्य को निर्धारित करने तथा उसकी पूर्ति के लिए विधि-प्रविधि स्थिर करने के लिए एक प्रकाश बिन्दु मिल गया था। योगियों ने यह भी बतलाया कि “गुरु मत्स्येन्द्रनाथ के संग वे सिद्धपुरा से कलिंग होते हुए उड्डियान पीठ तक गए थे। वहाँ योगी मत्स्येन्द्रनाथ सतानन्द मछुआरे की पुत्री मधुमिता के साथ साधना-विहार कर रहे थे और हम योगियों को स्वतंत्र यात्रा करने का निर्देश दे दिया था। तब से हम गुरुदेव से विलग होकर यात्रा कर रहे हैं और भ्रमण करते हुए इस विराट नगरी में आ गए हैं।”

योगियों द्वारा गुरुदेव के नारी आकर्षण का तथ्य जानकर मुझे उनकी साधना के सम्बन्ध में संशय तो हुआ था किन्तु मैंने विचार किया था कि गुरुदेव तो महाज्ञानी हैं, नाथपंथ के उन्नायक हैं, यह नारी आकर्षण भी उनकी साधना का ही एक उपक्रम होगा। मुझे विश्वास था कि गुरुदेव नाथपंथ से भटक नहीं सकते। सोच रहा था मेरे मन में जन्मा हुआ संशय वहीं विलुप्त हो जाए। भविष्य में सत्य न हो। मैं कुछ ही क्षणों में अपने मन के संशय की इस मानसिकता से मुक्त हो गया।

सिद्धपीठ जागृत थी। यहाँ जोगी-जोगड़ों का निवास और उनकी साधनाओं का क्रम निरन्तर चलता रहता था। नगरवासियों का इस पीठ पर आना-जाना भी बहुत था। नगरवासियों की यहाँ उपस्थित रहने वाली भीड़ से मैंने अनुमान लगा लिया था कि योगियों के प्रति नगरवासियों में श्रद्धा और सम्मान का भाव है। जनशक्ति को संगठित करने के लिए इस नगर की जनमानसी अनुकूल प्रतीत हो रही थी।

कई दिवसों तक नगर-भ्रमण करते हुए मैंने इस तथ्य का आकलन कर लिया था कि नगर में जनशक्ति को संगठित कर 'जनयोग पीठ' की स्थापना सम्भव है। नगर में सभी वर्णों का जनमानस था। ब्राह्मण, क्षत्रिय, वैश्य और शूद्र। जनजातियाँ भी यहाँ प्रचुर संख्या में थीं। किरात, कोल, भिल्ल, पुलिन्द, सागर और वान्तर जनजातियों के निवासी थे। दास-प्रथा भी यहाँ प्रचलित थी। सम्पन्न राजवंशीय तथा अन्य धनाढ्य परिवारों में अनेक दास अपना नारकीय जीवन व्यतीत कर रहे थे। मैंने अनुमान लगा लिया था कि शूद्र वर्ण और जनजातियों के परिवार भीषण आर्थिक और सामाजिक विपन्नता में अपना जीवन व्यतीत कर रहे हैं। दास-प्रथा के प्रचलन के अनेक राजतंत्रीय और समाजशास्त्रीय कारणों में से एक कारण प्रमुख था, और वह था आर्थिक दारिद्र्य। दास भी अनेक प्रकार के थे। क्रीत, उपहार, ऋण और युद्ध प्राप्त दासों की संख्या ही अधिक थी। आत्मविक्रेता दास भी थे किन्तु उनकी संख्या अत्यन्त नगण्य थी।

मैं दास-प्रथा की उत्पत्ति और उसके प्रचलन के विषय में सोचकर अत्यन्त क्षुब्ध हो रहा था। न जाने क्यों ऋग्वेद में दास-दासियों के दान का उल्लेख किया गया है। आठवीं शताब्दी की एक कृति 'गौडवहो' का अध्ययन करते समय भी मुझे यह उल्लेख मिला था कि यशोवर्मा ने मगध को पराजित कर वहाँ की विधवा रानियों को 'चामरधारिणी' का दायित्व सौंप दिया था। पउमचरिय में भी यह अंकित है कि पराजित पक्ष की नारियों से जल ढुलवाने का कार्य कराया जाता था। कितने ही ग्रन्थों में दास-दासियों के कार्यों का उल्लेख है। देवताओं के पास अप्सराएँ थीं विलास के लिए और राजाओं तथा सम्पन्नों के पास दास-दासियाँ हैं, उनके ऐश्वर्य और विलास के लिए। मुझे पीड़ा हो रही थी, धर्मशास्त्रों में इतना उल्लेख देखकर। मैं यदि उन कृतियों के लेखन-काल में अस्तित्व में होता तो इसका प्रतिरोध करता। उनकी लेखनी की मसि को सुखा डालता और इस असामाजिक, अमानवीय प्रथा का न जन्म होता और न दासों की परम्परा का विकास ही होता। किन्तु मैं तब नहीं था, आज मैं इस शताब्दी में हूँ। आज तो मैं भूतकाल के ऐसे अभिलेखों के समक्ष प्रश्नचिह्न ही अंकित कर सकता हूँ। न तो वेदों के रचयिताओं को समाज के समक्ष न्याय के लिए खड़ा कर सकता हूँ और न अन्य रचनाकारों को। किन्तु इतना तो निश्चित है कि भूतकाल के इन अभिलेखों ने वर्तमान को अभिशप्त बना दिया है। किन्तु मैं प्रश्नचिह्न अंकित कर, यंत्रणा को मौन होकर सह नहीं सकता।

मानवीयता और सामाजिक न्याय के मस्तक पर चुभा हुआ 'दास-प्रथा' का यह त्रिशूल उखाड़ फेंकूँगा और इसे जड़मूल से नष्ट करूँगा। मैं हठयोगी हूँ। उपदिष्ट योगमार्ग से जनशक्ति को संगठित करूँगा और संघर्ष के लिए जनमानस की भूमि को उर्वर बनाऊँगा। मैं वर्तमान के माथे पर लगे दास-प्रथा के इस अभिजातवर्गीय तिलक को मिटा देने का संकल्प कर चुका था तब। मैं कौटिल्य के अर्थशास्त्र के उन पृष्ठों को फाड़ देना चाहता था जिनमें उन्होंने दासों को सप्त प्रकारों में विभक्त किया था। मनुस्मृति, नारद अशुश्रूषा, विज्ञानेश्वर मिताक्षरा और शुक्रनीति के पृष्ठ आज भी मुझे आत्मपीड़ा दे रहे हैं। सारे धर्मशास्त्र प्रश्नचिह्न सहेजे हुए हैं। भूतकाल तो उत्तर नहीं दे सका किन्तु वर्तमान अवश्य उत्तर देगा।

नगर में जनशक्ति को संगठित करने की विचारणा के प्रथम चरण में मैंने योगियों को संगठित करने तथा उनके संगठन को संघर्षोन्मुखी बनाने का निश्चय किया।

सिद्धपीठ में योगियों की पर्याप्त संख्या थी। गुरुदेव मत्स्येन्द्रनाथ के शिष्य और मेरे गुरुभ्रातृ तो पीठ में थे ही। धीरे-धीरे मैंने अपनी शिष्य-परम्परा को विकसित करने का कार्य भी आरम्भ कर दिया। मैं उनको तन-योग और मन-योग, दोनों ही प्रकार से प्रशिक्षण दे रहा था। मैं उनसे कहता था कि "यह जगत, जीवन और प्राणशक्तियों का जागृत लोक है। इस जड़ जगत की जड़ता भी जागृत है। यहाँ सृजन है, रक्षण है और विनाश की संस्थितियाँ भी विद्यमान हैं। जीवन ही भौतिक शरीरों का निर्माणकर्ता है और भौतिक शरीरों को संगठित कर आत्मा, व्यक्ति चेतन और सामाजिक चेतना के साक्षात्कार के अवसर प्रदान करता तथा आदर्शों का निर्माण भी वही जीवन करता है। यह भौतिक शरीर जन्मता है, वृद्धावस्था प्राप्त करता है और मृत हो जाता है किन्तु जन्म और मृत्यु के अन्तराल को सार्थकता प्रदान करने का कार्य एक योगी ही कर सकता है। मनस् और शरीर परस्पर क्रिया-प्रतिक्रिया करते रहते हैं किन्तु भौतिक शरीर के समाप्त हो जाने के उपरान्त, भौतिक शरीर द्वारा किए गए कार्यों के रूप में मनस् जीवित रहता है। हमारे भौतिक शरीर का महत्त्व, हमारे कार्यों पर निर्भर करता है। कार्यों की भी समाजोन्मुखता ही श्रेय होती है। इसी श्रेय को प्राप्त करना एक योगी का धर्म है। पर-पीड़ा को आत्म-पीड़ा स्वीकार करते हुए व्यक्ति और मन को पर-नियंत्रण से मुक्त करना, आज हमारा धर्म है और संघर्ष ही हमारा वर्तमान है। वर्तमान को जियो और आदर्श की स्थापना के लिए अनादर्शों का प्रतिरोध करो वत्स!" अलख निरंजन, अ-ल-ख-नि-रं-ज-न के उद्घोष के साथ मैंने योग-वार्ता का समापन किया।

अब मेरे शिष्यों की संख्या भी बहुत हो गई थी। मेरे योगी शिष्य तो थे ही, धीरे-धीरे सोनार, बढ़ई, मोची, तेली, बुनकर, दर्जी, शिल्पी आदि आर्थिक दृष्टि से निर्धन शूद्रवर्णी भी मेरे शिष्य बन गए। इनके अतिरिक्त भिल्ल, कोल, पुलिन्द और किरात जन भी मेरे अनुयायी हो गए। ये तेजस्वी और युद्धक वीर भी थे। शूद्रों

और जनजातियों के अनुयायियों को मैंने दीक्षा तो दी थी किन्तु उन्हें गृहस्थ आश्रम त्यागकर दीक्षा लेने वाला योगी नहीं बनाया था। वे मेरे गृहस्थ शिष्य थे।

मेरे समक्ष उस समय दो लक्ष्य थे। एक, दासों को उत्पीड़न और प्रताड़ना से मुक्ति दिलाना और दूसरा, जनमानस को म्लेच्छों के छिटपुट हमलों और सम्भावित विशाल आक्रमण के प्रतिरोध के लिए तैयार करना। इन दोनों उद्देश्यों की पूर्ति की दिशा में मैंने कार्य करना आरम्भ भी कर दिया था। धीरे-धीरे शक्तिपीठ में मैंने योगियों की एक सेना ही तैयार कर ली।

'योगी-सेना' में योगियों की संख्या भी अभिवृद्ध हो रही थी। सिद्धपीठ में स्थानाभाव होने लगा था। अतएव मैंने सिद्धपीठ से कुछ दूर एक पहाड़ी पर 'जन-योग-पीठ' की स्थापना का निर्देश दिया। योगी-सेना कुटीरों और अखाड़ों के निर्माण में जुट गई और दो-तीन दिवसों में ही कुटीरों और अखाड़ों का निर्माण कार्य पूर्ण हो गया। मैं अपनी योगी-सेना के साथ जनयोग पीठ में आ गया। पचासों कुटीरें निर्मित थीं और प्रत्येक कुटीर में तीन-तीन, चार-चार योगियों के ठहरने का प्रबन्ध था।

भोजन और अन्य आवश्यक सामग्री जुटाने का दायित्व मेरे उन शिष्यों पर था, जो गृहस्थ थे। पीठ में कई अखाड़े तैयार कर लिए गए थे। कई ऐसे स्थल भी थे जहाँ अस्त्र-शस्त्रों के प्रयोग का अभ्यास किया जा सकता था। सोनार, बढ़ई, तेली, मोची और बुनकरों को भोजन के प्रबन्ध का दायित्व सौंप दिया गया था। दर्जी और शिल्पी जल-प्रबन्ध के लिए उत्तरदायी थे। भिल्ल और किरातों पर दुग्ध प्रबन्ध का भार था और कोल तथा पुलिन्दों को अखाड़ों और अन्य अभ्यास स्थलों के प्रबन्ध का भार दे दिया गया था। सम्पूर्ण वातावरण क्रियाशील प्रतीत होता था और प्रत्येक शिष्य, प्रतिबद्ध होकर अपने दायित्व का निर्वहन कर रहा था।

दिन-भर अखाड़ों और अभ्यास स्थलों में मल्लयुद्ध और शस्त्रयुद्ध का अभ्यास चलता रहता था। मैं स्वयं भी योगियों को मल्लयुद्ध और शस्त्रयुद्ध का अभ्यास कराता था। दुग्ध, भोजन और फल की पर्याप्त व्यवस्था थी। योगियों के अस्थिपंजर शरीरों में कोंपलें आने लगीं। देह में ऊर्जा उत्पन्न होने लगी और देहयष्टि एक प्रशिक्षित योद्धा के अनुरूप हृष्ट-पुष्ट और बलिष्ठ हो गई।

मैं अपने योगियों की सेना लेकर नगर में निकलता तो एक प्रकार का आतंक व्याप्त हो जाता था और मैं सम्पन्न वर्ग में भय और आतंक उत्पन्न करना भी चाहता था। मैं जानता था कि जहाँ प्रार्थनाएँ अर्थशून्य हो जाती हैं, वहाँ शक्ति, अर्थवान होकर जड़ के हृदय में भी संवेदना के बीज अप्रत्याशित रूप से अंकुरित कर देती है। आर्थिक दृष्टि से विपन्न और सामाजिक दृष्टि से अस्पृश्य जन, हमारी योगी-सेना का सम्मान भी करते थे। कई दिवसों तक यह क्रम चलता रहा। योगी-सेना का आतंक सम्पन्न परिवारों में व्याप्त हो गया था और मैं इस परिस्थिति का ही उपयोग करना चाहता था।

एक दिवस मैं योगी-सेना का नेतृत्व करते हुए एक राजवंशीय सम्पन्न क्षत्रिय के भवन के सामने से निकल रहा था। मैंने देखा कि वह भवन-स्वामी एक दास को शारीरिक प्रताड़ना दे रहा था। मुझे दास-मुक्ति अभियान आरम्भ करने की सन्धि प्राप्त हो गई। योगी-सेना को देखकर वह भयभीत हुआ और उस दास को घसीटता हुआ कक्ष में ले जाने का उपक्रम करने लगा। मैंने चार-छह योगियों को निर्देश दिया कि वे उस दास को मुक्त कराएँ। योगी कक्ष के द्वार पर पहुँच गए और उस दास को तथा भवन-स्वामी को अपने साथ लाकर मेरे समक्ष खड़ा कर दिया।

"तेरा नाम क्या है भद्रजन!" मैंने प्रश्न किया।

"जोधा सिंह, योगीराज!" उसने उत्तर दिया।

"तू इस दास को शारीरिक प्रताड़ना दे रहा था। इस प्राणी को प्रताड़ित करने का अधिकार तुझे किसने दिया? तेरा इस पर क्या अधिकार है?"

"योगीराज! यह मेरा क्रीत दास है। मैंने इसे मुद्राएँ देकर क्रय किया है। दास-नियमों के अनुसार यह जीवनपर्यन्त हमारा दास ही बना रहेगा।"

"यह आचार-संहिता किसने निर्मित की है? मैं वेद, पुराण, मनुस्मृति और शुक्रनीति का उपाख्यान नहीं सुनना चाहता। तुम्हारा शरीर तंत्र क्रियाशील है और तुम्हारे इस तन के भीतर ही आत्मा है। क्या तुम्हारी आत्मा ने तुम्हें यह अमानवीय कृत्य करने का अधिकार दिया है?"

"नहीं प्रभु!" जोधा सिंह ने भयभीत होकर कहा।

"और कितने दास हैं तुम्हारे भवन में?" मैंने आक्रोश में प्रश्न किया।

"सात और हैं योगीराज!"

"इन सभी दासों को मुक्त करो। अभयदान दो। आत्मा-आत्मा में विभेद कैसा। दास कोई वस्तु नहीं है जिसका क्रय-विक्रय किया जाए। इसके अन्तर में आत्मा है, मन है, भविष्य का सुन्दर स्वप्न है। हे भद्र! तुझे दासों का भविष्य और वर्तमान छीनने का कोई अधिकार नहीं है। इन्हें अपने अधिकार से मुक्त करो, सदा के लिए। अभयदान दो इन्हें।" मैंने जोधा सिंह को आदेश दिया।

जोधा सिंह भवन के भीतर गया और कुछ देर में ही एक-एक कर सभी दास बाहर आ गए।

दास-मुक्ति अभियान के प्रथम चरण में सफलता प्राप्त कर योगी-सेना अलख निरंजन का गगनभेदी समवेत उद्घोष करने लगी। कुछ योगी शृंगीनाद गुंजित करने लगे। दासों को साथ में लेकर योगी सेना जन योग पीठ में आ गई। यह क्रम दस-बारह दिवसों तक निरन्तर चलता रहा और द्विसहस्र दास मुक्त हो गए। इन दासों में से युद्ध में प्राप्त दास, उपहार में प्राप्त दास और ऋण दास; ऐसे थे जिनके दूरस्थ क्षेत्रों में घर-परिवार थे। उनको अपने-अपने गृह जाने का मैंने निर्देश दे दिया। ऐसे दासों की संख्या सर्वाधिक थी। इन दासों में भी ऋण-दास सबसे अधिक थे।

इन दासों ने मुक्त आकाश में साँस लेना शुरू कर दिया था और वे प्रसन्नचित्त 'अलख निरंजन' का उद्घोष करते हुए अपने ग्रामों की ओर चले गए। अब जन- योग पीठ में मुक्त हुए आठ-दस दास ही शेष रह गए थे। इन दासों ने नाथपंथ स्वीकार कर लिया और ये योगी हो गए। मैंने अन्य योगियों की भाँति इन नव दीक्षित योगियों को बाघंबर, शृंगी, रुद्राक्ष, खप्पर आदि प्रदान कर दिए। उनके कर्णों में कुंडल डाल दिए गए और वे पूर्ण नाथपंथी हो गए।

अब प्रतिदिन अखाड़ों में मल्लयुद्ध तथा अभ्यास स्थलों में शस्त्र-चालन प्रशिक्षण का कार्य चलने लगा। प्रात:काल और सायंकाल गुरु मत्स्येन्द्रनाथ के शिष्य भी जनयोग पीठ में उपस्थित हो जाते थे और वे भी इन प्रशिक्षणों में सहभागी बनते थे। मैं प्रात:काल योगी समुदाय को प्रवचन देता था। एक दिन मैंने पिंड ब्रह्मांड से सम्बन्धित योग-धारण पर अपना प्रवचन दिया। पंच महाभूतों से निर्मित शरीर संरचना के विषय में योगियों को ज्ञान देते हुए मैंने बतलाया—

"ब्रह्मांड की रचना आकाश, सलिल, वायु, तेजस् और पृथ्वी से हुई है। इन्हीं पंचमहाभूतों से भौतिक शरीर का निर्माण हुआ है। प्राणी पंच भौतिक शरीर, अन्त:करण पंचक, कुल पंचक, व्यक्ति पंचक, प्रत्यक्षकरण पंचक, दस वायु, नाड़ी तंत्र और अस्थि संरचना, रोम कूप तथा धातुओं का संयोग है। अन्त:करण भी मन, बुद्धि, अहंकार, चित्त और चैतन्य का प्रणेता है। भौतिक शरीर में ही कुल पंचक भी व्याप्त है किन्तु एक योगी के लिए सत्व गुण ही श्रेय है और उसका ही विकास करना अभीष्ट भी है। दया, धर्म, क्रिया, भक्ति और श्रद्धा के कल्याणकारी रूपों में सत्व गुणों का विकास हो सकता है। व्यष्टि से समष्टि तक सत्व गुण का विस्तार करना चाहिए। यह समाज ही समष्टि रूप है और व्यष्टि उस समष्टि का ही एक अंश, एक रूप। व्यष्टि तक सीमित न कर योगी को चाहिए कि वह अपनी व्यष्टि को समष्टि का स्वरूप दे। जनवेदना, जन-संघर्ष को समझे, दया, धर्म, भक्ति और श्रद्धा को अंगीकार करे और समाज के उत्कर्ष के लिए निरन्तर कार्य करे, क्रियाशील बना रहे। समाज से अनादर्श का उन्मूलन करना और जनमानस को भयमुक्त करना, वर्तमान समय की अपेक्षा है। हम योगी-जन इस अपेक्षा की प्रतिपूर्ति के माध्यम हैं, साधन हैं, साध्य तो अलख निरंजन है। अ-ल-ख-नि-रं-ज-न।"

योगियों ने अलख निरंजन का उद्घोष किया और मैंने प्रवचन का समापन किया।

इस प्रकार प्रत्येक दिन प्रवचन देता और योगियों के मानस-तंत्र को सामाजिक आदर्शों के निनाद से झंकृत करता रहा। योगी क्रियाशील बने रहें और दास मुक्ति का यह अभियान अन्य अंचलों में भी आरम्भ हो, इस दृष्टि से मैंने दस-दस योगियों के दल गठित कर दिए। पाँच दल राष्ट्र के अलग-अलग अंचलों में भेज दिए जहाँ इन योगियों ने कार्य करना आरम्भ किया। तीन दलों को विभिन्न क्षेत्रों में भेजकर जन सेना के गठन का निर्देश दिया और दो दल यहाँ 'जनयोग पीठ' में ही कार्यशील

रहने का आदेश दिया। अब मैं संगठन के कार्य से प्राय: मुक्त था। योगी, निर्धारित यम-नियम, प्राणायाम, मल्ल और शस्त्र युद्ध अभ्यास, धारणा, ध्यान और योग की क्रियाओं में निरत रहने लगे और जनमानस को भी बाह्याक्रमण से आत्मरक्षात्मक कार्यों का प्रशिक्षण देने लगे।

अब मैं ध्यान और योग साधना में अधिक समय दे रहा था। किन्तु इस राज्यांचल की राजकीय और सामाजिक समस्याओं से मैं न विमुख हुआ था और न ही तटस्थ। मैं प्रतिदिन पंचनद, कच्छ, गुर्जर देश तथा सम्पूर्ण राजपुत्र स्थान में योगियों द्वारा किए जा रहे दास-मुक्ति अभियान तथा जन-सेना के संगठन की प्रगति से भिज्ञ होता रहता था। ये योगी प्रतिबद्ध होकर दोनों कार्य निष्पादित कर रहे थे और इन अंचलों से जन-जागरण की सूचनाएँ मुझे निरन्तर प्राप्त हो रही थीं। मैं नगर में भ्रमण कर जातिभेद से उत्पन्न अस्पृश्यता की समस्या तथा कृषि भूमि के असमान आधिपत्य से उत्पन्न आर्थिक दारिद्र्य तथा भूमिहीनता की समस्याओं को सुलझाने की दिशा में भी जनमानस को तैयार करने में संलग्न था। योग साधना की वैज्ञानिकता का ज्ञान भी नगरवासियों को देता जा रहा था और इसका अनुकूल प्रभाव भी पड़ रहा था।

दास-मुक्ति और जन-सेना के संगठन की सूचना विभिन्न राज्यों के अधिपतियों तक भी पहुँची थी और वे भी सतर्क होकर अपनी सेनाओं को सुसज्जित करने लगे थे। मैं योगियों के द्वारा इस दिशा में किए जा रहे अथक प्रयासों से आश्वस्ति का अनुभव कर रहा था।

मैं इन विचारों में डूबा ही हुआ था कि सुदूर स्थित बौद्ध विहार से नारियों के आर्तनाद की ध्वनि सुनाई पड़ने लगी। मैं अभी तक उस बौद्ध विहार की ओर गया नहीं था अत: वहाँ की गतिविधियों से पूर्णत: अनभिज्ञ था। मेरे मन में यह धारणा भी थी कि उस बौद्ध विहार में वज्रयानी भिक्खु निवास करते होंगे और मैं उनकी शाक्तोपासना तथा वामाचार को विकृत और पाखंडपूर्ण मानता था। इसलिए मैं कभी उस बौद्ध विहार की ओर गया नहीं। किन्तु नारियों का यह समवेत आर्तनाद क्यों। मैंने अनुमान किया कि या तो वज्रयानी, नारियों के साथ सामूहिक वामाचार कर रहे होंगे अथवा कोई अन्य विपत्ति इन नारियों पर आ पड़ी होगी। उन नारियों का रुदन और तीव्र होता जा रहा था। नारी का अस्तित्व मेरे लिए पूज्य था और नारी की अस्मिता पर होता प्रहार न तो मैं देख सकता था और न ही श्रवण कर सकता था। यह मेरे लिए असह्य था। मैंने तत्काल प्रतिरोध करने का निश्चय किया और अत्यन्त उच्च स्वरों में अलख निरंजन का उद्घोष करते हुए उच्च शृंगीनाद किया। मेरी योगी-सेना एकत्र हो गई। मैंने सभी योगियों को अपने अस्त्र-शस्त्रों से सुसज्जित होकर बौद्ध विहार की ओर प्रस्थान करने का आदेश दिया। आर्तनाद और उच्च होता जा रहा था और मेरे तथा योगियों के पदों में त्वरागति और तीव्र होती जा रही थी।

योगियों की सेना बौद्ध विहार पहुँच गई। मैंने कुछ अश्वारोहियों को देखा। वे भिक्षुणियों को खींचकर एक स्थूल रज्जु से बाँध रहे थे। मैंने योगी सेना को सम्पूर्ण शक्ति के साथ प्रतिरोध करने का आदेश दिया। योगियों की सेना भाले और त्रिशूल लेकर उन बर्बरों पर टूट पड़ी। विहार में दीपमालिकाओं का पर्याप्त प्रकाश था और एक-एक अश्वारोही स्पष्ट दिख रहा था। योगियों के भालों और त्रिशूलों की चमक और भी अधिक प्रकाश उत्पन्न कर रही थी। मल्लयुद्ध और शस्त्रयुद्ध सम्पूर्ण गति के साथ चल रहा था। योगी आक्रमणकारी आततायी म्लेच्छों पर लक्ष्य लेकर भाले और त्रिशूल चला रहे थे। योगियों का प्रतिरोध इतना तीव्र और शक्ति-सम्पन्न था कि म्लेच्छों की तलवारों का पानी उतर गया। वे अपने प्राणों की रक्षा करने पराजित होकर विहार से भागने लगे और कुछ ही देर में विहार म्लेच्छों से शून्य हो गया। सभी आक्रमणकारी और अपहर्ता विहार से भाग चुके थे।

अपहर्ता म्लेच्छों के वहाँ से जाने के बाद बौद्धपीठ में प्रताड़ित नारियों ने आश्वस्ति का अनुभव किया और वे सामूहिक रूप से रक्षाकर्मी योगियों को साधुवाद देने लगीं।

मेरी योगी-सेना अनुशासनबद्ध खड़ी थी और मेरे आगामी आदेश की प्रतीक्षा कर रही थी। तभी एक भिक्षुणी, नारियों को धैर्य बँधाती मेरे पास आकर खड़ी हो गई। उसने दीपमालिका के प्रकाश में आकर मुझे साधुवाद देने के लिए सिर ऊँचा किया। भिक्षुणी ने मुझे देखा और मुझे उसके मुख से उच्चरित शब्द सुनाई पड़ा—"अरे गोरक्ष तुम!" मैं तो नारी समुदाय के समक्ष खड़ा था, अत: मेरी दृष्टि भूमि को ही पढ़ रही थी। मैंने अपना सम्बोधन सुनकर सिर उठाया और देखा सिद्धा खड़ी थी। मेरे मुख से निकल पड़ा—"अरे सिद्धा! तुम यहाँ और इस प्रतिकूल स्थिति में! यहाँ कैसे आगमन हुआ?"

सिद्धा मुझे वहाँ आकस्मिक रूप से पाकर अत्यन्त प्रसन्न हुई और उसने उच्च स्वरों में पुकारा—"विमला, आ, त्वरित आ, देख कौन है हमारी अस्मिता और मर्यादा का रक्षक।"

विमला दौड़ती आ पहुँची और मुझे वहाँ उपस्थित देखकर अवाक् रह गई। "कल्पनातीत है तुम्हारा साक्षात्कार गोरक्ष।"

विमला मुझे पाकर इतनी भावविह्वल हो गई थी कि आगे उसके मुख से एक भी शब्द निस्सृत नहीं हुआ। उसके मुख पर भावों का आन्दोलन प्रतिबिम्बित हो रहा था और मैं उन प्रतिबिम्बों को देख रहा था। मैं भी अपनी बाल-सहचरियों को यहाँ पाकर आनन्दित ही हुआ था।

मैंने अपनी योगी-सेना को बौद्धपीठ की चारों दिशाओं में सतर्कतापूर्वक खड़े रहकर चौकसी करने का निर्देश दिया। योगी पीठ के चारों ओर सतर्क होकर खड़े हो गए।

पीठ की पूर्ण सुरक्षा व्यवस्था का निर्देश देने के उपरान्त मैंने सिद्धा और विमला

से कहा कि "मैं मुख्य द्वार पर खड़े रहकर चौकसी करूँगा। तुम सुरक्षा का अनुभव कर विश्राम कर सकती हो।"

किन्तु सिद्धा और विमला के नेत्रों में निद्रा और आनन्द एक साथ कैसे निवास कर सकते थे। यहाँ पर द्वैत तो असह्य था। नेत्र इस द्वैत को स्वीकार भी नहीं कर रहे थे। उन दोनों ने मुख्य द्वार पर ही बैठने का संकल्प किया, प्रबन्ध किया और मेरे साथ द्वार पर ही आकर बैठ गईं। किन्तु मौन अनन्त काल तक तो हठयोग की साधना नहीं कर सकता। मौन का हठयोग भंग हुआ।

"तुमने पीठ के संरक्षण में निवास करने वाली नारियों की अस्मिता का संरक्षण कर हम पर बहुत उपकार किया है। तुम्हारी समाजधर्मिता को देखकर हमें अलौकिक आनन्द की अनुभूति हो रही है।" सिद्धा ने कहा।

"योग साधना, व्यक्ति और समाज, दोनों के लिए कल्याणकारी होती है सिद्धा। मैं हठयोगी हूँ, तो समाज की एक अन्विति भी तो हूँ। कर्मकांड, उपवास, यज्ञ और व्रत सब निरर्थक हैं। व्यष्टि को साधते हुए समष्टि की साधना करना भी तो योगी का दायित्व है और इस सामाजिक कर्तव्य से विमुख होना भी तो अधर्म है।" मैंने सिद्धा और विमला को समझाया।

"मैं तो अभी भी कर्म की पूजा कर रही हूँ गोरक्ष! इस नगर में भ्रमण-पर्यटन करते हुए मैं विमला के साथ आकर नारियों को उत्पीड़न से मुक्त करने के अभियान में संलग्न हो गई। सामाजिक अनादर्श आज कितना ऊँचा माथा किए खड़ा है। यहाँ पर अनेक राजवंशीय और धनाढ्य परिवारों में दासियाँ थीं। ये दासियाँ नारकीय जीवन व्यतीत कर रही थीं। पुरुषों के भोग-विलास की वस्तु थीं। किन्तु गोरक्ष! नारी केवल भोग्या तो नहीं है। उसकी अस्मिता का क्रय-विक्रय तो नहीं होना चाहिए। कितने ही प्रकार की दासियों को मैंने और विमला ने अथक प्रयत्न कर मुक्त कराया है। कोई क्रीत दासी है तो कोई उपहार दासी। मैंने इन दासियों को मुक्त तो करा लिया है, किन्तु अब इनके पुनर्वास की समस्या है। अभी तक तो भिक्षाटन कर भरपूर खाद्यान्न एकत्रित कर इन दासियों का भरण-पोषण करते आ रहे हैं। किन्तु अब ऐसा बहुत काल तक तो नहीं चलेगा। इनके पुनर्वास का कुछ स्थायी प्रबन्ध तो होना ही चाहिए।" सिद्धा ने बतलाया।

"तुम्हारे इस महान सामाजिक कार्य के लिए मैं तुम दोनों को साधुवाद देता हूँ, सिद्धा। लोक करुणा से महान और कोई करुणा नहीं होती। जितनी भी नारियाँ तुम्हारी पीठ में निवास कर रही हैं, उनमें से जो अपने घरों-परिवारों में लौटना चाहती हैं, उन्हें मेरे योगी-सैनिक सुरक्षित उनके परिवारों तक पहुँचा देंगे। जिन दासियों का कहीं कोई आश्रय नहीं है, उनके लिए 'नारी कल्याण पीठ' की स्थापना कर उनका पुनर्वास वहाँ कर सकती हो। रही उनकी आजीविका की समस्या तो उसके लिए उन्हें कार्यशील बना दो। कार्य शिल्प में दक्ष नारियों की दक्षता का उपयोग

करो। वे आजीविका अर्जित करने में समर्थ हो जाएँगी।" मैंने समस्या का निदान प्रस्तुत करते हुए कहा।

"तुमने उचित दिशा-दर्शन कराया गोरक्ष! समस्या का यही कर्मवादी समाधान उचित होगा। इसी दिशा में प्रयास करना पड़ेगा जिससे कि इन उत्पीड़ित नारियों का पुनर्वास हो सके और उनके समक्ष आजीविका की कोई विषमता न रहे। यह तो लोक चिन्ता हुई गोरक्ष! अब यह तो कहो कि इतने वर्षों में तुमने जीवंन और समाज की यथार्थता के दर्शन किए? सामाजिक सत्य का क्या आकलन किया? निष्कर्ष क्या मिला?" विमला ने प्रश्न किया।

"विमला! इतने वर्षों में मुझे न जाने कितने प्रकार के कटु अनुभव हुए हैं। व्यक्ति, समाज और राज्यसत्ता, सभी के चरित्र मेरे समक्ष प्रश्नचिह्न बनकर खड़े होते रहे हैं। मैंने अपनी यात्रा में आत्मनिष्ठ संन्यासी भी देखे और भोगवादी सामाजिक व्यवस्था का भी साक्षात्कार किया। ऐश्वर्य मद, व्यक्ति की करुणा को मरुभूमि बना देता है और फिर वहाँ शोषण, हिंसा और आत्मसुख के ऊँचे-ऊँचे रेतीले टीले ही खड़े दिखलाई देते हैं।

वज्रयानी आत्मनिष्ठ योगियों को मैंने योग-दर्शन का ऐसा कठिन बीजगणित दे दिया है कि वे अभी तक असाध्य साध्यों को सुलझाने में ही संलग्न होंगे। उन्हें वामाचार का अवकाश ही नहीं मिल पा रहा होगा। और अब उनका वामाचार का धन्धा मंद पड़ गया होगा।"

"तो इसे गोरखधन्धा कहो न गोरक्ष!" विमला ने परिहास करते हुए कहा।

"और भोगवादी सामाजिक व्यवस्था का कौन-सा अनादर्श तुम्हारी दृष्टि में आया गोरक्ष!" सिद्धा ने गम्भीर प्रश्न किया।

"जन-पीड़ा, जन-वेदना और जन-करुणा, सिद्धा! तुमने नारियों की करुणा से विगलित होकर उन्हें दासता से मुक्त किया और मैंने दासों को मुक्त किया। तुमने और मैंने जन-करुणा के क्रन्दन का अनुभव किया और करुणा से जन को मुक्त करने का ही कार्य किया है। योगी-सेना का गठन भी किया है और जनयोग पीठ की स्थापना भी। उसे इतना-गतिशील और क्रियाशील बना दिया है कि मेरे यहाँ न रहने के बाद भी वे देश-रक्षा करते रहेंगे। देश-चिन्ता करते हुए जनसाधारण को सतर्क करते रहेंगे।"

सिद्धा और विमला को मेरे कथन से ऐसा प्रतीत हुआ कि मैं सम्भवत: शीघ्र ही विराट से प्रस्थान करने वाला हूँ। तभी चिड़ियों के चहचहाने की ध्वनि सुनाई पड़ने लगी। प्रात:कालीन अरुणिमा ने पूर्व-क्षितिज पर प्रकाश का प्रत्याभास देना आरम्भ कर दिया। सिद्धा और विमला वर्षों के कितने अन्तराल के उपरान्त मिली थीं। वे बहुत कुछ कहना चाहती थीं। फिर भेंट करने का आश्वासन देकर मैं अपने योगी-सैनिकों को लेकर जनयोग पीठ आ गया।

वैसे नारियों का मेरी पीठ में आना वर्जित था किन्तु यह प्रतिबन्ध सिद्धा और विमला के लिए नहीं था। मैं सिद्धा के व्यक्तित्व में माँ की करुणा और विमला के व्यक्तित्व में माँ के महत्त्व के दर्शन पाता था और मातृत्व का अनुभव करता था। अत: जन योग पीठ के द्वार उनके लिए खुले हुए थे। वैसे तो रात्रि में मैंने अकस्मात् यह कह दिया था कि मेरे विराट से जाने के बाद भी यह पीठ और ये अखाड़े जागृत रहेंगे तथा योगी-सेना प्रत्येक अनादर्श का प्रतिरोध करेगी और म्लेच्छों के आक्रमण के समय युद्ध करेगी, देश-रक्षा को सर्वोपरि मानेगी किन्तु अब ऐसा लग रहा है कि यहाँ का लक्ष्य पूर्ण हो गया है और अब विराट से प्रस्थान का समय उपस्थित हो गया है।

एक दिन मैंने योगियों को एकत्रित कर विराट से अपने प्रस्थान की सूचना दे दी। उसी दिन सिद्धा और विमला आईं। मैंने अपने प्रस्थान करने की सूचना उन्हें भी दी।

प्रात: मैंने विराट से प्रस्थान कर दिया। सिद्धा और विमला ने पूछा—"अब कहाँ भेंट होगी?"

"जाबालिपत्तन में।" मैंने कहा था।

नवम आधार

यह प्रथम अवसर था, जब मत्स्येन्द्रनाथ ने अपूर्णता का साक्षात्कार किया था। वशीकरण, स्तम्भन और विद्वेषण मंत्र भी उस कैवर्त कन्या मधुमिता के समक्ष नि:शस्त्र हो गए थे। सिद्धिपरक होते हुए भी मत्स्येन्द्र को अपना कौलज्ञान, जीवन-साधना के अग्नितापी प्रश्नों से घिरा हुआ परिलक्षित हो रहा था। कौलज्ञान निर्णय के एक-एक पृष्ठ, प्रश्नांचल में बिखरे हुए दिख रहे थे। पृष्ठों पर सृष्टि, प्रलय, मानस लिंग, निग्रह-अनुग्रह, प्रतिभा जल्पन, चक्रध्यान तथा क्रामण-हरण के शीर्षक ही दिख रहे थे। आलेखों पर कैवर्त सुन्दरी के व्यक्तित्व की ऊर्जा का आलेप चढ़ा हुआ था। साधना की अपूर्णता ने मत्स्येन्द्रनाथ के पाँवों में शिथिलता बाँध दी थी। वे जगन्नाथपुरी से प्रस्थान कर वायव्यमुखी मुद्रा में उड्डियान पीठ के अंचल को पार कर रहे थे।

चलते हुए दिवस पर दिवस बीतने लगे। कुमारी गिरि को पार किया। उन्हें ऐसा प्रतीत हुआ जैसे उन्होंने कैवर्त सुन्दरी द्वारा प्रस्थापित प्रश्नचिह्न की पर्वत श्रेणियों पर ही विजय प्राप्त कर ली है। 'योगिनी कौल साधना'; जो कैवर्त सुन्दरी के व्यक्तित्व

की ऊर्जा के नीचे आवृत्त पड़ी थी, वह फिर उद्‌बुद्ध होने लगी और कुल-अकुल के समरसीकरण का विचार पुन: स्थिर होने लगा।

रत्नपुर में पहुँचकर बस्ती के बाहर डेरा डाल दिया। मछुआरे के एक परिवार के साथ किराड़ी पहुँच गए, राजिम होते हुए दण्डकारण्य की यात्रा करने का उन्होंने निश्चय किया और सघन वनों में कौलज्ञान के अनुसन्धानित्सु मत्स्येन्द्रनाथ दक्षिण कोशल के सुदूर दक्षिण में स्थित चक्रकूट आ गए। इन्द्रावती नदी का यहाँ एक विशाल जलप्रपात है। यहाँ से लेकर जगन्नाथपुरी तक के क्षेत्र को चक्रक्षेत्र कहा जाता है। चक्रकूट एक छोटी-सी बस्ती है। यहाँ पर अधिकांश तो गोंड जनजाति के निवासी हैं किन्तु दो-तीन गृह ऐसे भी थे जो उत्कल निवासी ब्राह्मणों के थे और यहाँ आकर बस गए थे। उन्हें यहाँ पर बसे हुए अनेक वर्ष हो गए थे। एक-दो पीढ़ियाँ भी निकल गई थीं। गोंड जनजाति तो लगभग आदिम अवस्था में ही थी। उनके शरीर में कम-से-कम वस्त्र रहते थे। लगभग नग्न अथवा अर्धनग्न अवस्था में रहते थे किन्तु उत्कल ब्राह्मण परिवार विकसित थे। इन ब्राह्मण परिवारों का गोंड जनजाति के मध्य सम्मान भी बहुत था।

मत्स्येन्द्रनाथ यहीं इसी ग्राम में इन्द्रावती नदी के प्रपात के कुछ दूर एक टीले पर प्रस्तर गुफा में ठहर गए। अभी तो वे अपनी निराशा से मुक्त नहीं हुए थे। कैवर्त सुन्दरी मधुमिता ने उनके सम्पूर्ण मंत्र-बल को शक्तिहीन-सा बना दिया था और उनके तंत्र को अपाहिज-सा कर दिया था। वे अपनी कौल साधना को पुन: जागृत करना चाहते थे। प्रतिदिन प्रपात का अवलोकन करते और अपने अन्तर में नई ऊर्जा उत्पन्न करने का प्रयास करते रहते थे। रजस् साधना की सन्धियों का अन्वेषण उनका लक्ष्य था। मत्स्येन्द्रनाथ जिस गुफा में अपना डेरा जमाए थे, वहाँ से बस्ती बिलकुल समीप थी। ग्रामवासियों का आना-जाना गुफा के निकट स्थित पगडंडी से था। साधु-संन्यासियों का आगमन इस ग्राम में कोई अप्रत्याशित नहीं था। दक्षिणात्य से उत्तरवर्ती क्षेत्रों की यात्रा करने वाले यात्री और साधु-संन्यासी इसी ग्राम से होकर अपनी यात्राएँ करते थे। वैष्णव, जैन, महायान और हीनयान बौद्ध, शैव, शाक्त, वज्रयानी कापालिक और अन्य अघोरपंथी साधु-संन्यासी, भिक्षु, श्रमण आदि सब इसी पगडंडी से होकर अपनी यात्राओं को गति देते थे। इस ग्राम के निवासियों ने सभी प्रकार की संस्कृतियों और आचार-विचारों को देखा-परखा था। इसलिए मत्स्येन्द्रनाथ का उस ग्राम में आगमन, ग्रामवासियों के लिए कोई कौतूहलपूर्ण घटना नहीं थी। ग्रामवासी, मत्स्येन्द्रनाथ के निकट आते थे और उनके सान्निध्य में साधना की विधियों-उपविधियों का ज्ञान भी प्राप्त करते थे। मत्स्येन्द्रनाथ ने भी ऐसे अनेक चमत्कार और कौतुक उत्पन्न किए थे कि ग्राम्य-बालाएँ मत्स्येन्द्रनाथ के पास अधिक आने लगी थीं। आकर्षण भी परिधिबद्ध होने लगा था।

एक दिवस मत्स्येन्द्रनाथ अपनी गुफा के पास एक विशाल खंड पर बैठे हुए थे। तीन रूपसियाँ इन्द्रावती नदी में स्नान कर रही थीं। उनके रूप और देहयष्टि ने मत्स्येन्द्रनाथ को आकृष्ट कर लिया था। जब वे सद्य:स्नात मत्स्येन्द्रनाथ के निकट से निकलीं तब तो मत्स्येन्द्र के नेत्र, वस्त्रों को अनावृत कर उन रूपसियों की देहयष्टि के मादक सौन्दर्य के अवलोकन का आनन्दाभास प्राप्त करने लगे। इन यौवनवती सुन्दरियों को मत्स्येन्द्रनाथ के सान्निध्य में ज्ञान का आलोक तो प्राप्त पूर्व में हो चुका था और वे मत्स्येन्द्र के नेत्रों में भरे हुए निद्रालस मादक सौन्दर्याकर्षण पर लुब्ध भी थीं। वे तीनों रूपसियाँ, मत्स्येन्द्र के पास आ गईं। उनके अनिंद्य सद्य: स्नात रूप को देखकर मत्स्येन्द्र को ऐसा प्रतीत हो रहा था कि जैसे, वे उस सौन्दर्य सरिता में स्वयं भी स्नान कर रहे हों। उनमें से एक नवयौवना इन्द्रावती ने तो जैसे उन्हें कौलालोक के प्रांजल प्रकाश से ही भर दिया था। यह उत्कल-कन्या थी। गुरु मत्स्येन्द्र इन्द्रावती नदी का उल्लास और कामोद्दीप्त प्रपात उस इन्द्रावती वन्य सुन्दरी के नेत्रों और उसकी देहयष्टि में देख रहे थे। वह अक्षत-यौवना भी गौरवर्णी बलिष्ठ देहयष्टि सम्पन्न योगी मत्स्येन्द्रनाथ पर आसक्त हो गई थी। इन्द्रावती को ठहरने का संकेत कर मत्स्येन्द्रनाथ ने अन्य दोनों रूपसियों को अपने निकेत जाने का निर्देश दिया। वे दोनों कन्याएँ कुछ खिन्न-सी वहाँ से चली गईं।

अब गुफा में मत्स्येन्द्रनाथ और इन्द्रावती थे। मत्स्येन्द्र, उस तरुणी के तारुण्य का पान अपने नेत्रों से कर रहे थे। मत्स्येन्द्र के मदमत्त नेत्रों ने इन्द्रावती को सम्मोहित कर लिया था। ऐसा प्रतीत हो रहा था कि जैसे नेत्र सम्मोहक मंत्र पढ़ रहे हैं और इन्द्रावती का तन-मन उस मंत्र से बिद्ध होता जा रहा है। मत्स्येन्द्र ने इन्द्रावती में अपनी साधना की परिपूर्णता के बिम्ब देखे और उसे खींचकर अपने अंक में भर लिया। योगी मत्स्येन्द्र की बाँहों का कसाव बढ़ता जा रहा था और मत्स्येन्द्र तथा इन्द्रावती के तन का अन्तराल भी धीरे-धीरे समाप्त होता जा रहा था। इन्द्रावती के हृदय में रागात्मक भावनाओं का जो उच्च प्रपात था, उसमें से काम-भावना की तुहिनें उत्कीर्ण होकर, उसकी देह में काम-चित्र अंकित करने लगीं। वह अवश होती जा रही थी। उसने इसका प्रतिवाद भी नहीं किया। मत्स्येन्द्र की अँगुलियों में कौलाचार श्रृंगीनाद करने लगा। उन्हें अब आभास हो रहा था कि जैसे उनके अन्तर में अवस्थित चन्द्रमा, चन्द्रिका का संयोग पा रहा है। वे अपने शरीर में शक्ति को उतरता हुआ अनुभव कर रहे थे। अब शिव और शक्ति आलिंगित थे। पुरुष और प्रकृति का साधनात्मक संयोग था वह।

मत्स्येन्द्र के स्पर्श ने इन्द्रावती के यौवन को इतना जागृत कर दिया था कि वह मंत्रबिद्ध सर्पिणी की तरह श्रृंगीनाद से अनुशासित हो रही थी। अब तो योगिनी कौल साधना की एक और अन्विति मत्स्येन्द्रनाथ के पास उपलब्ध थी और वे इस अन्विति को अपने से दूर नहीं रखना चाहते थे। वे मानते थे कि कौल ज्ञान की इसी

स्थिति में शिव और शक्ति, पुरुष और प्रकृति अखंड, अनन्य, अविनश्वर तथा निरंग होते हैं और इसी साधना की पूर्णावस्था में चरम आनन्द निहित है।

मत्स्येन्द्र और इन्द्रावती के साधना-प्रसंग से सम्पूर्ण चक्रकूट ग्राम परिचित हो गया था। इन्द्रावती पर अनेक प्रकार के लांछन भी लगाए जाने लगे थे। परिवार ने योगी मत्स्येन्द्र और इन्द्रावती के मिलन पर अनेक प्रतिबन्ध भी लगाए किन्तु सब व्यर्थ। साधना का क्रम चलता रहा और ग्रामवासियों का विरोध भी उग्रतर होने लगा। अत्यधिक विरोध उत्पन्न हुआ देख मत्स्येन्द्रनाथ को ऐसा प्रतीत हुआ कि इन विपरीत परिस्थितियों में साधना का भंग होना निश्चित है। अत: एक दिवस वे वहाँ से चल पड़े। इन्द्रावती को परिवार-जन ने तथा चक्रकूट के ग्राम्य-जन ने योगी के संग न जाने का परामर्श दिया, शक्ति-प्रयोग भी किया किन्तु इन्द्रावती में तो चक्रकूट प्रपात की भाँति उफान, शक्ति, ऊर्जा और प्रतिरोधात्मक शक्ति आ गई थी, वह बन्धन-मुक्त होकर योगी मत्स्येन्द्र के साथ साधना की सहभागी बनने चल पड़ी।

अब मत्स्येन्द्रनाथ ऐसे एकान्त की खोज में थे, जहाँ वे इन्द्रावती के साथ निर्बाध गति से कौल-साधना कर सकें और साधना-भंग होने की कोई सम्भावना भी न हो। दंडकारण्य क्षेत्र में चलते हुए उन्हें अनेक ग्राम और नगर मिले किन्तु उनका मन रमा नहीं। एक दिन वे सप्तपुत्र पर्वत श्रेणी के एक दुर्गम पार्वतीय पथ से अलक्ष्य यात्रा पर चले जा रहे थे कि एक ऊँची पर्वत श्रेणी की तलहटी पर बसा हुआ एक नगर दिखलाई दिया। नगर में पहुँचकर मत्स्येन्द्रनाथ को ज्ञात हुआ कि यह नगर प्रतिहार और पाल राष्ट्रों के सीमा-क्षेत्र में बसा हुआ है। अत: राजनीतिक दृष्टि से यहाँ का वातावरण सदैव अशान्त बना रहता है। फिर भी गुर्जर प्रतिहार वंश के एक राजा का निवास इस नगर में है। नगर के मध्य में अधिपति निवास है और यहाँ का राजा विक्रमदेव यहीं महल में निवास करता है। इस अधिपति की थोड़ी-सी सैन्य शक्ति है।

पाल अधिपति के सेनानियों द्वारा कभी-कभी इस क्षेत्र में आक्रमण होते रहते थे। कोई विशाल सैन्याक्रमण तो थे नहीं। यह छोटी-सी सेना उन आक्रमणकारियों को भगा देती थी। इसी प्रकार कभी-कभी राष्ट्रकूट सेनानी भी इस क्षेत्र में प्रवेश कर आते थे और उन आक्रामकों को भी ये सैनिक अपनी सीमा से बाहर कर देते थे। अत्यधिक सघन और दुर्गम क्षेत्र में बसे होने के कारण, अन्य राज्याधिपतियों के सैनिक इस क्षेत्र में कम ही आ पाते थे।

पर्वत की तलहटी में बसा हुआ यह नगर जहाँ अत्यधिक सुन्दर प्रतीत होता था, वहीं साधना के लिए भी उत्तम था। नगर से कुछ ही दूर पर खड़े उच्च पर्वत में प्रस्तरों की स्वयमेव निर्मित अनेक कंदराएँ थीं। मत्स्येन्द्र भी एक ऐसी कंदरा में चले गए जो विशाल थी और अन्य कंदराओं से दूर भी थी। कंदरा के भीतर शयन करने और साधना करने के लिए पर्याप्त स्थान था। योगी मत्स्येन्द्र ने उस कंदरा में

पहुँचकर अनुभव किया कि यहाँ एकान्त भी है और यहाँ पर स्थानाभाव भी नहीं है। इन्द्रावती की वेशभूषा और परिधान आदि योगी मत्स्येन्द्र ने परिवर्तित कर दिए थे। अब इन्द्रावती एक योगिनी परिलक्षित होने लगी थी। इन्द्रावती का रूप-सौन्दर्य अब और आकर्षक तथा लावण्यपूर्ण दिखलाई देने लगा था।

इस साधना-स्थली से कुछ दूरी पर अनेक कंदराओं में साधु-संन्यासियों का निवास था। मत्स्येन्द्रनाथ, इस कंदरा में अपनी साधना के चरमोत्कर्ष का भविष्य देखने लगे।

नगर के पश्चिमी किनारे पर श्मशान था और श्मशान की सीमा पर ही दो-तीन कंदराएँ थीं। इन कंदराओं में अघोरियों का निवास था। मत्स्येन्द्र को दूर से ही श्मशान और अघोरियों की कंदराएँ स्पष्ट दिखलाई देती थीं।

योगिनी इन्द्रावती, रूप से तो योगिनी थी किन्तु मन और आत्मा से वह रमणी थी। इस कंदरा में निवास करते हुए अनेक दिवस व्यतीत हो गए, योगी के शरीर का स्पर्श-सुख भी उसे प्राप्त नहीं हो पा रहा था। वह कभी-कभी व्याकुल हो उठती थी। जिस योगी के लिए उसने घर-परिवार का त्याग कर दिया, वह इतना विरागी और तटस्थ क्यों है। वह कुछ उदास-सी रहने लगी थी। योगी मत्स्येन्द्र, इन्द्रावती की इस दशा से अभिज्ञ न थे किन्तु वे भी अभी विवश थे। उनकी योगिनी कौल साधना का समय अभी उपस्थित नहीं हुआ था।

एक दिवस एक स्रोत में इन्द्रावती स्नान कर रही थी। वह झरने की धारा के नीचे एक प्रस्तर पर बैठी थी और जलधारा पर्वत के वक्षस्थल से निकलकर इन्द्रावती की देह के ऊपर गिर रही थी। यह झरना मत्स्येन्द्रनाथ की कंदरा के अत्यन्त निकट था। मत्स्येन्द्र, इन्द्रावती की जलक्रीड़ा देख रहे थे। जलदर्पण पर उसका जल-स्नात शरीर अत्यन्त आकर्षक प्रतीत हो रहा था। सूर्य की सतरंगी उजली धूप को समेटे हुए जलधारा, इन्द्रावती की केशराशि में अनेक इन्द्रधनुषों का निर्माण कर रही थी।

योगी मत्स्येन्द्र को, अन्तर से साधना के अथ की सूचना मिलने लगी। वे कई दिवसों के बाद अब अपनी योगिनी कौल-साधना को प्रारम्भ करना चाहते थे। सद्यः स्नात इन्द्रावती कंदरा में आ गई। आज यहाँ मत्स्येन्द्रनाथ को उसने साधना-समाधि के उपक्रम में पाया। मत्स्येन्द्रनाथ इन्द्रावती की प्रतीक्षा ही कर रहे थे। मत्स्येन्द्र ने इन्द्रावती को आलिंगनबद्ध कर लिया किन्तु भोग्य-वृत्ति और राग-प्रसार अभीष्ट नहीं था। वे साधना करते हुए चेतना को उद्बुद्ध करना चाहते थे और अपने राग को इन्द्रावती के राग-सत्य में विलीन कर देना चाहते थे जिससे उन्हें ज्ञानात्मक पूर्णता प्राप्त हो सके। इन्द्रावती का रूपदर्पण ही उनके चित्त की रागात्मकता को बिम्बों का रूप दे सकता था। वे यौवन-मद्य का पान करते जा रहे थे और अतृप्त होते जा रहे थे। रूप और राग की तृष्णा शान्त ही कहाँ होती है? ऐसे ही साधना करते हुए दिवस व्यतीत होने लगे।

एक दिवस मत्स्येन्द्र ने देखा कि श्मशान में जलती हुई चिता से एक अघोरी शव को खींच रहा है। वह अघोरी, उन दो अघोरियों का गुरु था। इस गुरु का नाम कालदह था। कालदह के दोनों शिष्य खड्ग लिये हुए चिता के निकट ही खड़े थे। उनके निकट मदिरा से भरे हुए कलश रखे थे।

कालदह अधजले शव को खींचकर चिता से बाहर ले आया। वह उस शव को अपने दोनों हाथों से पकड़े हुए था। उसके दोनों शिष्यों ने मदिरा से भूमि का सिंचन किया और कालदह उस सिंचित चिता-भूमि पर आसन जमाकर बैठ गया। कालदह के दोनों शिष्य उस शव को खड्ग से काटकर टुकड़े करने लगे। जब शव के टुकड़े हो गए तब कालदह और उसके अघोरी शिष्यों ने मदिरा पान करना आरम्भ कर दिया।

कालदह मदिरा का इतनी अधिक मात्रा में पान कर गया था कि वह मदमत्त होकर उच्च स्वरों में मंत्रोच्चारण करने लगा। वह मंत्रनाद करते हुए जलती हुई चिता में मांस के लोथड़े फेंकता जा रहा था। मदिरा भी पीता जा रहा था। अग्नि को मांस की आहुति देने के बाद वह खड़े होकर नृत्य करने लगा और उसके अघोरी शिष्य मांस को मंत्रसिद्ध कर चिताग्नि को समर्पित करने लगे। इसके उपरान्त वे भी त्रिशूल और डुगडुगी लेकर बजाने लगे। अघोरियों का यह विकृत कर्म चल रहा था।

उसी समय नगर से कुछ जन लाठियाँ थामे हुए 'मारो-मारो' की ध्वनि करते श्मशान की ओर दौड़ते आते दिखलाई पड़े। अघोरियों ने नगरवासियों को चिता की ओर दौड़ते आते हुए देखा तो वे भयभीत हो गए और वहाँ से भागने का उपक्रम करने लगे। कालदह के शिष्य तो नवजवान थे अत: भागने में सफल हो गए किन्तु वह न भाग सका। नगरवासियों ने कालदह पर लाठियों की वर्षा करना आरम्भ कर दिया और वे उसे उस समय तक पीटते रहे, जब तक कि उसके प्राण नहीं निकल गए। कालदह का प्राणान्त हो जाने पर नगरवासियों ने दूसरी चिता तैयार की। अग्नि से प्रज्वलित की और कालदह के मृत शरीर को उस चिता पर रख दिया। थोड़ी देर में चिता ने अग्नि पकड़ ली। कालदह का शव धू-धू कर जलने लगा और मांस की गंध से श्मशान भर गया। नगरवासी कालदह को चिताग्नि देकर वापस नगर लौट गए।

योगिनी इन्द्रावती यह भयानक दृश्य देख रही थी। वह मत्स्येन्द्र के शरीर से भयमुक्त होने के लिए लिपट गई। मत्स्येन्द्र भी उसकी मेघीली केशराशि को सहलाते हुए इन्द्रावती को सांत्वना देते रहे। इन्द्रावती कुछ स्थिर तो हुई किन्तु मन में भरा हुआ भय दूर न हुआ। वह भयमुक्त होने का निरन्तर प्रयास करती रही किन्तु विफलता ही उसे हाथ लगी। उसने योगी मत्स्येन्द्र से वह नगर छोड़ देने का आग्रह किया। मत्स्येन्द्र भी इस निष्कर्ष पर पहुँच गए थे कि योगिनी इन्द्रावती की मानसिक अस्थिरता में योगिनी कौल साधना को पूर्णता प्राप्त हो पाना असम्भव है।

अत: उन्होंने वह स्थान त्याग देने का निश्चय कर लिया। एक दिवस प्रात:काल ही मत्स्येन्द्रनाथ, इन्द्रावती को लेकर उस नगर से चल पड़े।

साधना की इतनी लम्बी यात्रा में अपनी उपलब्धियों पर भी मत्स्येन्द्रनाथ विचार कर रहे थे। जीवन की यात्रा भी अनन्त है और साधना की यात्रा भी अनन्त है। योगिनी कौल साधना की प्रासंगिकता पर भी उनका विचार चल रहा था। वे अपने मत को बौद्ध नैरात्मवाद से भिन्न मानते थे। ज्ञान और बुद्धि का उद्‌भव भी तो शक्ति तथा प्रकृति से ही हुआ है और साधक जब रूप, रस, गंध, शब्द और स्पर्श से निस्संग हो जाता है, तब ही उसे चिरंतन सत्य की अनुभूति होती है और अलौकिक आनन्द प्राप्त होता है। इस आनन्द को प्राप्त करने के लिए साधक का अडिग विश्वास तंत्र-योग-ध्यान पर होना चाहिए। यह भौतिक जगत ही ज्ञान प्राप्त करने का साधन है। रूप, रंग, रस और गंध से भी तो ज्ञान-क्रिया को संचालित किया जा सकता है। इस तरह के अनेक विचार मत्स्येन्द्रनाथ के मस्तिष्क में गतिशील थे। प्रकृति की सिसृक्षा शक्ति का पूर्ण साक्षात्कार करने की मानसिकता स्थिर किए मत्स्येन्द्रनाथ, नदियों और पर्वतों को पार करते जा रहे थे। कई दिवस चलने के बाद वे राजिम आ गए।

उन्होंने सोचा, राजिम, प्राकृतिक सौन्दर्य से भरपूर वैष्णवों की उपासना-स्थली है। महानदी और पैरी के संगम पर स्थित यह स्थान साधना की दृष्टि से उन्हें उपयुक्त प्रतीत हुआ। यहाँ पर राजीव लोचन भगवान रामचन्द्र का एक प्राचीन मन्दिर परिलक्षित हुआ। इस मन्दिर का निर्माण आठवीं-नौवीं शताब्दी में राजा जगतपाल ने कराया था। इस मन्दिर के निकट ही एक और लक्ष्मण देवालय है। राजिमवासियों से ज्ञात हुआ कि इस मन्दिर के निर्माण में मगध नरेश सूर्य वर्मा की पुत्री वासटा का भी सहयोग प्राप्त हुआ था। वासटा, शिवगुप्त की मातुश्री थीं। मन्दिर में अनेक स्तम्भ हैं और उन स्तम्भों में चालुक्य अधिपतियों के काल में निर्मित नर वराह की चतुर्भुज मूर्ति उत्कीर्ण है। वराह के वामहस्त पर भूदेवी को अवस्थित किया गया है। जनश्रुति यह भी है कि राजिम नगरी, राजिम नाम की किसी तैलिक सती स्त्री के नाम पर नामकरण किया गया है। जनश्रुतियाँ जो भी हों, मत्स्येन्द्रनाथ को महानदी और पैरी का संगम-स्थल सौन्दर्य पूरित प्रतीत हुआ था और वे उस मन्दिर के थोड़ी दूरी पर एक सघन आम्रवृक्ष की छाया में बनी घास-फूस की एक कुटीर में ठहर गए। योगिनी इन्द्रावती को भी यह स्थान मनमोहक प्रतीत हो रहा था। अघोरियों की शव-साधना को देखकर उसके मन में जो वितृष्णा उत्पन्न हो गई थी, इस क्षेत्र में आने से वह कम अवश्य हुई थी। इस कुटीर से थोड़ी दूरी पर ही पूर्वोत्तर अंचल में एक छोटा-सा ग्राम था। इस ग्राम में कृषि-कर्मियों का निवास था। एक ग्राम्य-कृषक इस कुटीर की ओर आता-जाता था। एक दिन माणिक नाम का यह कृषक, मत्स्येन्द्रनाथ की कुटीर के निकट आया और श्रद्धापूर्वक अभिवादन कर बैठ गया। मत्स्येन्द्र अपनी साधना में निमग्न थे।

अपनी साधना का समापन कर जब वह कुटीर के द्वार पर आए तो माणिक कृषक को द्वार पर बैठा हुआ देखा। माणिक, मत्स्येन्द्रनाथ का शिष्यत्व ग्रहण करने का आकांक्षी था। मत्स्येन्द्रनाथ तो समभाववादी कौलाचारी थे। माणिक गुरु मत्स्येन्द्र और योगिनी इन्द्रावती की सेवा-शुश्रूषा भी निरन्तर करता रहता था। वे कर्दम और चन्दन में कोई भेद नहीं मानते थे। उन्होंने पहले तो टालने का प्रयास किया। उस कृषक की मानसिकता भी भिन्न थी। वह सकारात्मक निर्देश पर नकारात्मक कार्य करता था। अत: नकारात्मक निर्देश ही उससे सकारात्मक कार्यों की ओर उन्मुख कर सकते थे। गुरु मत्स्येन्द्र ने उसके स्वभाव की विपरीतता को दृष्टि में रखकर एक दिवस माणिक से कहा—

"माणिक! तुम अद्वैत भावनापूर्ण हो। शिव-शक्ति को अभेद मानते हो। मैं तुम्हारे व्यावहारिक ज्ञान से बहुत अधिक प्रभावित हूँ और तुम्हारा शिष्य बनना चाहता हूँ। तुम मुझे दीक्षा दो।"

माणिक ने नकारात्मक अर्थ ग्रहण किया और वह गुरु मत्स्येन्द्र के चरणों पर गिर पड़ा। उसने प्रार्थना की कि उसे दीक्षित किया जाए। वह गुरु मत्स्येन्द्र का शिष्य होना चाहता है। उसे आज ही शिष्यत्व प्रदान किया जाए। मत्स्येन्द्रनाथ दुविधाग्रस्त थे। वे सोच रहे थे, यह गृहस्थ कृषक है। योग साधना और कौल साधना तो अत्यन्त दुर्गम पंथ है। यह अनपढ़ कृषक इस साधना का प्रयोग करने में सफल होगा अथवा नहीं। माणिक, मत्स्येन्द्रनाथ के चरणों को पकड़े हुए भूलुंठित था। उसकी प्रकृति और व्यवहार, दोनों ही मत्स्येन्द्र को अस्वाभाविक और अड़बंग प्रतीत हो रहे थे। माणिक ने उस समय तक मत्स्येन्द्रनाथ के चरणों को मुक्त नहीं किया, जब तक कि उन्होंने उसे शिष्य बनाना स्वीकार नहीं कर लिया।

मत्स्येन्द्रनाथ ने कृषक माणिक को दीक्षा दी। शिष्य स्वीकार किया और उसका नामकरण भी किया—अड़बंगनाथ। गुरु मत्स्येन्द्र ने अड़बंगनाथ को रुद्राक्ष, कुंडल, शृंगी आदि योगियों के आवश्यक उपकरण प्रदान किए और अड़बंगनाथ को बदरिकाश्रम में जाकर साधना करने एवं स्वतंत्र भ्रमण करने का निर्देश दिया। अड़बंगनाथ ने यात्रा पर प्रस्थान कर दिया।

अड़बंगनाथ के जाने के उपरान्त योगी मत्स्येन्द्रनाथ ने अपनी साधना को केन्द्रीभूत करने का निश्चय किया। वे 'पंच पवित्र' का निर्बाध गति से सेवन कर रहे थे। मद्य, मत्स्य, मांस, मुद्रा और मैथुन के साथ ही गोमांस, गोघृत, गोरक्त, गोक्षीर और गोदधि की गणना 'पंच पवित्र' में मानते थे। उनकी दृष्टि में भक्ष्य-अभक्ष्य का कोई भेद नहीं था। वे इन्द्रियार्थ के भोग में दत्तचित्त होकर योगिनी को सिद्ध करना चाहते थे और आनन्द की अन्तिम अवस्था 'अनवस्था उल्लास' तक पहुँचना चाहते थे। उनकी योगिनी कौल साधना का लक्ष्य भी यही था। वे पैष्टी, माध्वी और गौंडी मदों की श्रेष्ठता प्रतिपादित करते थे। मत्स्येन्द्रनाथ ने गोमांस, गोघृत आदि भक्ष्यों

के विषय में जनभ्रान्तियों का निवारण करते हुए कहा था कि 'गो' का अर्थ जिह्वा है और जिह्वा को उलटकर तालु से लगाना ही गोभक्षण है। इसी क्रिया से गोघृत और गोक्षीर की प्राप्ति हो सकती है।

मत्स्येन्द्रनाथ को 'गो' शब्द की मीमांसा करने की आवश्यकता भी इसीलिए हुई कि एक दिन राजिम निवासियों के समक्ष प्रवचन करते हुए उन्होंने गोमांस, गोरक्त, गोक्षीर, गोदधि और गोघृति के योगाभ्यास में सेवन की बात कही थी और श्रोताओं में से वैष्णवों सहित अन्य सभी ने मत्स्येन्द्र के इस कथन का उग्र विरोध किया था। श्रोताओं ने मत्स्येन्द्रनाथ को आसन से नीचे घसीट लिया था और उनसे इन निर्देशों को वापस लेने तथा सार्वजनिक रूप से क्षमा-याचना करने का दबाव डाला था। मत्स्येन्द्रनाथ, उस उग्रता के समक्ष स्थिर ही बने रहे और अन्तत: उन्होंने योग मत में 'गो' शब्द की दार्शनिक व्याख्या प्रस्तुत की। तब श्रोतागण शान्त हुए थे। मत्स्येन्द्र को उस समय श्रोतागण की अज्ञानता पर तरस भी आया था। ग्रामवासी, एक योगी की उलटबाँसी को समझ ही नहीं पाए थे।

प्रवचन करते और कौल साधना करते न जाने कितने ऐसे प्रसंग आए थे, जब मत्स्येन्द्र को सामान्य जन का कोपभाजन बनना पड़ा था। किन्तु वे प्रत्येक विरोध का प्रतिरोध करते रहे और अपनी योगिनी कौल साधना में डूबे रहे।

आज कौल योग उपस्थित था। वन फूलों की मादकता से सम्पूर्ण वातावरण सुरभित हो रहा था। पृथ्वी तत्त्व की गंध, आकाश तत्त्व के पुष्प, वायु तत्त्व की धूप, तेजस्व की दीपमालिका का प्रकाश और जल तत्त्व का रसात्मक नैवेद्य उपस्थित था। योगिनी इन्द्रावती का स्निग्ध चन्द्रकिरणों से धवल और मदारक्त यौवन सौन्दर्य था। राग-रस के मदिरा-कलश थे और योगी मत्स्येन्द्रनाथ स्वयं साधना करने के लिए संकल्पित थे।

योगी मत्स्येन्द्र साधनावस्था में अवस्थित हुए। योगिनी इन्द्रावती की देहयष्टि में कौलमंत्रों का संचार किया। मद्य का सेवन किया और योगिनी को अर्पित किया। जैसे-जैसे मद्य का प्रभाव बढ़ता जा रहा था, मत्स्येन्द्र की अँगुलियाँ, योगिनी देहयष्टि में मंत्रबीज बोती जा रही थीं। अब मत्स्येन्द्रनाथ मद्यपान की तीसरी अवस्था में पहुँचकर यौवनोल्लास की स्थिति में पहुँच गए थे। मंत्र योग की और कौल साधना की उष्णता अभिवृद्ध होती जा रही थी। उनका मन और उनके वाक्य स्खलित होने लगे थे। वे उल्लास की प्रौढ़ावस्था में पहुँच गए। और मद्यपान हुआ। पूर्ण मदमत्तता आ गई और वे तदन्तोल्लास का आनन्द ग्रहण करने लगे। मद्यपान थमा नहीं और योगी तथा योगिनी उन्मनी उल्लास का अनुभव करने लगे। और फिर अनवस्था उल्लास की अनुभूति हुई। अब योगी और योगिनी एकाकार होकर जीवात्मा-परमात्मा के विलीनीकरण की स्थिति में पहुँच गए थे। बहुत देर तक यही स्थिति बनी रही और उन्हें निर्विकल्पक ब्रह्मानन्द की अनुभूति होती रही। आज योगी मत्स्येन्द्र ने चरम

आनन्द को उपलब्ध कर लिया था। उनका मुख तेजोद्दीप्त हो उठा किन्तु योगिनी के मुख पर शैथिल्य की पूरी वर्णमाला ही लिखी हुई दिख रही थी।

आज मत्स्येन्द्रनाथ अपनी साधना की परिपूर्णता से सन्तुष्ट थे। योगिनी इन्द्रावती ने भी स्वयं को साधना के लिए पूर्णत: समर्पित कर दिया था। यहाँ साधना करते हुए अनेक दिवस व्यतीत हो गए और अब यहाँ से प्रस्थान का निश्चय मत्स्येन्द्र ने कर लिया।

और दूसरे दिन प्रात:काल योगी मत्स्येन्द्र ने कुटीर से अपना डेरा समेट लिया। और फिर यात्रा पर निकल पड़े।

कई दिवस चलते रहे और बालोद आ गए। मार्ग में चलते हुए ऐसा प्रतीत हो रहा था जैसे इस अंचल की भूमि भी वैराग्य पंथ की अनुगता हो गई है। गेरुए मृत्तिका परिधान ओढ़े हुए घाटियाँ दिख रही थीं। लौह अयस्क ने इस अंचल को विरागी बना दिया था और भूमि योगिनी परिलक्षित हो रही थी।

बालोद में ग्राम के बाहर एक शिवालय था और उस शिवालय से संलग्न एक अतिथि कक्ष था। मत्स्येन्द्रनाथ ने यहाँ डेरा डाल दिया। बाघंबर बिछाए और योगिनी इन्द्रावती तथा योगी मत्स्येन्द्र दोनों ही विश्राम करने लगे। श्लथ थे। विश्राम करते रहे।

बालोद अत्यन्त प्राचीन नगरी थी। यहाँ पर दूसरी-तीसरी शताब्दी के कई अभिलेख उपलब्ध थे किन्तु मत्स्येन्द्रनाथ को इन अभिलेखों से कोई सरोकार नहीं था। आज रात्रि को योगी मत्स्येन्द्र ने समाधि नहीं लगाई। प्रात:काल उठे। दैनन्दिन कार्यों से मुक्त हुए और भिक्षाटन के लिए नगरी में चल पड़े। नगरी में भिक्षाटन करते हुए उन्होंने देखा कि चार-पाँच कनफटे नाथपंथी भी भिक्षाटन कर रहे हैं। उन्हें आभास हो गया कि कोई नाथपंथी इस नगरी में अपना अखाड़ा जमाए है। इन योगियों के गुरु तो आश्रम-अखाड़े में होंगे और ये योगी नगरी में भिक्षाटन के लिए निकले हैं। इन योगियों के वस्त्र-परिधान तो योगियों के थे किन्तु उनके मुख पर उग्रता उभर रही थी। उनकी भृकुटियाँ तनी हुई थीं। उनके हाथों में तीक्ष्ण त्रिशूल थे। वे अत्यन्त उच्च स्वरों में द्वार पर खड़े होकर आ-दे-श, आ-दे-श और अलख निरंजन का उद्घोष करते और उच्च शृंगीनाद करते थे। चार-पाँच त्रिशूलधारी योगियों का समवेत स्वर गृहस्वामी और गृहस्वामिनियों को भयाक्रान्त और आतंकित कर रहा था। वे शीघ्र भिक्षादान कर रहे थे।

योगी मत्स्येन्द्र प्रात:काल भिक्षाटन करते रहे और अपराह्न पता लगाकर योगी नागनाथ के अखाड़े में पहुँच गए। द्वार पर ही योगियों ने उन्हें रोक दिया। मत्स्येन्द्रनाथ को यह बतला दिया गया कि अभी योगी नागनाथ समाधि अवस्था में हैं और उनसे साक्षात्कार सम्भव नहीं है। उस अखाड़े में सात-आठ योगी और भी

थे। वे आश्रम के कार्यों में संलग्न थे। योगी मत्स्येन्द्र ने योगी नागनाथ की महिमा और उनके कौतुकों के विषय में सुन रखा था। उन्हें यह भी पता चल गया था कि योगी नागनाथ के साथ सशस्त्र योगी-समुदाय है और वे शक्ति के उपासक हैं।

मत्स्येन्द्रनाथ अधिक प्रतीक्षा करने के पक्ष में नहीं थे। उन्होंने द्वार पर योगियों का प्रतिवाद किया और तत्काल दर्शन की इच्छा व्यक्त की। किन्तु द्वार पर खड़े योगी उन्हें किसी भी प्रकार भीतर नहीं जाने का निर्देश दे रहे थे। मत्स्येन्द्र बलपूर्वक योगियों को हटाकर भीतर जाने का प्रयास करने लगे। योगी उग्र तो थे ही। वे त्रिशूलों से प्रहार करने के लिए उद्यत हो गए। मत्स्येन्द्र ने त्वरित गति से दो योगियों से त्रिशूल खींच लिए और उन्हें भाँजने लगे। सभी योगी द्वार पर आ गए। उनके त्रिशूल चल रहे थे और मत्स्येन्द्रनाथ दोनों हाथों में त्रिशूल साधे हुए योगियों से आत्मरक्षा कर रहे थे। एक योगी के त्रिशूल चलाने के कौशल के समक्ष दस-पन्द्रह योगियों द्वारा किया जा रहा प्रतिरोध निस्तेज-सा प्रतीत हो रहा था। द्वार पर कोलाहल सुनकर योगी नागनाथ की समाधि भंग हो गई। नागनाथ अपने शिष्यों की गति को देखकर चिन्तित हो उठे और अपने हाथों में तीक्ष्ण त्रिशूल लेकर द्वार पर आ गए। उन्होंने अपने शिष्यों को त्रिशूल-युद्ध करने से वर्जित किया और स्वयं युद्ध के प्रांगण में आ गए।

मत्स्येन्द्र ने इस योगी नागनाथ पर स्पर्शास्त्र मुद्रा में त्रिशूल का प्रहार किया किन्तु नागनाथ बच गए और अपने और मत्स्येन्द्र के त्रिशूलों पर विभक्तास्त्र मुद्रा का प्रयोग कर मुक्त कर लिया। मत्स्येन्द्र ने पर्वत मुद्रा धारण कर दोनों त्रिशूलों को साथ लेकर प्रहार किया किन्तु नागनाथ ने वज्रमुद्रा धारण कर उस प्रहार से स्वयं की रक्षा कर ली। नागनाथ ने अन्तत: सर्प-मुद्रा में त्रिशूल साधकर प्रहार किया। मत्स्येन्द्र के दोनों त्रिशूलों ने नागनाथ के त्रिशूलों की सर्प-मुद्रा को उलझा दिया। तीक्ष्ण फन एक-दूसरे से उलझ गए और मत्स्येन्द्रनाथ के आगे प्रहार करने के पूर्व ही नागनाथ के शिष्यों ने उन्हें पकड़ लिया और एक स्थूल रज्जु से बाँध लिया। नागनाथ ने मत्स्येन्द्र को आश्रम के भीतर ले जाने का आदेश दिया। शिष्य मत्स्येन्द्र को भीतर ले गए और गुरु नागनाथ के समक्ष उन्हें डाल दिया। योगी नागनाथ, मत्स्येन्द्र के युद्ध कौशल और अस्त्र प्रहार क्षमता से परिचित तो हो ही गए थे। उन्हें ऐसा प्रतीत हो रहा था कि यह कोई सामान्य योगी नहीं, कोई सिद्ध है।

नागनाथ का क्रोध शान्त हो गया था और मत्स्येन्द्रनाथ भी स्थिर-चित्त प्रतीत हो रहे थे। नागनाथ ने स्वयं उठकर मत्स्येन्द्र को बन्धन से मुक्त किया और पूछा—आ-दे-श।

"आप अपना परिचय दीजिए योगी!"

"मेरा नाम योगी मत्स्येन्द्रनाथ है और मैं योगी दत्तात्रेय का प्रथम शिष्य हूँ। प्रथम शिष्य होने के कारण मैं उनका ज्येष्ठपुत्र भी हूँ।" मत्स्येन्द्र ने कहा।

"मैं भी महायोगी दत्तात्रेय का ही शिष्य हूँ योगीराज! आप प्रथम शिष्य होने के कारण मेरे अग्रज गुरुभ्रातृ हैं। अनजाने में मुझसे और मेरे योगियों से जो अपराध हुआ है, उसे क्षमा करें।" इतना कहकर योगी नागनाथ ने मत्स्येन्द्रनाथ के चरणों में अपना प्रणाम अर्पित किया और अलख निरंजन का उद्घोष किया। फिर क्या था, सभी योगी अपनी-अपनी श्रृंगियाँ लेकर उपस्थित हो गए और उच्चनाद करते हुए आनन्दोत्सव में निमग्न हो गए। बहुत देर तक उत्सव चलता रहा और फिर योगी नागनाथ ने उच्च स्वर में आ-दे-श का उच्चारण किया। उत्सव थम गया। मत्स्येन्द्रनाथ, योगी नागनाथ से विदा लेकर अपने डेरे पर आ गए। मत्स्येन्द्रनाथ बालोद नगरी में तीन-चार दिवस और निवास करने के उपरान्त वहाँ से यात्रा पर चल पड़े।

सप्तपुत्र पर्वत की श्रेणियों में कभी पथ भूले और कभी ग्राम-पथों का आश्रय लिया। नदियों, घाटियों, वृक्षों और कंदराओं में योगिनी रूप और मुद्राओं के दर्शन करते हुए मत्स्येन्द्रनाथ और योगिनी इन्द्रावती जाबालिपत्तन आ गए। मत्स्येन्द्रनाथ को ज्ञात था कि जाबालिपत्तन (जाबालिपुर) से कुछ दूर नर्मदा के तट पर भैरवी घाट (भेड़ा घाट) स्थित है। महाभारत काल में इस क्षेत्र को भृगुक्षेत्र कहा जाता था। इस क्षेत्र में ही सिद्धपीठ स्थापित है। योगी मत्स्येन्द्र और इन्द्रावती, दोनों इसी भृगुक्षेत्र में आ गए। जनश्रुति है कि भृगुक्षेत्र ही भृगु ऋषि की तपस्थली थी। महाभारत में तो इस भृगुस्थली तथा यहाँ नर्मदा नदी के प्रपात धुआँधार के आसपास स्थित श्वेत धवल संगमरमरी पहाड़ियों को वैदूर्य-शिखर के नाम से अभिहित किया गया है। 'वैदूर्य-शिखरो नाम पुण्यो गिरिवर: शिव: तथा स पयोष्ण्यां नरश्रेष्ठ स्नात्वा वै भ्रातृभि: सह, वैदूर्यपर्वतंचैव नर्मदां च महानदीम्, देवाना मेति कौंतेय तथा राज्ञां सलोकताम्, वैदूर्यपर्वतं दृष्ट्वा नर्मदामव तीर्थ च।' महाभारत के वन पर्व में इस संगमरमरी वैदूर्य पर्वत का उल्लेख है। यहाँ एक टेकड़ी पर योगिनी पीठ स्थापित है। इसी चौंसठ योगिनी मन्दिर के परिसर में मत्स्येन्द्रनाथ और योगिनी इन्द्रावती ने अपना डेरा जमा लिया। योगिनी मन्दिर गोलाकार बना हुआ है और यहाँ चारों ओर योगिनियों की मूर्तियाँ स्थित हैं। गोलाकार होने के कारण इस सिद्धपीठ को गोलकी मठ भी कहा जाता है।

योगियों की साधना के लिए मठ-परिसर में ही दो-तीन छोटे-छोटे कक्ष थे। इस योगिनी मन्दिर में आर्यावर्त और दक्षिणावर्त से अनेक तांत्रिक और योगी साधना के लिए आते थे और वर्षों यहाँ निवास कर योग-ध्यान तथा तंत्र-साधना किया करते थे। वर्तमान में मन्दिर परिसर में योगी मत्स्येन्द्र और योगिनी इन्द्रावती के अतिरिक्त और कोई योगी नहीं था। परिसर में शान्ति थी और साधना के लिए एकान्त था। योगी मत्स्येन्द्र ने कक्ष में बाघंबर बिछाया। योगिनी इन्द्रावती ने श्रृंगी, खप्पर आदि व्यवस्थित रखे और वह भी बाघंबर बिछाकर विश्राम करने लगी। योगिनी इन्द्रावती को भी योगिनी मन्दिर का एकान्त भा गया था। कक्ष से नर्मदा नदी का गतिशील

स्वरूप दिखलाई दे रहा था और इन्द्रावती नर्मदा के उस सौन्दर्य-लोक को अपने नेत्रों में उतार रही थी।

योगी मत्स्येन्द्र की दृष्टि योगिनी-प्रतिमाओं पर केन्द्रित थी। योगिनी-मूर्तियों के रूपाकार में मत्स्येन्द्र का योग-साधक व्यक्तित्व समरस हो रहा था। एक-एक योगिनी, योगी मत्स्येन्द्र के सामने प्रतिमा से बाहर निकलकर खड़ी हो जाती थी और योगी उस सजीव प्रतिमा को निर्निमेष दृष्टि से देखते रह जाते थे। कहीं मकरारूढ़ा जाह्नवी उन्हें प्रतिमा के बाहर आकर पद्मासन लगाकर बैठी प्रतीत होती थी और कहीं वराह आरूढ़ा ऋतसंवदा, उन्हें अपनी ओर आती हुई प्रतीत होती थी। वे फणेन्द्री, वैष्णवी, गांधारी, उत्ताला, नलिनी, ईश्वरी, पद्महंसा आदि सभी योगिनियों को अपना प्रकृति-व्यापार करते देख रहे थे। इन सजीव प्रतिमाओं की मुद्रा-भंगिमाओं को अपने अन्तर में उतारकर, साधना को चरमोत्कर्ष तक ले जाने का संकल्प योगी मत्स्येन्द्र कर रहे थे। वे योगिनियों की प्रत्येक मुद्रा को इन्द्रावती के अन्तर में उतार देना चाहते थे। जिन आसनों पर ये योगिनियाँ आरूढ़ थीं, वे आसन ही उन योगिनियों की प्रकृतियों के संकेतात्मक प्रतीक थे और उन प्रतीकों के माध्यम से ही वे उनकी मुद्रा-रेखाओं को पढ़ लेना चाहते थे। शक्ति अथवा प्रकृति अथवा नारी की प्रकृति-मुद्राओं को कौलाचार में उतारने का यह अप्रतिम अवसर योगी मत्स्येन्द्र को प्राप्त हुआ था।

अँधेरा घिरने लगा था और योगी मत्स्येन्द्र के अन्तर में साधना का सूर्योदय होने लगा था। "यह योगी, रात्रि की एकान्तिक स्तब्धता की अभिवृद्धि के साथ ही क्रमश: जागृत और चैतन्य होता जाता है। आज तो योगी और भी अधिक चैतन्य दिख रहा था। उसकी साधना की वेला उपस्थित हो गई थी।" इन्द्रावती ने गंध, पुष्प, धूप, दीप, माल्य, अनुलेप आदि का प्रबन्ध कर दिया और योगी पद्मासन लगाकर बैठ गया। उन्होंने इन्द्रावती को अपने निकट बैठने का निर्देश दिया। वे मद्यपान करने लगे। चषक निरन्तर रिक्त होते जा रहे थे। वे उल्लास के तृतीय स्तर यौवनोल्लास पर पहुँच चुके थे। उन्होंने इन्द्रावती को भी पद्मासन में बैठने का निर्देश दिया। इन्द्रावती पद्मासन लगाकर बैठ गई।

योगी मत्स्येन्द्र ने प्रकृति-पूजा आरम्भ कर दी। वे अपने हाथों में जपापुष्प लेकर उन्हें मदिरा से अभिसिंचित करते थे और पुष्पों से मदिरा-कणों की वर्षा इन्द्रावती की देहयष्टि पर करते जाते थे। उन्होंने इन्द्रावती को पुष्प अर्पित किए। दीप जलाकर आरती उतारी, नैवेद्य अर्पित किया और मदिरा-जल में जपापुष्पों को पीसकर तैयार हुआ अनुलेप लगाया। इन्द्रावती की देहयष्टि में वे अनुलेप लगाते जा रहे थे और इन्द्रावती का राग-चैतन्य जागृत होता जा रहा था। उसका शरीर-तंत्र शृंगीनाद-सा ध्वनित होने लगा था। इसके उपरान्त योगी मत्स्येन्द्र ने इन्द्रावती को मदिरा-पान कराना आरम्भ कर दिया। चषक रिक्त होने लगे और वह भी उल्लास की तृतीय अवस्था—यौवनोल्लास की स्थिति में पहुँच गई। योगी मत्स्येन्द्र के शरीर

के गुरुत्वाकर्षण में योगिनी इन्द्रा खिंचती चली गई और पुरुष तथा प्रकृति की अभिन्न अवस्था उपस्थित हो गई।

योगी मत्स्येन्द्र अपनी साधनावस्था में मन्दिर में अवस्थित योगिनी प्रतिमाओं की मुद्राओं के दर्शन कर रहे थे। योगिनी इन्द्रावती भी साधनावस्था में थी। वे कौलोपचार का प्रयोग कर आज प्रकृति अर्थात् योगिनी की सम्पूर्ण प्रकृति-मुद्रा को योगिनी इन्द्रावती की देहयष्टि और मुख-मुद्रा में उतार देना चाहते थे। वे स्वयं में शिव-तत्त्व के सम्पूर्ण विकास का परिज्ञान प्राप्त कर रहे थे और इन्द्रावती की देहयष्टि में शक्ति-तत्त्व का चरमोत्कर्ष देख रहे थे। उन्हें नारी शक्ति की विभिन्न वृत्तियों और प्रकृतियों का आभास हो रहा था।

पद्मासना योगिनी इन्द्रावती के मुख पर नारी शक्ति की विभिन्न मुद्राएँ अंकित हो रही थीं। सामने कामदा, रंजिरा, वैष्णवी, जाह्नवी, रंगिनी और सिंहसिंहा योगिनी मुद्राएँ थीं। ये सभी जागृत प्रतिमाएँ थीं। मत्स्येन्द्र अपनी योगिनी कौल साधना को सिद्ध कर, योगिनी इन्द्रावती में नारी प्रकृति की विभिन्न भाव-प्रकृतियों को उतार देने का उपक्रम कर रहे थे।

योगी मत्स्येन्द्र ने चषक उठाया और चौथी बार मद्यपान किया। योगिनी इन्द्रा को भी चौथा चषक भरकर पिलाया और तंत्र साधना करने लगे। उन्होंने इन्द्रा की पद्मासना देहयष्टि में जाह्नवी मुद्रा उतार दी। इन्द्रावती की देह में सरिता की अश्रुत कल-कल ध्वनि का आभास योगी के शरीर को होने लगा। हिमकन्या का उद्दाम वेग, योगिनी इन्द्रवती की समतल मानस भूमि पर शालीन हो गया था। उनके सम्मुख जाह्नवी मुद्रा में इन्द्रावती अवस्थित थी। योगी की अँगुलियों ने राग प्रसार तीव्र कर दिया। इन्द्रावती की रागवृत्ति आक्रोशमयी हो गई और उसने योगी को कसकर आलिंगनबद्ध कर लिया। योगिनी इन्द्रावती के मुख पर सिंहसिंहा प्रकृति-मुद्रा प्रतिबिम्बित होने लगी। आलिंगन शिथिल हुआ और सिंहसिंहा ने वैष्णवी मुद्रा धारण कर ली। प्रकृति की इस वैष्णवी मुद्रा में योगी मत्स्येन्द्र को साधना के भंग होने का भय था। उन्होंने मदिरा से फिर चषक भर लिया और गटागट पी गए, फिर एक चषक मदिरा योगिनी इन्द्रा को पिला दी। अब इन्द्रावती की वैष्णवी मुद्रा में कामदा मुद्रा का विपर्यय परिलक्षित होने लगा। दोनों उल्लास की और उच्च सीढ़ी चढ़कर तदन्तोल्लास के धरातल पर पहुँच गए थे। इन्द्रावती की कामदा-मुद्रा, इस वदन्तोल्लास में रागात्मक ऊर्जा का स्फुरण करने लगी। आनन्द और उल्लास से सम्पूर्ण देहयष्टि रंजित होने लगी और इन्द्रावती की रंजिरा-मुद्रा मुखरित होने लगी। अन्तिम मदिरा चषक ग्रहण करने के उपरान्त योगी मत्स्येन्द्र और योगिनी इन्द्रा उन्मनी उल्लास के स्तर पर पहुँच गए। उन्हें आनन्द का राग और रंग अपने शरीर में बिखरा हुआ प्रतीत होने लगा और राग के इन्द्रधनुषी रंगों से रंजित होकर इन्द्रावती के मुख पर रंगिनी मुद्रा अपनी ऊर्जा बिखेरने लगी। मुद्राओं के स्वरारोह में आज योगी ने नारी

की प्रकृतियों की विभिन्न मुद्राएँ देखी थीं। वे बहुत काल तक उन्मनी उल्लास की स्थिति में रहे और फिर साधना से श्लथ होकर मुद्रा-स्थितियों का अवरोह आरम्भ हो गया। वे क्रमश: नीचे उतरते हुए रंजिरा, कामदा और वैष्णवी मुद्रा के अवरोह-स्थल तक उतरे और फिर जाह्नवी मुद्रा में आकर साधना की समतल भूमि पर मंथर गति से प्रवाहित होने लगे। आज योगी मत्स्येन्द्र अपनी योगिनी कौल साधना से सन्तुष्ट थे और इन्द्रावती तो जैसे इस साधना से प्राप्त आध्यात्मिक भावों में डूबकर धन्य हो रही थी। वह इस महायोग से प्राप्त आनन्द से अभिभूत थी। उसे प्रतीत हो रहा था कि जैसे उसने 'सहज' को पा लिया है।

आज इन्द्रावती, योगी मत्स्येन्द्र की योगिनी कौल साधना के वास्तविक रूप से परिचित हुई थी। साधना आरम्भ करते समय योगी मत्स्येन्द्र ने जब इन्द्रावती की पूजा-अर्चना की थी, तब इन्द्रावती को अटपटा लगा था और आश्चर्य भी हुआ था। तब इस पूजा-अर्चन का रहस्य भी उसकी समझ में नहीं आया था। किन्तु आज का कौलोपचार देखकर और अलौकिक आनन्द का अनुभव कर इन्द्रावती ने समझ लिया कि वह केवल भोग्या नहीं है। साध्य भी है और साधना भी।

योगिनी इन्द्रावती आज श्लथ नहीं थी और योगी मत्स्येन्द्र भी चैतन्य अवस्था में थे। साधना के समापन के उपरान्त दोनों ने फलाहार किया और देर रात्रि तक साधना के विविध प्रसंगों पर चर्चा करते रहे और जाने कब निद्रा उनकी आँखों में आकर समा गई।

प्रात:काल योगिनी इन्द्रावती भिक्षाटन के लिए निकली। योगिनी नवयौवना और अपूर्व सुन्दरी तो थी ही। वह ग्रामवासियों के आकर्षण का केन्द्र बनती जा रही थी। उस योगिनी को ग्राम की नारियाँ भिक्षा देती थीं और चर्चा करने की अभिलाषा भी प्रकट करती जाती थीं। इन्द्रावती सुभाषिणी तो थी ही। वह गृहों में ठहरती और उनसे पारिवारिक प्रसंगों पर चर्चा भी करती थी। भिक्षाटन कर वह योगिनी मन्दिर लौट आई।

कल रात्रि की योगिनी कौल साधना ने इन्द्रावती के मानस जगत को जागृत कर दिया था। उसे अपना मस्तिष्क चैतन्य और सिद्ध प्रतीत होने लगा था। अपराह्न में वह योगिनी प्रतिमाओं को देखने चल पड़ी। वह इस समय योग सिद्ध तो थी नहीं। सामान्य मानसिक स्थिति में थी। उसे कामदा योगिनी प्रतिमा के समक्ष खड़े होने में लज्जा का अनुभव हो रहा था। रंजिरा और रंगिणी योगिनी मुद्राओं के निकट पहुँचकर तो उसे इतनी लज्जा लगने लगी कि वह दौड़कर माहेश्वरी योगिनी की प्रतिमा के निकट आ गई। निकट ही चन्द्रिका, ब्राह्मणी, वाराही, वैष्णवी और इन्द्राणी का स्पर्श कर उसे ममता का भाव प्रस्फुटित होता प्रतीत हो रहा था। उसे लगता था कि जैसे वह इन मातृकाओं के अंचल में ममता और वात्सल्य भाव से परिपूर्ण हो रही है। मातृका योगिनियों का सान्निध्य और उनके अंचल से प्राप्त ममत्व उसकी अमूल्य सम्पदा थी।

दशम आधार

सिद्धा और विमला के कर्मवादी व्यक्तित्व का प्रभामंडल अपने मन और मस्तिष्क में सहेजे हुए मैं विराट से आगे अलक्ष्य यात्रा पर चल पड़ा था। हाँ, इतना तो निश्चित था कि चाहे यात्रा करते हुए मुझे कितने वर्ष व्यतीत हो जाएँ किन्तु एक दिन जाबालिपत्तन तो पहुँचना ही होगा। मैंने सिद्धा और विमला को जाबालिपत्तन में पुनः मिलने का वचन तो दे दिया था और इस आश्वासन को मैं तोड़ना नहीं चाहता था। किन्तु समय अनिश्चित था और मेरी यात्रा भी अलक्ष्य थी। यह मरुप्रदेश भी कितना दुर्गम है। दूर-दूर तक कहीं कोई ग्राम भी परिलक्षित नहीं होते। रेत के महासागर में पाँव यंत्रवत् चलते जा रहे हैं। सब कुछ तो दिशाहीन है यहाँ। अब तो आकाश का तारामंडल ही मेरा दिशासूचक चक्र है। तारे अपनी दिशाओं में परिवर्तन नहीं करते। मनुष्य विस्थापित हो जाता है, ग्राम और नगर विस्थापित हो जाते हैं किन्तु तारागण विस्थापित नहीं होते। यह सौरमंडल कितना शाश्वत और कितना जीवन्त है।

रेत के इस महासमुद्र में कोई पगडंडियाँ भी दिखलाई नहीं देतीं। केवल उष्ट्रों के पदचिह्न ही कहीं-कहीं परिलक्षित हो जाते हैं और ये पदचिह्न ही मेरे दिशासूचक यंत्र बन रहे हैं। जल की प्राप्ति भी तो यहाँ मृग मरीचिका जैसी है। किन्तु दुर्गमता का तो मैंने वरण कर लिया है। मैं इससे विचलित होने वाला नहीं। मैं चलता जा रहा था। मरु-उद्यान भी कहीं-कहीं मिलते चले गए। रेत के इस विशाल प्रांगण में मरु-उद्यानों के आसपास बसी बस्तियाँ भी मिलती चली गईं। मैं उन मरु-ग्रामों में ठहरता। रात्रि व्यतीत करता और फिर अपनी यात्रा आरम्भ कर देता था। मरुभूमि का जनजीवन ही यायावरी था। मरु-उद्यानों में जब तक जल उपलब्ध रहता था, तब तक मरु-ग्रामी वहाँ निवास करते थे और भरु-उद्यान के वृद्ध होते ही अन्यत्र चले जाते थे। मुझे मरु-अंचल के जनजीवन में कोई स्थिरता नहीं परिलक्षित हो रही थी। फिर भी सामाजिक जीवन की इस अस्थिरता के मध्य भी मेरी यात्रा अनवरत गतिशील बनी रही।

कई मासों की यात्रा करने के उपरान्त अब मैं सिन्धु क्षेत्र में आ गया था। महापितृ हिमालय की कनिष्ठ पुत्रियाँ मिलने लगी थीं। इन पर्वत श्रेणियों का सान्निध्य पाकर मेरा मस्तिष्क चेतन होने लगा था। मरु-अंचल में चलते-चलते मेरी कुंडलिनी सुप्तावस्था में थी। मेरे मुख से मरु-अंचल की असाध्यता को देखकर सबदी के ये शब्द निस्सृत हो उठते थे—

“बसती न सुन्यं न बसती अगम अगोचर ऐसा।
गगन सिषर महिं बालक बोलै ताका नाम धरहुगे कैसा।”

मेरा अन्तर बार-बार यही कहता था कि असाध्य को साध्य बनाने का उपक्रम ही यात्रा-योग है और कई मासों की यात्रा करने के उपरान्त मैंने लक्ष्य के अदेखे सत्य को द्रष्टा और साध्य बना लिया था। अब मैं हिमसुताओं के दर्शन कर रहा था। विपाशा नदी को पार कर मूलस्थान (मुलतान) आ गया। यहाँ स्थापित सूर्य मन्दिर के निकट ठहर गया। इस सूर्य मन्दिर की स्थापना के प्रसंग में भविष्य पुराण में वर्णित एक कथा जनश्रुतियों में है। कहा जाता है कि महर्षि दुर्वासा ने किसी समय कृष्ण के पुत्र साम्ब को कुष्ठरोग से ग्रस्त होने का अभिशाप दिया था और साम्ब ने सूर्य मन्दिर की स्थापना की और सूर्य पूजा की। सूर्य की उपासना से साम्ब कुष्ठ रोग से मुक्त हो गया था। उपासना के अवसर पर साम्ब ने मगद्वीप से दस मग परिवारों को आमंत्रित किया था। मग-जन सूर्योपासना के विधि-विधान में दक्ष थे। मग-जन अरब निवासी थे और सूर्योपासना सम्पन्न होने के उपरान्त वे मग-जन मूलस्थान में ही स्थायी रूप से बस गए थे। जनश्रुति यह भी है कि प्राचीन काल में राजा हिरण्यकशिपु की यह राजधानी थी और यहाँ मूलस्थान में ही प्रह्लाद का जन्म हुआ था। सूर्य तो सम्पूर्ण सौरमंडल का व्याकरण ही है। मानव-जीवन का सम्पूर्ण कार्य-व्यापार सूर्य की ऊर्जा से ही अनुशासित होता है। इड़ा और पिंगला का नियंत्रण और गति निर्धारण भी सूर्य की ऊर्जा ही करती है और मन तथा चित्त का शब्दानुशासन शरीर पर परिलक्षित होता है। मैं इस मन्दिर-परिसर में ही ठहर गया। यहाँ पर अनेक दिवस बिताए और हठयोग से अनेक मूलस्थान वासियों को दीक्षित किया और एक दिन मूलस्थान से गंधार (पेशावर) की ओर चल पड़ा।

मार्ग में हिमस्थलियों को पार करता रहा। सिन्धु घाटी का क्षेत्र अत्यन्त विस्तृत था और सिन्धु नदी के वैभव तथा उसकी अगाधता ने मेरे अन्तर को प्रभावित भी किया था। सिन्धु सरिता के तट पर आ गया। सिन्धु को सप्तसिन्धु भी कहा जाता है। वितस्ता, असिक्नी, परुष्णी, विपाशा, शुतुद्रि और सरस्वती हिम कन्याओं का सम्मिलन सिन्धु में हुआ है। इसी कारण सिन्धु को सप्तसिन्धु के नाम से भी अभिहित किया जाता है। ऋग्वेद में "त्वंसिन्धो कुभया गोमतीं क्रुमुमेहत्वा सरथं याभिरीयसे" ऋचा का उल्लेख उपलब्ध है। सिन्धु यहाँ पर मंथर गति से प्रवाहित है किन्तु वितस्ता और परुष्णी सहायिकाओं की चंचलता सिन्धु को कुछ चंचल अवश्य बना देती है। ऋग्वेद में तो इन सरिताओं के सम्मिलन को अत्यन्त छान्दसिक माधुर्य-रूप में प्रस्तुत किया गया है।

'अभित्वा सिन्धो शिशुभिन्नमातरो वाश्रा अर्षन्ति पयसेव धेनव:' कहकर सिन्धु को ऐसी ममतामयी गो की उपमा दी गई है, जिसके पास वितस्ता, असिक्नी, परुष्णी, विपाशा, शुतुद्रि और सरस्वती नदियाँ नवजात गो-शिशु की भाँति ममता की स्नेह-छाया पाने के लिए आतुर होकर द्रुत गति से दौड़ती हैं। सिन्धु का रूप भी यहाँ पर ममता से भरा हुआ अगाध स्नेहपूर्ण है। अनेक प्रस्तर खंडों से टकराती

और उछलती-कूदती यह सिन्धु सरिता आगे मेघ-छन्दों सी गर्जना करती और सम्पूर्ण सिन्धु क्षेत्र को निनादित करती सागर से मिलन के लिए दौड़ती चली जाती है। ऐसा सात्त्विक आनन्द सिन्धु के दर्शन से मुझे प्राप्त हो रहा था। यूनानियों ने तो 'सिन्धु' को 'हिन्दु' बना लिया था। और यह हिन्दु शब्द इतना लोक-प्रचलित हुआ कि सिन्धु की राष्ट्रीयता ही खो गई और यह शब्द साम्प्रदायिक बोध प्रदान करने लगा। इस नदी में इतनी विराटता है कि समुद्र का पर्यायवाची शब्द 'सिन्धु' हो गया है।

सिन्धु नदी के आसपास के क्षेत्रों के साथ और भी अनेक पौराणिक कथाएँ जुड़ी हुई हैं। इस क्षेत्र का जनजीवन अरब आक्रान्ताओं के कारण अस्थिर प्रतीत हो रहा था। सांस्कृतिक चेतना पर भी म्लेच्छों का प्रभाव पड़ा था और यवनों का प्रभाव यहाँ के सांस्कृतिक जीवन पर स्पष्ट दिख रहा था। यहाँ से कई शैव हिंगलाज देवी की यात्रा पर निकले थे। सिन्धु की विराटता और उसके सृजनशील स्वरूप ने मेरे मस्तिष्क-तंत्र को जागृत कर दिया था और मैं ग्रन्थों के प्रणयन की रूपरेखा तैयार करने में संलग्न हो गया था। आज अनेक सबदियाँ मेरे मस्तिष्क में उत्पन्न हो रही थीं और मुझे लिखने की प्रेरणा दे रही थीं। मैंने यह निश्चय कर लिया था कि गंधार में कुछ मास ठहरकर मन में उठ रहे भावों को काव्यात्मक रूप दूँगा और सबदी तथा पदों की रचना करूँगा।

सिन्धु नदी के सृजनशील अंचल से रचनाधर्मिता का संकल्प लेकर मैं गंधार देश के लिए चल पड़ा। पुरुषपुर अत्यन्त प्राचीन नगरी है और कुषाण अधिपति विम और कनिष्क ने इसी नगरी को अपनी राजधानी बनाया था तथा इस नगरी का नाम पुरुषपुर रखा था। किन्तु वह कुशाण शासन बहुत वर्षों तक न रह पाया और गुप्त सम्राट समुद्रगुप्त के आधिपत्य में आने के बाद गंधार देश की राजधानी परिवर्तित होकर तक्षशिला हो गई थी। आज मैं उसी ऐतिहासिक नगरी पुरुषपुर की यात्रा कर रहा हूँ। कई मासों की दुर्गम यात्रा करने के उपरान्त मैं गंधार पहुँच गया।

पुरुषपुर नगर भ्रमण के लिए निकला। अनेक विद्वानों से साक्षात्कार हुआ और मैं इस निष्कर्ष पर पहुँचा कि यवनों और शकों के उत्कर्ष से यहाँ के राजनैतिक और सांस्कृतिक जीवन में चाहे जितना परिवर्तन हो गया हो किन्तु राजनैतिक आघातों से गंधार देश की विद्वत्ता अक्षुण्ण रही है। वैदिक युग में पुरुषपुर के निवासियों को अवमानित माना जाता रहा है। ऋग्वेद और अथर्ववेद में इस प्रकार के प्रमाण उपलब्ध हैं किन्तु जैसे-जैसे समय व्यतीत होता गया, इस क्षेत्र के निवासियों के प्रति आर्यावर्त के निवासियों, विद्वानों तथा धर्माचारों का दृष्टिकोण उदारवादी हो गया। अब वे विजातीय नहीं रहे थे और धर्माचार्यों तथा विद्वानों ने यहाँ रहकर अपने ज्ञान से इस क्षेत्र को आलोकित करना आरम्भ कर दिया था। महाभारतकालीन धृतराष्ट्र की पत्नी गांधारी इस नगर की ही राजकन्या थी। गंधार के अश्व भी अत्यन्त प्रसिद्ध रहे हैं और ऊँची कद-काठी के कद्दावर अश्व आज भी अपने पौरुषेय रूप के

कारण प्रसिद्धि के शिखर पर हैं। पूर्व बुद्धकाल में तो यहाँ सोलह जनपद थे किन्तु परवर्ती काल में इनमें से अनेक जनपद छोटे-छोटे राज्यों और रियासतों में परिवर्तित हो गए थे।

पुरुषपुर में मन्दिर तो थे, मठ भी थे किन्तु मस्जिदों की संख्या बहुत हो गई थी। समय-समय पर अजान की ध्वनि सुनाई पड़ती थी। मन्दिर से भी घंटे-घड़ियालों की ध्वनियों से इस गंधार नगरी का वातावरण प्रतिगुंजित होता रहता था। मैं तो योगी था। मैं अपने अन्तर्नाद में ही मस्त रहता था। एक दिन एक ब्राह्मण आचार्य मेरे पास आए और कहने लगे—

"आप तो संन्यासी हैं। ईश्वर की उपासना करते हैं। जिस शिवालय में आपने आश्रय लिया है, वहाँ पूजा-अर्चना प्रतिदिन होती है और त्रिकाल पूजा-अर्चना सम्पन्न होती रहती है। घंटों के नाद से मन्दिर को जागृत किया जाता है किन्तु आप इस पूजा-विधि के सहभागी नहीं होते। एक साधु को तो इन उपचारों का सहभागी होना चाहिए।"

ब्राह्मण आचार्य ने यह बात अत्यन्त गम्भीरतापूर्वक कही थी और वे मुझसे उत्तर की अपेक्षा भी करते थे किन्तु आज मैं संवाद-रूप में अपना उत्तर प्रस्तुत करने की मानसिक स्थिति में नहीं था। मेरी रचना-शक्ति स्वयमेव जागृत हो गई थी और सबदियों में अपना उत्तर देना चाहता था। मैंने श्रृंगी उठा ली और अत्यन्त मधुर किन्तु उद्‌बोधक ध्वनियाँ निस्सृत करते हुए गाया—

"हिन्दू ध्यावै देहुरा मुसलमान मसीत।
जोगी ध्यावै परम पद जहाँ देहुरा न मसीत॥
हिन्दू आषैं अलष कौं जहाँ राम अछै न षुदाइ।
प्यंडे होई तौ मरै न कोई, ब्रह्मांडे देषै सब लोई।
प्यंड ब्रह्मंड निरन्तर बास, भणंत गोरषमछ्यंन्द्र का दास।"

मैं ये सबदियाँ इतनी तन्मयता से गा रहा था कि जब मैंने श्रृंगी का वादन बन्द किया तब भी आचार्य अपने नेत्र बन्द किए ज्ञान के भाव लोक में खोए हुए थे। फिर उनका ध्यान भंग हुआ और उन्होंने कहा कि "योगी, मुझे अपनी जिज्ञासा का उत्तर प्राप्त हो गया।" वे शान्तचित्त अपने गृह चले गए। अब तो मेरी रचनाधर्मिता पूर्णत: जागृत हो गई थी। मैंने भोजपत्रों पर अपनी सबदियों का लेखन आरम्भ कर दिया।

मैं सबदियों को गुनगुनाता जा रहा था और छन्द की पूर्णता पर उसे अंकित भी करता जा रहा था। तभी आचार्य मेरे लिए भोज्य पदार्थ लेकर उपस्थित हुए। उन्होंने थाल मुझे देते हुए यह भी कहा कि "योगी, आपका जब तक गंधार नगरी में निवास है, मैं आपके भोजन का प्रबन्ध करूँगा। आप योग-ध्यान का निष्पादन करें। अपना समय रचना-कर्म में व्यतीत करें।" आचार्य धर्मदत्त ने कहा।

आचार्यश्री इतनी आश्वस्ति देकर अपने गृह चले गए और मैं पुन: सबदियों की रचना में संलग्न हो गया। आज सहज-भूमि पर सबदियाँ उतरती चली जा रही थीं। बहुत देर तक रचना-कर्म चलता रहा। फिर मैंने श्रृंगी सँभाली और भोजपत्रों पर अंकित सबदियों का गायन करने लगा। मैं गाता चला जा रहा था—

> "उनमन जोगी दसवैं द्वार। नाद ब्यंद ले धूँ-धूँ कार।
> दसवे द्वार देइ कपाट। गोरष षोजी औरै बाट।
> मनवां जोगी काया मढ़ी। पंच तत्त ले कंथा गढ़ी।
> षिमा षड़ासण अघारी। सुमति पावड़ी डंड बिचारी।
> घटि-घटि गोरख बाही क्यारी। जो निपजै सो होइ हमारी।
> घटि-घटि गोरष कहै कहाणी। काचै भांडै रहै न पांणी।
> घटि-घटि गोरष फिरै निरूता। को घट जागे को घट सूतां।
> घटि-घटि गोरष घटि-घटि मीन। आपा परचै गुर मुषि चीन्ह।"

इन सबदियों का अनुगायन करते हुए मैं तन्मय हो रहा था। स्वरों के संयोग ने सबदी के एक-एक शब्द बीज मेरे अन्तर में बो दिए थे और योग कर्म की फसल मुझे अन्तर में लहराती-सी प्रतीत हो रही थी। मेरे शरीर में उपदिष्ट योग साधना फलवती होती जा रही थी। मैंने अपने मन को उन्मनी समाधि में अन्तरपीठ पर अवस्थित कर दिया था। अन्तर में ही नाद-बिन्दु समरस होकर अनहद नाद और अनाहत नाद निनादित हो रहे थे और मैं उस महाशब्द की ध्वनि से प्रज्ञाभूत हो रहा था। बहुत देर तक मैं तन्मयता की उच्चता में अवस्थित रहा। मुझे आज रचना-कर्म सम्पादित करने का अलौकिक आनन्द, सन्तोष और सुख प्राप्त हो रहा था। रात्रि गहरी हो गई थी। मैंने श्रृंगी सँभालकर रख दी। आचार्यश्री द्वारा दिए हुए प्रसाद को ग्रहण किया और बाघंबर पर लेटकर विश्राम करने लगा। मैं मौन था, नि:शब्द था किन्तु मेरे अन्तर में महाशब्द अब भी प्रतिगुंजित हो रहा था। न जाने कितनी सबदियों की पंक्तियाँ, मानस पटल पर उभर-उभरकर आती थीं। पंक्तियों का आगमन और प्रस्थान मेरी निद्रावस्था तक चलता रहा।

प्रात:काल मैं पर्वत के अंचल में अवस्थित झील की ओर चला गया। झील का आकार लयात्मक था। लहरों के एक-एक छन्द, आकार को त्रिकोणमितियाँ प्रदान कर रहे थे। ऐसा प्रतीत हो रहा था कि जैसे रचनाधर्मी पर्वत झील के भोजपत्र पर सबदियाँ और पद लिख रहा हो और पवन श्रृंगीनाद कर उन सबदियों और पदों का गीतात्मक स्वरबद्ध अनुगायन कर रहा हो। मुझे एक-एक तरंग लयबद्ध और छन्दबद्ध प्रतीत हो रही थी। मुझे अलौकिक आनन्द और रचना-प्रेरणा दे रही थी वह झील।

मैंने स्नानादि सम्पन्न किया और तट पर आकर बैठ गया। तरंगों की गति का अवलोकन करने लगा। वायु का प्रवेग और पृथ्वी की अलक्ष्य गति और ऊर्जा

पाकर ये तरंगें कितनी क्रियाशील और समर्पिता हो जाती हैं। कोई तरंग अपनी गति में मरण का साक्षात्कार नहीं करती। वह आत्मनिष्ठता और अपने सार्वजनीन विश्वासों के साथ तट तक पहुँचने के लक्ष्य को उपार्जित करती है और फिर तट को ही, लक्ष्य को ही आत्मसमर्पण कर देती है। कितना शाश्वत है तरंगों का आत्मसमर्पण। कितनी चिरंतनता है लहरों के जीवन-क्रम में। मैं सोच रहा था कि झील के सिद्धान्त और कर्म में कितनी समानता है, लहरों की कथनी और करनी में कितनी अभिन्नता है। यह अगम ज्ञान और सौन्दर्य से लबालब भरी झील, पर्वत के जीवनानुभवों का प्रतिफल ही है, अन्तर का स्वरूप-बोध है। आज मैंने झील के सम्पूर्ण महाकाव्य को पढ़ लिया है, उसके अनुभवों को आत्मसात् कर लिया है। चिरन्तन सत्य के एक-एक शब्द, एक-एक वाक्य और एक-एक पद को अपने अन्तर में लिख लिया है। इसका जीवन, चिरन्तन ब्रह्म, चिरन्तन सत्य की भाँति एक खुला पत्र है, एक अनावृत्त पत्री है और एक-एक अर्थ मेरे अन्तर में उतरता-सा प्रतीत हो रहा है। तभी मेरे मुख से एक सबदी सहज ही निस्सृत हो गई—

"सबद हमारा षरतर षांडा, रहणि हमारी साची।
लेषै लिषी न कागद मांडी, सो पत्री हम बाची॥"

शब्द ही अनुभव है और अनुभव ही महाशब्द। यही महाशब्द पथदर्शक बनेगा मेरे रचना कर्म में। मैं बहुत देर तक एकाकी बैठा हुआ एकान्तिकता का योग-पाठ करता रहा और फिर वहाँ से शिवालय आ गया।

आचार्यश्री ने मेरे हठयोग की चर्चा अन्य विद्वान पंडितों में भी कर दी थी। परिणामत: अनेक वेदपाठी और विद्वान मेरे पास आने लगे थे। उनसे ज्ञान चर्चा होती। समागम होता और मैं योगशास्त्र के एक-एक रहस्य का भाष्य करता रहता।

मेरे यौगिक और दाशनिक विचारों के प्रति वहाँ के विद्वानों के मन में कौतूहल का भाव था।

एक दिन मेरे पास जड़वादी दर्शनशास्त्र के मीमांसक आए। उनसे दार्शनिक विचारों पर वैचारिक आदान-प्रदान होने लगा। वे पंचभूतों को जगत का भौतिक उपादान कारण तो स्वीकार करते थे किन्तु नभ की स्वतंत्र सत्ता को स्वीकार नहीं करते थे। उनकी इस धारणा से मेरा मतभेद था। वे लोकायत दर्शनशास्त्री थे और भौतिक तत्त्वों को ही चरम उपादान कारण स्वीकार करते थे और अनिल, अनल, जल और रसा के अस्तित्व और संयोग-विपर्यय को ही सृष्टि का उपादान कारण अथवा भौतिक कारण स्वीकार करते थे। उनकी यह धारणा भी थी कि इस सृष्टि का क्रमिक विकास इन्हीं चतुष्भूतों पर निर्भर है। इससे ही प्राणियों में चेतनता का प्रादुर्भाव होता है और इनसे ही चेतना में प्रज्ञा और बुद्धि का जन्म होता है। इन्हीं चार भूतों से सृष्टि का क्रमिक विकास हुआ है और इनसे ही ब्रह्मांड का

नियमीकरण। उनके विचार के अनुसार सृष्टि का संगठन और विघटन, प्रकृति की नैसर्गिक गतिशीलता का प्रतिफलन है। इनमें ही चेतन-अचेतन, निर्जीव-सजीव पदार्थ अपने-अपने स्वरूप ग्रहण करते हैं और फिर इनमें ही उनका विघटन हो जाता है। चेतना, इन्हीं चार महाभूतों का गुण और धर्म है। आत्मा ही चेतना है और आत्मा का इस भौतिक चेतना के परे कोई पृथक् अस्तित्व है ही नहीं। ईश्वर का भी कोई अलग अस्तित्व नहीं है।

मैं बहुत देर तक इस लोकायत मीमांसक का दार्शनिक विश्लेषण सुनता रहा। जब उनका प्रवचन समाप्त हो गया, तब मैंने उनसे कहा—

"हे विद्वत् प्रवर! महाभूतों से निर्मित यह शरीर, आत्मा से विलग नहीं है। महासाकार पिंड ही तो शिवत्व है और यह शिवत्व ही ब्रह्मांड स्वरूप है। शिवत्व, इस ब्रह्मांड की आत्मा है और सृष्टि इस शिवत्व से अभिन्न है। आत्मा, चिरन्तन है और वह दिक्-काल से परे रहती है। आत्मा पारमार्थिक चैतन्य है। देह परिवर्तनशील और नश्वर है किन्तु आत्मा तो अविनश्वर है। यह देह सृष्टि का प्रापंचिक स्वरूपांश है। शरीर से आत्मा अलग नहीं है और आत्मा के बिना शरीर के अस्तित्व की कल्पना भी नहीं की जा सकती। आत्मा के लिए शरीर अस्तित्व में रहता है। आत्मा सर्वव्यापी है और देह के सम्पूर्ण तंत्र में वह चेतन बनी रहती है। विज्ञ जन, शरीर का साक्षात्कार कर, आत्मा का ही साक्षात्कार करते हैं। महाभूतों में 'शून्य' एक ऐसा तत्त्व है, जो महाशब्द का पर्याय है और इस महाशब्द का निनाद ही प्राणी के अन्तर में निनादित होता रहता है।"

इतना कहकर मैंने शृंगी उठा ली और शृंगीनाद ध्वनित करते हुए सबदियाँ गाने लगा—

"गगन मंडल मैं ऊँधा कूबा, तहाँ अमृत का बासा।
सगुरा होइ सु भरि-भरि पीवै, निगुरा जाइ पियासा॥
गगने न गोपंत तेजे न सोषंत पवने न पेलंत बाई।
मही भारे न भाजंत उदके न डूबंत कहौ तौ को पतिआई॥
सबदहिं ताला सबदहिं कूँची, सबदहिं सबद जगाया।
सबदहिं सबद सूं परचा हूआ सबदहिं सबद समाया॥"

मैं अत्यधिक तन्मय होकर इन सबदियों का स्वर-गायन करता जा रहा था। बहुत देर तक महाशब्द का अनुगायन करता रहा और उसमें डूबता रहा। महाशब्द की सम्पूर्ण लय और अनहद ध्वनि मेरे अन्तर में ध्वनित हो रही थी और अनुगायन करते हुए मैं शब्द-साधना कर रहा था। स्थूल शब्द में, सूक्ष्म शब्द का लय हो रहा था और मैं इस शून्य-शब्द-पद में चिरन्तन सत्य का साक्षात्कार करता रहा। कुछ कालोपरान्त मेरी स्वर-तन्द्रा भंग हुई। वे लोकायत दर्शन मर्मज्ञ भी आत्मविभोर

होकर मेरी सबदियों में खोए हुए थे। स्वर भंग होते ही उनकी आत्मविभोरता भंग हुई और उन्होंने कहा—

"आपके कंठ में कितना माधुर्य है। स्वरों में कैसी अपूर्व आकर्षण शक्ति है। स्वर और लय तो सम्पूर्ण मानस-तंत्र और मानस-चेतना को सम्मोहित तथा नियंत्रित कर लेता है। मैं शृंगीनाद के स्वर-मंडल में अतीव आनन्द का अनुभव कर रहा था। मैंने स्वर और लय का साक्षात्कार कर लिया है योगी!"

"और महाशब्द का साक्षात्कार हुआ अथवा नहीं आचार्य! सबदियों में निहित अर्थों को भी तो आपने ग्रहण किया होगा। महाशब्द का साक्षात्कार भी तो आपने किया ही होगा आचार्य!" मैंने कहा था और प्रश्नाकुल होकर उनकी ओर देखने लगा था।

"नहीं योगी! स्वर और लय की सत्ता और निहितार्थ सम्पूर्णत: भौतिक सत्य है। यहाँ पर न शब्द साधना है और न महाशब्द का साक्षात्कार।" आचार्य ने उत्तर दिया और तत्काल उठकर वहाँ से चल पड़े।

मैं आहत-सा अनुभव कर रहा था। मैं उन्हें महाशब्द का प्रतिभास कराने में असमर्थ रहा। वे चिन्तन के अपने धरातल पर स्थिर रहे और मैं चिन्तन के अपने धरातल पर स्थिर रहा।

मैं हठयोगी था। कनफटा योगी। कर्णों के कुंडल, जनसाधारण के लिए आकर्षण के उपकरण तो थे ही, उनके मन में मेरे सम्बन्ध में तरह-तरह की धारणाओं की भी उद्भावना करते थे। हिन्दू और बौद्ध धर्मानुयायी मुझे औघड़ समझते थे और इस्लामी रहस्यवाद के अनुयायी तथा मोतजली सम्प्रदाय के अनुयायी मुझे सूफी समझने लगे थे।

एक दिन मैं झील के तट पर बैठा हुआ शृंगी से नाद निनादित कर रहा था। तीन-चार मोतजली सम्प्रदाय के अनुयायी भी वहाँ झील के तट पर बैठे थे। मेरा शृंगीनाद सुनकर मेरे पास आकर बैठ गए। मैंने जब शृंगीवादन बन्द कर दिया तब उनमें से एक अनुयायी ने मुझसे कहा—

"क्या आप तसव्वुफी हैं?"

"नहीं!" मैंने कहा।

"अल्ला तो महाशक्तिशाली है। वह स्वेच्छाचारी भी है। नियंत्रण के परे है। वह किसी अन्य की इच्छा के अनुसार आचार नहीं करता। वह तर्क से भी परे है और मनुष्य के कार्य-व्यापार उसे प्रभावित नहीं करते। वह इनसान के न्याय और धर्म से भी परे रहता है। उसकी अपार शक्ति के समक्ष इनसान का पौरुष और शक्ति नगण्य है। उसकी शक्तिप्रभुता का आतंक इनसान पर छाया रहता है। अल्लाह समीप ही खड़ा रहकर इनसान के प्रत्येक कार्य-व्यापार को देखता रहता है। यदि इनसान ने किंचित् भी उसकी उपेक्षा की अथवा उसके निर्देशों की अवज्ञा की तो इनसान को उसके कोप का भाजन होना पड़ता है और उसका परिणाम भी भयानक होता है।

इस्लाम में तो मुहम्मद पैगम्बर ने अत्यन्त कठोर नियम-आचार प्रतिपादित किए थे। किन्तु नबी के मरणोपरान्त 'गुलूब' और 'तकसीर' के सिद्धान्तों की घोषणा हुई। 'गुलूब' का अर्थ यह है कि मनुष्य ईश्वर की श्रेणी तक आ सकता है और तकसीर का अर्थ यह है कि यदि अल्लाह चाहे तो वह इनसान के रूप में प्रकट हो सकता है। हम तो मोतजली सम्प्रदाय के अनुयायी हैं। हमारा सम्प्रदाय कुरान की आयतों को न अन्तिम वाक्य मानता है और न अन्तिम सत्य। कुरान का दर्शन, अन्तिम दर्शन भी नहीं है। यह सार्वकालिक नहीं है। इनसान को नई-नई प्रेरणाएँ प्राप्त होती हैं। समय तो दर्पण है, प्रतिबिम्बों के दर्शन भी कराता है और प्रतिप्रकाश भी देता है। हम ज्ञान और बुद्धि के द्वारा ही ईश्वर का सन्धान करते हैं। आप तसव्वुफी नहीं हैं, आप सगुण उपासक भी नहीं हैं, आप बौद्ध भी नहीं हैं तो फिर आप हैं क्या?" मोतजली सम्प्रदाय के उस अनुयायी ने कहा।

"केवल ज्ञान और बुद्धि के द्वारा ईश्वर का सन्धान नहीं किया जा सकता। आत्मा की सत्यता और चिरन्तनता को जब तक ज्ञानात्मक साधनाओं से नहीं संलग्न किया जाएगा, तब तक आत्मा तक नहीं पहुँचा जा सकता। आत्मा की साधना ही ईश्वर की सिद्धि का एकमात्र उपाय है। ईश्वर केवल ज्ञान योग नहीं है, वह ज्ञानात्मक अनुभव और अनुभूति है और इस अनुभूति से ही चरम आनन्द की प्राप्ति हो सकती है। आनन्द शून्य ज्ञान-साधना, बुद्धि के रेतीले शुष्क मरुस्थल में भटकने जैसा ही है, वह मृग मरीचिका है। आनन्द शून्य बुद्धिविलास साधक को नैरात्मवादी और नास्तिक बना देता है।" मैंने उस जिज्ञासु से कहा।

"फिर आप किस मत का प्रतिपादन करते हैं?" उसने प्रतिप्रश्न किया।

"मैं उपदिष्ट योगमार्ग का प्रतिपादन करता हूँ। हठयोगी हूँ। मैं शरीर की व्यष्टि सत्ता में चिरन्तन सत्य का समष्टि रूप देखता हूँ। समष्टि की अभिव्यक्ति ही आत्मा की अभिव्यक्ति है। योगी व्यष्टि की साधना कर समष्टि तक पहुँचता है और मैं भी योग मार्ग द्वारा उसी की साधना करता हूँ। आत्मा की साधना ही तो चिरन्तन की साधना है।" इतना कहकर मैंने श्रृंगी उठा ली और उसे बजाने लगा। श्रृंगीनाद लयात्मक होता जा रहा था और मैं उस लय में अपने आप को खोया-सा अनुभव करने लगा था। मेरे मुख से छन्द अपने आप निस्सृत होने लगे—

"तूटी डोरी रस कस बहै, उनमनि लागा अस्थिर रहै।
उनमनि लागा होई अनंद, तूटी डोरी बिनसै कंद।
नादा नाद सब कोइ कहै, नादहिं लै को बिरला रहै।
नाद बिंद है फीकी सिला, जिहिं साध्या ते सिधैं मिला।
ब्यंद ब्यंद सब कोई कहै, महाब्यंद कोई बिरला लहै।
इस ब्यंद भरासे लावै बंध, असथिरि होत न देषो कंध॥"

इन सबदियों का अनुगायन करते हुए मैं खो गया था। मेरे नेत्र बन्द थे और मैं लय-योग की साधना साधने में निमग्न हो गया था। जाने कब तक मैं गाता रहा और जाने कब तक शृंगीनाद गुंजित करता रहा। लय के उच्च स्तर से जब मैं नीचे उतरा और मैंने अपने नेत्र खोले तो मैंने देखा कि वहाँ मैं एकाकी था। मोतजली सम्प्रदाय के वे अनुयायी जा चुके थे।

भोजन-प्रबन्ध तो मुझे करना नहीं था। आचार्य धर्मदत्त ने मेरी आहार-व्यवस्था का उत्तरदायित्व सहर्ष ले लिया था और उसे वे पूर्ण भी कर रहे थे। मैं तो अपने सृजन-कर्म में ही लगा हुआ था।

एक दिन मैं एक मस्जिद के पास एक चबूतरे पर बैठा हुआ हिन्दुओं की सगुणोपासना और यवनों के एकेश्वरवाद पर विचार कर रहा था। सगुणोपासकों ने ईश्वर के स्वरूप को प्रतिमाओं में उतार लिया था और इस्लाम के तौहीद में जिस ईश्वर की परिकल्पना की गई है, वह द्रष्टा है, श्रोता है, प्रसन्नता का अनुभव करता और अवज्ञा करने पर क्रोधित होता है। एक का ईश्वर मन्दिरवासी है तो दूसरे का ईश्वर मस्जिदवासी। मस्जिद में नमाज अता की जा रही थी। अजानें दी जा रही थीं उच्चतम स्वरों में। जब नमाज का समय समाप्त हो गया, तब नमाजी मस्जिद से बाहर आने लगे। मैं शृंगी साधकर अपनी सबदियाँ गाने लगा—

"हिन्दू ध्यावै देहुरा मुसलमान मसीत।
जोगी ध्यावै परम पद जहाँ देहुरा न मसीत॥
काजी मुलां कुरांण लगाया, ब्रह्म लगाया बेदं।
कापड़ी संन्यासी तीरथ भ्रमाया न पाया नृबांण पद का भेदं॥
महमंद महमंद न करि काजी महमंद का बौहोत बिचारे।
महमंद साथि पैकंबर सीधा ये लष असी हजारे॥"

मैं इन सबदियों को गाता जा रहा था। मस्जिद से निकले नमाजियों की भीड़ मेरे पास एकत्रित हो गई। उनमें कुछ तो सामान्य धर्मावलम्बी थे और कुछ मौलवी थे। मैं सबदियों का सस्वर अनुगायन करता जा रहा था। तभी एक वृद्ध मौलवी चिल्लाने लगा—"बन्द करो यह शृंगीनाद। बन्द करो अपना गाना।" वह अत्यन्त क्रोधित था। उसने आक्रोश में मेरी शृंगी छीन ली और वह उसे प्रस्तर पर पटककर तोड़ने ही वाला था कि एक अन्य नमाजी ने उसे ऐसा करने से रोक दिया। उसने मेरी शृंगी तो मुझे लौटा दी किन्तु मेरे विरोध में न जाने क्या-क्या बोलता-बड़बड़ाता वहाँ से चला गया। मैं तब भी अडिग, अभय और स्थिर बना रहा। धीरे-धीरे भीड़ कम होने लगी और मैं अत्यन्त उच्च स्वरों में कहने लगा—

"ऊं लोहा पीर। तांबा तकबीर॥
रूपा महंमद सोना षुदाई।
दुहु बिचि दुनिया गोता षाई॥"

इस सबदी का उच्च स्वरों में उच्चारण करते हुए मैं क्रोध से तमतमा उठा था। मेरी बदली हुई मुख-मुद्रा देखकर सारे नमाजी धीरे-धीरे वहाँ से जाने लगे। मौलवी तो पहले ही जा चुके थे। मैं उस चबूतरे से उठकर शिवालय आ गया।

शिवालय में आकर मैंने मोतजली सम्प्रदाय के अनुयायियों को बुलाया। ये शिया मुसलमान थे। मैंने अब यह निश्चय कर लिया था कि आक्रोश का सामना बौद्धिक आक्रोश से किया जाना चाहिए। सुन्नी मुसलमान खुदा की उपासना में प्रेम और माधुर्य का समन्वय नहीं करते थे किन्तु मोतजली सम्प्रदाय के अनुयायियों में खुदा के स्वरूप में प्रेम और माधुर्य के समन्वय की परिकल्पनाएँ थीं किन्तु थे वे बुद्धिवादी। उनका बुद्धिवाद ही मेरा अस्त्र था। मैं प्रतिदिन उनसे चर्चाएँ किया करता था और उनको और भी अधिक बुद्धिवादी बनाने का प्रयास करने लगा। कई दिवसों के प्रयास के उपरान्त उनमें से दो-तीन घोर बुद्धिवादी हो गए। शेष तो खुदा के स्वरूप में प्रेम और माधुर्य की कल्पना करते रहे और अपनी मान्यताओं तथा आग्रहों से मुक्त नहीं हो पाए किन्तु इन तीन अति बुद्धिवादी मोतजली अनुयायियों ने धार्मिक कट्टरता की आक्रोशमयी भूमि पर अपने बुद्धि के बीज बोना आरम्भ कर दिया। वे तर्क करते रहते थे। धीरे-धीरे अति बुद्धिवादियों की संख्या अभिवृद्ध होने लगी और एक दिन मुझे ज्ञात हुआ कि कई सुन्नी मौलवी, मोतजली सम्प्रदाय में सम्मिलित हो गए हैं। वे इतने बुद्धिवादी हो गए थे कि नास्तिकता की सीमा का स्पर्श कर रहे थे।

पुरुषपुर में निवास करते हुए मुझे कई मास व्यतीत हो गए थे। मेरा जीवन तो सरिता के बहते जल के समान प्रवहमान था। यहाँ पर मैंने कोई जनयोग पीठ की स्थापना नहीं की किन्तु इतने मासों तक यहाँ निवास करते हुए मैंने पीठ की स्थापना के लिए मिट्टी अवश्य तैयार कर दी थी। अब मेरा पुरुषपुर से प्रस्थान का समय उपस्थित हो गया था। इस अवधि में मैंने लगभग तीन सहस्त्र सबदियों की रचना कर ली थी और भोजपत्रों में उन्हें लिपिबद्ध भी कर लिया था।

सायंकाल मैं झील को अन्तिम प्रणाम अर्पित करने पहुँचा। इस झील की लयात्मक देह ने मेरी सबदियों को छन्दमयता प्रदान की थी और मुझे निरन्तर सृजन करते रहने की प्रेरणा दी थी। झील के तट पर पहुँचकर मैंने देखा कि लहरों का उद्दाम वेग कम हो गया था। उनके अन्तर में ऊर्जा का निवास तो था किन्तु अब उसमें लयता और माधुर्य की छान्दसिकता और अधिक समन्वित हो गई थी। एक-एक लहर, पद बन रही थी, छन्दों से भरी हुई। मैंने अंजलि भर जल अपने नेत्रों को

समर्पित किया। पद-सृजन की प्रेरणा ली और अन्तिम प्रणाम अर्पित कर शिवालय लौट आया। पद-संयोजना पर विचार करते-करते निद्रा में खो गया। सूर्योदय के पूर्व उषा माधुरी को आत्मसात् करते हुए पुरुषपुर से तक्षशिला की ओर चल पड़ा।

तक्षशिला नगरी की प्रसिद्धि सम्पूर्ण आर्यावर्त में थी और इस नगरी के दर्शन करने की आकांक्षा मेरे मन में थी। जब मैं तक्षशिला नगरी की सीमा में पहुँचा तो मैंने उस नगरी की मिट्टी को अपने मस्तक से लगाया। यह विश्वप्रसिद्ध दार्शनिकों और ज्ञान के विभिन्न क्षेत्रों के परमाचार्यों की नगरी रही है।

इस नगरी की सीमा पर ही एक बौद्धविहार था। उस बौद्धविहार में एक भिक्षु का निवास था। उस भिक्षु के अतिरिक्त और किसी का निवास वहाँ नहीं था। मैंने विहार में ठहरने की इच्छा व्यक्त की और भिक्षु ने उसे स्वीकार कर लिया। विहार की स्थिति को देखकर ऐसा प्रतीत हो रहा था कि जैसे वह उपेक्षित है। दीवारें टूटी थीं। भवन भी जर्जर प्रतीत हो रहा था। भिक्षु ने मेरे ठहरने का प्रबन्ध एक कक्ष में कर दिया। श्लथ था। विश्राम करने की इच्छा थी। भिक्षु ने फलाहार की व्यवस्था की। मैंने आहार ग्रहण किया और शयन करने लगा।

प्रात:काल उठा। श्लथ शरीर में स्वस्थता आ गई थी। मैंने भिक्षु को देखा कि वह बुद्धदेव को दीपमालिका अर्पित कर रहा है। उसके मुख से बुद्धं शरणम् गच्छामि—का उद्घोष मैं अपने कक्ष से ही सुन रहा था। वह बहुत देर तक अर्चन-वन्दन करता रहा और फिर मेरे कक्ष में आकर मेरे पास बैठ गया।

"यह बौद्ध मठ कब स्थापित हुआ है?" मैंने मौन भंग करते हुए कहा।

"छह-सात सौ वर्ष पूर्व इस बौद्ध मठ की स्थापना हुई थी।" इस वाक्य का उच्चारण करते समय उसके शब्दों में करुणा का आवेग स्पष्ट आभास दे रहा था। उसने तक्षशिला नगरी की प्राचीनता की चर्चा करते हुए बतलाया कि "यह अत्यन्त पुरातन नगरी है। कभी गंधार देश की राजधानी होने का श्रेय भी इसे प्राप्त था किन्तु वर्तमान में वो पुरुषपुर, गांधार अंचल की राजधानी है। यहाँ पर न जाने कितने आक्रान्ताओं ने अपनी विजय पताकाएँ फहराईं और काल ने उन विजय पताकाओं को उतार दिया। अतिपूर्वकाल में गंधर्व जाति-जन यहाँ के निवासी थे। एक संस्कृत महाकाव्य रामायणम् में महाकाव्यकार वाल्मीकि ने तो यह लिखा है कि भरत ने अपने मामा युधाजित् के परामर्श पर इस गांधार राष्ट्र पर आक्रमण किया था और यहाँ के निवासी गंधर्वों को पराजित किया था। भरत के दोनों पुत्र तक्ष और पुष्कल के नामों पर तक्षशिला और पुष्कलावत (पुष्कलावती) नगर बसाए गए थे।"

वाल्मीकि ने अपने महाकाव्य में लिखा है—"तक्षं तक्षशिलायां तु पुष्कलं पुष्कलावसे, गंधर्व देशे रुचिरे गांधार विषये ये च स:।" महाभारत काल में भी तक्षशिला नगरी का विशेष महत्त्व था। जनमेजय का नागयज्ञ यहीं पर आयोजित किया गया था। पाणिनि ने भी तक्षशिला के महत्त्व का उल्लेख किया है।

यह विद्या की नगरी रही है। जातकों में इस नगरी का उल्लेख है। तेलपत्र, सुसीम जातक, उद्दालक तथा सेतकेतु जातकों में तक्षशिला के शिक्षा केन्द्रों के विवरण उपलब्ध हैं। तक्षशिला महाविद्यालय की प्रसिद्धि तो दूर देशों तक रही है। कोसल अधिपति प्रसेनजित्, वैशाली के महाली, कुशीनगर के बन्धुलमल्ल, मगध राजवैद्य जीवक, प्रसिद्ध कूटनीतिज्ञ चाणक्य और वसुबन्धु, तक्षशिला महाविद्यालय के ही विद्यार्थी रहे हैं। धनुर्वेद और चिकित्सा विज्ञान की शिक्षा का भी यह प्रसिद्ध शिक्षा केन्द्र रहा है। चाणक्य तो तक्षशिला महाविद्यालय में आचार्य भी थे।

यह राष्ट्र विदेशी आक्रान्ताओं के आक्रमणों से अस्थिर रहा है। ईरान के सम्राट दारा ने तक्षशिला पर आक्रमण किया था। अलक्षेन्द्र ने भी यहाँ अपना आधिपत्य स्थापित किया था। मौर्यकाल में तो चन्द्रगुप्त मौर्य ने इसे अपने राष्ट्र में विलीन कर लिया था। सम्राट अशोक और कुणाल की राज्य विषयक घटनाएँ भी तक्षशिला से जुड़ी हुई हैं। यहाँ पर न जाने कितने बौद्ध मठ और बौद्ध विहार थे। इसे धर्मचक्र के नामकरण से अभिहित किया जाता था किन्तु आज तो खँडहर-ही-खँडहर हैं। बौद्ध विहारों के भग्नावशेष न जाने कितना इतिहास अपनी दीवारों में समेटे हुए हैं। यह बौद्ध विहार भी भग्नावस्था में ही है। मैं ही इस खँडहर का महाभिक्षु हूँ और मैं इस विनष्ट धर्मचक्र का कथावाचक।" इतना कहते हुए भिक्षु के नेत्र डबडबा आए। उसके नेत्रों से अश्रुबिन्दु भी टपकने लगे।

मैं सोच रहा था कि समय तो सदा निर्बन्ध रहा है और नियति को कब कोई बाँध पाया है। काल की गति कभी थमी नहीं और परिवर्तनशीलता तो काल का धर्म है। ज्ञान से ही काल और नियति के प्रभावों से निस्संग रहा जा सकता है। मेरे अन्तर में ज्ञान का रूप प्रतिबिम्बित होने लगा। तक्षशिला, मेरी रचनाधर्मिता को पद-विन्यास प्रदान कर रही थी। स्वर, पद के अनुशासन में बँधने लगे थे। मैंने श्रृंगी उठा ली और गुनगुनाने लगा। बहुत देर तक नाद का चैतन्य मेरे अन्तर में भरता रहा और पद-रूप धारण कर वह चैतन्य प्रकट होने लगा—

"चाल्यो रे पाँचौ भाइला तेणैं बन जाइला।
जहाँ दुष सुष नाँव न जानिए॥
षेली करौं तौ मेह बिन सूके, बनिज करौ तौ पूँजी तूटे।
अस्त्री करौं तो धरभंग ह्वैला, मित्र करौं तो बिसहर भैला।
जुवटै षैलों तो बैठड़ौं हारौं, चोरी करौं तो प्यंडड़ौं भारौं।
बना षंड जाऊँ तौ बिरछ न फलना, नगरी में जाऊँ तौ भिष्या न मिलनां।
बोल्या गोरषनाथ मछिन्द्र का पूता, छाँडै नैं माया भया अवधूता॥"

मैं श्रृंगी नाद निनादित करते हुए पद गाता जा रहा था और आत्मविभोर होता जा रहा था।

पद-सृजन का यह क्रम चलता रहा। मैं चिरन्तन सत्य के सूक्ष्मातिसूक्ष्म रूप का साक्षात्कार करता रहा। यह भौतिक तन एक ऐसा पर्वत है जहाँ पर पार्थिव सत्य की अनेक माया-बेलियाँ फैली हुई हैं। ये मूल माया अथवा पार्थिव सत्य और द्वंद्व की बेलियाँ हैं। इन बेलियों में जीवन का महासत्य फलित-पुष्पित हो रहा है। इस महासत्य से ही तो मुक्ताफल की प्राप्ति सम्भव है। मैं सोच रहा था कि पदों में तो आत्मा का आनन्द ही अभिव्यक्त होता है।

तक्षशिला में निवास करते हुए कई मास व्यतीत हो गए। मैं तो पद-रचना में डूबा हुआ था। पद-विन्यास, मेरे रचनाधर्म का क्रम बन गया था और इसी धर्म को अंगीकार किए हुए मैंने तक्षशिला को प्रणाम किया और प्रस्थान कर दिया।

इस अलक्ष्य यात्रा में एकान्तिकता नहीं थी। न जाने कितने पदों की भीड़ मेरे साथ चल रही थी।

एकादश आधार

ज्ञान और अनुसन्धान के हीरकों से अलंकृत तक्षशिला का इतिहास मुझे पद-रचना की अर्थभूमियाँ तथा गीतात्मकता के स्वर-पाथेय दे गया था। दुर्गम होते हुए भी मुझे हिमस्थली एक पदावली-सी प्रतीत हो रही थी और मैं पदावलियों की रचना-प्रक्रिया को साथ लिये कुरुक्षेत्र की ओर चला जा रहा था। कई दिवस चलने के उपरान्त साकल पहुँच गया। इस नगर के साथ भी परिवर्तन का एक इतिहास जुड़ा हुआ है। यह कभी मिनांडर की राजधानी था और साकल को ग्रीक भाषा में यूथाइंडमिया कहा जाता था। साकल (स्यालकोट) में एक निर्जन स्थान में वृक्ष के आश्रय तले ठहर गया। दिन में जब सूर्य अपनी कर्मयात्रा पर कुछ दूर चल देता था, तब मैं भिक्षाटन के लिए निकलता और फिर वृक्ष की छाया में विश्राम करता और अपने दार्शनिक चिन्तन को पदावलियों में उतारने लगता था। नगर में भ्रमण करते हुए मैंने एक राजदुर्ग भी देखा था। इस दुर्ग के वर्तमान खँडहर-स्वरूप को देखकर मैं अनुमान लगा रहा था कि इस दुर्ग का अतीत अत्यन्त गौरवपूर्ण रहा होगा। आक्रान्ताओं से सुरक्षा की दृष्टि से कितने विशाल और सुदृढ़ दुर्ग निर्मित किए जाते थे और दुर्ग के भीतर राजभवन, सभाभवन, मंत्रणाभवन, रनिवास और पूजा स्थल रहते थे। एक दुर्ग अपने समष्टिगत रूप में न जाने कितनी अन्वितियाँ समेटे रहता है।

मेरा शरीर भी तो एक दुर्ग ही है। मैंने शरीर रूपी नगर में कितने चक्र और कितने आधार बसा लिए हैं। मैंने योग-साधना की है। हठयोग साधा है और इस काया-गढ़

में अपना आधिपत्य स्थापित कर लिया है। मेरे कायानगर के महाद्वार पर इड़ा और पिंगला का पहरा है और इस महाद्वार के भीतर प्रवेश करते ही ब्रह्मरन्ध्र के दर्शन हो जाते हैं। मेरा शरीर पद की पंक्तियाँ बन रहा था। मैं शृंगी उठाकर वादन करने लगा। मेरा अन्तर पद-पंक्तियाँ बनकर अभिव्यंजना पाने लगा—

"अवधू ऐसा नग्न हमारा, तिहाँ जोवौ ऊजूद्वार।
अधर-उरध बजार मंड्या है, गोरष कहै विचार।
हरि प्रांण पातिसाह, साह बिचार काजी।
पंच तत ते उजहदौरं मन पवन दोऊ हस्ती छोड़ा
गिंनान ते अषै भंडारं॥
काया हमारे सहर बोलिये, मन बोलिये हुजदारं।
चेतनि पहरै कोटवाल बोलिये, तौ चोर न झंकै द्वारं॥
तीनि सै साठि चीरा गढ़ रचीले, सोलह षणिलै षाई।
नव दरवाजा प्रगट दीसैं, दसवाँ लष्या न जाई॥
अठारह भार कोट कंठजरा जाइलै बहतर कोठड़ी निपाई।
नव सुत्र ऊपरै जंत्र फिरै, तब काया गढ़ लिया न जाई॥
अनहद घड़ी घड़ियाल बजाइ लै परम जोति दुइ दीपक लाई।"

मैं बहुत देर तक पद की पुनरावृत्ति करता रहा और अन्तर में चिरन्तन सत्य के अनहद नाद को सुनता रहा। मेरे काया नगर में यही 'चिरन्तन' अधिपति है और मैं नाद ब्रह्म में उसी चिरन्तन सत्य के दर्शन कर रहा हूँ। मेरे अधिपति के मंत्रणा कक्ष में ज्ञानेन्द्रियाँ और पंच महाभूत मंत्रणा के लिए उपस्थित है। पद गायन में मैं इतना खो गया था कि मुझे स्मरण नहीं है कि मैं कब तक पदावली का अनुगायन करता रहा। कब मौन हो गया। जब तन्द्रा भंग हुई तब मैंने उस पद को लिपिबद्ध करना आरम्भ कर दिया। भोजपत्र पर पद की एक-एक पंक्ति सहज ही लिपिबद्ध होती जा रही थी। पद लिपिबद्ध हो गया। मैं उठा और मैंने दैनन्दिन कार्यों का निष्पादन किया और अन्य कार्यों से मुक्त होकर पदों की रचना में संलग्न हो गया।

मेरी भावधारा, शृंगीनाद से गतिशील होती थी। मैं शृंगी से नाद उत्पन्न करता था और मेरा मस्तिष्क तथा हृदय, पद की पंक्तियों का सृजन करने लगता था। पद का सम्पूर्ण वस्तु-प्रारूप मेरे समक्ष प्रस्तुत हो जाता था और मैं उसे पद की पंक्तियों में बाँधता चला जाता था। पद-रचना के समय मेरा हठयोग, सहज-योग बन जाता था और सम्पूर्ण पद-रचना शृंगी के निनाद में बँध जाती थी। साकल में पदों की रचना करते हुए कई दिवस व्यतीत कर दिए और फिर एक दिन अपने सम्पूर्ण सृजन कर्म को सहेजकर कुरुक्षेत्र की ओर चल पड़ा।

कई दिवस यात्रा करता रहा। निसर्ग के अवरोधों को पार करता रहा। हिम सुताओं के जल का स्तवन करता रहा और एक दिन कुरुक्षेत्र आ गया। यहाँ ब्रह्मसर के निकट एक मन्दिर में आश्रय लिया।

न जाने क्यों मेरा मन यहाँ स्थिर नहीं हो पा रहा था। पद-रचना की प्रेरणा भी मुझे नहीं प्राप्त हो रही थी। मैंने निश्चय कर लिया कि रात्रि व्यतीत कर प्रात:काल ही यहाँ से प्रस्थान कर दूँगा।

प्रात:काल मैंने कुरुक्षेत्र से प्रस्थान कर दिया और इन्द्रप्रस्थ की दिशा में चल पड़ा। मार्ग पाथेय ग्रहण करता और यात्रा करता हुआ मैं एक दिन इन्द्रप्रस्थ पहुँच गया। महाभारत काल में पांडवों ने इन्द्रप्रस्थ में अपनी राजधानी स्थापित की थी। मैं इस नगर में पहुँचकर एक अतिथिशाला में ठहर गया।

नगर-भ्रमण करते हुए मैंने देखा कि यह नगर बाह्य आक्रमणों से पूर्णत: सुरक्षित है। ऊँची-ऊँची प्राचीरें नगर के चारों ओर हैं और गहरी-गहरी खाइयाँ भी चारों दिशाओं में बनी हुई हैं। यहाँ से दूर हस्तिनापुर अवस्थित है। यह कौरवों की राजधानी थी। कौरवों और पांडवों के राज्य विभाजन के पूर्व इस नगर का नाम खांडवप्रस्थ था। मुझे यह नगर भी पददलित और इतिहास के गर्भ में समाया हुआ ऊजड़-सा प्रतीत हुआ। युद्ध की विभीषिकाओं को सहते हुए इस नगर का सम्पूर्ण शरीर जर्जर हो गया है। नगर में सभी ओर भय का वातावरण प्रतीत हो रहा था। ऐसा प्रतीत हो रहा था कि जैसे इन्द्रप्रस्थ की मिट्टी युद्धजीवी हो गई है। युद्ध की विभीषिका से आक्लान्त भी परिलक्षित हो रही थी। न जाने क्यों, पद-रचना यहाँ भी जन्म नहीं ले रही थी। वह मेरे भावलोक और मस्तिष्कलोक दोनों की अवज्ञा कर रही थी। मैं इन्द्रप्रस्थ से कपिलवस्तु चल पड़ा।

इन्द्रप्रस्थ से दो मास की यात्रा करने के उपरान्त मैं कपिलवस्तु आया। कपिलवस्तु प्राचीन नगरी है। बौद्ध धर्म के प्रणेता बुद्धदेव के जीवन प्रसंग से कपिलवस्तु की ऐतिहासिकता जुड़ी हुई है। शाक्यवंशी शुद्धोदन का राज्य यहाँ पर था और कपिलवस्तु उसकी राजधानी थी। इस नगर का नामकरण कपिल ऋषि से जुड़ा हुआ है। जनश्रुति है कि यहाँ पर कपिल भुनि की तपस्थली थी और परवर्तीकाल में उनके नाम पर इसे कपिलवस्तु कहा जाने लगा। हिमालय के अंचल में बसा हुआ यह नगर राजकीय वैभव सहेजे हुए था। गौतम बुद्ध का जन्म तो लुंबिनी ग्राम में हुआ था। गौतम बुद्ध का बचपन का नाम सिद्धार्थ था और उनकी माता मायादेवी ने कपिलवस्तु से देवदह की यात्रा करते समय लुंबिनी ग्राम में एक शालवृक्ष के नीचे सिद्धार्थ को जन्म दिया था। सम्राट अशोक ने इस लुंबिनी ग्राम में शिलाभित्ति का निर्माण कराया था और शिला स्तम्भ स्थापित किया था। बुद्धत्व प्राप्त करने के उपरान्त गौतम बुद्ध अन्तिम बार कपिलवस्तु आए थे और उन्होंने पिता शुद्धोधन को बौद्ध धर्म की दीक्षा दी थी। गौतम बुद्ध की पत्नी यशोधरा ने भी उनसे दीक्षा

ग्रहण की थी। आज वही कपिलवस्तु घने-घने वृक्षों से ढकी हुई है और इस नगर का पूर्व ऐश्वर्य अवनति को प्राप्त हो गया है।

कपिलवस्तु का प्राकृतिक सौन्दर्य अत्यन्त निर्मल और प्रांजल था। नगर भी अनेक इकाइयों में बसा हुआ था। हिमालय की तलहटी पर बसे हुए इस नगर से हिमालय की श्वेत धवल हिमानी पर्वत श्रेणियाँ अत्यन्त आकर्षक प्रतीत हो रही थीं। श्वेत पर्वत शृंखला की कल्पना साकार थी। नगर के बाहर एक बौद्धविहार खँडहर स्थिति में खड़ा था। मैं उसी बौद्धविहार में ठहर गया। उस विहार में एक भी भिक्षु नहीं था। गौतम बुद्ध की एक प्रस्तर प्रतिमा थी। कुछ समय विहार की परछी में बैठा रहा और भवन की जीर्ण-शीर्ण स्थिति को निहारता रहा। कुछ समय के बाद किसी के आगमन की पगध्वनि सुनाई पड़ने लगी। एक वृद्ध बौद्ध भिक्षु ने परिसर में प्रवेश किया। उसने मुझे सामने बैठे देखकर 'बुद्धं शरणम् गच्छामि' का उच्चारण किया और मैंने भी प्रत्युत्तर में अलख निरंजन का उद्घोष किया और आ-दे-श कहा। इसके उपरान्त उस भिक्षु ने मुझसे कोई संवाद नहीं किया। वह अपने कक्ष में चला गया। रात्रि हो रही थी। मैंने जलाहार किया और बाघंबर बिछाकर लेट गया।

प्रात:काल विहार-परिसर से बाहर आया। सामने एक कूप था। उसमें कुछ ग्राम्य-बालाएँ और ग्राम-वधुएँ जल भर रही थीं। कुछ भरे हुए कलशों को अपने सिर पर रखकर ले जा रही थीं। कुछ कलशों से जल छलक-छलक जाता था। जो पनिहारिनें कूप से जल खींच रही थीं, उनके हाथों और गति के कम्पन से रज्जु में बँधी हुई गागर का जल छलक-छलक कर कूप में गिर रहा था और जल के गिरने से उत्पन्न हुई ध्वनि सुनाई पड़ रही थी। यह ध्वनि, स्वर-संयोग और स्वराघात का आभास दे रही थी। ऐसा प्रतीत हो रहा था कि जैसे सप्त स्वर अपना माधुर्य बिखेर रहे हों। मेरे अन्तर में वह जल-नाद और तरंग-माधुर्य उतरता चला जा रहा था। सर्जनात्मक वृत्ति गतिशील हो रही थी और पद अपना विन्यास निर्माण करने लगा था।

अब मेरा अन्तर सृजन-भावों से भर उठा था। मैंने शृंगी का वादन आरम्भ कर दिया और मेरे मुख से पदावली सहज ही निस्सृत होने लगी—

"अवधू गागर कंपै पांणीहारी, गवरी काधैं नौरा।
घर का गुसांई कोलिग चाहै, काहेन बँधौ जौरा॥
लूँण कहै अलूँणां बाबू, घृत कहै मैं रूषा।
अनील कहै मैं प्यासा मूवा, अंन कहै मैं भूखा॥
पावक कहै मैं जाडण मूवा, कपड़ा कहै मैं नागा।
अनहद मृदंग बाजै, तहाँ पांगुल नाचन लागां॥

आदिनाथ बिहबलिया बाबा, मछिन्द्रनाथ पूता।
अभेद-भेद भेदीले जोगी, बदंत गोरष अवधूता॥"

बहुत देर तक अपनी इस उलटबाँसी को गाता रहा। शृंगीनाद इस पद को और भी अधिक गम्भीर बना रहा था। पनिहारिन का गागर रखने का अभ्यास नहीं सध पाने के कारण गागर से जिस प्रकार जल छलक जाता है, उसी तरह ब्रह्मरन्ध्र से निरन्तर अमृत छलकता रहता है। स्वरों की आवृत्तियाँ, पनिहारिन की देहयष्टि, समग्र रूप में उपस्थित कर रही थीं। पनिहारिन बन गई थी स्वरों की अमृतधारा, जो गौरवर्णा थी, ज्योत्स्नामयी थी। स्वर धारा छन्द और ताल तथा स्वरों के आरोह-अवरोह में बँधी हुई नर्तन करती प्रवाहित हो रही थी। अमृत जल छलक-छलक उठता था। मातृरूपा लय मुझे अपने अंचल में टाँककर आनन्द-पय पिला रही थी और मैं एक अबोध शिशु की तरह लय के वक्षस्थल से नाद-दुग्ध का पान करता जा रहा था। मैं अपने अन्तर में बसे ब्रह्मरन्ध्र से चिरन्तन सत्य के दर्शन कर रहा था। तन्मय हो गया था मैं मातृत्व की उस लयात्मकता में तथा लय के मातृत्व स्वरूप का साक्षात्कार करते हुए।

दर्शन की इस जन्मदात्री नगरी में मेरी पद-रचना की गति निरन्तर गतिशील बनी रही। मैंने अनेक पदों को लिपिबद्ध किया और फिर एक दिवस कपिलवस्तु से काष्ठमंडप (काठमंडू) की यात्रा आरम्भ कर दी।

कपिलवस्तु तो हिमवान् की तराई पर बसा था किन्तु अब मैं हिमालय के दुर्गम और अगम पर्वतीय स्थलों, भीमकाय प्रस्तर-खंडों और पातालमुखी खाइयों-गह्वरों की अगमता को सहज बनाने चल पड़ा था। मार्ग में अनेक अवरोध थे। गिरि-कंदराएँ रहस्यवादिनी प्रतीत होती थीं। वन्य प्राणियों की भयानक और हिंसक ध्वनियों से साक्षात्कार करता मैं हिमवान् की आरोह-यात्रा कर रहा था। न कोई आश्रय था और न कोई ठौर। विश्व की इस सर्वोच्च पर्वतमाला और श्वेत धवल हिम-शृंखला के वक्षस्थल से प्रस्फुटित महाचैतन्य का अनुगायन वेदों में भी हुआ है।

तीन मास की दुस्सह यात्रा करने के उपरान्त मैं काष्ठमंडप पहुँच गया।

काष्ठमंडप (काठमंडू) वनस्थली है। यह नगर, पर्वतराज हिमवान् के उच्च वक्षस्थल पर बसा हुआ है। हिमाच्छादित श्वेत धवल हिम श्रेणियों का रूप मेरे मन और मस्तिष्क को प्रभावित कर रहा था। इस नगर में भवनों और मन्दिरों का वास्तुशिल्प अद्‌भुत है। बड़े-बड़े भवन और मन्दिरों का निर्माण, काष्ठ द्वारा किया गया है। यही कारण है कि इस नगर को काष्ठमंडप कहा जाता है। काष्ठमंडप का लोक प्रचलित रूप काठमंडू अथवा काठमांडू है। पूर्ववर्ती काल में इस नगर का नाम मंजुपाटन था किन्तु आज काष्ठमंडप कहा जाता है।

काष्ठमंडप के उत्तरांचल में एक स्थान है 'मृगस्थली'। मृगस्थली का एकान्त और उसके प्राकृतिक सौन्दर्य ने मेरे साधक और रचनाधर्मी मन को अभिभूत कर

दिया और मैंने मृगस्थली को ही अपनी योग-साधना-भूमि तथा रचना-भूमि बनाने का निश्चय कर लिया। कुछ किरातों के सहयोग से काष्ठ की एक कुटीर निर्मित करा ली और यहाँ डेरा डाल दिया।

काष्ठमंडप में पशुपतिनाथ का मन्दिर है और इस सिद्ध स्थान की महत्कीर्ति फैली हुई है। यहाँ पर शैवों और बौद्धों की अधिकता है। अनेक शास्त्रज्ञ हैं, मूर्धन्य पंडित और साधु-महात्मा। शिव और शक्ति का पितृत्व एवं मातृत्वरूपिणी रूपों में इस साधना-पीठ में मैं योग-साधना के विभिन्न विधानों के दर्शन कर रहा था। मृगस्थली की कुटीर में हिमवान का अगाध सौन्दर्य-दर्शन, वागमती के जलदर्पण पर अन्तर्सृष्टि के योग दर्शन का प्रतिबिम्बित भाष्य और पार्वतीय एकान्तिक शान्ति उपलब्ध थी और यह मेरी योग-साधना तथा रचना-धर्म के लिए अनुकूल थी। किरात जन मेरे प्रति आस्थावान थे। वे दैनन्दिन आवश्यकताओं की पूर्ति-प्रतिपूर्ति करने लगे थे। नेवारी जाति-जन भी मेरे पास आते थे। वे तो मेरे अनुयायी ही हो गए थे।

मैं मृगस्थली में साधना, प्रवचन और रचना-कर्म करने लगा। प्रात:काल मैं योगाभ्यास करता था। स्वस्तिक, गोमुखासन, वीरासन, कूर्मासन, कुक्कुटासन, धनुरासन, मत्स्येन्द्रासन का प्रयोग कर अपने मन को स्थिर करता, स्नायुओं के दौर्बल्य को दूर करता, मन की वृत्तियों को सात्त्विक बनाता, नाड़ी-तंत्र में स्फूर्ति उत्पन्न करता और मरुत्सिद्धि प्राप्त करता रहता था। नेवारी और किरात मेरी योग साधना से प्रभावित होते थे। मैंने उन्हें भी योगाभ्यास कराना आरम्भ कर दिया। धीरे-धीरे वे प्रशिक्षित होने लगे। अनेक अनुयायियों ने दीक्षित होने की कामना की। जो गृहस्थ बने रहकर दीक्षित होना चाहते थे, उन्हें भी मैंने दीक्षा दी और जो योगी बन जाना चाहते थे, उन्हें कुंडल, बाघंबर और रुद्राक्ष-माला देकर योगी बना दिया। ये योगी मृगस्थली में ही अनेक कुटियाँ बनाकर निवास करने लगे और योगाभ्यास तथा योग-साधना करने लगे। प्रात:काल योगियों को योग-प्रशिक्षण देना और अपराह्न उन्हें योग-साधना पर प्रवचन। रात्रि में योगी स्वयं 'चिरन्तन सत्य' पर ध्यान केन्द्रित करने का अभ्यास करते रहते थे।

मृगस्थली तो स्वयं प्रकृति की पदावली-सी प्रतीत होती थी। यहाँ पर घाटी के हृदय से निस्सृत होकर प्रवाहित होने वाले जलस्रोत अपनी जल-तरंगों के सप्तसुरी निनाद से मेरे अन्तर में बैठे रचनाकार को सृजन की प्रेरणा दे रहे थे। मैंने शृंगी का वादन आरम्भ कर दिया और पदावलियाँ मेरे मुख से सहज ही अभिव्यंजित होकर, सरगम की सहयात्री बनने लगीं। मैंने हिमवान की वृक्षावलियों, लता-बेलियों और मृगों की चंचलता को अपने अन्तर में उतार लिया, प्रतिबिम्बों को दार्शनिक प्रतीक प्रदान किए और प्रतीकों को स्वरों से अभिषिक्त कर उनका अनुगायन करने लगा—

"अवधू अहूठ परबत मझार, बेलड़ी माउयौ बिस्तार।
बेली फूल बेली फल बेलि अछै मोत्याहल॥
सिष्टि उतपनी बेली प्रकाश, मूल न थी चढ़ी आकास।
उरध गोढ़ कियो बिसतार, जांण मैं जोसी करै विचार॥
आइसौं भील पारधी हाथ नहीं, पाई प्यंगुलो मुष दाँतन काही।
हयो हयो मृधलौ धुणही न तंही घंटा सुर तिहां नाद नाहीं॥
भीलड़ै तिहां ताणियौ बांण मन ही मृधलौ बेधियो प्रमांण।
हयों हयों मृधलो बेधियौं बांण, धुणही बांण न थी सरतांण।
भीलड़ी मातंगी रांणी मृधलौ आंणी ठांणी।
चरण बिहूणौं मृधलौं आण्यौं, सीस सींग मुष जाइ न जाण्यौं।
भणत गोरषनाथ मछिन्द्र ना पूता, मारयो मृध भया अवधूता।
याहि हियाली जे कोई बूझै, ता जोगी को तृभुवन सूझै॥"

सम्पूर्ण पर्वत-सत्य मेरे अन्तर में दार्शनिक प्रतीक बन गया था। यह पार्थिव शरीर मुझे पर्वत-सा परिलक्षित हो रहा था। इस शरीर के पार्वतीय क्षेत्र में माया अपनी लता-बेलियाँ फैलाए हुए दिख रही थी। यह माया-बेलि पुष्पित भी थी और फलित भी। इस माया-बेलि से मुक्ताफल की भी प्राप्ति होती है। इसी बेलि से यह सृष्टि अस्तित्व में है इसका कोई मूल नहीं है। यह अमरबेलि की तरह है। यह ऊर्ध्व प्रकृति सम्पन्ना है। इसका विस्तार ऊर्ध्वस्थल ब्रह्मरन्ध्र तक फैला हुआ परिलक्षित है। बेलि के आकर्षण के कारण यह मन-मृग चंचल बना रहता है। जीवात्मा रूप पारधी अथवा भील इस मृग का आखेट कर रहा है। आत्मा रूपी पारधी के बाण के प्रहार से मन रूपी चंचल मृग मृत हो गया। आत्मशक्ति रूपिणी भीलनी उस मृग को चरम सत्य के शक्ति और चरम आनन्द स्थल पर ले जा रही है। यहाँ कुंडलिनी की महाशक्ति है। मन-मृग माया से विरत होकर योगी हो गया है। जीवन के इस द्वंद्व से निस्संग हो पाना सहज नहीं है। साधना की निस्संगता ला सकती है। इस पद को गाते हुए पहाड़ का सम्पूर्ण सत्य और दर्शन मेरे स्वरों से अभिव्यक्त हो रहा था। न जाने कब तक मैं श्रृंगीनाद निनादित करता रहा और फिर ध्यान में लीन हो गया।

ध्यान भंग होने पर मैंने नेत्र खोले तो सामने देखा कि मृगस्थली आश्रम के समस्त योगी और मेरे गृहस्थ अनुयायी, सब ध्यानमुद्रा में हैं। मैंने अलख निरंजन का उद्घोष किया और श्रोता समुदाय ने भी अलख निरंजन का उच्च स्वरों में उद्घोष किया। फिर सब वहाँ से प्रस्थान कर गए। मैं सोच रहा था कि स्वर-देवता में कितनी अपार शक्ति है वह दार्शनिक गूढ़ता को भी सहज बना देता है और श्रोता को आस्थावान बना देता है।

काष्ठमंडप में अनेक वर्षों तक रहते हुए मैंने सामाजिक द्वंद्वों का भी सूक्ष्मावलोकन कर लिया था। अनेक मत प्रचलित थे और मतान्तर भी बहुत थे। मैं तो सत्व गुणों के विकास का पक्षधर था। रजस् और तमस् गुणों की धार्मिक अनुष्ठानों में परिणतियाँ देखकर मेरा मन क्षुब्ध हो जाता था। वाममार्गियों की संख्या बहुत थी। पौराणिक हिन्दू धर्म के वाममार्गी साधक भी थे और बौद्ध धर्मानुयायी वज्रयानी भी। ये मंत्र-तंत्र का प्रयोग कर सामान्य जन को आकृष्ट करते थे। इनकी अभिचार-क्रियाएँ रजस् और तमस् गुणों का ही प्रतिपादन करती थीं। मारण, मोहन और उच्चाटन मंत्रों के कल्पित आकर्षण में सामान्य जन ग्रस्त हो रहे थे। कुछ तो हठयोग की साधना भी करते थे किन्तु 'मैथुन' का प्रवेश इनकी साधनाओं में हो गया था और समाज में अनेक प्रकार की विसंगतियाँ भी उत्पन्न हो गई थीं। 'नारी' का संयोग, साधना और समाज दोनों को भ्रष्ट कर रहा था। शैव साधकों में भी अनेक अघोरी यहाँ पशुपतिनाथ मन्दिर के आसपास बने रहते थे और अनेक प्रकार के चमत्कार भी करते रहते थे। इनकी जीवन-प्रणाली और अतिचार क्रियाएँ अत्यन्त बीभत्स थीं। बौद्ध वज्रयानी भी भिक्षुणियों के साथ सम्भोग-साधना में निरत रहते थे। 'मैथुन' और 'मदिरा' का सेवन कर वे 'परमसुख' का अनुभव कर रहे थे। मेरे मन में इन असामाजिक और रजस्-तमस् प्रधान अतिचारों के प्रति तीव्र वितृष्णा उत्पन्न हो गई थी। मैंने नेपाल के जनमानस को इन अतिचारों से मुक्त करने का भी निश्चय कर लिया था। महायानियों का एक समूह ऐसा भी था जो इन अतिचारों से मुक्त था। ये कर्मवादी थे और अपनी साधनाओं में बुद्धत्व का अन्वेषण करते रहते थे। इन शून्यवादी साधकों के प्रति मेरे मन में कोई आक्रोश नहीं था। कई महायानी मुझे अनंगवज्र और रमणवज्र के नाम से भी पुकारने लगे थे। यह मेरे प्रति उनके सम्मान का परिचायक था।

मैंने मृगस्थली में जनयोग पीठ की स्थापना कर दी। इस पीठ के सदस्य योगी तो थे ही, गृहस्थ भी थे। योगियों को मैंने कर्मवाद से भी दीक्षित किया था। एक योगी का दायित्व सामाजिक परिष्कार करना भी तो है, ऐसी मेरी मान्यता है। मेरे शिष्य केवल हठयोग की साधना नहीं करते थे, अपितु वे जीविका का अर्जन भी कर्मपूजा कर किया करते थे। जन-करुणा और जनयोग को मैंने उनका व्यावहारिक कर्म बना दिया था। वे पार्वतीय अंचलों में सीढ़ियों पर बने हुए खेतों में कार्य करने वाले कृषकों को सहयोग देते थे, रोगग्रस्त जनों की योगासनों तथा वनौषधियों के द्वारा उपचार-व्यवस्था करते थे और उपदिष्ट योगमार्ग का प्रचार करते थे।

इन वर्षों में मेरी रचनाधर्मिता निरन्तर गतिशील बनी रही और मैंने अजनस्क, अमरौघशासनम्, अवधूत गीता, गोरक्षकल्प, गोरक्षकौमुदी, गोरक्षचिकित्सा, गोरक्षपंचय, गोरक्ष पद्धति, गोरक्षशतक, गोरक्षशास्त्र, गोरक्षसंहिता, हठयोग संहिता,

चतुरशीत्यासन, महार्थमंजरी आदि ग्रन्थों की रचना कर ली और अन्य पुष्कल साहित्य का भी सर्जन कर लिया। मैं अपने रचना-कर्म से सन्तुष्ट था।

राजपुत्र स्थान से जो क्षत्रिय यहाँ नेपाल में आकर बस गए थे वे सब मेरे अनुयायी हो गए थे। काष्ठमंडप में निवास करने वाले राजवंशीय क्षत्रिय भी थे और नेपाल के अंचल लमजुंगतनुहु तथा पोखरा में भी कुछ क्षत्रिय परिवार मेरे अनुयायी हो गए थे। इन राज्यपरिवारों में अधिपति बनने का संघर्ष चलता रहता था। कभी कोई स्वयं को नेपाल का अधिपति घोषित कर देता था और कभी कोई। इनमें अन्तर्संघर्ष इतना अधिक बढ़ गया था कि सम्पूर्ण राज्यांचल में अस्थिरता उत्पन्न हो गई थी।

एक दिवस जब मैं मृगस्थली में अपने साधकों को योगाभ्यास करा रहा था, तब मैंने देखा कि क्षत्रियों का एक विशाल समूह अस्त्र-शस्त्रों से सुसज्जित मेरी साधना पीठ की ओर चला आ रहा है। आज मैं पीठ के योगियों और अन्य साधकों को मुद्रा-ज्ञान का परिज्ञान करा रहा था। मैं उन्हें खेचरी मुद्रा, उड्डीयान बन्ध, मूलबन्ध, जालन्धर बन्ध, विपरीत करणी मुद्रा, बज्रोली मुद्रा, सहजोली मुद्रा, अमरोली मुद्रा और शक्तिचालन मुद्राओं का ज्ञान करा चुका था और महामुद्रा की साधना के रहस्य को समझा रहा था कि क्षत्रियों का वह जनसमूह मेरे निकट आ गया और एक-एक कर सभी ने अपने अस्त्र-शस्त्र मेरे चरणों में समर्पित कर दिए। मैं स्थिरचित्त होकर अस्त्र-शस्त्र समर्पण की यह क्रिया देख रहा था किन्तु अस्त्र-समर्पण का हेतु मेरी समझ में नहीं आ रहा था।

"गुरुदेव! नेपाल में क्षत्रियों के मध्य अन्तर्कलह अत्यधिक है। यहाँ अभी शक्ति-सामर्थ्य पर राज्यशासन अवलम्बित है। राजपुत्र स्थान से शताब्दियों पूर्व यहाँ आए क्षत्रिय अधिपति बनने की प्रतिस्पर्द्धा में संलग्न हैं। शस्त्र-शक्ति पर अधिपतियों का सिंहासन ग्रहण होता है और शस्त्र-शक्ति पर ही अधिष्ठित अधिपतियों का सिंहासन से अवरोहण। क्षत्रियों के परिवारों में सत्ता प्राप्त करने की रक्तिम स्पर्द्धाएँ बढ़ती जा रही हैं। इस स्पर्द्धा में न जाने कितने परिवार-जन अपनी आहुतियाँ दे चुके हैं। रक्तिम संघर्ष के चलते हुए न क्षत्रिय परिवारों में शान्ति स्थापित हो सकती है और न नेपाल को स्थायी राज परम्परा प्राप्त हो सकती है। हमारे ही परिवार का एक शान्तिप्रिय योग्य क्षत्रिय यशवन्तशाह यहाँ से लमजुंगतनुहु चला गया है और वहाँ उसने पोखरा अंचल में राज्य की स्थापना कर ली है और शान्तिपूर्वक राज्यशासन संचालित कर रहा है। हमारी आस्था आप पर है। आप हमारे, हमारे परिवारों के और सम्पूर्ण नेपाल तथा पोखरा राज्यजनों के गुरु हैं। हम सब आपके अनुयायी हैं। नेपाल अंचल की शान्ति के लिए आप किसी योग्य व्यक्ति को अधिपति नामांकित

कर दें। हम सब उसे स्वीकार करेंगे। यही विचार कर आज समस्त क्षत्रिय परिवार अपने अस्त्र-शस्त्र आपके चरणों में समर्पित कर रहे हैं।" एक क्षत्रिय वृद्ध ने कहा।

"'शान्ति' से महत्त्वपूर्ण युद्ध नहीं होता। युद्ध के उपरान्त तो विनाश और श्मशान की शान्ति प्राप्त होती है किन्तु 'शान्ति' में युद्ध की विभीषिका का सन्निवेश नहीं होता। जीवन और समाज में 'शान्ति' ही महादृष्टि और महादर्शन है। किन्तु शान्ति स्थापना के लिए भी कभी-कभी युद्ध की आवश्यकता होती है। सन्तुलन-स्थापन के लिए समानान्तरता भी अनिवार्य हो जाती है। यह तो आनन्ददायी विषय है कि आप युद्ध नहीं शान्ति चाहते हैं और स्थायी शान्ति के लिए स्पर्द्धारहित स्थायी अधिपति।" मैंने कहा।

"गुरुवर! आप जिस व्यक्ति को अधिपति नामांकित कर देंगे और जिसका अभिषेक कर देंगे, उसे ही हम अपना अधिपति स्वीकार करेंगे।" वृद्ध ने पुन: कहा।

"वत्स! मकर संक्रान्ति का पर्व निकट ही है। मकर संक्रान्ति के पुण्य दिन पर ही मैं आपके अधिपति को नामांकित कर अभिषेक करूँगा।" मैंने सभी जनों को अपना निर्णय सुना दिया।

इस अवधि में मैंने पोखरा अंचल की यात्रा की। लमजुंगतनुहु नगर भी गया और योग्य जन की खोज करता रहा। इस नगर के राजा यशवन्तशाह ने भी मेरा शिष्यत्व ग्रहण किया। इस नगर में शान्ति थी। सांस्कृतिक जीवन भी विकसित था। धर्म, दर्शन और लोक-कलाओं की उन्नति ने मुझे प्रभावित किया था। मैंने यशवन्तशाह के पुत्र द्रव्यशाह को मकर संक्रान्ति के पुण्य पर्व पर काष्ठमंडप आने का आदेश दिया। यशवन्तशाह ने आज्ञा स्वीकार कर ली।

मकर संक्रान्ति का पावन पर्व उपस्थित हो गया। काष्ठमंडप, देवीपाटन, कान्तीपुर, लमजुंगतनुहु तथा नेपालांचल के सभी क्षत्रिय गण तथा ब्राह्मण, वैश्य, शूद्र, किरात और नेवारी आदि सम्पूर्ण जनसमूह मृगस्थली में उपस्थित हो गया था। मेरे बैठने के लिए एक उच्च आसन का निर्माण किया गया था और नामांकित होने वाले राजा के लिए मेरे आसन के नीचे कुछ दूर एक आसन निर्मित किया गया था। सम्पूर्ण जनमानस में उत्साह, कौतूहल और नए अधिपति के नामांकन की घोषणा के प्रति जिज्ञासा थी और सभी उपस्थित जन मेरी ओर जिज्ञासा भरी दृष्टि से देख रहे थे।

मैं आसन पर आकर पद्मासन लगाकर बैठ गया। महामुद्रा साध ली और बहुत देर तक ध्यान-योग में निमग्न रहा। फिर अपने नेत्र खोले। मेरी दृष्टि द्रव्यशाह पर पड़ी और केन्द्रित हो गई। मैंने खड़े होकर द्रव्यशाह को नेपाल का अधिपति नामांकित किया। सभी ने जय-जयकार की और मेरी घोषणा को अलख निरंजन का उद्घोष कर जन-सहमति और जन-समर्थन प्रदान किया।

मैं अपने आसन से उठकर नामांकित होने वाले राजा के आसन पर आ गया। अलख निरंजन की उद्घोषणा कर द्रव्यशाह को आमंत्रित किया। सिंहासन पर बैठने

का आदेश दिया। द्रव्यशाह के सिंहासन में अवस्थित होने के उपरान्त 'वागेश्वरी' की प्रतिमा द्रव्यशाह को समर्पित की और फिर कुमकुम-चन्दन-पुष्प से वागेश्वरी की पूजा की और वागेश्वरी के मस्तक पर लगे हुए कुमकुम-चन्दन से द्रव्यशाह के मस्तक का अभिषेक किया। जनमेदिनी अलख निरंजन का गगनभेदी उद्घोष करने लगी और सभी युद्धजीवी क्षत्रिय अपने सभी अस्त्र-शस्त्र राज्यासन का स्पर्श कर राजसिंहासन को समर्पित करने लगे।

द्रव्यशाह तो बुद्धिमान था। उसने क्षत्रिय परिवारों के एक-एक, दो-दो सदस्यों को राज्य सैनिक घोषित कर दिया और शस्त्र, राज्य सैनिकों को सौंप दिए। जनसमुदाय को सम्बोधित करते हुए मैंने कहा—"जन-शान्ति और जन-सुख ही राजा का परम धर्म होना चाहिए।" फिर अलख निरंजन का उद्घोष किया और जनसभा विसर्जित हो गई। मैंने नेपाल में स्थायी शान्ति की स्थापना के उद्देश्य से आगे के अधिपतियों के लिए रामशाह, नरभूपाल शाह तथा पृथ्वी नारायण शाह आदि नाम भी निर्धारित कर दिए।

मैं नेपाल में कुछ मास और रहा। अब प्रतिस्पर्द्धा और रक्तिम संघर्ष की परिकल्पना ही जनमानस से तिरोहित हो गई थी। सभी ओर शान्ति थी। सभी ओर मेरे अनुयायियों की संख्या अभिवृद्ध होती जा रही थी। यहाँ पर पाशुपत, शाक्त, अघोरपंथी और वज्रयानियों के अतिचारों को परिष्कृत करना आरम्भ कर दिया। मांस, मदिरा और मैथुन से साधकों को मुक्त करने का प्रयास किया और इस कार्य में मुझे आंशिक सफलता भी प्राप्त हुई।

नेपाल में जनयोग की पीठ की स्थापना कर मैं निश्चिन्त हो गया था। अब मेरे प्रस्थान का समय उपस्थित हो गया था।

मैंने अपने प्रस्थान के पूर्व योगियों को योगाभ्यास की सम्पूर्ण प्रक्रियाओं का ज्ञान प्रदान करने का निश्चय कर लिया। प्रात:काल और सायंकाल योगी समाज को योगाभ्यास का प्रशिक्षण देता रहता था। उन्हें मैंने योगविज्ञान के प्रत्येक रहस्य और प्रत्येक मुद्रा से परिचित कराया। महामुद्रा और वज्रोली मुद्रा जैसी अत्यन्त गुह्य मुद्राओं की वैज्ञानिकता और दार्शनिकता का परिचय दिया। मत्स्य, मदिरा और मैथुन से पूर्ण रूप से विमुक्त रहने का निर्देश भी दिया। एक दिवस तो 'साधना' के उपरान्त श्रृंगीवादन करते हुए 'नारी' से विलग रहने का आदेश देते हुए मैं यह पद गाने लगा था—

"रूपे-रूपे कुरूपे गुरदेव, बाघनीं भोले-भोले।
जिन जननी संसार दिषाया, ताकौं ले सूते षोले॥
गुरु षोजौ गुरदेव गुरु षोजौ, बदन्त गोरष ऐसा।
मुषते होइ तुम्हें बन्धन पड़िया, ये जोग है कैसा॥

चांम ही चांम धसंता गुरदेव दिन दिन छीजै काया।
होठ कंठ तालुका सोषी काढ़ि मिजालू साया॥
दीपक-जोति पतंग गुरदेव ऐसी भग की छाया।
बूढ़े होइ तुम्हें राज कमाया नां तजी मोह माया॥
बन्दत गोरषनाथ सुनहु मछंदर तुम्हें ईस्वर पूता।
ब्रह्म झरंता जे नर राषै, सो बोलो अवधूता॥"

नारी के आकर्षण से अनासक्त बना देना मेरा उद्देश्य था। कापालिकों और वज्रयानियों की साधना में 'नारी' के प्रवेश के कारण कितनी विकृतियाँ आ गई थीं, यह मैंने देखा था और मैं अपने अनुयायियों को इस व्यामोह से मुक्त रखना चाहता था और उन्हें समाज के उत्कर्ष की ओर क्रियाशील बनाए रखना चाहता था। मैंने 'आदेश' का उच्चारण करते हुए पद समाप्त किया और गायन समाप्त होते ही अलख निरंजन के उद्घोष से मृगस्थली प्रतिगुंजित हो उठी।

अब मेरे प्रस्थान का समय था। योगियों ने उपदिष्ट योगमार्ग के प्रति अपनी निष्ठा प्रदर्शित की। आजीवन योग-सिद्धान्तों के पालन का व्रत धारण किया। मैं अलख निरंजन का उद्घोष करता मृगस्थली से चल पड़ा।

मृगस्थली से प्रस्थान करते समय सम्पूर्ण काष्ठमंडप का जन समुदाय और अधिपति द्रव्यशाह स्वयं मुझे बिदा देने के लिए उपस्थित थे। अलख निरंजन के उद्घोष से काष्ठमंडप गूँजने लगा था और मैं दक्षिण दिशा की ओर पर्वत के स्वरारोह से उतरता जा रहा था। अवरोह-स्थल आने लगे। उपत्यकाओं और कंदराओं की रहस्यमयता परिलक्षित होने लगी। मैंने शृंगी साधकर अपनी उलटबाँसी का गायन आरम्भ कर दिया। गाता जाता था और हिमवान की वनस्थली में आगे बढ़ता जा रहा था। मेरा पद, आरोह और अवरोह की स्वर सम्पदा वृक्षावलियों, संकीर्ण पदस्थलियों, नदियों, झरनों और लता-बेलियों पर बिखराता चल रहा था—

"चलि रे अबिला कोयल मौरी, धरती उलटि गगन कूँ दौरी।
गइयाँ बपड़ी सिन्ध नै घैरे, मृतक पसू सूद्र कूँ उचरै।
काटै ससत्र पूजै देव। भूप करै करसा की सेव॥
तलि करि ढकणी ऊपरि झाल। नद्दी जैगा महारस बंचेगा काल।
दीपक बालि उजाला कीया। गोरष के सिरि परबत दीया॥"

मुझे प्रत्येक गिरि-कंदरा प्रकाशित दिख रही थी। उपत्यकाएँ पर्वत के ब्रह्मरन्ध्र की ओर गमन करती प्रतीत हो रही थीं। पगडंडियों की प्रत्येक मुद्रा में मैं महामुद्रा के दर्शन कर रहा था। मेरे पद अवरोह के यात्री बने नीचे उतरते जा रहे थे। पर्वत के वक्षस्थल से चलकर पाद प्रणाम करती सरिता की धारा, मेरी पथ-प्रदर्शिका थी और मैं चलता चला जा रहा था।

द्वादश आधार

काष्ठमंडप से देवीपाटन की यात्रा दुर्गम और कष्टसाध्य तो थी किन्तु मार्ग की उपत्यकाओं, निर्झरों, प्रस्तर-खंडों और शिला-पट्टिकाओं ने मुझे प्रकृति के रचना-सौन्दर्य की दिव्य शक्ति, दिव्य ज्ञान, दिव्य सत्, दिव्य प्रेम, दिव्य शालीनता और दिव्य आनन्द की अनुभूति करा दी थी और अपने अन्तर में जिस ब्रह्मांड और निर्विकल्प आनन्द का अनुभव कर रहा था, उसका प्रतिभास करा दिया था।

देवीपाटन में पहुँचकर मैं एक शिवस्थान में ठहर गया। मैं बाघंबर बिछाकर लेटा तो सामने शिव का अरूप-रूप एक प्रस्तर-खंड में मुझे स्पष्ट परिलक्षित हो रहा था। इस प्रस्तर-खंड में मैंने शिव का अर्द्धनारीश्वर रूप देखा। एक ही रूप में पुरुष और प्रकृति का समन्वय और प्रकृतियों की विभिन्नताएँ। पुरुष का पौरुषेय सत्य और प्रकृति की सृष्टि-धारणा शक्ति दोनों के प्रतिबिम्ब मुझे उस अरूप-रूप को व्यक्त करने वाले प्रस्तर-दर्पण में दिख रहे थे। प्रकृति के सम्पूर्ण-शरीर-तंत्र के मैं दर्शन कर रहा था। प्रकृति अथवा शक्ति का मातृरूप मेरे समक्ष था और मैं अपने आपको एक अबोध शिशु जैसा अनुभव कर रहा था। मुझे अनुभव हो रहा था जैसे मैं शक्ति के स्तनों से ममतापूर्ण, दुग्ध पान कर रहा था। मैं उसके अंचल में हूँ और माँ मुझे अपने प्रांजल वात्सल्य-भावों से स्नात कर रही है। मेरा शरीर-तंत्र, शिव और शक्ति अर्थात् पुरुष और प्रकृति के शरीर-तंत्र का संयोग ही तो है। माँ के शरीर के एक-एक अंग से मैं परिचित हूँ। उसके तन का एक-एक अवयव मेरे लिए शक्ति की पीठ है। कितने ही पीठों का निर्माण हो गया है माँ के इस शरीर-तंत्र से। उसके आभूषणों में भी तो शक्तिमत्तता समाहित है। वे आभूषण भी तो पीठों का रूप लिये दिखलाई दे रहे हैं।

माँ के शरीर-तंत्र के इस विराट रूप में मैं सम्पूर्ण आर्यावर्त और दक्षिणात्य को अभिव्यक्त देख रहा हूँ। माँ के अधरोष्ठ की शक्ति को प्रदर्शित करने वाली अट्टहास में स्थापित फुल्लरा पीठ, कूर्पर की महिमा को अलंकृत करती उज्जयिनी में स्थापित मांगल्य-चंडिका पीठ, वामतल्प की प्रतीक करतोयातट पर स्थापित अपर्णा पीठ, नेत्रों की प्रतीक करवीर की महिषमर्दिनी पीठ, कर्णों की प्रतीक कर्णाट की जयदुर्गा पीठ, कंठ की प्रतीक कश्मीर की महामाया पीठ, अस्थि की प्रतीक कांची की देवगर्भा पीठ, वाम नितम्ब की प्रतीक कालमाधव की काली पीठ, योनि की प्रतीक कामगिरि की कामाख्या पीठ, पादांगुलि की प्रतीक काली पीठ की कालिका पीठ, दक्षिण गुल्फ की प्रतीक कुरुक्षेत्र की सावित्री पीठ, दक्षिण गंड की प्रतीक गंडकी की गंडकी पीठ, किरीट की प्रतीक किरीट की विमलापीठ, वामगंड की प्रतीक गोदावरी तट पर स्थापित विश्वेशी पीठ, दक्षिण बाहु की प्रतीक चहल की भवानी

पीठ, चिबुक की प्रतीक जनस्थान की भ्रामरी पीठ, वामजंघ की प्रतीक जयन्ती की जयन्ती पीठ, वामस्तन की प्रतीक जालन्धर की त्रिपुरमालिनी पीठ, जिह्वा की प्रतीक ज्वालामुखी में स्थापित सिद्धिदा पीठ, वामपाद की प्रतीक त्रिस्रोवा की भ्रामरी पीठ, उदर नलिका की प्रतीक नलहारी की कालिका पीठ, कंठहार की प्रतीक नन्दिपुर में स्थापित नन्दिनी पीठ, जानु की प्रतीक नेपाल की महामाया पीठ, अधोदंत पंक्ति की प्रतीक पंचसागर की वाराही पीठ, उदर की प्रतीक प्रभास की चन्द्रभागा पीठ, हस्तांगुलि की प्रतीक प्रयाग में स्थापित ललिता पीठ, ऊर्ध्वओष्ठ की प्रतीक भैरव पर्वत की अवन्ती पीठ, दक्षिणजंघ की प्रतीक मगध की सर्वानंदकरी पीठ, मणिबन्ध की प्रतीक मणिवेदिका की गायत्री पीठ, दक्षिणपाणि की प्रतीक मानस की दाक्षायणी पीठ, वामस्कन्ध की प्रतीक मिथिला की उमा पीठ, दक्षिण पदांगुष्ठ की प्रतीक युगाद्या की भूतधात्री पीठ, वामपाणि की प्रतीक यशोर में स्थापित यशोरेश्वरी पीठ, दक्षिण स्तन की प्रतीक रामगिरि में स्थापित शिवानी पीठ, दक्षिण स्कन्ध की प्रतीक रत्नावली में प्रतिष्ठित कुमारी पीठ, बामबाहु की प्रतीक बहुला की बहुला पीठ, नूपुर की प्रतीक लंका में स्थापित इन्द्राक्षी पीठ, मन की प्रतीक वक्रेश्वर की महिषमर्दिनी पीठ, कर्णकुंडल की प्रतीक वाराणसी की विशालाक्षी पीठ, हृदय की प्रतीक वैद्यनाथ की जयदुर्गा पीठ, वामगुल्फ की प्रतीक विभाष में स्थापित कपालिनी पीठ, वामपदांगुष्ठ की प्रतीक विराट की अम्बिका पीठ, नाभि की प्रतीक विरजाक्षेत्र की विमला पीठ, केशकलाप की प्रतीक वृन्दावन की उमा पीठ, दक्षिणतल्प की प्रतीक श्रीपर्वत में स्थापित श्रीसुन्दरी पीठ, ग्रीवा की प्रतीक श्रीशैल की महालक्ष्मी पीठ, ऊर्ध्वदंतपंक्ति की प्रतीक शुचि की नारायणी पीठ, दक्षिण नितम्ब की प्रतीक शोण में स्थापित शोणाक्षी पीठ, नासिका की प्रतीक सुगन्धा की सुनन्दा पीठ तथा ब्रह्मरन्ध्र की प्रतीक हिंगुला में स्थापित कोटरी पीठ स्पष्ट दिख रही थीं। प्रकृति का शरीर तंत्र तो सम्पूर्ण शक्तियों की पीठ है। मैं माँ की देह की इस विराटता में सम्पूर्ण भूखंड के दर्शन कर रहा था।

शरीर में इन पीठों के दर्शन करने के उपरान्त मुझे ऐसा प्रतीत हुआ कि माँ का आँचल कहाँ खो गया। मेरी माँ तो मर्यादाधरित्री है। उसके वस्त्र कहाँ चले गए। जिन पटों को वह धारण करती है, उनमें भी तो वही शक्ति और वही ऊर्जा है, जो शरीर के अन्याय अवयवों में है। मैं परिधानरहित माँ के स्वरूप की कल्पना भी नहीं कर सकता था। यहाँ देवीपाटन में मैंने माँ के वस्त्र अथवा परिधान की प्रतीक 'पट बाम स्कन्ध की प्रतीक पाटेश्वरी पीठ' की स्थापना की और एक शिलापट्ट पर एक श्लोक उत्कीर्ण कर दिया—

"महादेव समाज्ञाप्त: सती स्कन्ध विभूषिताम्।
गोरक्षनाथो योगीन्द्रस्तेन पाटेश्वरी मठम्॥"

इस पाटेश्वरी पीठ की स्थापना करने के उपरान्त मैंने माँ के सम्पूर्ण विराट रूप के दर्शन कर लिए। पाटेश्वरी पीठ की स्थापना के अभाव में माँ की शालीनता और सौम्यता का आभास ही नहीं हो रहा था। पुरुष और प्रकृति ही तो सृष्टि के पर्याय हैं। पुरुष के शरीर में यदि दर्शन-पीठ है तो प्रकृति के तन में शक्तिपीठ।

देवीपाटन में पीठ की स्थापना कर मुझे माँ प्रकृति की सम्पूर्णता का बोध हुआ। इस अवधि में मैंने कुछ रचनाधर्मी कार्य भी सम्पन्न किया और फिर वहाँ से प्रस्थान कर दिया। देवीपाटन से मैं गोपुर (वर्तमान गोरखपुर) आ गया।

गोपुर एक बहुत छोटा-सा ग्राम है। इस ग्राम में पाँच-छह घर हैं किन्तु निकट ही एक अत्यन्त सुन्दर पुष्पों के सौन्दर्य से पूरित सरोवर है। इस सरोवर के चारों ओर वट, पीपल, ढाक, सेमल, साल, वाड़, शमी और क्षीर वृक्ष लगे हैं। शाल्मली वृक्षों की संख्या भी बहुत है। बाँसों के कई झुरमुट हैं और सरोवर का पश्चिमी भाग तो बाँसवन जैसा प्रतीत होता था।

सरोवर के विकसित कमल दल के सौन्दर्य ने मेरे मन और हृदय को आकृष्ट कर लिया। श्वेत, नील और रक्तिमवर्णी कमल एक साथ सरोवर में विकसित थे। मैं सरोवर के तट पर पीपल के वृक्ष की छाया में ठहर गया। सरोवर के निकट जो पाँच-छह घर बने थे, वहाँ कोई वन अथवा उच्च पार्वतीय अंचल तो नहीं था किन्तु वृक्षावलियों की सघनता ने एक मनोरम कुंज का रूप पूरे स्थल को प्रदान कर दिया था। न जाने क्यों इस एकान्त स्थली में मेरा मन रम गया। मुझे हठयोग को सहज बनाने की प्रेरणा यहाँ मिल रही थी। यहाँ पर मुझे समाधि सिद्ध होती प्रतीत हो रही थी। यहाँ पर मैं व्यष्टि प्राण और समष्टि प्राण में एकता का अनुभव कर रहा था।

मैंने इस एकान्त स्थल को ही अपनी तपस्थली बनाने का निश्चय कर लिया। मैंने कुछ बाँस निकाले और उनसे कुटीर का एक ढाँचा खड़ा कर लिया। वृक्षों से डालियाँ और पत्रादि उपलब्ध कर कुटीर को आवेष्टित कर लिया। मेरी तपस्थली निर्मित हो गई। सूर्य की किरणों के सम्मिलन से श्वेत, नील और लाल कमल अपना अद्‌भुत और अलौकिक सौन्दर्य बिखेर रहे थे। इस सौन्दर्य में मैं निजा, परा, अपरा और सूक्ष्म शक्तियों का विकास देख रहा था। काया-साधना करने के लिए मुझे यही स्थान उपयुक्त प्रतीत हुआ।

सरोवर के निकट जो पाँच-छह घर बने थे, उनमें किसी का निवास नहीं था, ऐसा प्रतीत होता था। यहाँ मैंने किसी को आते-जाते देखा नहीं। सरोवर से दूर एक बस्ती अवश्य दिख रही थी किन्तु वहाँ के वासियों का इस सरोवर की ओर आना नहीं होता था।

मुझे इस सरोवर के तट पर रहते हुए कई दिवस व्यतीत हो गए। मैंने हठयोग की साधना आरम्भ कर दी। काया साधना करते हुए मैं शिव का निरंजन, निराकार, चिन्मय और सच्चिदानन्द स्वरूप देख रहा था। अपने अन्तर में मैंने चिरन्तन सत्य के

निजा, परा, अपरा, सूक्ष्मा और कुंडलिनी शक्ति-रूपों को भी प्रतिभासित होते देख लिया था। मूलाधारचक्र, स्वाधिष्ठान चक्र, मणिपूरक चक्र, अनाहत चक्र, कंठचक्र, तालुचक्र, आज्ञाचक्र और निर्वाण अथवा ब्रह्मरन्ध्र चक्रों की पीठें अपनी काया के भीतर स्थापित कर ली थीं। अन्तस्साधना से मूलाधार से लेकर ब्रह्मरन्ध्राधार तक की ध्यान-यात्रा कर ली और आकाश, पराकाश, महाकाश, तत्त्वाकाश एवं सूर्याकाश के व्योम पंचक का विस्तार भी मन और मस्तिष्क में देख लिया था। आसनों का प्रयोग करता था, प्राणायाम कर नाड़ियों में प्राण के प्रवाह को स्थिरता देने का उपक्रम करता था। प्रत्याहार, धारणा, ध्यान को योगसिद्ध करता हुआ समाधि की अवस्था में पहुँच जाता था। इस उन्मनी अवस्था में मुझे सविकल्प और निर्विकल्प अवस्था का बोध होने लगता था। योग साधना करते कई दिवस व्यतीत हो गए।

एक दिन जब मैं सरोवर में स्नान कर रहा था, तब दो ग्रामवासी मेरे पास आए। मैं स्नान करने के उपरान्त घाट पर आ गया। उन आगन्तुकों ने मुझे प्रणाम किया और एक-एक नील कमल मेरे चरणों में अर्पित कर आपादमस्तक भूमि पर लेट गए। मैंने उन्हें उठाया और उन्हें साथ लेकर कुटीर आ गया। उनसे विविध विषयों पर चर्चा होने लगी। उनसे चर्चा करते हुए उनकी प्रतिभा का अनुमान लगा लिया। वे दोनों बहुपठित थे और विज्ञ थे। दोनों ने मुझसे दीक्षित होने की आकांक्षा प्रकट की। मैंने अनेक प्रयोग कर उनके मन और मस्तिष्क का परीक्षण किया। उनमें स्थिरता थी और मैंने उन्हें दीक्षा देने का निश्चय कर लिया।

एक दिवस साधना-ध्यान करने के उपरान्त मैंने उन दोनों को दीक्षा दी। रुद्राक्ष दी। बाघंबर प्रदान किया, उनके कर्णों में कुंडल पहनाए, श्रृंगी, सेली और खप्पर प्रदान किया और उन्हें धर्मनाथ तथा गाहिनीनाथ नामकरण दिए। दोनों ने दीक्षित होकर उपदिष्ट योगमार्ग को पूर्णत: अपनाने का संकल्प भी लिया। मैं उनके क्रियाकलापों तथा उनकी साधनाओं और ध्यान योग से सन्तुष्ट और आश्वस्त हो गया था।

इस तपस्थली में निवास करते हुए अनेक मास व्यतीत हो गए थे। एक दिन मैंने अपने दोनों शिष्य—नागनाथ और गाहिनीनाथ को इसी तपस्थली में रहकर साधना करने का निर्देश दिया। अपनी पांडुलिपियाँ उन्हें सुरक्षित रखने हेतु सौंप दीं और वहाँ से काशी की ओर चल पड़ा।

मेरी इस तपोभूमि से काशी पहुँचने में लगभग पचीस दिवस व्यतीत हो गए और मैं शिवोपासना के प्राचीनतम धर्मकेन्द्र काशी पहुँच गया। काशी में हिमसुता गंगा के तट पर अनेक आश्रम थे और अनेक धर्मशालाएँ थीं। मैं एक धर्मशाला में ठहर गया। यहाँ से गंगा की विराटता के दर्शन होते थे। अनेक वेदाचार्य, शैव, शाक्त, लकुलीश और अघोरियों के आश्रम दूर-दूर तक बने हुए थे। एक वेदाचार्य से चर्चा करते हुए इस नगरी के भूतकाल और वर्तमान का इतिहास मेरे समक्ष उद्घाटित हुआ। वेदाचार्य ने बतलाया कि वैदिककाल के पूर्व से ही यहाँ पर शिव और मातृदेवी की उपासना

की जाती रही है। पौराणिक तथ्यों से पता चला है कि मनुवंशीय नरेश 'काश' के नाम पर इस महानगरी का नामकरण हुआ था। वायु पुराण, वाल्मीकि रामायण, विष्णु पुराण में तो इस तपस्थली का उल्लेख है ही, जातक कथाओं में भी इस नगरी का कई बार उल्लेख किया गया है। काश पुरुवंशीय नरेश थे और पुरुवंशीय नरेशों के उपरान्त यहाँ पर मगधराज जरासंध का शासन स्थापित हुआ। जरासंध के बाद यह जनपद स्वतंत्र हो गया। महाभारत में उल्लेख है कि भीष्म ने काशी नरेश की पुत्रियों, अम्बा और अम्बालिका का हरण किया था और विचित्रवीर्य के साथ उनका परिणय सम्पन्न कराया था। यह भी जनश्रुति है कि काशी नरेश सुदेव के पुत्र नरेश दिवोदास ने काशी नगरी बसाई थी। एक बार तो कृष्ण ने अपने सुदर्शन चक्र से इस नगरी को नष्ट कर दिया था। किन्तु परवर्ती काल में यह पुन: बस गई थी।

जातक कथाओं में काशी के राजा का नाम ब्रह्मदत्त उल्लिखित है। गुहिल जातक, तंडुलनालि जातक तथा भोजजानीय जातक में इस नगरी का विस्तृत विवरण उपलब्ध है। मगध का अधिपति बिम्बसार अत्यन्त महत्त्वाकांक्षी था। उसने विदेह को पराजित किया था और कोसल नरेश प्रसेनजित् की पुत्री वासवदत्ता (वासवी) से विवाह किया था। काशी का राज्य तब बिम्बसार के अधिकार में चला गया था क्योंकि उस समय काशी का राज्य कोसल का ही एक भाग था। काशी के अनेक नामकरण हुए थे। केतुमती, सुदस्सन, सुरुंधज, ब्रह्मवर्द्धन, पुष्पावती तथा वाराणसी आदि नाम कभी प्रचलित थे।

मौर्य सम्राट अशोक ने इस नगरी के निकट सारनाथ में सिद्धस्तम्भ स्थापित किया था। इसके उपरान्त इस जनपद का राजनैतिक भविष्य अनेक परिवर्तनों को देखता रहा। कुषाण, भारशिवनाग, गुप्त, मौखरी, चेदि एवं गहड़वार अधिपतियों के यहाँ शासन स्थापित हुए। राजनैतिक परिवर्तनों के चलते हुए भी यहाँ की धार्मिक परम्पराएँ अक्षुण्ण बनी रहीं।

वेदाचार्य ने काशी नगरी के सम्पूर्ण ऐतिहासिक परिप्रेक्ष्य से मुझे अवगत करा दिया था। मैंने इस नगर में स्थापित विश्वनाथ ज्योतिर्लिंग के दर्शन किए। दो-तीन दिवस ठहरकर मैं उस नगरी के शैवाचार्यों से वाद-संवाद करता रहा। फिर काशी से प्रयाग के लिए प्रस्थान कर दिया।

प्रयाग भी प्राचीन नगरी है। यहाँ पर दो हिमसुताओं—गंगा और यमुना का संगम हुआ है। कहा जाता है कि यहाँ पर ऋषि भारद्वाज का आश्रम था। वाल्मीकि और व्यास ने अपने महाकाव्यों में इस धर्मनगरी का उल्लेख किया है। कालिदास ने रघुवंश में गंगा-यमुना के संगम-स्थल का अत्यन्त आलंकारिक वर्णन किया है। यहाँ पर चन्द्रवंशी अधिपतियों का शासन रहा है। उदयन भी चन्द्रवंशी नरेश था।

प्रयाग में रात्रि व्यतीत कर मैं जाबालिपत्तन की ओर चल पड़ा। मार्ग में कला-नगरी खजुराहो मिली। यहाँ के मन्दिरों की कलात्मकता और वास्तुशिल्प को देखकर मेरा मन रम गया और एक-दो दिवस यहाँ विश्राम कर मन्दिरों की शिल्पकली और दार्शनिकता का परिज्ञान प्राप्त करने का निश्चय कर लिया। कंडरिया महादेव के महामंडप में ही डेरा डाल दिया। यह मन्दिर भी अभी निर्माण की स्थिति में ही था किन्तु इस मन्दिर के अर्धमंडप, मंडप, महामंडप, अन्तराल तथा गर्भगृह निर्मित हो गए हैं। मन्दिर की प्रस्तर-शिलाओं में वास्तुशिल्प की उत्कीर्णता तथा कुछ और कार्य सम्पन्न हो रहा है। इस परिसर में और भी कई छोटे-बड़े मन्दिर बन चुके हैं और बनते जा रहे हैं। यहाँ ही ज्ञात हुआ कि चन्देल अधिपतियों के द्वारा यहाँ पर मन्दिरों के निर्माण का कार्य आरम्भ कराया था। चन्देल राजा चन्द्रवर्मा ने कोई दो सौ वर्ष पूर्व मन्दिरों को बनवाने का कार्य आरम्भ किया था और उसकी योजना यहाँ पर एकसहस्र एक मन्दिरों के निर्माण की थी। चन्द्रवर्मा के अवसान के उपरान्त भी उनकी वंश-परम्परा के अधिपतियों के द्वारा अभी भी मन्दिरों का निर्माण कराया जा रहा है। एक जैन मन्दिर का निर्माण भी किया जा रहा है किन्तु वह अभी अधूरा है।

इन मन्दिरों में जिन मूर्तियों को उत्कीर्ण कर स्थापित किया गया है और जैसी श्रृंगारिक मिथुन मुद्राएँ अभिव्यक्त की गई हैं, उनसे ऐसा प्रतीत होता है कि यहाँ भी तांत्रिकों का प्रभाव है। क्योंकि तांत्रिकों के प्रभाव के बिना ऐसी निरावृत मिथुन मुद्राओं का चित्रण हो ही नहीं सकता। मैं तो योगी हूँ और उपदिष्ट योगमार्ग का अवलम्बन ही मेरा लक्ष्य है, अत: मैंने शिव के दर्शन किए और वहाँ से जाबालिपत्तन के लिए चल पड़ा। इन मन्दिरों की श्रृंगारिकता की, वैचारिक दृष्टि से मैं प्रशंसा तो नहीं कर सकता किन्तु मूर्तिकला में मनोभावों को जितनी सूक्ष्मता से उत्कीर्ण किया गया है, वह सर्वोत्कृष्ट है।

मूर्तिकला के प्रांजल सौन्दर्य का अवलोकन करने के उपरान्त मैंने जाबालिपत्तन के लिए प्रस्थान कर दिया। जाबालिपत्तन में मैंने सिद्धा और विमला को मिलने का संकेत दिया था। अब तो विराट से विदा हुए न जाने कितने वर्ष व्यतीत हो गए। उनसे मिलने की आशा भी धूमिल हो चुकी है किन्तु फिर भी मुझे जाबालिपत्तन तो जाना ही है। विन्ध्य की पर्वतश्रेणी को पार करते समय मैंने इस महापर्वत के अन्तर में विभिन्न लोक संस्कृतियों के दर्शन किए और कई दिवसों की निरन्तर यात्रा कर जाबालिपत्तन आ गया। त्रिपुरी पहुँचा। यह नगरी तो शैवसाधकों की साधना और प्रज्ञास्थली थी। कापालिक और कालामुख साधकों का प्रभाव इस क्षेत्र में परिलक्षित हो रहा है। कुछ मत्तमयूर सम्प्रदाय के भी साधक हैं। त्रिपुरी से भैरवीघाट बहुत दूर नहीं है। मैं यात्रा कर भैरवीघाट (भेड़ाघाट) आ गया। भैरवीघाट को ही पूर्व में भृगुघाट कहा जाता था। भृगुक्षेत्र के इस भैरवीघाट में ही चौंसठ योगिनियों का तांत्रिक मन्दिर

है। मैंने विचार किया कि योगिनी मन्दिर में विश्राम करना उचित होगा। योगिनी मन्दिर के निकट पहुँचा कि देखा कुछ ग्रामजन लाठियाँ लेकर मेरी ओर दौड़ते चले आ रहे हैं। बाण गंगा से ऊपर योगिनी मन्दिर की ओर आते ग्रामीणों ने मुझे देख लिया था और वे 'मारो मछन्दर को, मारो ढोंगी योगी मछुन्दर को, मारो भोगी को' की आवाज लगाते हुए उत्तेजना में दौड़े चले आ रहे थे।

मैं विपरीत परिस्थिति देखकर पहले तो कुछ अस्थिर हुआ फिर स्थिर होकर खड़ा हो गया। ग्रामजन मेरे निकट आ गए। किन्तु मुझे देखकर रुक गए। वे सम्भवत: जिस योगी का सन्धान कर रहे थे, वह मैं नहीं था।

"अरे यह तो मछन्दर नहीं है, कोई दूसरा योगी है।" एक ग्रामीण ने कहा और सबकी लाठियाँ झुक गईं।

फिर एक ग्रामीण ने कहा कि "यह भी तो कनफटा है। यह भी यहाँ भोग-साधना करने आया हो। भगाओ इस भ्रष्ट कनफटे को।"

"मैं गोरक्षनाथ हूँ। योगी गोरक्षनाथ। मैं अखंड ब्रह्मचारी हूँ और उपदिष्ट योग मेरी साधना है। मेरी साधना के केन्द्र में नारी नहीं है।" मैंने कहा।

तभी वहाँ ग्रामनारियों का समुदाय भी आता दिखलाई दिया। उनके हाथों में भी योगी को पीटने के साधन उपलब्ध थे। मेरी बुद्धि तो जैसे जलचक्र में फँस गई थी। ग्रामनारियाँ निकट आ गईं। मैंने सोच लिया था कि आज शरीर पूजा तो निश्चित है। इससे मुक्ति नहीं। न जाने किस योगी की अपकीर्ति का प्रतिफल मुझे भोगना पड़ेगा।

"अरे गोरक्ष, तुम यहाँ और इस विपरीत स्थिति में।" सिद्धा ने कहा और उसने अपना प्रणाम अर्पित किया।

"अरे विमला भी साथ है!" मैंने कहा।

फिर क्या था। सभी ग्राम जनों की मानसिकता ही परिवर्तित हो गई। सिद्धा और विमला को वहाँ रहते हुए लम्बी अवधि व्यतीत हो गई है, ऐसा प्रतीत हो रहा था। उनका समाज में सम्मान भी बहुत था और उनके आदर्श व्यक्तित्व से सम्पूर्ण ग्राम प्रभावित था।

मैंने सिद्धा और विमला से ग्रामीणों के मन में उपजी इस हिंसात्मक उत्तेजना का कारण जानना चाहा। उन्होंने वर्जना की और यह कह दिया कि 'इस नाटक के प्रथम अंक से लेकर अन्तिम अंक तक की कथावस्तु का परिचय तुम्हें बाद में देंगे, तुम्हारे ठहरने का प्रबन्ध तो कहीं हो जाए।'

"गोरक्ष! क्या तुम योगिनी मन्दिर में ठहरना चाहोगे?" विमला ने प्रश्न किया।

"नहीं? वहाँ ठहरना उचित नहीं होगा। मैं तो भृगुघाट पर ही ठहर जाऊँगा। वहाँ बैठकर तपस्विनी नर्मदा के जलप्रवाह को अपने अन्तर में उतारता रहूँगा और योग-साधना करूँगा।"

"ठीक है। वहाँ एक कुटीर भी बनी है। वह रिक्त है। पहले कोई संन्यासी वहाँ आया था। वह उस कुटीर में रहकर तपस्या करता था। उसके यहाँ से चले जाने के उपरान्त, वह कुटीर रिक्त है। वहाँ ठहरना उचित होगा।" विमला ने कहा।

सिद्धा और विमला मुझे साथ लेकर भृगुघाट पर बनी उस कुटीर की ओर चलने लगीं। मार्ग में एक गृह मिला। सिद्धा ने बतलाया कि यहाँ उनका निवास है। ग्राम्य-नारियाँ भी हमारे साथ चली आ रही थीं। भृगुघाट के ऊपर ही एक टीले पर वह कुटीर बनी थी। हम सब वहाँ पहुँच गए।

कुटीर में पहुँचकर मैंने बाघंबर बिछा लिया। श्रृंगी एक खूँटी पर टाँग दी और खप्पर, गूदरी आदि एक कोने में रख दी।

कुटीर से बाहर आकर मैंने सभी नारियों को 'मात: प्रणाम' कहा और बाघंबर पर आकर बैठ गया। 'माता' का सम्बोधन पाकर सभी ग्रामीण नारियों ने आश्वस्ति का अनुभव किया था। वे अपने-अपने गृहों को लौट गईं।

मैं श्लथ था। बाघंबर पर लेट गया। शारीरिक शिथिलता तो कुछ कम हुई किन्तु मेरा मन अशान्त और अस्थिर था। मैं सोच रहा था कि योगिनी मन्दिर तो एक सिद्धपीठ है। यहाँ प्रकृति ने अपनी विभिन्न मुद्राओं और स्वरूपों का प्रदर्शन किया है। न जाने कौन-सी और कैसी अपकीर्ति इस सिद्धपीठ के साथ जुड़ गई है। उत्तेजक ग्रामीण 'मछन्दर-मुछन्दर' चिल्ला रहे थे। यह कहीं मेरे गुरु मत्स्येन्द्रनाथ का ही लोक प्रचलित—अप्रभंश शब्द-रूप तो नहीं है। किन्तु ऐसा कैसे हो सकता है। वे तो स्वयं कविनारायण के अवतार हैं। भोग और अपकीर्ति के परे। शिवसिद्ध हैं। फिर यह प्रवाद कैसा? नहीं, वे गुरु मत्स्येन्द्रनाथ हो ही नहीं सकते। कोई अन्य भ्रष्ट कापालिक अथवा अघोरी होगा।

न जाने कितने विचार मुझे अस्थिर बना रहे थे। मैं प्रयत्नपूर्वक अपने मन में भरे इस संशय को निकाल रहा था।

"गोरक्ष! मैं आई हूँ तुम्हारे लिए खाद्यान्न लेकर। सिद्धा भी साथ है।" कुटीर के बाहर से ही विमला ने मुझे सम्बोधित करते हुए कहा।

मैं बाघंबर से उठकर बाहर आ गया। तीनों कुटीर के निकट भूमि पर बैठ गए। सिद्धा और विमला ने भोजन करने का आग्रह किया। भोजन करने के उपरान्त मैंने सिद्धा से उस भ्रष्ट योगी के विषय में जानने की आकांक्षा से कहा—

"योगिनी मन्दिर में किस योगी ने भ्रष्ट आचरण कर मन्दिर को अपवित्र किया? उस योगी के प्रति ग्रामीण जनों में कितना तीव्र आक्रोश और घृणा का भाव है। वह कौन योगी आया था सिद्धा?"

"तुम्हारे गुरु मत्स्येन्द्रनाथ। उन्होंने इस ग्राम की नारियों के साथ साधना का बहाना कर भ्रष्ट आचरण किया और पूरे योगी समाज को कलंकित किया।" सिद्धा ने उत्तर दिया।

गुरु मत्स्येन्द्रनाथ का नाम सुनते ही मैं सन्न रह गया। मानसिक रूप से इतना अशान्त और अस्थिर हो गया था कि मेरी समझ में नहीं आ रहा था कि सिद्धा के कथन पर क्या कहूँ।

मैं विचार करने लगा कि गुरुदेव की साधना में ऐसी विकृति कैसे आ गई। गुरुदेव के साथ वड़व से लेकर चन्द्रगिरि तक की यात्रा और फिर सिद्धपुरा से मुझे एकाकी योगसाधना और यात्रा का निर्देश दिया था गुरुदेव ने। सिद्धपुरा में वज्रयानियों से उनका सम्पर्क हुआ था और वे तंत्र साधना के प्रति आस्थावान हो गए थे। सिद्धपुरा में ही उन्होंने मुझसे कहा था—'वत्स, मैं प्रकृति (नारी) के रजस् और तमस् गुणों को आत्मसात् करना चाहता हूँ। मेरी योगिनी कौल साधना का हेतु यही है। मैं भोगात्मक योग साधना का साधक हूँ।' गुरुदेव का कथन मेरे कर्णों में अब भी प्रतिगुंजित हो रहा है। किन्तु उनका इस सीमा तक अध:पतन हो जाएगा, इसकी मैं कल्पना भी नहीं कर सकता। किन्तु वे इस पतनावस्था तक जाएँगे कैसे? सब मिथ्या आरोप हैं उन पर। वे तो योगिनियों को सिद्ध कर चरम आनन्द की अनुभूति के लिए साधना कर रहे होंगे। गुरुदेव तो सिद्ध योगी हैं। साधना की इस प्रक्रिया का ज्ञान ग्रामवासियों को नहीं है। अतएव अज्ञानतावश उनकी योग साधना में ग्रामवासियों को अतिचार और अनाचार परिलक्षित हुआ होगा। वे तो स्वयं कविनारायण के अवतार हैं। ग्रामीणों के भ्रम-निवारण का कोई उपचार भी तो मेरे पास नहीं है।

मैं बहुत देर तक यही सब विचार करता रहा और सिद्धा और विमला भी मौन थीं। उन्हें मेरी मानसिक स्थिति का बोध भी हो रहा था। वातावरण की गम्भीरता को तोड़ते हुए विमला ने कहा—

"गोरक्ष! आज न जाने कितने वर्षों बाद तुमसे मिलन हो रहा है। हम तो यहाँ पर तुम्हें न पाकर यह विचार करने लगे थे कि अब सम्भवत: भेंट न होगी। किन्तु यह शुभ संयोग है कि मिलना हो गया। इन वर्षों में तो तुमने असीमित जीवनानुभव प्राप्त किया होगा और जीवन को बहुत निकट से देखा होगा। क्या तुम्हें जीवन द्वंद्व रहित और अनित्य लगा?"

"नहीं विमला! जीवन में द्वंद्व भी सत्य है और नित्य भी है सृष्टि का भौतिक सत्य। किन्तु मैं द्वंद्व का परिज्ञान अपने मस्तिष्क और अपनी आत्मा में करता रहा। शंकराचार्य के मत—'ब्रह्म सत्यम् जगन्मिथ्या' को मैं स्वीकार नहीं करता। ब्रह्म यदि सत्य है तो जगत भी सत्य है। प्रश्न सत्य के अनुशीलन और धारण का है।

"मनुष्य के जीवन में कर्म का धारण ही श्रेय है। धर्म तो एकान्तिक साधना का विषय है। वह नितान्त व्यक्तिगत और आत्मगत होता है। उसे आरोपित सार्वजनीनता प्रदान करने से ही अनेक प्रकार के अतिचार उत्पन्न हो जाते हैं।" सिद्धा ने कहा।

"और गोरक्ष कोई सम्प्रदाय, कोई पंथ इससे मुक्त नहीं हो सकता। असत् के प्रतिकार का सामर्थ्य प्रत्येक साधक में होना चाहिए। चाहे वह कर्म का साधक हो,

चाहे धर्म का, चाहे ज्ञान का, चाहे योग का। असत् से संघर्ष करना, यह भी तो सत् की साधना है।" विमला बोली।

"मैं कर्म से निरपेक्ष नहीं हुआ विमला। अन्तर्साधना से बहिर्साधना की यात्रा करता रहा हूँ और आज भी कर रहा हूँ। मेरे शब्दों को तुम्हें मेरे जीवन का प्रमाण मानना चाहिए। इतने वर्षों बाद तुम दोनों से मिलन हुआ और दोनों ने दर्शन के पहाड़ मेरे समक्ष उपस्थित करना आरम्भ कर दिए। मैं इतने वर्षों तक तुम दोनों के व्यक्तित्व के सत्य को ही जीता रहा हूँ। हाँ, प्रत्येक आकर्षण मुझसे पराजित होता रहा है।" मैंने कहा।

"तुम तो हठवादी बचपन से ही रहे हो और अब तो हठयोगी हो गए हो गोरक्ष! तुम्हारे हठवाद से ही हमने दृढ़ निश्चयी होने की प्रेरणा ली है। जो रेखा तुमने बचपन में खींच दी थी, उस रेखा का कभी उल्लंघन नहीं किया। आकर्षणों के प्रति हमारा भी अनासक्त भाव ही रहा है। द्वंद्व को सत्य मानती रही हैं और द्वंद्व को ही जीती रही हैं। इस द्वंद्व में ही हमने जीवन का प्रकाश देखा है। सत्य से पराङ्मुख नहीं हुए।" विमला ने कहा और मौन हो गई।

"तुम दोनों तो मुझसे भी बड़ी हठवादिनी हो, बिलकुल हठयोगिनी। तुम दोनों के लिए मैंने अपने हृदय और मस्तिष्क में विश्वास की जो रेखा खींची थी, वह कभी धूमिल नहीं हुई। आत्मजयी अग्निरेखा का कभी अवसान भी तो नहीं होता। अब छोड़ो इस दर्शन-चिन्तन को। यह तो बतलाओ, विराट में तुम दोनों ने जिन दासियों को मुक्त कराया था, उनका क्या हुआ?" मैंने चर्चा की दिशा बदली।

"उन सभी का पुनर्वास हो गया। तुमने ही तो दिशा निर्धारित कर दी थी। कुछ मुक्त नारियाँ अपने घर-परिवारों में लौट गईं और शेष थीं, उनके लिए 'नारी कल्याण पीठ' की स्थापना कर दी है। कर्मचक्र भी स्थापित कर उन्हें छोटे-छोटे उद्योगों में क्रियाशील बना दिया है। पीठ आत्मनिर्भर हो गई है। एक अनुष्ठान को सर्वांगपूर्णता प्रदान करने के उपरान्त ही हम दोनों ने जाबालिपत्तन के लिए प्रस्थान किया है।" सिद्धा ने बतलाया।

"और गोरक्ष! तुम्हारी योगी सेना तथा विराट के भिल्ल और किरात जनों को उस 'नारी कल्याण पीठ' के संरक्षण का दायित्व भी सौंप दिया है। नारियों का जीवन क्रम सरल रेखा में संचालित होने लगा था। हम दोनों निश्चिन्त हो गई थीं। इस निश्चिन्तता में ही तुम्हारे अखंड व्यक्तित्व के प्रति आसक्ति उत्पन्न हो गई—नहीं, नहीं—तुम्हारे दर्शन की अभिलाषा तीव्र हो गई और हम दोनों ने जाबालिपत्तन की ओर प्रस्थान कर दिया।" विमला ने कहा।

"और तुम्हारी कलाधर्मिता क्या अब भी गतिशील है? तुमने कहा था—'मैं पूरी चित्र-वीथिका के अवलोकन का अवसर प्रदान करूँगी।' क्या हुआ उस चित्र-वीथिका का? तुम तो जीवन को उसकी यथार्थताओं में ही देखती रही हो। तुम्हारे

यथार्थवादी उसी रूप के दर्शन की अभिलाषा आज भी मेरे मन में है विमला।" मैंने कहा और उसके उत्तर की प्रतीक्षा करने लगा।

विमला वहाँ से एकाएक उठकर चली गई। मेरी तो समझ में नहीं आ रहा था कि विमला ने ऐसा क्यों किया। मैं प्रश्नवाचक दृष्टि से सिद्धा की ओर देखने लगा। सिद्धा स्थिर थी। उसने मुझसे 'प्रतीक्षा तो करो' कहा और मौन हो गई।

कुछ ही देर में विमला पुन: उपस्थित हो गई। उसके हाथ में चित्र-फलकों का पुलिन्दा था। वह एक-एक को खोल-खोलकर कुटीर के चारों ओर लगाने लगी। जब पूरे चित्र व्यवस्थित रूप से लगा चुकी, तब उसने कहा—

"लो गोरक्ष! पूरी कथा-वीथिका तुम्हारे अवलोकनार्थ प्रस्तुत है। यह चित्र-वीथिका ही मेरी कला-यात्रा की यथार्थवादी कथा है। तुम देखकर कहो—मेरा यथार्थ-यथार्थ ही है अतियथार्थ और अतिरंजना तो नहीं। मैं यह तो नहीं कहूँगी कि तुम अपने यथार्थ के प्रतीकों और बिम्बों का सन्धान, इस चित्र-वीथिका में करो।"

इतना कहकर वह मेरा हाथ पकड़कर एक चित्र के समक्ष ले गई और खड़ा कर दिया। सिद्धा मेरे साथ तो थी ही। मैं एक के बाद एक चित्र देखता जा रहा था। मैं चित्रों की भाषा को पढ़ रहा था और वे दोनों मेरे मुख पर उभरती हुई मुद्राओं की भाषा को पढ़ रही थीं। पूरी चित्र-वीथिका को देखकर मैं हतप्रभ रह गया—

- वड़व की पंचवटी, आम्रडाल पर झूला झूलती नन्दिनी और गांधारी और वटवृक्ष के नीचे बैठा कन्हर।
- लक्ष्मी, पिंगला, नीलाम्बरा, माहेश्वरी, नलिनी और उत्ताला गायें और उन गायों को दूर्वा देता कन्हर, निकट खड़ी नन्दिनी और गांधारी।
- घर में छप्पर को साधे हुए एक काष्ठ-पट्टिका में टँगे शुक-सारिका के पिंजरे, शुक-सारिका को ऋचा कंठस्थ कराते पिता सुराज और निकट ही खड़े कन्हर, नन्दिनी और गांधारी के साथ।
- पंचवटी में निर्मित एक योगी-चित्र, चित्र में कन्हर योगी के वेश में और योगी को भिक्षादान करती नन्दिनी और गांधारी।
- हिमालय पर्वत का अंचल, बद्रीनाथ मन्दिर और शिवोपासना करते पिता सुराज और माता सरस्वती।
- हिमांचल, हिमपात, हिमखंड का फिसलना, यात्रियों के साथ रोते-बिलखते कन्हर।
- वड़व में कन्हर का गृह, द्वार पर योगी मत्स्येन्द्रनाथ, भिक्षापात्र में से झाँकती कन्हर की आकृति।
- कन्हर द्वारा निर्मित योगी-चित्र।
- चन्द्रगिरि का चित्र, साधना-स्थली, मत्स्येन्द्रनाथ द्वारा कन्हर को दीक्षा, कन्हर के कंठ में रुद्राक्ष और कर्णों में कुंडल, योगी गोरक्षनाथ।

- एलागिरि की मूर्ति-वीथिका, नन्दिनी का नामकरण, भिक्षुणी सिद्धा और विमला, निकट खड़े गोरक्षनाथ।
- भिल्लों का एक ग्राम, भिल्लों का देवी पूजन, बलि की वेदी पर गोरक्षनाथ झुके हुए और भिल्ल के हाथ से छूटता खड्ग, पर्वत की ओर चौकड़ी भरता हरिण।
- विमलेश्वर मन्दिर, सामने अपार समुद्र, साधु-संन्यासियों के साथ संवाद करते गोरक्षनाथ।
- दार्शाह नगरी और गोरक्षनाथ।
- विराट, जनयोग पीठ, जन-न्याय पीठ, भिक्षुणी सिद्धा, विमला और योगी गोरक्षनाथ।
- विराट से विदा लेते योगी गोरक्षनाथ और सिद्धा-विमला, योगी-सेना तथा जनसमुदाय।
- मूलस्थान, सूर्य मन्दिर और गोरक्षनाथ।
- पुरुषपुर, मन्दिर, बौद्ध मठ, मस्जिदें और गोरक्षनाथ श्रृंगी बजाते हुए।
- तक्षशिला, भोजपत्र पर लेखन कार्य करते गोरक्षनाथ और बिखरे हुए भोजपत्र जिनमें सबदियाँ लिखी हुई थीं।
- कुरुक्षेत्र, युद्धरत योद्धा, भूमि पर पड़े शव और शवों पर लहराती विजय पताका।
- कपिलवस्तु, बौद्धविहार और बुद्ध की प्रतिमा, एक ओर खड़े गोरक्षनाथ।
- काष्ठमंडप, मृगस्थली, राजा को राजमुकुट पहनाते गोरक्षनाथ।
- देवीपाटन में पाटेश्वरी पीठ और गोरक्ष।
- गोपुर, सरोवर में विकसित श्वेत, नील, लाल कमल, दो योगी और योगियों को पांडुलिपियाँ देते गोरक्ष।
- विश्वनाथ मन्दिर, पूजा करते गोरक्ष।
- प्रयाग, गंगा-यमुना का संगम और स्नान करते गोरक्ष।
- खजुराहो की मूर्तिस्थली, महादेव का मन्दिर और भित्ति-मूर्तियाँ, विभिन्न काम-मुद्राएँ। गोरक्ष।
- खजुराहो से विदा लेते गोरक्ष और मुख पर वैचारिक संघर्ष।
- माता सरस्वती द्वारा निर्मित द्रौपदी वस्त्रहरण का चित्रांकन, भूमि पर पड़ा भीष्म का राजमुकुट, धृतराष्ट्र के नेत्रों में अन्ध-कूप, अर्जुन के गांडीव के टूटे टुकड़े, आपस्तम्ब सूत्र के जले-अधजले पृष्ठ।

इस चित्र को देखने के उपरान्त मेरा हृदय भावावेग से भर उठा। मैं वीथिका में लगे अन्य चित्रों को नहीं देख सका। सिद्धा और विमला के साथ आकर बैठ गया। बहुत देर तक मौन का आधिपत्य रहा। फिर स्थिर हुआ।

"विमला, तुम तो मेरी यात्रा की सहयात्री थी नहीं फिर मेरी यात्रा के इन ग्रामों और नगरों का चित्रांकन कैसे किया?" मैंने प्रश्न किया।

"गोरक्षनाथ होने के पूर्व मैं कन्हरमय थी और अब मैं गोरक्षमय हूँ। मेरा मस्तिष्क तो सिद्धा का सहयात्री रहा है किन्तु मन और हृदय तो तुम्हारे साथ ही यात्रा करता रहा है। मैं दूर रहकर भी तुम्हारी यात्रा के साथ-साथ यात्रा करती रही हूँ और तुम्हारे साथ ही पाथेय ग्रहण करती रही हूँ। सिद्धा ने तो बौद्ध धर्म और दर्शन में अपनी नियति का सन्धान कर लिया है। किन्तु मेरी नियति ने तो प्रत्यक्ष का वरण कर लिया है, प्रत्यक्ष सत्य की उपासना करती हूँ और यही मेरी नियति भी है।" विमला ने उत्तर दिया और फिर न जाने कहाँ खो गई।

बहुत देर तक सन्नाटा छाया रहा। कोई कुछ बोला नहीं। सिद्धा अभी भी स्थिर चित्त प्रतीत हो रही थी किन्तु विमला न जाने कहाँ खो गई थी। खोई रही।

अचानक विमला उठ खड़ी हुई। उसने सिद्धा को वहाँ से प्रस्थान करने का निर्देश दिया। वे दोनों मंद गति से चलते हुए घाट के ऊपर चढ़कर अदृश्य हो गईं।

मैंने साहस जुटाकर सारे चित्रों को सहेजा। अन्त में माँ के द्वारा निर्मित चित्र को उतारा। बहुत देर तक उसे देखता रहा। मेरे नेत्र से टपका एक अश्रुबिन्दु, चित्र पर लपलपाती ज्वाला पर पड़ गया। वह ज्वाला भी क्या थी द्रौपदी का क्रोधाग्नि से धधकता शरीर—एक नारी का आक्रोश, अतिचार के समक्ष धधकता अस्मिता का उग्र रूप और अग्निमयी मुद्रा।

त्रयोदश आधार

योगिनी सिद्ध मन्दिर में भी मत्स्येन्द्रनाथ की साधना अधूरी रह गई थी। वे योगिनी इन्द्रावती के साथ आत्मरक्षा का विचार कर जब मन्दिर से चले थे, तब वे एकाकी नहीं थे, अपकीर्ति भी उनके साथ ही यात्रा कर रही थी। वे भयाक्रान्त भी थे और प्रात:काल ग्रामीणों के उग्र आक्रोश का सामना करने का सामर्थ्य भी उनमें नहीं था। रात्रि के अन्धकार में केवल निरभ्र आकाश की तारिकावली उनके लिए प्रकाश-प्रदायिका थी। वे भृगुक्षेत्र पार कर जब त्रिपुरी पहुँच गए, तब उन्होंने किंचित् आश्वस्ति का अनुभव किया। वे घनी और भयावह रात्रि होने के बाद भी त्रिपुरी में ठहरना नहीं चाहते थे। यह नगरी भृगुक्षेत्र के निकट थी और अपकीर्ति तो वायु के तीव्र वेग के समान ही प्रवाहित होती है। वे त्रिपुरी से जाबालिपत्तन पहुँचे और वहाँ भी बिना ठहरे ही चलते रहे। चलते-चलते रात्रि व्यतीत हो गई और जब प्रात:काल

हुआ, तब वे एक जंगल में थे। उन्होंने अनुमान लगा लिया था कि अब वे भृगुक्षेत्र से बहुत दूर आ गए हैं।

अब तो इस क्षेत्र से जैसे मत्स्येन्द्रनाथ को वैराग्य उत्पन्न हो गया था। वे चलते चले जा रहे थे। विंध्य की मनोहारी उपत्यकाएँ भी उन्हें न रोक सकीं। अमरकंटक का नर्मदा का उद्गम स्थल भी उन्हें न बाँध पाया। वे चलते चले जा रहे थे। चलते हुए उन्हें अपनी साधना की अपूर्णता पर क्षोभ उत्पन्न हो रहा था और भृगुक्षेत्र के ग्रामवासियों की बुद्धि पर वे तरस खा रहे थे। ग्रामवासी पूर्णत: अज्ञानी और जड़ बुद्धि हैं। वे साधना की गुह्यता को क्या समझें। यदि समझते तो साधना क्यों भंग होती और अपूर्ण रह जाती। रह-रहकर यही विचार उनके मन को क्लान्त कर रहा था। कई मास चलते रहे। ग्रामों और नगरों में रात्रि विश्राम कर लेते। साधिका इन्द्रावती, उनकी सेवा-टहल करती और प्रात: होते ही वे पुन: अपनी यात्रा आरम्भ कर देते थे। तीन मास की लम्बी यात्रा कर वे गया पहुँच गए।

गया प्राचीन नगरी थी। यहाँ बौद्ध धर्म और हिन्दू धर्म के अनुयायी निवास करते थे। यहाँ पर एक शिव मन्दिर में मत्स्येन्द्रनाथ ने इन्द्रावती के साथ डेरा डाल दिया। कुछ शाक्त और पाशुपत शैव भी थे, जिनके साधना-स्थल अन्यत्र थे। वज्रयानी बौद्धों के भी अनेक चैत्य थे। एक दिवस नगर के सीमान्त क्षेत्र का भ्रमण करते हुए वे एक वज्रयानी चैत्य में चले गए। यह चैत्य फल्गु नदी के तट पर ही था किन्तु था वह नगर से दूर। वज्रयानी साधकों के बीच पहुँचकर उन्हें आनन्द का अनुभव हुआ था। वज्रयानियों के पास पंच मकार उपलब्ध था। मांस, मदिरा, मत्स्य और मैथुन सभी का भोग और साधना कर रहे थे वज्रयानी। मत्स्येन्द्रनाथ जब इस चैत्य के द्वार पर पहुँचे थे और योगिनी कौल साधक के रूप में अपना परिचय दिया था, तब द्वार पर खड़े वज्रयानी संन्यासियों ने उन्हें आदरपूर्वक चैत्य के भीतर महाभिक्षु के निकट पहुँचा दिया था और महाभिक्षु ने भी सहसाधक को पाकर उनकी अभ्यर्थना की थी।

चैत्य में मत्स्येन्द्रनाथ ने अपनी अन्तस्साधना के जागृत होने का प्रतिभास पाया था। महाभिक्षु ने चषक भरकर मत्स्येन्द्र को मदिरा का पान कराया। मत्स्य ग्रहण किया और पुन: मदिरा का पान किया। वे निरन्तर मदिरा का पान करते जा रहे थे और उन्मत्त होकर योगिनी की आवश्यकता का अनुभव करने लगे थे। जब वे पूर्णत: मदोमत्त हो गए, तब महाभिक्षु ने अपने वज्रयानी शिष्यों के द्वारा उन्हें शिव मन्दिर पहुँचा दिया। शिव मन्दिर में इन्द्रावती ने योगी मत्स्येन्द्र को लिटा दिया। मदिरा का उन्माद जब थोड़ा कम हुआ, तब इन्द्रावती को अपने निकट पाकर उनके नेत्रों में राग की ऊर्मियाँ उठने लगीं। उन्होंने इन्द्रावती को आलिंगनबद्ध कर लिया। इन्द्रावती भी योगी के सम्मोहन में बँधी हुई एक समर्पिता नारी बन गई थी। न जाने कितने मासों के उपरान्त उन्होंने इन्द्रावती को आलिंगनबद्ध किया था। वह भी आत्म-सम्मोहित और आत्मविमुग्ध थी। मत्स्येन्द्रनाथ की कई मासों की भूली योगिनी साधना पुन:

जागृत हो गई थी और पंच मकार का सेवन निर्बाध गति से करने लगे थे। वे नगर का भ्रमण करते रहते, वज्रयानियों से भी सम्पर्क करते रहते थे। अब तो निर्बाध गति से उनका मदिरापान आरम्भ हो चुका था और वे पूर्व की स्थिति में पहुँच चुके थे। उनकी योग साधना और चमत्कारों की कीर्ति भी नगर में फैलने लगी थी।

फल्गु के दूसरे तट पर श्मशान था। वहाँ पर अनेक अघोरी और कापालिक शव साधना करते रहते थे। वह दृश्य बीभत्स परिलक्षित होता था। शव की तो शल्यक्रिया ही अघोरियों और कापालिकों के द्वारा की जाती थी और शव के मांस के टुकड़ों से चिताग्नि पर हवन सम्पादित होता था।

इन अघोरियों में ही एक महासिद्ध अघोरी था कालदेह। कालदेह रुद्रभैरव के मन्दिर में निवास करता था। उसने अपने चमत्कारों से गया नगर के नर-नारियों को आकृष्ट कर लिया था। नगरवासियों की तो सम्मोहन की स्थिति थी और कालदेह के चमत्कारों की तो जैसे धूम मची थी। रुद्रभैरव मन्दिर में इस कालदेह अघोरी के दर्शन करने वालों की भीड़ लगी रहती थी। आसपास के ग्रामों से नर-नारी बाल-बच्चों के साथ रुद्रभैरव मन्दिर में कालदेह के दर्शन के लिए आते थे।

मत्स्येन्द्रनाथ को शव-साधना रास नहीं आती थी। वे तो जीवन साधना के पक्षधर थे और नारी उनकी कौल साधना के केन्द्र में थी। गुरु मत्स्येन्द्र ने गया के नर-नारियों को अघोरी कालदेह के सम्मोहन से मुक्त करने का निश्चय कर लिया। वे शव की पवित्रता को अक्षुण्ण रखने वाले सिद्धान्त पर चले और उन्होंने देखा कि गया के नर-नारियों पर इसका अनुकूल प्रभाव पड़ रहा है।

उन्होंने नगरवासियों को समझाया कि शव-साधना से मृत शरीर खंड-खंड हो जाता है और शव का खंडित होना महापाप है। नगरवासियों के मन में अघोरियों के प्रति घृणा का भाव उत्पन्न होने लगा। अघोरी कालदेह के प्रति जन-जन में आक्रोश उत्पन्न होने लगा। कालदेह की शव-साधना में व्यवधान आने लगा। अपकीर्ति चारों ओर फैलने लगी और एक दिवस रुद्रभैरव का मन्दिर सूना हो गया। अघोरी कालदेह नगर छोड़कर चला गया था।

नगरवासियों को अघोरी कालदेह से तो मुक्ति मिल गई थी किन्तु दूसरा एक और संकट था। वह संकट वज्रयानी सिद्ध रुद्रवज्र। रुद्रवज्र, एक अलग चैत्य में निवास करता था। वह निर्बाध गति से पंच मकार का सेवन करता था। किन्तु मदिरा, मत्स्य और मैथुन के प्रति उसकी विशेष आसक्ति थी। उसकी आसक्ति में अत्यधिक अतिरेक और अतिशयता थी। मैथुन-साधना तो उसकी इतनी तीव्र थी कि वह अपने शिष्यों से रूपसियों का अपहरण करा लेता था और उनके साथ काम-साधना किया करता था।

इस रुद्रवज्र वज्रयानी के स्वरूप में अत्यधिक सम्मोहन शक्ति थी। उसका वक्षस्थल पर्वत-सा अगाध, भुजाएँ वृक्ष पींड़-सी सुडौल और मांसल, अत्यन्त गौर

वर्ण तथा बलिष्ठ देहयष्टि सम्पन्न। उसके नेत्रों में अद्‌भुत आकर्षण शक्ति थी। निम्न और उच्चवर्ण की नारियाँ, उसके सम्मोहन में मंत्रबिद्ध हो जाती थीं और स्वयं को समर्पित कर देती थीं।

मत्स्येन्द्रनाथ ने अनेक प्रयोग कर उसकी साधना और सिद्धि की परीक्षा ली। नगर में उस अभिचारी के प्रति घृणा का भाव जागृत किया। आक्रोश भी जागा और एक दिवस तो जब वह प्रतिहारवंशीय एक राजपरिवार की रानी प्रियंवदा के साथ उन्मत्त होकर साधनावस्था में पहुँचने का प्रयास कर रहा था, तब अचानक मत्स्येन्द्रनाथ वहाँ पहुँच गए और प्रियंवदा के शील की रक्षा की।

परिहार राजवंशीय वरुण स्वयं राग-रंग में मस्त रहता था। उसे राजकार्यों से जैसे कोई सरोकार ही नहीं था। रानी प्रियंवदा के प्रति वरुण का आकर्षण-भाव न था अपितु अनाकर्षण था। वह तो दासियों के रूप-माधुर्य में ही मग्न रहता था। रानी प्रियंवदा अपने पति के इस व्यवहार से अप्रसन्न थी। उसके मन में जोगी-जोगड़ों और वज्रयानी साधकों के प्रति आसक्ति उत्पन्न हो गई थी।

मत्स्येन्द्रनाथ ने जब वज्रयानी सिद्ध रुद्रवज्र से प्रियंवदा के शील की रक्षा की थी, तभी से मत्स्येन्द्रनाथ के प्रति उसके मन में अनुराग उत्पन्न हो गया था। रुद्रवज्र तो उस घटना के उपरान्त नगर छोड़कर जा चुका था और अब मत्स्येन्द्रनाथ के शिव मन्दिर में नगर के नर-नारियों की भीड़ लगने लगी थी।

गुरु मत्स्येन्द्रनाथ, प्रियंवदा के रूप-सौन्दर्य पर मुग्ध अवश्य थे। उनके मन में प्रियंवदा को साधना का माध्यम बनाने की इच्छा भी थी किन्तु भृगुक्षेत्र के योगिनी मन्दिर में घटी घटना ने उन्हें सतर्क कर दिया था और वे और अधिक अपकीर्ति क्रय नहीं करना चाहते थे। उन्होंने प्रियंवदा को अपनी योगिनी साधना से दूर ही रखा। प्रियंवदा प्रतिदिन मत्स्येन्द्रनाथ के दर्शनार्थ आती थी। देर-देर तक बैठी रहती थी। उसके कामासक्त नेत्र, मत्स्येन्द्र की देहयष्टि के पौरुषेय सौन्दर्य का पान करते रहते थे। गुरु मत्स्येन्द्र भी उसे मोहासक्त होकर देखते किन्तु उनके आलिंगन में तो दुश्चिन्ता, अपकीर्ति और भय का निवास था। वे प्रियंवदा के समर्पण-भाव को स्वीकार नहीं कर सके।

रानी प्रियंवदा को मत्स्येन्द्र ने भले ही अपनी साधना का माध्यम न बनाया हो, किन्तु रानी के शिव मन्दिर में आगमन का प्रसंग तो जनचर्चा का विषय बना हुआ था।

इस बीच एक और घटना घट गई। गया पर वर्तमान में गुर्जर प्रतिहारों का आधिपत्य था किन्तु पाल शासक राजा देवपाल के आक्रमणों के कारण सम्पूर्ण क्षेत्र आक्रान्त था। पाल शासकों के राज्य से गया क्षेत्र की सीमा मिलती थी। सीमा क्षेत्र में होने के कारण पाल राज्य से सेनाएँ कभी भी गया में प्रवेश कर जाती थीं और नगर में

लूटपाट करती रहती थीं। वर्तमान में तो पाल सेना का आक्रमण भयानक था। पाल सेना को उनके सेनापति द्वारा निर्देश दिए गए थे कि वे गया में प्रतिहार-वंशीय राजा विक्रम के राजमहल पर आक्रमण करें, और उन्हें बन्दी बनाएँ। सैनिकों ने राजमहल को घेर लिया। राजा वरुण स्वयं अधिपति तो था नहीं, वह प्रतिहार-वंशीय होने के कारण प्रतिहार राजा का महासामन्त था और महासामन्त होने के कारण गया क्षेत्र के निवासी उन्हें राजा ही मानते थे।

पाल सैनिकों की संख्या बहुत थी। वरुण के सैनिक राजमहल की रक्षा तो कर रहे थे किन्तु उनकी संख्या अपेक्षाकृत न्यून थी। बर्छी, भाले और तलवारों से युद्ध चलता रहा और वरुण के सैनिक अपने जीवन का बलिदान देते रहे। गया नगर की स्थिति तो यह थी कि प्रत्येक गृह के द्वार बन्द थे और द्वार बन्द कर नगरवासियों ने स्वयं को सुरक्षित कर लिया था।

मत्स्येन्द्रनाथ को इस युद्ध के चलते रानी प्रियंवदा की सुरक्षा की चिन्ता थी। वे शिव मन्दिर से उठे और राजमहल की ओर चले गए। वहाँ जाकर उन्होंने देखा कि युद्ध अपनी भीषण स्थितियों में है। वे साहस बटोरकर राजमहल की ओर जाने लगे। सैनिकों ने उन्हें रोकने का प्रयास किया किन्तु वे रुके नहीं, बढ़ते चले गए।

एक संन्यासी को राजमहल के द्वार पर खड़े देखकर उस सेना के प्रमुख ने अपने सैनिकों को उन पर प्रहार करने का निषेध किया। सेना-प्रमुख ने सम्भवत: यह विचार किया होगा कि एक संन्यासी राजमहल में जाकर राजा वरुण की रक्षा करने में तो समर्थ होगा नहीं। फिर संन्यासी पर प्रहार करना धर्म के विरुद्ध होगा। उसने मत्स्येन्द्रनाथ को राजमहल में प्रवेश करने की अनुमति दे दी। राजमहल में प्रवेश किए उन्हें कुछ ही समय हुआ था कि उन्होंने देखा, पन्द्रह-बीस पाल सैनिक वरुण को घेरे हुए अपने साथ ले जा रहे हैं। उन्होंने शीघ्रता की और वे रानी प्रियंवदा का सन्धान करने लगे। कई कक्षों में खोज करने के उपरान्त वे एक कक्ष के समक्ष आए और वहाँ उन्होंने देखा कि पाल सैनिकों और वरुण के सैनिकों के मध्य भीषण घमासान मचा हुआ है। उन्होंने अनुमान लगा लिया कि रानी प्रियंवदा इसी कक्ष में है और उसे भी बन्दी बनाने के लिए यह संघर्ष चल रहा है।

अब मत्स्येन्द्र के शरीर में वीर भाव तैरने लगा था। उन्होंने सैनिकों से छीनकर भाला और खड्ग अपने हाथ में थाम लिया। वे एक हाथ से भाले से प्रहार कर रहे थे और दूसरे हाथ से खड्ग से। वे एकाकी इतनी स्फूर्ति से युद्ध कर रहे थे कि कुछ सैनिक तो आहत होकर भूमि पर गिर गए और शेष पलायन कर गए। मत्स्येन्द्रनाथ की विद्युत-सी खड्ग की चमक के समक्ष पाल सैनिकों का ठहरना सम्भव न था।

मत्स्येन्द्र खड्ग और भाला हाथों में लिये हुए कक्ष के भीतर आ गए। रानी प्रियंवदा अत्यन्त भयाक्रान्त होकर भित्ति पर अपना मस्तक टिकाए खड़ी थी और उसकी समूची देह भय से थर-थर काँप रही थी। मत्स्येन्द्र ने रानी को शीघ्र भागने

का परामर्श दिया। रानी प्रियंवदा ने योगी मत्स्येन्द्र को देखा तो संरक्षण की याचना करते हुए उनके चरणों पर गिर पड़ी।

मत्स्येन्द्र ने रानी प्रियंवदा को शीघ्र उठाया और उसे साथ लेकर राजमहल के पार्श्वद्वार से निकल पड़े। संयोगवश यहाँ कोई पाल सैनिक न था। वे सब राजा वरुण के बन्दी बना लिये जाने की घोषणा होते ही मुख्य द्वार पर एकत्रित हो गए थे।

रानी प्रियंवदा अब भी भयाक्रान्त थी और थर-थर काँप रही थी। वह मत्स्येन्द्र के साथ भाग तो रही थी किन्तु उसे ऐसा प्रतीत होता था जैसे उसके पाँवों में भारी-भरी शिलाखंड बँध गए हैं। दोनों भागते हुए शिव मन्दिर आ गए। रानी प्रियंवदा शिव मन्दिर के गर्भगृह में छिप गई और इन्द्रावती ने सुरक्षा की दृष्टि से द्वार बन्द कर दिए।

राजा वरुण को बन्दी बना लेने के उपरान्त सैनिक और सेना-प्रमुख राजमहल में रानी प्रियंवदा को खोजते रहे। फिर निराश होकर राजमहल के बाहर आ गए। नगर में भी सैनिकों ने रानी का बहुत सन्धान किया। फिर वे राजा वरुण को बन्दी बनाकर और उन्हें साथ लेकर गया से चले गए किन्तु सैनिकों के संरक्षण में राजमहल हो गया।

पाल सैनिकों के गया से चले जाने के उपरान्त मत्स्येन्द्रनाथ ने नगर भ्रमण किया। चारों ओर विध्वंस-ही-विध्वंस परिलक्षित हो रहा था। नर-नारियों के आर्तनाद से राजपथ और गलियाँ करुण हो रही थीं।

रानी प्रियंवदा नि:सन्तान थी। राजा वरुण के दासियों के आकर्षण में ग्रस्त रहने के कारण उसे मातृत्व प्राप्त करने का सौभाग्य भी प्राप्त नहीं हो पाया था। उसे वरुण की चिन्ता अवश्य थी किन्तु राजा वरुण तो पाल सैनिकों के द्वारा बन्दी बना लिये गए थे और उनका भविष्य अनिश्चित हो गया था। वह अत्यन्त निराश थी और अब वह अपने मातुल जाना चाहती थी।

प्रियंवदा, कामरूप—कदलीदेश की ही पुत्री थी। उसका परिणय प्रतिहार वंशीय राजा वरुण के साथ सम्पन्न हुआ था। अब राजमहल लौटना सम्भव न था। अत: प्रियंवदा ने कामरूप जाने का विचार बनाया और मन्दिर के गर्भगृह से बाहर आकर उसने अपने विचार से योगी मत्स्येन्द्र को अवगत कराया।

योगी मत्स्येन्द्र की योजना तो कामरूप ही जाने की थी। वे कामरूप की भौगोलिक स्थिति से भी अपरिचित थे। वे इस तथ्य से भिज्ञ थे कि कामरूप में ही कामाक्षा सिद्धपीठ स्थापित है। शोणितपुर नगर के निकट पर्वत पर कामाक्षा सिद्धपीठ है। महाभारत काल में शोणितपुर प्राग्ज्योतिष की राजधानी थी। शोणितपुर का एक दूसरा नामकरण प्राग्ज्योतिषपुर भी प्रचलित था। कामाक्षा पीठ को लोक-प्रचलित भाषा में कामाख्या पीठ कहा जाता है। चरम आनन्द का प्रतीक यह कामाक्षा मन्दिर आनन्दारण्य मन्दिर के नाम से भी अभिहित किया जाता है।

मत्स्येन्द्र ने कामाक्षा शक्तिपीठ के लिए प्रस्थान का विचार स्थिर किया और प्रियंवदा को अपनी सहमति दे दी।

प्रात:काल मत्स्येन्द्र योगिनी इन्द्रावती और रानी प्रियंवदा को साथ लेकर कामाक्षा पीठ की ओर चल पड़े।

गया से कामाक्षा पीठ की दूरी बहुत थी और मार्ग भी दुरूह था। मत्स्येन्द्र के मन में कामाक्षा पीठ में शक्ति के दर्शन के उपरान्त कदलीवन जाने की इच्छा थी। कदली देश में नारियों का आधिपत्य स्थापित था और यहाँ काम को वर्जनापूर्ण दृष्टि से नहीं देखा जाता था। मत्स्येन्द्र काम-साधना के चरमोत्कर्ष का स्पर्श करना चाहते थे।

मत्स्येन्द्र, प्रियंवदा और योगिनी इन्द्रावती के साथ कई मास यात्रा करते रहे और गंगा नदी तथा समुद्र के मिलन-स्थल, गंगासागर पहुँच गए। गंगासागर अत्यन्त प्राचीन तीर्थ है। जनश्रुति है कि कपिल मुनि के अभिशाप से राजा सगर के अनेक पुत्र यहाँ भस्मीभूत हो गए थे और कपिल मुनि का आश्रम भी यहीं गंगासागर में था।

गंगासागर में गंगा और समुद्र में स्नान करने के उपरान्त फिर यात्रा आरम्भ हो गई और फिर लम्बी यात्रा कर तीनों कामरूप आ गए। कामरूप में ही कामाक्षा सिद्धपीठ स्थापित है।

कामाक्षा-कामरूप पहुँचकर मत्स्येन्द्रनाथ को ऐसा प्रतीत हुआ कि जैसे वे ऐसी सिद्धपीठ में आ गए हैं, जो सृष्टि की सिसृक्षा शक्ति की जननी है, सिद्ध योनिपीठ है।

सिद्धा और विमला मुझे अतीत और वर्तमान के चिन्तन-वन में छोड़कर चली गई थीं। स्थिरचित्त तो मैं हो गया था किन्तु अतीत बार-बार आकर मुझे अस्थिर बना जाता था। मैंने इस अतीत से मुक्त होने का निश्चय किया और कायासाधना तथा कायासिद्धि के उपक्रम में संलग्न हो गया। मैंने पिंड और ब्रह्मांड का समीकरण स्थापित करने के लिए ध्यान योग आरम्भ कर दिया। मैंने खेचरी मुद्रा साध ली। सूर्य-चन्द्र, प्राण-अपान, दक्षिण-वाम तथा इड़ा-पिंगला का योग बैठाना और कुंडलिनी जागृत की। वज्ररंध्र के नादानुसन्धान तथा लय में मेरे मन का उन्मनीकरण कर दिया। मैं अतीत से मुक्त हो गया था।

गुरुदेव मत्स्येन्द्र की योगिनी कौल साधना के सम्बन्ध में जो जनचर्चाएँ थीं, वे अवश्य मेरी चिन्ता का कारण थीं किन्तु वे तो इस समय न जाने कहाँ होंगे? यह सोचकर मैं स्वयं को निरुपाय अनुभव कर रहा था। फिर भी उनका सन्धान तो आवश्यक था ही।

संध्या समय जब सूर्य की किरणें नर्मदा की लहरों में कल्याण राग का आरोह-अवरोह उतारने लगीं और सूर्य का पीताभ-रक्तिम प्रतिबिम्ब जल-पटल पर परिलक्षित होने लगा, तब सिद्धा और विमला मेरी कुटीर में आईं। वे मेरे लिए आहार लेकर

आई थीं। मैंने आहार एक ओर रख दिया और कुटीर के बाहर आकर बैठ गया। सिद्धा और विमला भी मेरे निकट बैठ गईं। बहुत देर तक मौन छाया रहा फिर मौन की गम्भीरता को तोड़ते हुए मैंने कहा—

"सिद्धा और विमला! जाबालिपत्तन में मैंने तुम दोनों को दिया हुआ वचन पूर्ण कर दिया। मैंने तो उपदिष्ट योग मार्ग पर चलते हुए साधना और ध्यान का ही अन्तिम लक्ष्य निर्धारित कर लिया है। मैं योग और कर्म की उपासना में ही अपनी यह भौतिक काया समर्पित करना चाहता हूँ। जाबालिपत्तन से अब मेरे प्रस्थान का समय उपस्थित हो गया है। कल प्रात:काल ही यहाँ से अपनी अलक्ष्य यात्रा आरम्भ कर दूँगा। योगी होने के पूर्व भी मैं तुम्हारे व्यक्तित्व से प्रेरणा ग्रहण करता रहा हूँ और योग ग्रहण करने के उपरान्त तुम दोनों का मातृत्व रूप, मेरी यात्रा में सहयात्री रहेगा। यही मेरा संकल्प है।"

"और सहयात्रा गोरक्ष।" विमला ने कहा।

"मेरी तो यात्रा ही अलक्ष्य है। यथार्थ, अलक्ष्य तो नहीं हो सकता। अब तो अनन्त-यात्रा में ही सहयात्रा सम्भव है, वर्तमान में तो नहीं विमला।" मैंने कहा और सारे चित्र विमला के हाथों में थमा दिए।

"तब तो हमारी कर्मभूमि एलागिरि में ही रहेगी गोरक्ष।" सिद्धा कहकर चुप हो गई।

मौन और गहरा हो गया। कोई कुछ बोला नहीं। दोनों उठकर चली गईं। मैं भी कुटीर में आकर बाघंबर पर लेट गया और विश्राम करने लगा।

प्रात:काल मैं अपने प्रस्थान का उपक्रम कर ही रहा था कि सिद्धा और विमला आ गईं मुझे विदा देने के लिए। तीनों कुटीर से चल पड़े। अभी तक मैं योगिनी मन्दिर गया नहीं था। देखने की अभिलाषा थी। सिद्धा और विमला के साथ योगिनी मन्दिर आ गया।

मैं मातृका योगिनियों की प्रतिमाओं को देख रहा था। सिंहसिंहा, वाराही, चंडिका, ब्राह्मणी, माहेश्वरी, इन्द्राणी और वैष्णवी। इन सभी योगिनियों में मुझे सिद्धा और विमला के ही प्रतिरूप परिलक्षित हो रहे थे। कौमारी प्रतिमा में तो जैसे दोनों का व्यक्तित्व झलक रहा था। मैंने अन्य योगिनी प्रतिमाओं को देखा। मुझे प्रतीत हो रहा था कि जैसे नारी के विभिन्न मनोभावों को इन योगिनियों की मुद्राओं में देख रहा हूँ।

योगिनियों की विभिन्न मुद्राओं के दर्शन करने के उपरान्त मैं मन्दिर से नीचे आ गया। बाणगंगा पार की। सिद्धा और विमला, बाणगंगा के तट तक मुझे विदा करने आईं। मैंने सिद्धा और विमला के चरण स्पर्श किए और तीव्रगति से वहाँ से चल पड़ा। मोड़ पर आते ही मैंने दोनों को अन्तिम विदा देने के उद्देश्य से पीछे देखा। वे दोनों हतप्रभ खड़ी थीं। मैंने हाथ उठाकर अलख निरंजन का उद्घोष किया और उनकी दृष्टि से ओझल हो गया।

मैं त्रिपुरी और जाबालिपत्तन नगर को पार कर जब विन्ध्य पर्वतांचल में चल

रहा था, तब मेरे मन में गुरुदेव मत्स्येन्द्रनाथ के सम्बन्ध में अनेक आशंकाएँ जन्म ले रही थीं। यदि वे कामिनी के आकर्षण में योग पथ से दूर हो गए हैं तो उन्हें पुन: मार्ग पर वापस लाना होगा। किन्तु उनका पथभ्रष्ट होना अविश्वसनीय-सा लग रहा है। वे तो स्वयं कविनारायण के अवतार हैं और नाथपंथ के महाप्रचारक हैं। उनके सम्बन्ध में प्रचलित कामिनी-आसक्ति असत्य भी तो हो सकती है। किन्तु सिद्धा और विमला के सम्भाषण और घटना-प्रकाश को भी तो असत्य नहीं माना जा सकता। मेरे मस्तिष्क में अनेक प्रकार के विचारों का आवागमन हो रहा था।

मैं चलता जा रहा था। न जाने कितने मास मुझे चलते हुए व्यतीत हो गए। जब श्लथ होता, तब विश्राम कर लेता और पुन: अपनी यात्रा आरम्भ कर देता था। और एक दिन मैं पाटलिपुत्र पहुँच गया। पाटलि अत्यन्त प्राचीन नगरी है। गौतम बुद्ध के जीवन-प्रसंगों के साथ इस नगरी का नाम जुड़ा हुआ है। बुद्ध के समय गंगा नदी दो राज्यों की सीमा-रेखा थी।

तब गंगा के उत्तरांचल में लिच्छवियों का गणराज्य था। इस गणराज्य को वृज्जि के नाम से अभिहित किया जाता था। गंगा के दक्षिणांचल में मगध का राज्य फैला हुआ था। आज तो पाटलिपुत्र एक विशाल ऐश्वर्य-नगरी है किन्तु उस काल में यह एक छोटे-से ग्राम-रूप में थी और इस ग्राम का नाम पाटलि था। यहाँ पर ढाक के वृक्षों की अधिकता थी और पाटल वृक्षावलियों की हृदयस्थली में बसे होने के कारण इस पाटलि ग्राम का नामकरण भी हुआ था। यहाँ पर शोण नदी अपने अस्तित्व को गंगा में समर्पित करती है।

इस पाटलिग्राम के निकट बने हुए इस दुर्ग का भी अपना एक इतिहास है। मगध के अधिपति अजातशत्रु ने लिच्छवियों के गणराज्य को पराजित कर इस सुदृढ़ दुर्ग का निर्माण कराया था। आक्रमणों से रक्षा के लिए यह दुर्ग ही तब कवच का कार्य करता था। मगध राज अजातशत्रु के मंत्री वर्षकार एक कुशल वास्तुशिल्पी थे और उनके परामर्श तथा निरीक्षण में इस दुर्ग का निर्माण हुआ था।

अजातशत्रु की मृत्यु के उपरान्त उसके पुत्र उदायिभद्र ने इस पाटलिग्राम को नगर में परिवर्तित किया। अनेक उच्च भव्य इमारतों का निर्माण कराया गया और इस ग्राम को भवन-भव्यता प्रदान की। यह ग्राम पाटलि से पाटलिपुत्र हो गया। उदायिभद्र को उदायिन भी कहा जाता था। दुर्ग के निर्माण में मंत्री वर्षकार के सहयोगी एक और मंत्री थे। उनका नाम सुनिधि था। पूर्व में मगध की राजधानी चम्पा में थी किन्तु मगध का राज्य-विस्तार अभिवृद्ध हो गया था और राज्य-नियंत्रण की दृष्टि से पाटलि एक ऐसा स्थान था जो राज्य के केन्द्र में स्थित था और यहाँ से सम्पूर्ण राज्य को नियंत्रित रखा जा सकता था। अत: उदायिभद्र ने पाटलिग्राम में ही मगध की राजधानी स्थापित करने का संकल्प किया था और इस ग्राम को नगर का ऐश्वर्य प्राप्त हो गया था। पाटलिपुत्र को पूर्व में कुसुमपुर भी कहा जाता था।

उदायिभद्र के समय जैन धर्म का प्रभाव भी अत्यधिक बढ़ गया था। उसने जैन धर्म की दीक्षा ग्रहण कर ली थी और पाटलिपुत्र में नेमिका चैत्य विहार का निर्माण कराया था। विविध तीर्थ ग्रन्थों में इस प्रसंग का विस्तृत विवरण प्राप्त है। मौर्य सम्राट चन्द्रगुप्त, बिन्दुसार, अशोक और कुणाल ने इसी पाटलिपुत्र में राज्य किया था। जैन साधु स्थूलभद्र की तपस्या-स्थली भी यहीं थी। इसी ग्रन्थ में इस तथ्य का भी उल्लेख प्राप्त होता है कि चाणक्य ने मौर्यवंशीय नवनन्द और उसके वंश को विनष्ट किया था। अचल सार्थवाह श्रेष्ठी और सम्पूर्ण कलाओं के मर्मज्ञ मूलदेव का निवास भी यहीं था। वायु पुराण और गार्गी संहिता में भी पाटलिपुत्र का उल्लेख प्राप्त होता है। जैन धर्म के साथ ही बौद्ध धर्म का प्रभाव भी इस क्षेत्र में अत्यधिक रहा है।

सम्राट अशोक ने तो बौद्ध धर्म के प्रचार-प्रसार का केन्द्र ही पाटलिपुत्र को बना दिया था। ये दो प्रस्तर स्तम्भ उसके प्रतीक हैं जो आज भी बौद्ध धर्म के प्रभाव का इतिहास कह रहे हैं। अशोक के समय तो यहाँ पर एक अत्यन्त सुन्दर उद्यान था। उस उद्यान को कुक्कुटाराम उद्यान कहा जाता था। उद्यान का आकार-प्रकार भी कुक्कुट के शरीर जैसा था। इस उद्यान में मोगलीपुत्र तिष्य (तिस्सा) की अध्यक्षता में एक विराट धर्मसंगीति की आयोजना की गई थी। बौद्ध धर्म के इस महासम्मेलन में अनेक बौद्ध धर्माचार्यों ने स्वयं को सहभागी बनाया था।

जैन साधु स्थूलभद्र ने भी पाटलिपुत्र में ही जैन धर्मावलम्बियों की एक महापरिषद का गठन किया था। हूणों का आक्रमण भी पाटलिपुत्र पर हुआ था और इस नगर के ऐश्वर्य और कीर्ति को गम्भीर आघात भी लगा था। हूणों के आक्रमण ने तो इस नगर को खँडहरों में परिवर्तित कर दिया था। एक बार तो पाल नरेश धर्मपाल ने भी पाटलिपुत्र पर अपना आधिपत्य स्थापित कर लिया था। किन्तु इतिहास किसी को क्षमा नहीं करता। हूणों का आतंक भी समाप्त हुआ और पाल नरेश धर्मपाल के आधिपत्य से भी पाटलिपुत्र मुक्त हो गया।

महाकवि कालिदास तो रचनाधर्मी थे। उन्होंने इस पाटलिपुत्र अथवा कुसुमपुर नगरी का नाम पुष्पपुर रख दिया था। यह नामकरण उनकी रचनाधर्मिता का प्रतीक है।

इस प्राच्य धर्मभूमि में आकर मुझे सुखद प्रतीत हुआ। मैं एक सरोवर के तट पर पाटल वृक्ष के नीचे ठहर गया। नगर में भ्रमण करते हुए मुझे इस नगरी के इतिहास का ज्ञान तो हो ही गया था। किन्तु मैं तो अपने गुरुदेव मत्स्येन्द्रनाथ के सन्धान में निरत था। इस नगरी में कोई शिव-स्थान तो परिलक्षित हो ही नहीं रहा था। सोच रहा था कि यदि कोई शिवभक्त अथवा शैव मिल जाए तो गुरु मत्स्येन्द्र का पता उससे पूछूँ। पता नहीं वे यहाँ आए भी अथवा नहीं। अनेक प्रकार की दुश्चिन्ताएँ

मेरे मन को अस्थिर बना रही थीं। मैं सरोवर तट पर लौट आया। पाटल वृक्ष की छाया तले बैठा हुआ गुरु मत्स्येन्द्र के विषय में ही विचार कर रहा था। नेत्र बन्द कर बाघंबर पर लेट गया।

मैं नेत्र बन्द किए लेटा था। मेरे कर्ण जागृत थे। धीरे-धीरे कुछ मंत्र ध्वनि-सी कर्णों में श्रुत होने लगी। मैं उस ध्वनि को समझने का प्रयत्न करने लगा। मंत्र-ध्वनि निकटतर प्रतिध्वनित होने लगी। अब तो स्पष्ट रूप से मैं उस मंत्र-ध्वनि को सुन रहा था। मेरा मस्तिष्क गतिशील हो उठा और मैंने यह निष्कर्ष निकाल लिया कि यह तो साबरी मंत्रों की ध्वनि है। गुरु मत्स्येन्द्र ने मुझे बताया था कि नाथसिद्ध चर्पटीनाथ को ही साबरी मंत्र सिद्ध हैं। कहीं ऐसा तो नहीं है कि ये सिद्ध चर्पटीनाथ ही साबरी मंत्रों का उच्चारण कर रहे हों।

मैंने नेत्र खोल लिये। सामने देखा कि नाथ सिद्ध योगी मेरी ओर ही चले आ रहे हैं। मैं उठकर खड़ा हो गया और उस योगी की प्रतीक्षा करने लगा। जब वे निकट आ गए तो मैंने नतमस्तक होकर उन्हें प्रणाम किया।

"आदेश, तुम कौन हो योगी?" योगी ने प्रश्न किया।

"मैं गोरक्षनाथ हूँ योगीराज चर्पटीनाथ। आपके गुरु भ्रातृ मत्स्येन्द्रनाथ का शिष्य।" मैंने उत्तर दिया।

"तुमने कैसे जाना योगी कि मैं चर्पटीनाथ हूँ? तुमसे तो पूर्व में न कभी भेंट हुई और न परिचय?" चर्पटीनाथ ने प्रश्न किया।

"मेरे गुरुदेव मत्स्येन्द्रनाथ ने शिक्षादान करते समय एक बार आपकी महिमा से परिचित कराया था। उन्होंने यह भी कहा था कि साबरी मंत्र केवल आपको ही सिद्ध हैं। आप ही साबरी मंत्रों की रचना का सामर्थ्य रखते हैं। यह रचना-सामर्थ्य अन्य किसी नाथपंथी योगी में नहीं है। आप साबरी मंत्रों का उच्चारण कर रहे थे। गुरुदेव ने आपके द्वारा प्रणीत साबरी मंत्रों से मुझे परिचित कराया था। इसलिए मैंने अनुमान लगा लिया कि आप योगी चर्पटीनाथ ही हैं। मेरा अनुमान मिथ्या तो नहीं है गुरुदेव!" मैंने उत्तर दिया।

"नहीं, वत्स! तुम्हारा अनुमान मिथ्या नहीं है। मैं योगी चर्पटीनाथ ही हूँ। यहाँ भ्रमण करते आ गया हूँ। मुझे मार्ग में ग्रामवासियों से ज्ञात हुआ था कि यहाँ योगी मत्स्येन्द्रनाथ का आगमन हुआ है। वे मेरे गुरुभ्रातृ हैं। निश्चय किया कि योगी मत्स्येन्द्र से भेंट कर लूँ। किन्तु पाटलिपुत्र आने पर पता चला कि योगी मत्स्येन्द्र आठ-दस दिवस पूर्व ही यहाँ से कामरूप की ओर चले गए हैं। अब मैं चम्पा लौट रहा हूँ। वहाँ ही मेरी सिद्धपीठ है।" चर्पटीनाथ ने कहा।

"मैं भी अपने गुरु मत्स्येन्द्रनाथ का सन्धान करते हुए पाटलिपुत्र आ गया हूँ। मुझे गुरुदेव की प्रस्थान दिशा का बोध हो गया है। मैं भी अब यहाँ से कामरूप के लिए प्रस्थान करूँगा।" मैंने कहा और गुरु चर्पटीनाथ को नतमस्तक होकर प्रणाम

अर्पित किया। चर्पटीनाथ ने अलख निरंजन का उद्घोष करते हुए प्रस्थान कर दिया।

मैं गुरु मत्स्येन्द्र के पाटलिपुत्र आगमन और प्रस्थान से आश्वस्त हो गया था। कामगिरि की दिशा में उनके प्रस्थान करने का उल्लेख भी योगी चर्पटीनाथ ने कर दिया था। अब मेरा पाटलिपुत्र में ठहरना प्रयोजनहीन था। मैंने कामरूप की ओर प्रस्थान कर दिया।

मैं निरन्तर चार-पाँच दिवसों तक यात्रा करता रहा। जब श्लथ होता तब किसी वृक्ष की छाया तले विश्राम कर लेता। वृक्षों से फल प्राप्त कर क्षुधा शान्त कर लेता और पुन: यात्रा आरम्भ कर देता था। मैं एक पार्वतीय स्थल में आ गया। यह पर्वत विन्ध्य अथवा सप्तपुत्र की तरह सघन और उच्च शिखरों वाला तो नहीं था किन्तु था तो पार्वतीय स्थल ही। पहाड़ी थी ऊँची-नीची। यह गयशिर पर्वत था। महाभारत के वनपर्व में पांडवों के वनवास काल में गयशिर का उल्लेख विष्णुपद नामकरण से किया गया है। गयशिर पहाड़ी को पार कर यात्रा की और गया पहुँच गया।

नगर के सीमान्त पर वज्रयानियों के चैत्य थे। मैंने उन वज्रयानियों के चैत्यों में जाकर गुरु मत्स्येन्द्र के आगमन के विषय में पता लगाने का निश्चय किया। पहाड़ी के वक्षस्थल पर एक चैत्य था। बाहर से अनगढ़ और कुरूप-सा प्रतीत हो रहा था। बौद्ध संन्यासियों में मेरा नाम प्रचलित था, रमणवज्र। जब मैं काष्ठमंडप में था, तब अनेक बौद्धभिक्षु मुझे रमणवज्र ही सम्बोधित करते थे। चैत्य के द्वार पर दो भिक्षु खड़े थे। उनसे मैंने कहा कि 'रमणवज्र मिलने के इच्छुक हैं' ऐसा सन्देश जाकर महाभिक्षु से कहो। एक भिक्षु चैत्य में चला गया और त्वरित गति से द्वार पर आकर मुझे आदरपूर्वक चैत्य के भीतर एक कक्ष में ले गया। मैं भीतर पहुँचा तो महाभिक्षु ने उठकर मेरा अभिवादन किया और आसन दिया।

"आप तो रमणवज्र थे और अब आप गोरक्षनाथ हैं। योगी मत्स्येन्द्रनाथ के शिष्य। मैं ठीक ही कह रहा हूँ न, योगी?" महाभिक्षु ने कहा।

"हाँ भिक्षु! आप सत्य ही कह रहे हैं। मैं गुरुदेव मत्स्येन्द्रनाथ का शिष्य गोरक्षनाथ हूँ।" मैंने उत्तर दिया।

"चैत्य में आगमन का हेतु क्या है योगी?" महाभिक्षु ने प्रश्न किया।

"मैं गुरु मत्स्येन्द्रनाथ का सन्धान करते हुए यहाँ आ गया हूँ।" मैंने उत्तर दिया।

"तुम्हारे गुरु मत्स्येन्द्रनाथ यहाँ आए अवश्य थे। कितनी ही बार यहाँ आए। एक बार तो वे एक ग्रामणी इन्द्रावती को लेकर चैत्य में आ गए थे। कहते थे कि यह मेरी साधिका है और इन्द्रावती के साथ ही योगिनी कौल साधना में संलग्न हूँ। यहाँ पर प्रतिहारवंशीय एक राजपरिवार नगर में है। उस राजा का नाम वरुण है। उसकी पत्नी प्रियंवदा, योगी मत्स्येन्द्रनाथ की कौल साधना के आकर्षण में निबद्ध होकर उनके साथ ही चली गई है। रानी प्रियंवदा के साथ चले जाने के कारण तुम्हारे गुरु की अपकीर्ति यहाँ पर व्याप्त है।" महाभिक्षु ने बतलाया।

मैं तो जैसे भूमि पर गिर पड़ा था। न जाने गुरु मत्स्येन्द्रनाथ को क्या हो गया है। वे कामिनियों के चक्र में फँसकर अपने ज्ञान, अपनी साधना और अपने योग को भ्रष्ट करने पर तुले हुए हैं। मैं मानसिक रूप से अत्यधिक अस्थिर और अशान्त हो गया था। चैत्य से एकदम उठकर चल पड़ा। महाभिक्षु को प्रणाम अर्पित किया और चैत्य से बाहर निकल आया। नगर में कहीं ठहरा नहीं। बौद्ध मठ आ गया और व्याघ्रचर्म को बिछाकर लेट गया। मेरे मस्तिष्क में चिन्ताओं के झुरमुट अन्धकार से भरते जा रहे थे और मेरे बन्द नेत्रों में दुश्चिन्ताओं के अनेक गह्वर निर्मित हो रहे थे। इसी दुश्चिन्ता में रात्रि व्यतीत हो गई।

प्रात:काल मैं गया से कामरूप की दिशा में चल पड़ा। अनेक दिवस यात्रा करता रहा। व्यथित और संतप्त मन लिये मैं कालीघाट (कालीघाटा, कलकत्ता) आ गया। समुद्र के इस त्रिकोण द्वीप पर ही काली मन्दिर स्थापित है। यही शक्ति की पादांगुलि की प्रतीक कालिका पीठ है। यहाँ पर शक्ति के रौद्र रूप की उपासना तांत्रिकों के द्वारा की जाती है। कालीपीठ में शक्ति के दर्शन करने के उपरान्त मैं गंगासागर आ गया। गंगासागर, गौड़ बंगाल का पवित्र तीर्थ है। यहीं गंगा नदी और समुद्र का मिलन स्थल है। मैं गंगा के तट पर ठहर गया। ध्यान-साधना की और बाघंबर बिछाकर बैठ गया। समुद्र के हृदय के आरोह-अवरोह का अवलोकन करने लगा।

तभी मेरे कर्णों में 'अलख निरंजन' की ध्वनि सुनाई पड़ी। मैंने देखा योगी कान्हिपानाथ इस ओर ही चले आ रहे हैं। कान्हिपानाथ के निकट आने पर मैंने आदेश-आदेश का उच्चारण कर उनका अभिवादन किया। वे योगी जालंधरनाथ के शिष्य थे और सिद्धामृत मार्ग के तत्त्वज्ञ थे। मैंने बाघंबरासन उन्हें प्रदान किया। चर्चा होती रही। उन्होंने मेरे यहाँ भ्रमण करने का कारण जानना चाहा। मैंने गुरु मत्स्येन्द्रनाथ के सन्धान के लिए इस क्षेत्र में अपने आगमन की बात कही।

"गोरक्ष! आपके गुरु तो योग के महाज्ञान से पथभ्रष्ट होकर कदलीवन में भोग लिप्सा और कामपूजा में निरत हैं। पंथ की रक्षा के लिए उनका उद्धार करें।" कान्हिपानाथ ने व्यंग्यपूर्ण कटूक्ति की।

कान्हिपानाथ का यह व्यंग्य-बाण मेरे मन, हृदय और मस्तिष्क को वेध गया। मैं चुप हो गया। कान्हिपानाथ मुझे एक पथभ्रष्ट गुरु का शिष्य समझकर तिरष्कृत दृष्टि डालते हुए वहाँ से चले गए।

मैं मर्माहत तो हो ही गया था। गुरु मत्स्येन्द्र के कौलाचार ने मेरे हृदय को व्यथित कर दिया था। वज्रयानियों के प्रति मेरे मन में तीव्र आक्रोश उत्पन्न हो गया था। वज्रयानी साधना ही मेरे गुरु को पथभ्रष्ट करने के लिए उत्तरदायी थी। मैंने संकल्प कर लिया था कि वज्रयानियों, कौल कापालिकों और अघोरियों को मैं विनष्ट कर दूँगा। समाज में वामाचार इन्हीं साधकों के कारण पूजित है। ये अदृष्ट

भय और शुभ-अशुभ परिणामों की प्रस्थापना कर समाज को पतनोन्मुख बना रहे हैं। मैंने समाज को वामाचार से मुक्त करने का व्रत ले लिया था।

किन्तु वर्तमान में तो गुरु मत्स्येन्द्रनाथ को भोगासक्ति से मुक्त करने और उन्हें पंथ में लौटा लाने का प्रश्न मेरे सामने था। मैंने इसी ज्वलंत प्रश्न को उत्तर-स्थल की ओर ले जाने के उद्देश्य से गंगासागर से कामरूप-कामाक्षा तथा कदली देश की यात्रा आरम्भ कर दी।

योगी मत्स्येन्द्र के उद्धार का महालक्ष्य मुझे कामाक्षा की ओर ले जा रहा था।

चतुर्दश आधार

कामाक्षा पीठ में शक्ति के त्रिकोण योनि दर्शन से योगी मत्स्येन्द्रनाथ धन्य हो उठे। तांत्रिकों और कौल साधकों के लिए यह सिद्धपीठ सहज जागृत साधना-स्थली थी। अनेक तांत्रिक और शाक्त यहाँ आकर अपनी साधना को पूर्णता प्रदान करते थे। यहाँ स्वच्छन्द कामकला का प्रयोग स्वीकृत था। कौल साधक तो यहाँ आकर ब्रह्म और ब्रह्मशक्ति को समरस और भेदरहित रूप में देखते थे। वे अधर्म को धर्म और अज्ञान को ज्ञान मानते थे। उनकी धारणा थी कि अधर्म का कारण भूत तत्त्व धर्म है और अज्ञान का कारण भी तो ज्ञान है। ब्रह्म और ब्रह्मशक्ति में कर्ता और कारण, दोनों ही समाहित तथा समरस हैं। अत: ये साधक इस रूप में सत्, रजस् और तमस् गुणों का समाहार देखते थे।

मत्स्येन्द्रनाथ, योनिपीठ में ब्रह्मांड की व्यापकता के दर्शन कर रहे थे। उन्हें चेतना का जाज्वल्यमान रूप परिलक्षित हो रहा था। वे विचार कर रहे थे कि यह योनिपीठ की सृष्टि की आदिशक्ति है। इससे ही सम्पूर्ण सृष्टि का उद्भव हुआ है और यह सृष्टि की जननी होने के कारण स्तुत्य है। सृष्टि के इस उद्गम रूप को आवृत्त करने से रहस्यमयता में वृद्धि होती है। वर्जनाओं की अतिशयता हो जाती है और पुरुष, प्रकृति के इसी रूप को देखने और प्रकृति के अनावृत्त सत्य से उद्भूत आनन्द की अनुभूति के लिए अधीर रहता है। कामाक्षा पीठ इन सभी वर्जनाओं और रहस्यों से मुक्त है।

कामाक्षा शक्ति के इस त्रिकोण दार्शनिक रूप ने मत्स्येन्द्रनाथ को स्वच्छन्द कामोपासना की ऊर्जा प्रदान की। वे निर्निमेष दृष्टि से कामक्षा देवी के उस अनावृत्त रूप को देखकर आत्मविभोर हो गए थे। वे अपनी लौकिक और आत्मिक सुधि खोते जा रहे थे। उनके शरीर-तंत्र में ऊर्जा का अवतरण होने लगा था और प्रत्येक

अंग-प्रत्यंग झनझनाने लगा था! अनाहत ध्वनिनाद को सुनते-सुनते वे बेसुध हो गए। नेत्र बन्द थे। मस्तक त्रिकोण प्रस्तर पर झुका हुआ था और समय जैसे ठहर गया था।

योगिनी इन्द्रावती और रानी प्रियंवदा, योगी मत्स्येन्द्र के इस रूप को देख रही थीं। योगी जब बहुत देर तक आराधना-स्थिति से नहीं उठे, तब इन्द्रावती को चिन्ता हुई। योगी की देह में स्पन्दन-शून्यता-सी प्रतीत हो रही थी। कहीं योगी ने अपने प्राण ही तो नहीं समर्पित कर दिए। वह व्यग्र होने लगी। उसने आगे बढ़कर योगी मत्स्येन्द्र को उस समाधि से उठाया और उन्हें मन्दिर के एक कोण में ले आई। वह स्वयं दीवार से टिक गई और योगी का मस्तक अपनी गोद में रख लिया। ध्यान से उनकी देह का निरीक्षण-परीक्षण किया, वे स्पन्दन शून्य नहीं थे। उसे आश्वस्ति हुई।

बहुत देर बाद योगी की तन्द्रा भंग हुई। उन्होंने प्रकृति से प्राप्त ऊर्जा-शक्ति की अतिशयता के आवेग में इन्द्रावती को आलिंगनबद्ध कर लिया। उन्हें इन्द्रावती की देह कामाक्षा पीठ ही प्रतीत हो रही थी और इस प्रतीति से वे मुक्त नहीं होना चाहते थे। आलिंगन की कठोरता बढ़ती जा रही थी।

प्रियंवदा के लिए एक योगी का अभिचार नए अनुभव जैसा था। वह कई मास इसी योगी के साथ यात्रा करती रही है। अनेक शिविरों में उनके साथ ठहरी है। कई पाथेय-स्थलों में तो एकान्त भी रहा है किन्तु उनकी काम-साधना ने कभी मूर्त रूप ग्रहण नहीं किया। वे चाहते तो उसे पथभ्रष्ट कर सकते थे किन्तु उनका व्यक्तित्व तो अग्निदग्ध स्वर्ण-सा निष्कलंक बना रहा और आज साधक का यह रूप? वह आश्चर्यचकित थी, साथ ही उसके मन में अनेक सन्धियाँ तथा मस्तिष्क में अनेक प्रश्न जन्म ले रहे थे। इस स्वच्छन्द अभिचार को देखते रहने का साहस उसमें नहीं था। रानी प्रियंवदा कामाक्षा मन्दिर से बाहर आ गई और उनके आगमन की प्रतीक्षा करने लगी।

जब योगी मत्स्येन्द्र की साधना भंग हुई, तब उन्होंने इन्द्रावती को अपने आलिंगन से मुक्त किया। कामाक्षा देवी से दो-चार जपापुष्प लिये और उन्हें योगिनी इन्द्रावती की केशराशि में अलंकृत कर दिया। फिर वे उठे और इन्द्रावती के साथ कामाक्षा मन्दिर से बाहर आ गए।

मन्दिर के बाहर परिसर में रानी प्रियंवदा उनकी प्रतीक्षा कर रही थी। मत्स्येन्द्र ने एक उड़ती हुई दृष्टि प्रियंवदा पर डाली और मन्दिर परिसर में ही बनी अतिथिशाला में आ गए। प्रकृति के अनावृत्त स्वच्छन्द भोग की आकांक्षा उनकी तीव्र हो गई थी।

रानी प्रियंवदा का पितृगृह कामाक्षापीठ से कुछ दूर कदली देश में वारणा ग्राम में था। वारणा एक छोटी-सी रियासत थी और उसके पिता वहाँ के राजा थे। रानी प्रियंवदा ने अपने पितृगृह सन्देश प्रेषित कर दिया था। वारणा से प्रियंवदा को ले जाने के लिए राजकर्मचारी आ गए थे। उसने वारणा जाने का निश्चय किया और योगी मत्स्येन्द्र के पास अनुमति प्राप्त करने के उद्देश्य से गई। योगी मत्स्येन्द्र

को रानी प्रियंवदा का निश्चय जानकर कोई आश्चर्य नहीं हुआ। वे जानते थे कि रानी प्रियंवदा, उनकी कामोपासना के लिए स्वच्छन्द पूजोपकरण नहीं बन सकती। उन्होंने उसे पितृगृह जाने की आज्ञा दे दी किन्तु कदलीवन तक उन्हें पहुँचाने का भी निर्देश दिया।

रानी प्रियंवदा, योगी मत्स्येन्द्र और योगिनी इन्द्रावती के साथ रथ पर आरूढ़ हो गई। कुछ राज्यकर्मी रथ के आगे और कुछ पीछे सतर्क होकर चलने लगे। कदलीवन वहाँ से कुछ दूर हिमवान के पूर्वांचली पाद प्रदेश में स्थित था। कई दिवसों की यात्रा करने के उपरान्त वे मार्ग के एक ऐसे संगम पर आ गए, जहाँ से एक मार्ग वारणा के लिए और दूसरा मार्ग कदलीवन की ओर जाता था। रानी प्रियंवदा यहाँ रथ से नीचे उतरी। योगी मत्स्येन्द्र भी रथ से उतर पड़े। रानी ने नतमस्तक होकर योगी मत्स्येन्द्र को प्रणाम अर्पित किया। रानी ने पथ निर्देशित किया। कुछ राज्यकर्मियों को योगी के साथ जाने का निर्देश दिया किन्तु योगी ने उसका निषेध कर दिया। रानी प्रियंवदा पुन: रथ पर आरूढ़ होकर अपने गृहग्राम वारणा की ओर चली गई और योगी मत्स्येन्द्र ने इन्द्रावती के साथ कदलीवन की ओर प्रस्थान किया।

योगी मत्स्येन्द्र जानते थे कि इस पथ पर चलते हुए वे कदली देश में स्थित कदलीवन पहुँच जाएँगे। वारणा भी कदली देश में ही था किन्तु उसका मार्ग अलग था।

वे कदलीवन की ओर चले जा रहे थे। हिमवान् पर्वत श्रेणी यहाँ पर अवरोह की स्थिति में थी और उसकी भूमि लय तो कहीं-कहीं सम पर आकर ठहरने लगी थी। फिर भी पार्वतीय अंचल तो सघन था ही। तीन दिवस की दुर्वह यात्रा करने के उपरान्त वे कदलीवन के प्रक्षेत्र में आ गए। कदली देश में होते हुए भी यह स्वायत्तशासी भूखंड है। कदलीवन की चारों दिशाओं में ऊँचे-ऊँचे पर्वत हैं और यह पर्वतों के मध्य में बसा हुआ है। पर्वत से नीचे उतरकर कदलीवन की समभूमि पर आ गए। कामाक्षा पीठ से कदलीवन, उत्तर की ओर हिमपाद क्षेत्र है। समतल भूमि पर आगे चलते चले गए। अभी भी वह स्थान बहुत दूर था जहाँ स्त्रीराज्य की सम्राज्ञी ललिता का राजभवन था। अभी तीन-चार दिवसों की यात्रा और शेष थी। योगी मत्स्येन्द्र और इन्द्रावती ने यहाँ पर ठहरकर विश्राम करने का निश्चय किया। यहाँ पर कुछ आदिम जातियों की झोंपड़ियाँ थीं। वहीं एक झोंपड़ी में ठहर गए। वहाँ एक ग्रामवासी से ज्ञात हुआ कि पुरुष वर्ग लोहित के तट तक तो जा सकता है लेकिन लोहित पार कर पुरुष का जाना निषिद्ध है। वहाँ स्त्रीराज्य है और वहाँ की सम्राज्ञी ललिता है। आदिम जाति-जन ने ठहरने का प्रबन्ध कर दिया। रात्रि व्यतीत की।

प्रात:काल कदलीवन की ओर चल पड़े। कई दिवस चलने के उपरान्त लोहित नदी के तट पर आ गए। मत्स्येन्द्रनाथ को ज्ञात था कि सम्राज्ञी ललिता तंत्रशास्त्र और तंत्रविद्या में निष्णात है। वह सिद्ध तांत्रिकों के साथ समागम करती है। लोहित के तट पर पहुँचे तो इस विशाल और अगम सरिता को पार करने की समस्या थी।

न कोई नौका थी और न कोई नाविक। कुछ देर इसी चिन्ता में मत्स्येन्द्र तट पर ही बैठे रहे। अचानक उनकी दृष्टि सरिता की ओर गई। उन्होंने एक नौका को देखा, वह प्रवाह की दिशा में ही चली आ रही थी। वे उस नौका की प्रतीक्षा करने लगे। कुछ ही क्षणों में वहाँ अनेक नौकाएँ परिलक्षित होने लगीं। पाँच-सात नौकाएँ थीं और उन नौकाओं में स्त्रियाँ थीं। सभी रूपवती और सौन्दर्य माधुरी की प्रतिमूर्तियाँ। पुरुष एक भी नहीं था। मत्स्येन्द्रनाथ ने अनुमान लगा लिया कि ये स्त्री राज्य की ही कामिनियाँ हैं। वे नौकाओं को स्थिर बाँधकर जलक्रीड़ा करने लगीं। योगी मत्स्येन्द्र उन रूपसियों के अनावृत्त सौन्दर्य का पान कर रहे थे। उनके मन में भी प्रकृति की ऊर्जा और पुरुष की अदम्यता ने करवट बदली। उनका शरीर तंत्र, काम के निनाद से निनादित होने लगा। उन्होंने योगिनी इन्द्रावती को आलिंगनबद्ध कर लिया और अभिचार में निमग्न हो गए। कदलीवन की रूपसियाँ, योगी मत्स्येन्द्र की काम-मुद्राओं का अवलोकन कर रही थीं और मुग्ध हो रही थीं।

कुछ कालोपरान्त वे रूपसियाँ लोहित के उसी तट पर आ गईं जहाँ योगी मत्स्येन्द्र कामक्रीड़ा में निमग्न थे। मत्स्येन्द्र और इन्द्रावती तो बेसुध थे। जब उन्हें सुधि आई तो वे एक नौका में बैठे हुए लोहित के उस तट की ओर जा रहे थे, जहाँ से कदलीवन की सीमा आरम्भ होती थी।

नौका में मत्स्येन्द्र के तन से रूपसियाँ क्रीड़ा करती चल रही थीं और मत्स्येन्द्र आत्ममुग्ध थे। लोहित का तट आते ही नौकाएँ ठहरने लगीं। योगी मत्स्येन्द्र की नौका को भी रूपसी नाविका ने विराम दिया और योगी मत्स्येन्द्र तथा इन्द्रावती को साथ ले रथारूढ़ होकर राजमहल की ओर चल पड़ीं।

अब योगी मत्स्येन्द्र तांत्रिका ललिता के राजमहल में थे। पूरा महल पंक्तिबद्ध बाँसवन-सा प्रतीत हो रहा था। काष्ठ से निर्मित मंडपों को बाँस से परिसीमित और परिवेष्ठित किया गया था। वह रूपसी, जिसका नाम गन्धरूपा था, योगी मत्स्येन्द्र और इन्द्रावती को लेकर एक-के-बाद एक विशाल कक्षों को पार करती हुई एक अत्यन्त अलंकृत कक्ष में ले गई। उसने एक कक्ष में इन्द्रावती के ठहरने का प्रबन्ध कर दिया और मत्स्येन्द्रनाथ को साथ लेकर एक विशाल कक्ष में आ गई। इस कक्ष में कामकला की जीवन्त मुद्राएँ लिये हुए विवस्त्र रूपसियों की मूर्तियाँ स्थापित थीं। इन प्रस्तर प्रतिमाओं को देखकर ऐसा लगता था जैसे वे अपने आवरण से निकल-निकलकर मत्स्येन्द्रनाथ के निकट आ रही हों। मूर्तियाँ स्फटिक पर तराशी गई थीं और उनमें रूप, रंग, रस और गन्ध, सभी कुछ भरा हुआ था। रूप चेतना और रंग चेतना, योगी के मन में इच्छा और लिप्सा जागृत कर रही थीं और रस तथा गन्ध चेतना से योगी का शरीर-तंत्र, क्रियाशील हो रहा था। योगी मत्स्येन्द्र उन प्रतिमाओं को आत्ममुग्ध होकर देख रहे थे। वे विचार कर रहे थे कि योगिनी कौल साधना को यहीं चरमोत्कर्ष प्राप्त होगा। गन्धरूपा ने योगी मत्स्येन्द्र को इन मूर्तियों को देखने

में आत्मविस्मृत स्थिति में देखा तो उसे प्रतीत हुआ कि यह सिद्ध तांत्रिका सम्राज्ञी ललिता के साथ समागम के लिए सर्वथा योग्य है।

योगी मत्स्येन्द्र, कक्ष में स्थापित नारी-मूर्तियों की काम-मुद्राओं से अपनी दृष्टि-तृष्णा को बुझा रहे थे किन्तु प्यास तो बुझती नहीं, रूपतृष्णा और तीव्रतर होती जा रही थी। कक्ष में मत्स्येन्द्र एकाकी थे। योगिनी मूर्तियाँ ही इस समय उनकी रागधर्मिणी थीं। वे ललिता का सान्निध्य पाना चाहते थे किन्तु इस रानीमहल में इतने कड़े प्रतिबन्ध थे कि उन्हें अपनी आकांक्षा के पूर्ण होने में सन्देह उत्पन्न हो रहा था। वे इसी संशय में डूबे हुए थे।

तभी कक्ष का पूर्ववर्ती द्वार खुला और किसी के कक्ष में प्रवेश करने की आहट मिली। मत्स्येन्द्र को नूपुर-ध्वनि श्रुत होने लगी। उन्होंने द्वार की ओर देखा, एक अपूर्व अलौकिक रूपसी कक्ष के भीतर प्रवेश कर रही थी। उस रूपसी के साथ एक अन्य सुन्दरी भी थी। ध्यान से देखा तो मत्स्येन्द्रनाथ ने पहचान लिया कि वह सुन्दरी तो गन्धरूपा है किन्तु यह रूपसी कौन है। कहीं ललिता तो नहीं है। वे उठकर खड़े हो गए और निर्निमेष दृष्टि से उसे निहारने लगे।

ललिता भी सिद्ध मत्स्येन्द्र के बलिष्ठ शरीर सौष्ठव, स्वर्ण-सी गौरवर्णी देह, स्फटिक से चमकते हुए नेत्र और उनमें धधकती कामानल की ऊर्जा। वह ठगी-सी रह गई। ललिता योगी मत्स्येन्द्र के सम्पूर्ण शरीर को अपने नेत्रों से अपने शरीर में उतारने लगी। मत्स्येन्द्र का मन अस्थिर और उनका शरीर अनियंत्रित हो रहा था। ललिता, उन्हें सम्मोहन मंत्र की जीवन्त प्रतीक प्रतीत हो रही थी।

ललिता ने गन्धरूपा को कक्ष से जाने का संकेत किया। गन्धरूपा अपनी स्मित बिखेरती हुई कक्ष से चली गई। अब योगी मत्स्येन्द्र और तांत्रिका ललिता ही कक्ष में थे। ललिता ने योगी मत्स्येन्द्र के मस्तक का स्पर्श किया। उनका हस्त अपने हस्त में लेकर उठाया और एक प्रतिमा के समक्ष खड़ा कर दिया। वह एक हाथ से योगी को पकड़े थी और दूसरे हाथ से उस प्रतिमा की देह को सहला रही थी। योगी मत्स्येन्द्र मंत्रबिद्ध से इस प्रक्रिया का अवलोकन कर रहे थे। ललिता ने प्रतिमाओं की विभिन्न काममुद्राओं और देह के विभिन्न कोणों का योगी मत्स्येन्द्र को अवलोकन कराया और फिर वह उन्हें अपने कक्ष में ले गई।

ललिता के शयनकक्ष का वातावरण ही तीव्र कामोत्तेजक था। कक्ष के चारों ओर मिथुन मुद्राएँ लिये नारी और पुरुष की मूर्तियाँ प्रतिष्ठित थीं। ललिता अपनी देह का आश्रय दिये हुए योगी मत्स्येन्द्र को मिथुन मुद्राओं के दर्शन कराने लगी। वह मूर्तियों के विभिन्न अंगों का स्पर्श कर रही थी। योगी के मन में रागचेतना तरंगायित होने लगी थी। उनका मन उच्छलित और तन उत्तेजित होने लगा था। वे उन मुद्राओं को अपने नेत्रों से पीते जा रहे थे और उनकी उँगलियों में रागचेतना के तार झंकृत होने लगे थे। उनके हाथ स्वत: ही मिथुन मूर्तियों पर संचालित होने लगे। वे कभी राग

द्वीपों पर चढ़ते और कभी राग-गह्वरों पर अवरोहित होते थे। ललिता की देह की दूरी भी योगी की देह से कम होती जा रही थी। अब वे दोनों आलिंगनबद्ध काममुद्रा में खड़े कामाक्षा देवी के दर्शन कर रहे थे। योगी का मस्तिष्क, राग-रश्मियों से प्रभावित हो रहा था। मन तो रागरंजित था ही। बौद्धिक चेतना भी राग-समाधि की अवस्था में पहुँच गई थी।

ललिता भी योगी के बलिष्ठ शरीर से ऐसी आलिंगनबद्ध थी जैसे नारिकेल के वृक्ष में कोई मधुकामिनी की लता लिपटी हुई हो और मधुकामिनी के पुष्प झर-झरकर बिखर रहे हों। ललिता की राग-स्मिति पुष्प की पंखुरियाँ बनकर योगी की देह को अलंकृत कर रही थी। उसे अपनी देह का एक-एक अंग योगी के शरीर-दर्पण पर प्रतिबिम्बित प्रतीत होने लगा था। राग के आवेग में उसकी चेतनता विस्मृत होती जा रही थी।

सम्राज्ञी ललिता ने अपनी देह का आश्रय दिए हुए योगी को शयन-शैया पर अवस्थित किया और उसके पार्श्व में स्वयं मदिरा पात्र लिये बैठ गई। योगी मत्स्येन्द्र ललिता की देह-गन्ध से सुवासित होकर अपने अन्तर में काम-उर्मियों से उद्दीप्त राग के उच्चतम आरोह का प्रतिभास पा रहे थे।

तांत्रिका ललिता ने ताली बजाकर अपनी विश्वस्त परिचारिकाओं—गन्धरूपा और रागभैरवी को बुलाया। दोनों उपस्थित हो गईं। ललिता ने नृत्योत्सव के आयोजन का निर्देश दिया। कुछ ही क्षणों में कक्ष में मृदंग, वीणा, बाँसुरी और सारंगी आदि वाद्ययंत्र लेकर वादिकाएँ उपस्थित हो गईं। वे अपने-अपने वाद्ययंत्र सँभालकर अवस्थित हो गईं और जैसे ही रानी ललिता ने चषक में मद्य भरकर योगी के होंठों से लगाया, वीणा की टंकार और फिर मधुर स्वर निनाद प्रवाहित होने लगा। इसके बाद तो मृदंग की थाप और ताल से कक्ष जागृत होने लगा। सारंगी और बाँसुरी की स्वर-लहरियाँ झंकृत होने लगीं और ललिता के चषक भरने और योगी मत्स्येन्द्र को मदमत्त करने की गति भी आरोह के उच्चतम स्वर-स्थल तथा राग-भूमि पर पहुँचने लगी। अब योगी मत्स्येन्द्र चैतन्य हो गए थे और उन्होंने भी ललिता को चषक भर-भरकर मद्यपान कराना आरम्भ कर दिया था। ललिता भी मदमत्त होने लगी और उसका भी राग-चैतन्य जागृत होने लगा था। दोनों के नेत्रों में राग की लालिमा तैरने लगी थी। तभी पार्श्व से नूपुरों की ध्वनि ध्वनित होने लगी। योगी, ललिता को आलिंगनबद्ध किए हुए स्वर और लय के प्रवाह में प्रवाहित हो रहे थे।

नृत्यांगना सुरमाधवी का नृत्य आरम्भ हो गया था। वह पारदर्शी वस्त्र धारण किए थी और उसके रागद्वीपों में नृत्य की राग-मुद्राएँ अपने आवास बना रही थीं। उसके नर्तन में तो आकर्षण और सम्मोहन मंत्र सजीव होकर उपस्थित हो रहा था। योगी मत्स्येन्द्र के आलिंगन का कसाव बढ़ता जा रहा था। रानी ललिता ने अब वादिकाओं और नृत्यांगना को प्रस्थान करने का निर्देश दिया। कक्ष में युगनद्ध योगी

मत्स्येन्द्र और ललिता ही शेष थे। ललिता की देह अब कछार बन गई थी जिस पर पर्वताकार योगी का शरीर ऐसा झुका हुआ था, जैसे वह सम्पूर्ण कछार को अपने अन्तर में समेट लेना चाहता हो। सम्पूर्ण सरिता को अपने अन्तर में उतारकर एक विराट राग-संगम की सृष्टि करना चाहता हो। यह रागात्मक स्थिति न जाने कब तक बनी रही।

दूसरे दिवस प्रात:काल जब योगी मत्स्येन्द्र ललिता के शयन कक्ष से बाहर कुंज में आए, तब उन्हें इन्द्रावती मिली। इन्द्रावती तो योगी की एक-एक मुद्राओं से परिचित थी। उसने योगी की देह में कितने ही अधरोष्ठों के पदचिह्न देखे, उसका राग चैतन्य मुख देखा और उसने एकान्त लीला का अनुमान लगा लिया। इन्द्रावती के मन में ललिता के प्रति ईर्ष्या का भाव जागृत हो गया था। इन्द्रावती तो आदिवासी अंचल की कन्या थी और कदलीवन की रूपसियों के साथ अपने रूप से वह स्पर्द्धा भी नहीं कर सकती थी। इस राग-क्रीड़ा का प्रतिरोध करना भी उसे सम्भव प्रतीत नहीं हो रहा था और फिर योगी ने भी आज केवल उसका अभिवादन ही स्वीकार किया और वे असम्पृक्त तथा निरपेक्ष भाव से उस पर दृष्टिपात कर रहे थे। उसने स्वयं को विवश पाया था।

योगी मत्स्येन्द्र का काम-भोग का यह क्रम अबाध गति से चलने लगा। दिवस-पर-दिवस और मास-प्रतिमास व्यतीत होते जा रहे थे और अब योगी मत्स्येन्द्र, तांत्रिका ललिता के हाथ में रखे हुए एक खिलौने की तरह हो गए थे। वे तांत्रिका ललिता की तंत्र साधना के एक साधन मात्र थे।

तांत्रिका ललिता अनेक प्रकार के रागात्मक प्रयोग करती रहती थी। वह योगी को इतना मदमत्त बना देती थी कि काम साधना को ही योगी मत्स्येन्द्र ने अपनी नियति मान लिया था।

ललिता का तांत्रिका का रूप आज जैसा है, वैसा पूर्व में न था। वह दक्षिणात्य अंचल की नम्बूदरी ब्राह्मण कन्या थी और उसका पूर्व नाम स्वर्णमाला था। यह क्षेत्र मातृसत्तात्मक था और यहाँ से जब वह अपने माता-पिता के साथ पुरी में शिवदर्शन के लिए आई थी, तब एक वज्रयानी तांत्रिक के सम्मोहन-जाल में फँस गई थी और उस वज्रयानी तांत्रिक के साथ वह चली आई थी। माता-पिता उसका सन्धान करते रहे किन्तु वह तो वज्रयानी तांत्रिक के साथ उत्कल देश में थी। वज्रयानी तांत्रिक की वह वामा बन चुकी थी। वामाचारी तांत्रिक ने उसे काम-व्यसनी और मद्यपा बना दिया था। तंत्र विद्या से भी वह दीक्षित हो गई थी और प्रयोग की पूर्ण दक्षता उसे प्राप्त थी। एक दिवस कोणार्क में वज्रयानी तांत्रिक ग्राम जनों के कोप का भाजन बन गया था और उसके जीवन का अन्त हो गया था।

ललिता, नारी थी और पथभ्रष्टा नारियों के समाज में लौटने का कोई विधान ही नहीं था। समाज की घृणा और उपेक्षा से ग्रस्त होकर उसने एक अलग स्वप्न-

लोक निर्मित कर उसकी सम्राज्ञी बनने का संकल्प कर लिया था। उसने उपेक्षित नारियों का एक समुदाय बना लिया। शक्ति के बल पर कदलीवन में स्वायत्तशासी भूखंड प्राप्त कर लिया और यहाँ की अधिष्ठात्री बन गई थी। वह पुरुष को मात्र भोग का उपकरण मानने लगी थी। स्त्रियों का एक अलग राज्य-सा स्थापित कर लिया था। सामाजिक और दार्शनिक चिन्तन की कोई अन्य दिशा न मिलने के कारण वह तांत्रिक ही बनी रही। आज वही स्वर्णमाला, सम्राज्ञी ललिता है। किसी शाक्त ने उसके रूप-सौन्दर्य को देखकर उसे त्रिपुर सुन्दरी का पर्याय घोषित कर दिया था। उसने भी त्रिपुर-सुन्दरी के पर्यायवाची शक्ति-शब्द ललिता को अपना नाम दे दिया और आज वह ललिता है।

तांत्रिका ललिता ने योगी मत्स्येन्द्र में अपनी कामासक्ति और काम-लिप्सा का पूर्ण विकास देखा था और वह निर्बाध गति से योगी का भोग कर रही थी। योगी मत्स्येन्द्र भी योगिनी कौल साधना के उन्नायक थे और उनके लिए ललिता भोग्य थी, पंच मकार की एक जीवन्त घटक। वे यहाँ स्वयं को भैरव और ललिता को भैरवी मानकर ही कौल साधना कर रहे थे।

"पील्वा मद्यं पठेत स्तोत्रं साधक: कुल भैरव:।
कुलस्त्री संग निरत: कुलकार्य समाचरेत्।
मद्यं मांस मत्स्यश्च मुद्रा मैथुनमेव च।
मकारं पंचकं चैव महापातक पाशनम्॥"

योगी मत्स्येन्द्र के लिए ललिता भोग्या थी और ललिता के लिए मत्स्येन्द्र भोग्य। पंच मकार सेवन और सौन्दर्य पान का यह क्रम निर्बाध गति से चल रहा था। ललिता के महल में बाहर की नृत्यांगनाएँ और संगीतज्ञाएँ आती रहती थीं और अपने कार्यक्रमों से रंगमहल को और भी अधिक रागरंजित करती रहती थीं।

इधर मैं गंगासागर में अपने गुरु मत्स्येन्द्रनाथ की अपकीर्ति और कदलीवन में उनके भोगवासना में लिप्त होने का सन्देश पाकर अत्यन्त दुखी था। गुरु मत्स्येन्द्र को भोगलिप्सा से मुक्त करने का मैंने निश्चय कर लिया था। मैं कामाक्षा पीठ होते हुए कदलीवन की ओर चल पड़ा। हिमवान की ऊँची-नीची वनस्थली, मुझे संशय और क्लान्ति की वनस्थली ही प्रतीत हो रही थी। विषाददग्ध होते हुए भी मैंने अपने धैर्य को स्थिर रखा था। मैं हिमवान पर्वतांचल में बसी कदली देश की राजधानी वारणा पहुँच गया। वारणा में मैं नगर भ्रमण करता रहा। रानी प्रियंवदा का पता लगाया। मुझे ज्ञात हो गया कि प्रियंवदा, वारणा के राजा पुण्यकेतु की पुत्री है।

मैं राजा पुण्यकेतु के महल के सामने पहुँच गया। अलख निरंजन का उद्घोष किया। राजा पुण्यकेतु तो थे नहीं। उनकी पुत्री अपनी परिचारिकाओं के साथ भिक्षादान के लिए द्वार पर उपस्थित हुई।

"आप कौन हैं माते?" मैंने कहा।

"प्रियंवदा, राजा पुण्यकेतु की पुत्री।" उसने उत्तर दिया। मैंने भिक्षा ग्रहण की और अपने गुरु मत्स्येन्द्रनाथ के विषय में जानने की इच्छा व्यक्त की। रानी प्रियंवदा ने आदि से अन्त तक की सम्पूर्ण कथा सुना दी। घटनाक्रम का सम्पूर्ण उल्लेख कर दिया।

मेरे विषाद की सीमा न रही। रानी प्रियंवदा ने इस तथ्य से भी भिज्ञ करा दिया था कि कदली वन में ललिता का स्वायत्त शासन है। वह उस स्वायत्तशासी राज्य की सम्राज्ञी है। वहाँ पुरुषों का जाना निषिद्ध है। वह वज्रयानी अथवा तांत्रिक सिद्धों का सन्धान करती है। उनके साथ कामोपचार करती है और अक्षम होने पर लोहित नदी के दूसरे तट पर भेज देती है। पुरुषों के प्रवेश निषेध की जटिल समस्या को सुलझाना मेरी प्राथमिकता थी।

मैंने प्रियंवदा से निवेदन किया कि वह गुरु मत्स्येन्द्रनाथ को ललिता के मोहपाश से मुक्त कराने में मुझे सहयोग प्रदान करे। प्रियंवदा ने सहमति दे दी। मैंने अपनी योजना के अनुसार प्रियंवदा के माध्यम से नारियों की एक छोटी सेना का गठन किया। वे नारियाँ तो मेरी दृष्टि में मातृरूपा थीं। मैंने उन्हें शस्त्र-प्रशिक्षण देना आरम्भ किया। जब वे अस्त्र-शस्त्र संचालन में पूर्णत: दक्ष हो गईं तब मैंने उन्हें नृत्यकला और संगीत शिक्षा की दिशा दी। नृत्यकला का कुशल प्रशिक्षण प्रियंवदा ने दिया और मैंने संगीत शिक्षण का उत्तरदायित्व वहन किया। मृदंग, सारंगी, वीणा और बाँसुरी की लय और ताल राजमहल में प्रतिगुंजित होने लगी। प्रियंवदा ने भी कदली देश की उन नारियों को नृत्यकला की समस्त मुद्राओं से दक्ष कर दिया।

दो-तीन मास के अथक परिश्रम के उपरान्त कदली देश की अर्द्धसहस्त्र नारियाँ युद्धकला और संगीत नृत्य कला में पारंगत हो गईं। मैंने नारी का वेश धारण कर लिया। यह रहस्य केवल प्रियंवदा को ही ज्ञात था। प्रियंवदा ने मेरा नामकरण भी कर दिया—पद्‌महंसा। मेरा परिचय प्रियंवदा ने गया से साथ आई अपनी राजपरिचारिका के रूप में दिया। किसी को यह आभास भी नहीं हुआ कि मैं गोरक्षनाथ हूँ। मेरे सम्बन्ध में तो उसने यह धारणा प्रचारित कर दी थी कि मैं तो योगी हूँ, रमता रहता हूँ। वारणा से प्रस्थान कर चुका हूँ।

वारणा से हमने प्रस्थान कर दिया। प्रियंवदा नारियों का नेतृत्व कर रही थी। हम सब लोहित तट पर आ गए। लोह्नित सरिता में अनेक नौकाएँ तैर रही थीं और कदलीवन की अप्सराएँ और रूपसियाँ जलविहार कर रही थीं।

मैंने प्रियंवदा और अन्य नृत्यांगनाओं को नृत्यारम्भ करने का निर्देश दिया। मृदंग, सारंगी, वीणा और बाँसुरी वादिकाओं ने अपने-अपने वाद्य साध लिए। संगीत की ध्वनि—लोहित को प्रतिगुंजित करने लगी। नृत्य भी आरम्भ हो गया और नृत्यांगनाओं ने संगीत की मधुर ताल और लय पर नृत्य करना आरम्भ कर दिया। सम्पूर्ण वातावरण संगीतमय कलापूरित हो रहा था।

नौकाओं में विहार करती कामिनियों ने अपनी नौकाओं को लोहित के तट पर स्थिर कर लिया और वे संगीत तथा नृत्य का आनन्द लेने लगीं।

जब नृत्य और संगीत के कार्यक्रम का समापन हुआ, तब नौकाओं में बैठी रूपसियों में से एक ने पूछा—

"इस कला-दल का आगमन कहाँ से हो रहा है?"

"नवद्वीप से।" मैंने उत्तर दिया।

"आपका संगीत तो अलौकिक है और आपकी नृत्यांगनाएँ तो नृत्यकला में इतनी प्रवीण हैं कि हमारा मन तो मुग्ध हो गया। क्या आप अपने कला दल को लेकर कदलीवन चलने की कृपा करेंगी। हमारी सम्राज्ञी ललिता तो त्रिपुर सुन्दरी की भाँति अत्यन्त रूपवती और कामाक्षा देवी की भाँति विलासप्रिया हैं। वह कला-मर्मज्ञा हैं। आपका संगीत सुनकर और आपकी नृत्यांगनाओं की नृत्यकला को देखकर अत्यन्त आनन्दित होंगी और आपको पुरस्कृत भी करेंगी।" एक रूपसी ने प्रश्न किया।

मैंने प्रियंवदा की ओर देखा। दृष्टि-संकेत दिया और प्रियंवदा ने सहमति दे दी। लोहित के जल में अनेक नौकाएँ स्थिर खड़ी थीं। हमारा पूरा कला-दल उन नौकाओं में आरूढ़ हो गया। नौकाएँ भर गईं। पतवारें गतिशील हो उठीं और नौकाएँ दूसरे तट की ओर चल पड़ीं। मैंने प्रियंवदा से संगीत लहरी छेड़ने का संकेत किया और प्रियंवदा के निर्देश पर गायिकाओं ने मधुर गान आरम्भ कर दिया। वीणा, सारंगी, मृदंग और बाँसुरी की मधुर ध्वनियाँ पतवारों को और भी अधिक गति प्रदान करने लगीं। लोहित के जलतरंग पर संगीत की माधुरी बिखरने लगी।

लोहित का दूसरा तट आ गया। वे रूपसियाँ तट पर उतरने लगीं। धीरे-धीरे हमारा कला दल भी नौकाओं से उतरकर तट पर खड़ा हो गया।

अब वे नारियाँ हमारे कलादल को अपने साथ लेकर कदलीवन की ओर चल पड़ीं। कदली-वृक्षों की हरीतिमा का सौन्दर्य, मन को मुग्ध कर रहा था। दल आगे बढ़ता जा रहा था। राजमहल आ गया। बाँसों की सघनता से आवृत्त और बाँसों से ही निर्मित राजभवन। अत्यन्त आकर्षक और मनोरम। मैं तो नारी-भेष में था। नारियों की दृष्टि में एक रूपसी।

द्वार पर गन्धरूपा और रागभैरवी ने हमारा स्वागत किया। राजमहल के भीतर एक विशाल कक्ष में ले जाकर सभी को ठहरा दिया गया। सभी प्रकार के प्रबन्ध कर दिए गए।

दूसरे दिवस सभागार में नृत्य और संगीत का आयोजन निर्धारित किया गया। प्रात:काल से ही मैं अपनी रणनीति स्थिर करने में संलग्न था और मैंने सभी निर्देश प्रियंवदा को दे दिए थे।

सभाकक्ष में आयोजन की जब सभी प्रकार की व्यवस्थाएँ पूर्ण हो गईं, तब हमारे दल को सभागार में आमंत्रित किया गया। कलादल सभाकक्ष में आकर निर्धारित स्थान में अवस्थित हो गया और वादिकाओं ने अपने-अपने वाद्ययंत्र साध लिए। प्रियंवदा ने अपना ऐसा रूप धारण कर लिया था कि योगी मत्स्येन्द्र उसे पहचान न पाएँ। वह कुछ नारी-सैनिकों के साथ सबसे पीछे द्वार पर खड़ी थी।

तभी पार्श्व के कक्ष से वीणा की मधुर ध्वनि निस्सृत होने लगी। सभाकक्ष में अवस्थित कदलीवन की नारियाँ खड़ी हो गईं। हमारे कलादल की नारियों ने भी उनका अनुसरण किया। तभी पूर्ववर्ती दिशा-द्वार से सम्राज्ञी ललिता और योगी मत्स्येन्द्र का आगमन हुआ। मंच पर एक ओर दो आसंदियाँ थीं। मत्स्येन्द्र और ललिता ने आसन ग्रहण कर लिया। पार्श्व से निस्सृत वीणा की ध्वनि में विराम लग गया।

सम्राज्ञी ललिता ने आयोजन के शुभारम्भ का संकेत किया और हमारी कला-धर्मिणियों के हस्त गतिशील हो उठे। जैजैवन्ती राग छेड़ दिया गया। वीणा के तारों से सप्तसुरों की झंकार सुनाई पड़ने लगी। मृदंग की थाप पर राग के एक-एक स्वर नर्तन करने लगे, सारंगी की झंकृतियों ने लय को द्रुतियों में बाँधना आरम्भ कर दिया और बाँसुरी के सप्तसुरी माधुर्य के साथ नृत्यांगना मंच पर अपनी नृत्य मुद्राएँ प्रस्तुत करने लगीं। नृत्यांगना के नूपुरों की क्वणन ध्वनि, मृदंग की थापों और वीणा की लय के साथ प्रतिस्पर्द्धा कर रही थी। सभाभवन की सभी नारियाँ मुग्ध हो रही थीं। सम्राज्ञी ललिता तो नृत्य की मधुरिमा और स्वरों की लहरियों में तन्मय थी।

योगी मत्स्येन्द्र अर्धनिमीलित स्थिति में थे। उनकी चेतना पूर्णत: जागृत प्रतीत नहीं हो रही थी। ललिता ने सिद्ध मत्स्येन्द्र की इस स्थिति को देखा तो उसने एक परिचारिका को सुरापात्र लाने का निर्देश दिया। परिचारिका सुराकलश भरकर ले आई। ललिता ने वारुणी को चषक में भरा और उसे मत्स्येन्द्रनाथ के होंठों से लगा दिया। मत्स्येन्द्र ने अपने अधरों पर रखे पात्र से वारुणी का सेवन आरम्भ कर दिया। ललिता चषक भर-भरकर मत्स्येन्द्र के अधरों से लगाती जा रही थी और मत्स्येन्द्र वारुणी पीते जा रहे थे। तीन-चार चषक वारुणी पीने के उपरान्त वे चैतन्य हो गए। ललिता को भी योगी मत्स्येन्द्र ने सुरापान कराया। वह भी मदमत्त हो गई। योगी मत्स्येन्द्र ने ललिता को अपने आलिंगन में ले लिया और विभिन्न मुद्राएँ धारण कर स्नेह प्रदर्शित करने लगे। नृत्य चल रहा था और अब मत्स्येन्द्रनाथ, ललिता के साथ आलिंगनबद्ध होकर नृत्यमुद्राओं का आनन्द लेने लगे थे।

मैं सन्धि के सन्धान में था और यह अवसर भी उपयुक्त था। मैंने मृदंग की ताल पर गायन आरम्भ कर दिया। नृत्य बन्द हो गया था किन्तु नृत्योत्सव की गमक

अभी सभागार में प्रतिगुंजित थी। मैंने मृदंग थाम लिया और मैं पद्महंसा नारी के भेष में उच्च थाप देकर गाने लगा—

"जाग! जाग! जाग! जाग मच्छन्दर गोरष आया।
पावड़ियाँ पग फिसलै अवधू लोहै छीजंत काया।
नागा मूनी दूधाधारी एता जोग न पाया॥
सबद बिन्दौ अवधू सबद बिन्दौ सबदे सीझंत काया।
निनांणवै कोड़ि राजा मस्तक मुड़ाइले परजा का अन्त न पाया॥
जाग! जाग! जाग! जाग मच्छन्दर गोरष आया।"

'जाग मछन्दर गोरख आया' का उच्चनाद मैं मृदंग की थाप पर उच्चरित करने लगा था। गुरु मत्स्येन्द्रनाथ के कर्णों में ये शब्द जब प्रतिगुंजित होते थे, तब उनके अर्द्धनिमीलित नेत्र एक क्षण के लिए खुल जाते थे किन्तु मद्य के आवेग में उनकी चेतना खो जाती थी और उनके नेत्र बन्द हो जाते थे। सभाकक्ष में उपस्थित सभी कदली वनिताएँ, वीणा सारंगी और बाँसुरी के सुरसन्धान और उनकी लय-पाशों में बँधकर मंत्रमुग्ध थीं। मृदंग की थाप उनके मन को आनन्द के उच्चस्तर पर पहुँचा रही थी।

अब मैंने शब्द और नादशक्ति को और अधिक ऊर्जस्वित किया। शब्दों में देशकाल राग को सम्मूर्त कर चेतन का दग्ध महानद प्रवाहित किया और मृदंग की थाप में जागरण निस्सृत करने लगा—

"जाग! जाग! जाग! जाग मच्छन्दर गोरष आया।
वैसंत पूरा रमंति सूरा, एक रसि राषन्ति काया।
अन्तरि एकरसि देषिबा बिचरन्ति गोरष राया॥
गिगिनि मंडल मैं गाय बियाई कागद दही जमाया।
छांछि छांणि पंडिता पीवीं सिधां माषण षाया॥
एक मैं अनंत अनंत मैं एकै, एकै अनंत उपाया।
अन्तरि एक सौं परचा हूवा, तब अनंत एक मैं समाया।
जाग! जाग! जाग! जाग मछंदर गोरष आया।"

चेतना के दग्ध प्रवाह का कुछ आभास पाकर गुरु मत्स्येन्द्रनाथ में चेतना लौटने लगी। अब उनके नेत्र खुल गए थे। किन्तु अभी भी वे अर्धचेतन अवस्था में थे। मैं उन्हें चेतनावस्था में लाने के लिए प्रयत्नशील था। सम्राज्ञी ललिता मेरे इस आह्वान से सशंकित हो रही थी। उसने चषक भरकर गुरु मत्स्येन्द्र को मदिरापान कराने का उपक्रम किया। उसने जैसे ही उनके अधरों से सुरापात्र लगाया, मैंने मृदंग पर

उच्च थाप दी, सुरापात्र ललिता के हाथों से गिर पड़ा। मैं शब्दों को प्रमाण शक्ति से ऊर्जस्वित और निनादित कर गाने लगा—

"जाग! जाग! जाग! जाग मछन्दर गोरष आया।
चांमै चाम घसंता लोई, दिन दिन छीजै काया।
आपा परचै गुरमुषिन चिन्हैं, फाड़ि फाड़ि बाँघणी षाया॥
जाग! जाग! जाग! जाग मच्छन्दर गोरष आया।
अट्ठायासी सहस्त्र रषीसर कंद्रप ब्याप्या असाधि विष्न की माया।
यंन कंद्रप ईस्वर महादेव नाटारंभ नचाया॥
जाग! जाग! जाग! जाग मछन्दर गोरष आया।
काया कंथा, मन जोगोटा, सत गुर मुझ लषाया।
भणंत गोरषनाथ रूढ़ा राषौ, नगरी चोर मलाया॥
जाग! जाग! जाग! जाग मछन्दर गोरष आया।
छाँटै तजौ गुरु छाँटै तजौ तजौ लोभ मोह माया।
आत्मा परचै राषौ गुरुदेव सुन्दर काया॥
जाग! जाग! जाग! जाग मछन्दर गोरष आया।
जाग मछन्दर जाग! जाग मछन्दर गोरष आया।"

भीमपलासी राग को निबद्ध कर मैं मृदंग पर थाप-पर-थाप दे रहा था। थाप की गमक गुरुदेव की चेतना को जागृत करने लगी थी। अब शब्द-शक्ति ने उन्हें जागृत कर दिया। वे सिद्ध चैतन्य हो गए थे। उन्होंने मुझ पर दृष्टि केन्द्रित की और सहसा चिल्ला उठे—वत्स गोरक्ष, वत्स गोरक्षनाथ।

मैं उनके चरणों में आपादमस्तक गिर पड़ा। उन्होंने मुझे उठाकर अपने अंक से लगा लिया। अब उनकी कुंडलिनी जागृत हो गई थी। उनके अन्तर से आद्यपिंड के धधकने की ऊष्मा से शरीर तंत्र ऊर्जस्वित हो गया था। आद्यपिंड से परमानन्द प्रबोध, चिदुग्र, प्रकाश और अहंभाव की लपटें निकल रही थीं। उनके चित्त की मति, धृति, स्मृति, त्याग और स्वीकार स्थितियाँ अभिव्यक्त होने लगी थीं। उनका चैतन्य-विमर्श, शीलन, धैर्य, चिन्तन और निस्पृहत्व के उच्च धरातल पर उतर चुका था। मूल-कन्द से निस्सृत समस्त नाड़ी-तंत्र में चेतना का प्रवाह हो गया था। उनका अन्तस्थल प्राण, अपान, समान, उदान, व्यान, नाग, कूर्म, कृकल, देवदत्त और धनंजय प्राणवायु से आन्दोलित हो उठा था। सुषुम्षा फूत्कार कर रही थी। मूलाधार चक्र, स्वधिष्ठान चक्र, नाभिचक्र, अनाहत चक्र, कंठ चक्र, तालु चक्र, भूर चक्र, निर्वाण चक्र और आकाश चक्र इतने गतिशील हो गए थे कि गुरु मत्स्येन्द्रनाथ के शरीर से अलौकिक तेज और ऊर्जा विकीर्ण होने लगी थी। वे अग्नि पुरुष की तरह अपना विराट मस्तक उठाए अडिग धवल पर्वत से खड़े हो गए थे।

ललिता ने जब योगी मत्स्येन्द्र का यह ओजस्वी रूप देखा तो वह भयाक्रान्त हो उठी। किन्तु दूसरे ही क्षण उसने अपनी परिचारिकाओं को प्रतिरोध करने का निर्देश दिया। परिचारिकाएँ मुझ पर प्रहार करने के लिए उद्यत हो ही रही थीं किन्तु प्रियंवदा के निर्देश पर कलादल की समस्त नारियों ने अपने-अपने अंचलों में छिपे अस्त्र निकालकर अपने हाथों में सँभाल लिये। अस्त्रों से निकली चमक ने ललिता और उसकी परिचारिकाओं को पराजय स्वीकार करने के लिए विवश कर दिया।

सम्राज्ञी ललिता मेरे चरणों पर गिर पड़ी। मैं तत्काल पीछे हट गया। उसके हस्त, मेरे चरणों का स्पर्श न कर पाए। वह अत्यन्त दुखी होकर कातर दृष्टि से मेरी ओर देखने लगी।

मैंने आश्रय देकर ललिता को उठाया और 'मात: मेरा प्रणाम स्वीकार करें' कहकर उसके चरणों में नत हो गया। अब वह वनिता नहीं थी। मुझे ललिता के रूप में 'माँ' के दर्शन हो रहे थे। इतने में प्रियंवदा भी निकट आ गई और उसने नतमस्तक होकर गुरुदेव मत्स्येन्द्र के चरणों में अपना प्रणाम अर्पित किया। अब गुरुदेव अपने अतीत से पूर्णत: मुक्त हो चुके थे और मैं उनमें कविनारायण का ओजस्वी रूप देख रहा था।

अब गुरुदेव मत्स्येन्द्र वर्तमान में थे और उन्हें वह स्थली नई-सी अपरिचित लगने लगी थी। मैंने ललिता से इस कदलीवन की स्थापना के इतिहास से भिज्ञ होने की आकांक्षा प्रकट की। ललिता ने अपनी जीवन-यात्रा की पूरी करुण-कथा सुना दी। उसने इस नारकीय और समाज से बहिष्कृत जीवन से मुक्ति की कामना व्यक्त की। मुझे अब ज्ञात हो गया था कि कदलीवन में निवास करने वाली नारियाँ, समाज की तिरष्कृता दुखी स्त्रियाँ हैं। वज्रयानियों, कापालिकों, अघोरियों तथा अन्य नारी भोगकों से संत्रस्त होकर ही इन्हें वनिताओं का जीवन व्यतीत करना पड़ रहा है। अस्मिता की गरिमा-विहीनता ही उन्हें इस रूप में ले आई है और ऐसा मर्यादाविहीन जीवन जीने के लिए विवश कर दिया है। मेरा मन करुणा से भर गया। मैंने उन्हें भी इस दुखद जीवन से मुक्त करने का संकल्प कर लिया।

गुरुदेव मत्स्येन्द्रनाथ, ललिता, प्रियंवदा, इन्द्रावती तथा वारणा के कलादल की नारियों और कदलीवन की समस्त ललिताओं को साथ लेकर मैं कदलीवन से चल पड़ा। इस समय मेरे समक्ष तीन महत्कर्म थे। प्रथम तो वारणा की नारियों को उनके गृह पहुँचाना था, द्वितीय, पाल अधिपति के बन्दीगृह से राजा वरुण को मुक्त कराना और गयशिर में वरुण और प्रियंवदा को राजमहल में पहुँचाना था और तृतीय, महत्कर्म कदलीवन की निराश्रित नारियों को एलागिरि में सिद्धा और विमला के संरक्षण में

पुनर्वास के उद्देश्य से पहुँचा देना था। इन्द्रावती को भी मैं गुरु मत्स्येन्द्रनाथ से विलग कर एलागिरि पहुँचा देना चाहता था।

कदलीवन से लोहित नदी को पार कर वारणा आ गए। वारणा में कलादल की सभी नारियाँ अपने-अपने गृहों को चली गईं। वारणा के राजा सत्यकेतु से राजा वरुण को मुक्त कराकर गयशिर सकुशल भेजने का प्रस्ताव रखा और उनकी सहमति पाकर कालीघाट आ गए। पाल नरेश का राजमहल कालीघाट से दूर नगर में स्थित था। पाल नरेश के राजभवन पहुँचे। दो योगियों और सहस्त्रों नारियों के आने का सन्देश पाल अधिपति को प्राप्त हुआ।

पाल अधिपति देवपाल से राजा विक्रम को बन्दीगृह से मुक्त कराने की अपनी आकांक्षा व्यक्त की। पाल शासन में कुछ अन्तर्कलह उत्पन्न हो गया था और वह किसी अन्य प्रकार के राजनैतिक संघर्ष को आमंत्रित नहीं करना चाहता था। उसने राजा वरुण को बन्दीगृह से मुक्त कर दिया। रानी प्रियंवदा को अत्यन्त आनन्द और सुख का अनुभव हुआ।

राजा वरुण और रानी प्रियंवदा के साथ गयशिर आ गए। गयशिर में राजा वरुण और रानी प्रियंवदा को उनके राजमहल में पहुँचाया। रानी प्रियंवदा और राजा वरुण ने नाथपंथ में दीक्षित होने की कामना व्यक्त की। गुरुदेव मत्स्येन्द्रनाथ ने उन्हें विधिवत् दीक्षा दी। गयशिर से चल पड़े। कई दिवसों की यात्रा करने के उपरान्त पाटलिपुत्र पहुँचे। गंगा और शोण के संगम स्थल पर ठहर गए।

गुरु मत्स्येन्द्रनाथ गंगा और शोण के संगम स्थल पर जल के मध्य कंठ तक अपने शरीर को डुबाकर पद्मासन लगाकर बैठ गए और योग साधना करने लगे। मैंने शोण के तट पर ध्यान और योग साधना की। एक दिवस विश्राम करने के उपरान्त जब पाटलिपुत्र से प्रस्थान करने के लिए तत्पर हुए, तब गुरुदेव मत्स्येन्द्रनाथ ने कहा—

"वत्स गोरक्ष! मैं अब मुक्त हूँ और संकल्पपूर्वक मुक्त ही रहूँगा। भोगात्मक योग की दिशा त्यागकर अब मैं विशुद्ध योग की ओर लौट आया हूँ। अब योग साधना में निर्विकल्पक आनन्द की अनुभूति करूँगा। यह हिमवान् मुझे आमंत्रण दे रहा है। अब मैं अपने योग से इस महागिरि को सिद्ध करूँगा। पाटलिपुत्र से तुम तो एकाकी यात्रा करो। इन नारियों को सामाजिक मर्यादा और प्रतिष्ठा प्रदान करने का यत्न करो। इनका पुनर्वास कर इन्हें स्वच्छ सामाजिक जीवन की नई दिशा दो। अब मैं काष्ठमंडप की ओर प्रस्थान कर रहा हूँ।"

इतना कह गुरु मत्स्येन्द्रनाथ हिमवान् की दुर्गम यात्रा पर चल पड़े। मैंने आपाद-मतस्क प्रणाम अर्पित किया। इन्द्रावती और कदलीवन की नारियों ने भी गुरुदेव को प्रणाम प्रेषित किया। उनके चरणों की रज से अपने-अपने मस्तक को अलंकृत कर लिया।

'अलख निरंजन' का उद्घोष करते हुए गुरुदेव मत्स्येन्द्रनाथ ने पाटलिपुत्र से प्रस्थान कर दिया। मैंने भी अत्यन्त उच्च स्वरों में अलख निरंजन का उद्घोष किया। इन्द्रावती और अन्य सभी नारियाँ उद्घोष करने लगीं। अलख निरंजन की ध्वनियाँ गंगा, शोण और हिमस्थली में प्रतिगुंजित होने लगीं। मैं भी सभी नारियों को साथ लेकर एलागिरि के लिए चल पड़ा।

कई मासों की यात्रा करने के उपरान्त एलागिरि पहुँच गए। जिस समय हमारा यह यात्री दल एलागिरि पहुँचा था, वह प्रातःकाल का समय था। मैं उसी शिव मन्दिर के निकट आकर ठहर गया, जहाँ न जाने कितने वर्षों पूर्व ठहरा था। शिव मन्दिर के निकट खड़े होकर एलागिरि के मन्दिरों की ओर देख रहा था। मुझे एक नारी मूर्ति बुद्धदेव के मन्दिर से बाहर आती परिलक्षित हुई। जब वह निकट आ गई तो मैंने पहचान लिया कि वह सिद्धा ही है।

सिद्धा, नारियों के इस बड़े समूह को कौतूहल से देखती हुई सीढ़ियाँ उतर रही थी। अब वह नारी-दल के निकट आ गई। उसकी दृष्टि मुझ पर पड़ी और उसके मुख से निकल पड़ा—

"अरे गोरक्ष, तुम! अकल्पित सत्य आज प्रस्तुत हुआ प्रतीत हो रहा है।" ऐसा कह उसने 'बुद्धं शरणम् गच्छामि' का उच्चारण कर मेरा अभिवादन किया। वह सभी नारियों को साथ लेकर विहार की ओर चल पड़ी। मार्ग में कोई संवाद नहीं हुआ। विहार आ गया। सिद्धा, विहार में स्थित अपनी कुटीर में गई और विमला को साथ लेकर लौट आई। विमला ने मुझे देखा तो एक अनिर्वचनीय आनन्द उसके मुख पर प्रतिबिम्बित होने लगा। विहार में अनेक आम्रवृक्ष थे, आम्रावलियों में कदली नारियों ने आश्रय लिया। सिद्धा ने नगर श्रेष्ठि राजधन को बुलवाया। कुछ दिवसों के लिए आहार-प्रबन्ध करने का निवेदन किया। राजधन उदार और परोपकारी था। उसने प्रबन्ध का दायित्व स्वीकार कर लिया। भोजन की व्यवस्था हो गई। कदली नारियाँ यहाँ पर मुक्ति का अनुभव कर रही थीं।

मैंने जीवन की लम्बी यात्रा की कथा सविस्तार सिद्धा और विमला को सुना दी। गुरु मत्स्येन्द्रनाथ की मुक्ति-कथा से भी उन्हें परिचित करा दिया। इसके उपरान्त इन्द्रावती और ललिता को, सिद्धा और विमला से परिचित कराया। सिद्धा और विमला से कदली नारियों को समाज की मुख्यधारा से जोड़ने, उन्हें प्रतिष्ठापूर्ण जीवन जीने की कला से दक्ष करने और उनका पुनर्वास करने की प्रार्थना की। सिद्धा और विमला ने इसे भार नहीं, कर्तव्य और धर्म मानकर स्वीकार कर लिया। मैं धन्य हो गया था। श्वेतवस्त्रावृता सिद्धा और विमला को मैंने अपने अन्तर्मन में प्रणाम अर्पित किया। श्वेतकेशिनी सिद्धा और विमला में अभी भी सत्य का वही महातेज तथा कर्म की वही महालय विद्यमान थी।

दूसरे दिन से ही विहार में कुटीरों का निर्माण आरम्भ हो गया। बाँस और पत्रगुल्मों से आवृत्त होकर तीन दिवसों में ही कदलीवन की नारियों ने कुटीरें निर्मित कर लीं।

आयु के इस पाथेय पर सिद्धा और विमला के साथ दार्शनिक संवाद तथा सिद्धान्तों से सहमति-असहमति की प्रश्नोत्तर-दग्धता नि:शेष हो चुकी थी। उनका चिन्तन और उनके मार्ग स्थिर थे और मेरा उपदिष्ट योग मार्ग भी निश्चित और स्थिर था। अत: सिद्धा और विमला से अन्यान्य विषयों पर चर्चा तो होती रही किन्तु जीवन का महाप्रश्न अनुत्तरित ही बना रहा। वे अपनी रीति से इस महाप्रश्न के उत्तर का सन्धान कर रही थीं और मैं अपने योग मार्ग में ही इस महाप्रश्न का महाउत्तर पा रहा था।

एलागिरि में प्रवास किए कई मास व्यतीत हो गए थे। कदली नारियों के पुनर्वास का कार्य भी सिद्धा और विमला के द्वारा कुशलतापूर्वक निष्पादित किया जा रहा था। इन्द्रावती और ललिता उनके मार्गदर्शन में क्रियाशील थीं। मैं निश्चिन्त हो गया था, संशयमुक्त।

एक दिवस मैंने सिद्धा और विमला से अपने प्रस्थान करने का संकल्प व्यक्त किया। उन्होंने नारियों के पूर्ण संरक्षण और सामाजिक प्रतिष्ठा प्रदान करने के अपने सकल्प की पुनरावृत्ति की। मैंने प्रात:काल एलागिरि से प्रस्थान कर दिया।

सिद्धा, विमला, इन्द्रावती और ललिता के साथ विहार की सभी नारियाँ मुझे विदा देने आईं। उन्होंने प्रणाम किया। सिद्धा और विमला ने अपना अन्तिम प्रणाम अर्पित करते हुए कहा—

"तुम तो स्वयं जीवन के महासत्य का भाष्य हो गोरक्ष! हमारा दर्शन भी और हमारा चिन्तन भी। अब कहाँ मिलन होगा?"

"गोरक्षपुर में सिद्धा और विमला। वह मेरी साधना स्थली है, तपस्थली। आज मैं उस गोपुर ग्राम का नामकरण गोरक्षपुर करता हूँ। मेरी योग-काया तुम दोनों को जब आमंत्रित करे, तब आना। योग-काया का सन्देश तुम्हें मिलेगा और अवश्य मिलेगा, अलख निरंजन।"

अलख निरंजन का उद्घोष करते हुए मैं अपनी तपस्थली गोरक्षपुर की दिशा में चल पड़ा। सिद्धा और विमला मुझे कब तक देखती रहीं, मैं नहीं जानता। मैंने पीछे मुड़कर नहीं देखा। मैं समय को विरामचिह्न से अंकित नहीं करना चाहता था।

एलागिरि से यात्रा करते हुए मैं अवन्तिका (उज्जयिनी) आ गया। अवन्तिका में विक्रमादित्य का शासन था। वे उज्जयिनी नरेश गन्धर्वसेन के ज्येष्ठ पुत्र थे। गन्धर्वसेन की दो रानियाँ थीं। एक का नाम रूपसुन्दर तथा दूसरी रानी का नाम पद्मावती था। विक्रमादित्य, पद्मावती के पुत्र थे और रूपसुन्दर रानी के पुत्र का नाम था भर्तृहरि। भर्तृहरि की पत्नी पिंगला अपूर्व सुन्दरी थी। पिंगला की रूपासक्ति

ने भर्तृहरि को पूर्ण विलासी और सौन्दर्यभोगी बना दिया था। पिंगला विलासिनी थी। वह राजमहल की अश्वशाला के प्रमुख क्रूरसिंह पर आसक्त हो गई थी। भर्तृहरि को जब रानी पिंगला की इस मोहासक्ति का ज्ञान हुआ, तो उनमें वैराग्य भाव उत्पन्न हो गया। बाद में पिंगला की मृत्यु भी हो गई। वैराग्य भाव तो भर्तृहरि में उत्पन्न हो ही गया था, वे संन्यासी हो जाना चाहते थे।

मैं महाकाल के दर्शन कर जब लौट रहा था, तब मार्ग में राजा भर्तृहरि का रथ मिला। पूछने पर ज्ञात हुआ कि वे श्मशान जा रहे हैं और उनका अधिकांश समय रानी पिंगला की समाधि के निकट ही व्यतीत होता है। वे श्मशानवासी ही हो गए हैं। रथ श्मशान घाट पहुँचा और भर्तृहरि क्षिप्रा के तट पर रानी पिंगला की समाधि के निकट व्यथित होकर बैठ गए। मैंने उन्हें इस दुख से मुक्त करना, अपना कर्तव्य निश्चित किया। मैं समाधि के निकट पहुँचा। भर्तृहरि ने उठकर अभ्यर्थना की। मैंने आशीर्वाद दिया और श्रृंगी उठाकर सबदियाँ गाने लगा। श्रृंगी के निनाद पर सबदियों की शब्दशक्ति अत्यन्त तीव्र हो रही थी—

सबदहि सबदहि कूँची, सबद भया उजियाला।
काँटा सेती काँटा षूटे, कंची सेती ताला।
सिद्ध मिलै तो साधिक निपजै, जब घटि होय उजाला।
हँसिबा खेलिबा धरिबा ध्यानं, अहनिसि कथिबा ब्रह्म गियानं।
हँसै षेलै न करै मन भंग, वे निहचल सदा नाथ के संग॥
सबद हमारा षड़तर षाड़ा, रहणि हमारी साँची।
लेषै लिषी न कागद माडी, सो पत्री हम बाँची॥

मैं अत्यन्त तन्मय होकर गा रहा था और श्रृंगीनाद गूँज रहा था। भर्तृहरि के हृदय में जाने क्या परिवर्तन हुआ, वह मेरे चरणों पर नतमस्तक हो गया। भर्तृहरि ने दीक्षित होने का संकल्प व्यक्त किया। वह दुख और वियोग की वेदना से मुक्त हो गया था। मैंने श्मशान में ही उसे नाथपंथ से दीक्षित किया और उसका नामकरण किया भर्तृहरिनाथ। भर्तृहरिनाथ को मैंने स्वयं अपना पथ प्रदर्शक बनने का मंत्र दिया। वत्स भर्तृहरि उज्जयिनी से देशाटन पर चला गया।

मैंने अवन्तिका से अब अपनी तपस्थली गोरक्षपुर की ओर प्रस्थान किया। आयु अधिक हो गई थी। भूतकाया शिथिल हो रही थी किन्तु मैं यात्रा करता जा रहा था। कई मासों की यात्रा करने के उपरान्त गोरक्षपुर पहुँच गया। सरोवर के तट पर बने हुए अपने आश्रम आ गया।

नागनाथ और गाहिनीनाथ आश्रम में थे। मुझे द्वार पर खड़े देखकर वे आश्चर्य-चकित हो गए। दोनों ने नतमस्तक होकर प्रणाम अर्पित किया। उनके आनन्द की तो सीमा न थी। उन्होंने बाघंबर बिछा दिया। मैं विश्राम करने लगा। श्लथ था।

रात्रि व्यतीत हो गई। उषाकाल में उठा। सरोवर में स्नान किया और योग ध्यान में तल्लीन हो गया।

ध्यान की परिसमाप्ति हुई और मैंने अपनी पांडुलिपियाँ लाने का निर्देश दिया। गाहिनीनाथ ने सभी कृतियों की पांडुलिपियाँ मेरे समक्ष रख दीं। मैं पांडुलिपि के एक-एक पृष्ठ उलटने लगा। मैंने कृतियों को स्थायी नामकरण दिए—पद, सबदी, शिष्या दर्शन, प्राणसंकली, नरवैबोध, आत्मबोध, अभैमात्रा जोग, पन्द्रहतिथि, सप्तवार, मछिन्द्र गोरख बोध, रोमावली, ज्ञान तिलक, पंचमात्रा, ज्ञान चौंतीसा, योग चिन्तामणि, घेरेंड संहिता, योग बीजम्, विवेक मार्तंड, योग सारावली और गोरक्षगीता। कुछ पांडुलिपियों के जो पूर्व नाम निर्धारित किए थे, उन्हें पूर्ववत् रहने दिया। कुछ अधूरी कृतियाँ थीं, उन्हें पूर्ण करने का निश्चय किया और सृजन-कार्य में निरत हो गया। वर्षों साधना करता रहा और रचनाधर्म में संलग्न रहा।

एक दिवस मैं रचनाकर्म कर रहा था। मेरी लेखनी से सहज ही भोजपत्र पर कुछ काव्य पंक्तियाँ लिख गईं—

"हबकि न बोलिबा, ठबकि न चालिबा, धीरैं धरिबा पावं।
गरब न करिबा, सहजै रहिबा, भणत गोरष रावं॥
मन में रहिणां भेद न कहिणां, बोलिबा अंमृत बांणी।
आगिला अगनी होइबा अवधू, वौ आपण होइबा पांणी॥
गोरष कहै सुणह रे अवधू जग मैं ऐसैं रहणां।
आंषै दषिबा कांनै सुणिबा, मुष थैं कछू न कहणां॥
नाथ कहै तुम आपा राषौ, हठ करि बाद न करणां।
यहु जगु है काँटे की बाड़ी, देषि देषि पग धरणां॥"

अपनी इस काव्याभिव्यक्ति को पढ़कर मुझे ऐसा प्रतीत हुआ कि जैसे मेरी भूतकाया वृद्ध हो चली है। उपदेश तो जरावस्था का ही सूचक होता है। मेरे अन्तर में हठयोग की अग्निवेदी तो धधक रही थी किन्तु भूतकाया के पंचमहाभूत-पृष्ठ पीताभ होने लगे थे। मैं अपने शरीर के महापृष्ठ पर काल की लिपि के एक-एक वर्ण पढ़ रहा था। वर्णों में समय की धूल के ठहराव और पाथेय। समय भी श्लथ होकर मेरे तन पर उभरी हुई झुर्रियों में आकर ठहर गया था। हस्तों में मरुस्थली अनन्ता ने अपने घर बसा लिए थे और पाँवों में वृक्षहीन प्रस्तर खंडों के अनाकर्षक गह्वर निर्मित हो गए थे। किन्तु मेरी दृष्टि अभी भी त्रिगुणात्मक आदि पिंड के नीलवर्णी स्वरूप के सन्धान में केन्द्रित थी। मैं अब धूम्रवर्णी महा-आकाश, रक्तवर्णी महा-वायु, श्वेतवर्णी महातेज, नि:रंग महासलिल और पीतवर्णी महापृथ्वी की सृष्टि-प्रक्रिया का आभास अपने अन्तर में अनुभव कर रहा था। कैसा अलौकिक संयोग हो रहा था पुरुष और प्रकृति का। मैं अपने अन्तर की यात्रा करता जा रहा था। पर-पिंड

से आद्य पिंड पर पहुँच चुका था और फिर साकार पिंड, प्राकृत पिंड, अवलोकन पिंड और यह रहा गर्भपिंड। पंच भूतात्मक स्थूल शरीर का सृष्टि केन्द्र। पुरुष और प्रकृति की सिसृक्षा रूपा शक्तियाँ और सृष्टि के ये विविध रंग और विविध रूप। पंचभूत काया का यह अन्तिम शृंगीनाद और अन्तिम पाथेय।

भोजपत्र पर मैं पुरुष और प्रकृति के संयुक्ताक्षर लिखता जा रहा था। लिखते-लिखते लेखनी ठहर गई। लेखनी पांडुलिपि पर अन्तिम पाथेय-स्थल पर थी। महावायु का तीव्र प्रवाह। पांडुलिपि के एक-एक पृष्ठ उलटते जा रहे थे, मेरी सम्पूर्ण जीवन-यात्रा के पृष्ठ अनावृत्त हो गए थे। सब कुछ दृष्ट्य था, अदृष्ट्य कुछ भी नहीं।

यह है मेरी पंचभूत काया की समाधि। किन्तु मेरी योगकाया है शाश्वत और जीवन्त। आज मैं पांडुलिपियों से ही बोल रहा हूँ। एक-एक अक्षर, एक-एक वाक्य और एक-एक पद में, मैं समाहित हूँ और व्यक्त हूँ। मेरे पद ही मेरे पुरुष हैं और मेरी पंक्तियाँ मेरी प्रकृति। पंक्ति भी एकवचन और पद भी एकवचन। कहीं बहुवचन नहीं, कहीं द्वैत नहीं। सृष्टि का बहुवचन भी बन गया है, आज एकवचन, मेरा कर्म योग और मेरा योग धर्म। यह महाप्रस्थान भी कितना मधुर और कितना मीठा है। मैं पांडुलिपि पर अंकित यह शाश्वत पंक्ति पढ़ रहा हूँ आज, और पढ़ता रहूँगा अनन्त काल तक—

> "मरौ वे जोगी मरौ, मरण है मीठा।
> तिस मरणी मरौ, जिस मरणी गोरष मरि दीठा॥"

✪✪✪